当代文学艺术创作工程扶持项目
广西壮族自治区党委宣传部

中国故事
原创文学丛书

生机

古风——著

漓江出版社
·桂林·

图书在版编目（CIP）数据

生机 / 古风著 .-- 桂林：漓江出版社，2021.12
ISBN 978-7-5407-8932-9

Ⅰ. ①生… Ⅱ. ①古… Ⅲ. ①长篇小说—中国—当代
Ⅳ. ① I247.5

中国版本图书馆 CIP 数据核字（2021）第 195419 号

SHENGJI
生机
古风 著

出版人：刘迪才
策划：张谦
责任编辑：刘红果
责任监印：张璐

出版发行：漓江出版社有限公司
社址：广西桂林市南环路 22 号　邮编：541002
发行电话：010-65699511　0773-2583322
传真：010-85891290　0773-2582200
邮购热线：0773-2582200
电子信箱：ljcbs@163.com
微信公众号：lijiangpress
印制：北京中科印刷有限公司
［北京市通州区宋庄工业区 1 号楼 101 号　邮编：101118］
开本：690 mm × 1000 mm　1/16
印张：27.25　字数：411 千字
版次：2021 年 12 月第 1 版
印次：2021 年 12 月第 1 次印刷
书号：ISBN 978-7-5407-8932-9
定价：59.80 元

目录

序 幕　阿克苏咒语

15 时 20 分。阿克苏。一座楼房的单元内。

妻子说，这么大的风还出去？

男人说，没事，一会儿就回来。

60 岁的男人从衣架上取下衣服，穿上，拉好拉链。穿上鞋，打开门，一股有力的风吹进来。略有迟疑，用力地顶开被风推挤着的门。咣！风把门吹上。

男人向楼下走。陈旧的水泥楼梯。风吹来，他又向上拉了拉拉链，继续走下去。下边跑进来一个女孩，头上裹着纱巾。

跑进来的女孩有些慌张地劝男人，别出去了，外面的风太大了，都看不见人。

男人不在乎，没事！又不是没见过风沙，没事。

男人面对已知的风沙和未知的死亡勇往直前。

他用力地推开单元楼的门，门被风用力地顶着，仿佛要他留在世界的左边，因为，风知道，右边是不能去的，但是，男人像被施了魔法，固执而疯狂。

男人趁着风的弱拍节奏推开了门。

门开的瞬间，风被惊呆了，它看到了死神静静地站在那里，然后一棵粗壮而结实的树干踏踏实实地压在他的左胸。他的嘴里发出一声轻微的呻吟，随后灵魂被死神带走。

风再次狂叫起来。

同一时间，阿克苏的温宿县林场。

一个农民也感觉到了这场风沙的凶狠。看看天，看看前方，什么也看不见。他开始奔跑，跑，跑。他估计着这段距离，他想，五分钟，或许三分钟就可以跑到。跑，跑，儿子、窗户、衣服、支在门外的铁锹，一帧帧图像在他的大脑里急闪而过。

然后，一棵树轰然压在他的头上。在风沙里，他倒下，树还在他身上，一根尖锐的树枝进入他的身体，血浸透夹克，血染透了随后坠落在他身上的沙子。

农民死了，风还在刮。

同时，阿克苏市区的街道上，高鼻梁的小伙子和恋人也急急忙忙地行走着，风卷着的沙土挡住了他们的视线，他们紧紧地拥抱着，他们的想法是赶紧回家，家可能是最安全的地方。突然，从天而降的广告牌随风飘落在这对恋人的头上，他们倒在地上的同时还看到另两个人也被刮倒。

阿克苏的街道上，急救车在风沙里呼啸。

阿克苏的街道上，救火车在风沙里奔跑。

阿克苏的天空被沙尘笼罩，白天像夜晚。

4 月 16 日，死亡与伤害袭击了阿克苏。

4 月 16 日，谁给阿克苏的风施了咒语？

4 月 18 日，新华通讯社消息：

乌鲁木齐 4 月 17 日电（记者　曹志恒）随着气温骤降，16 日塔里木盆地遭遇沙尘、大风天气。一时间，新疆阿克苏地区风沙弥漫，狂风刮断树木、广告牌等。据初步统计，恶劣天气已造成 2 人死亡、6 人受伤；截至当晚 23 时，当地还接到火警报告 57 起。

据阿克苏地区公安局 110 指挥中心透露，16 日 15 时 20 分左右，阿克苏市一名 60 岁的男子在自家单元楼门口，被大风拦腰刮断的大树砸中左胸部，送往医院抢救无效死亡。当日下午，阿克苏地区温宿县一林场也有一农民被大风刮断的树木砸死。在肆虐的狂风中，阿克苏市多处广告牌倒下，先后导致 4 人受伤。

据初步统计，大风天气已导致阿克苏地区 2 人死亡、6 人受伤。大风还引起当地多起火灾，截至 16 日 23 时，公安消防部门共接到火警报告 57 起。受大风天气影响，当地航空、公路客运一度停运。

16 日下午，新疆阿克苏地区出现强沙尘、大风天气，能见度不足 50 米，瞬间能见度只有两三米，瞬间风力最大达到 8 级。

据新疆气象部门介绍，16 日白天，北疆大部和南疆西部的部分地区出现 6 级左右西北风，风口 8 至 9 级，部分地区伴有沙尘天气，同时北疆地区出现雨雪天气，部分地区为中到大量，山区局部达到暴量。

风沙！风灾！死亡！

阿克苏被大风沙袭击的报道几乎占据了所有媒体，风沙消息以势不可当的气势冲进了中南海，像炸弹一样被摆在共和国领导们面前。神色凝重。如临大敌。

谁都能感觉得到，这是大自然给我们出的一道难题，这是一次突然而又必然降临的灾难，这也是痼疾、顽症，必须解决它！

负责环境工作的政府部门的电话不断响起，声音从不同的方向传来，坏消息不断地涌入：

风力达到八级！

黄沙已经刮了 4 个小时！

气温骤降 10 度！

阿克苏地区农业生产遭受严重损失！

初步统计的结果：阿克苏市、柯坪县、新和县、乌什县、沙雅县、拜城县、库车县、阿瓦提县、温宿县农作物受灾面积达 68.8143 万亩。其中棉花受灾 62.4773 万亩（需要重播 35.65 万亩），正在播种的玉米受灾 183 亩，蔬菜受灾 6249 亩，甜瓜受灾 3057 亩，果树受灾 22876 亩，温室大棚受灾 4174 座、10297

亩，小拱棚受灾20241亩，造成直接、间接经济损失达10741.19多万元！

这正是西北春播的大忙季节，大家都起早贪黑地扎在地里时，这可恶的风沙也来凑热闹了。

有人在问，阿克苏的风沙为什么如此狂虐？

也有人在问，如何阻止这肆无忌惮的大风，如何让漫天黄沙减慢它的脚步？

阿克苏的老百姓说，春天就是大风沙的天下，我们都习惯了，这比起以前要好得多了，以前？哼！

被风沙吹得不知所措的人质问：怎么搞的？！国家每年拿那么多的钱，出那么多的物资，还要因为风沙死人，我们的环境总是治理不好，是什么原因？！

我们欠的生态账、环境账太多！这还是在柯柯牙工程得到重大进展之后的情况，要是十年前西部生态修复工程前，因风沙死人的情况更多。

借口！

党委书记庄跃然心情沉重地坐在办公室里，拧着眉头在听着电话另一头阿克苏地委对风灾情况的汇报。

庄跃然在新疆经营了十几年，对新疆，特别是沙漠荒滩的情况了如指掌，他心里知道，在新疆，人们引以为豪的占全国土地面积1/6的166万平方公里的土地上，也同时拥有着中国最大的沙漠面积43.6万平方公里。这个数字是全国沙漠总面积的60%呀！我们实际上是劳作、生活在沙土堆上！不把这些沙子、荒滩、戈壁治理好，我们怎么能生活好？他曾经下决心要带领着新疆人民在“沙子里种出金子”来，而且，经过十几年的奋斗，这里的人民也的确看到了一些重大的变化，但是，就在人们渐渐地忘掉旧日风沙给生产与生活带来的痛苦的时候，风灾再一次降临。

这难道是老天施加在阿克苏头上的魔咒吗？

的确，一方面，阿克苏是新疆这块土地上少有的绿洲农业区，但是，不得不承认的是，阿克苏13.25万平方公里的土地却紧临着面积世界排名第二、面积达

33.76万平方公里的流动沙漠——塔克拉玛干。如果塔克拉玛干的沙土有十分之一流动到阿克苏，那么，阿克苏这个让新疆引以为豪的绿洲将不复存在！

塔克拉玛干，这个死亡巨人无时无刻不在窥视着阿克苏的一举一动，一有可乘之机，立即将它的魔掌伸向这里，把这里的天空搅浑。

谁有胆量在戈壁荒滩上扎根？

谁有本事缚住这力大无穷、势不可当的“沙龙”？

谁有胃口吃掉这片荒漠，哪怕只是压制住这片骚动而狂妄的沙丘？

谁有耐力与时间赛跑？

谁有这个智慧来破解笼罩在阿克苏、笼罩在中国西部，占华夏1/6面积国土上空的生态咒语？

在阿克苏，无数勇敢而坚毅的人行动起来，为了家园、为了子孙后代，他们默默地在这块土地上播种，让这块土地逐渐地显现出绿色的光辉。

在中国，一批批前仆后继者来到了阿克苏，为了在大风过后不再流泪，为了世界的安宁与富足，他们在这片土地上种下了希望的种子，然后看着它们吐出嫩芽。

可是，这片土地太大了，这里的荒漠太广阔了，阿克苏需要更多的破解魔咒的人，阿克苏需要更多的平静和谐的春天。

庄跃然对着电话另一头说，看来，我们的工作还得提速呀，已经作出的成绩不用谈了，风我们制止不了，但是沙子我们得管住！我们得把风速降下来。种树，种树吧！

灾难使得身临其境的地委领导如坐针毡，他们揪心地关注着风沙导致的灾难情况，作为一方政府，他们为没有完全制止年年如期来临的风沙灾难而不安。

风沙成了阿克苏春天的主题，从1986年起，经过阿克苏几代人的努力，已经建立起了一道占地4.7万亩的绿色屏障，这道“绿色长城”就是著名的柯柯牙绿化工程。这项于1996年被联合国授予“全球500佳景”称号的生态工程，已经形成了宽300米至1500米、总长25公里的绝色林带，从东南两面紧紧地包围着阿克苏市。

但是，这仅仅是开始。

瞪着双眼望着窗外被风沙占据着的空间，大家心乱如麻。谁都知道有句话叫“不到新疆不知中国之大”，在新疆166万平方公里的国土上，却仅仅有7.07万平方公里的绿洲，而阿克苏，这个新疆重要的绿洲农业区，绿洲的面积也是有限的。站在广袤无垠的土地上，满眼望去你能看到多少成片的绿色呢?

阿克苏的风灾虽然有自然的不可抗因素，但是人类的活动却也是导致风灾产生的重要原因。

阿克苏处于大陆性季风地带，干燥少雨，温差很大，又在塔克拉玛干沙漠的边缘，当沙漠气温升高时便会产生一片巨大的低气压区，从而产生了气流的集中流动，也就有了风，风带着沙子飞扬，形成了阿克苏常年不变的大风黄沙漫天舞的现实。

咣，一只有力的手重重地拍在办公桌上。一位领导狠狠地说道，一个柯柯牙不够，我们就再造他几个柯柯牙，一道防线拦不住风沙，我们就再多搞几道防线!

一望无际的戈壁上，风裹挟着黄沙狂妄地肆虐着。风沙扫过之后，贺东仁手扶着一棵树苗乐呵呵地对着手机在说话，他身边一群人正在紧张而有序地种树苗。

贺东仁对着电话高声地说，这五万亩今年就全种上了，浇上水，过不了多久就绿了。

电话的那头是地委书记李慧民，他说，老贺，我要的不只是5万亩啊，我要的是四个5万亩！也就是要你们种出四个柯柯牙工程来！你们得提速了！

地委领导心情沉重地说，看一看我们眼前的黄沙大风，听一听不断报上来的受灾消息，只要是有责任心的人都会心痛啊。

对当下风灾情况一无所知的贺东仁听到地委领导的话，急切地问，是不是又死人了?

电话那头沉默了一会，长长地叹了一口气，唉——

贺东仁在风沙中对着远处高声地叫着，小于！小于！石峰！石峰！

小于是他们所在的林场的总经理于建设，也可以说是贺东仁这片土地的当家人，而李石峰是大疆集团的总经理，这两个人是贺东仁志同道合的知己，一有什么事情，贺东仁非常愿意听听他们的意见。

两个人从正在植树的人群里走过来。贺东仁问，咱们原来要干几天的时间?

李石峰边擦着汗边说，原计划从 4 月 15 日至 4 月 25 日要大干 10 天，每人至少种 400 棵树苗，大家的干劲很大，10 天用不了。

贺东仁望着漫天黄沙心有所虑地说，这场风沙太大了，听地委的口气，好像又死人了，地委领导要咱们再加快速度，多种一些树。小于，我们的树苗还够种上几天的?

春天是于建设最忙的时候，为能够在这片地上种枣树苗，他准备了很长时间，把这里的地平整好，还挖好种树的沟，做好规划。令他非常满意的是，今年来这里种树的队伍许多都是农业技术学校在大疆各示范园实习的大学生，还有从北京、库车等地来的年轻的员工们，大家的热情很高。虽然，这几天正赶上阿克苏大风沙灾害的日子，但推进的速度很快，已经种了有一半的地了。要是这样干下去，他想，那些已经熟化的土地基本上都能种完。

于建设对贺东仁说，董事长，我看用不了几天这些苗就用完了，也就可以按原定计划完成我们的种植任务了。

贺东仁又问，你们说，我们能不能再扩大一些面积。

李石峰直摇头，这些苗子用完了，就不好弄苗了，现在都在种树呢，想调苗可有难度呀。

于建设也提出了另外的困难，种完这批树苗，咱们已经完成的熟化地也就所剩无几了，地不够。

贺东仁问，看来咱们熟化土地的工作还是不够快，加快，加快，我们的二期工程要推进了。我跟地委和市委都下过保证，三年内让这20万亩的荒滩都种上枣树，把这些沙子固化在这里，让大风的速度降下来。

这时有人在喊，风刮倒了树苗！

植树的人从地上扶起倒下的树。李石峰对着那些人喊着，再把树坑挖深一些，把土踩实了！

贺东仁说，先去吧，回去再商量。

于建设、李石峰向风中冲去。

贺东仁望着消失在风沙中的两个部下，想起几年前他选择这片土地开始在西部荒滩创业的那个时候。

那也是一个春天，在南疆西部的荒漠戈壁崎岖的山路上，从山西到新疆寻找商机的贺东仁坐在小车上，看着窗外的土地在眼前渐渐地后退，有些兴奋地对坐在一旁的林业厅厅长赵国兴说，这么多地，要是都种上枣树，到了秋天，一片红色的海洋，该多壮观呀。

赵国兴可没这么高兴，你像个诗人。他指着窗外的土地说，新疆的确是一个不缺少土地的地方，但是，新疆却是缺少好地的地方，看着这么多的地荒在这里，谁不想在这上面种上植物？但是，想在荒滩戈壁上种上植物可不是件简单的事情。

贺东仁疑惑地问，种地有这么难？我们都是在农村长大的，我就不信有地还种不出东西来。

赵国兴苦笑，你老贺要真是不信，就试试看！在你之前已经有许多人尝试过了，而且也有一些成功过，不过都没有连片地种植成功过。

贺东仁被赵国兴的话激发起了斗志，他认真地看着赵国兴，你给我一片地，看看我能不能成，我不仅要让这里长出枣树，还要让这里长出金子！

赵国兴淡淡地说，地有的是，但地不是靠一时的冲动就可以长出东西来的。

贺东仁憋红了脸，他有些发狠地说，赵厅长，我给你立下军令状，三年之内我要是没在新疆的戈壁种出成片的枣树来，你随便罚我！

赵国兴笑了，那我们就试试吧。你要是真能在新疆成片地种植枣树，我还要奖励你！

后来，贺东仁的朋友都笑着说，贺东仁那样精明的一个人哪能不知道新疆戈壁、荒漠的可怕与困难！他这样说话其实是有备而来！

所谓“有备”是指贺东仁已经看好了新疆这块少有的未被开发的地方，重要的是他事先已经请教了农业科学家们，他们研究了新疆的气候、土壤等自然条件，已经设计出在这里大面积种植枣树的计划，他来这里就是要选择一片理想的土地。这一点，贺东仁并没有跟林业厅厅长赵国兴明说，他只是请赵国兴陪着自己“寻找商机”。

赵国兴突然说，如果你真想干点事，我看，我们也不用再跑下去了，我给你推荐一个好地方，可以解决土地和水源问题。

贺东仁心急地问，什么地方？

赵国兴指着塔克拉玛干沙漠的西北部，就是那边，阿克苏。

阿克苏？！

贺东仁心头不觉一震，这可能是天意吧？就在来新疆之前，贺东仁曾经认真地研究新疆的地理和人文，阿克苏是古丝绸之路交汇的重要枢纽，古代曾经盛极一时，他最早在心里设想的理想场所正是这里。因为这里虽然有着世界上的第二大沙漠，但这里却也有中国最大的内陆河——塔里木河。农业的命根子就是水呀，虽然他想发展的枣树是耐干旱的植物，但再耐旱也需要水呀，有了相应的水源，种枣树更是理想了。

阿克苏的一个政府干部对贺东仁说，阿克苏这地方好像是上天施了咒语，一到春天就刮大风，一刮大风就是黄沙漫天，阿克苏是无法摆脱这个无形咒语的掌控了。

那时的贺东仁还不能完全体会这句无奈之语的现实意义，他对那位感叹者以轻松的口吻说，你知道吗，我就是上帝派来破译这个咒语的人。

干部却满脸严肃地对贺东仁说，老贺，你这话说大了，如果真那么好解决阿克苏的风沙问题，阿克苏几代人早就把自己的家园搞好了，就用不着年年受这黄沙的气了。

贺东仁倔强的个性又上来了，他对当地的干部说，我老贺说话就算话，如果真有咒语，破译它的一定是我。

于是，在这片荒地上，贺东仁带着他的团队出现了。

这片曾经荒凉而又孤独的地方，如今正在发生着前所未有的变化。

林场的夜是安静的，刮了一天的大风，飘了一天的黄沙，终于疲惫了，安静了。

月亮出来，就在天边雪亮雪亮的。远处就是天山的影子，像孩子涂抹的黑白线条。

4 月 16 日的一切就像大地做了一场噩梦，现实好像什么也没有发生过一样。月亮那纯真而无辜的眼睛消解了一切。

劳累了一天的人们已经睡下了。他们挤在林场的宿舍里，有的人来不及把头上的纱巾摘掉就倒在地铺上睡着了，有的还戴着口罩，有的口水流了出来。他们就那样疲惫而幸福地散倒在地铺上睡了。月色中，他们正在做着梦。

贺东仁看着这些可爱的年轻人，感动异常。

他在心里念叨着，我要给他们竖起一面旗帜，上面要书写“大疆绿洲”四个大字；我要给他们在这里立起一块丰碑，写上：“这里曾经有一批人破解了阿克苏的风沙难题，为西部荒漠的治理挥洒过青春，淌过汗，流过血！”

另一个声音以嘲弄的口气在贺东仁耳边响起，形式主义！

贺东仁大声地反驳，行动当然是重要的，但是形式也是不可缺少的，有时形式甚至更重要。行动是物质的，形式是精神的，仅仅有行动是不够的，这个形式要搞！一定要搞！要让世人知道，有这样一批可爱的人曾经为了改变西部生态环境，不让我们的子孙后代再经历这惨痛的黄沙之害而做的事情。

然后，贺东仁自豪地望着熟睡的人们，坚定地说，我们就是要说漂亮话，办漂亮事！

第01章　欲飞

夜。寂静的楼道。

贺东仁疲惫地拖着脚步走进自家门口，轻轻地打开房门。家里人都已经睡了，他轻手轻脚地换掉衣服，洗漱完走进卧室。发现妻子正坐在黑暗中，轻声地说，怎么还没睡？

妻子带着情绪说，能睡得着吗？

贺东仁听出了妻子话中有话，就说，什么事？明天再说吧。

说着，贺东仁躺到床上。妻子问，你还能心安地睡得着呀？

贺东仁听出妻子的情绪很大，就坐起身问，到底什么事？

妻子却倒在床上背对着贺东仁不说话了。贺东仁坐了一会儿，也倒下了。妻子叹了口气。贺东仁躺不住了，又坐起来问，到底是怎么回事？

妻子也坐起来，黑暗中盯着贺东仁问，你说，你帮他还少吗，这都二婚了你还这么卖力，到什么时候才是个头啊？

贺东仁这才明白妻子这话的意思，我是老大，我得管哪。

妻子气愤地数落着，管，管，管，他都多大了，你还管？管他当兵，管他工作，管他结婚，管他离婚，管他再婚，管他打架，什么都管。可是，你管过我们吗？你管过这个家吗？你管过你的孩子吗？

贺东仁沉默了，管弟弟的事，他不觉得有什么不对，他是老大，长兄如父，这没什么可指责的。但是，妻子的后半句话的确触到了他的痛处，他的确很对不起两个孩子。他们的生活，他们的学习，他关心得太少了，这是无法辩解的。他沉默了。

妻子见他不作声，就唠叨起来，从孩子说到对婆婆的意见，再从婆婆说到弟弟，然后再说到贺东仁的种种不良，再到现在他们做着的布店生意。

贺东仁不想跟妻子争执，就一直沉默着。妻子提高了嗓门问，那些钱是我辛辛苦苦开小店挣来的，你凭什么拿去给他们用？你给这个家做了什么？你帮不上什么忙，还干这种事！

贺东仁实在有些忍不住地说，不要这么大的声，让孩子们睡个囫囵觉，行吗？

妻子倒在床上，气得直哼哼。贺东仁便到客厅的沙发上躺下，他真的累了，想睡。

第二天，一切照旧。年轻的贺东仁起床洗漱，然后夹起公文包走下楼梯，到自行车棚里打开自行车推出骑上。行走在车水马龙的路上，然后在街边的早点摊上吃早点，再骑上自行车向单位走。到了机关大院前，收发室的老张头叫住贺东仁，贺科长，你父亲等着你呢，好一会儿了。

贺东仁把自行车支在收发室前，见父亲伸着脖子向外看，就挥挥手请他出来。

贺东仁的父亲身材中等，精神很好地从收发室推门出来。贺东仁问，你有啥事？这么早就来了？

父亲对贺东仁说，就是你叔那个女娃的事儿，娃她爸找我了，想让你把娃的民办教师转正了，上次不是给你说过了嘛。

贺东仁微微地皱皱眉头，爸，不是跟你说了嘛，这事不是我一说就算了的，这得符合政策嘛，你就别为这事儿跑了，回头我去跟她爸爸说。

父亲有些不高兴地说，我都答应了人家了，人家是看我儿子能办大事才找我的。这也是娃的大事。再说了，你那个侄子，不是都跟她定了亲了吗？是咱们自己家的事，他们马上就要结婚了，胡晓他娘也找过我了，我都答应了。答应好了，这事你得办成。

贺东仁想跟父亲发火，但是，他没有心思，他想尽快地让父亲离开这里，就说，你让她去报名考试嘛，通过了考试再说别的。

父亲有些不解地问，她还要考试呀？

贺东仁有些不耐烦地说，她怎么啦？！谁都得考，她有什么特殊的！

父亲也瞪着眼，这事我答应人家了，就得办成了。

贺东仁一甩手，那你自己去给他办！

父亲看着倔儿子气哼哼地走进办公大楼，愣了半天，然后，他也气哼哼地走了。

贺东仁走在楼梯上，边走边想着父亲跟他讲的这个“叔”。他的大脑里显现出了那个艰苦的年代，正是这位与他一点亲戚关系都没有的叔叔，让自己跟着他学修剪果树，在大队的果园里学嫁接的方法，手把手地教自己学果树的栽培技术。这是关于那个年代的最美好的记忆之一。对于树木他有一种天然的喜爱，大概也与这段经历有着密切的关系。

坐在办公桌前，贺东仁的脑子里一直就在转着那位善良而又厚道的叔。

这是1994年。

1994年，贺东仁坐在政府机关的办公室里正在当着“官不大，却很有权”的人事科科长。他手里把握着能够决定许多人命运的大权。他搞的是“人事”，就是跟人和事打交道，可是，在运城这种儒家文化深厚的地方，人和事是不好打交道的，这需要极大的耐心和智慧。

贺东仁要向局长汇报工作，他拿着文件找局长，一推开门，局长见是贺东仁就说，我正要找你呢，东仁啊，有个事儿，你得处理一下。

局长指着坐在沙发上的一个人说，这是咱们下边县的县委老于，范县长派他来找咱们办个事，你去处理一下。

局长又给老于介绍说，这是我们的贺科长，这事找他就对了，我给你们牵上了线，你直接找他就行了。

贺东仁热情地跟老于握手，然后请老于到自己的办公室去坐。

贺东仁从局长那里出来的时候，他已经在琢磨，怎么把这个县长派来的人打发走。这是多年来贺东仁与老局长之间形成的一种只有他们俩才能感觉到的默契。凡是老局长让他“处理”的事，基本上都是不够条件，就是违反办事原则的事，让他处理就是“处理”掉，绝不是“办理”，所以，这时，他表现得非常积极主动而且热情周到。

贺东仁请老于坐下，老于赶紧递上烟来请贺东仁吸，贺东仁说他不吸烟。

老于就说，咱们不是外人，我就跟你实话实说了吧，范县长呢有位公子，喜欢开车，这不，前不久嘛，把人家给撞了，还给撞死了。人家不依不饶。赔钱咱们不怕，就给了他们钱。他们还提出，要给他们当民办老师的家属转正，这不，范县长就派我来跟你们商量，看能不能给解决一下。撞车的事儿不能闹大了，闹大了对范县长影响不好，就给他们办了吧。

贺东仁就问，这个人当了多少年的民办老师了？

老于犹豫了一下说，可能有两年了吧。

贺东仁微笑着说，老于呀，要知道咱们民办老师转正是有条件的，要在老师岗位上工作十年以上，然后，通过了考试才可以转正。如果他才干两年的话，这事儿就有难度了。

老于神秘地凑近贺东仁说，我知道这事儿有难度，要不怎么就找你个大科长呢。有难度也不能不办是不是？范县长交代的，你知道，他正处在上升期呢，仕途也很旺……这样吧，你就办吧，其他需要打点的由我来办。

贺东仁不急不恼地对老于说，老于，咱们虽然初次见面，我看你也是个实在人，不用绕弯子，你就向范县长直接说，这件事不符合条件，我这里不能办。

老于很焦急地说，给个面子吧，如果你这里没给办，那他还会去找老局长，到时候局长不是还得让你办呀？

贺东仁严肃地对老于说，局长也得按原则办事，全市有那么多已经符合条件的民办老师都在等待着转正，我们不能伤他们的心！局长不具体负责民办老师转正的工作，这个工作是我负责的，这件事，他做不了主，听我的话，你们不用再去找局长了，他也很忙。

老于见谈不下去了，就有些无奈地站起来要走。这时有一个年轻人敲门，贺东仁说，请进！

年轻人探身进来怯怯地问，请问局长在这里办公吗？

贺东仁热情地指着走廊的一端说，你往前走就是了。

老于又对贺东仁苦笑，我看……你还是考虑考虑，人家那么一个大县长求到你了，给他一个面子吧，交个朋友嘛。

贺东仁一边往外送老于，一边说，你要是不好意思跟范县长说这个情况，那我跟他说吧。

刚一转身，他瞥见从走廊的一头走过来一个小姑娘，看着有些面熟。姑娘一看到贺东仁就喊了一声，贺叔叔！

贺东仁站在那里看了半天没有认出来，姑娘走上前说，贺叔叔，你不认识我了，我是……

还没等姑娘说完，贺东仁突然想起来了，就是贺东仁父亲说的那个要转正的姑娘。贺东仁说，都这么大了？你爸爸还好吧？他身体怎么样？

姑娘说，我爸爸挺好的，现在没事干了，在家里待着呢。

贺东仁把姑娘让到自己的办公室里，给姑娘倒上一杯水说，娃呀，你爷把你的事都跟我说了，现在正跟胡晓谈着恋爱，快结婚了吧？

姑娘好像不太愿意谈这件事，是我爸让我找你的。

贺东仁问，转正的事？

姑娘点着头。贺东仁问，你干了几年了，在民办岗位上？

姑娘说，有六年了。

贺东仁一听就皱了皱眉头，在学校里教什么？

姑娘说，教体育课。

贺东仁问，你也不够条件报名考试啊。

姑娘说，我有特长，你们不是规定有特长的可以特招的吗，要不然，就不给你添麻烦了。

贺东仁两眼一亮，你有特长？什么特长？

姑娘腼腆地笑了，体育特长呀。

贺东仁急着问，知道你体育有特长，什么项目？

姑娘答，射击。

贺东仁又问，获得过名次吗？

姑娘说，当然了，我是小口径射击地区冠军呢。

贺东仁高兴起来，真的？这下可好了，你的事，这下可好了。

贺东仁心里高兴极了，这是他没有想到的，一方面可以给家长作风严重的父亲一个交代，也可以给他所尊敬的老师一个交代了。因为，民办老师转正的条件，要么是工作十年以上，要么是有专长，特别是由于农村中小学的音、体、美教师奇缺，只要真正有特长的，基本上都要特招进来。姑娘不仅有特长而且还是个地区的射击冠军，这正是他们要特招的特殊人才呀。

贺东仁对姑娘说，你回去好好地考试，只要通过考试，我看你的转正问题不难解决。

这时，贺东仁的电话响了，贺东仁对姑娘说，你走吧，回去好好准备考试吧，我现在还有事，代我向你爸爸问好。

姑娘走出去。贺东仁拿起了桌子上的电话，老局长有些焦急地对贺东仁说，快过来一下，出问题了！

还没等贺东仁问是怎么回事，电话就挂了。贺东仁赶紧跑出去。老局长的办公室与他在一层。他来到局长办公室的时候，有个穿白衬衣的小伙子正在哭诉。贺东仁进去，老局长向他摆摆手，让他站在一旁听着。小伙子说，你们连理都不理，现在我不找你们解决问题了，反正我也活不成了，就跟你们同归于尽吧。

说着，小伙子高高地举起手来。贺东仁这才发现，他手上有一枚手雷！

贺东仁张着嘴愣在了那里，他看着手雷，但是不能判断这枚手雷的真假。老局长满头大汗，还在劝着小伙子，你要冷静，这样是解决不了问题的嘛！我们工作哪里有什么问题，我们可以听听你的意见嘛……

贺东仁观察到小伙子的手在颤抖，还发现他在喘着粗气。突然，贺东仁怒吼一声，放下！把那玩意儿放下，不要命了？！

小伙子被背后这突然一声吼吓了一激灵，手里的东西不由自主地放了下来。

贺东仁严厉地看着这小伙子，走到他的身边，你想干什么？你想死？你想让我们也陪着你死？

小伙子不知所措地站在那里。贺东仁盯着小伙子的眼睛，你想死，那么简单？你跟家里人商量了吗，你要死，你家里人知道吗？你妈妈知道吗？你媳妇知道吗？啊？！

小伙子在贺东仁威严的目光下，不由自主地轻声说，没有……

贺东仁得理不饶人地逼视着小伙子，你谁都没商量你死个什么劲？他们要是不同意，你不就白死了吗？你最好回去跟你妈妈、爸爸、媳妇都商量好了再来……

小伙子完全被贺东仁控制住了。他嗫嚅着，不知道怎么办才好。这时，贺东仁从小伙子手里轻易地拿下了手雷，然后对他说，你不是来解决问题的吗？我们连什么问题都不知道你就想稀里糊涂地让我们陪着你死？这公平吗？

老局长用手擦着汗，他工作了几十年，这还是第一次遇到这样的事情，这小伙子把他弄得神经紧张。对嘛！你连问题都没有说清楚就要炸人。

贺东仁以更为严厉的目光盯着小伙子说，你知道你这是什么行为吗？你这是犯罪！我现在向公安局报案，你就会被铐着带走，你就会被判刑！

小伙子一听，怕了，蹲在地上哇哇大哭。这时，其他科室的工作人员也都围过来了，他们问贺东仁是怎么回事，贺东仁向他们挥着手，都去工作，这里的事由我来处理。那些科员都给他轰走了。

贺东仁叹了口气，他推了一把小伙子，起来！

小伙子听话地站起身。贺东仁对老局长说，把他交给我吧。

局长挥着手，他已经很烦了。贺东仁手里拿着小伙子的手雷在前边走，小伙子很难为情地跟在他后面走出了局长的办公室。

走进贺东仁的办公室，贺东仁的态度就变了，他给小伙子倒了一杯水，让他坐在自己的对面，语重心长地对小伙子说，我看你这样子像是读过书的人，国家培养你们不容易啊，怎么说走极端就走极端呢。说说，到底是怎么回事？

小伙子低着头，手里捧着水杯小声地说，我也是实在没有办法了才这样的。

我前年大学就毕业了，分到了下边的一个县里，可是，那里不给我安排工作。我就说，你们不给我安排工作就把我给退回到省教育局去，让他们再给我重新分配吧。他们说他们管不着，就是不给办。我就到省里，省里就说，他们不给你退回来，我们也给你分不下去。我来来回回去了无数次，每次都被推出来。我都跑了两年了，就是没有一个人理我。后来在省里有个好心的人告诉我，说在你们这里开个信，也能解决问题，我就到这里来，没想到你们这里也是这样对待我，他们不给我开信，就把我往外轰呀。我实在没办法了，我毕业这么多年了，什么工作也没有，还靠着父母，你说我又能咋办嘛？

说完，小伙子的眼泪又下来了。听了他的话，贺东仁心里很难受。贺东仁怜惜地看着小伙子说，你放心，你的事肯定给你办好，不要再想不开了，你还这么年轻，生活还没有真正的开始。生活中遇到困难和挫折是不可避免的，不能动不动的就想不开，父母养你这么大不容易啊，国家培养你们这样一个大学生也是不容易的啊。

贺东仁走到办公桌前拿起电话说，小王你来一下。

很快，小王就到了贺东仁办公室，贺东仁给小王详细地说明了怎么给小伙子开信，然后对小王说，你给他办完了这事，立即通知全体人事科的人都到我这里来开个会。

小王问，是现在吗？

贺东仁点头，对，就是现在。

然后贺东仁对小伙子说，你的武器我留下了，我也不给你报警了，以后可不敢再做这样的傻事了！

小伙子后悔极了，他不由自主地给贺东仁鞠了一个躬，然后跟着小王出去了。

10分钟后，贺东仁举着刚刚从小伙子手里收缴的手雷，严肃地对坐在自己办公室里的工作人员说，我们都干了什么？！我们就是为人办事的，就不能态度好一点儿吗？把这些人都逼到这个份上，这是我们的耻辱啊！组织给我们的权力是让我们给人家服务的，我们怎么能对人家这样的态度，你觉得你手里有权了就了不起了？这个权力可以给你，也可以收回来！今天，我就不追究是谁的责任，我提一个要求，从今天开始都必须遵守，包括我自己。以后，凡是来这里办事的，找到任何人都必须笑脸相迎，热情接待，给人家倒上一杯水，说几句关心的话，说几句温暖的话，求咱们办事的差不多都是社会最底层的普通人，你的一句话可能就会让他记住你一辈子。如果能马上给办的事，绝对不允许拖，一天都不能拖。能办就马上办，能在今天办的，就绝不能拖到明天去。我相信你们能做到。你们如果换个位置替这些人想一想，就没有任何理由拖着不办，甚至故意为难他们。这些道理我不讲你们也都清楚，你们比我有文化，受过良好的教育，把人家的事当作自己的事想一想，就不会这样了。

下午，贺东仁刚刚来到办公室，范县长就来了，范县长比较年轻，看上去跟贺东仁的年龄差不多。贺东仁是根据跟在范县长身后的老于判断出走在前面、有些官态的人是范县长的。贺东仁见到两个人走进来了，微笑着站起来说，劳县长的大驾亲自来了，这真是失礼了。

县长也不问贺东仁怎么知道自己是县长的，有些自来熟地说，是呀，我要不自己来一趟，事情就不好办。哎呀，现在的手下人办事的能力真是不敢恭维，什么事都得自己操心。

贺东仁热情地给范县长、老于倒上水，然后说，范县长，你呢，这么忙，你要我们办的事老于上午已经找过我了，我也把情况跟他说明白了……

范县长打住了贺东仁的话说，他能说得明白？他要是说明白了我就不自己来了！我还是想当面听听怎么回事。

贺东仁从范县长的口气里听出了别样的味道，于是，他就淡淡地说，那好，我就给县长汇报一下，根据我们为民办老师转正的政策，老于上午说的这个人的情况与政策划定线的距离相差比较大，所以我告诉老于这事难度太大了。

范县长问，你们都有什么政策？是怎么划的线？

贺东仁说，民办老师如果要转正有两条最基本的条件，一是在教师工作岗位上工作十年以上，二是必须通过考试。这是两条最硬性的规定，没有这两条就是我自己的孩子也办不了呀。

范县长撇了撇嘴，就没有特殊的情况？特事特办的？

贺东仁笑了，范县长看来是很了解我们的政策呀，我们的确是有一种特事特办的情况，那就是如果在音、体、美三个方面有特长的，可以特事特办，不过也要通过考试才能考虑。

范县长也笑了，是吗，这老于就没有说嘛，要是这样说，不就找着解决问题的办法了吗？

贺东仁疑惑地问，这么说，这个娃有特长？他有什么特长呢？

范县长站起身来，这个……特长好办嘛，你就按照特长给他办了，局长那里我去说说。

贺东仁没有再说什么。

正当贺东仁要重新坐回到自己的办公桌前的时候，贺东仁的父亲背着手走了进来，贺东仁一看就说，爸，你咋来了？！有什么事吗？

父亲站在贺东仁的面前问贺东仁，我要你办的那件事办得咋样？

贺东仁耐心地对父亲说，这个事不是说办就能办的，这得按照程序来。

父亲就说，别程序程序的，你就说能不能办成，她就要成你的侄儿媳妇了，当作个大事来办。

贺东仁想了想对父亲说，我只能说，她这个事有门儿。

父亲一听高兴地笑了，我就说嘛，你办这么个小事，没问题，一点儿问题都没有，这孩子多好啊。

贺东仁严肃地说，爸，我可没说这事儿已经成了。

和局长约好的，下午要谈事，贺东仁跟办公室的其他人交代了一下自己的去向就去了局长办公室。

局长是贺东仁的伯乐，当年正是他把贺东仁留在局里当这个人事科长的。差不多十多年前，局长就是这样对他说的。他说，人事科长从行政级别上来说，不是个什么大官，但却是个关系到许多人命运的角色。你办事的结果可能会影响到一个人的一生，要公正客观有人情味地行使自己的这个权力，把这个小官当好并不容易，可能会遇到许多问题，要慎重地使用这个权力。

贺东仁进了局长的办公室，局长给贺东仁沏了杯茶，坐在沙发上，他望了一会儿贺东仁，然后对他说，情况复杂呀……

贺东仁感觉这种语气是少有的，关心地问，遇到麻烦了？

唉，麻烦还不小呢。我找你就是想说说，本来不应该这么早地对你透露这些消息的，可是，现在有人在下面闹事，还闹到了纪检委去了。

贺东仁有些吃惊，闹谁？谁在闹？

谁在闹现在还说不准，是匿名信，告到了市纪检委了，你看！

局长把匿名信递给了贺东仁。贺东仁打开信，刚读了几行就愣住了，匿名告状信居然是告自己的！贺东仁抬头看局长，局长正在点烟。他猜想，局长给他看这封信的意思是什么。他当然相信，局长是因为对他信任才让他看这封信的。但是，看了以后呢？

贺东仁又低下头去接着读信，这封匿名信措辞强烈，但实质内容却不是特别多。主要的罪状是，贺东仁权力大，目中无人，信里用“小政府”来形容贺东仁权力有多大，说他利用这个权力谋取私利，为自己的人办事，为领导和亲信办事。信中提供了两条证据，一是贺东仁的父亲经常到局里来让贺东仁办这办那，还有一个证据说是新绛县和绛县两个县的领导都被贺东仁给收买了，现在这两个县都在抢着向上边打报告让他去那里当县委副书记，如果没有权钱交易，怎么会有提议他去当县领导的份？

看完了匿名信，贺东仁的心里就有底了，这不过是捕风捉影。他问局长，你相信这信里说的？

局长弹了弹烟灰，我要是相信这些胡言乱语就不跟你谈了，要知道，你的“小政府”不用说了，这在外面早就有了传言，不是什么新鲜的事。我想听一听副县长是怎么回事。

贺东仁叹了口气，唉，这个……却有这么回事，这都怪新绛县的吴书记，我们是老朋友嘛，唉，他见我这么多年在下面也没有什么上的机会，就给地委写了个报告，要调我去他们那里当副县长去。打报告之前也没有跟我商量。因为这个事儿，我差点还跟他急了，我根本就不想去。过了没有多久，绛县的陈书记也想让我去他那里当个副手，这回他倒是跟我商量了，但是我还是不想去，他就硬找到了地委，他后来跟我说，地委基本上同意了他们的意见。这事后来我还是从地委的朋友那里听到的。

局长听清楚了，这匿名信里的一些事还真是有些影子，就试探贺东仁，那你就去当你的县官呗……干吗不干呢？

贺东仁说，我要是想当官早就不是现在这个样子了。

局长说，那是为什么？

贺东仁说，我是不想离开局里嘛，要是离开我就去做生意，也不会去别的地方干。

局长点了点头，沉默了一会儿感慨道，就是权力惹的祸！

贺东仁疑惑地看着局长，我都放弃了还能惹什么祸？

局长无奈地说，正是因为你放着县官不去当，才惹恼了一些人啊。你知道别看你这个小小科长位置，不知有多少人在盯着呢。我跟你也说过，人事科长是个“小位置大权力”的官，所以，有人特别希望你腾出位置来，人家忌妒的不是你的副县长，而是对你不去当这个副县长着急呀，你只要一走就会有人顶你的缺，你在这个位置上干了十几年，这是让许多人都想不通的。

贺东仁叹了一口气，那么，下次还会有人折腾这件事的，我能怎么办？

局长一拍桌子，这是阴谋诡计！你能怎么办？让他们说去，你该干什么干什么。这匿名信到我这里也就为止了。

贺东仁就想起了绛县的那个朋友，当时朋友为自己的事，特别交心地谈，请自己给他当副手。他说，我这是委屈你呢，你是个有头脑有能力的人，我就是想请你来，咱们一起把这县的经济搞上去，这也是给大家做好事啊。

那天，县委书记还破例在中午跟贺东仁喝了酒，不过，贺东仁非常冷静，他当时明确表示不想干。贺东仁就说，我不愿意当官的原因有两个，一个是我不想离开我现在的单位，老局长对我有知遇之恩，只要他不离开我就不会走。第二是这些年在这个小官的位置上我见识了太多的官场的事，不想再走这条路了，我一旦离开就想干点别的，不会再在官场里混下去。

朋友就不理解，你说你，很多人都想尽了办法要抢这个位置，给你你却不要。

贺东仁就跟朋友开玩笑说，那就让那些想干的人去干吧，反正我不去。

朋友就说，你说的不是真心话，你是嫌这个官小！

贺东仁说，这官在这个地方不能算个小官了，有实权。可是你想过没有，你当个县长一个月也就八九百块，多了一千块钱，够你花的吗？肯定不够花嘛。不够花的时候你怎么办？你就会腐败嘛，腐败的时候你心里不慌吗？那些凡是拿着钱求你办事的，就是拿钱来买你丧失原则，你想想，是不是这个道理？那些凡是给你送钱的求你的，都是不符合条件、不符合政策的，要是符合条件符合政策他根本就不会找你，找你，就意味着请你违背政策、违背原则，你干还是不干？

朋友哈哈大笑，举起酒杯，来，咱们干！

贺东仁敲开“叔叔”家门的时候，张叔很吃惊，他没有想到贺东仁会拎着东西来看他。贺东仁乐呵呵地问，叔，不想让我进去吗？

张叔不好意思地说，哎呀哎呀，快进来，真是没想到，你能来我家。

贺东仁进了房间，打量了一下，看得出来，张叔的日子不宽裕，摆设用品都是非常简陋的，张叔就叫张婶，快给贺科长倒杯水！贺科长来了！

贺东仁听了很难过地说，叔，你怎么能叫我“贺科长”呢?！叫我东仁。

张叔不好意思地说，好，好，叫东仁。

贺东仁问，这些年，都干啥呢？

张叔就说，嗐，能干啥，就是待着呗，哪还有咱们干的地方，一个农民。

贺东仁却不这样看，你是农业上的好把式，这我比谁都清楚，当年，要不是你手把手地教我种树和嫁接的活儿，我哪里懂得那么些东西啊。那技术现在也不过时，你看……

贺东仁举着自己的手，指着手指说，都留下纪念了，这是当年学嫁接的时候受的伤，现在还留下了记号。

张叔叹口气，无奈地说，地都没了，还讲个啥技术？农民没了地，再好的把式也不顶事。

贺东仁说，早晚有一天，你那一身的绝活会发挥作用的。

张叔摆摆手悲观地说，人都埋了大半截子了，不会再有那一天了，下辈子吧。

贺东仁转移了话题，我那侄女的事，有门儿了！她今天找过我了，没想到她还是个地区的冠军呢。

张叔又高兴起来，这事儿就麻烦你了，我们就指望着她能有个出息了，女娃家，能当个老师比啥都强，稳定。

贺东仁又问，听说她跟胡晓谈着恋爱呢？

张叔说，还是你爹给牵的线呢。

贺东仁恍然大悟地说，我说他那么积极呢，这事儿他也插手！

张叔就说，这也是好事嘛。胡晓接了他爹的班，当了工人，有了城里的户口，这在咱们农村也是条件很不错的了。就是……

张叔欲言又止，贺东仁问，是不是侄女不太满意？

李婶捅了张叔一下，她就是看花眼了，这山望着那山高的。

张叔说，不说他们了，他们的事让他们自己想去，让他们自己处去。

走出张叔家的时候，贺东仁的心里很不舒服。这个张叔原来是大队的支部书记，后来城市化过程中失去了土地，从农田、林地里滚出的一身过硬技术，如今却弄得个没饭吃，这是他想不到的。这个张叔是个很会钻研的人，尤其是在嫁接和种苗的培育上有着多年的经验，贺东仁想不通的是，这么个人怎么会有劲没地方使。

贺东仁刚走上楼梯，就看到父亲蹲在他家门前。见到贺东仁，父亲站起身来说，你回来了？我等你半天了。

贺东仁就说，你怎么不进去？有啥事到家里等着呗。

父亲说，不想进去，怕你那媳妇不高兴，就在这外面跟你说几句。

贺东仁拉着父亲说，走走走，到家里去，我看谁敢不高兴！

父亲笑了，这才是我儿子。

父亲挺了挺胸，理直气壮地跟在贺东仁的身后，这才像个汉子，男人不能让婆姨拿捏着过日子！

进了屋，贺东仁就对里面喊，咱爹来了，弄点吃的吧。

贺东仁的妻子走出来，跟公公打了声招呼就到厨房去了。贺东仁就问父亲，是不是又是张叔家那姑娘转正的事？你就别操心了，你也太心急了吧，等考完了试嘛。

父亲就说，对你是个小事，对他们可是天大的事，要是她能转正，小两口子就好了，你看，一个是工人，一个是教师，多好的一对呀。

贺东仁说，爹，你要是没事干，就帮着看看店什么的，没事就爱掺和别人家的事。

父亲有些不高兴地说，这可不是别人家的事，这胡晓是你的侄子。

贺东仁说，我妈妈的身体还好吗？你应当在家里多照顾照顾她。

父亲低声地对贺东仁说，你弟弟定了日子了，国庆节结婚，你得给他准备准备。

贺东仁问，回去得好好地说说他，这可是二婚了，可得好好过日子了。

民办教师转正考试的结果出来了，张叔的女儿顺利过关，范县长要求关照的人虽然强行参加了考试，但是考得非常不好。考试的全程由贺东仁组织实施，他所担心的考场违纪现象没有出现。干完了这件事，贺东仁长长地吁了口气，终于又了结了一件大事。

但是，他这口气还没出完，电话铃声响起，东仁哪，我是范县长，就是前两天找过你的范县长啊。

贺东仁主动地说，哎呀，你那个孩子考得很不好呀。

范县长说，我找你是想请你去消费消费的，先不谈这事儿。

贺东仁很抱歉地说，这事儿，你可找错了人了，我老婆都说我是个没情趣的人，就是不爱玩。

范县长说，你一个大才子谁都知道，咱们唱唱歌，捏捏脚，放松放松嘛……

贺东仁回绝，咱是个农民，对那东西一窍不通，也没兴趣。

范县长固执地说，去几回就有兴趣了……

贺东仁打断了范县长，范县长，说正事儿吧，你说的那个人确实不行，虽然他参加了考试，但是考得不好。

范县长说，考试不就是走个过场吗，他还是个特长生嘛，你给按照特长生考虑进去吧。

贺东仁说，不是说是个特长生就是个特长生，咱们还要组织专家考核的，要货真价实的特长，要是什么也不会，他不是也受罪吗。

范县长说，给个面子嘛，谁还没有点什么事？有用得着兄弟的时候，兄弟也会帮忙的。

张叔的女儿来了，她敲门，贺东仁的门本来就是开着的，他看到了姑娘很高兴地招呼她进来，张燕啊，你考得不错嘛，这回放心了吧，回去等着通知去吧，很快就会有结果了。

看不出张燕那高兴劲儿，贺东仁却有些不解了，哎，考好了，你怎么不高兴呢？

贺东仁让张燕坐到沙发上，张燕说，叔，我想跟你谈件事，你有时间吗？

贺东仁就站起身来说，你就说吧，什么事？

张燕还没有说话呢，眼泪流下来了，叔，我和胡晓不合适呀，我们要是结了婚，不会有什么幸福的。

这话让贺东仁有些摸不着头脑，怎么？你们闹意见了？

张燕泪眼婆娑地望着贺东仁说，叔，不是闹意见，我跟他根本就不是一路人，他们非要把我们弄在一起，现在又把我转正的事扯在一块，说要是不跟他结婚就不让我转正……

贺东仁明白了，这不是瞎扯吗，都什么年月了还要逼婚？

张燕见贺东仁不说话就小心地说，叔，你也别为难了，转成正式老师是我的梦想，也是改变我们家生活状况的大事，不能因为我这个事就不办了。如果非得嫁给他才能让我转正，那我就嫁给他，嫁了再跟他离吧。

贺东仁一听张燕这话就生气了，张燕，亏你还是个读书人，怎么能说出这种话来！我告诉你，结婚和转正是两码事，这两件事之间没有任何关系，你转正是因为你够条件，不是因为你要嫁给我的亲戚，更不是因为我父亲和你父亲的人情！

贺东仁说话的声音很大，他简直就是在吼叫。张燕吓坏了，嗫嗫嚅嚅地劝贺东仁，叔，你别这么生气！

贺东仁的怒火还没有熄灭，你知道吗，如果不是因为你得过地区的射击冠军这个体育特长的条件，你就是嫁给谁都没用！

听到这话，张燕的泪眼里现出了希望，真的吗？可是，爸爸跟我发火了，说我必须嫁给他，否则对不起你……

贺东仁打断了张燕的话，别说了，我找他去！

“你找谁去？”随着这句话的声音，贺东仁的父亲大步走进来了。

贺东仁见父亲进来了就对张燕说，你回去吧，放心地回去吧，其他的事有我呢。

张燕刚要出去，贺东仁的父亲说话了，你先别走，我还有话要问你呢。

贺东仁问父亲，让娃先回去嘛，有话跟我说。

父亲说，有的话跟你说，有的话是跟她说的。

父亲看着张燕问，你真的不想跟胡晓结婚了吗？

张燕轻声地叫着，爷爷……

父亲严厉地追问，你说是不是？你把他都逼到什么地步了？！你知道吗，那么大的一个男娃，哇哇地跟我哭呀，那孩子有什么地方不对？我是看着他长大的，又老实又厚道，条件还那么好。你想想你的家庭，跟他比起来不知差多少倍。你就不要他了？！

见父亲在自己的办公室就这样教训起人来了，贺东仁很不高兴，爹，你来这里到底有什么事？这是办公的地方，你不能把话留着到家里去说呀？

父亲转向贺东仁毫不留情地指着张燕说，不能给这个娃转正！她要是想不通，就不能给她办转正！

贺东仁有些哭笑不得地说，爹，这可不是咱们家办的政府呀，你说不让转就不转？

父亲用手指着贺东仁质问，我就问你一句话，你给不给她转？

贺东仁按捺着自己的火气，爹，当初是你一天找我三次为张燕转正，你说得多好呀，现在她马上就要转成了，你又让我把人家给撤下来，这不合情理嘛！

父亲气哼哼地说，什么情理不情理的，她要是嫁给了胡晓，什么事也没有了，她不嫁就是不能给她办！

贺东仁见这个理是说不通了，就硬硬地说，转与不转，是按照她的条件和国家的政策来的，你和我说了都不算数。

一边的张燕听着两个人争吵吓得走也不是不走也不是。贺东仁的父亲气得浑身颤抖，他突然脱下鞋子来要打贺东仁，张燕吓得拉着贺东仁。贺东仁大吼一声，住手！

父亲被他这一声吼吓住了。贺东仁看着父亲说，我叫你一声爹，是你养了我，教育了我。可是，我们都得懂理！你要是打我，咱们回家去，你打死我都行，那是家。可这里是政府机关，我在这里，不是儿子，我是个堂堂正正的国家公务员！今天你要是把鞋子打在我的脸上，你就是在羞辱国家公务员，你这就是犯法！

父亲指着贺东仁，你你你……

傍晚，贺东仁给妻子打了一个电话，说今天要加班，不回去了。别的什么都没有说，他知道，这件事是说不清了。心绪很乱，坐在办公室里，望着房顶发呆。

局长也没走，见贺东仁的房间里亮着灯就过来了，他敲敲门，微笑着走进来。贺东仁站起来说，还没走啊？

局长点上一支烟看着贺东仁问，遇到烦心事了？

贺东仁苦笑着没有说话，走到局长身边，从局长放在茶几的烟盒里抽出一支烟来，局长看了看他，没说什么，拿起打火机给他点上烟，贺东仁坐在局长的对面。

透过烟雾，局长缓缓地说，东仁，你今年有 40 了吧？

贺东仁不知道局长要说什么，老实地回答，都 42 岁了。

局长感叹地说，真年轻啊，正是干事业的时候。你调到人事科的时候，也就二十多岁吧？

贺东仁说，27 岁。

局长说，看看，一晃也十多年过去了，时间不饶人哪。

贺东仁似乎从局长的话语中听出了一些什么味道，他试探着说，局长您是不是要调动工作了？

听了贺东仁的话，局长有些吃惊地望着贺东仁问，你是不是听到什么消息了？关于我，又有闲话了？

贺东仁憨厚地笑了，我瞎猜的，谁也没说什么。

局长盯着贺东仁看了一会儿，也笑了笑赞赏地说，你很有头脑，当初把你留在局里，我也是斗争了一下子的。当时还有说三道四的。干个什么事都有个意见。不是出于公心。

局长站起身来，哎呀，人哪……

局长向外走去，他的烟和打火机都扔在茶几上，贺东仁提醒他，烟没拿。

局长头也不回地说，留给你的，你今天晚上需要这东西。

贺东仁需要用香烟来清醒头脑吗？

他走到电脑前，打开里边存放的音乐文件，轻柔的音乐从音箱里传出来，他坐在办公桌前，闭上双眼陷入沉思。

“啪啪啪”几声敲门声打断了贺东仁的沉思，他睁开双眼，喊了一声，请进！

一个秃顶的中年男人走进来，进了门二话不说，一下跪到了贺东仁面前，嘴里叫着，领导，领导呀！你给我做主呀。

这男人一边喊叫一边泪如雨下，还给贺东仁作揖。贺东仁见状赶紧走到男人面前，把他扶起来，你这是干什么？有话说话嘛。

男人被贺东仁搀坐到沙发上，还在流着眼泪，我是实在没办法了，找了省里，找县里，找了县里，找学校呀。我都这么大的岁数了，我都 50 多岁的人了，我考不了试了。考不过试，就转不了正，我在教师的岗位上干了 35 年了，还不能成为正式的，我实在没办法了……

听了这个男人的话，贺东仁心情很沉重。他拍着男人的肩膀，一切都会好起来的，你们这些人为中国的农村教育做出了这么大的牺牲，组织是不会让你们失望的。

男人擦着眼泪抽泣，真是没办法了，考不了试了，考了一次又一次，考不了了……

贺东仁给他倒了一杯水，你怎么知道我在这里？

男人睁着大眼，唉，我是瞎碰的。你是谁我也不知道，我看这个房间里有人就进来了……

贺东仁笑了，你的运气不错。

早晨，贺东仁召集科里开了一个简短的会议，他把昨天王老师到局里反映情况的事跟大家做了通报。贺东仁对部下们说，今天大家先把手头的事放一放，把咱们所辖区域内像王老师这种情况的摸一摸，看看还有多少人。

有人提问，那得划一道线吧，划一道年限的线，上线的就算在内，不上线的就不考虑。

贺东仁说，行，那就以 20 年为限，凡是在民办教师工作岗位上工作 20 年以上的都是我们解决的对象。我会把这个问题专门向上面汇报一下，看能不能一次性解决，一次解决不了的，我们也必须分批给他们一个交代。

会议结束后，贺东仁专门找了局长，局长对贺东仁的做法非常赞赏，他说，我们太脱离实际了，下面的一些情况我们还没摸清楚，我们应当有针对性地解决这些历史遗留问题，不能让老教师和新教师在一条线上竞争，应当区别对待，否则对这些人就不公平。

贺东仁对局长说，我想自己到基层跑一下，不坐在办公室里进行统计，我要到实地去摸摸情况。

局长一听就高兴地支持，好！这个想法好，安排一下工作你就下去，要想真正地了解实际情况，只能到现场去。

要是说贺东仁完全没有私心或许许多人都不信，他要求到下面去调研的想法的确是与他这几天的心情有关。一方面因为王老师这件事引起的后续动作，另一方面，烦恼的事情虽然经常遇到，但是，这些日子遇到的事有些邪门，也让他有些吃不消，匿名信、老父亲的出尔反尔、一系列莫名其妙的是是非非，没完没了地重复……他的确非常想下去散散心，去闻闻泥土的味道。

年轻的时候，贺东仁感到最惬意的事情就是仰卧在田野里，看着天空，闻着原野飘散过来的草香、泥土的芬芳漫无目的地畅想。现在，人在官场，闻不到泥土的味道，也闻不到青草的味道，甚至连见这些东西都成了一种奢望。

怀念乡村的朴实与美好，那种泥沙的色彩与味道使他踏实。他甚至想起了那些老房子，和老房子里住着的童年。

消息走得太快了。

贺东仁把汽车停在村外一个安全的地方，正准备悄悄进村时，村长和一些村干部就已风尘仆仆地赶出来迎接了。村长乐呵呵地握着贺东仁的手，高声地说着，唉，贺科长要回来提前通知我一声，我们也好做个准备不是？你看看。

贺东仁听村长叫自己“贺科长”很不舒服，就对村长说，村长叫“贺科长”就生分了，还是叫我东仁，叫我东仁吧。

村长呵呵地笑着，叫东仁，叫东仁。

村长拉着贺东仁的手也不给其他的干部介绍，一边走一边说，刚刚得到你要回来的消息，你就到了，你可真是快呀。先到我家里休息一下……

贺东仁忙说，我不是来探亲的，我是想来看看咱们村里的学校，了解一下老师们的情况。

村长说，那还用着什么急，就那几间破房子，没啥好看的了，还是你们上学的那几间房呢。

贺东仁吃惊地说，还是那几间房？！都多少年了，我都四十多了，还用那几间房子呢？我还是先去看看，我去看看上学的地方。

村长的语调降下来了，村里穷呀，没钱再修学校了。现在都各管各的，谁还有心思管公家的事。

他们走到学校的时候，校园里静静的，只有一个教数学的教师操着一口浓重的土语在讲课。

这里的一切真的跟几十年前的一样，已经破败的土墙，那棵老枣树上挂着的三角铁，甚至连房顶上的杂草都是原来的样子。

贺东仁仿佛一下子回到了童年：胖胖的女孩跟自己追着玩，单腿独立蹦蹦跳跳用膝盖互相顶撞的男孩们，于老师用他粗糙的大手在地上捡块石头敲击三角铁，高喊着“上课了”的声音……一切仿佛就是昨天的事。

贺东仁问，那于老师后来干什么去了？

村长疑惑地反问，哪个于老师？

贺东仁描述，就是那个，教你妹妹和我那个班语文的于老师！

村长恍然大悟，唉！他呀，还在呢！还在教语文呢！

这让贺东仁吃惊不小，呀，都30多年了吧？我想，我当时上学才10岁左右吧，那个时候他就在这里教书呢，现在还在？！今天他在吗？

村长对跟在一边的年轻村干部说，去，看看于瘸子老师在不在？

贺东仁对“于瘸子”这个称呼感到很疑惑。村长解释说，他呀，有一次带着学生上山去捡柴火掉到沟里摔坏了，成了瘸子了。

贺东仁惋惜地说，他很有才华呀。

村长笑着说，要不我们为啥还让他干呢。

一会儿，于老师跟在村干部后面一瘸一拐地走来了，贺东仁赶紧走上前，有些激动地高声叫着，于老师！您还认得我吗？我是贺东仁呀！

于老师握着贺东仁的手，腼腆而又憨厚地笑了。他不知道说什么好，看得出来，他能想象出贺东仁是自己曾经的学生。村长着急地对于老师说，唉，说话呀，贺科长现在在城里当大官，来看你们来了。

贺东仁摆手制止了村长的话，他拉着于老师的手不放开，轻声地问，您早就转成了正式老师了吧？

于老师嘿嘿地笑着摇了摇头。贺东仁很不解地想说点儿什么，这时，下课了，教室里的孩子们跑出来叽叽喳喳，村长叫着，张老师，快过来！

上数学课的张老师看上去年纪不大，走过来。贺东仁向他点着头，您是新来的吧？

张老师说，哪呀，我都在这里十几年了。

村长说，这张老师在村里的小学校里……十五年了，来的时候还是个孩子呢。

村长提议说，咱们都到村委会去得了，那里好说话。

贺东仁却说，咱们就在教室里得了，正好孩子们下课了，让他们晚上一会儿课，就耽误大家一点时间。把其他的老师也都叫来吧。

贺东仁突然想起，能不能去我上学时候的那个教室？

村长说，那怎么不行呀，哪个是你当年的那个教室？

于老师这时候开口了，你们那个教室，不能用了，快塌了。

贺东仁说，我想去看看。

贺东仁轻车熟路地奔向自己童年时的那个教室。他站在窗外，看着破败的教室问，这里有多长时间没使用了？

于老师说，上学期还用呢，下一场雨就不行了，老是漏水，还掉土，怕砸着娃娃们。

贺东仁站在那里看了半天，然后推开门走进去，看着满屋灰尘的教室，看着墙上的“好好学习，天天向上”八个大字，看着讲台旁那个装煤用的小仓库，历史仿佛凝固了。他静静地在那里站了很长的时间。

村长走到他的身边说，咱们走吧。他才随着众人走出这间破败的教室。

从小学校出来，贺东仁问村长，修这个学校需要多少钱哪？

村长说，钱倒是用不了多少，就是这个房子不值得修了，修的钱还不如盖个新的呢。

贺东仁又问，盖一所新的学校又需要多少钱呢？

村长说，有个20来万能盖个不错的学校，唉，这年月，哪弄那个20来万去！

就在贺东仁和老师们在学校的教室里谈话的时候，有一个男人探头探脑地向里面张望，看见贺东仁后就说，贺科长，我想跟你谈个事，行吗……

贺东仁一看有点面生，你也是这个学校的老师？进来吧。

村长一撇嘴，他什么老师？他是老师的家属！杨翠的丈夫。

贺东仁一听想起来了，这个人去局里向自己反映过情况，没想到在这里遇到，噢，你也在咱们村呀。

杨翠的丈夫点着头不尴不尬地笑，贺科长还记得我呀？！我的问题……你解决了吗？

贺东仁笑了，你那叫什么问题？让大家说说，到上边找人都是为自己家里人办事的，你倒是好，写了一大堆材料，却是拆自己媳妇的台，不想让人家转正，这叫什么事儿？

村长笑了，你小子，给贺科长添麻烦去了，还是拖媳妇的后腿，丢脸不丢脸？！

杨翠的丈夫有些急赤白脸地说，让她转了正，那还不更不着家了？那还不一步登天？那还不把这家给拆了？

贺东仁严肃地责备杨翠的丈夫，你这是农民意识！她如果符合条件为什么不能给她转？

杨翠的丈夫嘟囔着，我有新的证据，她在外面有了相好的，作风有问题……

贺东仁说，作风问题我们不管，我们只管给符合政策和条件的人办理转正。如果你有真凭实据可以到派出所去报案，让警察去管。实在不行——

贺东仁指着村长说，你也可以找村长解决。

杨翠的丈夫问，那么，你是说不给解决了？！

村长开始轰他了，去去去！我们这里谈正事呢，下午你到村委会去找我，我给你解决。

杨翠的丈夫悻悻地转身走了，边走还边说，我才不找你呢，我找你们局长去！

贺东仁和村干部们往村外走的时候，碰到了几个农民在费力地推着车子爬坡。贺东仁问他们，你们拉的那是啥东西？

拉车的人边使劲地拉车边回答，水。

村长无奈地对贺东仁说，每天都得这么拉水。

贺东仁问，为什么要拉水？那是什么水？

村长说，喝的水呀。咱们村的水不行了，井太浅。卫生局来人查过，说这里的水质太差了，说这里的水不能再饮用了，必须要重新打一口深井。但是县里又没有钱，打不成。村里的人也不敢再用村里的水了，都去邻村拉水喝，每家都是这样。

贺东仁说，那浇庄稼呢？

村长说，浇庄稼就还用这种水呗，那又能怎么着？

走了一会儿，贺东仁对村长说，我想回我们的老屋看看去。

村长说，咱们一起过去吧，前几天见你娘还回来看过呢，她现在住在谁家里呢？

贺东仁说，他们老两口自己住呢。

几个人说着话，就来到了贺东仁家的老屋，他们发现贺家老屋的院门居然开着，贺东仁轻轻地走进去。院子里杂草丛生，铁锹、锄头和其他一些农具东倒西歪。三面房子，东面房子的门开着，里面有动静，贺东仁正要去看，贺东仁的老母亲从房子里走出来，她看到贺东仁吃惊地愣在那里。

贺东仁惊喜地叫着，娘，你咋在这儿？

贺东仁的娘瘦削，她依在东房的门框上看着贺东仁，眼泪流下来了。贺东仁上前搀住母亲问，娘，你咋回来了？

娘心酸地指着房顶，前些日子做梦，就梦见咱们的老房子漏雨了，回来看看，你看，屋顶都见天了……

贺东仁扶着母亲到屋里坐下，娘，别着急，这屋子现在也不住了，别着急。

娘就说，你爸爸那倔老头子，我让他回来把这房子修一修，他就是不回来修，整天管这个人的事管那个人的事，就是不管自己家的事呀。你就是在这间屋里生的，你妹妹、你弟弟都是在这里长大的，有时候经常做梦梦到老屋子。那个时候多热闹的一个家呀。看看，院子里都长了草了……我想，这些日子没事，我过来把咱们的房子收拾收拾……

娘的话让贺东仁也眼眶热热的，娘，咱们在城里住得挺好的，这房子就别管它了。等我不忙的时候，我回来修。

贺东仁想了想又对娘说，不，咱也不修了，咱们像别人一样，把这房子翻盖一下，弄得好一点。

听贺东仁说这话，他娘两眼放光地望着儿子，真的？！那可好啦，要是你翻盖好了，我就搬回来住，我爱住这老房子。看，还是我的东仁懂事！

这时，贺东仁才看到床上放着没叠的被子。娘，你是不是这几天在这里住来着？

娘就点头，我老是做梦呀，老是梦见这个老房子，回来就踏实了。

贺东仁心疼地拉着老娘的手，娘，这里的条件不能住人，你跟我回去，等我有时间了一定把这房子翻盖翻盖。

村长在旁边插话，亲家母，还是跟儿子到城里享清福去吧。

贺东仁的娘破涕为笑，快别提“亲家”了，我哪有那福气。

村长有些酸溜溜地看了贺东仁一眼，是我没有福气，人家东仁看不上咱们闺女，要是当年东仁跟我闺女成了亲，现在咱们就是一家人了。

贺东仁也笑了，你是村长，我当年是个穷返乡青年，是我不敢娶高干子女呀。

村长有些不高兴了，哼，还是看上了人家城里有钱人家的姑娘！

当贺东仁走进卫生局办公大楼试图给乡里解决饮用水问题时，贺东仁的父亲却正坐在他们局长的办公室里告状。

贺东仁父亲一脸怒气，严肃认真地坐在局长办公室里，气哼哼地对局长说，你们要是不管，我就告到法院去！

局长翻看着贺东仁父亲写的状子，笑着道，你告状的理由不充分嘛。

贺东仁父亲说，够充分的了，他给张燕办了民办教师的转正，这不是以权谋私吗?!

局长问，怎么是以权谋私呢？张燕跟他有亲戚关系吗？

贺东仁父亲理直气壮地说，那个张燕的爸是他的师傅呀，你知道吗，过去，就是她爸爸教贺东仁种树、搞嫁接的，他们两个的关系，比我这个当父亲的都亲！就是因为他们的关系近，他就不顾原则，给她办了个转正。

局长说，他真的跟张燕的父亲有关系？那我们得调查调查……不过，张燕不够条件吗？

贺东仁父亲说，她够什么条件?！张燕才工作了几天呀，你们不是有规定吗，不是得工作十年以上才有资格转正的吗？就是因为贺东仁跟她爸爸关系好，他才不按照政策办事，他这样蛮干，你们必须处分他，他贺东仁还无法无天了呢。

局长沉下脸来，噢，真有这么回事儿？好了，我们会严肃调查的。

卫生局的干部对贺东仁很热情，贺家村的饮用水水质的确出现了问题，就是资金方面有困难。

贺东仁提出，用水关系到民生，这么长时间没有合格的水用，能不能特事特办，想个妥善的解决办法，尽快地把这个问题解决好。

卫生局的干部很赞同贺东仁的意见，我们马上打一个报告，紧急处理一下，虽说贺家村是你的家乡，但这也是我们卫生局的职责。在这个问题上我们是有失误的。

贺东仁很感激这些不打官腔的卫生局的朋友。他说，看到乡亲们现在还不得不去打水吃，心里实在是过意不去呀。麻烦你们了。

虽然，贺东仁在卫生局办事很顺，但回到局里马上就被局长给叫过去了。

贺东仁本来想，可能是局长要问问自己下去一天的情况，但是，局长问的却是别的事情。东仁，我问你，你跟那个张燕的父亲认识不认识？

贺东仁一听就知道又是转正的事，就说，局长，是不是有人告状呀？

局长叹着气，要是别人告你我根本就不管，我知道大多数情况是查无实据，但是，这回是你老父亲在告你！还说得很严重，说咱们解决不了，就要到法院告你去。

贺东仁说，你信他的？都是子虚乌有。

局长就问，那你到底跟那个张燕的父亲认识不认识？

贺东仁回答，认识呀，我年轻的时候，当返乡青年，是她父亲手把手地教我种枣树，搞嫁接……

局长拦住了贺东仁的话，是呀，那你父亲就没有瞎说，你就是跟他认识嘛。

贺东仁说，可是，张燕的转正跟我与她父亲认不认识没有什么关系，人家是符合条件才给办的。

局长说，她符合什么条件？她不是才工作了几年吗？

贺东仁笑了，这都是我父亲说的吧，可是他没说人家张燕还是地区的射击冠军吧？

局长有些惊异，她有体育特长呀。

贺东仁就跟局长说了事情的原委，就是张燕不想跟他做媒的亲戚谈恋爱结婚了，他就坚决不想让张燕转正，他觉得他这个当官的儿子没有给他面子，所以就到处闹。可是，张燕符合转正的条件，我们有什么理由不给人家转呢？而且，重要的是，张燕还是教育系统里特别需要的“小三门”——音、体、美的特殊人才，我们不能因为她的父亲跟我认识就把她排除掉，举贤不避亲嘛。

局长听了贺东仁的解释笑了，你们家的事真复杂，老子告儿子，还是扯后腿，咄咄怪事！

贺东仁话锋一转说，局长，今天下去走了一天，心情很沉重呀。

局长疑惑地问，怎么，是不是滞留的历史问题太多了，那我们就再增加名额。

贺东仁摇着头，不是这个问题，我看了我小时候上过学的小学校，房子还是几十年前的老房子，破烂得快倒了，孩子们还在这样的危房里上课，心里很难过。局长，咱们能不能申请一笔维修金，帮助他们把房子给修一修？最起码让孩子们有个安全的、下雨不漏水的地方念书。

局长想了想，有那么严重呀？咱们倒是有那么笔危旧校舍改造金，不过得向上边报。嗯，这样吧，你去打个报告，咱们一起跑跑这个事。

贺东仁听局长这么说，高兴地站起身，我现在就去写报告！

局长叫住贺东仁，先别急着走，坐下我们再聊聊。贺东仁又坐回原处，局长点上一支烟，沉吟了片刻对贺东仁说，东仁呀，你也猜到了，我要离开这里了，局里的班子也要调整，现在上面也在物色新的人选，你也许听说了，现在许多人都在活动，跑官要官……

贺东仁望着局长问，你是不是要调到省里去了？

局长笑了，你还不了解吗？我的年龄到了，要告老还乡了，哪还有到省城去的机会？该你们这些年轻有为的人上了。

贺东仁几乎忘了局长的年纪，疑惑地问，这么快？你都已经到了退休的年龄了？！

局长笑着数落，你来的那会儿，我就是40多了，你现在都40多了，我可不是到了年纪了吗？都变成老朽了。

局长收住笑脸压低声音对贺东仁说，上面要调整班子，我推荐了你……

贺东仁刚想说什么，局长拦住他，我知道你的意图，先听我说完。我也是斗争了很长时间哪，现在有很多人都在折腾这个位置，有些人甚至不择手段地要得到这个位置，为了能够得到这个位置不惜造谣生事地攻击别人。这样的品质根本不配当领导！有些人不干事，就知道在那里整日地想歪门邪道，唉。

局长语重心长，东仁，你是我看着成长起来的，从刚来时的小伙子，一步步踏踏实实地干活，有头脑有智慧，我对你是很欣赏的。说实话，推荐你，我是有一点私心的。但是，跟一些人比起来，你是真正能担当大任的人。我的私心无非是不愿意看到一些庸才、坏蛋占据着这样一个位置，与其让他们在这个位置自以为是地乱来，还不如你在这里干！

贺东仁非常感激地望着局长，沉默了半天才缓慢地说，局长，是呀，你是看着我成长起来的，别人在我这个位置上干个三四年就得走人，你却让我干了十多年，我知道你是用心良苦。但是，你要是让我说实话，我是志不在此呀。这些年我早看厌了官场之弊，之所以没有离开，也是因为有你在。你也知道，我的朋友几次鼓动我当个县官，我都没有动心。一方面，我是因为不想离开我所熟悉的这个系统，另一方面，谁想当官谁就得被摞在放大镜下面让人家看。我这个人，浑身的毛病，那些想出气的人早就在等着这个机会呢，哪怕一点点的小毛病也逃不过他们的眼睛。谁愿意把自己放在众人面前扒个精光，让人拿放大镜去照呢？我是不愿意的。何况，照完了，也不一定怎么样。

局长有些失望，他吸着烟，想了想，我的记忆中，就这件事你不太想听我的安排，你成熟了。不过，你还是再想一想，不要急着答复。

贺东仁站起身说，好吧。

回到办公室的时候，贺东仁吃惊地看到杨翠的丈夫坐在那里。见贺东仁进来，他赶紧站起来讨好地说，贺科长，回来了？

贺东仁调侃地问他，怎么，又找到新证据了？

这时，杨翠的丈夫突然抱头痛哭起来，边哭边说，贺科长，我不是不想让她好呀，可是，她那么漂亮，一旦转了正，还能看得上我吗？村里有人在城里看见她跟那个什么局的局长在一起，她还没有转正呢就这样，要是转了正，我们还能弄到一块去吗？贺科长呀，咱们都是男人呀，你千万别把她转正了呀！

贺东仁哭笑不得地耐心对他说，你呢，回去好好地跟她过日子，不要瞎猜测，要是她不想跟你过了，她就是农民你也拦不住她，她要是想跟你过，她就是当了省长，也照样跑不了！回头我跟她谈谈，你先回去吧。

杨翠的丈夫半信半疑地站起身，她真的不会把我给甩了？

第 02 章　寻路人

天很亮，光照足，贺东仁出门的时候戴了副墨镜。后来，就有人说他可能有预感，他的行为很反常，平时看他戴墨镜的机会不多，偏偏在这一天他戴了墨镜出门，这不是反常是什么。

贺东仁戴墨镜出门是因为他又要下乡，且阳光很刺眼，这本来就不值得大惊小怪。但是，后来人们就把贺东仁戴墨镜的行为与这一天发生的一系列不可思议的事联系在了一起。

早晨的时候，贺东仁给村长打了一个电话，他说，与卫生局的人约好了，要去村里再看一看，然后做一个预算，看看到底需要多少资金。村长听了这个消息高兴坏了，对于全村的农民来说，这是一件大事，饮水问题已经搁了几年了，作为村长他心里着急也没办法，看看人家东仁，就这么快给解决了！

村长说，我要组织村小学在村口那里搞个欢迎仪式，这可是村里的大事呀。

贺东仁就有些不高兴地说，村长，千万别搞这些个，让人家感觉不舒服，人家是到那里看看，又不是开工剪彩，你就干你的去吧，到时候有人领着看就行了。

村长是怕得罪了贺东仁，就说，好呀，那就留着剪彩的时候搞个仪式，让全村人都记住是谁给咱们打了井。

村长还在电话里说，东仁，你要是真给咱村里解决了吃水的问题，我给你送锦旗，我要敲锣打鼓给你们单位送去。

贺东仁说，得了吧，留着你那个劲头好好地给村里办点正经事吧。

放下电话，贺东仁又给局长打了一个电话，告诉他，今天他要陪着卫生局的人到乡下去，看看能不能把村里吃水的问题解决了。

局长很欣赏贺东仁说干就干的劲头，你就去吧，这里有事我再给你打电话。

局长嘱咐了贺东仁几句后就挂了电话。

贺东仁没用单位的车，是坐卫生局朋友的车。天好，人的心情也好，贺东仁一路上跟卫生局的朋友有说有笑地奔乡下去了。

到了贺家村，贺东仁老远就看到村长带着村干部们等在那里。贺东仁笑着对卫生局的朋友说，看到了吗，老乡们都盼星星盼月亮地盼着你们来呢，要是这口井打成了，他们会永远感激你们的。

卫生局的朋友就说，他们那是等你呢，等你这个女婿回家呢。

大家会心地哈哈大笑，他们或许都知道贺东仁曾经跟村长的女儿定过亲吧。贺东仁不好意思地笑了。贺东仁看了一下手表，正好是 8 点 50 分，就在这个时候，他的手机响了，是局长的电话。

局长的口气少有的慌张，东仁，你现在在哪里呀?

贺东仁说，我刚到村里，你放心吧，不会有问题的。

局长焦急地说，你得赶快回来，检察院的人来了，找你，要带你去检察院谈话!

贺东仁有些莫名其妙地问，找我谈话?检察院找我谈什么话?

局长低声地对贺东仁说，看样子来头不小！来了三个人，都穿着制服，还有一个是什么处长，也不说是什么事，就说要带人走，去谈话。我现在是在走廊里给你打这个电话，好让你有个心理准备。你别着急，你想想有什么事儿，被他们抓住把柄了?

贺东仁笑了，我能有什么事，谈就谈吧，还能怎么样?

局长批评贺东仁，你可不能大意，我看来头不小。你快回来吧，我答应把你给找回来，他们就坐在我的办公室里等你呢。

贺东仁说，行，我马上回去。

贺东仁放下电话，对卫生局的朋友开玩笑说，我得回去，检察院要双规我，你们在这里看吧。

卫生局的朋友就关心地说，真的?！这样，让我的车把你送回去吧，这里有我呢，放心。

贺东仁又跟村长交代了几句话，就坐上卫生局的车回城里去了。

贺东仁匆匆忙忙走到局长办公室门口的时候，又看了一下手表，刚好10点钟，似乎冥冥之中有一种意识让他开始计时了。后来，他回忆，他之所以把时间记得这么清楚，就是因为在进局长办公室前看了一眼手表。

10点整，贺东仁踏进了局长办公室，检察院的人刚好也站起来。他们本来是不想再等下去了。他们以前也经常遇到这种情况，约谈话的人一听说是检察院的就吓得丢了魂，就会半路溜走。通常“有事”的人是不会太轻易被等来的，他们相信贺东仁也不会例外了。但是，就在他们站起身正要放弃的时候，贺东仁踏进了局长办公室，检察官们也下意识地看了一下手表：10点整！

检察官们面无表情地盯着贺东仁的脸看了几秒钟，对贺东仁说，到检察院走一趟吧。

局长从一旁站起身来，担心地对贺东仁说，东仁，有什么说什么，不要对组织隐瞒什么。

贺东仁站在那里没动，他对检察院的人说，用不用戴上手铐?

检察官们不耐烦了，戴什么手铐?找你了解情况，跟我们走就行了。

贺东仁坐到检察院的汽车后座的时候，人事科的同事们都从二层楼的窗户那里探出头来看，他们脸上的表情复杂，甚至有些茫然。

跟贺东仁谈话的是一个处长，旁边还有另一个人做记录。他自我介绍说，我姓黄，今天找你来你心里可能已经很清楚是为什么了，那就你所了解的情况说说吧，说得越细越好。

黄处长说完话，就做出要开始记录的样子，贺东仁知道这是一套非常笨拙的程序，也是火力侦察的手法。

贺东仁打量了一下这间“谈话”的房子，说是谈话其实与审讯的房间差不多，房间不大，窗户也不大，还有铁栏杆拦着。贺东仁也打量了一下面前这个看上去年龄不大却显得很老成的处长说，您这是审讯吗？要是审讯您能告诉我为什么被审讯吗？

处长就说，哪里哪里，贺科长，我们这是谈话，谈话不是审讯，审讯也不是我们的工作。现在就是找你了解一些情况。

贺东仁不卑不亢地说，那也请你告诉我，因为什么要找我谈话，要跟我谈什么。

处长说，贺科长，你是聪明人，这还用我们提醒你吗？早晚的事嘛。

贺东仁有些愠怒地说，别再绕弯子了，请你直说，到底是怎么回事，你们到底要我说什么？

处长一听贺东仁很硬，马上换了副面孔，贺东仁！你要老实点，我们要是没掌握情况就不会让你到这里来，这你必须清楚。

贺东仁笑了，这就对了！这才像个问罪的样子嘛。那，你再告诉我，你想了解什么？我会积极地配合你的工作的。

处长觉得谈话的主动权被贺东仁给夺走了，他有些恼火，但是还没有找到办法改变这种状态。他有些急躁地问，你在人事科长的位置上就没有什么问题？

贺东仁冷静地回答，没有。

你有没有利用职务之便干过不合政策的事？

没有，从来没有。

有没有给自己的亲戚办过什么违反政策的事？

有，但是，都符合政策，有据可查。

有没有收受别人的钱物，给他人办事？

到目前没有。

你妻子是干什么的？

在学校里当会计。

你知道不知道她有否背着你收过别人的钱物呢？

那你得问她本人。

问题一个接着一个，但是问题问得越多贺东仁越觉得可笑，同时也越觉得这个处长笨得可以。他根本就不会问问题，绕了一大圈子，还没有问到主要问题上，这让贺东仁心里多少有些瞧不起这位年轻的处长。

处长擦着汗，对一旁做记录的检察官说，小李，给他倒一杯水，让他别紧张。

贺东仁微笑着说，我不紧张，我看你却有点累，你就直说吧，到底你们找我谈话的原因是什么，是有人告我，还是有人想报复我？

处长被问得有些急了，这是谁找谁谈话？怎么我老是被他占据着主动？他红着脸问，你在人事科这个位置上干了多少年了？

贺东仁回答，差不多有十来年了吧，怎么，这也是问题吗？

处长这回真的有些急了，问你什么你答什么，不要说多余的话！我就不信，你干了这么多年的人事科的科长，就没有问题！

处长说到人事科的时候，用的是特别加强的语气。

贺东仁不紧不慢地说，按照你的逻辑，我们党中央的总书记也干了十几年了，他没有问题就不正常吗？这说不通！我可以告诉你，我就是再干 20 年也不会有问题。

处长愣愣地看着贺东仁，顿了几秒钟，喝了一口水，点着一支烟，想了想，换了一种平缓的口气问，贺科长，有人说，你就是一个“小政府”呀，连县长、市长想调个什么人，都得通过你，你到底有多大的权力？

贺东仁以闲聊的口气说，我的权力可大了，别看我只是个小小的科长，但是，有时候，正像你说的，市长办事都得求我。你看——

贺东仁掰着手指说，民办教师转正、调动工作、学生分配工作、评职称等等，都是我分管啊。

处长突然有些得意地说，一年有万把人吧？

贺东仁说，差不多一年有一万多人，差不多。

处长话锋一转，人家说你的权力比县委都大呀，你能没有问题？

贺东仁也换了口气，正色道，我告诉你，检察官先生，我理解的权力，它应当是执行政策的一个环节而已。如果一个掌权的人想违法乱纪，想利用手中的权力搞点邪门歪道，那他的权力就很大。但是，如果你严格按照政策办事的话，你就是在为人民服务，你就是一个服务员的身份，你的权力根本就没有那么大，权力只是一种办事的环节，那就没有任何问题，也不会产生问题。这是我这些年来，没有在这个位置上出问题的秘诀。

处长说，这样吧，你就在这个房间里，把你对于权力的理解和你这十几年来在人事科长位置上干的事写一写吧。

贺东仁突然用手拍着座椅的扶手大声地说，你们这是有意整人！

检察长办公室里，黄处长匆匆地走来。

检察长办公室的门打开着，范县长坐在里面！

黄处长进了门，把门关上，有些焦躁地对范县长说，检察长，真是一块硬骨头，不好啃。

检察长见黄处长说这话，就说，硬骨头？他是属核桃的——不敲不出来呀！走，我去见识见识这位大人物。

范县长在前边走，黄处长跟在后边，重新返回到了“谈话”室。范县长一进屋，黄处长就介绍，贺科长，这是我们的检察长，范……

贺东仁一看他，豁然开朗：真正的幕后终于亮相了！

贺东仁说，不用介绍了，我们是老朋友。范县长高升了，到地区当检察长来了，您真是年轻有为呀。

检察长得意地说，哪里哪里，我的本事再大，有事还不是得找你贺科长帮忙呀。

贺东仁正色道，范检察长，你们到底找我谈什么，检察院找人谈话也是要讲道理的，你们得给我一个理由，告诉我为什么被传唤！

检察长说，我你谈话当然是有原因的喽，这个原因一会儿让黄处长告诉你。这个案子不归我直接管，由黄处长来处理。我只是听说老朋友来了，过来看看你，你有什么需要我帮助的，我一定尽力。谁也有遇到麻烦的时候，谁还没有不求人的时候呢？有话就说，我肯定会尽力的。你们谈着，小黄，好好地招待贺科长，我们是老朋友。你们继续谈，我还有点事儿去处理。

贺东仁望着范检察长走出“谈话”室时那得意的神态，他觉得这小子很可怜。

黄处长坐回到桌前说，你还和检察长是老相识呀？这问题就好说多了，那我们就打开天窗说亮话吧，这回你想躲过这一劫是比较困难的了。咱们就实话实说了事。

贺东仁对这个愣头青有些生气，你还看不出来吗？他这是找机会整人呢。

黄处长说，为什么？

贺东仁耐心地说，他没有跟你们明说吧？因为这话实在不好说，我就替他说吧。你们的这位检察长的儿子在他县长的任上撞死了人，他答应人家死者的家属说帮着把民办教师的身份转正。就托人找我们，但是，这个人不符合政策，没法办。他还亲自找到我，让我帮着办。他要办的这个人确实是不够资格，找我也没有用。条件是硬性的，我们也不能违背了，要是违背了，对你范县长的影响不好不说，还会给政府的工作带来坏的影响。就像你们办案子一样，如果办案不公，那也会惹来麻烦的。

黄处长和记录的检察官都点头。贺东仁接着说，我对你们范检察长说了，如果不够条件就是我爹来找，我也不办。就是因为这，他记恨上我了，他是整人！

黄处长连连摇头，不不不，你说的这事儿，我相信。可是，我们找你谈话可不是因为范检察长的一句话才找你的，是因为有人告你的状呀。

贺东仁疑惑地问，又有人告状？是谁告？告什么呢？

黄处长说，是谁告的我们也不知道，反正是一封匿名信告你，人家是证据实在，言之凿凿，这些事你可否认不了了。所以检察长让我们找你谈话。

贺东仁松了口气，我告诉你们，告我状，写匿名信，这不是第一回。以前都是写给我们单位，写给纪委、写给市里的也都有。你们可以去问一问，每一回也都是罗列一大堆的故事，然后一件一件地查，最后都查不出，都是捕风捉影。正是因为这样，所以，我劝你们几位要做好失败的准备。这次要不是你们的检察长想借机整我，匿名信根本不是个问题，我相信你们检察长本人，甚至你们本人也都上过匿名信的。

黄处长怕把问题扯远就对贺东仁说，这些话我们都能理解，但是，有一些匿名信上的问题你也得说清楚了啊。你说不清这些问题，按照我们的规矩，那你也走不了了。你也别为难我们，你把一件一件的事情都说清楚了，我们就放你走人。然后我们去核实，如果有问题我们再找你，你看这样行不行?

贺东仁苦笑着，只能这样了，我配合你们，你们问吧。

告状信上说，你收了平陆县一个老师很多的钱物，帮助这个不符合条件的老师转了正，这个老师考了许多次试都没有考过，你凭着手中的权力，为他办了转正。这个事有吧?

贺东仁无奈地说，有，是有这么件事。但是，事情的真相不是像告状信上说的那样。事实是，这个老师姓王，告状信肯定提到了他的学校，你们可以去查，确实是平陆县的老师。他已经在教师岗位上工作了30多年，他也的确参加过多次转正的考试，考了许多次就是考不过。不是因为他的水平差，他都已经50多岁了，他连考试卷子上的字都看不清，眼睛看不清，当然就答不好，越是着急就越答不好。这个人在我们农村的教育战线上默默奉献了30多年，快退休了，还没有给他转正。要是转不了正，他退休以后什么待遇都没有，吃饭都成问题。有一天晚上，这个老师摸到我们的办公楼里，正好赶上我在那里写材料，他看到我的办公室里亮着灯就敲门进来了，一进来就跪在我面前，哭着说了自己的事，我就把他扶起来……你们也都是父母的儿子，如果这个人是你们的父亲，你们会怎么办?不是他不行，是我们欠着人家的!

黄处长问，在他找你之前，你认识他吗?

贺东仁说，他给我跪下之前，我根本就不认识他，可是，从他给我跪下的那一刻起，我记了他一辈子。如果是因为这件事，你们处理我，我心甘情愿、理直气壮!我还告诉你们，我不仅把王老师的问题解决了，我还解决了一共104个同样问题的教龄超过20年的人的转正问题，他们都没有考试。但是，他们同样是在各县的教育战线上干了大半辈子的老教师。你们如果因为这个事情要查我，我会非常配合你们，在我们局里从上到下都知道这件事。我们有承办这件事情的具体文件，有领导的批示，有我的签字，我还有一份详细的名单，他们的姓名住处、他们所在的学校、他们的详细情况，在档案室里都能查到。你们去核实，如果他们有能力送钱送物给我，那证明他们的生活不成问题，那就证明我办错了，你们可以处理我！

贺东仁突然指着正在记录的那个检察官，包括你，小李，你现在不认识我了，这我能理解，可是，你们三个人到我们局里去的时候，我就认出了你。你的父亲是纪检委的李书记，当年，你上学的时候不好好上，你父亲那么着急地找我，说想个办法把你送到下边的县里去读书，我就把你送到了平陆县，我不知道这个王老师教没教过你，但是，我就是把你送到了他那个学校去了，你已经忘了。后来你考上了大学，现在分配回来到了检察院，成了检察官了。可是，如果没有这些老家伙，能有你们的今天吗？

黄处长有些怕引火烧身地打断了贺东仁的话，那么第二件事，告状信上说，你还拿了一家化肥厂的两万块钱，给他们办了事。这事是怎么回事？

贺东仁说，这件事涉及经济问题，我想你们还是从具体的账目上查更可靠。这件事情的大体情况我可以告诉你们。这是县里的一家化肥厂要引资，是有个朋友找到我，请我牵线，我给他们牵了这个线。在这个过程中，他们招待外地的商人，花费了两万左右的费用，这个钱不是给我的，而是用于接待这些外地商人了。这个费用，你们完全可以查出来。

黄处长接着说，你都有说明就好办。还有一个重要的事情，举报信里说，有140个分配指标被你卖了，一个是一万块钱，你自己收了140万元的人头费。这件事你能说清楚吗？

这个问题让贺东仁很吃惊，因为这件事情只有很少的几个人知道。看来，写匿名信者肯定是内部人员，他写这封信的真正目的是什么呢？这让贺东仁有些猜不透。

贺东仁很诚恳地说，这个问题比较复杂……

经过这一段的交锋，两个办案人员已经对贺东仁了解了很多，他们从案卷里拿出一页文件。黄处长拿着文件走到贺东仁面前递给他说，这封举报信里还附有一页文件，证明是你卖了那 140 个指标。

贺东仁又吃了一惊，他非常清楚，这份文件属于机密文件，一般的人是接触不到的。看来，这告状人真是有备而来。他看了看文件问，这份文件的第一页呢？应该是有两页才对呀。

黄处长说，他只提供了这最后一页，这页上的内容不会有错吧？

贺东仁回答，这个内容一点没错，但是最重要的是第一页，没有第一页这份文件就不全，就说明不了问题，也证明不了什么。你们是经常办案的人，比我清楚这个道理。

黄处长说，正是因为我们不能确切地知道第一页的内容才找你问的嘛，我们认为这是一个 140 万元的大案子，如果你真有这个事，这是可以判你重罪的。如果你觉得这件事不是个真事，那你得说出个道理来。这也是最后一件事，如果说得清楚我们也可以有个交代了。你说，一个名额一万元这个事情到底有没有？

贺东仁不慌不忙地说，有，这事儿确实有。不过，不是我卖的。这件事情可以核查，你们也看到了，这一页上有三家单位的公章，也就是说，这份被称为“卖名额”的文件是由三家单位联合办的。你们首先得做个鉴定，就是验证一下这三个公章是不是真的。如果这三个公章是假的，这件事情就不存在，完全是诬陷。你们可以把写这封信的人找出来，判他个伪造公章罪——法律上有这么个罪吧？如果经鉴定，这个公章是真的，那就更与我无关了，你们想一想啊，这是三家单位领导定的事，给我一个人身上安，那不是太抬举我了吗！

黄处长被贺东仁的话说得无言以对了，他这话很难驳倒。沉默了半天，黄处长说，那么，你能告诉我，这 140 个名额到底是怎么回事吗？

贺东仁笑了，他一针见血地说，从你的表情上看，你很失望。我猜想，你原来觉得 140 万元的大案子，如果办成了，你们就可以立功了，立了功就可以提升了，是吧？人之常情嘛。不过，我还是想劝你，如果不想办成冤案，想靠我的事情立功的可能性没有。

两个办案的人都有些尴尬地笑了笑。贺东仁继续说，不过，不管你们信不信，我可以告诉你们这件事情的大体经过。这个事呢，让我也感到有些意外的是，这个写匿名信的人本事不小，他把这份机密文件给弄出来。但是，他疏忽的地方是，他没有拿到文件的全部，或许他也是不敢拿出这份文件的全部吧。这就害苦了你们。

黄处长插话说，这份文件我们也去查了，哪都查不到，我们感到这里面挺蹊跷的，为什么其他文件都能查得到，这份文件的原件在档案里就没有呢？

贺东仁笑了，你们就想，是不是我怕事情败露把文件给藏起来了？或者给毁了吧？你们不分析一下，除了我比较蹊跷之外，这个告黑状的人更蹊跷啊！

贺东仁认真地告诉两个办案的小伙子，我告诉你们实话吧，这 140 个名额，是中央驻运城地区的八大厂矿的用人指标。而这个招工的指标跟咱们这里没有关系，是他们自己招工，但是，得走我们这里的程序。由三家单位协调办手续。因为不是我们运城招工，而是那几家单位自己招工，所以，当时约定这件事情不公开，不仅不公开还要保密。三家单位谁都不能向外界透露消息。办完了这 140 个名额的文件除了招工的各厂矿存留之外，在三家协调办理手续的单位各存一份，作为保密文件存放。我们局里的那份文件就是由我保存，这件事三家单位的主要领导都是知道的，文件放在人事处保存，其他的无关人员是看不到这份文件的。

黄处长问，那你为什么不把这份文件放到档案室里呢？

贺东仁觉得这个问题问得非常傻，什么是“保密”，保密就是知道的人越少越好嘛，我要是放到档案室里，谁都可以看到了，那还叫什么“保密”啊？！

黄处长问，这份文件现在还在吗？

贺东仁说，如果我的办公室还没有被盗就应当在。你们如果今天不关押我的话，我可以带着你们去看看。

黄处长尴尬地说，哪里哪里，我们只是找你问问情况，真的没有准备把你怎么样。

贺东仁从检察院出来的时候看了一下手表是夜里 12 点钟，从上午 10 点钟他计时的那一刻起，到现在正好是 14 个小时。在 14 个小时里，从莫名其妙的问话开始，幕后指挥逐渐显现，然后再现那封信，最后被贺东仁一条条给说清楚，其间还吃过两次盒饭，喝过几瓶矿泉水，贺东仁虽然没受什么皮肉之苦，但是精神的压力实在太大。

从检察院出来的时候，夜空很亮，是农历的十五左右吧。人站在路上能看到被扭曲的影子。夜的空气里有一种神秘的味道，星星也在注视着地上那些扭曲与未被扭曲的事实。

贺东仁想自己走回去，黄处长说什么也不让他自己回去。贺东仁说，你们这一天也够受的，绞尽脑汁也没有问出个什么情况来。

黄处长说，我们还是有很大收获的，至少了解了你这个人。

旁边一直沉默不语做记录的检察官这时也说话了，我想起来了，当年是你把我送到平陆去的，我爸爸那个时候老念叨你，老说我“对得起你贺叔吗”，不好好地学，那可不行。我现在想起来了。

检察院的汽车想把他送到家里去，贺东仁不想回家，就跟黄处长开玩笑说，你们不怕我串供吗？还是把我送到办公室去吧。我今天就不回家了。

贺东仁一夜没有回家，也没有给家里打一个电话，这让家里人都非常焦急。以前他经常一加班就不回家了，却总能给家里打个电话告诉一声。可是，这回贺东仁悄无声息地就没回来。要是什么事没有也可以，贺东仁的太太高桂芝白天在单位的时候就听人说，贺东仁被检察院带走了，这让她坐立不安。她给贺东仁的单位打电话，接电话的支支吾吾不愿意说。实在没办法，高桂芝把电话打到了老局长的手机上，老局长就安慰她，检察院因为要查一个什么事，把贺东仁叫去配合一下，没什么事，你放心吧，问完了，他也就回来了。

贺东仁的父亲听到的消息更严重，有人对他说，你们家的贺东仁是被人家用手铐子铐着，被关在囚车里押走的，贺东仁犯了大法了！

贺东仁的父亲听到这个消息时都给吓傻了，虽然他一直对贺东仁有意见，但是，说心里话，他了解自己的儿子，他不会做出什么出格的事。就是他这个老父亲逼着他做，他都做不出来，甭说是让他自己收人家点什么，或者干点什么违法的事了。

都晚上十点了，老父亲要去贺东仁的家里打听消息，老伴就问他，这么晚了还出去干什么？

他说，去老大那儿去。

老伴知道老头子净给儿子找事，就说，这么晚了，你让他们睡个整觉，别去了。

老头儿唉声叹气地说，唉，东仁被抓起来了，我得看看他回来了没有……

说着，老头儿的眼泪就流出来了。老伴一听有些蒙了，她问，你说什么?！老大被抓起来了，抓哪去了，他犯了什么法？

老伴抓住老头子的手不放，老头子就说，你别抓着我了，我看看去，我不能在家里等着呀。

老伴也哭了，你去吧，去吧，我把老二也叫起来跟你一起去吧。

老头儿说，就别让他掺和了，这就够乱的了。

老头儿一边穿鞋一边说，我得管呀，这么大的事，老子不管怎么得了。

可是，出了门，他就犯了嘀咕，这么晚了，儿子要是没回来，我到他家里干什么？还不是让他媳妇更着急？还不是让两个孩子更害怕吗？可是，不去他家里我又去哪呢？

老头儿犹犹豫豫地背着手，顺着马路一直向前走着。街上已经没有什么人了，空空荡荡的，老人孤单地在静静的街道上走着。

微风吹起衣襟，他的脑子里想起了贺东仁的种种好来。他想：东仁这娃子不坏呢，从小尽受了苦。“文革”那会儿，他爷爷成分不好，是个上中农，影响他呢。他爷爷被批判，什么都没他的份。他从来也没说过什么。就是听话，什么活都拿得起，放得下。唉，这孩子，脑袋就是灵活，在村里就是他又能种地，又会搞嫁接，还会木匠活呢。这孩子能混到今天不容易呢。就是太倔了，这点像我。

老人走到贺东仁家楼下的时候，犹豫了一会儿还是上去了。他轻轻地敲门。里面很快就跑过来人开门，是贺东仁的媳妇，从她打开门时那一脸的兴奋表情看得出来，她可能以为是贺东仁回来了。她站在那里愣愣地看着老人，失望了。

老人对贺东仁媳妇说，东仁……回来了？

媳妇没有回答，老人已经从她的表情中看出了，事情不乐观。他就说，那我就不进去了，回来了，给家里去个电话啊。

媳妇也没有让老人进去，她在那里愣了半天才又关上门。关上门之后，眼泪才落下来。

贺东仁的父亲走下楼梯，他嘴里轻声地说着，东仁这事，我得管呀，这孩子不错，不能让他们这样整他。他是干净的，他连我交给他的事都那么讲原则。我得管啊。

可是他又能怎么管呢。这一夜，贺东仁的父亲不知道在检察院大门外转悠了多少回，问门房的人，保安说，你一个老头子，深更半夜的在这里瞎转悠什么，看一会把你当坏人抓起来。

老人说，我在等我儿子回家！

保安说，走进这个院子里的人，想回家可不是那么容易的事。哎，你儿子是谁呀？

老人自豪地说，我儿子是贺东仁！

保安问，贺东仁？贺东仁是谁？

老人再次自豪地说，贺东仁，是我儿子！

贺东仁的妻子送走公公，坐在客厅里不知如何是好。两个孩子还不知道，她把他们房间的门关好，她不想让他们跟着担心。但是，她必须得做点什么，她不能就这样等着。

她翻出贺东仁留在家里的一个电话本，翻找着上面的名字，她想找一个她熟悉的人，特别是跟公检法有关系的人，问问情况也好啊。她翻着，还真翻到了，这个人是运城市纪委的一个干部，姓陆，他到过贺东仁的家，不是特别的熟，却与贺东仁很投缘，两个人曾经在一个大院里工作过，贺东仁跟她讲过，这个人非常讲义气。

她就拿起电话，试着给老陆打电话，这个时候，老陆已经睡下了。贺东仁的太太就说，老陆，东仁出事了……

话没说完，她的眼泪先流下来了。老陆沙哑着嗓子焦急地问，咋的了，东仁出什么事了？

她就哽咽着说，贺东仁被检察院的人带走了，都一天了，连一点消息也没有……

老陆说，别着急，东仁不会有什么问题的。你等着，我问问他们情况，东仁，我了解他，谁有事儿，他也不会有事的，别着急啊，嫂子。

放下电话，高桂芝就坐着等老陆的回音。

望着窗外的夜空，美好而温馨的画面在记忆的脑海里浮现。

年轻的贺东仁踏上公交车的时候，高桂芝正在卖票。贺东仁凑到她面前说，要一张。

她一抬头惊异地叫了一声，哎，贺东仁！怎么会是你呢？

贺东仁也吃惊地望着她，哎，是呀，怎么是你呢？这么巧！

高桂芝问，毕业以后你去哪了？怎么一点你的消息都没有？

说到自己的状况，贺东仁有点忧虑地说，我们家的成分不好，还不是当返乡青年，不像你……

贺东仁有些羡慕地望着高桂芝，你们家的条件多好，你父母都在城里工作，你又有一份这么好的工作。

高桂芝打断他的话，我有什么好的，还不就是个售票员吗……别说我了，说说你吧，结婚了吧？

贺东仁不好意思地笑了，定亲了。

高桂芝开玩笑地说，还是那个大队支书的女儿吧？

贺东仁腼腆地傻笑。

电话铃声打断了高桂芝的回忆，她脸上带着尚未消失的笑容拿起了电话。是老陆的，老陆在电话里轻松地对她说，嫂子，东仁没事了，他已经走了，走了有一会儿了，检察院的人说，他们把他送到单位去了，怕影响你们休息吧。你放心吧，没事了！

高桂芝长长地松了一口气。可是，她转念一想又生气了，你贺东仁回来了，也不到家里来，让大家为你担心，你连个电话也不打回来，太不像话了。于是，她拿起电话，就打贺东仁的手机，手机关机，又给他的办公室打，没人接。她更生气了，把电话一摔，你永远别回来！

贺东仁把自己的手机关了，他刚到检察院的时候，是几位办案的检察官给规定的纪律，不准他跟外面联系，也不准他接听任何电话，他就把手机给关了。出来的时候也没有想到把手机打开。他就躺在办公室的沙发上想静静地躺一会，不想被别人打扰。高桂芝打他办公室的电话时，他听到了，他不想接。他想得太简单了，他想，反正我已经出来了，明天再回家吧。现在回去他们也都睡了，再把他们折腾起来也不好。以前贺东仁有时在办公室里加班也是这样，一夜不回家。但是，他哪里知道，这时大家都在为他的安全急得睡不着呢。

就在这个时候，有人“啪啪”地拍贺东仁办公室的门，贺东仁觉得很奇怪，都快夜里一点了，居然还有人来找自己。他坐起身来，拉开了门，当他的父亲站在他面前时，他惊异地叫了一声，爸爸?!

父亲红着两个眼眶望着贺东仁关切地问，他们没打你吧?

这一句话把贺东仁的眼泪给说下来了。父亲是个倔老头儿，他跟贺东仁发火、骂街、跺脚，甚至打他几下，他都不会觉得意外，但是，这一句关心的温暖之语说得贺东仁全身都失去了抵抗，这就是父爱！

贺东仁抹着眼泪拉着父亲的手说，你咋来了呢？这么晚了。

父亲坐下，仍旧看着贺东仁，像不认识他。沉默了半天，父亲才说，快回家去吧。你妈妈也惦记你呢。

贺东仁知道，父亲所说的“家”是指父母的家。

然后，父亲又否定了自己的提议，你还是回你家去吧，媳妇在家里等着呢，不知孩子们知道不知道这事，刚才我去你家了，媳妇等着你呢！

贺东仁给父亲倒了杯水，默默地坐在那里，没有说话。

父亲说，那我先走了，你也早点回去。

贺东仁没动，他轻声地对父亲说，反正也都这么晚了，咱们说会儿话吧。

父亲吃惊地望着贺东仁，他们从前很少单独交流，贺东仁的提议多少让父亲有些不习惯，他不置可否地端起杯子。提议聊天的贺东仁却没有很快地开口，他低着头，像想着什么。

父亲却先开口了，我前些日子找你的麻烦不对。唉，也是胡晓他妈找我，就是不想让他们两个娃分开，胡晓的条件不能算坏了，咋就弄不到一起去呢？我跟你们领导说的那些话都是气话，你别往心里去了，这事儿……我是不对的。

父亲的主动认错是贺东仁没有想到的，他也不习惯。

贺东仁低着头说，事情都过去了，别再提了……

父亲又加了一句，其实我也知道你是对的，你是坚持原则，没错，我该支持你才对，唉，我是老了……

贺东仁突然说，今天好像一切都变了，我也想了很多日子了，我不想在机关干下去了……

这句话把父亲吓了一激灵，他问，你要离开这里?!

贺东仁点着头，对，不在这里干了，我辞职，不干了！

父亲连连摇头，哎，东仁，你可不能被这么点儿事就吓着了，你没什么事儿，他们不是把你放出来了吗？身正不怕影子斜，他们爱说啥说啥去。你能走上这么个位置多不容易啊，可不能辞职！

贺东仁的倔劲又上来了，爸爸，我都 40 多岁的人了，这事我能做主！

父亲的气也上来了，你辞职了，你干什么去？你也是一大家子人，就他娘现在那点小买卖能养活了一家人?

贺东仁告诉父亲，这事我已经想了很长时间了，我不能再在这里耗下去了。干一辈子也不过就是这个样子，我要改变一下我的生活。

父亲着急地站起身，你可不能辞了，你现在是个国家干部呢，辞了，你就什么也不是了，亲戚朋友都知道咱们贺家出了你这么一个大干部，都指望着你能使上点劲呢，你可不能走。

贺东仁又失去了耐心，爹，这是我的事，您别再干涉了好不好?

父亲的倔劲也上来了，他指着贺东仁，好哇，我是管不了你了，你辞吧，辞吧，有你后悔的那一天。

贺东仁的父亲气哼哼地拉开门就走了，门“嘭”的一声被他摔上。贺东仁愣在那里，无奈地摇了摇头。

上午，检察院的黄处长带着两个办案人员直接找到了老局长。老局长还不知道贺东仁已经离开了检察院，所以，当三个检察院的人出现在他面前的时候，他感到很疑惑，你们……

黄处长说，我们是来核查一件事情，贺东仁跟你说过吧？

局长说，他不是被你们带走了吗？

黄处长说，昨天夜里他就回来了。想送他回家，他说他想回办公室，我们就把他送到这里来了，你们还没见到他呀？

局长松了口气，我就说他不会有什么问题的嘛。

黄处长拿出那份只有一页纸的文件给局长看，在一封检举信里提到了这份文件，昨天我们问过贺东仁，他说这份文件是三家单位联合协调办的，你知道这件事情吗？

局长拿着文件想了想，噢，对对，是有那么回事。当时，是中央驻运城的八个企业要招100多个人嘛，他们要直接招人，这不属于我们局管，也不属于咱们地区的事，但是需要咱们办手续，就把我们几个单位的人叫到一起，开了一个协调会嘛。这是件好事，也是给咱们解决就业问题嘛，三个部门的领导都很支持，就联合发了一份文件，就是这个……哎，少一页吗？第一页上还有我们三个局的领导的签字呢。

黄处长问，贺东仁也参与了这件事？

局长说，对呀，他是人事科的科长嘛，具体办这件事，必须经过他的手……对了，我还让他存了一份文件在他那里。

黄处长又问，那么，别的地方还有没有备份的文件？

局长想了想说，咱们局就贺东仁那里有一份，当时说好的，一个局里存上一件，那可是保密件。

黄处长又问，为什么要做保密处理？

局长说，那是因为当时有约定，不是地区的指标，是厂矿的指标，和咱们这里没关系。当时讲好的，是要保密的。我想，他们可能不想让这件事弄大了，这个找，那个找的……我也说不清了，反正当时，人家提出来了，要保密，消息不能泄露，只是把我们三个有关局的领导召集到一起，通报这件事，要求协调办理。

黄处长问，这么说，贺东仁并没有权力控制这 140 个名额？

局长也有些不耐烦了，我不是跟你们说了吗？那 140 个名额跟咱们地区没关系，他怎么能控制，他控制得了吗？他没有那个本事！

黄处长却很有耐心，我是说，那些人的手续不是经过贺东仁的手办的吗？

局长压着火气，我再说一遍，他只是一个经办人，就是有一千人、一万人，他也只是过过手而已，根本与被招的人搭不上面！

正在这时，贺东仁推门进来，他一见是老相识，就热情地走上前去跟他们握手问候，真是给你们添麻烦了，昨天没有睡好吧，今天这么早又来了。

局长责备地对贺东仁说，你昨天回来，也不通个气，一点组织观念都没有！

贺东仁笑了，我这不是来向你汇报来了吗？昨天回来得太晚了，怕影响你休息，就没有给你打电话。这不，因为写这份辞职材料又起晚了，现在好了，有他们三位给我作证，我昨天回来时都一点了吧？

局长听到贺东仁的“辞职材料”几个字之后，已经没心思听贺东仁少有的油嘴滑舌腔了。他问，什么辞职材料？

贺东仁说，这个事我一会儿给你汇报，你还有正事要办，我一会儿再来，你先跟检察官们谈。

贺东仁做退出状，这时，黄处长拦住了他，贺科长，我们今天来主要还是找你……

贺东仁不解地说，我不是都已经说清楚了吗，你们说过了，说不清楚问题就得留在那里，我昨天不是都说清楚了，你们还要带我去说一遍呀？

黄处长微笑着说，哪里哪里，我们是想查阅一下这份文件的原件，想看看你那里的那份原件。

黄处长举着手里检举信附的那份红头文件。

贺东仁一听，便公事公办地对黄处长说，这可不行，我们是有纪律的，要看保密文件得局长同意签字才行，你们得先征得局长同意，然后拿着他的签字来找我才能看。

说完，贺东仁看了看局长说，局长，我先回去了，等你忙完了，我再过来跟你汇报。

检察长办公室。范检察长一脸怒容，他咬着牙发狠说，我就不信，查不出他的问题来！这个社会，找别的东西找不出来，找问题再找不出来，我就白活了！

黄处长无奈地说，算了吧，检察长，我看这个案子没太大的油水，检举信里的事情，一件件地核实，没有露出任何马脚，除非能找到这个检举人。我分析这个人很可能跟贺东仁是个死对头，他要是能出来举证就好办了。

范检察长问，能查出来吗？

黄处长说，难。没有任何线索，看来他也非常地小心。

范检察长又焦躁地说，那 140 个名额的事如果能核实了，这个案子就可以办成铁案，还是要抓住这个线索不放。你们不是才核实了一家吗，其他两家呢……更重要的是，他们说是中央驻运城的八个单位，那八个单位你们也去一下嘛。贺东仁说不定跟局长是绑在一起的，他不替他说话才怪呢，要是查出来跟这个局长有关，也把他给办了！

黄处长提醒范检察长，检察长，那局长不是你的老关系吗？

范检察长狠狠地反问，是吗？！

局长读完了贺东仁的辞职报告，有些生气地说，你就这么经受不了挫折？这叫什么事嘛！告你的匿名信又不是第一次了，你太不成熟了。我告诉你啊，东仁，一个人啊，你只要站得直走得正谁说什么都没用，你只要没问题，100 个人，有 99 个说你有问题，你确实没问题的话，你就一点事也没有。如果你真的有问题的话，100个人中99个人说你没问题也没用，一旦查出你有问题，你同样也跑不掉。你看嘛，虽然有一些居心叵测的人总想找你的麻烦，这不是也没有事儿吗？写匿名信的这些人本身心理就不健康，有事明着来嘛，搞阴谋诡计，算什么？上次听说你不走了，就想通过写匿名信的方式把你弄走，这回恐怕又跟我建议提拔你有关哪。他们连那么机密的文件都能搞到手，这说明他们很用心呀。

局长似乎有一肚子的话要说，你看，他们多会选时辰呀，这几天正是研究你的问题的时候，他们这是故意的！恐怕这次让他们得逞了，检察院一找你，上边就知道了，就给我打来电话，说不管贺东仁有没有问题，提拔贺东仁的事情先放一放吧，如果没有问题，下次再研究吧。狗屁！下次？下次贺东仁就没有资格了，这就是——这封检举信的阴谋所在呀！

贺东仁回避了局长提起的这个话题，顺着自己的想法说，局长，我可绝不是一时的冲动，也不完全是因为昨天那件事，我想了好长时间，昨天从检察院回来后，我终于想通了，我必须改变自己的生活状态，我要去闯一闯，再酱在这个酱缸里，我都快成蛆了。

局长没有一点被说服的意思，你就不想想你的父母妻子和孩子吗？

贺东仁说，正是因为也同时考虑到了他们，才更坚定了我的信心，我出来做点实实在在的事儿，挣些钱，让他们过得好一些，不是更好吗？局长，你别再劝我了，我一走，不是也给别人挪地方了吗？省得他们惦记着这个破科长的位置，绞尽脑汁写匿名信。你看，还让检察院的人睡不好觉。我一走大家都清静了。你呢，局长，你也快下来了，我只不过早你几天而已嘛。

局长真是无奈了，他点起烟，看得出来，他是真为贺东仁而惋惜，唉，这是何苦来哉呢?!

劳改农场，一个领导一脸不悦地对检察院的黄处长说，你们放着大案要案不去办，这些事你们也来查，是不是管得太宽了？

黄处长一脸的谦虚，我们也是对这些领导干部负责嘛！群众举报了，我们就得认真对待。

劳改农场的领导毫不客气地反问，负责？贺东仁帮了我们那么大的忙，多辛苦呀，140个人，他一个人一个星期就给办完了手续。人家帮助我们解决了大问题呀，你们还这样无中生有地查人家，这算怎么回事？！

贺东仁对着手机哈哈大笑，兄弟就要“走西口”了，出来喝一盅吧，算是送行嘛。

电话那边的声音说，别跟我开玩笑了，你那个“小政府”都削尖了脑袋想往里钻呢，你还走西口？你要是走西口，我就去闯关东！

贺东仁不笑了，认真地说，兄弟，你别闯关东了，跟我一起去走西口吧。西部的机会多，关内都塞车了，咱们一起去西部打江山。

电话那头沉吟了一会儿，东仁，你真的辞了？！

贺东仁轻松地说，辞了……老局长关照我，说是还给我留下位置，什么时候想回来了就什么时候还回来。可是，好马不吃回头草啊！

电话那头的人叫李石峰。

李石峰推开门走进包间的时候，贺东仁已经点好菜。李石峰把腋下夹着的黑色小包往椅子上一放就说，咱们今天怎么喝？

贺东仁笑了，下午还上不上班？

李石峰厌烦地说，不去了！你被人家捉去放出来第一个就找我喝酒，这么高的规格……

贺东仁吃惊地打断了李石峰，哎，你也知道我被检察院带走的事儿？

李石峰说，你是咱们运城的名人，谁不知道呀？

贺东仁举起酒杯说，你也是名人嘛，我是个坏名人，你是我们学习的先进典型，来，为名人干杯！

喝了第一杯酒，李石峰说了，不能说你是个坏名人，有人想着法子整你，告你。可是，也有人说到你还眼泪汪汪的呢，只能说你是一个“有争议”的人，让他们争去吧，咱们喝酒！

喝了酒，李石峰接着说，也不能说我是个名人，那都是老皇历了，下乡那会儿，台上发言、民选先进，都是我，我那时还挺得意的呢！

贺东仁接过李石峰的话，你那个时候口才还是特别的好嘛。

李石峰摇着手，跟老兄你比，我的口才就差远了！咱是83年山西农业大学毕业，学农业机械专业的，给分到山西省农机厅，又调到临猗县委办公室，还没上班又给改派到运城市科委。咱是听党的话的人哪。给他们办过多少事儿呀？清欠，咱的贡献最大吧。就是由于清欠的成绩突出要提拔我嘛！就是这个时候，我也遇到了你这个问题了！

贺东仁吃惊地，哎？这你可没跟我说过。

两个人就碰了酒杯，一饮而尽。

李石峰说，听说了你的事，我就特别理解你。咱们运城这个地方有些人实在是有文化呀，知道怎么整人！我怀疑，匿名信是不是也发源于咱们这个地方？你说你不同意提拔我，光明正大地提出来反对的理由，他写匿名信，告我什么呢？那个时候，太原有个厂长出事了，查那个厂长的时候，说我跟另一个人当年去太原出差时，这个厂长都送给我们多少多少铝锭。这事我根本就不知道，结果是跟我一起出差的一个人收了。后来就有人写匿名信说，我也收了那个人2000块钱呢。查吧，结果查来查去，没我什么事！我这才知道，那个时候正是讨论要提拔我的时候，就是因为这件事错过了讨论我提拔的时机，机遇就是这样，错过了就没有了。

贺东仁说，吔，咱们是同病相怜哪！

李石峰乐了，来，为咱们的相同命运！

就在这时，贺东仁的电话响了，老局长打来的，东仁，你媳妇被检察院拘留了！

贺东仁猛地推开了检察长办公室的门，气冲冲地走进来，范检察长，不要欺人太甚！

范检察长一副无辜的样子，贺科长，你的问题不是已经说清楚了吗，我们也没有对你怎么着，干吗这么大的气呀？

贺东仁愤愤地说，范检察长，我今天不是作为被审查的对象来的，我是作为一名被你们无故拘押的拘押人家属来向你们要人的，赶快放了她。你不就是冲着我来的吗，你不就是因为我没有给你办那个转正的事报复我吗？冲我来吧，别伤害无辜。

范检察长吃惊的样子，误会，误会，误会了！我找你办转正的事那不早过去了吗？再说了，他也不够条件嘛。你想得太多了。我们查你的原因你是知道的，是有人举报你的问题呀。而且，你想想，这个案子不是我经手嘛，不要想得太多了。咱们还是朋友吗？你要是真有困难，只要说出来，我还是会帮忙的嘛，我这个人是很讲义气的——噢，对了，你刚才说谁被拘起来了？

贺东仁怒气冲天地指着范检察长，你他妈孙子！

贺东仁在一个小屋子里见到妻子的时候，他的怒火已经没有了，有的只是对妻子的歉疚。

他问妻子，他们怎么能随便抓人呢？他们拘押你的理由是什么？

妻子抽泣着说，上午有几个人去了我们单位，说是检察院的，要搜查与我有关的物品。我说，贺东仁有什么事，你们找他去，跑我这里干什么来了？他们就把我推在一边，不让我说话。

贺东仁问，他们出示搜查证了吗？

妻子摇着头，没有，他们就给我看了看检察院的什么证，就开始搜。让我打开保险柜，我就打开了，那里边有取回的一万多块钱的现金，是准备给老师们发工资的。他们就说，查到了，把钱卷起来就放到他们的包里了。

贺东仁问，你跟他们解释了吗？

妻子说，我想解释，他们不让我说话！就带着我走。然后就把我押到这里来了。

贺东仁又问，他们让你签字了吗？

妻子摇头。

贺东仁心疼地说，他们要是问你，你就如实地说明这笔钱的来源和用处。我想办法弄你出去。

妻子有些胆怯地问，他们会打我吗？他们什么时候放我出去？

贺东仁安慰着妻子，他们不敢，他们是冲着我来的，他们肯定会把这笔钱算到我头上，你就如实地说，他们也会到你们单位调查去的，你们单位的领导也会给你证明的。他们押不了多久，他们不敢这样为非作歹。他们就是冲我来的，太卑鄙了！

贺东仁从探视的屋子里出来时，正碰上询问贺东仁的时候做记录的那个小李。小李一见贺东仁就焦急地说，这事儿，我们是临时接到通知去的，走到半路，就把我们给撤下来，换了另外的人了。

贺东仁苦笑了一下，我知道了，这事就算是你干的，我也不会怪罪你的，他们是冲着我来的，你们不过只是个办事的人而已。

孩子们还不知道情况，贺东仁给母亲打了一个电话，母亲就在电话那头埋怨他，你说说你，你也不回来看看，让娘担心死了。

贺东仁平静地说，娘，我和桂芝今天都有事，回不去了，你去我们家，给两个孩子做做饭，帮助我们照顾他们两个，如果有事，就打我的手机，我都开着呢。

娘担心地问，你们两个干什么去呀？

贺东仁说，我们就是有点事，别着急，儿子都那么大了，你就放心吧。

娘就叹了口气，我就是放不下这个心哪。

对贺东仁妻子的询问没有那么柔和，因为检察官们认为他们已经拿到了可靠的证据，就是那笔一万多元的钱。范检察长这次是亲自出面的，因此，场面看起来很正式。

黄处长处于第二询问人的位置，小李依旧是记录。范检察长问高桂芝，你知道我们找你是因为什么吗？

高桂芝从来也没见过这个场面，她的确很害怕，知道，就是为了保险柜的那些钱。

检察长得意地说，对了，你看，贺东仁说了，他有140万元的现金，都是由你保管着的，除了放在保险柜里的这一万多元，其他的那些放在什么地方了？

高桂芝被这话吓得有些晕，没有，我不知道，我不知道放在哪了。

检察长一听高桂芝这个回答心里乐开了花，你不知道？你真的不知道吗？你好好想一想，不用着急，你一定会想起来的。

高桂芝真的被吓坏了，她哪里顾得上想这句话的圈套，她只剩下在那里哭了。

检察长假意地安抚她，你不要怕，你只要说出来其余的钱放在哪里了，我们是不会追究你的。只要把贺东仁的问题搞清楚了就行了。

高桂芝不断地哭泣，她没有办法控制自己，贺东仁交代她的话，她忘得一干二净。

检察长又启发着她，平日里有人去你们家找贺东仁办事吧？他们都会带些东西来吧？

高桂芝抽泣着说，他的事我不知道，你问他去吧。

检察长仍旧和颜悦色地说，他，我们已经问过了，他的问题很清楚了，现在我们是在跟你核实一些情况。

贺东仁真是急坏了，他坐立不安地在陆德熙的办公室里来回地走着。

老陆以市纪委的名义在跟检察院交涉。老陆是非常焦急的，贺东仁刚被放出来，又莫名其妙地把高桂芝给弄进去，他感觉这里面肯定有文章。他在给一个领导打电话，他说，贺东仁的事儿都没有查出来，就把高桂芝弄进去也不合逻辑嘛。再者说了，你们搜查也得有个手续呀，什么程序都没有，这是违法嘛！

对方似乎也有些为难地说，这是范检察长主抓的案子，我们也不好过多地干涉他……再者说了，老范他们也确实从她那里搜出了一万元钱的现金嘛……

老陆有些失去了耐心，那钱是从贺东仁家里搜出来的吗？不是嘛，那是从高桂芝单位搜出来的，你们都知道，高桂芝是个会计，保险柜里边放个万把块钱的再正常不过的嘛，你们凭什么就认定这是贺东仁的“赃款”？你们问没问过高桂芝他们单位的领导，这钱是怎么回事？不实事求是嘛！

这时，可能是范检察长审问高桂芝回来了，那边的领导就对老陆说，这样吧，老范来了，让他给你解释吧。

那边的范检察长可能在拒绝，但是，拿电话的也不客气了，你叫我们怎么给你擦这个屁股嘛！

顿了一会，范检察长才拿起电话，喂，你是哪位呀？

陆德熙强压着心中的怒气，范检察长，我是市纪委的陆德熙，我想知道，你们为什么要抓高桂芝，你们是否给她出示了搜查证？

范检察长装腔作势，是这样的，我们接到群众的检举信，说贺东仁有违法的行为，这样，我们就传唤了贺东仁核实情况，但是，有些情况需要进一步核实，就把他的爱人也请来了，看来，幸亏我们及时把高桂芝传唤到了检察院，否则，说不定会给国家造成多大的损失呢。

陆德熙问，那你们办理了合法的搜查手续没有？

范检察长避开陆德熙的问题说，哎呀，可怕呀，真的从她那里搜出来一万多块现金呀，她都招了！她说，她不知道其他的钱藏在哪里了，可是这一万元就放在她那里了，多险哪！

陆德熙疑惑地问，她招了？她招什么了？

范检察长得意地说，她当然招了！我们要是没有把握能去抓她吗？她招了，只是还没有想起其他的一百多万藏在哪里，不过，我相信只要关她一阵子，她什么都想起来了！

他的话让陆德熙感到非常的震惊，他突然提出，我要见一见高桂芝！

范检察长不冷不热地说，她目前正在接受调查，我们有纪律规定，这个时候她是不能见任何人的。

陆德熙按捺着，请你把电话给院长！我要跟他讲话！

还是那间不大的幽暗的谈话室，憔悴而又疲倦的高桂芝面对着贺东仁和陆德熙，无精打采。

贺东仁对妻子受到的不公正待遇很气愤，同时对妻子没有按照他的嘱咐说话更是生气。他责问妻子，不是事先都告诉你了吗？在这种地方不能乱讲话，他们能在鸡蛋里挑出骨头来，也能在你的话里找出麻烦来的。你……你怎么能说，那一万块钱是我让你放在你们单位的呢？你知道吗，你这一句话，他们就可以关你十天半个月不放你出去，也可能把我再次关进去的！

妻子委屈地说，我没说呀，我就是说我不知道他们说的话是什么意思……

陆德熙冷静地听着，他知道高桂芝肯定被他们设的语言圈套给绕进去了，如果真的是这样，事情也好办，核实事实就能解决问题。他对两个人说，你们不要着急，白的不能搞成黑的，没有就是没有，说什么也没用。

贺东仁再次安慰妻子，你要经得起风雨，不要怕他们，这是有人在整我，是针对我的，你用不着怕，咱们走得直站得正，说什么都没用。

贺东仁把给妻子带的东西拿给她，嘱咐了几句后就跟陆德熙走了。望着两个人离去的背影，高桂芝委屈的眼泪又落了下来。

陆德熙严肃地走进院长办公室，从衣袋里掏出自己的纪委工作证，郑重其事地对院长说，院长同志，我是纪委的工作人员陆德熙，我是受纪委领导的委托来质询高桂芝一案的。因为，纪委接到了高桂芝的丈夫贺东仁的举报，他认为你们传唤高桂芝没有出示搜查证，搜查物品没有让当事人签字确认，同时，他认为你们毫无根据、没有经过事先的调查就擅自拘捕公民，侵犯了公民的人身权利，要求纪委进行严肃查处……

院长见陆德熙这副面孔，有些哭笑不得地说，老陆，老陆，误会误会了，这件事呢我确实不知道，他们把人拘进来以后才跟我说。我正在了解情况。消消气，我会让他们给你一个满意的答复的，放心，不要动火嘛。这老范啊……唉！

第二天，贺东仁没有等到妻子归来的消息。

第三天，没有。第四天，没有。贺东仁心急如焚。

到了第五天的时候，贺东仁再也坚持不住了。他本来想，纪委的介入会使问题能够得到较快的解决。他们会痛快地放人，没想到他们不放！非但如此，他去拘押高桂芝的地方想探视也不被允许了。贺东仁无奈之下，又找到了老朋友陆德熙。陆德熙也是一个血性男儿，他一听就急了，还没放人？！凭什么？

陆德熙随后就赶到检察院，怒气冲冲地走进了院长的办公室，他一把按断院长正在接听着的电话，愤怒地瞪着院长的眼睛问，为什么还不放人？！如果你们查出了问题，你们立即逮捕她，如果你们还没有查出问题来……我告诉你，今天是公民高桂芝被你们非法拘押的第五天，如果在明天之前你们放人，我还领你的私情，如果明天你们还不放人，那么我再也不会找你了！

院长听完了陆德熙的话，吃惊地说，怎么，他们还没有放人？！

陆德熙烦躁地说，别跟我装了，放没放人，你难道不知道？

院长委屈地说，我真的是不知道……你等着，你等着……

院长抄起电话拨了几个号码，接通了就大声地责问，老范！你是怎么搞的，怎么还不放人？！

院长生气了，别再托词了！今天立即放人！

但是，当天，贺东仁依旧没有见到妻子。到了第二天，也就是在妻子被拘押的第六天，贺东仁才接到检察院打来的电话，让他去接高桂芝。

贺东仁接了一个电话，朋友说，李石峰当上了科委的副主任，最近刚刚任命的。他就跑到李石峰那里去对李石峰说，我得祝贺你呀，当上了科委的副主任了！有权力了，干事就好干了，啊。

李石峰苦笑，得了吧，什么狗屁的权力啊。

贺东仁趁机说，那就别干了，咱们去西边开发大西北，响应国家的号召，利用咱们的大脑去开发西域。

李石峰摇摇头说，要去也是去东部，西部多穷啊，什么条件都差，我们到了那里怕水土不服呢……咱们想一个好项目，到东边去。

贺东仁有些固执地说，到西部去，我都想好了，西部不缺地，租上他几百亩、几千亩地，到那里搞农业项目，你又是科委的，找个好项目就做吧……

李石峰说，哎，地区林业局我有一个同学，他在搞林植一体化工程，是个不错的项目，前景很好，速生林，可以造纸，也可以改善生态。刚开始起步，你可以介入，是国家支持的项目。

贺东仁站起身说，我还是想搞红枣，红枣产业一定更有前景。把咱们运城的红枣种植技术利用起来，到西部去。

贺东仁到单位去收拾东西的时候，人事科的同事们都聚集在他的办公室，他与这些人朝夕相处，是有很深的感情的。贺东仁说，虽然单位里有人不断地在背后写我的匿名信，整我。但是，我并不怨恨。因为在官场里都得生存，无法避免竞争。写匿名信的手段虽然有些下流，但是出发点就是要向上爬。有一点就是别故意整人。当然，你们诸位也没必要告我的黑状，咱们不存在着竞争。所以，我知道肯定不是几位的了。

这时，有人提议说，咱们吃顿饭吧，欢送欢送你。

说这话的人还有些要哭的样子，有人就起哄说，舍不得了吧?

贺东仁挥挥手潇洒地说，省了吧，你们那点钱，还是留着顾家吧，别乱花了。

有人就开玩笑说，吔，科长还没有发财呢，就瞧不起我们了，发了财，还不把我们忘个一干二净?

贺东仁认真地对同事们说，发财是一定的！多年以后我再回来的时候，至少要开着奔驰车来看你们，要让你们知道离开机关有多么好！否则，我就不会再见你们。但是，我，一定要成功！

第 03 章　大路通天

父亲扭过头去不想看贺东仁，母亲坐在一旁的凳子上，低声地数落着贺东仁，你就别在他生病的时候跟他顶了，轻易不回来一趟，回来就好好跟他说话嘛。

贺东仁想了想，也是，就拿过一个苹果一边削皮一边坐在父亲的床前，爹，你好好养病，等你病好了不是还能到我的化肥厂里帮忙呢吗。咱们在一起挣钱多好呀，省得在家里闷得慌。

父亲还是没有消气，坐起身强调着自己的思想，咱们家几辈子没出一个当官的，你这好不容易做上了官家人，还不干了，唉！你说说，多少人都抢着当官，你这也是光宗耀祖的事啊，你辞这个职，不对！

贺东仁说，爹，我们不能图那点虚名啊。你不知道在政府里工作有多憋得慌，我早就想出来了，这也是天遂人愿吧。你想想啊，我就是不出来，我也就到头了。在这么个单位里，当一辈子科长，有什么意思呢。更何况，这个科长不知道哪一天就会被人给算计了呢。我也不愿意陷在这里耗费时光了，咱们自己干，干出点大动静来，让他们也看看，我贺东仁不当官照样做得好。

父亲唉声叹气地摇着头，他也知道自己是劝不了贺东仁了，由他去吧，还能怎么样呢。

妻子对贺东仁的辞职决定虽然没有说什么，但是，他知道她是支持的。贺东仁猜想，她可能觉得自己辞职后会一心扑在家里的生意上，跟她一起把生意照顾好。但是，如果这么简单，他觉得就没有必要离开机关，在那里混着一样可以开着自己的布店、饭馆和化肥厂——现在不就是这样的吗，他的想法很大，但是，这个想法是什么，他至此也没有想清楚，因此，也不好对妻子说什么了。

妻子高桂芝说，你要是真辞了，就把化肥厂管起来，别再让你爸在那里管闲事了，厂里的人都没法干了，他总是在那里指手画脚的，这也不行，那也不对的。老张不好意思找你，跟我说过几次了，说你爹老是插手厂里的事。

唉，他也是老了，没办法，你说也不能让他一点什么事儿也没有啊。要是他闲在家里，还不是到处去找事？就是我在厂里也不能把他怎么样。

妻子很有情绪，那就别让他去厂里了嘛，就在家里享清福吧。

贺东仁想着，这真是个烦恼的事，好在，这些日子他生病，厂里也可以清静一阵子了……

那就趁着他生病的机会，就不要用他了，等他好了，就跟他说，厂里找着看大门的了，让他在家里待着吧。

也是个办法。贺东仁想了想，等等再说吧。不过……我就是辞职了也不能去管化肥厂啊，我要干别的去，化肥厂就交给张厂长，把事儿交给他，没有错，我在那里也是碍手碍脚的。

那你想干什么去？！妻子瞪大了吃惊的眼睛不解地问。

我嘛，我要干点大事。我想好了，还是干老本行，去种树，我要种枣树，现在的红枣收购价很高，我找他一大片地种上一个大枣园子……

妻子打断了他，那家里这么一大摊子的事，你就不管了？

家里不是还有你吗，化肥厂交给张厂长，你不用管，你就把布店管好了就行了。

那饭馆呢？

贺东仁放缓了语气跟妻子商量，我想，这个饭馆，让老二管起来，你就当好老板，让他主要负责……

妻子一听就不同意，不行不行，让他管？让他管，用不了多久就得倒闭。

给他一次锻炼的机会嘛，他还小，进入社会总得有个过程，咱们要是不管他，谁还能管他呢？

他小？他都快三十了！我们又不是办培训学校的，给他的机会还少吗，你就是护着自己家里的人，什么也都护着……你爹你爹在化肥厂管闲事，现在又要把你弟弟弄到饭馆来，这生意还怎么做下去？

谈话陷入僵局，贺东仁想了想，没有再说什么，他走出家门，想到外面透口气。

吃过晚饭，贺东仁端着一杯水坐在妻子身边。她正在看电视，看的是中央台的新闻联播。新闻里正在播出国家领导人在“西北五省国有企业改革和发展座谈会”的新闻。这条新闻吸引住了贺东仁，他从茶几上拿起遥控器，把电视的声音调大一些。

新闻里说，国家领导人指出，现在我们正处在世纪之交，应该向全党和全国人民明确提出，必须不失时机地加快中西部地区的发展，特别是抓紧研究西部地区大开发。国家领导人强调，加快开发西部地区，对于推进全国的改革和建设，对于保持党和国家的长治久安，是一个全局性的发展战略，不仅具有重大的经济意义，而且具有重大的政治和社会意义。加快中西部地区发展的条件已经基本具备，时机已经成熟。从现在起，这要作为党和国家一项重大的战略任务，摆到更加突出的位置。

贺东仁不错眼珠地盯着屏幕，新闻还在阐述领导人的观点：加快开发西部地区，是全国发展的一个大战略、大思路。改革开放以来，沿海发达地区运用自身较好的经济基础、优越的地理位置和国家支持的政策，经济和社会发展已经积累了相当的实力。现在，加快中西部地区开发的时机已经到来。中西部地区范围很大，如何加快开发，要有通盘的考虑。加快西部地区的经济发展，是保持国民经济持续快速健康发展的必然要求，也是实现我国现代化建设第三步战略目标的必然要求。西部地域广大，自然资源丰富，有巨大的发展潜力，也是一个巨大的潜在市场，加快发展西部地区可以促进各种资源的合理配置和流动，为国民经济的发展提供广阔的空间和巨大的推动力量。

这一天是1999年6月17日。这是中国西部大开发的第一声号令。

贺东仁兴奋地站起来对妻子说，现在咱们的机会来了，国家给政策，鼓励咱们在西部发展扎根，只要选准了项目肯定能干起来。

妻子有些漫不经心，咱们有这么些个买卖已经够忙的了，还开发什么？

贺东仁由着自己的思路说，咱们不能只局限在运城这个小地方，要把眼光放在更大的西部，把咱们运城的好东西带到更偏远的地方去，到还没有被动过的地方去……

听着风就是雨，那只是个政策，等真要动起来还不知什么时候呢。

贺东仁肯定地说，不会太久的，我们要抢得先机，才能占得天时，一定要早动手……

妻子听到了贺东仁浮躁的心跳声，你真要离开运城？

运城太小了，做事的成本也高，要是能找到还未经开发的地方……我一直想找一片土地种枣树，越往西边去，地越多，人越少，土地的成本也就会越低，发挥的余地也就越大。

我可不想跟你到那么苦的地方。

那你就在运城管着这边的事情，把孩子培养好，我去，等弄好了，你们愿意去再去。

贺东仁向往着美好的“西部”，好像一切已经成竹在胸。妻子却不高兴了，别想得那么美好，我们就在这里尽力多挣一些，过得舒服一点就够了，要那么多的钱干什么？

贺东仁说，我不光是为了挣钱，我是要干些大事情出来。

大事情？

贺东仁上了飞机之后，从随身携带的包里拿出了一本书，是一本小说《荆棘鸟》。这是澳大利亚小说家科林·麦卡洛的小说。这部小说写的是一个澳大利亚的农场主艰苦创业的故事，贺东仁之所以看这么一本书，是因为小说的故事和他要干的农业有关，书的扉页上有一段话贺东仁非常喜欢：

“传说中有一种鸟，它毕生只歌唱一次，但歌声却比世界上任何生灵的歌声都悦耳。它一旦离巢去找荆棘树，就要找到才肯罢休。它把自己钉在最尖最长的刺上，在蓁蓁树枝间婉转啼鸣。它超脱了垂死的剧痛，歌声胜过百灵和夜莺。一次绝唱，竟以生命为代价！然而整个世界都在屏息聆听，就连天国里的上帝也开颜欢笑。只有忍受极大的痛苦，才能达到尽善的境界……也许传说就是这样。”

贺东仁是一个很专心的人，一旦被书中的故事所吸引就沉浸其中。坐在里面的乘客请他让一下要进去的时候，他才抬起头。

邻座的乘客是一个面庞较黑的汉子，他坐下后跟贺东仁拉话，也去阿克苏？

贺东仁点头，你也去吗？

邻座说，我就是阿克苏人，是回家。你是第一次去那里吧？

贺东仁说，是，新疆的很多地方都去过了，阿克苏市还没有去过，喀什、和田都去过，南疆的阿克苏还是第一次去。

邻座说，阿克苏可是一个美丽的地方，也是古丝绸之路上曾经繁荣一时的城市。虽然后来的阿克苏有些衰落，却仍是南疆的一个重要城市啊，现在国家提出了“西部大开发”的战略，将来这个地方更是有巨大潜力的。

他似乎对阿克苏有着特殊的感情。贺东仁收起小说很有兴趣地说，我就是想到那里找机会的，你们那里搞什么比较好？

邻座热情地说，我们那里简直就是一张白纸啊，有很多机会。最好的项目就是在那里搞农业，我们那里，古代就是个重要的农业区，现在是中国的产棉区，也是新疆地区的重要粮食基础，你要是在农业上有想法，这个地方可是不错啊。搞工业也行，这个地方的工业基础也比较弱，正是因为弱搞起来才有潜力。

贺东仁问，你对阿克苏挺熟悉的啊，你是不是也在那里做生意？

邻座微笑着，我呀？不，不做生意，我在机关里面干。

两个人谈了一会儿，飞机起飞了，各自系上安全带。飞稳以后，贺东仁本来还想跟邻座再聊一聊，一看他却闭上眼睛休息了。于是，他又拿出了小说接着读。

一直到飞机就要着陆的时候邻座才醒来，他揉了揉眼睛，看着窗外，到了？这一觉睡的。

飞机停稳了，贺东仁背上自己的包，准备下机了，再见吧。

邻座站起身边说“再见”边从行李架上取东西，贺东仁在前面先下去了。

阿克苏的天空可真蓝，特别地干净，从舷梯上下来之后，贺东仁就感到很舒服。空气干净，风也不大，温度适宜，有一种“回家”的感觉，很温暖。

正在贺东仁边走边欣赏阿克苏的景色时，后面有人叫，哎……那个，这个手机是你的吧?

贺东仁回头看，原来是自己的邻座，一只手拖着旅行箱，一只手举着手机向贺东仁快速地走来。贺东仁一摸自己的衣兜吓出了一身的汗。

他非常感激地对走到身边的邻座说，谢谢，谢谢！是我的手机，这里边存着我的所有联系人哪，要是把它丢了，我可就惨了，太谢谢了！

邻座说，我刚要走，看到你的座位上有个手机，一想就是你的。出门在外不容易，得小心着点。

贺东仁从背包里掏出一张名片递到邻座面前，我叫贺东仁，是山西运城人，想到新疆做点事情，有机会，咱们常联系啊。

邻座看着贺东仁的名片，啊，你也是在政府工作啊，是人事科的科长，那可是挺有权的位置啊。

说着，邻座也从自己的衣袋里摸出一张名片，我在阿克苏多年了，我看你也是个实在人，在阿克苏有什么事，可以找我，也许我能帮上你的忙。

贺东仁接过名片一看，愣住了：你是阿克苏市委书记?！这可真是天上掉馅饼砸到了我贺东仁的头上了。我来阿克苏就是要搞事业、求发展的，正愁找不着门子呢，你就出现在我面前了，这不是天意是什么?！

书记笑着，我们这个小地方，偏僻、落后，缺少吸引力，你们这些内地人到我们阿克苏来，我们非常欢迎呀，这里大有作为。

贺东仁拉着书记的手说，书记，我看我们很谈得来，你要是有时间，今天咱们一起吃个便饭聊聊吧。

书记有些犹豫，想了想问，你打算住在哪里?

贺东仁说，我还没有想好，原来想出去后再找地方……

书记说，我给你介绍一个地方，你就住到阿克苏地委招待所去吧，那里的条件不错，交通也方便。

贺东仁说，好啊，就去那里，那么，你今天晚上要是没时间，就明天，怎么样？明天我请你吃饭。

书记说，这样吧，你呢，坐了几个小时的飞机了，也挺辛苦的，你先去住下。我已经出来一个多星期了，也得回家去看看，晚上我吃了饭，到你那里看你吧。

贺东仁高兴地说，行，那我可就等着你了。

两个人说话的时候，已经走出了出站口，书记的司机在出口看到了书记，就跑上前来接。书记对贺东仁说，你也别去打车了，就搭我的车吧，先把你送到地委招待所，我再回家。

贺东仁感激地说，谢谢书记！

晚上快十点的时候，书记如约叩响了贺东仁房间的门。书记并没有想进来的意思，站在门外对贺东仁说，老贺，咱们到楼下，我请你喝咖啡去吧。

贺东仁笑着说，行，我换一下衣服。

就在地委招待所下面，两个人一边喝咖啡一边聊了起来。书记说，咱们可真是有缘分呀，我们坐一架飞机不奇怪，跟你坐在邻座就有点巧合，你把手机丢了，又被我捡到了，那就是缘分了，所以看来，我们还真得交个朋友。

贺东仁哈哈大笑，书记说得好，更奇的是，我是来这里寻找商机的，可巧就遇到了这里的父母官，这父母官一点架子也没有……

书记摆着手，什么父母官不父母官的？咱们这个地方是个偏僻的小地方，你们能来这里，对我们来说是难得了，如果你们能把这里的经济带动起来，那就是我们的福音。我们这里缺少资金、缺少人才、缺少技术与经验，我们这里不缺的就是地。我们这里的荒地很多，人口又少，需要发展啊。现在国家要搞西部大开发，对我们是个好消息，要是能乘着这个机会让这里的农民致富，把这里的一市八县的经济搞上去就好了。

贺东仁说，我也向书记介绍一下我的情况，我是山西运城人，你知道，运城是个农业很发达的地方，那里的粮食、林果业都搞得不错，我从小就在果园里种枣树，管枣树。运城的板枣在过去是专供皇帝用的，是中国最好的枣。我来这里，很想搞农业产业，你刚才说了，这里就是不缺地，我要是能在这里搞上一大片地，就种枣，我不但自己种，还要教会这里的农民一起种，然后我再把这些枣搞成产品卖到全国去，我的产品要搞就搞成别人没有搞过的。

书记兴奋地说，这是个不错的项目。枣树，在我们新疆的吐鲁番种得比较多，在阿克苏也有，面积不如那边多。这枣可是个耐旱的植物，很适合在我们这里发展。你要是真搞枣业的话，我看，是选对了项目。不过……这恐怕要一个过程。因为，在我们这个地方，一方面，传统上是以棉花和粮食种植为主，对于林果业，主要的也是核桃、石榴什么的好一些。这里的农民最习惯的是棉花种植，祖祖辈辈都是种棉花，我们这里的棉花是中国最好的，产量、品质都是最好的，可是棉花的价格波动很大。另一方面，你要是在这里发展红枣，这里的红枣人才是个问题，懂枣树种植的人不多。

贺东仁很有信心地说，我能把全中国最好的红枣专家请来，在这里普及红枣种植知识。运城是中国红枣的发源地，我想有机会一定请书记到我们运城去考察，那里的红枣技术非常的成熟了。我自己也有红枣的种植技术和经验，要是搞起来，技术方面不成问题的。

书记说，那就好。不过，我想，你可以在阿克苏多走走，多看看，我们这里有搞得非常好的地方，就是生产建设兵团。兵团已经在全疆发展了几十年，他们有成熟的农业生产经验，有成熟的农业生产技术，他们资金雄厚，人才济济，可以跟他们多接触多交流，也可以试着跟他们合作一段时间，积累一些经验。我实话跟你说，老贺，咱们阿克苏这个地方虽然地多的是，但是，都不是好地，都是戈壁荒漠，要在这样的地上种植物非常不容易，必须首先对土地进行耐心的改造，改造好了你才能种上东西。特别是这里的盐碱化很厉害，要发展你的红枣，土地改造可能就需要一定的时间啊。这一点，兵团有经验，你要是能跟他们合作，可以学到许多这方面的经验。

贺东仁点着头，书记，说实话，我对这里的情况还真的不太了解，你给我谈的这些非常重要……你能不能给我介绍一些兵团的人，去那里走走？

书记欣然地说，当然可以，来，你记几个号码……

李石峰站在地头，看着自己雇来的工人在管理着苗圃。现在还不太踏实，等到了春天把树苗卖出去才可能把筹集的20多万元还上，才有再发展的可能。林植一体化是一个非常好的想法，得趁早下手，早下手，就能占据有利位置。

看着这些茁壮成长的植物，心里就静了，工作、烦恼，官场、争斗，人啊，人啊。

这时，他的手机响了，石峰，你知道我现在在什么地方吗？

李石峰想了想，东仁啊，我可想不出来，不会真跑到新疆去了吧？

贺东仁笑，还真让你猜对了，我就是在新疆！这里的地可真多，简直就没法想象，你说，在咱们那里弄块地那么不容易，这里的地多得你都没法说了。我刚跟兵团的人谈完了一个项目，打算在这里大干了，来吧，你也过来吧，咱们一起干。

李石峰乐呵呵地说，去新疆？我可不去，我还是在运城吧，这里还是熟悉一些，做起事儿来也方便，跑那么远，人生地不熟，遇到事咋办？叫天不应，叫地不灵……

贺东仁引诱李石峰，要是你不来，那我可就自己干了？我告诉你，这才叫事业呢，我是看好了这里的发展前景了，只要能吃苦，在这里肯定能干出名堂来的。咱们做两件事，一是咱们自己弄一些地，种红枣；另一方面给他们提供种苗、肥料什么的，围绕着农业做文章呗。

贺东仁转换了口气跟李石峰商量，石峰，我找你一方面想拉你到新疆来干，既然你不来，也就算了，什么时候你想通了，或者不愿意在运城干了，就来。第二件事呢，你不是现在正在搞育苗吗，我帮你把苗子弄到新疆来卖吧，这里育苗这块也挺缺的，我觉得可以做。

这个话题是李石峰最想谈的，那儿的需求量大吗，我正愁投进去的这20多万还不上呢，要是到了春天能把这批苗子卖了，我就可以把欠款还上了，到那个时候还能挣点。

贺东仁估计，兵团这边种棉花的挺多，但是种树的也不少，我现在正想跟他们搞一块地，种红枣，春天的时候，就是我跟他们合作的这块地，也得几千株吧。

李石峰高兴了，那就能消化不少了，我还和山东那边的一个林场签了个一万多株的树苗供应合同，如果你再给我消化他七八千株，就有戏了。

贺东仁说，那咱们就说定了，给我至少留八千株。

李石峰痛快地说，没问题！

贺东仁在春节的时候回运城了，他要筹集一笔资金弄到新疆去。经过几个月的尝试，他已经在兵团那里站住了脚，现在资金已经成了大问题。

妻子高桂芝坚决反对贺东仁的行动，把多年的积累放进这么不靠谱的事情上去，她是不愿意做的。贺东仁从新疆一回来就跟她商量，我已经在新疆租到地了，红枣的效益好，现在咱们运城的红枣就已经卖到了快20块钱一公斤了，我看了吐鲁番的枣园，他们那里的枣品质比咱们这里的还好，要是在那里种上了，红枣当年就可以挂果了，我算了一笔账，咱们投进去的钱，当年就会回来了。

高桂芝说，可是，那得投入多少呀，你不是说了，那地不是想种就能种的地，还得改造吗，你算了改造的时间了吗？

贺东仁说，我弄的那块地，是已经改造好的，原来种棉花，现在我们接过来，改成枣园，立即就能种了，我把咱们运城的专家们请到那里去，大干一场。

高桂芝仍然不同意，咱们这些积蓄不容易，你一下子都砸进去，要是赔了呢？

贺东仁就说，就算我借你的还不行吗，以前的积蓄都算你的，我给你打欠条，保证明年就还上，利息是翻番。

高桂芝不接这个话头，家里的买卖你也不管，你知道你爹又在化肥厂里瞎管吗，这些事你也不顾了？

一开春，贺东仁就跑到李石峰的苗圃里，他要自己把树苗押到新疆去。一进李石峰的苗地，他就说，石峰，计划有点变动。

李石峰就不安地说，我可是给你留足了啊，你要是不要了，你就害死我了，这个时候再找买家……

贺东仁笑着说，你想哪去了，我贺东仁什么时候说话不算话了，我跟你要的树苗还要，不但还要，而且还想多要呢，我要弄一万五千株过去，都是现钱，那边的需要量很大。

李石峰为难了，哎呀，要是一万五的话，可就不好弄了，要是给你凑个一万株还行。

贺东仁指着树苗，你这么多的苗子，一万都没有？

李石峰说，这里不止一万五，可是，我这是给人家留的，在去年年底的时候就讲好了，都签了合同的。

贺东仁说，那我多给你点钱呗，你补偿他们一下，我就拿他五千株，凑够一万五就行了，都是现钱。

李石峰很固执，那可不行，我是答应人家的，就必须得做嘛，要是给了你，我以后还怎么跟人家交往嘛。我给你凑成一万，你再想想办法，再到别人那里弄个五千不就行了吗？

贺东仁说，你这个人，给你钱挣都不挣，真是死性。

李石峰说，这不是死性不死性的问题，这是信誉，我跟人家签了合同，就得按合同给人家，我得讲信誉啊。

贺东仁想了想说，行了，你就给我凑一万吧，你以为我真弄不成一万五呀，咱们还有春阳呢嘛。

李石峰一听笑了，我怎么把他给忘了，他那里的量大，比我这里量大多了，对，到他那里调个五千株不成问题。

李石峰又问贺东仁，你真要自己押着车过去呀？

贺东仁说，这是第一次运苗子过去，这么长的路，得一个星期呢，我怕路上出点什么事，兵团那边等着这些苗子种呢，要是不能运过去，可就麻烦了。这是大事。

李石峰说，那路上可辛苦啊，你要做好吃苦的准备。

贺东仁满不在乎地说，咱就是吃苦的命。

起运的那天，李石峰特意起了一个大早，指挥苗圃的工作人员小心地装好车，两辆载重车都装满了，贺东仁还是那一身行头，带着棉大衣，身上也穿得厚厚的。初春的西北还是很冷，早晚更是难熬，他必须做好挨冻的准备，一个星期的确不是一段轻松的路。

从运城出发一直向西。正是乍暖还寒的时节，大地正在复苏。靠近运城的地方已经出现了一丝丝绿意，越往西去越荒。两辆载重车的司机都是经常跑长途的，他们开的速度很快，沿着高速路还是比较顺的，贺东仁一边看着外面的景色，一边在大脑中想象着自己未来的红枣园。

正在疯跑着的车突然减速了，司机对贺东仁说，咱们碰到劫车的了。

贺东仁向前边望去，见在前方不远的高速上横着一些路障，那是些什么人？是路政的吗？

司机说，不是，他们就是这附近的人，经常劫道，就是要钱，不给不行。

汽车停在路障前，后面的那辆也停下了。贺东仁和司机一起跳下车，走到路障前，司机就给几个人递烟，有十几个人围过来问，你们拉的是什么？

司机堆着笑脸，我们拉的是树苗，都是些不值钱的东西。

拦路的人说，往哪拉？

司机说，走新疆的。

这时，有些人已经爬到车上去，掀开盖在上面的苫布看了看，是树苗。

拦路者说，两辆车给一千吧。

贺东仁不解地问，你们是路政的吗？你们为什么要收钱？

司机赶紧示意贺东仁不要说话，拦路的人这时不高兴了，我们不是路政的，从我们这里过就得交个路费！不想交？那就别想过！

司机走到贺东仁面前低声地说，别跟他们顶，这些人凶着呢，动不动就动刀子！

然后司机又走回来，嘻嘻地笑着讨好地还是递烟，兄弟，你看我们也不容易，就少收点吧，我们这么远的路，挣这点钱也不容易。

拦路者推开司机递上来的烟，那就给八百走人吧。

司机又讨价还价地说，给个四百块得了，一辆二百，你看我们跑这一趟，也挣不了几个钱儿，出门在外都不容易，高抬贵手，高抬贵手！

拦路者不耐烦地说，他妈的，还讲价啊，那就给五百，一分钱也不能少！

司机赶紧拿出钱递上去。贺东仁说话了，给开个收据吧，收了钱给个凭证吧。

拦路者瞪着贺东仁，还想要收据？那就是一千五！

司机拉着贺东仁就上车，然后对后面的那辆车的司机使个眼色，他们也上了车。他还一边说着，谢谢，谢谢！

上了车，司机才对贺东仁说，贺老板，这伙人可惹不起，都是不要命的，要是真把他们惹急了，真动刀子！

贺东仁无奈地说，就没人管吗？

司机一边发动汽车一边说，谁管？这些人劫车不是一年两年了，谁知道他们是怎么回事儿？政府年年喊整治“车匪路霸”，可是，什么时候见动真的了？

汽车接着走，走了一天了，天黑的时候，他们开到了一个吃饭的地方，贺东仁说，我请你们吃个饭吧，咱们在这里也休息休息，我坐都坐累了。

饭馆里都是跑长途的司机，这是他们的驿站。贺东仁请大家吃饺子，吃得热热乎乎，贺东仁说，你们可真够辛苦的，跑这一趟就得一个星期，多累呀，不容易！

司机就说，咱们就是挣这个辛苦钱，也不是每个人都敢跑这么长的路，得跟个几年车才敢跑。

贺东仁问，你们到了新疆卸了车之后，回来空车吗？

司机说，我们在那边还得找个回来的活，要是能找个回来的活，顺路就回来了……

正在说着话的时候，一个司机叫起来，有人偷树苗！

贺东仁向窗外一看，他们的车上有五六个人正在那里往车下扔树苗，还有一些人在车下抱着树苗跑。贺东仁一看就急了，马上跑出去，司机们也跟着出去，一边跑一边大叫着，放下！放下！

车上的人见树苗的主人回来了，就从车上跳下来，然后，从地上抱起树苗就跑，等贺东仁和司机跑到车旁，偷抢树苗的人已经无影无踪了。

贺东仁看着地上乱七八糟的现场，无奈地叹气。司机安慰他，这都是常有的事，这些人也是附近的，知道他们在哪儿也不能去追了，你这边要是追，那边他们就能把这一车给弄走。

贺东仁爬上车去，拉开苫布一看，原来装得尖尖的树苗，现在已经凹下去一块了，他心痛地看着，沉默不语。

司机劝慰他，老板，这是免不了的，我们每次跑车都要损失，尤其是拉水果的时候，拉一大车，最后要是能够剩下 2/3 就不错了。那年我们拉苹果，拉了满满一大车，到了目的地就剩下一半了，那也得认了，没办法。

贺东仁对司机说，那咱们要是在这儿休息一晚上，还不都得被抢完了？

司机说，咱们就不能在这种地方休息，咱们必须一直走，要是累了就换着开。咱们不是有四个人吗，轮着开吧。要是一停下准出事。以前我们给人家运东西，半路上要是丢了，都是我们自己赔，在这种荒郊野外连五分钟的时间都不敢停，下车撒泡尿赶紧上车就走，要是不小心被抢了，那损失可就惨了。你这个老板好心肠，还让我们下车吃饭，还没要求我们赔，我们自己出来可不敢。

贺东仁同情这些辛苦的司机，那咱们也别停了，走吧。

司机一边上车一边问，抢了有多少？

贺东仁大致估计了一下，有几百株吧，他们的手可真快，就几分钟，他们就把这么多东西都给搬走了。

司机发动汽车，安慰着贺东仁，算了，这损失对于我们来说，真不算是大的，就算交了路费了。

贺东仁苦笑着，只好这样想了。

汽车在黑夜里继续在大西北奔跑着，贺东仁疲倦地靠在副驾驶座上似睡非睡地颠簸。

第 04 章　命运之手

春天好像来得特别早。运城的风从南边吹来，似乎都带有一些湿湿的气息，这种气息让人们心情变得舒畅，也让人的身体有一种行动的感觉。

有时，希望仿佛就是一种欲动的愿望，在这种愿望里，悲观已经变得苍老、不合时宜，而喜悦与冲动却站在那里诱惑着人的每一根神经。

田野上已经早早地开始有人在为春播做准备了。

阿克苏主管农业、林业的主要领导就在这个催人行动的早春时节来到了运城。阿克苏地委把林果业作为地区发展的主要方向，并把红枣的种植定为生态与经济兼而有之的重点发展树种。而运城是红枣的故乡，也是中国最著名的板枣盛产地。因此，他们想趁早春时节到这个红枣的发源地考察这里的红枣技术。

作为东道主的贺东仁热情地给阿克苏的考察官员们介绍了运城最好的农业技术专家，请他们给阿克苏的领导介绍这里的情况。

当然，贺东仁与王春阳合作建立的“山西绿洲农民育苗基地”是必看的了，他们站在基地的瞭望平台上，望着一片片整整齐齐的红枣果园赞叹不已，虽然果树还没有绿起来，但是，人们已经能从这个管理有序，疏密有致的果园里预见到它的未来。

一个官员详细地向王春阳询问着关于种植红枣的种种问题。王春阳虽然也是农民，但他经过多年的学习、研究与实践，已经成为远近闻名的农业专家，他耐心而详细地解答每个问题。

这时，阿克苏林业局的局长钱武对身边站着的贺东仁说，给阿克苏农业扯后腿的就是观念，有些农民抛不开他们已经习惯的棉花种植，舍不得他们习惯的把式。

贺东仁说，农民靠引导，农民也得靠榜样，只要有人做出来了，让他们看到了实惠他们也会改变的。

钱武说，谁来做给他们看？你吗？阿克苏太缺乏这方面的人才了。

贺东仁哈哈地笑了，好啊，那你们就给我一块地我去给他们做个样子看，把我们这里的好东西都引到阿克苏去，让阿克苏的农民们致富发财。

钱武就说，土地不愁，我们那里不缺土地，就缺钱，开发一个示范园也得需要投入啊。现在政府到处化缘，就是要解决资金问题。

钱武说着话，突然想起了什么似的，对贺东仁说，哎，我倒想起一个人来，你认识不认识林业局三北防护林的局长黄宗民？他的口音跟你很像。说不定就是你的老乡呢？

贺东仁疑惑地摇摇头说，不认识，怎么，你跟他有来往？

钱武说，他呀，是个有很多钱的人哪，他是专管西北、东北、华北三个地区森林建设的大官，他每年要拿着很多钱，在这三个地方寻找项目，投钱建设森林防护体系，要是能跟他结识了，可以得到资金方面的支持。

贺东仁的反应很积极，你有他的电话吗？

钱武说，有呀，不过没带在身上，放在家里了。

贺东仁说，你回去以后，马上把他的电话告诉我，我跟他联系！

钱武挺惋惜地说，唉，你知道吗……

钱武把贺东仁拉在一边，悄悄地跟贺东仁说，他去年9月份的时候去阿克苏了，他是带着两千万的项目资金去的，而我们地区的领导却怠慢了，正赶上领导出去开会，只留了一个市里的主要领导接待黄局长，陪着他看。黄局长走的时候，很遗憾地对我们说，我带着两千万没人理我，就给我们每个人发一张名片，说要是在生态治理上有什么困难找他去。他走了以后呀，书记才回来，回来以后就后悔，这么大的财神给怠慢了。

贺东仁问，那两千万给谁了？

钱武说，黄局长在阿克苏的时候，巴音郭楞州得到了消息，他们反应非常迅速，就跑到阿克苏来，盛情邀请黄局长去了库尔勒，那笔资金也就投到了巴州。

贺东仁也非常惋惜，哎，真是的，多好的一次机会，两千万可以上一个大项目了。

贺东仁想了想就说，一定要想办法和黄局长联系上，他搞的就是林业，而且管着那么多省，我们就是不图从他那里得到资金的支持，也可以让他给出出主意呀，他这么多年的经验，肯定有独到的眼光。你一定把他的那张名片给我，我去跟他联系！

钱武后来说，他当时跟贺东仁谈这件事的时候，发牢骚的成分多于鼓动他去找黄局长的成分。但是，没想到后来的发展真是出乎他的意料，可以说，钱武的这一次有意无意的谈话却是造就贺东仁扎根阿克苏的转折点。

钱武回到阿克苏以后，立即给贺东仁打电话，把黄宗民名片上的信息告诉了他。可惜的是，名片上并没有黄宗民的手机电话，只有一部家里的座机。

接到钱武提供的信息，贺东仁立即赶到了北京。

这个时候 2003 年春节还没有过去，北京的街上车还不特别拥挤。

一到北京，贺东仁就站在机场给黄宗民打电话。他的想法是，直接奔黄宗民的家去，如果谈得好，趁着春节这些天还不太忙的时候，继续谈下去，一直谈出一个结果或者意向来。

贺东仁是个急性子，他要办的事，就是要把明天的事拿到今天来办，一刻也不想耽搁。

电话拨过去了，通了，等了一会儿没人接。然后又拨，又是通了，还是没人接。打了无数次以后还是这样的结果。一位机场的保安观察了贺东仁半天，以为贺东仁遇到了什么麻烦，就走过来关心地问，先生，需要帮忙吗？

贺东仁一边听着那边嘟嘟地通了却没人接的电话，一边摆着手说，没事，没事！谢谢！

贺东仁就这样站在机场打了很长时间的电话，后来他就猜测，是不是黄局长回老家过年还没有回来？那他什么时候回来呢？

贺东仁只好回到自己在北京的住处。女儿虽在北京的政法大学读书，但还没有回北京，北京的房子空荡荡的。春节了，大家都在享受着天伦之乐，他想，我突然跑到北京干什么来了？还是打电话吧，他就坐在自己家里一个接着一个地给黄宗民家拨打着电话。打电话这件事成了他的心病。

女儿从运城打来电话问他，爸爸，你怎么突然不见了，大过年的，我还想发个寻人启事找你呢！你现在在哪儿呢？

贺东仁就笑了，跟女儿说话是他特别幸福的事。他对着电话说，你爸能丢了吗？你爸这是在做事呢。

贺菲告诉他，阿克苏那边定购苗子，过来看，你也不在。

贺东仁告诉女儿，直接找王春阳就行，让他处理吧，我一会儿就给他打个电话。

就这样贺东仁在北京一直给黄宗民打电话，一个接一个，后来有人问他，你到底打了多少？贺东仁想了想说，反正每天把电话攥得热乎乎的，可能，有50多个吧？

一直到正月十三那一天，贺东仁终于感动了上帝，有人接电话了！

当电话那头出现声音的时候，贺东仁有多兴奋，他说不出来，可是，当那边传来“喂”的一声时，他的心脏都快停止跳动了，他顿了好一会儿，才稳住了情绪对着电话说，这是黄宗民局长家吗？

对方肯定地回答，是，你是哪里，找他有事吗？

贺东仁问，黄局长在家吗？

对方说，我是他的爱人，他现在不在家，你有什么事吗？

黄宗民不在家，让贺东仁有点失望，他说，是这样，我是新疆阿克苏的，到北京来办事，带了一点新疆的特产，阿克苏市委领导让我来给黄局长拜个年，看看局长。

黄太太想了想说，你这么远跑来，挺辛苦的，那就来吧，晚上七点半你过来吧。

放下电话，贺东仁高兴地跳了起来，他最担心的就是怕黄局长家里的人不让他去，那他还得想别的办法，反正非得见到黄局长不可。这回好了，可以去黄局长家了。

晚上七点半，按照黄太太给的地址，贺东仁准时站到了黄局长家门口，按响了门铃。

开门的正是黄太太，她热情地招呼着贺东仁进了家。坐到沙发上后，贺东仁的目光就在屋子里搜寻黄局长的影子。他想，黄局长别是不在家吧。

黄太太端着一杯水走到他面前坐下，对贺东仁说，老黄，他总是不着家，家里的事儿他什么也不管，整天的就是忙他的工作！大过年的，他也不在家里待着。

贺东仁问，黄局长出去了？

黄太太说，唉，是呀，他又去甘肃了！走了好几天了。

贺东仁的心一下子就沉了下来，甘肃？他到甘肃干什么去了？

黄太太说，他在甘肃的景泰县，那里有项目。“三北”嘛，就在这些偏僻的地方，都成了地道的农民了。

然后，黄太太把话锋一转问，你不是新疆人吧？听你的口音跟我们的老黄挺像的。

贺东仁说，我是山西人，是山西运城的。

黄太太一听高兴了，呀，是呀，那你跟老黄是老乡呀！他是山西万荣人，地地道道的老乡呢。那你怎么跑到新疆去了？

贺东仁就说，我是响应国家号召去开发大西北了，我跟黄局长干的是同一件事，所以来找黄局长想请他给我出个点子，在新疆搞个生态项目干。

贺东仁跟黄太太聊得非常投机，两个人谈了四十多分钟的话。当贺东仁把自己的名片留下，走出黄局长家的时候，已经快九点了。

北京的夜空干干净净，他高兴地开着车，走在北京的路上。虽然没有见到黄局长，但是，这就算建立了联系，他的心事也就了了。

两天以后。正是农历的正月十五。中午 11 点多。暖洋洋的春光洒在街上。

北京的航天桥上，贺东仁开着车，思考着问题。车窗外时有爆竹声响。贺东仁的手机响了，他习惯地看了一下号码，一串陌生的数字。他打开电话“喂”了一声。

电话那边说，你是贺东仁吗？我是黄宗民，就是三北局的黄宗民。感谢你到我家里去看我。

这个声音让贺东仁一下兴奋起来，他一点都没有想到，黄宗民会亲自给他打电话，他迅速把车停在路边，对着话筒说，我真没想到您能给我打电话，您回到北京了吧，我很想见您一面。

黄宗民笑了，没有回北京，我还在景泰呢，我在下乡，你要见我，行啊，如果你不怕远，就来吧。

黄宗民的话语里有些调侃的味道，他的意思是说，见面得等我回北京才行。让黄宗民想不到的是，贺东仁却在电话那边毫不犹豫地说，好！我马上就过去！

黄宗民有些不相信他马上就能赶过来，就说，你要是真过来的话，我就派车去兰州接你。

贺东仁非常坚决地说，我一定要见你一面，傍晚就到！

黄宗民从贺东仁的口气里听出了一些非同寻常的语气，他也认真地说，好，那就一言为定！

这个电话让贺东仁兴奋而且激动起来。他发动汽车直奔最近的一个机票售票处，买到了当天最早的一班到兰州的机票。回到家里，简单地收拾一下，立即赶到了首都机场。

三个小时后，贺东仁出现在兰州。

他一出机场就看到了举着牌子接他的人，他乐呵呵地跟人打招呼，坐上汽车。又颠簸了一个多小时，终于到达了目的地。

贺东仁一跳下汽车，就见到了黄宗民。只在电话里通过一次话的两个人互相打量着，然后伸出了手，贺东仁笑着说，黄局长见您一面可是真难哪！

黄宗民也笑了，我看你就不像个老板嘛。听你讲话的口气很大，要开发大西北。那就来吧！西北就在等着更多的人开发呢。

身材高大的黄宗民拉着贺东仁的手，两个人其实在心里都挺叹服对方的，一个像农民一样的企业家，一个像农民一样的大官，同样的是山西人，同样是说一不二的汉子。

黄宗民问贺东仁，天不早了，想吃什么？我们喝两盅去。

贺东仁说，有馒头大葱就行，我就爱吃那个东西。

黄宗民有些吃惊地望着贺东仁，哎，你也爱吃馒头就大葱？！

贺东仁笑了，看来，咱们有共同的爱好。

黄宗民摇摇头，不行不行，馒头大葱今天不吃了，头一次见面，弄点凉凉热热的东西，喝两盅去。

两个人肩并肩地走在路上，就像多年未见的老朋友。

谈话就在饭后。两个人都有些兴奋，尤其是贺东仁，他从具有诗人气质的黄宗民身上感受到了一种激情荡漾的冲动。

黄宗民坐在宾馆客房的沙发上说，说说吧，想见我的目的。

贺东仁略一沉吟，我呢是从机关里出来的，我不喜欢官气，喜欢干实事，喜欢踏实，出来就是想干大事。

黄宗民望着贺东仁想听他的下文。

贺东仁接着陈述，我说的大事就是干一些能够造福后代、能够给更多的人带来实惠的事，不光是为自己挣些钱，而是寻找一种改变。既改变自己，也改变他人。如果能改变环境就更好。我在西部做的就是农业，我的设想就是从农业、农村、农民的角度去寻求发展的路。而新疆也是我一直想去的理想之地。

黄宗民问，为什么要选择新疆？

贺东仁说，因为这里差不多是中国唯一尚未被开发的处女地了，我选择这里正是想在这片处女地上画出一幅美丽的画来。但是，这张画怎么画，我实在还没有什么头绪，就是想请你这个在三北跑了这么多年的领导给指条明路。我先声明，我不要你的钱，只要你的智慧！

黄宗民哈哈大笑，他指着贺东仁说，好一个精明的贺东仁。你要知道，一个好点子也是笔财富啊。

黄宗民没等贺东仁说下去，就接过他的话说道，家里打来电话的时候，我还觉得你也就是找我要个项目搞钱的一般企业家。但是，听你说，要选择在西北、在新疆干一番大事，我就觉得你就不是一个平凡的企业家。如果，你真能在新疆这片土地上干成一件能够改变自然环境，造福子孙的大事，你就不仅不是一个普通的企业家，而是一个值得所有人敬重的企业家。

贺东仁觉得黄宗民的话分量很重，重得让空气都凝固了。他沉思了一下说，我就生长在西部，那里地域辽阔，是个大显身手的地方。那里不仅是经济落后的问题，生态环境更是糟糕。我来新疆的时间虽然不能算是长的，但是，已经深切地感受到了恶劣的环境带给我们的是什么。

黄宗民肯定了贺东仁的话，你说得对，世界上排名前三位的大沙漠就有两个在我们的西北，年年的黄沙漫天，根源就在那里！国家为了改变环境，成立三北防护林局，把我派到那里去，就是要在那里修一道绿色的长城，拦挡那里的沙土，治理那里非常脆弱的环境。现在虽然刚刚有了一点起色，但是，远远不够！

这不是一个轻松的话题，两个人心里都很清楚。

黄宗民一脸严肃地说，你找我，费了那么大的劲，绕了那么大的一个圈子，想加入到这支环境治理的大军中来，我是非常欢迎你的！我也会支持你。只要能够在那里踏实地做事，那片天地会给你非常丰厚的报酬的。

高大的黄宗民声音洪亮，充满激情，但是，到新疆干事，却不是一般人能够干成的。没有吃苦耐劳的品质，没有踏实和奉献的思想准备是绝对不可能在这么苦的环境中生存下去的。你是运城人，我相信你具备这种素质，冲着你能够一个电话就飞来的这股子劲，我看，能行。

得到黄宗民的认可，贺东仁心里是喜悦的，他说，我明白，想在西部干成事，还有许多障碍需要克服。我要见你的目的，就是想借助你的智慧与经验。我想听听你的建议。我想，要在新疆这个地方干下去，干好，就要想好该干什么，怎么干，干到什么样的一个程度。思路决定出路嘛，思路是走向成功之路的前提。思路清晰了就有了方向，也就有了根基，剩下的就是去踏实地干。

说得好！黄宗民赞许地看着贺东仁，他拍拍贺东仁的肩膀，你头脑非常清醒，有战略思想，不愧是运城人。你说得对呀，西部恐怕是中国唯一还没有被动过的地方了。这个大方向选择得非常好。从你自身的情况看，你曾经受过多年党的教育，在政府机关里工作过，知道什么是踏实地做事，什么是哗众取宠。这些东西对你在西北的拓荒都非常重要。

我已经做好了心理准备，就是要在那里安营扎寨的。贺东仁自信地说。

黄宗民说，现在也有许多人开始关注西部这块地方了，但是，我看到最多的是一些“票友”和“旅行者”，吵得满世界都知道他要来西部，参与西部的环境治理呀、开发呀，可是，到这里一看，马上打道回府。什么原因？没有思路，没有想法，仅凭一时的头脑发热，看看风景就把他们给吓跑了！

贺东仁深有体会，我是没有任何退路了，看到这无边无际的沙漠，特别是我被困在塔克拉玛干的腹地，差点丢掉性命的时候，我就在想，这么大片的地，要是都植满了绿树，人就不会那么无助地等待死亡。

黄宗民也感叹，是啊，我这个“三北局”的局长也有这样的体会啊。我管着西北、东北、华北的 13 个省、102 个地市、596 个县，我太了解这片土地了。那里的环境如此恶劣，人民如此贫困，都是这些沙子闹的！

贺东仁掷地有声地说，我不仅要治理这片死亡之海，还要带动着那里的人们从沙子里面淘出金子来！

说得好！这里是造福我们子孙的事业，说句大话，这也是造福人类的一项事业。只要你能够坚持下来，不仅我支持你，整个国家都会支持你的。

西北的夜空蔚蓝蔚蓝的，从窗口可以看到繁星已经点缀在天空。

贺东仁激动地在房间里走动着，他突然站定，黄局长，你能不能帮我去选一块地？

黄宗民有些为难地说，哎呀，这可能有些难度，我这里目前走不开。找一个机会，肯定会有机会的，这个忙我帮定了。

贺东仁说，搞农业不能没有地，地是农业的命脉，我的公司就叫“大疆”。大疆的旗帜是白帆，戈壁滩沙漠的旗帜就是绿洲。我们要在沙漠荒滩上竖起一面旗帜，旗帜是一种精神的高地，我们企业的这面旗帜就是“大疆绿洲”。我们还要建立起一个响当当的品牌，这个品牌就是“疆枣”。

黄宗民一听，高兴地赞许着，好啊，好啊，你的思路也打开了。你还要想一个简洁而明了的宣传语。比如，宁夏的名产就是枸杞子，他们打出的广告是“每天喝一点，健康多一点”，你看多简洁呀！你的“疆枣”也要提出一个类似的口号来。要胸怀天下。

贺东仁与黄宗民谈完话的时候，已经是深夜两点多了。虽然还有许多话没有说尽，但是，也只能打住了。

这一夜，贺东仁几乎没有睡。他太兴奋，太激动了。他躺在床上翻来覆去地睡不着，大脑一直在勾画着一幕幕美好的画面。

贺东仁后来说过一句深有感触的话，他说，这就好像命运伸出的一只手，新疆拉着我，黄宗民推着我，我就着了魔一样地到了戈壁荒滩上。

这次后来被黄宗民定性为“景泰夜话”的谈话，可以说是贺东仁的一个转折点，从这个时候开始，他的思路就真正地清晰起来。

“景泰夜话”之后，贺东仁就在新疆的土地上一边继续着他原来的事情，一边寻找着能够让他把梦想变成现实的那片土地。他到了喀什、和田、石河子，他到了很多地方，都没有决定，或许，在心里他一直等待着黄宗民的再次出现吧。

这一天终于等到了，国家要在乌鲁木齐召开援疆会议，黄宗民作为林业局的官员要出席这次会议。黄宗民到达乌鲁木齐之后给贺东仁打了一个电话，他说，老贺呀，机会来了，我在乌鲁木齐开会，开完会之后有时间，我们就跑跑土地的事吧。

接了这个电话，贺东仁高兴极了，他当时还在喀什，立即去买机票飞到了乌鲁木齐和黄宗民会合一处。

黄宗民开完会以后问贺东仁，我们怎么走？

贺东仁说，跟我走，先看看我已经在考虑的几个地方，成不成，你帮我看看。

用的是黄宗民的越野吉普车，黄宗民带着一个处长，贺东仁带着一个司机，四个人就这样上路了，这一路走走停停，停停走走，看遍了西域的风景，满眼的戈壁沙漠满眼的碱地砂石，哪里是他们要寻找的垦荒之地呢？

到达和田的时候，和田地区林业部门的人得到了黄宗民要来的消息，都非常热情地等在那里。黄宗民对林业局的人说，这次是私事，你们忙你们的去吧，不用陪着。

林业局的张书记就笑着说，私事也可以大家分享嘛。

黄宗民就问，那你们知道我们是来干什么的吗？

张书记就笑，你还不是为贺东仁那一万亩枣园来的？

黄宗民听了这话有些吃惊地转过头来问贺东仁，哎，老贺，你在这里有一万亩地？这你可没有跟我说呀。

贺东仁就嘿嘿地笑着说，这不是正请你下车去看吗，在13师呢，不是我的地，我在兵团搞了这么多年了，在13师搞了一万亩的红枣，长得还可以，请局长去看看吧。

黄宗民高兴地说，走！去看看。

走到贺东仁的万亩枣园，看到满眼绿色的枣树时，黄宗民激动起来了，他高兴地说，很好，很好嘛！这就对了。

黄宗民仔细地看着枣树枝头挂着的果实问，这是什么枣？

贺东仁回答，这是我们搞的一个试栽的品种，是灰枣。

黄宗民说，个头不小吗。看来这种灰枣很适应这里的水土。

贺东仁说，这里也有一些其他枣的品种，像板枣、骏枣、赞皇大枣等等，我们就是想知道，到底什么样的红枣适合在这里种。现在看来，什么枣都能在这里生长，而且都比原产地生长得好，个头也大，品质也提高了。

黄宗民点着头，这说明新疆的自然条件是适合红枣种植的。

贺东仁信心十足地说，非常适合！所以，我们的红枣产业如果不选在新疆，那绝对是错误的。

黄宗民问，现在市场价钱怎么样？

贺东仁说，也很好，现在一公斤都卖到了十五六块了！这里的农民种的好棉花才几毛钱一斤，红枣是它的几十倍都不止！

这让黄宗民更高兴了，这证明了你的产业方向是对的，老贺，干吧！带着农民致富，把西部的生态环境恢复起来，到时候我向国家申请奖励你！

两个人开心地哈哈大笑。

贺东仁看看天说，饿了，该吃中午饭了，老张，弄些大葱，来几个馒头，再弄瓶酒来。

张书记就说，那也太简单了，我们回城区去吧，也用不了多少时间。

贺东仁笑着说，你不知道，我和黄局长有个癖好，都爱吃大葱就馒头，那东西比什么都好，你们要是不习惯，你们自己想办法吃别的去吧。

黄宗民在一旁也说，对，就是大葱就馒头的好。

看来，也没别的办法了，张书记他们就去找大葱找馒头去了。过了一会，他们就弄来了吃的，还带了几个馕过来。几个人就蹲在地上，大葱就馒头，还喝酒。

贺东仁开心地跟几个人聊着，突然问黄宗民，局长，你看这个地方怎么样，那边还有一片地。

贺东仁又指了指另一个方向说，那边还有一片地，兵团的兄弟们说都可以给我，这里的条件也不错，还有水源。

当时，林业局的朋友和闻讯而来的13师的领导也在场，黄宗民就摆摆手说，这个问题先不说，我们先喝酒吃饭。

他们就像作战的指挥员一样蹲在战壕里吃完了这顿饭，然后，贺东仁问黄宗民，咱们还看不看这里的地？

黄宗民说，不看了，继续向前边走吧。

跟陪同的朋友们告辞之后，他们继续向前走，前方就是皮山农场了。

黄宗民坐在车上，对贺东仁说，这个地方不理想。

贺东仁疑惑地问，你不是挺高兴的吗？这个地方多好啊，有地也有水源，兵团的弟兄们也很客气。

黄宗民说，我不是说这个问题，这里的确不错，被兵团已经开发得很好了，正因为这样，你不能在这样的地方干。这里不需要你。这里的地，东一块西一块的连不成片，不好不好！要干就干别人没干过的，要干就干大的，要一片大大的地方，要荒地。改造出来的地，你就没有必要去干了！

黄宗民想了想又说，还有，你绝对不能打地下水的主意！

黄宗民一边看着车外一望无际的荒地，一边对贺东仁说，如果你枣园要靠地下水来浇灌的话，我是坚决反对的，西北不仅是地上缺少水资源，地下的水资源也很宝贵啊。

这大概是贺东仁此前所没有想到过的，他看着一直在看着车外的黄宗民问，在西北如果不用地下水，那么，用水的问题怎么解决？

黄宗民转过头来非常严肃地看着贺东仁说，这就是我迟迟没有让你选择的原因。

行走在西部荒凉的原野上，太阳光直射进车子里，大家已经有些累了，昏昏欲睡的人们打着盹，车子在颠簸中继续前行。

这时，贺东仁的电话响了，是贺东仁的儿子，贺东仁说，你赶到喀什的巴楚县去吧，到那里找我们去。

黄宗民被贺东仁的电话惊醒了，他揉了揉眼睛问，咱们走到哪里了？

贺东仁说，前面就是皮山农场了，咱们在那里看看吧，那里有一片地。

车很快就到达了皮山农场，他们到达之前，贺东仁就给农场的人打了电话，告诉他们黄宗民来了，所以，他们到达以后，那里已经有一些人在等候了。

在农场朋友们的陪同下，他们看了那里已经开发出来的地，和已经种植得不错的庄稼，然后又去看贺东仁说的那块地。这片地的面积不小，也是一望无际的大面积，农场的条件也不错，但是，看得出来，黄宗民还是不满意。贺东仁在猜想着黄宗民心里理想的土地到底是什么样，到底在哪里。

看过皮山农场之后，农场想留他们在那里吃饭，黄宗民说，还是向前面赶吧，要多看一些地方。

于是，从皮山农场出来，汽车继续在宽阔的戈壁原野上行走。

走了近一个多小时后，他们到达了喀什界内，很快就进入了巴楚县。一到那里，年轻的县长买尔丹就迎出来了，买尔丹的后面跟着贺东仁的儿子。

买尔丹握着贺东仁的手说，我们等你们一会儿了。

贺东仁就给买尔丹介绍黄宗民，黄宗民笑着夸赞说，你的汉语讲得这么好呀。

贺东仁说，买尔丹县长是年轻有为呀，他不但汉语讲得好，还很有文化，有两个学士学位呢，这在少数民族干部里不多见。

买尔丹被夸得有些不好意思了，就说，那我们先吃饭吧，已经不早了。

贺东仁说，还是先看地吧。

大家就跟着买尔丹去看地。买尔丹一边走一边介绍这里的情况，他特别强调，相比新疆的其他地方，我们这里的自然条件还是不错的，大大小小还有几座水库，还有河，我们这里缺的就是资金，要是你们来这里发展，就会带动这里的经济很快起来了。

实际上，贺东仁此前在这里已经有个合作项目进行着，于是大家又去看了那片已经种植出来的红枣林，虽然面积不大，长势却很好。

看完地之后，他们走进了一片胡杨林，贺东仁看着那些长得奇形怪状的胡杨林说，这就是著名的胡杨树，这片林子还不小呢，我们就在这里休息一下吧。

的确，他们已经走了快一天了，现在已经是下午六点多。买尔丹提议，我们在这里烤只羊吃吧，这里的羊肉很鲜。

贺东仁一听来了精神，好，就在胡杨林这里吃烤羊。

买尔丹就让人去宰羊，他自己带着其他的人一起去附近捡干树枝，他们还弄来一棵略粗一些的红柳树干，准备用来穿烤羊用。

在烤羊肉的时候，贺东仁问黄宗民，你说，这里的地还行吧？我看这里有水，地也是成片的，人也友善，可以干。

黄宗民看着在不远处烤羊的买尔丹说，这年轻人很不错，既有少数民族的朴实劲，也很会办事，前途不可限量。

关于土地的谈话就此中断。

买尔丹一边躲着烟，一边和同伴们一起烤着羊。别的人正在地上准备其他吃的东西，地上铺了一块布，上面摆着一些盘子，一些准备吃烤羊肉的调料，还有一些馕，还准备了酒，吃的东西摆了一地。

烤得差不多的时候，买尔丹大声地叫着，好了，好了，可以了。

贺东仁与黄宗民走过去坐在地上。此时，太阳还高高地悬在空中，他们坐在胡杨林里很凉快，也很惬意。买尔丹给每个人面前的盘子里撕了一些羊肉，贺东仁第一口吃下去就愣在那里，还没有来得及吃的黄宗民疑惑地望着贺东仁问，怎么？有问题吗？

贺东仁咽下口中的羊肉，然后激动地叫着，太好吃了！简直太好吃了！你们快吃，吃一吃，太好吃了！

贺东仁孩子般的“大惊小怪”让所有的人都哈哈大笑起来。不过，大家把羊肉往嘴里一放也都大叫好吃。此后，大家就再也用不着等买尔丹给大家撕羊肉，都下手自己撕着吃了。的确非常好吃，贺东仁一边大口地吃羊肉一边夸赞不已。

贺东仁举起酒杯，来，为了维吾尔族兄弟美味的烤羊肉，来，为了我们西部的事业，干杯。

这顿美餐使大家的情绪再次高涨起来，黄宗民趁着酒兴对买尔丹说，你们在这片土地上生活，要做真正的务林人呀，不能做毁林人。这样美丽的景色，在新疆也不多见，好好地把这里建设起来。当一个真正的主人。

买尔丹举着酒杯说，少生孩子多种树，干了！

贺东仁接着他的话说，要少生孩子多种枣树！种枣树能致富！

带着维吾尔族兄弟们的盛情，贺东仁与黄宗民一行又上路了。已经晚上八点了，太阳还挺高的，他们兴奋地在谈论着这一次旅行的见闻，谈论着这里那里的景色与土地。

贺东仁很遗憾地说，走了一天了，咱们还是没有找到合适的土地，我们的地在哪呢?

黄宗民说，老贺，你放心，我们一定把你要开发的土地找到。

车很快就开进了阿克苏地区。贺东仁提议今天就在这里休息吧。走了一天，旅途的劳顿也够受的了。黄宗民说，那我们就跟这里的地方官们聊聊吧，让他们给咱们介绍介绍这里的情况。

对于阿克苏，贺东仁并不陌生，他已经在这里合作多年，对这里的一些人也很熟，就打电话给林业局的朋友们。让贺东仁没有想到的是，这个电话把阿克苏地区的主要领导都给惊动了，政府官员们差不多都出现了，这与上次黄宗民来阿克苏的时候不同。

黄宗民一看笑了，他说，上次你们对我不热情，这次却一团火呀。可是，这次我可没有带钱和项目过来，我这次来是为了给贺东仁选地，你们可别失望啊。

地委的领导说，哪里哪里，你们为新疆的发展不远万里四处奔波，我们也得尽地主之谊呀。

黄宗民突然动议说，你们如果今天晚上没事，咱们一起在阿克苏四处走走，请你们给我们介绍介绍这里的风景吧。

地委的领导立即响应，好啊，你们想看阿克苏城区景色，还是原野风光呢?

贺东仁调侃地说，要是看城市风光就到北京去了，还是看看这里的土地和原野吧。

地委领导说，那好，我们这里就是地多，多得你走都走不完，看也看不完，更多的是等待着开垦的处女地。

贺东仁说，不过这里的盐碱太多，白花花的，是需要改良的。

林业局的领导说，这些毛病你是知道的，你在这里也合作了一些项目了，不过，这些地只要想法改良了，就成了能生金子的地了。

黄宗民说，好啊，在地里种金子，把梦想变成现实，多有诗意!

阿克苏的地真是广阔，正就应了那句话“不到新疆不知道中国之大”。广袤无垠，一望无际。走在阿克苏的原野上，用什么样的词语形容它的大都不过分。大家坐在汽车上走一段时间后，贺东仁提议下车步行，在旷野上走走。

这时已经是晚上 10 点了，而太阳仍然没有完全落下。夕阳下，地委的领导指着远处的山脉说，那就是天山了。新疆的“三山夹两盆”都是相互依存的。虽然阿克苏真正的绿洲面积不大，但是，这里却是中国西部最重要的粮仓，这里生产的粮食品质非常好，还有这里的棉花，你们都是知道的，也是中国最好的。这里的长绒棉，质地非常好。都是靠这天山纯净的雪水啊。我们就在塔克拉玛干沙漠的边缘上，可是，我们这里却不是完全没有水，都是天山雪水的滋养。天山雪水是养育阿克苏人民的乳汁。

说起自己的家乡土地，谁都有一肚子的话，地委领导们你一句我一句地介绍这里的情况。

阿克苏市委领导也介绍说，阿克苏是古代丝绸之路上的重要驿站，这里曾经有过辉煌的文化。汉代的时候叫“姑默国”，这里的地势是北高南低，北边是天山的南麓，南边是塔里木盆地，天山的雪水融化以后正好顺着地势流到阿克苏，自古阿克苏就依靠着这些上天赐予的神水滋养着这一方人。

林业局的领导也插话说，不过，这里风大，荒漠面积大，戈壁滩多，每年春天都会发生风灾，只要风一起来，这里飞沙走石，暗无天日。这里的环境太脆弱了，虽然看上去很美……

另一个领导拉了拉林业局的领导，示意他话说得太悲观了，林业局的领导也就不说了。

地委领导说，所以，我们从 1986 年起就开始搞柯柯牙工程啦。

黄宗民说，这个我知道，很有名，联合国都挂了号了，这个工程搞得好啊，还是要继续搞下去。自治区不也在搞环塔克拉玛干沙漠 1500 万亩的荒漠造林工程吗。

地委领导说，可是，新疆的土地太多太大了，这些还是不能从根本上改变这里的环境。我们阿克苏有 13.25 万平方公里的土地，而紧邻着的塔克拉玛干沙漠是 33.76 万平方公里，只要这个流动的“死亡之海”三分之一的沙子飘落到阿克苏，阿克苏就会瞬间消失，我们生活在一个死神身边。

贺东仁插话说，这就是建设三北防护林的意义，一定要把沙漠挡住。

地委领导指着面前一大片戈壁说，如果这些地方都能种上树，不仅可以挡住流动的沙漠，也可以大大地降低风速，种树会给阿克苏带来实实在在的好处。可惜呀……

说到这里，地委领导不说了。

黄宗民一边认真地听着，一边在心里盘算着，听到地委领导说了半截子话不说了，就问，可惜什么？

地委领导说，我们没有雄厚的资金来干这件事，要是国家给予我们更多的支持就好了。

黄宗民笑了，国家的西部大开发政策还不够吗？

地委领导说，仅靠这些政策还是远远不够的，这么广阔的土地，这么脆弱的环境，政策好只是一个方面，还得有实际的投入。

黄宗民说，那就广泛地吸引资金到这里进行开发，建设嘛。你们的林果业发展的方向是适合这里情况的。

地委领导说，是啊，引资招商是我们现在做的最重要的事情之一。

黄宗民突然转过身来对贺东仁说，你要的地找到了，就是这里！

黄宗民兴奋地指着面前的荒滩戈壁。其他的人没有明白是怎么回事，但是贺东仁知道，跑了这一天的路，转了这一大圈，他们正是为选择一块适合自己的土地。

不过，贺东仁却没有那么兴奋，因为，他在这里已经合作过多年，并没有觉得这是一块特别适合开垦的土地。

黄宗民兴奋地说，让贺东仁做个示范，你们给他划出一块地来，让他搞荒漠化改造，大面积地种树，做个样板，然后你们再引资就容易多了。

地委领导一听就笑了，他说，贺东仁一直就在这里种树啊，不过，面积太小了。

黄宗民信心十足地说，不，不是那种搞法，这次让他扎下根来搞大面积的。老贺，你需要多少亩地？

贺东仁想了想说，给我两万亩吧。

黄宗民用力地摇着手说，太少了太少了！你要在这里干50万亩！你要知道两万亩地对这个地方来说，那简直就是一个小菜园子嘛！不行，不行，胆子太小了。

地委领导听了就在一旁说，那就20万亩，我们可以给老贺20万亩土地。

黄宗民还是坚持说，20万亩也少，起不到什么改造环境的作用。这20万亩，老贺，这20万亩你敢干吗？

贺东仁这个时候醒悟过来了，他觉得这是一个好机会，也有些壮志豪情地说，好，有黄局长这个话，20万亩，干了！

地委领导说，那就先给你20万亩，等你这20万亩地种完了，再给你30万亩。我们给你70年的使用时间。

贺东仁没想到这片地来得这么容易，因为说这些话的人都是说了算数，说了就能拍板的人，70年的使用权，这简直就是白给。

黄宗民看着被激发起热情来的贺东仁说，目标找到了。你知道我为什么看中这块地了吗？就是前面跟你说的那些个问题，绝对不能用地下水。你要是用地下水来开垦土地，你就会把地上弄绿了，地下掏空了。地下水也是不可再生的资源，这是国家反对的东西。你看，这里的北面就是个天然的大水库，天山的雪水是纯净的，没有被污染的营养丰富的水，它造就的一些河流可以源源不断地给你提供种树需要的水源。用天山的雪水浇灌你的“疆枣”，这是何等的造化呀！用天山纯净的雪水种出的红枣，就是健康的枣，就是独一无二的天然健康的食品，这是无价的。

贺东仁也兴高采烈地接着黄宗民的话，还有就是这是一个成片的区域，是可以做出大面积绿化的土地。

贺东仁与黄宗民已经完全投入到了对这片土地未来的设计当中去了。这时，地委的领导平静地说了一句话，不过，要想制服这片土地可不是一件容易的事啊。

林业局的领导也说，这片地的改造就是一个大问题，你怎么样在这片盐碱地上种树？在你之前不是没人干过，曾经也有人闯到这里，干了一阵之后就悄悄地溜了。把这块盐碱地变成能种树的地，最快需要三年的时间，然后，把这片地再种上枣子，也得五年到十年的时间啊。你要是想征服他，确实不是一件简单的事。

两个人的话，一下子把贺东仁的天生倔劲给激发起来了，他看着他们，坚定地说，只要我接下来，是不会当逃兵的，只要我干了就会把它干得漂亮。不信咱们就打个赌，三年之间，至少会有五万亩种上我的疆枣，先让这里的一部分土地绿起来。

黄宗民和贺东仁虽然认识的时间并不长，但他了解贺东仁这种人，他是一个说一不二的汉子，说得出来，就做得到。黄宗民问贺东仁，那你拿什么来征服它？

贺东仁眨巴着眼想了一下说，靠我的团队，靠我的人才。

贺东仁又说，这片地的投入确实会很大，也会很难。不过，我们来算个经济账，如果一亩地能种出一吨的枣，如果 20 万亩都种上了，就是 20 万吨的枣，我们想一下，一公斤的枣卖 10 块钱，那是多少？如果这些枣生产出来后，再搞深加工，附加值还要远远超过这个，那又是多少？这是经济账。要是再算算生态账的话，虽然相对于这片阿克苏的土地来说只是 20 万亩，如果我带动这里的农民都来种树，这片土地就会不断成片成片地绿起来，防风固沙，这里的生态环境就会越来越好，那个价值多大！

贺东仁顺着这个思路畅想着，同时，我们还能解决相当多人的就业问题，带动一大批人致富。

黄宗民主张面积大，一定要大，不大就形成不了规模化的效益，我看你的胆子还是不够大，要是你一步走 50 万亩就更好了。

几年之后，特别是当贺东仁看到自己先期的五万亩林场搞起来，绿绿的林木成片地生长，他确实有些后悔。因为，正如黄宗民当年在看那片地的时候说的那样，在贺东仁这一大动作的带动与示范之后，这里的土地被许多人看好，许多当地的农民、一些外来的企业家也都匆匆地介入到土地的开发上。虽然他们搞的不全是红枣，也有种核桃、苹果和其他树种的，但是，这块曾经荒凉的土地上也确实热闹起来了，要想再搞到这么大的一片成片的土地，已经不容易了。

地选好了，20 万亩。20 万亩的土地那是多么大的一个面积呢，北京的整个四环的面积啊！这绝对是一件大事，所以，阿克苏的那个夜晚也就成了狂欢的夜晚了。

这一晚，他们喝了很多的酒，当地的许多领导都在作陪。

贺东仁举着酒杯说出豪言壮语，我要在这片土地上种树，我的血脉里流着炎黄子孙的血。我即将在这里用我的血与汗浇灌这片土地。

这一晚，贺东仁与黄宗民几乎都没有睡觉，两个充满激情的人，兴奋地谈了很长时间。

贺东仁对黄宗民说，我叫一声“老哥”，你放心，我会把这片地侍弄好的，这是我后半辈子要做的最重要的事了。

贺东仁非常掏心地说，老哥呀，我知道我的责任重大，这片地选对了，方向选对了，就要把这件事情做对了。

贺东仁动情地倾诉着，历史告诉我们，大自然曾经给我们带来了那么多的生态灾难，面对这些生态灾难，我们只能用改善生态环境的行动来解决。这里的环境多脆弱呀，一刮风就死人，死人是多么严重的事！我在这里种上枣树，一方面是在开创我的事业，另一方面也是在为子孙后代谋求福祉啊。改变西北的生态环境的希望就在我们的手里。无论要流多少汗水，都要干成这件事。这不是我一个人的事情，这也是民族的责任。

贺东仁言犹未尽，我要干好这件事，我已经想清楚了，以市场为指导，把疆枣推向市场。第二，以科技为先导。改变这里的土壤条件，种出别人从来没有种出过的枣来。第三，充分依靠当地政府，要靠政府的支持。第四，以维吾尔族兄弟为主导，带动当地的维吾尔族兄弟们一起富起来。

黄宗民对贺东仁的话非常赞赏，老贺，你作为一个企业家，你的血液里面都有着黄土地的本色，这是我特别看中的。我看不惯那种表里不一的人，我看得出来，你属于那种两肋插刀，有血性的汉子，也是我们运城企业家的佼佼者。

贺东仁说，做人是一辈子的事，做事是一阵子的事。什么时候都不能失去做人的底线，这我心里清楚得很。你老哥把我介绍给书记们，让我在这里大有作为，可是我想我第一要做的就是要做人。我是先做人后做事，不做事也做人。

贺东仁知道自己的担子很重，所以他说，做人也指我要合作的人，也就是人才，这么大的事情就得靠顶呱呱的人才。靠我一个人的力量肯定是不行的。我要把红枣人才都招到我这里来，事业造就人才，人才开创事业，一流的人才，开创一流的事业。这就是我想的。

西北之行，贺东仁和黄宗民成了知心朋友。春节的时候，黄宗民给已经成长为大名鼎鼎全国有名的企业家的贺东仁发了一条短信：

朋友是天，朋友是地，有了朋友，能顶天立地；事业是风，事业是雨，成就辉煌的事业，能呼风唤雨。

这条短信还在短信评选中获得了一等奖。

另，据即将与贺东仁合作，将他的大疆集团公司推上资本市场的投资公司给已经开发出的林场估价的结果是——

四个亿。

第05章　兵团兄弟

一个新名词在媒体上越来越多地出现了，这个名词叫“非典”。

医学上对于“非典”的全称是非典型性肺炎。这场后来席卷全世界的重大疫情，无意中让山西人承受了巨大的压力。

据传言，有一个叫徐丽的山西人，得了“非典”之后，来到了北京，在北京又传染给了其他人，所以北京的非典就开始传播。这个传言的真实性没有人去考证，但是，惊恐的人们宁可信其有不可信其无，在因非典而死亡的数字不断上升的时候，在全国人民都为“抗击非典”而同仇敌忾的时候，山西人无疑成了人们回避的对象。

山西人如何成了与“非典”等同的名词，没有人去追究，但是人们却既躲非典也更躲山西人，可怕的谣言比瘟疫更厉害。

大街上的行人少了，车辆少了，学校开始实行“封闭式”管理，学生们再也没有随便出入的自由。街上的人们都戴着口罩，好像世界末日到了。救护车在街上奔跑，人们匆匆地走过可能会带来不良后果的公共场所。

这可苦了贺东仁，贺东仁要去新疆，他跟兵团的人都联系好了，他必须马上去。可是，飞机、火车都不好坐了，到处都得接受严格的检查，要测体温，要填表格，要登记。贺东仁最后下决心要开着车去新疆，山西人在这个关键时刻成了罪人。

贺东仁跟司机和同行的兄弟说，咱们轮着开，还可以看西北戈壁的风景，这也是人生难得的一次体验呢。

司机很年轻，被贺东仁的话说得心痒痒的，很勇敢地说，那咱们就自己开着走，省得被查来查去的。

司机开着车拉着贺东仁带了一些种苗和一些产品就上路了。他们开到高速路口被拦下了，警察问得非常仔细，问贺东仁是干什么的，到哪里去，去多长时间，找什么人，然后就是给汽车喷药消毒，他们也要接受体温的检测。司机在一旁嘟囔，自己开车也这么麻烦！

贺东仁示意司机要有耐心，他悄声地说，过了这关，咱们就自由了，别着急。

果然，通过了检查站之后，他们真的自由了，而且也有点太自由了。他们快速行驶在道路上，车辆稀少，司机放着新疆音乐，贺东仁调整了一下自己的座椅，仰靠在副驾驶座位上，心情开始好起来。他指着越来越荒凉的原野说，你看，要是坐飞机咱们可看不着这么真实的景色，要是你愿意咱们也可以停下来去看，多痛快！

司机说，我没有想到西北真是大啊，一眼望不到边儿。

贺东仁笑着，有句话说得对呀，“不到新疆不知中国之大”嘛！这么大片的土地，想怎么走就怎么走，想怎么开就怎么开，多开心。你看你刚出来的时候心情还挺不好的，现在看到这样的景色，就开始好转了吧？虽然是戈壁荒滩，可也别有一番味道呀。

司机笑着问，你为什么不往东边跑？

贺东仁说，都往东边跑，东边的机会就少。这西边，人们只想它的苦，它的穷，它的不开化，其实越是这样的地方发展的机会越是多。只要在这个地方寻找到合适的机会，西部就是我们的天堂！

初春时节，西北大地还没有出现绿色。一片一片的荒山、一片一片的戈壁在眼前掠过。走了很长时间了，贺东仁说，你把车停在路边，我们下车看看。

司机把车停靠在路边，贺东仁下了车，看着远处的山脉，然后又走进戈壁荒地里，他弯腰抓起一把土，放在手上使劲地捏，土质非常坚硬。戈壁上还浮着一层白色的东西，司机问贺东仁，贺总，那些白色的东西是什么？

贺东仁说，那是碱。

司机问，为什么这里有这么多的碱呀，这碱是哪里来的？

贺东仁说，上帝赐予的。

贺东仁笑着说，据说，在几亿年前，新疆以及整个大西北的很大一部分都是汪洋大海。后来，由于地壳板块运动挤压，海底上升，然后海水就跑了，最后就形成了陆地。而海里的盐碱就被留到了地面上，这就是这些盐碱的来历。

司机突然悟到，那咱们运城的那个盐湖是不是也是这样形成的？

贺东仁夸赞司机，你联想还挺丰富的嘛，咱们运城的那个盐湖差不多也是这样的。那可是中国的一绝啊。

司机又问，在这种地上能种出东西来吗？

贺东仁一边看着那片戈壁一边坚定地说，既然上帝能把这片土地放在这里，就一定同时释放了另一种能在这上面生存的方法，一物降一物，只要有心就一定能找到种出植物的合适方法。

西北的阳光刺眼、强烈，司机说，咱们走吧，太晒了。

贺东仁说，走！以后我们就得适应这种环境，我们在这里扎根了。

上了车，贺东仁说，我来开吧，你歇一会。

两个人换了位置后，汽车重新上路了。越向西部前进景色越荒凉，到处都是秃山野岭，他们的目标是石河子。傍晚的时候，他们终于到了石河子，在这里吃饭休息。

贺东仁给兵团的一个团长打了一个电话，团长呀，我是贺东仁，已经到了石河子，真是不容易啊。

团长就热情地邀请他，那就到团里坐坐吧，也好休息休息。

贺东仁就说，我们还得去轮台呢，这里到轮台还有 800 多公里呢，不能停下来。

团长说，那就更得在我这里休息一下了，到轮台还要穿越沙漠，要休息好，才能顺利地过。

贺东仁不是不想见团长，他是不能见。他跟团长说，去你那里挺麻烦的，进城里、进团部都得进行化验、检查、测体温，等情况好了咱们再见吧。

团长就说，那也好，那你们要小心，预报说，今天晚上可是有大风啊，这样的天气要进沙漠可得小心。你们还要加满了油，到轮台的路上，可是不好找加油的地方。

贺东仁笑着说，多谢兄弟！

他们继续向南开，因为是非常时期，他们也不敢在此多留。

离开石河子后，逐渐地起风了。开始的风力不大，但风速逐步加大，风卷着沙土开始漫天飞扬。还不时地能看见地上的石块被大风吹着跑起来，贺东仁说，风大了，开慢一点吧。

司机可能还没有见过这么大的风沙，有些担心地说，要不咱们找个地方住下吧。

贺东仁说，这种风在新疆很常见，要是在新疆时间长了，会经常碰到这样的风沙。

车继续在风沙里前进。

但是，风越刮越大，沙子也飞扬着，这时的风力也加大了。这么大的风，连贺东仁这个经常跑新疆的人都没有见过，而且能见度不高，这在高速路上走起来非常危险。他们打开前灯想照一照，但是打开灯也看不见多远的地方。

司机心里有些害怕，他说，贺总，车被吹得都打晃，找个地方停一下吧？

贺东仁也感觉到风的力量太大了，他对司机说，那咱们就停到减速线那里去。打开蹦灯，等一会儿，风小了咱们再走吧。

司机小心地把车停靠在路边的斑马线上。这时，天空完全被风沙给占据了，能见度非常低，也极少有车敢开，即使有也都慢慢地开着灯走。

司机看着车外肆虐的风沙，脸上露出恐惧的表情。贺东仁就安慰他，不用害怕，你想想，你这一辈子能遇到几回这样的景色呀。你在风沙里，而且是在中国最大的沙漠里，曾经在这样的大风里停留过，这是多么难得呀。

司机笑了笑，没说什么。贺东仁看了看手表说，快 10 点了，要是在平常还有阳光呢，不过，你要是睡上一觉，等第二天早晨起来的时候，风停了，沙子也没有了，你睁开眼一看，哇，早晨的沙漠特别漂亮，你一辈子都忘不了，你就只想唱歌了。

说着两个人都笑了。于是，两个人就调整座位，准备在沙漠里过夜了。或许他们走得太急太累了，两个人很快就进入了梦乡。

贺东仁是第一个被阳光叫醒的。他睁开眼睛一看，风停了，太阳正在天边升起。火红的色彩染遍了天空，沙漠戈壁被圆圆的太阳这么一点缀，正如贺东仁昨天对司机说的那样，美极了。许多人都不理解，为什么很多著名的童话里形容一个姑娘的美丽时都说，那姑娘美得“像太阳”，看到沙漠早晨的太阳就会明白了。这时，贺东仁也禁不住大叫着，太阳美得像个姑娘!

司机被贺东仁叫醒了，他揉着眼睛，同时看到了这沙漠里的美景。这景色的确是美，是他所没有见过的，他的情绪也来了，高兴地叫起来，走吧，咱们走吧!

这时，贺东仁一回头，看到在他们的车后，有一长排汽车都停在那里。他吃惊地说，嘿，你看，咱们后边有这么多车。

司机也看到了，他们推开车门走下来，在车下活动着，准备继续赶路了。外面虽然还有些寒意，但是空气非常好，这空气让人的心情也变得非常好。

贺东仁一边用手搓着脸一边对司机说，我没有说错吧，咱们这回到沙漠就是对了，要不，你怎么可能体验这种感觉呢。

司机也笑了，他确实高兴而兴奋。

上了车，继续前进。因为心情好司机的车就开得格外开心，不久车就开出了很长一段距离。车里又响起了新疆音乐，贺东仁一边欣赏着早晨的沙漠风景，一边听着好听的音乐。

车越开越快。贺东仁发现路越走沙子越多了，就提醒司机，咱们还是把速度降下一点来，安全第一……

贺东仁的话还没有说完，汽车突然向路边的沙漠翻滚过去，司机已经失去了控制汽车的能力。贺东仁被飞速翻滚的车甩到车外，瞬间失去了知觉。

当贺东仁醒来的时候，司机正不知所措地蹲在贺东仁身边，见他睁开了眼睛，才叫出声来，贺总，你没事吧?

司机把贺东仁从地上扶起来，贺东仁说，你怎么样?

司机回答，我没事，你摔坏了吗，检查一下吧。

贺东仁问，我怎么被甩出来了?

司机说，你没系安全带，从窗子那甩出去的，玻璃都摔碎了，可把我吓死了。

贺东仁抚摸着肋部，这里有些疼，然后对司机说，这里的沙子可真硬，看上去挺软的，砸在上面真够疼的。

司机关心地问，是不是摔坏了，咱们找个地方去检查一下吧。

贺东仁苦笑着，这个鬼地方，前不着村后不着店，哪里有医院?咱们的首要问题是赶紧离开这里!

司机就说，车摔坏了，我检查过了，不能开了，必须找人修了。

贺东仁说，别管车了，咱们先逃出去再说吧。你知道咱们有多危险吗?这里是沙漠的深处，如果咱们两个在太阳完全升高之前还不离开，咱们两个就死定了!在这里，太阳会把我们晒成干!太阳的光线可以把咱们杀死，更甭说渴了。

贺东仁一般是不说这种话的，从贺东仁的语气里，司机已经感受到了真正的死亡威胁正在一步步向他们逼近。

贺东仁在身上摸了半天才摸出了手机，他先拨通了保险公司的电话，报告了他们出车祸的情况，然后他又拨通了新疆生产建设兵团14师师长的电话，他说，我要找师长。

电话那边说，师长出去了，你有什么事吗?

贺东仁就说，我是贺东仁，是师长的朋友，是从山西运城来新疆的，我们在沙漠里出了车祸，车翻了，我被甩出了车外，现在在从石河子到轮台靠近轮台的沙漠里，正在拦车，如果可能请他派辆车来救我们。

打完了两个电话之后，司机搀扶着贺东仁走到路边，他们准备拦车了。

但是，这里是荒无人烟的沙漠腹地，极少有汽车从路上开过来。他们坐在那里等呀等呀，一点希望也没有地等着。

没有车，没有人，除了荒沙、戈壁，什么都没有。

贺东仁望着无际的沙漠，他在想，这么大的一片地，为什么就不能种上植物，让植物把这里变得有生机起来？如果这里有了植物，这里的风沙就会少了，人就不会被困在这里。

这时，贺东仁的手机响了，在沙漠里这是最美妙的声音。

电话那边是14师师长，他急切地问，贺东仁吗？老贺呀，哎呀，你可把我给吓死了。媳妇说你出了车祸，把我给吓坏了，我还问她，是不是你亲自打的电话，要不是你亲自打的电话，我，就得给你收尸去了！我告诉你，我的车已经出发了。可是，你们不能等他们，他们且得走呢，下午到就不错了。你们必须想办法在路上拦一辆车，什么车都行，去哪的车都行，立即离开那里！否则，你们的命就不保了。你能从车祸里捡条命，可是，你们不一定就能在沙漠里捡到这条命！

贺东仁乐观地说，我是属猫的，有九条命，我这条命硬着呢！放心吧，咱们还是会见面的。谢谢老兄！

师长再次嘱咐，无论什么车，无论到哪里，你们一辆都不能放过！见车就拦，停了就上，上了就不能再下来，听懂了吗？！

贺东仁已经没有力气开玩笑了，但面对现实中的死亡威胁他还是要轻松一下，要是万一……

师长打断他的话，省点力气吧，也省点你手机的电池吧，留着防备你的“万一”！

说完师长就挂断了电话。

贺东仁把手机放在衣袋里，然后看看司机，司机已经深切地感觉到了他们所处的境地，他默默地在盼着救命汽车的来到。

这个地方太荒凉，他们坐在那里等待着。贺东仁清醒以后看过一次手表，是早上八点多，那个时候，天还很凉，可是现在已经两个多小时过去了，太阳升得越来越高了，空气中的温度也越来越高。

或许人越是怕什么的时候越对什么敏感吧，贺东仁和司机都感觉到温度上升得太快了。虽然，他们沉默地坐在路边，但是，他们内心的恐惧却在迅速地增长着。他们没有一个人有饥饿的感觉，也就没有一个人提出来要吃点东西或者找点水喝。他们的所有注意力都在听觉上，他们在静静地听着远处的声音，他们也在盼望着那种能给他们带来希望的声音。

但是，那种声音只在他们的幻觉里出现，而且不断地出现。

他们在想象着当汽车停下来时，他们要怎样上车，他们想象着，如果拦不住那辆车他们将怎么办，他们还想象着，如果汽车停下又把他们甩下怎么办？

当汽车声终于缓缓地进入他们的耳膜时，他们却怀疑这种声音的真实性了。他们怀疑地注视着前方，他们对听觉失去了判断的自信。但是，他们还有视觉！

他们终于看见一辆大轿子车，在远远的地平线露出一点影子了！

是的，真的！那个声音就是那个小点点发出的。他们紧紧盯着那个小点，一点点地，这个小点在变大，变大，变大！

终于，他们看清了，那是一辆大客车！

绿色的车身，正向他们这里驶来。这绿色的声音，多么让人激动的色彩与声音！

车越开越近，贺东仁站在这沙漠中唯一的道路中央，司机也站起来与贺东仁并肩站在那里。贺东仁想挥动一下手臂，但是，他无力抬起来，他已经快耗尽全身的力气了。

他们站在道路的中间，客车司机想躲避这两个灰头土脸的人是不可能了，也就只好缓缓地停在了他们面前。然后，车门打开，下来一个人问，嘿，你们去哪儿呀？

贺东仁没有答话，他就直接往车上去，他的司机跟在后面，也不说话。他们登上客车之后，才安下心来，一屁股坐在了客车的过道上。然后，客车司机就问，你们这是去哪儿？

贺东仁说，我们出车祸了，本来是想去和田的，可是我们去不了了，我们的车翻了，我们得离开这里。

客车司机就说，那你们坐反了。我们是去新和的，你去和田，是反方向的。你下车吧，等那边的车，我们的车不去和田。

贺东仁动也不动地说，你们去哪儿，我们就坐到哪儿，去哪里都行。我们不能再等下去了，再等我们的命就没了。我们已经等的时间太长了，我们已经等不下去了。

司机还是有些不想拉他们，就说，你说你们出车祸了，那你们的车呢，你们的车怎么办？

贺东仁随便指着车窗外说，你看吧，那边那个翻着的车，就是我们的。我们逃出来了，我们捡了条命，你们去哪里，我们就跟你们去哪里。

大家都往车外面看，在离这辆车不远处，他们看到那辆翻倒在沙漠里的汽车，司机有些惊异地说，那要是你们的车，你们可真是捡了条命，走吧，我拉你们到新和去。

车开了，贺东仁和司机一个人坐在一个过道上，这时，有一个小伙子拍拍贺东仁的肩膀说，你到我的铺上睡一觉吧，我看你累得不行。

贺东仁不愿意打扰他，我还是坐在这里，谢谢你，你躺着吧。

小伙子坚持说，反正我也睡了很长时间了，也该换个姿势了，你躺一会儿吧，我在铺上躺久了也累了。

贺东仁扶着自己的肋部说，那就谢谢了。

然后，他转过头来对自己的司机说，你到这位老乡的铺上躺一会儿吧，还有很长的路走呢。

司机连连摇头，贺总，你年龄大，你又被摔着了，还是你躺着吧。

贺东仁也不再让了，他就躺到了小伙子的铺上。但是，躺到那里他一点睡意也没有，只是翻来覆去的，他就对站在过道上给自己让铺位的小伙子说，听你的口音不是新疆本地人吧？

小伙子说，哪里，我是山西人。

贺东仁一听是自己的老乡就来了精神，他问，你是山西哪里的人？

小伙子说，我是山西万荣的。

贺东仁高兴地说，咱们是真正的老乡呢！我是运城的。

小伙子也吃惊地说，咦，我说听你的口音怎么这么耳熟呢，哎呀，咱们是真正的老乡呢。你怎么跑到新疆来了？还出了车祸？

贺东仁就简单地把自己从运城开车到新疆的过程讲了。然后，问老乡，你这也是到新疆发展来了吧？

老乡就说，是啊，不过，咱们人生地不熟的，在这个地方发展还是困难呀。我在和田想见兵团 14 师的领导，连门也没有，约了多少次都不成。

贺东仁问，你找他们想做什么呢？

老乡说，想做一个油田的工程，归 14 师那边管，要是找到他们的领导就好了，把这个工程揽下来，就可以在这个地方继续做下去了，去了几次也不成，唉，直是愁死人了。

贺东仁笑着说，你想见 14 师的哪个领导？

老乡说，想见他们的师长。

贺东仁对老乡说，我看你也是个挺好的人，咱们又是老乡，你真想见他们师长啊，你见到我就没有问题了，我带着你见他去！

老乡一听惊喜地问，真的？！你认识他？

贺东仁点着头，他的肋部有点疼，他皱了一下眉头说，认识！不但认识还是朋友。你要是想见，等车到了新和，你就跟我一起返回到和田去，我把他叫上，咱们一起喝酒去！你的事成了！

老乡高兴地握着贺东仁的手，一个劲地叫着，谢谢！谢谢！

大客车终于到了新和，贺东仁拉着老乡，跟司机一起在新和吃了一顿饭，然后，坐上去和田的大客车就去 14 师。

到达和田的时候，师长亲自等在那里，要为贺东仁接风洗尘。师长对贺东仁说，老贺，你知道吗，就在不久前，你们山西有一个教育局的主任就是在沙漠里出了车祸，被甩出去给摔死了！

贺东仁摸着自己的头调侃，我差一点就成了第二个！

师长说，这沙漠上出事是“九死一生”，生还的机会非常小啊，你别看地上那些沙子好像很软似的，可硬呢！跟石头也差不了多少，被摔在那上面，不摔死，也能摔残了……哎，对了，你的身体有没有什么问题？检查了吗？

贺东仁满不在乎地说，没事！就是肋部有点疼，可能是被石头给垫了一下，过两天就好了。

师长认真地说，可别大意，一定要去检查一下，别看外表没有事，要是受了内伤那可是要命的。一会儿你就去医院查查吧……

贺东仁打断了师长的话，师长，我给你介绍一位老弟，也是拔刀相助的大英雄，巧的是他还是我的老乡。

贺东仁就把老乡怎么样给自己让铺位的事简单地道来。师长举起酒杯说，谢谢你，大英雄，你认识老贺可是件幸运的事，他是个大好人，能干事的大好人。

贺东仁对师长说，我这位老乡想见你，约了多少次都见不到你，跟我说了，我就从新和带着他来了，我说一定要见上你这个大官。

师长赶紧说，可别这么说，我是实在忙，才不安排的……

师长豪爽地对老乡说，你能跟老贺认识也是缘分，说吧，找我有什么事？

老乡就说，我就是想把油田的那工程……

师长一听就打断了他的话，你别说了，我知道了。

然后，师长当即拿起电话，拨了一个号码，接通以后说，老王，油田那个事还没有定吧？好，我这有个人去找你谈。

打完电话，师长问，还有没有别的事？

老乡说，没有了。

师长说，没有了，那就喝酒吧！

贺东仁却拦住了师长，他没事儿了，我还有呢。

师长就说，说嘛！

贺东仁说，本来我是带了一些枣树苗子过来的，出了车祸就扔在沙漠里了，等下次再给你带来。此外……我这次来，还有一件大事。

师长问，大事？什么大事？

贺东仁说，我在阿克苏弄到了 20 万亩的戈壁荒地。

师长吃惊地问，20 万亩？！这么大的胃口？你想搞什么？

贺东仁说，我想种红枣，20万亩都种上高科技红枣，一边搞荒漠化造林，一边搞红枣的产业化、市场化运作，把红枣做成产业化、规模化、品牌化的一个链条。

师长赞赏地说，这可是个大手笔，那我帮你干什么？

贺东仁说，那20万亩地都是戈壁荒滩碱地，需要土地的改造和熟化，这得需要一个过程，得分段地来。我想一边用种棉花熟化、改造土质，一边搞他个种苗基地，将来熟化完成后，可以立即把红枣苗种上。

师长接过贺东仁的话说，你想在我这里搞个苗木基地，为你的林场育苗？

贺东仁乐了，要不我从运城拉一堆树苗来见你干什么……可惜，都扔在沙漠里了，早晚有一天，我把那块沙漠都种上红枣！

师长想了想说，这是个不错的项目，可是，你那20万亩的荒地手续什么时候能办下来？要是树苗培育好了，你的地还没有完成改造怎么办？

贺东仁说，那就在你这里种好了，你这里的地不也有很多吗？我请专家论证过了，他们说在新疆这样的自然条件下生长起来的红枣是世界上最优质的，你也可以搞一片红枣园，别总是种棉花，经济效益可不如红枣，红枣现在的市场价是棉花的十几倍呢。

师长说，也好，要是搞上一片荒滩种些红枣也是不错的。

贺东仁问，这么说，师长已经同意了？

师长笑了，我同意了吗？

贺东仁在街上拦出租车的时候，接到了一个手机电话，是贺东仁原单位的小王打来的，她告诉贺东仁，老局长突然去世了！

贺东仁当时有些晕了，他半天没有任何反应，好一会儿才重回理智地问，真的？怎么会呢？他才多大呀？为什么？

小王说，谁都没有想到，他就这么突然走了，他对我们都不薄，回来吧。

贺东仁说，当然，一定回去。

放下电话，贺东仁有些六神无主了。老局长在他的心里是曾经依靠的大树，对他有着知遇之恩。贺东仁在单位是公认的“有争议”的人物，老局长却力排众议对他委以重任，甚至贺东仁自己放弃了机关生活时，他还在极力推荐他到更重要的岗位。在老局长身上贺东仁学到了许多为人处世之道，他受益终生。

贺东仁在老局长的灵堂前深深地鞠了三个躬，他握着老局长儿子的手，从衣袋里掏出一个纸袋放在他的手上抽泣着说，老局长是我的恩人。他对我太好了，没有他，就没有我的今天。这是一万块钱，这不足以表达我的心意。

老局长的儿子想拒绝，贺东仁紧握着他的手说，请不要拒绝……

贺东仁和李石峰肩并肩地走在运城的街道上，贺东仁送走了老局长，心情还没有从悲痛中走出来，他沉默地走着。李石峰说，好人总是不得好报，这是普遍规律。

贺东仁望着车水马龙的街，无限感伤。

李石峰问，那边的土地办得怎么样了？

这是贺东仁感兴趣的话题，我正在跟阿克苏市谈，想在林场建立之前先要一块地，开办一个加工厂，这样公司先成立起来，收购农户手中的红枣进行加工，然后逐步扩大规模，建立起自己的标准化生产的模式，向农户进行推广。你来吧，咱们一起干，这才是正事，别再舍不得那个破官了。

李石峰犹豫地说，我并不是舍不得那个小官儿，而是……

贺东仁心急地说，还犹豫什么呢？要不，你先跟我去那边看看去，看看我都做到了什么程度，看看有什么前景，然后再做决定。

李石峰忧心忡忡地说，我相信你，可是，我这一家老小，还有一个生病的老爹，放不下呀。

贺东仁劝慰李石峰，你就是守在他们身边也解决不了什么问题，还不如出去干点事儿呢，干出成绩来，你才有资格和资本帮助他们。这你得想明白了，孝不是守着就是孝，而是在他们需要你的时候能给他们提供必要的帮助。

李石峰说，这些道理我都懂，但是，做起来难呀。

沉默了一会，贺东仁深有同感地说，是呀，第一步是比较难迈出去的，但是，还是得迈，男人嘛，就得干事！

李石峰迟疑地说，要不，我在运城给你搞育苗，当你的大后方……

贺东仁打断李石峰，从山西往新疆运苗木只是初级阶段的时候还行，以后干起来就不能这样，路途太远了，这样成本太高，效率也低。我准备在新疆建立起几个育苗基地，逐渐放弃山西的种苗，完成引种的目的之后，就不从这里运苗了。

李石峰赞成贺东仁的思路，对，这很好，在哪里建立你的基地呢？

贺东仁说，我要在和田、喀什、阿克苏三个地方先建立第一批，以后根据需要再扩大种苗，将来那20万亩的荒地完成改造之后需求量大的时候，再扩种。

李石峰有些向往地说，20万亩，那是多么大的一块地呀！

贺东仁从山西刚到和田就接到了兵团三师的电话，要跟贺东仁谈合作的事，贺东仁觉得这是个非常好的机会，不能耽搁，就问，我们什么时候谈？

三师的人在电话里跟他说，当然越快越好，现在正是春播的时节，最好谈完了就把树苗种到地里去，不然错过了就错过了一年……你明天坐上车，后天到团长家里谈吧。

贺东仁说，为什么到团长家里谈？你们不上班吗？

三师的人就跟他开玩笑，老贺，你都过糊涂了吧，后天就是星期六呀，你不到团长家去到哪里去？他星期六可不上班呀。

贺东仁一拍脑袋，我真是过糊涂了，这么说，明天是星期五……那就明天吧，明天上午领导上班的时候我就能到。

三师的朋友就笑了，你是神仙呀，你今天才从山西回来，今天就走？你就是今天能走，也得五六个小时呢，你要是真想在领导上班的时候就到，那就得凌晨五点之前动身，那个时候，可没有什么车。

贺东仁自信地对三师的朋友说，我说能到就能到，咱们明天上班的时候见！

贺东仁后来对人说，其实他当时一点底儿都没有，他只是觉得这个项目对于他来说是个不小的项目，要是因为晚一两天，可能就会被别人抢去，商场如战场，所以，他必须在第一时间抢到先机，一点都不能大意。

因为刚从山西回来，他的身体还没有从疲劳中缓过来，他就倒在床上休息，他要稍稍调整一下自己的状态，才能打好下一仗。

略一休息之后，贺东仁就拎着简单的行李走到了街头，他就跟街头的出租车司机商量，谁愿意去喀什？去喀什？司机们都觉得贺东仁有些怪，那么远，能去吗？

贺东仁就说，你们干活是为什么？挣钱嘛！我干活为什么？也是挣钱嘛！那么我就多给你些钱，你就挣了钱了，你把我拉到喀什，我也能挣到钱了。咱们各取所需，有什么不能做的？你想没想过，你去一趟喀什比你在这里蹲一天也拉不了几个活强多了，有钱为何不挣呢？

司机被贺东仁给说动了，行！喀什就喀什！

贺东仁坐在出租车上，一路上跟司机聊天，司机就说，我看你是真能说，你的嘴可真是厉害，要不，我根本就可不能跑到这么远的地方来。

正如贺东仁事先估计的那样，到达三师的时候，他们还没有上班。但是，要是想去吃早饭也来不及了。他饿得很。从运城到新疆他没有吃饭，在和田因为忙着联系来三师的事也没有顾上吃饭，来喀什的路上还没有吃东西。贺东仁想了想，他有一天多都没有吃什么东西了！这样一想，他觉得饿得更厉害了。

就在这时，团长来了，他看到贺东仁非常吃惊，你真的来了？！吃饭了吗？

贺东仁想了想说，吃了！咱们谈吧，把你的人都找来，咱们就可以谈了。

团长很感动，他说，老贺，咱们不着急，你这样风尘仆仆地赶来，还是先休息一下吧。

贺东仁笑着说，就是看在我这样风尘仆仆赶来的分上，咱们马上谈吧，要是弄不出一个结果来，我是一刻都踏实不下来呀。

团长说，那好吧，那咱们就抓紧时间谈，谈完了你就休息去。

但是，团长和贺东仁都没有想到这次谈判却谈成了一个马拉松！从上午 10 点一直谈到了晚上 10 点多。

兵团参与谈判的人不仅有林业专业人员，还请了一位法律事务所的专家。因为，按照贺东仁的要求，只要谈成，立即签字开始干。上午的谈判不算顺利，中午，大家吃了简单的工作餐，然后接着进行合同的拟定，正是在合同拟定的过程中，出现了一些较大的分歧。这样，就在合同的用词上，一遍一遍地讨论、争辩。

到晚上10点的时候，最后一个关键用词，是使用“占有”还是使用“所有”这个词，双方僵持不下，谁也不肯让步。合同中说，种苗基地在进行利益分成后，归乙方，即贺东仁“所有”，但是，兵团聘请的律师说，不能用“所有”，而是用“占有”，应当写成“归乙方占有”。贺东仁认为，用“所有”，不能用“占有”。就这两个词，从晚上8点半开始一直到10点多了还没有得到解决，双方就各自的理由进行争论与辩解。谁都不肯有丝毫让步的表示。

最后，到夜里10点半的时候，贺东仁提议，既然我们谈不到一块去，就算了吧，也别再争下去了。

兵团其他参与谈判的人也都说，这是个原则问题，咱们谁都不能让步，看来合作是没有可能了，合同是不能签字的。

团长无奈而惋惜地说，也只好这样了。

团长看了看贺东仁，你这趟就白辛苦了，真是遗憾。

贺东仁就说，也没有什么，咱们还是朋友，以后有机会再合作嘛。

团长宣布谈判结束，大家就纷纷走出会场。贺东仁走在最后，其实他的内心很不情愿这样一场谈判就如此结束。团长走在他身旁。贺东仁很无奈地看着团长说，真是遗憾啊！就是因为这么一个字儿，咱们就谈不成了，真是太可惜了！

团长也觉得太可惜了，就挥挥手说，走走走，不行！回去再谈！非谈成不可！

团长问身边的政委，你说这个“占有”和“所有”是不是一样的呢？我怎么觉得这俩词儿没有太大的区别呢。

政委也思索着说，是呀，我也觉得没什么区别。

团长豪爽地挥着手说，那就改成“所有”！走走走，回去签字去！

所有的人又都坐到了谈判桌前，团长发话，谁也别再争论了，听我的，把那个“占有”改成“所有”！签字！

这个结果太出乎意料了。贺东仁受尽了这一天的辛苦，最后在差一点就失败的时候得到了一个意外之喜。签完字贺东仁兴奋地大声说，今晚，一醉方休，我请客！

虽然是在新疆，但是从三师回去的时候，天也已经黑透了。他不再敢打出租车了，而且，贺东仁觉得已经签了合同，就不需要再那么赶。要是打车一旦在戈壁荒滩出点什么事，孤单单的是一点办法也没有的。因为有了前面的翻车教训，他的想法是，最好坐公共汽车，不容易出问题，出了问题也好解决。

但是，坐上返程的公共汽车之后，贺东仁才发现，这个选择也不怎么高明：这趟汽车开得极慢。汽车就在戈壁荒滩上晃晃荡荡地行驶，就像在漫无目的地行走。这可苦了急性子的贺东仁。车上的大多数人都是维吾尔族，他们的语言，贺东仁一句也听不懂。汽车里散发着恶臭的味道，听着听不懂的声音，在戈壁上慢慢地行驶，这对于贺东仁来说无疑是一种折磨。他四下里张望，想找个能听懂汉话的聊聊，好转移一下自己的注意力。

贺东仁还真找到了一个和自己差不多的面孔，他就问，你会说汉语吗？

那人笑了，当然了，我就是汉族人。

贺东仁惊喜地问，听你的口音是山西的吧？

那人点着头，是，我是山西榆次的，

贺东仁高兴起来，嘿，真是巧啊，在这里还碰上老乡了，我是山西运城的。来新疆干什么？

榆次人就说，我在这里待了许多年了，都习惯了……

贺东仁知道他指的是空气里的味道。榆次人还说，到这里就得跟这里的人融合，时间长了你会发现维吾尔族兄弟挺纯朴的。

两个人就从生意聊到家乡，从过去聊到现在。说天谈地，说了三个多小时的话。在谈话中，两个人都忘了车上的不适。

终于到了一个岔路口，贺东仁下了车。路边有出租车，贺东仁就问，你们去不去52团？

那些司机都是维吾尔族的，他们基本上听不懂贺东仁的话，个别的能听懂几句汉话，就凑过来问他去哪儿。贺东仁连说带比画，最终司机才明白，就伸出五个手指，比画着说，得 50 块才走。

出租车就在荒野的路上奔驰起来，因为跟司机交流起来比较费劲，贺东仁也没有跟他搭话，就这样沉默地走。走了很长时间，终于到了。下了车，贺东仁觉得这里很陌生。52 团他常来，但是这个地方却一点也没有印象。正好有人过来，贺东仁就问，这里是不是 52 团?

那个人是个汉族人，就说，你走错了！这是 50 团，这里离 52 团还有 40 多公里的路呢。

贺东仁心里这个气哟，出租车居然把他拉到 50 团来了。这里他一个熟人也没有，在这里下来毫无意义。好在，送他的出租车还没走，他可能想知道贺东仁是不是到了目的地。当贺东仁返回到出租车边的时候，司机知道自己拉错了地方。

贺东仁说，你把我拉错了地方了，你还得把我拉到 52 团。

司机又伸出五个手指，还得再加 50 块！

贺东仁心里很不高兴，这路是你走错的，你还要再加 50 块。不过，贺东仁也想开了，这荒郊野外他要把我扔到这里，也没办法，50 就 50 吧。上了车，非常晚了才到了 52 团。

又一次，贺东仁与兵团的朋友告别，兵团的朋友送他的时候问，我派车送你回去吧。

贺东仁不好意思地说，算了算了，这里到喀什还是有长途汽车的嘛，就坐长途车吧，你们也该休息了，就不麻烦你们了。

兵团的朋友开玩笑，也好，让你也体验一下我们这个地方公共交通的“味道”吧。不过这里可没有车，我把你送到三岔口吧。

贺东仁这时对朋友说的“味道”的含义还不十分理解。

三岔口是一个地名。朋友把他放在那里的时候是下午三点钟。贺东仁就是从这个时候开始等车。

贺东仁在路边等呀等，就这样一分钟、十分钟、三十分钟、一个小时、两个小时，等车就像等待戈多，没完没了。

贺东仁心中想的是，朋友所说的“味道”是不是就是等待的“味道”呢？这味道确实不好受。在这里等车你还不能走开一会，如果车来了，你正好不在，车是不等人的，然后只能再等下趟车。可是“下趟”可能是今天的后半夜，更有可能是明天的任何时候了。所以，等车的人是不敢离开的。或许就在你“方便”的时候，汽车与你擦身而过，你就会后悔一阵子。

等待是不是“痛苦”他说不准，但是，的确是很磨人。并非没有车路过，来一辆车是去东边乌鲁木齐的，来一辆车是去乌鲁木齐的，差不多都是相反方向。喀什在西边，往西去的车几乎一辆也没有见到。过了吃晚饭的时间了，他站在那里肚子在叫，口渴，但都不能动，没人知道那该死的车什么时候来。

盼星星盼月亮，终于在晚上 11 点多的时候，来了一辆去喀什的车。车一停稳，贺东仁就迫不及待地冲上了车，他再也不想等待下去了，从下午 3 点到晚上 11 点多呀！他就在路边站了 8 个多小时。

贺东仁一踏上公共汽车的台阶，一股力量“呼”的一下差点就把他从车上推下来，他死命地抓住车，坚持着没有从车下掉下来。

他抬头望去，没有任何人、没有任何物品推他，却有一股无形的力量冲击着他的头部与身体。贺东仁愣了愣神，这才反应过来，那股子无形的大力是一种气味。他这才领会了兵团弟兄所说的“味道”的真正含义。

等待？等待的味道与这种“味道”比起来，可就算不了什么了。

这种味道，不是一般的人能够承受得了的，长期不洗脚、不洗澡的脚臭、体臭、汗臭，膻味、酸味、尿味，反正你能够想象出来的和想象不出来的所有让人不舒服的味道的集合体，就是等待了 8 个多小时之后的贺东仁在去喀什的汽车上所呼吸的味道。

这味道具有一种非常锐利的雕刻能力，就在贺东仁踏上这辆车的那一刻，它就以其无与伦比的娴熟刀法在贺东仁大脑的沟回里烧制了容量五十年的一个记忆体，且永久不消。

但是，继续等待与走回头路都是坚决不能选择的，贺东仁决定“冒死”一拼，坚持下去。

上了车的贺东仁对司机说，我要到喀什去。

司机与他的伙伴都是维吾尔族兄弟，他们基本上听不懂贺东仁在说什么，只有一个似乎能听懂几句汉语。他们估摸着跟贺东仁要了车票钱，然后让贺东仁去找个地方躺着睡觉去。

贺东仁就对那个稍微能听懂一点汉语的人说，这辆车是不是到喀什就不走了？

那个人听不懂，但猜出了贺东仁是在问路。就指着汽车的行经路线图，好在那上边是汉字，贺东仁一看，原来喀什还不是终点站，这辆车的终点站在和田。他有些犹豫，就对那人说，到了喀什你能不能提醒我一下，我怕坐过了。

人家根本也没有听懂贺东仁到底要干什么，可能还觉得这个人真是麻烦，让你上了车还问这问那的，就让他赶紧找铺去睡觉。

贺东仁在后边找到了一个无人的铺位。他一看，这哪是什么床铺，堆满了垃圾，床单是什么颜色的……反正是黑着，仅凭着窗外的月光已经无法判断了。他又向后边找，又找到一个空铺，那上边比前一个还难以入目。贺东仁就又回到第一次找到的铺位上来，想收拾一下，一伸手，他抓了把黏糊糊的什么东西，赶紧从兜里掏出一张纸来擦掉。

这个时候，贺东仁实在是追悔莫及，要是听了兵团朋友的劝告，就麻烦他们一下，也不至于这样呀。最后，他忍耐了又忍耐，收拾了铺位无奈地躺了下来。本来是觉得这一夜睡不了觉了，但是让他后来也想不明白的是，他倒在那样的床铺上，闻着那样的味道，居然一会儿就睡着了！

到了喀什，他自己分析原因时，对朋友们说，我肯定是被味道熏倒了。要不就是因为从中午到半夜没有吃东西，也没有喝水，脱水了晕了过去。或许这两个原因都有，反正睡着了是不正常的。

当他迷迷糊糊突然醒来的时候，汽车正要起动出站。它刚在一个车站停过。贺东仁想知道这里是哪里，就迷糊着眼睛向外看，他一眼就看到车站上写着汉字“喀什”！

喀什到了，居然没有人说一声！他对着司机叫着，停下！停下！我要下车！

或许贺东仁的声音太大了，司机被吓了一跳，把车刹住了。回过头来愣愣地看着贺东仁，不知道发生了什么事。贺东仁这时一轱辘从铺位上跳下来穿上鞋撒腿就往外跑，司机这才明白，这个人忘了下车了。

52 团的团长听了贺东仁的故事哈哈大笑。他敲着自己的桌子说，在这个地方，你得入乡随俗呀。跟地方上的人打交道，你得明白他们的习惯，他们的语言。这里的人生活节奏慢，不像内地那样。人家要是说，我“马上”就来，那个“马上”那可不是“立即”的意思，这个“马上”可能是 30 分钟，也可能是一个小时，更可能是两个小时！他要是跟你说“一会儿”，你得照着半天等。

贺东仁无奈地说，真是领教了，这多耽误事呀。

团长叹口气说，唉，所以，我们大家开发西部，是适应这里的习惯，还是逐步改变这里的生活方式，这就是一对矛盾。这种生活习惯不是一天两天形成的，也不可能是一天两天可以改变的。话又说回来了，人家的这种生活方式也不能说哪儿不对，只是与内地不一样而已。

贺东仁跟着团长去见师长，师长握着贺东仁的手说，早听说你了，你们谈的那份“所有”还是“占有”的合同都成了我们谈论的经典了，你是一个很执着的人，这很适合在兵团里干哪。

团长向师长介绍，贺东仁已经跟我们合作了几个项目都很成功，我们还将继续做下去，找到一个诚信的合作者可不是件容易的事。

贺东仁谦虚地说，都是兵团的弟兄们帮忙我才有今天，我们的合作会越做越好。

师长说，虽然，我们这个师没法跟一师比，但是，也有不少可以做的事，你这个人能说能做正是我们需要的伙伴。

团长笑嘻嘻地说，老贺可是个会说话会办事的人，你看，我跟政委就是老贺给拉在一起的。

师长吃惊地说，我说嘛，你和政委两个人有一段时间没有到我这里告状了，原来你们和好了呀？

团长不好意思地说，是呀，这都是老贺在中间拉着我们两个，我们其实心里都没有什么恶意，就是觉得权力分配不是很合理而已。

师长很感兴趣地对贺东仁说，这俩人，倔脾气，今天他到我这里告他的状，明天他又到我这里反映他的问题，就没有安静过。我都想把他们两个一起免了职算了。突然，他们就都不到我这里来告状了，这可是个新鲜事啊，你是怎么把这两个倔家伙给撮合到一起的？

贺东仁笑了，人都是很好的人，都是能力非常强的好人，错就错在体制上了，咱们现行的体制不完善是个大问题。一个是党政一把手，一个是业务行政都要抓，你说 5000 块钱就是大事一定要上会，我觉得 5000 块算个啥，上个狗屁的会呀，两个都想管着对方，也都想行使最大的权。但是，从本质上说，也都是想把工作干好嘛，出发点都是好的。坐到一块有什么不能谈的呢？

师长头疼地说，两个人就是坐不到一块去的呀？你来我就不来，他来我就不去，两个人都倔到家了，你能把他们拉到一起，说明你有办法。

贺东仁微笑着说，哪有什么办法？就是真诚换真诚呗。

团长插话说，老贺本事大，我们都服，每次我们在一起，老贺都是左边一个右边一个，弄得我们一点脾气也没有，还不能不到场。

师长认真地问，老贺，你到底用的什么办法？

贺东仁避开师长的问话，师长，我再给你出一个主意，你别把这两个人免职了，你呢，把这两个人拆开……

师长一听就摇头，他们已经和好了，我干吗把他们给拆开了？还是让他们好好地合作吧。

贺东仁说，你让他们继续待在一起，以后难免还会有新的矛盾与冲突。因为两个人都是强人，性格又很像，你要是把两个人放在一块，就少不了磕磕绊绊，这个团就不会太强，甚至，会被两个强人搞垮。如果你把两个人拆开了放在两个团，你就会变成两个强团，放在一起连一个强团也不是。

师长想了想说，哎，有道理，有道理！你还挺懂用人的嘛？

团长又插话，老贺在下海之前当了十多年的人事科长，他就是搞人事的！

师长恍然大悟，噢，我说的呢，现在人事叫“人力资源”啊，这是一门学问呢，老贺，好，以后我得多听听你的意见呢。

很快，团长与政委被重新做了工作安排，一个在本团继续留任，另一个调到其他的团担任团长，重新配备班子的其他成员。师长发现，经过这么一调整，还真如贺东仁所说，原来一个正在走下坡路的团，现在一下子变得强了，而被调去新岗位的负责人在新的环境下甩开膀子大干，也干出了较大的成绩。这让师长对贺东仁另眼相看。贺东仁也成了师长的好朋友，师长经常请贺东仁坐一坐，聊一聊，成了知己。

几年以后，原来的团长犯了错误，被检查机关提起公诉，师长就焦急地找到贺东仁说，你知道吗？团长都交代了，他说了跟许多人的经济关系，他拿了谁谁的钱，都说了，我最担心的是你呀，老贺，你跟他的关系那么好，你肯定跟他有经济问题吧？

贺东仁摇摇头，没有，我跟他没有任何经济问题，我能给他送钱吗？我们是朋友，就是朋友，绝没有送过什么东西。

师长有些不相信，老贺，你不说实话，跟他合作的老板几乎没有一个不给他好处的，你怎么可能不给他送呢？

贺东仁不急不恼地对师长说，师长，我跟你的关系也不远哪，我给你送过什么？

师长连连摇头，没有，没有。

贺东仁笑了，这就对了嘛，我跟团长也是朋友，是交心的朋友，我是不会送他什么的，我相信他也不会要我的东西，朋友，是没有利益在里面的。

师长还是有些不信。但是，过了没有多久，办案人员查了所有与团长有关系的人员，贺东仁却一点事情都没有。这让认识贺东仁的人都感到疑惑。

团长的落马让师长相信了贺东仁的话，靠诚信交朋友做生意，比靠金钱去开道更可靠。这也让师长与贺东仁的关系越发地近了，两个人成了无话不说的朋友。

有一次，师长跟贺东仁发牢骚，我都在这个师长的位置上干了 8 年了，前面还当过 8 年的团长，8 年的副师长，现在又干了 8 年的师长，24 年了，每次到期都不能顺利地提拔，真是没办法呀。你看，咱们师就这么穷，我有什么办法呢。

贺东仁劝师长，这也许是天意吧，这是让你经受磨砺呢。不要以为你做的事情没人知道，人家肯定都心里有数，可能就是没有遇到机会。我觉得快了。

师长有些悲观地说，我看希望不大。

师长话题一转对贺东仁说，现在新疆生产建设兵团有 14 个师，各有各的坑，各有各的强项，咱们师是弱师呀，这我心里清楚得很。那些个师底气都很足，就拿今天这事来说，今天我们新来的司令员召集各个师的师长开会，他提出了很好的想法，那些个师就敢不配合司令员，这些师多有本事！

贺东仁一听就对师长说，哎，这不机会来了吗？

师长疑惑地问，机会？什么机会？

贺东仁分析说，你看，都不配合新领导的工作，都有抵触情绪，你去响应，你去支持去配合，你不就突显出来了吗？这就是机会呀。

师长泄气地说，唉，都过去了，会议早过去了，不提了，这事。

贺东仁说，不对，事情还没过去嘛，你在师里召开一次讨论司令员新思路的会议，在全师干部中间去讨论。然后，你们搞一期新简报，把研讨会的情况写上，并提出响应兵团建设新思路，对本师的生产与建设进行调整，开展对外合作，思想解放。

师长一听，对呀，这个主意不错，我立即去布置。

师长在当天连夜召开了全师的干部大会，一方面传达兵团会议精神，一方面研究并制定了本师发展的新思路。这样，第二天会议的简报就发了，向司令部上报若干份。

司令员看了简报非常高兴地说，我们就是要树立全兵团一盘棋的思想，这样才能打胜仗。

司令员给司令部办公室打电话，让他们通知，准备一下，我要到喀什去视察。

因为过去这个师比较弱，很少有兵团的领导去那里视察，听说司令员要来这里视察，这成了全师的大事。师长也喜上眉梢，他让各团都进行了精心准备。师部也做好了迎接司令员的准备工作。

然后，他给贺东仁打去一个电话，老贺呀，你的主意可真是不错，司令员要到我们师视察工作来了。你也来吧，你顺便向司令员谈谈我们合作的事，让司令员了解一下我们正在解放思想、对外搞活方面干的事，特别是说说我们要进行的枣树合作项目。

贺东仁也非常高兴，我马上就到，准时参加你们的活动。

接到师长的电话时，贺东仁在乌鲁木齐，于是，他立即买飞机票赶到了喀什。到达喀什的时候，已经到了该吃晚饭的时候，师长请司令员和贺东仁一起吃饭。

师长向司令员介绍贺东仁说，这是我们的合作单位负责人，叫贺东仁。

师长为什么不直接称呼贺东仁为“老板”呢？师长有一个担心，他觉得，要是司令员不喜欢让兵团的人跟民营企业合作，那这一介绍就完了，所以，他不敢说贺东仁是什么企业。

司令员对师长的介绍似乎有一点意见，就直接问贺东仁，那么，老贺的公司是国营的还是民营的呢？

贺东仁大方地说，我们的公司是一个民营公司。我们就是想在西部开发方面做些事情，正在争取在阿克苏开展荒漠化造林工程，也想在喀什寻找新的机会。

司令员一听高兴起来，对师长说，老刘，简单地介绍一下你们现在合作的项目吧。

师长说，我们现在有一个项目已经干了有一阵子了，合作得很好，还有几个项目正在谈着。

吃完饭，司令员还要去参观一下其他的地方。司令员让师长坐在自己的车上，对师长说，我刚才看到你在介绍老贺的时候有些犹豫和迟疑，是不是怕说他是民营的？我告诉你，大胆跟他们合作，民营的也能干成事。

师长一颗心这才放到了肚里，是呀，我们是有这样的担心。

司令员说，这是体制问题。我看，老贺这个人可以交，跟他合作应当不会有什么问题。

司令员的话让师长更觉得与贺东仁的合作可以放开干了，贺东仁在这个师的合作也就被大开绿灯，项目进展更顺利了。

有一天，师长给贺东仁打电话说，老贺呀，司令员找我谈话了，要调我去一师了，这可是个大事呀。

贺东仁一听就非常高兴，因为他知道，表面上看，从这个师调到那个师在职务上没有什么变化，其实这个变化很大。这个师力量弱，而一师却是一个成绩巨大、力量巨大的师，在兵团是个响当当的强师，到那个师任职无疑是一个好兆头。

贺东仁说，好呀，祝贺你呀，一师是个好地方，你要出成绩了。

师长也兴奋地说，这也有你的好点子。

贺东仁说，哎，还是你的能力强，以前领导对你们师关注得少，现在可以了，他一关注就发现了你的能力了。

不过，师长有些犹豫地说，别人要是想到一师去，都得在两个单位任过正职才行，我这样一个从较弱的师直接提到一师去，要是我遇到像司令员刚到兵团时候的那样，到了一师下面的人不配合我工作怎么办呢？

贺东仁说，你所面对的部下与司令员所面对的对象不一样。司令员面对的是各个师的主要领导，他们都有相对独立的权力，动他们比较复杂。但是，你一个师长就没有那么多顾虑了，非常好办，谁要是不听你的话，就把他撤了，他敢不听你的话？我就不信了。

师长上任伊始，的确正如他事先所预料的那样，遇到了一定的阻力，这股阻力也恰恰来自各团的那些干部。但是，师长身兼师长政委两个职务，他的权力很大。他找每个干部谈话，细心地摸清他们的思想动向，逐渐地消除他们对于自己的不信任感，树立起自己的威信，当然，像贺东仁给他出的那个主意“要是不听话就撤了他”也就没有具体地实施。

但是，有人听说了贺东仁与新任师长关系很好，走得比较近，就在一次会上发牢骚说，现在一师被什么人控制？被一个小老板控制着，咱们的一些工作得听他的，特别是人事安排。我们为什么要听他的？

师长严肃地说，这不是听谁不听谁的问题，谁的方法正确我们就采纳谁的，那个山西的贺东仁是个搞“人力资源”出身的老人事，他干过十四年的人事科长，听听他的意见，我看没什么不对的。恰恰相反，他能给我们提供一些有益的经验。如果任由我们某些干部搞自己的独立王国，不听招呼，而师部却坐视不管，那才危险呢。一师今天是强师，明天就有可能被拖垮。

师长的这些话说出去以后，再也没有谁说风凉话，而贺东仁在一师的合作项目也越来越稳固。

春天，新疆下了一场大雪，雪对于春天的新疆是好东西，但是过多就会变成灾难，新疆遭受了雪灾。

就在新疆农业生产经受着天灾影响时，在广东举办的全国魅力城市评选活动也即将如期举行。兵团司令员要按照原来的计划带着几个师长去参加这次活动。

一师师长也是陪同出席会议的一员，出发之前师长对全师的受灾情况放心不下，给各团打电话询问，并给出相应的处理意见。然后，他给贺东仁打了一个电话，他很想听听贺东仁对今年农业的一些判断。他问，老贺，你那里受灾的情况怎么样？今年还能保住基本数吧？

贺东仁此时正在自己的果园里，与员工一起检查处理受灾的树苗，他干得满头大汗。他对着手机说，师长啊，我们受灾不轻啊，不过，都可以补种上，基本上不会减产。

师长说，老贺，我走之前对全师的情况还是拿不住，我怕减产啊。我这里的品种太多，不像你那就搞红枣，我这里棉花、粮食、经济林什么都有，情况复杂。可是，今天就要走，我心里真是七上八下的。

贺东仁了解师长，他是一个做事认真、踏实的人，做不好是不可能放手的。他建议师长，广东那边的会议少你一个人也没有什么嘛，可是，这里正在受着灾，这是受灾的前线，需要你……

师长犹豫地说，是司令员带队，我这里领头逃会不好吧？

贺东仁却说，你逃会，不是为了自己的事，是为了处理受灾的农业生产情况，更是为了保住秋天的丰收，你这样做是对的。你就跟司令员请假，要求留在家里处理危机，我想司令员会理解你的。

师长开始也曾经这样想过，但是拿不准这样做会不会让司令员有别的想法，贺东仁这样一说，他心里也有底了。

师长放下电话就拨通了司令员的电话，向他请假，司令员听了师长请假的理由，很认真地对他说，我没想到，你会这样做……

师长以为司令员会批评他，就解释，今年的受灾情况比较严重，我觉得留在家里可能更有些用处……

司令员连连制止，你不用解释了，我没有看错你，这就对了，保生产永远是我们的第一要务，一切都要向生产让步，你就留在家里吧，我没看错你呀，好好干！

师长这才松了口气。

秋天，对于贺东仁来说是一个充满喜悦的季节，他在一师合作的红枣示范园获得了大丰收，他站在自己的果园里，看着员工们在低头采摘着那些已经成熟的红枣，心里是美的。

但是，他内心里还有一件非常担忧的事，就是在阿克苏的那 20 万亩的荒地造林项目。

虽然，在三北局黄宗民局长的牵线下，这个项目已经在阿克苏地委及阿克苏市挂上号，但那只是一种口头的承诺，要地，那得通过一系列复杂而漫长的审批过程。而这在阿克苏，甚至在新疆也可以说是无先例的一件事。办事的人不熟悉要办理这 20 万亩的土地证需要办理什么法律文件，而贺东仁他们甚至找不到负责这个项目的管理部门。这样肯定会拖延时间，时间对于贺东仁来说是成败的关键。时间一拖就会生变，时间一长，就会使人们产生倦怠。更重要的是，今年秋天一过，就要为明年春天的荒漠化改造筹划，要是地批不下来，到了明年春天就开不了工，就会耽误农时。

贺东仁一个人跑到那块荒地上发呆，为自己即将在阿克苏的荒地上所要描绘的这幅图画冥思苦想。

电话响起，是一师的师长，师长对贺东仁说，老贺，告诉你一个消息，我又要调走了，要离开阿克苏了。

贺东仁问，离开阿克苏去哪里?

师长有些留恋地说，阿克苏是个好地方，都建立了深厚的感情了，我爱这里的一草一木，可是，要走了。

贺东仁笑着说，有临别留言的意思，你不用说了，是不是升官了?

师长说，是啊，升了！这回是副司令员了。

贺东仁高兴地说，祝贺啊，这说明你干得好，成绩突出。

师长说，老贺，你过来吧，到我办公室来，快走了，咱们聊聊。

贺东仁爽快地说，好，我马上就过去!

贺东仁来到师长办公室的时候，外面有许多人在等待着与师长会面，向师长汇报、请示工作。

贺东仁一出现，秘书就向师长报告，师长说，快，让老贺先进来吧，我正在等他呢。

贺东仁进去的时候，师长站起身来跟贺东仁握手，然后从办公桌后面走出来，拉着贺东仁的手坐到沙发上，又给他倒上一杯水说，老贺，要走了，还真是留恋阿克苏呀。

贺东仁笑了，师长是个多愁善感的人哪，又不是去了不回来了，这里仍然是你管理的属地嘛，经常回来就行了。

这时，一个团长敲了一下门就进来说，师长，就占用你几分钟的时间，跟你说说工程上的事，就打扰你几分钟的时间。

师长有点不高兴地说，没看见我这里有客人吗?你等一会……

团长很尴尬地站在那里，有些不知所措。贺东仁立即说道，师长，工作上的事是大事，先处理团长的事。再说了……

贺东仁带着调侃的口气说，你都是要走的人了，还不抓紧时间给娘家人多办些实惠的事?

师长把团长叫到办公桌前开始研究他们的工作去了。师长是工作起来就忘记一切的人，这一研究就很长时间，贺东仁就在那里静静地等着。当师长和团长研究完工作后，师长一看手表，拍一下脑袋，哎呀，哎呀，你看看，都到了吃饭的点儿了，让你老贺大老远地跑来，又说不上几句话……

团长这时提议，师长，我们给你送行，大家都准备好了，咱们跟你喝杯送行酒吧，我去安排，一起去！

师长想了想对团长说，得了吧，留着送行酒我们单独喝去，今天，我还没有和老贺说上话呢，你们自己解决自己的午饭，我和老贺去吃拉条子！

贺东仁一听乐了，好啊，拉条子痛快！

师长去乌鲁木齐赴任兵团副司令员职务的时候，贺东仁也赶到了阿克苏的师部给他送行。送行的人很多，都是一师的干部，虽然，他们开始合作的时候有一个磨合期，但是，在此后的合作中，一师的干部们完全接受了师长。而且，由于师长是一个开放而又平易、聪明且踏实、能力强的人，一师的干部对他产生了深厚的感情。所以，这一天，在阿克苏的烈日下，送行的人很多，大家都很激动。

师长也是个非常重感情的人，他拉着干部们的手，动情地说，你们都是我的好兄弟，阿克苏是我的娘家，我会常回来看你们的。

一一道别之后，师长突然问，老贺呢？

这时，站在人群后面的贺东仁说，在这呢。

师长懊悔地说，哎，这是怎么说的，把老贺给晾在那儿了。

师长上前拉着贺东仁的手，一边向汽车边走，一边对贺东仁说，老贺，这几年我们合作得非常愉快，你对我的帮助很大……

贺东仁打断了师长的话认真地说，师长……对，副司令，我们是朋友，现在呢，你当上了副司令员，我以后就不会跟你联系了。你也别有其他的想法，我主要是跟团里做事，基本上不会跟你有什么大的业务关系，你当了副司令员会特别忙，我就不再去找你了。

师长一听瞪大眼睛说，哎，这怎么行，这怎么行呢？我告诉你，老贺，我一到乌鲁木齐，就让秘书把我新的电话都告诉你，你要是去乌鲁木齐不找我，你不够朋友！

第 06 章　突出重围

20 万亩是一个什么概念，在一开始谁也没有想清楚。有人说，你站在那片地里不就知道有多大了嘛。

但是，当贺东仁站在那片荒地上时，他更糊涂了，这地到底有多大？一望无际！想开着车在上面兜一圈都很难。于是，他想必须找一个专业人员先把这个地给规划一下吧，画一张图，最起码搞清楚东南西北各个边界在哪里。

当然，贺东仁当前最需要解决的是土地证的办理工作。动这么大一片土地必须经过国家发改委的批准，而上报国家前，必须有各级政府的文件。所以，在得到了阿克苏地委及市委的同意后，就得具体地一个部门一个部门地办手续。

这时，一个叫赵小萌的北京女孩加入了贺东仁的队伍。赵小萌是开朗聪明的女孩，她是通过贺东仁在北京的招聘来到这个团队的。经过面试后，贺东仁就把她派到新疆协助办理土地手续。

开始，贺东仁想得简单极了，就按照正常的办事程序一个一个部门跑吧。赵小萌在北京的时候对这一套工作很熟悉，办理土地使用证，先走哪个部门后走哪个部门她都很清楚，她想，到那边跟北京也差不多吧。赵小萌也曾跟贺东仁说过，在北京这边办手续，各个政府职能部门配套比较全，人家已经给你准备了很多材料，找谁找谁都很清楚，你只要拿着要求的文件一家一家地跑就行了。阿克苏那边也应当是这样的，因为国家对办理这类手续是有严格规定的，程序必须规范。

贺东仁也说，这项目是地委与市委都大力支持的，国家也是非常支持的，这是生态项目，公益性大于经济意义，是给当地带来好处的项目，他们会大力支持的。

他们先得找某局去办一个手续，局里的工作人员感觉这件事很生，就说，你们先找我们的局长吧。

贺东仁他们按照工作人员的指点找到局长，他们恭恭敬敬地把前面办下来的文件递上去，局长看了一下说，放到我这里吧，这个我们得研究研究。

贺东仁问，那什么时候可以知道结果？这是一个比较大的项目，我们还得上报国家，需要政府给予大力支持。

局长不冷不热地说，快有快的办法，慢有慢的办法。政府机关办事嘛，就是这样，说快就快，说慢也可能就办凉了。机关办事的人嘛，也是人，也是有感情的动物。

贺东仁知道这局长是在暗示呢。就堆着笑意说，局长，这我懂，大家都不容易，您就多费点心，今天我们请您去吃个便饭，也当面听您的指教。

局长一副爽朗的表情，好好好，本来今天晚上还有个聚会，就取消了，跟你们聚一聚，聊一聊，大家交个朋友嘛。

贺东仁出来以后半天没说话。赵小萌见贺东仁脸色不好看，就劝道，贺总，在这地方办事就入乡随俗吧，人家都提出来了，你不去办就是在断自己的后路呢。

贺东仁叹口气，这才是开始，后面会有更复杂的文章，你们要有心理准备。

赵小萌豪爽地说，这是避免不了的，不过，咱们两个可不行，看这个局长那样子怎么也得一斤以上的酒量。

贺东仁拿起电话，喂，李华，你晚上六点以前赶到我这里来，一起陪一个官员吃饭。

李华是贺东仁麾下一个非常有个性的女孩，来大疆集团的时间不长，但是，却对大疆的事非常看好。晚上六点不到，贺东仁开着车把自己的两个部下接上，去会局长。

局长一进包间，看到贺东仁带着两个年轻漂亮的女孩早早地等在那里，心里非常舒服。就说，这么隆重，真是不好意思，咱们不就是随便聊聊天嘛，不必太拘束。

赵小萌了解这种人，都是酒色之徒，手里有点小权，装模作样，哄不好就翻脸。赵小萌微笑着说，局长，以后咱们就是一家人了，我们到这里发展，就是要把这里建设成咱们自己的家园，少不了要麻烦你，就多关照吧。

局长一听也笑，你可真会讲话，“一家人一家人”的，说得我心花怒放了。

李华也加盟到赵小萌的队伍中来说，既然是一家人，明天我们可就要到您那里拿文件去了，要是一家人还要等一个月两个月，那就说不过去了。

局长假装生气地说，你看你说的，谁说我拖来着，我是慎重呀，要是办出问题了，那才是帮倒忙呢。

李华端起酒杯说，我说错话了，我认罚我认罚，来，我先罚自己一杯!

赵小萌对局长说，哎，不能让人家女孩子一个人喝，局长也要陪一杯。

局长端起杯子说，好，你们的老板还没有说话呢，两个美女就出手了，老贺啊，你可真是艳福不浅哪，来来来，我喝了，我喝了。

赵小萌也举起杯子，我提议也要罚局长一杯酒，我们李华说错了话，也是你局长引起的，她是真把您当作一家人了，才犯这样的错误，可是，原来不是一家人……

局长说，你也说错话了，一起罚，一起罚!

两个女孩向局长发起进攻的时候，贺东仁一直笑眯眯在一旁观战，但内心却很不好受。见三个人的两杯酒都喝下去，贺东仁也缓缓地端起酒杯说，局长，这是我代表全体大疆人敬您的酒，您给我们办了这道手续之后，我们就可以加快下一步的动作了，那片地不能老让它在那里荒着，要让它尽快地长出东西来。敬你一杯，表示感谢。

局长摆着手，酒桌上不谈公事，你那事好办嘛，明天让两个美女找我去就行了，给你办了不就行了嘛。不要再提了，谁要是再提公事，就连罚谁三杯。

贺东仁笑着说，好，既然局长已经答应了，你们两个记着啊，局长说了，明天你们去找他。剩下的就要陪着局长喝好酒了。

两个女孩故意叽叽喳喳地轮番劝局长酒。局长喝着喝着突然说，不对，你们这是阴谋诡计，你们这是想把我灌醉了，下面的节目就没了。

贺东仁一听，“下面的节目”？下面还有什么节目？这局长贪得无厌，贺东仁在赵小萌的耳边低声说，让他多喝，别让他再提别的要求了。

局长正在跟李华碰杯子，见贺东仁与赵小萌耳语，就有些不高兴地说，你们在算计我是不是？你们在算计我！

赵小萌满脸笑意，哪能呢，老板说，他喝得有些多，让我替他多喝一些，让局长一定喝得痛快才好。

局长含混不清地嘟囔着，那还差不多。

赵小萌、李华、贺东仁其实都已经喝到了顶点，他们只得偷偷地把酒倒掉，好在，已经喝得头脑不清的局长也没有发现。

局长对贺东仁说，老贺，喝了这么多了，咱们得醒醒酒去了，找个地方去醒醒酒。

贺东仁说，好呀，那咱们去哪呢，局长提个去处吧。

局长点着烟，一边吸一边乜斜着眼说，就在这里吧，这里就有一个不错的捏脚的地方。

几个人站起身来，向楼下走去。出了门由服务员带着去了洗脚中心。贺东仁走在后面，局长低声对贺东仁说，那个小女孩不错呀，很有味道，很有味道……

贺东仁在心里骂了一句：“他妈的！”他什么话也没说，几个人就走进去了。

四个人一字排开接受服务，贺东仁说，小姐，你们要好好地给我们这位局长服务，他是我们的客人，也是咱们这个地方很有势力的官员，服务好了有奖励！

服务生真认真，非常用心地给局长捏着，局长一开始舒服得还直夸张地叫唤，然后声音就越来越小，最后就没有声音了——他睡着了。

贺东仁一看他睡着了，就一轱辘爬起来，叫上两个女孩说，走，咱们走。

赵小萌指着已经打起呼噜的局长说，他怎么办？

贺东仁说，交给司机，等他醒啊？让他的司机把他送回去。

然后，贺东仁就对两个女孩说，我很对不起你们两个人呀，跟这么个人出来喝酒，还有这么多的要求，对不起你们呀。

李华就说，贺总，这是咱们自己的事，什么你呀我呀的？

贺东仁红着眼圈说，你不知道呀，李华，你知道他刚才对我说什么吗？他……唉，我真想揍他一顿。

李华就说，得了，贺总，他不是没有占着什么便宜吗，咱们把事儿办成了就是。

贺东仁郑重地说，要是他真敢对你怎么样，我宁肯不办了，也不让你受委屈。我贺东仁做人得像个人！

两个女孩都被贺东仁最后一句近乎吼出来的声音吓了一跳。

贺东仁把司机叫过来，你把她们两个都送回去吧。

赵小萌问，那你呢？

贺东仁说，我想自己走一走，你们先回去吧，早点休息，你们明天一上班就去办这个手续，夜长梦多。

赵小萌说，你喝了那么多，不行，我得看着你，别出了什么事。

贺东仁说，我没事，我走一走就好了，你们回去吧。

赵小萌坚决不肯，这时，李华也要求留下来陪贺东仁一起走，贺东仁有些恼了，我又不是小孩子，你们走你们的，这么晚了，睡不了多长时间了，明天还有工作。

赵小萌没走，她把李华推上了车，然后就陪着贺东仁在夜空下走着。贺东仁今天的心情很不好，又喝了不少的酒，但是这样一走感觉却轻松了许多。

走了一会儿，贺东仁对赵小萌说，我也不走了，我要回家了，咱们一起打个车回去吧。

他们站在马路上打车，但是太晚了，根本就没车，赵小萌说，要不让司机送完了小李再来一趟？

贺东仁想了想说，好吧。

他们在马路上又走了半个多小时后，车来了，贺东仁问司机，李华没事吧？

司机说，她吐了，吐了很多，我把她搀到宿舍，把她同宿舍的叫起来了，让她们照顾她。

贺东仁心疼地说，唉，这都是怪我呀，不该让她这么猛喝。

赵小萌就劝贺东仁，都是为了工作嘛，咱们也走吧。

他们上了车，贺东仁问赵小萌，你也喝了很多，你没什么事吧？

赵小萌就笑了，我呀，给他玩了个花样，我根本就没有喝，都给他偷偷地倒了，我得保持清醒呀，要是你们两个都被灌醉，我也倒下了，那咱们干什么来了？我得保持清醒！

贺东仁放心地笑了，你可真鬼！

把赵小萌送到宿舍以后，贺东仁说，你好好休息吧。

赵小萌就提醒贺东仁说，你今晚可喝了不少，直接回家吧，别再在外面走了。

贺东仁挥挥手跟她告别。车开出一段距离之后，贺东仁对司机说，你把我放下，我自己走回去，已经很晚了，你也回去休息吧，这离我住的地方也不远了。

司机说，就几步路，我把你送回去，我再回去一样的。

贺东仁说，我就是想在凉风里走走，也醒醒酒，你就别管我了，走你的就是了。

司机见贺东仁比较坚决也就走了。

贺东仁一个人走着，想着心事。他感觉自己的头很疼，身体也开始疼痛，酒精开始发挥作用。贺东仁心里想着，刚才怎么没有反应呢，是太紧张了吧，现在放松了，就这样反应。

贺东仁蹲在地上歇了一会，然后站起身，继续向前走。街上一个人也没有，他感到很孤单，心情也开始变得沉闷。沿着无人的街道走着，过去一幕一幕地在眼前走过：

村长胖乎乎的女儿说，贺东仁我也要上师范，跟你上一个学校。

贺东仁说，你是村长的女儿，我是师范学校刚留校的工作人员，咱们得约法三章，你不能公开我们两个人的关系，至少在你毕业之前。

村长女儿问，为什么？我们都订婚了，是你爹和我爹给订的，咱们都快成一家人了。

贺东仁严肃地望着村长的女儿，我告诉你，你在村里是村长的女儿，可是，在外面没人吃你这一套，我说了，你不能公开我们之间的关系，否则，后果自负！

村长的女儿有些害怕地说，好吧，那就听你的，我不对别人说。

贺东仁又说，不但不能对别人说我们两个人的关系，在学校里也不能跟我打招呼，更不能去找我。

村长的女儿小心地说，装作不认识？

贺东仁肯定地说，对，就是装作不认识！

公共汽车，贺东仁上了车，高桂芝在卖票！

高桂芝惊喜地叫着，哎，贺东仁！怎么会是你呢？

贺东仁说，哎，是呀，怎么是你呢？这么巧！

高桂芝问，毕业以后你去哪了？怎么一点你们的消息都没有？

贺东仁不好意思地说，我们家的成分不好，还不是当返乡青年？不像你……

高桂芝打断贺东仁，我有什么好的，还不就是个售票员吗……别说我了，说说你吧，已经结婚了吧？还是你们村长的女儿？

贺东仁不好意思地笑了，刚订的亲。

乡村的路上。村长的女儿，你跟她怎么那么亲热呢，人家都看见了！

贺东仁瞪着眼睛质问，你跟踪我？！你敢跟踪我？！

村长的女儿委屈地说，没有，我没跟踪你，我也正好坐那辆车，我是碰上的，你跟她那么说话，别人都看见了，他们会说啥呢嘛！

贺东仁生气地说，别人说啥你管他呢？我就是跟个老同学说句话，你就这么样，那还让我接触人吗！你要是觉得我给你丢人了，咱们就算了！

头痛的贺东仁慢慢地在阿克苏的街头行走着。阿克苏的夜空深不可测，星星点点，夜空下有贺东仁孤单的身影在行走。

前方有一个写着“桑拿”招牌的霓虹灯闪着，贺东仁心里想着，是不是洗个桑拿头痛会好一点呢，想着他就走进去了。服务员热情招待。

贺东仁裹着浴巾躺在桑拿房里，两眼涌出泪水。

在迷雾中，耳边响起妻子高桂芝的话，你看看人家男人，顾着家，咱们生活过得宽裕一些也就行了，没有必要再在外面折腾了，回来照顾一下家，也让我们跟别人一样，有个家的温暖。

在迷雾中，耳边响起黄宗民的话，老贺，你的责任重大，这片地选对了，方向选对了，就要把这件事情做对了……你在这里种上枣树，一方面是在开创你的事业，另一方面也是在为子孙后代谋求福祉啊……无论你要流多少汗水，受多少的委屈都要干成这件事。这不是你一个人的事情，这是民族的责任。

桑拿房外面服务员轻声地敲门，然后走进来，先生，你是叫贺东仁吧？外面有一个女人找你，好像是你的家人。

贺东仁望着服务员说，你弄错了吧，我在阿克苏没有家人。

服务员说，是你，她说的要找的那个人的样子跟你一样，我们这里人又不多，要不，你去看一看？

贺东仁就裹着浴巾跟着服务员走出去。来到浴室外，他愣住了，是赵小萌站在那里。贺东仁不解地问，你来这里干什么？

赵小萌焦急地说，都把人急死了，找了你半天了，快穿上衣服回去吧。

贺东仁问，出什么事了吗？

赵小萌说，什么事也没出，这么晚了，你喝了这么多的酒，又是在外面，要是出了什么事怎么办？

这几句埋怨贺东仁的话，说得他喉咙都有些阻塞、哽咽了。他扭过脸去，静了静，然后装作无所谓地说，没事，我在这洗个桑拿就回去了。你先回去休息去吧。

赵小萌坚决不肯，不行！你得跟我回去，我得对你负责！要是你出了点什么事，我怎么交代！

贺东仁被赵小萌几句叮叮咣咣的话说得愣了半天，然后就顺从地结了账穿好衣服出来了。赵小萌说，我回去以后觉得你今天有点儿不对头，就想别出什么事儿吧，我去你那儿找你，嘿，你不在！

贺东仁说，哎，有些头疼，想洗个桑拿就会好了，刚进去一会儿，你就找来了。

赵小萌笑着说，我是怕你丢了。在新疆，这么个人生地不熟的地方，要是把个醉鬼丢了，那可不好找，我们还指望着你领着我们开荒去呢。

贺东仁苦笑着，你回去吧，我就到了。

赵小萌说，那可不行，得看着你回去才放心呢。

贺东仁刚走到住地门口突然开始呕吐起来，他一边吐一边捂着肚子，他感到肠子都要给吐出来了，赵小萌给他拍着后背，贺东仁吐了一地。然后不好意思地说，给你添麻烦了。

赵小萌有些生气地说，什么麻烦不麻烦的，还有几步了，快回去吧，吐了这么多，一会儿就好了，睡一觉就好了。

赵小萌搀扶着贺东仁回到住地。一进房间，贺东仁就少气无力地瘫倒在床上，衣服也不脱，对赵小萌说，我送不了你了，你给司机打个电话，让他过来送你一下吧。

赵小萌说，你就别管了，睡你的吧。

贺东仁一觉醒来的时候是第二天早晨了。他有早起的习惯，虽然昨天夜里睡得很晚，又喝了那么多的酒，但是生物钟让他依然早早地醒来了。

醒来的时候，他发现自己的身上盖着被子，衣服没有脱。他就想起了昨天晚上的事来。他觉得自己真是的，怎么这样经不住一点事儿呢。

他走到客厅，看到赵小萌居然在沙发上睡着了。贺东仁感动异常。他在客厅里站了半天，才摇了摇头走进了卫生间。

洗漱完毕，走进客厅的时候，赵小萌也醒了。赵小萌笑着说，吓你一跳吧？我是不是起晚了？今天还要让许愿的人还愿去呢，不能耽误了。

贺东仁说，不着急，咱们出去吃点早饭再说，那位局长不一定能起得来，他喝得比我们还要多。

赵小萌说，他会按时去的，越是这样的官儿越是要在别人面前尽量表现得风光，他才不会因为这些事耽误上班呢。

贺东仁说，那也得吃点东西再走呀，我们一起去。他答应了就应当没事了。

两个人简单地吃了早饭，然后早早地到了局里。

果然如赵小萌所言，局长一点都没有因为昨天晚上的酒误了上班。当他们两个人敲开门走进他的办公室的时候，局长正在接电话，他一边接着电话，一边指着沙发，示意他们坐在那里等一会儿。

他们坐在那里等了半天，局长才打完了电话。然后，他一本正经地问道，哎呀，贺老板，这是什么风把你给吹来了？

贺东仁与赵小萌对视了一眼，知道情况发生了变化。还没等贺东仁说话，赵小萌先开口了，她微笑着说，局长，我们是落实你的指示来了，要是你太忙的话，派个人给我们办一下就行了。

局长认真地说，什么事呀，你们先说说嘛。

贺东仁按捺着内心的火气，局长，昨天你可是答应的，上面已经有批文，你给我们办这个手续，这也不是违背原则的事，只是一个正常的手续嘛。

局长正襟危坐，望着贺东仁像不认识他，是呀，我们都是按照正常的程序办事的。你有什么要求或者什么意见，你们写个报告，先报到我们局的办公室去，然后，他们会按照程序报到我这里来的。这样，我就知道你们需要我给你们做什么事了。

贺东仁呼的一下站了起来，脸憋得红红的，就要发火。赵小萌一见，马上拉起贺东仁就往外走，边走边对局长说，好，好，我们马上就把报告打上来。

把贺东仁拉出局长办公室，赵小萌说，贺总，这个火可不能发，他这一关是必须过的，要是不过，下面的几十个公章都不能盖，不能得罪他呀！

贺东仁咬牙切齿地说不出话来，他举着拳头在走廊的墙壁上狠狠地砸了两下。赵小萌怕他再有什么行动，就拉着他走下楼梯。到了楼下，赵小萌才吐了一口气，你吓死我了！

贺东仁站在楼下心情难以平静，他想了想说，不行，这样不行，我去找领导去，这样不行！

两个人上车，然后，直奔地委。到了地委，贺东仁气还没有消呢。他噔噔地向楼上走，赵小萌跟在后面说，贺总，你这样气呼呼地去，怎么跟书记去说呀？

贺东仁走到书记的办公室，外面坐着许多等待着汇报工作的干部。秘书认识贺东仁，见他上来了，就微笑着说，贺总，你跟书记约了吧？

贺东仁气哼哼地说，你去跟书记说，我来告状，我是来告状的，我要求立即见他。

秘书见贺东仁这个样子，知道出事了，就拉着贺东仁坐下。贺东仁不坐，秘书说，你先等一下，我马上去跟书记讲你来了。

贺东仁就在秘书的房间里来回地踱着步子。一会儿，秘书出来了，对贺东仁说，贺总，去吧，书记说先见你……

然后，秘书小声地说，贺总，别太激动，咱们不就是为了办事吗，以办成事情为目的，好好地跟书记讲。

贺东仁走进去。李慧民书记站起身，热情地跟贺东仁握手，老贺呀，听说你们的工作遇到阻力了？

贺东仁握着李书记的手，很情绪化地说，不是一般的阻力，这样的工作作风我还是第一次领教！

书记让贺东仁坐下，这个事儿，不能心急，一步步地来，让他们也有个适应的过程……

贺东仁不客气地打断书记的话，这不是什么水平或者习惯问题，这是刁难嘛。这里面有文章，要么就是这个局长想向我们索要什么，要么是背后有人指使他这么办，要不，他哪来的这么大胆子，这是地委和市委都已经通过的事情，他竟然敢这样对待？！

这话似乎让李书记有些触动。他想了想对贺东仁说，这样吧，老贺，我安排一次专门的协调会，让各个有关部门的领导都到场，你也来，我当面跟他们说清楚，请他们配合你们的工作。

贺东仁脸上现出了笑容，好，这就对了嘛。

李书记微笑着说，老贺，你今天既然来了，我得给你分配一个任务。

贺东仁的情绪恢复得很快，问题得到了解决，他也就把此前的不快丢掉了，任务？什么任务？说说看。

李书记说，你看，你们这个企业在新疆已经逐步地站稳了脚跟，在北京还建立了窗口，但是，还有一个重要的领域你还没有想吧？

贺东仁问，什么领域？

李书记说，就是红枣的深加工呀。你们应该在这个方面动动脑子。将来要是你那20万亩的红枣园都建成了，再加上农民种的，那生产量将是非常大的。这么大的红枣产量，阿克苏没有那么大的消化量啊，而在北京的市场上卖，只是单一地卖大枣也是不行的，要想个办法在深加工上做做文章。

贺东仁对这个话题非常感兴趣，他有劲没地方使地说，我早就想在阿克苏做加工企业了，现在有困难呀，一时半会儿顾不上。

李书记就问，你说的困难是什么，还是审批吗？

贺东仁说，不，我有两大困难，一是资金问题，虽然我在阿克苏已经做了一些事情，但是没有太多的资金去扩张；二是要建加工厂就得有地，咱们没有地方建厂。同时，也得要设备、人员，这都需要资金呀……

李书记问，就这两个困难？

贺东仁点着头，就这两个困难已经够受的了，巧妇难为无米之炊呀。

李书记爽快而干脆地对贺东仁说，老贺，得了，这两个困难我都给你解决了，你干不干？

贺东仁惊喜地望着李书记，当然了！如果你真能解决了这两个问题，我立即动手。

李书记进一步问，你有什么加工项目？有没有产品？你多长时间能在阿克苏建立起一个红枣加工厂？

谈到这个话题贺东仁有些激动了，李书记呀，不瞒你说，我早就请北京中医科学院中药研究所的专家和北大医学院的专家搞出了几个产品的样品，出于保密的考虑一直就没有向你汇报这个事，现在如果你能在资金和厂房、设备建设方面给予我们支持，我们立即就可以投产。

李书记吃惊地望着贺东仁，哎，你老贺有心计呀，已经在搞这方面的研发了？我还在考虑劝你进入加工领域呢，原来你在等我们呢？！看来咱们要经常沟通才是呀，把你们企业家的想法讲出来，我们一起研究，把阿克苏的特产推出去，让全国全世界都认识我们新疆这个好地方的好产品。

贺东仁追问，李书记，我这个人是个急性子，我想知道，你能够给我多大的支持？怎么样支持我们？

李书记笑了，你呀！这么跟你说吧，阿克苏地区在前几年就已经确立了产业发展的规划，就是大力发展“一黑一红”，一黑就是石油等矿产资源的开发，而一红，就是确立以红枣产业为主的特色林果业的农业产业化建设。你搞的红枣产业正是阿克苏地区在大力支持和发展的。我们的想法是，引进一批优秀的企业做领头羊，带动当地红枣产业的规模化发展。

李书记叹息，我们在引进方面的成效不是很大，但是，如果没有企业的介入，这红枣业一旦发展起来了，农民种了那么多的红枣，堆在那里卖不出去，加工不了，这就会造成“丰收伤农”的事。这种事以前我们经历得太多了，所以，在红枣产业起步阶段就要把市场、深加工这一块率先考虑进去，解决一个产品加工和去向的问题。这样，地委和市委都有一个决策，就是我们要在政策、资金等方面给红枣加工企业以特殊的支持。我们在阿克苏的工业园区辟了一块地，就想引进一家或者几家企业在那里建立红枣加工企业，要把阿克苏的红枣加工产品卖出去，要给种红枣的农民解决后顾之忧。

贺东仁两眼放着激动的光，李书记，咱们想到一块去了！我们要启动的20万亩枣园也考虑到了丰收的红枣去向问题，我们在北京建立的销售公司就是准备把阿克苏的红枣推向市场，而且，我们要树立一个品牌——“疆枣”！

李书记惊喜地重复，“疆枣”！好哇，这个名字好哇！

贺东仁解释，用天山纯净的雪水浇灌出的最绿色的红枣就是“疆枣”！这就意味着此枣“只应天上有”，只是人间还未识。

贺东仁畅想着，我们研发出的产品，你知道是什么吗？就是红枣的提取液，而我们把这个提取液取名叫“疆枣素”，从“疆枣”提取出来的营养液就是“疆枣素”。

李书记高兴地说，这个思路对呀，我在国外考察的时候，看到了许多国外的农产品都是以提取液的方式进行开发，把植物中最有价值的东西提取出来做成产品，这在国际上，特别是欧美国家是积极提倡的一种农产品加工的方式，你们想对了！

贺东仁说，我们一直就没有停止过研发，现在已经申请了国家专利，虽然还没有投产，但我们正在寻找着机会呢。一旦时机成熟，就要把我们的产品推出去。推出去就是高科技的东西，不是一般的中国农副产品的概念了。这是一种高科技、高营养、纯绿色的产品。我们一旦要投产就是要按照药品的标准来生产，要提高我们的生产标准。一开始就要走在世界的前面，高起点，要给中国乃至世界提供健康的食品，同时把我们阿克苏最优秀的农产品资源推出去。

贺东仁的话很有煽动性，连李书记听了都有些激动，不过他还是有些审慎地说，想法好，做起来可就需要耐力和勇气了。

贺东仁非常认真地对李书记说，李书记，我从山西辞掉工作走出来，并不是为了赚一点点钱，我是准备把自己的后半生都扎在新疆这片土地上，也要把我的命留在这里的，我是想干大事啊。

李书记说，老贺，既然你有这么大的决心，我也告诉你，只要你去干，我们就给你全力支持！第一，给你提供一块足够大的建厂需要的土地，你想在阿克苏建厂也行，到乌什去也行，那里的条件也不错。第二，由政府给你七百万的资金，把厂房建起来。第三，给你两年的时间，让加工厂投产。

贺东仁一下站起身来着急地说，不，不，不是两年的时间，一年！一年内，从建厂到生产出第一批产品，一年就可以。

李书记哈哈大笑，老贺，不能太急了，一口吃不成一个胖子，就是基建也得需要一年的时间。现在已经七月份了，咱们阿克苏的天冷得早，手续审批下来就到了八九月份，你最多干一两个月就得停下来，明年的春天化冻了才能接着干。一年？不可能，不可能……

贺东仁的牛脾气上来了，李书记，你要是不信，我可以给你立下军令状，你只要给我处处开绿灯，一边审批一边建设，我保证今年年底之前就投产！

李书记说，罗马不是一天建成的。你要是两年内把这件事情办好，我就已经很满足了。

贺东仁焦急地说，李书记，你不了解我，我老贺说话算话，从来没有食言过，走！

李书记疑惑地问，走？去哪呀？

贺东仁拉着李书记的手说，咱们看地去，你把给我的那块地告诉我在哪里……

李书记笑了，老贺，你也太急了吧？我没有说哪块地一定要给你呀。

贺东仁自信地说，不给我，你会后悔的！

李书记笑了。从办公桌上抄起电话，老杨，你现在干什么呢？如果没事，你叫上开发办的人和规划局的人，到工业园区去，咱们给贺东仁看地去！

“老杨”是阿克苏市新任的市委书记，贺东仁在机场巧遇的书记已经调走了。杨书记说，我现在正在开市委常委会议。

李书记就说，现在休会嘛，把常委们都叫到现场去，开个现场办公会更有意义，常委们都去！

李书记放下电话，想了想说，不行，让乌什县那边也去个人吧，他们前一阵子也提出要建红枣加工厂，正在寻找企业呢。我把两边的人都叫上，最后由你来定。

贺东仁问，乌什县的人到了那还不得晚上了？

李书记笑了，不用，乌什的县委书记就在外面等着呢，拉上他就行了。

贺东仁高兴地笑了，这么巧啊。

当贺东仁满面春风地跟着李书记走出办公室的时候，不仅等在外面的赵小萌觉得新鲜，而且连秘书也觉得奇怪了，刚才还气呼呼的呢，现在雨过天晴了，孩子似的！

看得出来，李书记也很高兴，他对秘书说，给司机打个电话，我们去工业园区，你留在这里。

李书记转头对坐在沙发上的一个人说，老曹，咱们一块走。

然后，李书记对等在外面的人抱歉地说，对不起你们了，让你们等了这么长的时间，我还得出去处理一件大事，你们先回去吧，等我回来让秘书通知你们再过来。

一下办公楼，李书记就给两个人介绍，老贺，这是乌什县的曹书记，你们以后可以考虑好好地做点事情，乌什那边的条件不错啊。

李书记又对曹书记说，老曹啊，这个就是大疆绿洲公司的老板贺东仁，他是个干事的人。我今天一提要建红枣加工厂的事，他就拉着我去看地，他是个急性子。你们不是正在考虑要建个红枣加工厂，要寻个企业吗？咱们一起去看阿克苏市的地，要是老贺觉得不行，或者老杨看不上老贺，那你就带着老贺去你那里看去。总有一个地方合适嘛。

曹书记高兴地跟贺东仁握手，幸会，我们就是需要企业家到我们县去发展呢，欢迎你来啊。

贺东仁也高兴认识这个地方官，我一定找个项目，咱们合作。

那是一片荒地，离阿克苏市区不太远。李书记到达的时候，市委杨书记已经带着人都到了那里。李书记给杨书记介绍，这是大疆绿洲公司的贺老板，这是咱们杨书记，以后你就多找他，让他给你解决问题。

贺东仁握着杨书记的手说，早就想见您，我要在阿克苏发展红枣产业，需要您的大力支持。

杨书记说，只要对阿克苏特色林果业的发展有利，对阿克苏的经济发展有利，我们都会给予大力支持的。

杨书记对曹书记说，哎，老曹，你也来了？你不是想抢人走吧？

曹书记笑着说，那就看你是不是真心的了，你是真想把贺总留下，我就放手了，你要是留不下，我就把他拉到我那里去了。

大家都笑了。

李书记指着面前的一片地说，将来这些地方是一个很大的工业园区，老贺，你看，你现在是抢先了一步，有选择权，选一块你喜欢的地方，然后开建你的厂房。

贺东仁认真地看着，突然问，你给我多少面积？

李书记说，一个加工厂，50 亩地够了吧？

贺东仁摇着头，100 亩，给我 100 亩吧，我要把大疆公司的总部也建在这里，这里需要建立起一个晾晒区，还需要建设一个办公楼，需要建工人的生活区，以后，我们还会给员工建公寓楼，还要在园区搞绿化，种上树，把厂区搞得漂漂亮亮的……

贺东仁站在那里滔滔不绝地给这里的未来描绘着美好图画。杨书记觉得这个老板很有些文气，浪漫的气息很重，深受感染。看来，贺总的心里早就有蓝图了，李书记给你50亩，我们市里再给你50亩，这不就是100亩了？不过，给可是给，你不能让它荒着啊，我们要在一定的时间内见到东西才行，我们可是有奖罚制度的。

李书记对杨书记说，老贺说了，咱们要是让他边建边办手续，他说年底就能生产出第一批产品来，你信吗？

杨书记惊异地看着贺东仁，年底投产？！

这个质疑一出口，杨书记就连连摇头，这怎么可能？这怎么可能嘛？

贺东仁坚定地说，杨书记，我们打个赌吧……

李书记在一旁开玩笑说，老贺刚在我那儿立了军令状，现在又要跟杨书记打赌了，好哇，我给你们作证，老杨你敢打这个赌吧？

杨书记也是一个豪爽的人，他认真地说，怎么不敢？贺总，你要是真的在年底投产，你早投一天产，我就奖励你一万块钱，早几天就奖励几万，但是，要是你晚一天呢，我就罚你一万块钱！行不行？

贺东仁也认真地说，好，李书记作证啊，我们这个赌打定了，到时候我可真跟你要钱啊。

晚上。运城，李石峰的家。李石峰在客厅里看电视，他手里拿着遥控器，心不在焉地翻着台。电话响起，他把电视的声音关小，拿起电话。

电话的那头是贺东仁，石峰，睡了吗？

李石峰说，还没呢，看电视呢。

贺东仁的声音很兴奋，石峰呀，你的树苗卖得怎么样了……就是那些林植一体化的树苗？

李石峰一听有些兴趣地问，怎么，你那里有买主了？可救了我了，正犯愁呢。

贺东仁关心地问，怎么？生意不好做？

李石峰唉声叹气地说，这个项目是个好项目，可是有点超前了，人家还没有认识到它的价值，情况不妙，赔了！

贺东仁说，石峰，到我这儿来吧，咱们在阿克苏的事儿越来越好了。你知道吗，阿克苏给了我20万亩的荒地，又给了我100亩的地建加工厂。我现在要在阿克苏建立一个红枣加工厂，生产红枣提取液，做成产品推向市场。还要做一系列的产品，有基地，有工厂，还要建设一个办公楼，咱们的事业要做大了，你过来吧，别卖那些苗子了。

李石峰听贺东仁的话，心动了，但还是犹豫，这边的事儿……

贺东仁打断李石峰的话，非常自信地说，石峰，我都给你想好了，你犹豫的原因有三个，我差不多都给你想好了处理的办法。第一，你扔不下家，这当然需要你去做家人的工作。可是，你在外面干不就是为了挣些钱，让家里过得好一点吗？你过来后，我先给你年薪10万，虽然不多，可是，比你在那个机关里要强。第二，你不是做树苗赔了吗，欠人家苗款还不上，这个也好办，我给你预支一年的工资，你用其中的一部分去还欠款，剩下的一部分给家里用。第三，你怕请不下来假，又不想辞掉工作，我也给你想好了一个理由。你心脏有问题，需要长期休息。反正，有的是人盯着你那个位置，巴不得你不上班好给他们腾地方呢，你一说准成！我还不了解这些人吗？

贺东仁这样一说，也吊起了李石峰的胃口，你真是把我的情况摸得一清二楚啊，你这么说，我也别犹豫了，那就加盟吧。

贺东仁一听兴奋地直说，这就对了嘛，咱们兄弟一起干，一定能干出大事业来的。

李石峰说，这我相信。那我就处理好这边的事……最快下星期就能动身了。

贺东仁大声地否决着，下星期？！明天你就得走，明天早上你先去买机票，然后就去单位请假，从单位出来就奔机场，我都给你问好了，中午就有飞机到乌鲁木齐。咱们干事儿就得有个样子，从现在起，我们就要创造一个“大疆速度”“大疆效率”“大疆精神”！

李石峰的情绪被贺东仁给调动起来了，好吧，听你的，一切困难我自己解决，明天我就出发。

李石峰放下电话后关掉电视，心情不能平静，这对于他来说是一个大决定，都 40 多岁的人了，做出这样的决定不是一件小事啊。他知道自己离开科委是一定的，但是，到哪里去，什么时候离开，在此之前，他都没有想过。现在，突然一个决定被贺东仁点出来了，而且自己就这么轻易地接受了。

坐在沙发上，李石峰开始冷静地想，一切都只是听贺东仁一个人在电话里跟自己讲，20 万亩荒地、多个示范园，还有 100 亩的工厂，北京的公司、疆枣、疆枣素……假如那一切只是一种说法而已呢？开弓没有回头箭呀。

但是，李石峰又一想，如果不去冒这个险，如果就坐在运城过着自己的小日子，或许一辈子也就这样了，男人嘛，闯一闯也未尝不可。

想到这，李石峰不再犹豫，他走进卧室推醒了妻子。

贺东仁也是一夜没有睡，这一天的变化对他来说也是够突然的了，本来是准备跟阿克苏的领导们闹个情绪，发泄发泄，没想到意外地捡到了一个大便宜。把自己正在酝酿着的建设加工厂的计划一下子提到了目前的工作中来，这简直就是天上掉馅饼呀。

他给李石峰打完了电话，就给北京的郝治方打电话，他要第一时间把自己的好事告诉给朋友们，等了半天郝治方才接电话，电话那头的郝治方迷迷糊糊地问，怎么了，出事了？

贺东仁兴奋地说，郝教授，告诉你一个好消息，咱们的产品要提前生产了。

郝治方说，什么产品？

贺东仁说，就是前一阵子咱们搞的那个疆枣素呀，我今天去看了建厂的地方，阿克苏地委和市委的领导都非常支持咱们，他们还提供启动资金，我已经跟他们立下了军令状，今年年底之前，让咱们的疆枣素投产。

郝治方这时可能才真正地醒过来，你说什么？今年年底前投产？！不可能，那怎么可能呢。

贺东仁说，在我这里就没有“不可能”，你把那个“不”字去掉吧，我说的就是“可能”，可能不可能下面就看我的了。

郝治方其实真的不相信这件事能在年底前完成，就佯装生气地说，你看看你的手表，现在都几点了？你还给我打电话？

贺东仁笑着说，我这里刚刚黑天……哎呀，是有点晚了，都一点多了，快睡吧，快睡吧。

郝治方说，都被你惊醒了，还睡什么睡？别太兴奋了，对身体不好。

贺东仁嘿嘿地笑了，大教授，下边可就靠你的大力支持了，光一个疆枣素还不行，还要做更深入的研发，请你们这些大名鼎鼎的科学家支持一下了。

郝治方说，别给我戴高帽了，我不吃这一套。不过，你要年底真能投产，新产品还有的是，够你做的了。

贺东仁追问，举个例子，还有什么可以做？

郝治方也笑了，这可是秘密……不过，对你就不是什么秘密了。我在搞你的那个疆枣素研究的时候，突然有一种想法，就是枣里面有一种抗衰老、抗疲劳的成分，我们可以通过技术手段把这些成分提取出来，然后，再加上一种效果好的能够防辐射的元素就可以配出一种既抗衰老又抗辐射的制剂了。你要知道，现在人们的工作离不开电脑，回家以后离不开电视，人们交往又离不开电话，等等，这些可都会产生大大小小的辐射的，辐射对健康非常有害。同时，红枣中的抗衰老和抗疲劳的成分，也可以消除紧张的工作带来的某种消极的东西，两个加在一起，绝对是非常好的一种维护健康的产品，也是现代人类正在解决的两个难题。

贺东仁紧抓不放，那就叫“双抗”，我们就开发这个产品“双抗”，可以同时投产呀，在年底就可以同时推出一个“疆枣素”一个“双抗”，还有原生态枣、枣核仁……

郝治方说，太心急了吧，我这只是一个概念，而且红枣里边的抗衰老和抗疲劳的成分有了，“双抗，双抗”——哎，这个名字不错嘛！——那另一种成分还没有呢，没有另一种成分怎么能叫“双抗”呢？

贺东仁说，那你有目标了吗，就是你有没有想到一种有这种功效的东西呢？

郝治方说，有啊，有一种植物比较理想，就是难找，中医上叫“大芸”，又叫“肉苁蓉”，是一种非常好的天然抗辐射植物。过去，只有在大西北的戈壁沙滩上有野生的，后来有人工培育的，但是人工的效果就差多了，野生的数量又少。所以，用这种东西来做是非常理想的，就是不好找，要做你不能用人工培育的那种，而是一定要用自然野生的才行。

贺东仁问，这种植物一般生长在什么环境下？

郝治方说，据说，这种植物在戈壁滩的红柳树根部寄生，以前采大芸的人，只要找到红柳树就能找到它，后来就比较少了。

贺东仁自信地说，行了，这个事儿就交给我吧，我肯定能解决这个原料问题，咱们的“双抗”就成了，这个东西可太好了。

郝治方说，你就这么自信，一定能找到大芸？

贺东仁说，这么大一片戈壁沙漠，我就不信找不到它。你放心吧。

郝治方说，你只要能找到原料，我就能给你研发出“双抗”。

协调会是在市委召开的，地委领导因为出差没有参加。市委杨书记先讲了话，他强调，大疆绿洲农业公司是我们阿克苏引进的一家红枣企业，对我们阿克苏的特色林果业有示范和引导作用，也将会带动当地农民走向一条合适的致富之路，同时对改善地区的生态环境有着很大的好处。红枣产业是地委与市委确定的今后阿克苏农业产业的重点，所以，作为政府部门，我们要服好务，要为企业排忧解难，要做好他们的保姆。

然后，是贺东仁发言，贺东仁首先向领导们介绍了大疆公司的总经理，这是我们的总经理李石峰，以后我们会不断地麻烦各位领导的。

李石峰站起来向领导们鞠了一个躬。贺东仁说，各位领导，我们两个都是从山西运城来的，原来也都在政府机关工作，现在来到了新疆发展。我们到这来都是背井离乡，想在这里干出点事业来的。所以，请各位领导放心，我们绝不只是想赚几个钱就走的，我们是来这里扎根的，要在这里做大事，对我们个人，对阿克苏都要有个交代。请各位领导把我们当自家人看待，我们也是把这里当作自己的家园来建设的。另外，各位领导都知道，中国的红枣发源于运城，中国最好的红枣在运城，我们就是想把运城最好的红枣品种引种到新疆来，我们要让红枣像我们一样，在这里生根发芽结果，让这个天然的红枣种植地种出世界上最优质的红枣来，一面改善我们的生态环境，一面把健康的食品送给全中国全世界。

协调会上，杨书记非常仔细认真地给贺东仁介绍每一个部门的领导，贺东仁非常感动，他握着杨书记的手说，杨书记，有你们的支持我们一定会干出事情来的。

杨书记说，我们得感谢你们，你们是来这里送金子的。这里自然环境脆弱，需要修复，而这里的经济更需要建设发展，让农民增收，让农民们致富是我们这些地方官天天想，天天干的事，你们来了，带个头，把这里的经济搞上去，让农民过上好生活，西部开发的意义也就有了。我们非常欢迎和支持你们，以后有什么困难就找我，我们一起把这个事情办好。

会上，各个部门都表了态，贺东仁曾经接触过的那个局长也表了态，支持大疆公司的发展，做好服务。

贺东仁就在会上以戏谑的口吻说，那我就不客气了，马上就要麻烦您去了。

局长有些不自然地点着头，哪里哪里，我们就是为企业服务嘛。

会议一散，贺东仁就拉着李石峰去找局长，局长热情地接待他们，市里这么重视，我们也会积极办的，我都跟下面交代了，你们就直接找下面的部门去办就行了。

贺东仁说，我有什么对不住局长的地方还请多原谅，材料我们都带着呢。

局长就说，那就放在我这里，我叫他们给你们办。

贺东仁问，那我们今天能拿到批件吗？

局长说，没有那么快，你也知道政府机关办事都是有一些烦琐程序的。

贺东仁又问，那明天呢？

李石峰这时拉贺东仁一下说，局长会关照我们的……

局长其实早就不耐烦了，是啊，是啊，办完了，我们会及时通知你们的。

一出办公楼，贺东仁就无奈地说，看来，这件事，在他这里还是过不了关呀，问题出在什么地方呢？协调会都开了，他也在市委书记面前表态了，怎么就推不动呢？

两个人坐到了汽车里，李石峰问贺东仁，贺总，咱们是不是得罪了什么人呀？

贺东仁也疑惑地说，是呀，咱们得罪了哪位爷？

顿了顿，贺东仁说，不行，咱们必须找出原因来，否则，这事儿没个头！

李石峰说，这个原因可不好找，要从他嘴里掏出真话来，我看难。

贺东仁说，石峰，咱们转回去，还去找他。

李石峰吃惊地问，干吗？

贺东仁苦笑着说，喝！接着请他喝，就是办不成这个事，也得从他嘴里掏出实话来。

“实话”真的被固执的贺东仁给掏出来了，局长喝得高兴的时候，贺东仁说，局长呀，你说，为什么我们这么命苦呢，你说，盖个破章子，就是盖不成，这究竟是为什么？

局长很仗义的样子说，老贺呀，跟你直说了吧，不是我不愿意给你盖，是有领导交代了，你们的事别太积极。

贺东仁问，我也没得罪什么人呀，哪位领导说这话？

局长低声地问，你们要地的时候，谁答应你们的，你们又是找的谁呀？

贺东仁吃惊地问，地委李书记？不可能不可能，这个项目是他抓的，他怎么能出尔反尔不让你们给办呢？一开始不给我就行了，还绕这么大的圈子干啥？

局长为贺东仁不明白他的话而着急，不是不是！当然不可能是李书记了。你再想想！是谁主抓农业？李书记给了你地，可是你不去找主管农业的官儿，那他心里舒服吗？

贺东仁一拍脑袋，哎呀！来来来，喝酒！

喝过一杯酒之后，贺东仁说，你也算是朋友了，这个事我错怪你了，我也不为难你，但是，我要是打通了这个关节，你可得给我快办，我们这一大家子人可耽误不起呀。

局长拍着胸脯说，贺老板，你放心，绝对没问题！

局长的话一点儿也没错，问题真的就出在主管农业的官员贾志那里了，贺东仁虽然心里很不解：这些官员怎么就这么想不通，都是为政一方，我们搞好了，你脸上也有光，为什么非但不支持，反而还阻挠这件事儿？

在去找贾志的路上，李石峰叹息，咱们得适应。

贺东仁一边闭目养神一边说，得改改他们这毛病。

然后，贺东仁睁开眼问李石峰，你说，咱们年底投产的事能不能成？

李石峰说，按照正常的做法，一点可能性都没有，可是，要是按照超常的做法，就没有办不成的。上冻了咱就用防冻液，找个好施工队，咱们先把厂房建起来，其他的慢慢地来也行啊，先投产了，其他的办公楼、宿舍呀什么的，一样样地来嘛。

贺东仁高兴地拍着李石峰的肩膀，要不，咱们能走到一块儿呢？

赵小萌把相关的文件摆在局长办公室，局长有些为难地说，你看，你们这件事，是我们局有史以来头一次办，所以，下面的人确实不知道该怎么办呀。

赵小萌吃惊地问，你们不知道怎么办？

局长说，我还以为盖上一个章就可以了呢，还这么麻烦呀？要不这样吧，你再问问办过这样的事的单位，像我们这样的单位应当给你们怎么办？然后，你再告诉我们该做什么。

赵小萌叹了口气，微笑着说，好吧，我去咨询一下。

赵小萌跟贺东仁说这件事的时候是笑着说的，她说，找他们办事，他们是办这个业务的，他们居然说不知道该怎么办，他们倒是实诚！还让我去教他们，太可笑了。

贺东仁却笑不出来，他心情沉重地说，我们的责任重大呀。

第 07 章　打动阿克苏

郝治方在自己的办公室举着贺东仁递到他手上的大芸说，哎呀，这么大的个儿呀，原来我们看见的大芸也就是这个的一半吧，你可真行！这才是真正自然生长的呢。

贺东仁自豪地说，还有呢！我已经跟乡里的人说好了，他们能保证我们的原料供应，咱们就干吧。我说了，年底就上线生产，你就拿出样品来，我好去申请商标和批文去呀。

郝治方被贺东仁的热情鼓舞着，行，老贺，就冲着你这股子干劲，我也得把这个产品的事当作头等大事来干。还有什么要求只管提，我大力支持你们。

贺东仁嘿嘿地笑着，我还真有事找你呀。你看，咱们就要在年底投产了……

郝治方打断贺东仁，什么年底投产，这还是没影儿的事儿呢。

贺东仁认真地说，年底投产，那是铁板钉钉的事儿，不会有变化的。

郝治方有所保留地说，我有些怀疑。

贺东仁挥了挥手，等着瞧吧，不说这个事了，说我的想法。咱们的疆枣素提取之后，那不是还剩下一些废物吗，这些东西不能就这样扔了呀，能不能开发一下，把这些废物进行利用？

郝治方乐了，你老贺真是精明啊，什么都不想浪费。

贺东仁问，我就是想问问你，这些废物有没有利用的价值，能不能开发出一种产品？

郝治方思考着说，这些东西呢，按说也没有什么可利用的价值了。但是，据我所知，这些提取后剩下的物质里面有着非常丰富的膳食纤维，要是能把这些东西制成一种减肥产品倒是不错的想法。这些东西本身是粗纤维，在肠胃蠕动的过程中会带走许多脂肪。而且经过压榨之后，这种物质就成了干的了，吃到身体内，它会吸收大量的水分，会再次膨胀，就要占据体内的空间，人就不会有饥饿感，就会达到减肥的目的。

贺东仁兴奋地在郝治方的面前走着，太好了，这红枣真是全身都是宝呀。做了！

郝治方说，这可不行，我只是说说，如果你真要做成产品，必须经过试验室，做成分的化验，做效果的测试，一系列的工作都得做，这是要吃的东西，不能随便呀。

贺东仁说，我知道，磨刀不误砍柴工嘛，咱们一边加紧做产品的试验，一边做开工前的准备，边干边做……哎，咱们给这个产品起个什么名字呢？

郝治方摇着头，我算服了你了！起名字的事，我不管了，你自己想点子去，产品的研制我包了！

贺东仁、李石峰陪着杨书记走进人民大会堂高高的台阶，李书记心情很好，他对贺东仁说，真的要把咱们阿克苏的红枣宣传出去，刚在休息室里品尝你们准备的那几种有名的红枣，我看都不如咱们的疆枣嘛。疆枣从口味、色泽，到外形，再到品质都是一流的，过去咱们没有种过红枣，现在种了，一点都不比别的地方差，看来咱们阿克苏选择红枣产业的战略是对的。

贺东仁非常喜欢听李书记说“咱们阿克苏”，那是把他当作自己人了才这么说的。李书记，虽然咱们起步晚，但是，咱们起点高呀。你看，咱们一出来就使用高科技的手段，把红枣做到高端上，咱们会一下子就做大的，这你放心，出不了三五年，疆枣就会成为全球知名的品牌，以后阿克苏人送礼送什么，送疆枣，送疆枣素，送“双抗”，送一系列在阿克苏种植培育的红枣产品！

李书记高兴地说，是呀，让阿克苏的红枣走出家门吧。

他们走进新闻发布会现场时，会场已经坐满了各路记者。会场海蓝色的背幕上是白色的宋体大字“中国·新疆阿克苏红枣产业新闻发布会”，主办单位中共阿克苏市委、阿克苏市人民政府，协办单位北京大疆绿洲有限公司。

这个新闻发布会是由贺东仁一手策划的，他的想法是，大力宣传阿克苏的红枣产业，同时也是在为疆枣产品扩大市场做宣传。

参加这次发布会的，除了阿克苏地委书记李慧民、阿克苏市委书记杨振民外，还有国家林业局“三北”防护林建设局局长黄宗民、中国食品土畜进出口商会副会长边振瑚、新疆阿克苏地区行署副专员艾尼瓦尔·赛依提等人。特别是《人民日报》评论部的主任冯贤林也出现在了会场，他长期关注着贺东仁的发展，他是经过三北局局长黄宗民结识了贺东仁这个山西老乡的。贺东仁与李石峰也坐在主席台上，他们是为宣传他们的疆枣而来。

官员们介绍了阿克苏地区的产业发展规划，然后是记者提出问题，相关的部门给予解答。

李书记介绍阿克苏的时候说，阿克苏位于西部，是祖国的边疆，比较偏僻落后，希望大家去参观旅游投资，我们来这里是宣传阿克苏，也是请大家去阿克苏干事的，西部大开发是国家的战略决策，也是阿克苏的机会。

李书记讲完话之后，贺东仁请冯贤林讲话，冯贤林说，不讲了吧，你们多讲讲，今天你们是主角，宣传阿克苏，宣传你们的产品嘛。

在贺东仁的一再要求下，冯贤林拿过了话筒，我本来是想听听我们西部的主人们正在干的事，了解他们，写写他们。可是，疆枣的贺东仁董事长要我讲两句，我不想多讲，就讲一个意思。刚才听李书记说，阿克苏是个偏僻落后的地方，我对这个观点有点不同的意见。我来之前，仔细研究了阿克苏的地理位置，如果从中国地理的角度看它是有一些偏，但是，要是把阿克苏放在世界地理的角度看，阿克苏是亚洲与欧洲的结合处，是欧亚的中心，一点都不偏僻。今天我们建设这个亚欧中心具有得天独厚的地理优势，这里不但是地球上无法复制的良好的农业区，有着适合棉花、林果发展的自然环境，更重要的是，这里还有着大面积未被开垦的土地。虽然戈壁沙漠占绝大多数，但是，一旦这些戈壁沙漠生态被恢复、开发，那将是中国最大最好的一个区域。照我的理解，在国家西部大开发战略政策的扶植与号召下，有像大疆绿洲公司这样一批实干的人扎根在这里，沙漠变良田这一天的到来是不会太迟的。

下面的记者议论，冯贤林不愧是写党报评论的人，眼光就是毒啊。

李书记后来跟冯贤林交流，冯贤林的一句阿克苏“是欧亚的中心”把他的思路打开了，真是不一样。我们当然要站在世界的角度看区域，一定要把阿克苏放在世界地理的角度去经营它，那将会给阿克苏的发展打开一个开放的窗口。

新闻发布会后，贺东仁向阿克苏的领导们提议，开着车去运城考察那里的红枣产业。贺东仁介绍，运城就是古代所称的“河东”，而河东是中国红枣的发源之地。中国红枣排名第一的板枣就是产自运城，那里的红枣生产技术先进，已经有非常成熟的种植技术，我们可以去那里看看。

地委领导问，为什么要坐汽车去呢?

贺东仁笑着说，我呀，在北京买了一辆中巴车，是给新疆大疆公司用的，咱们开过去，一路上还可以看看风景，一起谈论一下红枣产业，方便。

大家对贺东仁的提议都很赞同，于是上路了。

到达运城的时候，运城市委、市政府的官员们都出来会面，这也是贺东仁事先联系的。运城市委还派了一个副书记专程陪着阿克苏地委和市委的领导们考察这里的红枣产业状况。在陪同的人员中，贺东仁特意把运城红枣专家、运城红枣发展中心的主任李贵堂请来，请他全程陪同讲解介绍运城红枣的发展情况。

李贵堂在运城从事红枣研究已经有三十多个年头，对于红枣的种植培育的各个环节都有着独到的见解和独门的技术，是国内顶尖的红枣专家，所以，他成了这次运城考察的主要讲解人。

贺东仁问阿克苏的领导们，咱们先看什么呢?

李书记说，听李技术员的安排吧，他说去哪里，咱们就跟着去哪儿。

杨书记也说，把运城最典型的枣园、最典型的枣的品种都要看了，一个不落!

李贵堂是个特别厚道的人，他憨厚地笑着说，对了，要看就看最好的，我给各位领导推荐的地方都是已经在运城发展成熟的东西，不过，可要辛苦你们了，这样的枣园也不少呢。

李书记说，我们也都是农民出身，不怕，走吧。

李贵堂带着大家先来到了稷山县。李贵堂介绍，稷山就是中国最著名的红枣品种板枣种得最好的地方。板枣一直以来就是中国排名第一的红枣，过去是专供皇帝用的，后来在一些地方也有引种，但是，种得最好的还是稷山。

李书记问，板枣的主要特性是什么？

李贵堂介绍说，板枣是中国四大名枣之一。中国的四大名枣，第一就是板枣，其次是金丝小枣、赞皇大枣和相枣。现在的红枣业发展很快了，不仅仅只有四大名枣了，现在山西就有 18 种名枣。无论怎么排，板枣现在还是排在第一位的。板枣的特点是：个头中等，比金丝小枣大。它含糖量是 74%，有的板枣含糖量能达到 85% 以上，一会咱们可以品尝一下，把板枣分开以后都可以拉丝呢。另外一个特别的地方是板枣的口感非常好，有一种香味，是甜香味。从市场的经济效益看，在山西，板枣从来不做广告，但是名声却是特别大，一直就是供不应求。

参观的人被李贵堂的讲解吸引了，李贵堂接着说，1964 年“四清”那会儿，有一个工作组，是教育部派到运城来了。那个时候，大家的政治热情高，当时的农民就激动地准备了一些板枣，请“四清”工作组的人带回去给毛主席吃。据说还真的送到了他老人家手里，他也尝了，还赞不绝口。后来，从那个时候起，运城每年都要给主席送板枣。1985 年的时候，胡耀邦来山西考察也尝过板枣，对板枣的评价很高。还有那个台湾驾机过来的飞行员黄植城，他听说了板枣的名声，特意到稷山县，就在咱们这里买了 100 公斤的板枣。这说明它非常出名。

李书记问李贵堂，板枣在市场上能卖到什么价钱？

李贵堂说，板枣在市场的价钱得看它的等级，一般按照质量，板枣分一级、二级、三级，现在一级的板枣能卖到八十块钱一斤，二级的枣是 50 块钱，三级枣是 30 多元钱。

李书记咂着嘴，这可比棉花值钱多了，农民要是种上这种枣不是发财了吗？

李贵堂说，是啊，现在运城种枣的农民可富了，你们看这个园子了吗？

李贵堂指着不远处的一片枣园给大家介绍，从这里往那边就是陶梁村和窑村，这两个村子是板枣的主产区。这里的枣园可是历史悠久啊。这里的老枣园，最早的还有唐朝的枣树呢，咱们看到的枣树一般都不会很粗，可是，那几棵老枣树可真粗，两个人合抱都抱不过来。

走近的时候，李书记吃惊地问，那是枣树？这么矮？

李贵堂肯定了李书记的话，是呀，那就是我们研究出来的一种新的种植模式，矮植模式，采取的是枣麦间作的方法。上边种枣下边植粮，这种模式，在运城是很流行的。这是解放以后我们国家大力发展的模式。因为，我们这里的耕地少，通过这种枣粮间作的方式就解决了土地少的问题。过去种枣是没有经济想法的，不是以种枣为主，主要是以种粮食为主，所以，枣树不多。后来，大家都意识到了红枣的经济价值，是以枣为主，间作粮。

走到近旁，李书记惊奇地看着矮树，这么矮的枣树摘起来就方便多了，这个模式不错，真不错！两不耽误！

市委杨书记也兴奋地接过话来说，咱们可以把这种矮枣树引种过去，咱们不缺地，就直接种这种矮枣树吧，经济效益这么好，多种一些，农民就可以增收了。

李贵堂笑着说，书记，这还不是最好的模式。

李书记问，还有比这好的模式？

李贵堂说，如果你们那里只是想引种枣树的话，确实有比这更好的矮密早丰模式，成熟得快，产量高，就是管理上需要一些技术。

李书记有些心急地说，那咱们去看吧。

李贵堂说，不着急，咱们一步一步地看，也许你们自己还会看到自己想看的。来，咱们尝一尝板枣的味道吧。

他们一行人走到了枣园主人的家里，李贵堂跟这家人很熟，都叫他“李技术员”。李贵堂笑着说，这些枣园都是我指导的，我经常来，他们就跟我熟了。

大家纷纷拿起主人端上来的板枣品尝，品尝的人都赞不绝口，说“味道不错”，“好吃”，贺东仁在一旁说，我们在兵团已经引种了一些，这种枣种到阿克苏以后，效果更好，味道也就更好，因为阿克苏的光照强，温差大，糖分更多。

李书记有些意外地问，是吗？你已经做起来了？

贺东仁得意地说，这么些年了，我在阿克苏主要就是种枣呀。

杨书记也说，好，好呀，这个板枣不错！

李书记问李贵堂，能不能给我们带一些树苗回去，我们先回去种一点看看。

李贵堂有些为难地说，这个时候基本上都种完了，树苗……

贺东仁说，书记，这个事儿交给我吧，我知道哪有，咱们走的时候保证能带上。

李贵堂笑了，对了，贺东仁在咱们运城还有一个种苗基地呢嘛，他那里就是育苗的，他那里有。

李贵堂又说，咱们去临猗吧，临猗的红枣园主要是看那里的犁枣和冬枣。

临猗是运城的一个县，到了临猗县，刚一到枣园，就见已经有一位朴实的老汉等在那里了。李贵堂介绍说，这是北辛乡泥坡村的，他叫孙家宝，这个果园就是他的。我们也是老朋友了。

孙家宝憨厚地笑着。李贵堂继续介绍说，孙家宝过去当过兵，还在中条山有色基地当过工人，前些年就早早地回乡，回来发展冬枣，他种了有一百亩的面积。他种的树型是一种小冠疏型的品种。这个果园已经发展了五年的时间了。

孙家宝管理的这些果树，林相非常漂亮，树下也育了一些苗，树拉得很到位。你们看，他拉得多平展！非常整齐漂亮，这是一个标准很高的地。

一旁的杨书记就说，人家当过兵嘛，他是把树当人修理了。

跟在后面的孙家宝不好意思了。李贵堂赞扬孙家宝，他有超前意识，把什么都干到最好。

李书记也非常赞赏孙家宝，哎，去新疆发展吧，你这么好的技术，观念又很新，肯定会有大的发展的。你看，你这里的地多有限呀，我们新疆可有的是地，你去了，你想干多少地就给你多少地，你随便种，你这里搞得这样好。考虑考虑，去新疆发展怎么样。

孙家宝只是憨厚地笑着，没有说什么。

李贵堂说，人家孙家宝特别守信用，有许多人都是收青枣，青枣收回去放红了才上市，青枣便宜，但是放红了以后上市的时候是按照在树上红了的价钱卖，就挣得多。但是放红的枣品质就不行了。孙家宝就是坚持卖红枣不卖青枣，守信用，他的枣一到收获的季节供不应求。

接着，李贵堂又带着大家去西曲马村。在果农李年有的果园前一下车，李书记就惊喜地说，这就是我要找的东西！

杨书记也被这一大片密而矮小，但很整齐紧凑的果园震撼了。

李贵堂介绍，我想要领导们看的那种矮密早丰的模式就是这个。这是李年有的果园，有5.8亩，2550株，是高密植的枣园。这个园子一亩地的产量是2500多公斤，是一个非常典型的矮密早丰模式：矮，是指树型矮小，管理起来非常容易，吸收营养快，成长快；密，是指他的密植方式，就是树与树之间的间距非常小，可以在有限的空间里多种；早，是指当年种植当年挂果当年就产生效益，第二年就在这个基础上增产，会越种越好；丰，指的是丰产，就是亩产量高，这个园子的亩产都达到了2500公斤的高产了，是个了不起的产量。

杨书记吃惊地问，2500公斤？！那是两吨半啊！有这么高的产量？！

没等李贵堂回答，在一边仔细观察的李书记就问，一般这种模式的树有多高呀？

李贵堂说，一般的树高都在一米左右，平均高度是一米三，这是我搞的一个试验，现在看，这个模式是成功的。

李书记高兴地问，这是你搞的呀？

李贵堂不好意思地笑了，是呀，这是我做的一个研究，在他这个园子里成功了。它这个园子建了有几年了，已经比较成熟了。

李贵堂介绍说，这个模式跟传统的模式不一样，这在过去是连想也不敢想的，一亩地里种这么多的树……

李书记问，现在一亩地能种多少株树？

李贵堂说，有几种不同的模式，它这个模式是株数最少的，一亩地110株，还有220株模式，330株模式……

李书记问，现在最高能达到多少株？

李贵堂说，理论上现在种到660株没问题，再多还没有实验过。

李书记站在地里，感叹地说，哎呀，这次真是大开眼界呀。我去西方国家考察了许多地方，看到了许多矮密形式，比如葡萄，人家搞那么矮的模式，管理好管理，采摘也好采摘，我就一直在想能不能把咱们的红枣也搞成矮化的形式。我一直没有看到中国有人搞呀，哎，结果你们已经搞出来了！还搞得这么好。想不到呀。

李书记兴奋地一直在地里转着看着，他对贺东仁说，老贺，你一定把这种矮密早丰的模式引到咱们阿克苏去，你那 20 万亩的地都种上这种枣，那得有多大的产量啊，那你可就是中国的枣王了！

贺东仁自信地说，我的梦想就是要当中国的枣王。

李书记突然严肃地说，哎，不能一个人当枣王呀，得把阿克苏地区都带动起来。对，让下面的几个县的人都来这里看看，把这里的模式带回去，立即去做。

李书记站在枣园里当即给地委秘书长打电话，老胡，你组织一下这些人……

李书记一个一个点了名字，让胡秘书长记录下来。然后说，你通知他们立即动身，到运城来，不要找运城政府了，不要去麻烦他们，你亲自带着他们来，直接找红枣专家李贵堂，让他带着你们直接到地里看，一定要把这个模式引到阿克苏去。

当时，阿克苏新闻界的记者们都跟在一旁拍片子，李书记就对他们说，少拍我们，多拍拍这些枣，带回去让大家看看，学习学习。人家已经做到这种程度了，真是了不起呀！多拍李技术员……

李贵堂说，阿克苏的领导这么重视红枣我很感动，我搞了一辈子的红枣研究，得到你们的认可也是我的荣幸。

李书记对杨书记说，老杨呀，咱们要是搞起红枣来，一定把李技术员请到咱们阿克苏去，让他给咱们的干部上课，给咱们多培养一些懂技术的农业干部。

杨书记一路上也在兴奋与激动之中，他对李贵堂说，我们回去立即安排人把您请过去，先在我们干部中间扫盲，扫一扫枣盲，让大家开开眼界。说好了的，您一定不能推辞。

李贵堂说，红枣是我的命，只要你们想干，我随叫随到。

考察结束，李贵堂送大家上车的时候，贺东仁把李贵堂拉到一旁说，老李，咱们都是老朋友了，我现在向你求援了，你得给我找一些能干的好把式，越快越好。按照到我那里去扎根的标准找，一定要给我把技术最棒的弄过去，我那里有十几个示范园，还有 20 万亩的土地也在等着种红枣，需要大量的好把式，你得帮我。

李贵堂太了解贺东仁这个老朋友了，他是个实干家，说干就真干，绝不来虚的，他拍着贺东仁的肩说，老贺，这是咱们自己家的事，还用说吗。

就在阿克苏地委市委领导们看了运城的矮密早丰模式激动兴奋的时候，阿克苏那边却出现了一些不同的意见。

胡秘书长按照地委李慧民书记的电话指示，一个一个地通知被地委点名的人员，当电话打到主抓农业的地委专员贾志那里时，贾志非常不悦地问，是领导的意见，还是贺东仁的意见啊?

胡秘书长说，是李书记亲自打电话布置的，您得准备一下，咱们一起动身，我已经让人去联系机票了。

贾志却忍不住地说，真是奇怪了，咱们阿克苏是谁领导谁呀，我们是被地委领导啊，还是被贺东仁领导啊，领导被贺东仁忽悠了!

胡秘书长劝他，李书记说让咱们去看运城的红枣模式，领导说很受鼓舞，可是特意点名让您去呢。

贾志不咸不淡地说，红枣树谁没看过，看也是白看……谁让咱们归人家管呢，那就去呗。

由胡秘书长带队的考察团在接到李书记电话的当天下午就赶到运城，其他各县管农业的干部事先并不了解情况，他们来的路上，胡秘书长跟他们简单地介绍了一下情况，到了运城，李贵堂已经等在机场，举着牌子。

李贵堂用一个中巴车接上阿克苏来的客人直接去枣园考察。

像上午一样，李贵堂热情而详细地介绍各种枣的特性，以及目前红枣种植的先进技术与方法，还请他们品尝了几种典型品种。

贺东仁的这次安排是成功的，他知道，这一次是真的让阿克苏领导们看到了红枣产业的希望与未来了，这对于大疆在阿克苏的发展无疑是有利的。

回去的路上，他们是奔西安走，贺东仁跟市委杨书记坐在一个小车上，旁边跟着阿克苏电视台的记者周明。周明这是第一次结识贺东仁，贺东仁在北京的红枣新闻发布会上给周明留下了很深的印象。贺东仁能把这么多“大人物”和新闻界的人请来，说明这个人有能力，活动能量大，是个能干大事的人，这样的人做企业也会做得好。他正琢磨着这次参观的新闻稿，杨书记和贺东仁似乎争论起来了。

贺东仁说，杨书记当时你可是说过的，只要我们挂一个牌，政府就给我们拿30万，现在我们的专利拿了牌，你什么时候给？

杨书记疑惑地问，我说过这话吗？我没说过啊。

贺东仁不高兴了，杨书记，你不能不承认呀，要是没钱就说没钱，不能说没说过这个话。如果你没说过，那就是说我在说假话了？

杨书记认真地回忆着说，没有……我不记得我说过这样的话。

贺东仁说，当时我们在金山大酒店吃饭的时候你说的，你要记不得了，还有别人在场嘛，你可以问问别人。

杨书记也有点不高兴了，我问谁去？

贺东仁说，你问北京的郝治方教授，他当时就在场。

杨书记说，那是你请来的人，他还不帮助你说话呀。

周明在一旁听着，这两个怎么越说口气越重呀，两个人都不让步，周明劝也不是不劝也不是。

这时的贺东仁已经跟杨书记顶上了，汽车过了黄河之后，贺东仁突然说，停车！停下车！我就不送你了，让司机送你去吧。我下去自己走。

杨书记吃惊地问，你说，你这个人，我们有不同的意见可以再讨论嘛，耍小孩子脾气，你下了车算怎么回事？

贺东仁想了想，不再说什么了。接下来，两人都沉默了，不再说话。

他们到了西安，在西安有人接杨书记，贺东仁一边下车一边说，你还坐这个车，我坐那个车去吧。

贺东仁没等杨书记说什么，自己坐到那个车上去了。到了吃饭的时候，贺东仁也没有一点笑脸。他们在西安住下，想休息一天再走，一路上很疲劳，大家也要放松一下。

刚刚住进饭店，到运城考察的胡秘书长就打电话过来，电话是打给李慧民书记的，胡秘书长说他们已经考察完，正准备回去。

李书记让胡秘书长把电话给贾志，问贾志，看得怎么样，是不是很振奋？

贾志说，嗯，也没有什么嘛，就是种得矮一些密一些。咱们阿克苏也有这种东西，我搞了这么多年的农业了，这些在理论上早就不是什么新鲜的东西，不适合阿克苏。

李书记一听，这贾志得出的结论居然与大家的看法相反，就有些不高兴了。哎，你到底看没看，你是怎么看的？你搞了这么多年的农业？这么多年你怎么没搞出个成绩来？这么先进的东西你瞧不起？！你是怎么看的，你的态度有问题！

贾志一听上司发火了，意识到不能把问题搞大了，不好收场，就嗫嚅地说，我，我只是说，这种模式不一定适合阿克苏……这么密……

李慧民真的生气了，他大声地对着电话说，你们都到西安来！我在这里等着你们，我看我们得开个会，整顿一下思想了。你的思想有问题！我告诉你，地委和市委都已经做出了决定，就是要把这种种植模式引进来。你是搞农业的，你的思想都搞不通怎么指导下面的人？我在西安等着你们，不把你们的思想搞通我们不走了！

贾志这下有点慌了，放下电话就对胡秘书长说，书记发火了，让咱们去西安开会，怎么办？

胡秘书长说，怎么办？马上去吧，咱们也别在运城住了，去西安挨训去吧！

飞机到达西安的时候已经很晚了，到饭店后，胡秘书长没敢直接去找李书记，他得先摸一下情况，摸情况就得找贺东仁呀。他就找到贺东仁问，李书记生气了，让我们到西安来开会，到底是怎么个情况呀？

贺东仁说，地委和市委的主官们大老远地跑到运城去考察，都很兴奋，这边正准备大搞一下呢，你们就去泼一瓢冷水，这不是扯后腿吗？

胡秘书长叹息着，还不是有人有意见吗，就是想不开，你说这何必呢，都是为了工作嘛。

贺东仁微笑着说，我知道，就是对我有意见。肯定又说我忽悠书记了吧？这都是在意料中的，我干什么他都要拦一下，心胸狭窄！

胡秘书长问，你是怎么得罪他的呀？

贺东仁睁大了眼睛说，我哪儿知道呀！他那么大个子却那么小的心眼！那个土地证，要不是地委和市委干预，他就不会让我办成！后来，我想来想去也想不明白，我对他们每个人都非常客气尊重的，怎么就得罪了他呢？

胡秘书长站起身来说，你好好想想吧，以后还得在阿克苏的地盘上混日子，少不了要打交道，你可是绕不过去他的呀。

贺东仁说，他？犯不着！我又不违法，不违纪，他没有道理不按照正常的程序给我办！

晚上，在阿克苏的家里，贺东仁正在通电话的时候，有人敲门。他一边结束通话，一边去开门，门打开的时候，他吃惊地看到市委书记杨振民站在外面。

贺东仁愣了一下，才说，呀！稀客啊，书记微服私访。

杨振民没理贺东仁的话，他知道，这老贺还在记着从运城到西安路上吵架的事，不由分说地，老贺，走，咱们到外面走走。

贺东仁笑了，你这是绑架呢，还是设下鸿门宴……

杨振民在贺东仁身上擂了一拳，你有完没完？

贺东仁和杨振民走到多浪公园的绿荫里，他们穿着都很休闲，杨振民笑着对贺东仁说，我郑重地向你道歉，是我记错了！回来后我问了我的秘书，他说我是提出过只要你们挂一块牌就给你们 30 万的话，是我错了。

贺东仁站住不走了，他看了半天杨振民才一字一句地说，杨书记，我没有看错人，阿克苏能有您这样的书记是幸运的！

杨振民说，得了！别给我戴高帽子了，我的高帽子还不够多吗？回头我让他们把 30 万打给你就行了嘛。

贺东仁边走边摇头，不，不要了！你知道我不是为那 30 万。

杨振民说，那也好，那我买你 30 万元的树苗子——如果不够再加。

贺东仁问，你买这么多的树苗子干吗？

杨振民说，种呀！回头让秘书跟你说，不谈这个事了。

两个人走着，多浪公园是阿克苏的一道风景，也是阿克苏人休闲散步的去处。安静的公园里时而有三三两两的人走过。杨振民指着旁边的一个座椅说，坐坐吧。

杨振民看着前方的水面道，老贺，我有件事拿不准，你帮我参谋参谋。

贺东仁问，什么事？你手下有那么多才子佳人，还需要我这么个农民的意见？

杨振民说，别提什么才子佳人了，如果才子带上了铜臭气，佳人装上了乌鸦嘴怎么听都不入耳了。就是想听听你这个局外人的意见。

贺东仁说，你说吧。

杨振民说，有人推荐一个搞影视的人，要到阿克苏来建一个西部影视城。要投资几个亿来建，可是他要咱们政府先拿出个 500 万来，让他启动。你别看给你 700 万让你启动红枣加工厂我一点都没有犹豫，但是，这 500 万元，就犹豫了。要是遇到个骗子怎么办呀，500 万，虽然不是特别多，但那也是咱们老百姓的血汗钱呀。可是，又一想吧，万一他不是个骗子，真能够在咱们这戈壁上建起一座影视城来，这可是个旅游项目，能吸引更多的人到阿克苏来，也能借此宣传阿克苏，还能带动相关服务业的发展，也是个不错的事情。

贺东仁问，那你熟悉这个人吗？

杨振民摇头，不熟悉，也不了解，听他自己说，自己搞了一些很有名的影视剧，那些电视剧我倒是都知道，可他这个人不知道。

贺东仁认真地想了想说，我看这个事可以考虑。咱们就按照他就是个骗子的最坏结果分析，咱们就当，阿克苏投 500 万元做一次宣传广告了，但也不能轻易地给他这个钱，要约定，先期必须进行一定的宣传活动，要围绕着阿克苏做文章，而不是其他。

杨振民想了想，然后站起身，走，咱们再走走。

贺东仁到公司的时候，胡秘书长已经早早等在那里了。一见面，胡秘书长就说，我们被训了，说我们没有端正思想，没有认真研究问题，轻易地下否定的结论，是错误的。

贺东仁一边给客人倒水一边说，那是自然的，要是到了那么好的枣园里还在说怪话，那就不是实事求是，那就是在故意找碴儿了。有些人就是心胸狭窄。

胡秘书长说，回来后地委的第一次办公会议刚开过，都挨呲了，成了大事了，怎么办呀，这不就找你来了吗。

贺东仁笑了，是不是市委杨书记让你来的？替他买苗子……哎，不对呀，买苗子应当是杨书记的秘书办啊，你怎么来了？！

胡秘书长摇着头说，当然不是买苗子的事。就是买苗子，给你打个电话就解决了嘛，事情复杂了……

贺东仁疑惑地问，还能复杂到哪儿去？

胡秘书长低声地说，动真格的了，会议做出了决定，规定从地委到市委每个干部，特别是主要领导干部和主管农业的干部，必须带头干。按级别规定每个人必须在今年种一片示范园，自己想办法，种出来给农民看。让他们改变传统的种植习惯和种植模式，要让领导带头让农民增收，这是个大事情。

贺东仁赞赏地说，这好哇！这是政府做的大好事，我赞同！要不，这些干部整天坐在办公室不干事，还常常设置障碍阻碍别人做事。这个决定好，好！

胡秘书长说，好？好什么好？让我们这些人去种树、管树、嫁接、修剪、采摘，我们哪懂呀？！

贺东仁笑着说，我来教你们呀，开个课，我给你们讲林果的基本技术，那还不好办。

胡秘书长苦恼地说，说得轻巧！那我们不都成了农民了，政府工作谁来做？

贺东仁问，那怎么办呢？

胡秘书长介绍，后来呢，大家就提出了许多困难。但是，书记说，困难再多也要克服，这个决定是刚性的，必须执行。但是，执行过程中，可以灵活把握。

贺东仁问，怎么个灵活把握？

胡秘书长说，这就是我今天找你的目的了。书记说，大家可以采取托管的方式，我们的目的就是做出样子来让农民看，要是我们这些外行人做不出样子来，非但起不到示范作用，反而让农民耻笑。所以，书记说了，最好请专业的企业来做，由我们出地，请企业按照专业的管理方式去管理，做出个像样子的示范园来。每个干部名下有一个示范园，特别是主要领导干部和主管农业领导干部。最后就决定分两批了，先搞地、市、县的常委们的示范园。

贺东仁惊叹，这可是个大工程呀，那得需要多少树苗呀，而且现在都 4 月了，可是有些晚了……

胡秘书长着急地说，这不，两个书记就责成我来跟你协调这个事来了，无论如何也要搞出几个示范园来，不然，一等就得明年了，这可是拖不得呀。

贺东仁想了想，打了一个电话，石峰，你来一下，咱们商量个事。

李石峰走进贺东仁办公室的时候，贺东仁已经跟胡秘书长谈到了如何合作的问题了。贺东仁跟李石峰简单地介绍了一下情况，然后问，石峰，咱们的苗木基地还有多少苗子？

李石峰想了想问，那一个示范园多少亩呀？

胡秘书长说，初步定的是，一个示范园搞一百亩，政府已经选好了地，正在组织人挖坑呢。

贺东仁说，你们动作够快的。

胡秘书长苦笑着说，地市两级领导都被你这个贺老板影响了，他们现在做出了决定，一刻不停就得执行，日子可不好过了。

贺东仁笑了。李石峰心里算了一算，现在咱们的苗木能搞个四百多亩地吧……不过，按照计划这些苗木可是用来补种去年被风灾搞坏的那些地的呀。

胡秘书长抢着说，反正你也是补种，明年再补吧，先救救急吧。

胡秘书长掐着手指算着，书记、副书记……搞五个示范园差不多，老贺，咱们就这么定了，今年就把你那些苗都种到示范园去吧，明年再多育些树苗，再搞多一些。

李石峰问，谁来起苗？谁来运苗？谁来种？谁来管护呢？

贺东仁叹了口气，无奈地说，都交给咱们了！

大疆种苗基地，李石峰夹着一个黑色的小包站在那里，不时地看一下手表，身边站着司机，几个工人在做起苗的准备。

李石峰焦急地拿起了手机打电话，哎，乡长吗，我是大疆公司的李石峰呀，昨天咱们不是说好的，10点钟人就到吗，现在都什么时候了，怎么还不见影子呀？

乡长打着哈欠说，一会就到了，我催催去，一会就到。

李石峰无奈地说，一会儿太阳就太晒了，苗子会很快干的，得趁着最热的时候到来前就得起完苗子，得快点了。

乡长说，好吧，好吧，这就来了。

种苗基地上已经有两辆大车在等待着装运了。李石峰把地里的员工叫过来，对他们说，一会儿，起苗的人来了，你们负责指挥，他们都不懂树苗，你们告诉他们怎么起，怎么装，别把树苗给弄坏了。咱们的人不多，分一下工，一个人负责一块，小韩，你把人分一下，每个地方都有人看着，发现问题，要及时解决。

小韩问，今天都干完吗？

李石峰说，都这么晚了还不来人，今天肯定干不完了。你说说，他们乡长跑到我那里还跟我说，要给他们找点事干，给他们找了事，他们又这么拖，多耽误事！

李石峰无奈地向地头走。这边，小韩开始把员工们分组了。

过了一会儿，地头另一边出现了一些人，李石峰一见就皱着眉头，懒懒散散的样子让人着急。乡长走在头里，对李石峰说，李总呀，人我给你带来了，都是些农民，散漫惯了，谅解。

李石峰说，要知道这个样子，我们就找别人了，你说，咱们说好的，这都什么时候了。

乡长赔着笑，下不为例，下不为例！

李石峰问，这是多少人呀？

乡长说，60 个左右，要是不够你再跟我说，我再去叫几个人来。

起苗工作总算在员工的指挥下开始了，不过进展得并不快，一批人在起苗，一批人在打包装车。李石峰就在地里偶尔打个电话，一边盯着这些宝贵的树苗。

下午两点左右，到了吃中午饭的时间，那些临时雇用的工人们就到水渠边洗手吃馕了。大疆的员工们吃的是盒饭。李石峰也蹲在员工中间吃中午饭。这时，李石峰看到一个维吾尔族工人把一张大馕潇洒地向水渠上游抛出去，馕落在水面上顺着工人洗手的地方漂来，等他洗完了手，馕也漂到了他的手边了，而吸收了水分的馕看上去很柔软。李石峰笑着问，那多不卫生呀？

维吾尔族兄弟笑着说，不干不净，吃了没病！

大家哈哈大笑。

正如李石峰所预料的那样，一天下来，种苗基地的苗才起了不到一半，这样就只好第二天接着干了，李石峰无奈地叹息着宣布，收工吧！

第二天，李石峰又按时站到了地里，几乎和前一天一样，那里一个临时工都没有，地里只有自己的几个员工在做准备，拉苗的车停在地里等着。

李石峰不得不再次给乡长打电话，可是竟没人接，李石峰又拨乡长的手机，等了一会儿，手机才响起，乡长问，谁呀？

李石峰说，我是大疆公司的李石峰。

乡长抱歉地说，哎呀，我忘了跟你说了，今天是赶巴扎（赶集）的日子，人都去赶巴扎了，没人了。

李石峰惊讶地问，赶巴扎？怎么不提前说呢？苗子怎么办，这么多的苗子。我现在再找人也来不及了，哎呀，真是的。

乡长说，那就对不起了，这也是没办法的事，今天是赶巴扎的日子，赶巴扎谁还干活呀？

李石峰说，这样吧，我再给他们多加一些工钱，你把他们找回来，今天必须把这批苗子给起完。

乡长乐了，得了吧，你就是给他们再多的钱，他们也不会来了，赶巴扎的日子就是赶巴扎，给再多的钱，也不能干活。

李石峰听了哭笑不得，他们不挣钱，用什么赶巴扎？

乡长说，他们不是为了买东西才去赶巴扎的，他们就是为了赶巴扎才去赶巴扎的，买不买东西那不重要，赶巴扎是个大事儿。

看来，再说也没有用了，李石峰挂了电话，心想，这怎么办呢？他叫了一声，小韩！

小韩跑过来，李总，人什么时候到？

李石峰说，到不了了，他们要赶巴扎，给他们钱他们也不要了，赶巴扎去吧，咱们得自己想办法了。

小韩说，咱们这些人可不够，还是得想办法找点人来。

李石峰想了想，你先组织人分一下工，开始干着，我想想办法。

小韩走了，李石峰给贺东仁打电话，把情况跟他说了。贺东仁问，还能不能从别的地方临时找人？

李石峰说，不好找了，有巴扎，哪儿都一样，都要去赶热闹，没人了。工厂那边能不能出些人？

贺东仁说，好，能过去的都过去，全力起苗，保苗。

当贺东仁带着工厂的十几个人来到种苗基地的时候，李石峰他们已经起出一些苗子了，地头上整齐地摆放着树苗。贺东仁对李石峰说，人都来了，你们教教他们怎么干，就开始吧。

李石峰看来了这么些人，加上种苗基地的人，也有20多，就对贺东仁说，要是咱们加把劲，到天黑前也差不多能干完了。

说干就干，大家的劲头很大。贺东仁、李石峰也加入起苗的工作中，他们都干过这种活，干起来也很顺手。到中午饭的时候，地里的苗已经起了不少。又是盒饭，蹲在地头吃过了，又接着干，直到太阳快下山的时候，终于把所有的种苗都起出来了。一堆一堆地堆在地头，大家都直起腰来。劳累的一天，也是愉快的一天，大家有说有笑。李石峰说，咱们轮着装车吧，运走了，咱们也就完工了。

就在这时，贺东仁看着远处说，石峰，你看，那怎么有人来了？

李石峰看着，有些不解地说，哎，是不是那些赶巴扎的人回来了，又要来干活了，咱们都干完了……

贺东仁又指着另一方面说，你看，那边也来了一些人。

李石峰一看，怪了，这些人……

李石峰大概数了一下，有200多人，怎么来了这么多人呀？！

人越走越近，都是奔地头的树苗去的。李石峰一看，大叫一声，董事长，事情不好……

还没等李石峰的话说完，从几个方向同时向种苗基地行走的人，开始奔地里的树苗跑动起来，那些人像有组织似的，分成几部分，都扑向了已经起好的树苗。

贺东仁吃惊地问，他们这是想干什么？

李石峰已经看明白了，他们要抢咱们的树苗！快，小韩，快去保护树苗！大家都去保护树苗！

这一喊，大家也反应过来了，都从休息的地方向地头冲去。那些抢树苗的人见大疆的员工们向他们奔来，抱起地上的树苗就跑，一人一大抱，四下里奔跑，来得及的还跑了个来回。在较远的地方有十几辆拖拉机在那里停着，这些人把树苗往上一扔，人爬上去，开着车一溜烟儿地就不见了。

贺东仁、李石峰和自己的员工们辛苦起了一天的树苗，被这些不知从哪里来的野蛮人一下子抢光了，地上乱七八糟地散落着一些被他们丢弃的树苗，还有一些被他们弄坏的树苗。

员工们都傻眼了，他们怎么也想不明白眼前的一切到底是怎么回事？在自己家的地里，居然瞬间被抢得精光！

贺东仁无奈地对站在地里的员工说，遇到这样的情况，我们也没有办法的……

李石峰不干了，不行！我们报案，得报案，光天化日，居然明抢豪夺，还有没有王法啦？

李石峰拨通电话，我是大疆公司的种苗基地，我要报案，我们的树苗被一些人抢了，都抢光了……

对方问了一些情况，然后挂了电话。李石峰又给那个乡长打电话，他生气地说，你们的人不是去赶巴扎了吗，怎么还会有抢树苗的?

乡长吃惊地问，怎么?你们的树苗被人抢了?什么时候被抢的?怎么会抢了呢。哎呀，我去看看，一定查出来。

不一会儿，派出所的民警和乡长一前一后地赶来。李石峰对他们说，这是我们的董事长，你们看看，我们干了一天的工作，这么大片的地，都被抢光了。

派出所的人一边做记录一边问，你们估计损失有多少?

李石峰不满地反问，你们算嘛，一棵苗子的成本是两块钱，这么多苗子，最起码几十万元的损失!

警察就说，这可是个大案子，我们会查出来的，你们是不是得罪了什么人?他们来报复的吧?

李石峰说，我们在自己的地里，能得罪什么人?这里的老百姓跟我们关系非常的好，我们没得罪什么人。

贺东仁无奈地对李石峰说，石峰，那就让他们查吧，让大家都回去休息吧，干了一天，都挺累的了。

被劫后的田野一片狼藉，李石峰非常痛心，这是他一手干出来的种苗基地，就这么轻易地被人毁了，他多么痛心啊。

贺东仁拉着李石峰说，走吧，咱们走吧。

李石峰心情极差，董事长你先走吧，我在这里再待一会儿。

贺东仁理解地看着李石峰，拍拍他的肩说，好吧，别太晚了。

杨振民听了贺东仁的话，拍着桌子，真是无法无天了!这还了得，明抢明夺呀。

杨振民抄起电话，老姚，你来一下，现在就来。

杨振民在自己的办公室里踱一会儿步子，停下了，严肃地说，这是破坏生产，不是简单的偷盗问题!老贺，你放心，这个事，一定要查个水落石出!

公安局的姚副局长来到杨振民办公室时，杨振民的怒气还没有消，他对姚副局长说，光天化日之下，有人公然抢劫！你要把这个事查清楚，到底是什么人干的。

贺东仁给姚副局长说了一下种苗基地被抢的事。姚副局长一听也觉得这事是有组织的，不是个偶然事件，就对杨振民说，杨书记，你放心吧，我们成立一个专案组，把这个事查出来。

姚副局长要求贺东仁详细地谈谈事件的经过，贺东仁就给李石峰打了一个电话，石峰，你马上到市公安局来一下，跟姚副局长详细地说说事情的经过。

放下电话，姚副局长走了。杨振民望着贺东仁说，老贺，委屈你们了！

回到自己的住处，贺东仁安静不下来，他拿起电话，郝教授，这回没影响你休息吧？

那边是郝治方爽朗的笑声，没有没有，不过，你别催了，我已经做得差不多了，样品就要出来了，你的名字还没有起好吧？

贺东仁说，你也够快的了。唉，不是催债，今天我们被人家抢了，损失了几十万的树苗。

郝治方惊问，什么？怎么被抢了呢？

贺东仁叹息，唉，很简单，我们把苗子都起出来放在地头了，突然出现了几百个人，呼啦一下子就全抢光了。

郝治方说，那你们怎么不制止？

贺东仁说，制止？我们才 20 多个人，他们是 200 多人哪，要是打起来，那还了得。唉，真是烦恼呀。

郝治方就说，就没有人管？

贺东仁说，报案了，市委也责成公安局成立专案组，但是，破了案也没什么用，损失已经造成了，今年这个季节一过，哪弄树苗去，这个时候要是不种，就得等明年了，你说我这损失有多大？

郝治方说，那就换个地方，别在那里干了，这样的环境不好办。

贺东仁说，换个地方可不行，我在阿克苏已经经营了这么长时间，正在走上坡路的时候，打退堂鼓可不是我老贺的性格。还是要干下去，不但要干下去，还要在这里干大了，这点损失对于整个大疆来说，算不了什么。

贺东仁换了一个话题，哎，郝教授，我又想起一个事来，你说，枣树叶能不能利用？

郝治方笑了，你呀，老贺，我知道你来电话就没好事，又想出一出来了？

贺东仁解释，我这几天就在想，我觉得这红枣的潜力还没有发掘完，到了秋天，红枣一摘，还有那么多的树叶留在树上。到晚秋的时候，树叶又被吹落了，满地跑。虽说，这些树叶可以留在地上当肥用，可是，真正能让树叶变成肥得需要很长时间呢，根本就不可能及时发挥作用。要是咱们把这枣树叶的成分研究一下，能开发出来一种产品多好呀。你看，枣肉、枣核、枣树的树干都能被利用起来，如果树叶也被利用起来了，那枣树不就全身是宝了？

郝治方对贺东仁说，枣树叶的研究我们有啊。

贺东仁一听兴奋起来，真的？！

郝治方说，对你，我们已经没有什么秘密了，我们早就对枣树叶的化学成分进行过分析，枣树叶里边含有一种消痰止痛的成分，而且效果还不错，原来我们是打算要开发一种药品的……

贺东仁激动地说，你们别开发了，交给我吧，我来开发。开发出一种止痛的药品和食品，我们来做，我们一做，红枣的系列产品就完整了，从枣到叶就都被利用起来了。到时候，我们摘枣摘叶，分着放，送到不同的车间进行生产加工，那就做大了。

郝治方笑着说，你这人，就是会钻空子，是不是又急着要样品了？

贺东仁也笑了，对了，你最了解我老贺，事不过夜，这几个产品申请下来批文我要奖励你，我要重奖你，你是我们大疆的靠山嘛。

郝治方说，一谈到你的产品就兴奋。我不要你的奖励，你只要把这些成果推出来我们也就满足了。

两个人哈哈大笑。

第08章　赌下大疆

9月的阿克苏美丽而丰饶。

9月的阿克苏天空湛蓝，微风习习，空气中都带着令人愉悦的纯净。

9月13日一早，贺东仁就站在戈壁荒滩上100余亩的工厂地基上，心情既兴奋又有一点紧张。今天就要在这里动工，开始建设一个真正属于大疆自己的基地。为之奔波、为之献身的地方即将建立起一座自己的家园，这是只有他这个当家人才能体味的情绪。

阿克苏的早晚温差大，一大早站在这里，身上还有些凉意，但心却是热的。

同样热血沸腾的还有站在他身边的李石峰和十几个年轻员工。希望与热情已经在内心升腾起来，他们就要在这里从一砖一瓦开始打开一幅美丽而迷人的卷轴，大疆这面旗帜也将在这里竖起。

施工队的工人也都来了，他们已经在地上竖起一块基石，一块红红的布已经缠系在上面。奠基仪式即将举行，贺东仁和他团队的成员们都换上了整齐而干净的西装。这是他们的节日，也是他们的新起点。

贺东仁在杨书记面前打过赌，要在年底前投产，这谁都知道。李石峰给贺东仁仔细地算了一笔账，从最后确立开工的9月13日算起，一直到12月31日，满打满算一共才109天！这109天不仅包括基建，还包括生产线的采购安装、调试，技术工人的培训，生产原料的采购，产品包装设计印刷，还有那些想得到想不到的许多事情。

就凭这些人干这么多的事，不玩命怎么成？但是，光会玩命也不成，还得会干。贺东仁和李石峰商量好了，要想按时完工，必须同时干，基建、设备、人员招聘与培训等在同一时间进行。

开工仪式虽然简短，但是，阿克苏地区主要领导都到场了，贺东仁与李石峰一个一个地跟这些地方官员握手问候。地委、市委，还有各县的领导们都来了。市委杨书记带着班子的全体成员赶来的时候，笑着对贺东仁说，咱们可是打过赌的呀，就看你的了。

贺东仁说，君无戏言，说到做到。

从常识的角度杨书记对于109天就建成一个红枣加工厂不信，但是，作为一方领导，他却又希望自己的常识已经过时。大疆绿洲是阿克苏引进的第一家红枣加工企业，他多么希望，甚至盼望着这个企业能创造奇迹，能在阿克苏的地界上高高地打出一面闪闪发亮的旗帜。

地委领导和市委领导都做了简短的讲话，市委杨书记在讲话中，特别提到了他和贺东仁的“打赌”，他说，现在我们交到贺东仁手里的是一片荒地。大家也看到了，这里什么都没有，完全是荒地，是一张白纸。贺东仁说，他要在109天的时间里在这张白纸上画出房子、画出工厂，还要画出产品来。你们都可以作证，只要他能做到他的承诺，我也会兑现我们的承诺。他们如果能做到了，那他们就是在创造奇迹呀，这对于阿克苏也是榜样啊。

贺东仁平时是一个善谈的人，可是，这时他变得少言，他在仪式上只是简单地说，各位领导，我说过，年底之前，也就是100天左右让大家看到，我们工厂从图纸变成实物，我不想多说了，到时候请你们喝我们的庆功酒！

仪式一结束，施工机械就轰隆隆地响起了，贺东仁的倒计时也就开始了。

施工队的人找贺东仁商量，贺总，施工图上没有厂房的水管线，要是等盖上房子再铺生产线上的上下水管可是不行的呀，必须按照生产的要求先把水管子铺好才行。

贺东仁说，这早就安排好了，你们就先挖地基，你们一挖好就可以铺了。

贺东仁刚跟施工队的人说完话，一个胖乎乎的小伙子就走到贺东仁面前，贺东仁一看笑了，说曹操曹操就到，小郭你来得太及时了，看了吗？

贺东仁指着正在挖地基的施工队，他们正在挖地基，马上根据咱们生产线的意思先画出一张水管铺设的图，然后计算一下需要多少水管，你带着人去城里买，我给你派车。

小郭为难地说，我……行吗？

贺东仁说，怎么不行？虽然你学的是水利工程，才出大学的校门，但是，要有自信，你肯定能行，干吧，小伙子！

小郭看贺东仁如此信任自己，也有了信心，可是……那，我在哪画图？

贺东仁看看周围，王家兴！家兴！

王家兴答应一声，哎，来了！

等王家兴过来以后，贺东仁对他说，家兴，你帮助小郭搭一个棚子，弄张桌子，他要画水管图，这事交给你了。

王家兴答应，放心吧。

小郭还不认识王家兴，您是哪的人？

王家兴说，我是贺总从山西运城叫来的。我知道你，你是个大学生，是个知识分子，是农大毕业的吧？你怎么这么晚才来？

小郭笑了，是贺总告诉你的吧？其实我早来了，7月份就来了，我来了就去农一师3团培训去了，我是学农业水利工程的，在那里干了三个月，昨天，贺总给我打电话，说这里要开工了，让我过来负责水这一块。

说着话的时候，他们已经搭好了一个简单的帐篷。阿克苏的阳光非常厉害，一个刚来到这里的人长时间地站在阳光下，如不采取保护措施，皮肤会被灼伤的，这一点，小郭已经领教了。

小郭叫郭东风，是中国农业大学的本科生。贺东仁在招兵买马的时候，郭东风在互联网上看到了消息。那个时候，郭东风已经有了去向，他在北京联系了一家不错的专业对口的单位。他是江西人，在北京上了几年大学。如果按照在北京上学，在北京找个工作，或回老家寻一条就业之路的思路走下去，在许多人的眼里是个很不错的选择。况且他的父母、亲属也都有自己的生意，如果想经商也不成问题。但是，就在这时，他看到了新疆大疆绿洲公司的招聘信息。有两个因素促成他放弃了稳妥而又无风险的工作，跑到了大西北来。一个因素是新疆是中国西部大开发的重要战场，而农业是这里的支柱，郭东风想的是，在这样一片处女地上挥洒，将是自己人生的一次新的历险，有极大的发展与创造的空间。另一个打动郭东风的因素是“20 万亩荒漠化造林”。他想，20 万亩呀！那是多么大的一片土地，是在戈壁荒漠上造林，那是他这个学农业的大学生想都不敢想的事情。郭东风试图做一个比较，他找来北京市区的地图，估算了一下，北京的三环有多少亩，还不到 20 万亩吧？他想，这么大的一片土地，正是他这个搞农业水利工程的大学生实现梦想的天堂啊。

郭东风甚至都没有征求一下别人的意见就做出了一个改变命运的选择：去大西北。

当郭东风在北京大疆公司面见老板贺东仁并谈了一个小时之后，郭东风觉得自己的选择是正确的。

贺东仁所描绘的大疆近景远景都非常美好，示范园、林场、红枣、荒漠化造林，等等，在大西北的土地上即将盛开的理想之花，已经在他心里发芽了。

贺东仁说，我们团队需要各方面的人才，你如果去了，一定会有你的空间，只要你肯干、踏实地扎在那里，那里肯定也会给你丰厚的回报，不只是经济的，还有精神的。

郭东风说，我决定了，加入大疆。

贺东仁干脆地说，你今天就去买火车票，明天就出发！

郭东风吃了一惊，明天就走？！

贺东仁说，那还等什么？我们这个团队就是说干就干，今天能干的，决不会拖到明天，我们拖不起呀，你要是想成为大疆的人，还得适应我们的工作习惯，说干就干。

郭东风似乎也被贺东仁鼓起了劲，好吧，我明天就出发。

当郭东风历经周折，辛苦赶到阿克苏的时候，贺东仁问了郭东风一句话，后悔吗？

郭东风诚实地答道，在路上就后悔了。

贺东仁微笑着问，那还想在这里干下去吗？

郭东风没有直接回答。从北京出发的时候，连硬座都买不到，开始买的是站票。走呀走呀，一路上站着看风景，还不觉得怎样。后来，有了座位了，就开始觉得疲劳，越往西走越荒凉，绿色越来越少，都是荒山野岭。特别是一过甘肃，都是戈壁荒漠，那个时候就后悔了。多可怕呀，在最该绿的时候却什么绿色也看不见，这哪是人生活的地方？

贺东仁说，这就是我们存在的价值，你想，如果我们让这么荒凉的地方都长出了植物，我们就丝毫不逊色于艺术家呀。我们是在大地上画画，在荒漠上种梦，能把梦种在这里的人，是诗人，是艺术家！

郭东风疲惫的脸上露出了笑意，后来，我也是这么开导自己的，要是我能把这里改造成一片绿色的天地，那是多么了不起的事……

贺东仁打断郭东风，我们不是来“改造”这里的环境，我们是来修复这里的环境。你知道吗，这里在历史上是著名的丝绸之路，也曾经盛极一时，就是人类的活动改变了这里的生态。这里的生态被破坏了，我们现在做的工作是在恢复它的本来面目。

如果，年底投产，光有厂房和生产线是不行的，还得有原料。贺东仁对李石峰说，我们得在原料上下功夫了。

李石峰说，董事长，我们春天不是跟那个河南的承包户签订了收购协议吗，他那个枣园不小，如果管理得好，数量不会少，再加上咱们几个示范园的枣，差不多够生产一阵子的了。

贺东仁有些担忧地说，要是这个承包户到时不给咱们了，那可就麻烦了，咱们得再想办法多收一些备用。

李石峰说，咱们跟他们是有合同的，不行就打官司！

贺东仁说，官司一打就没完，可是咱们的生产就要耽误了，那可不是闹着玩儿的，还是把他确定了，早动手，收过来。

李石峰点头，就这一两天，咱们得组织大批人马去收枣了。

贺东仁突然说，我又挖来一个人，他是边防团的一个团长，在单位干得很不错，能力很强。咱们不是跟他们共建吗，他指挥过上千人的部队，到咱们这里让他管行政肯定行，又是个军官，吃苦耐劳，能杀能拼的。

李石峰说，他愿意到咱们这样一个民营企业来干？

贺东仁说，咱们今天不是要面试几个大学生吗，要是通过了，把他们一起带到乡下去，锻炼锻炼。

面试的时候来的人不少，应聘者都排坐在公司为他们准备的座椅上，面试地点是在一个简易的棚子里，整个厂区就是一个大工地，都在搞土建。

初试是由常务副总经理胡春风主持，他就是贺东仁从边防团挖来的团长，一到位就开始投入工作了。

倪亚娟是陪自己的两个同学来面试的。两个同学跟胡春风谈得都很顺利。胡春风问一个同学，你的理想职业是什么呢？

这个同学平时学习很好，她笑着说，我的理想是给国家领导当翻译，现在当不上翻译了，那就先进大疆公司吧，等有了机会再去。

胡春风就乐了，好啊，要是从大疆公司走出一位国家领导人的翻译也非常不错啊，不过，在给国家领导人当翻译前，你先给我们在办公室做做文案工作吧。

胡春风问另一个同学，你也是学园艺专业的吗？

她说，是，我想大疆是适合我的吧？

胡春风问，那么你看中大疆公司的什么呢？

应聘者说，我看中的是公司选择的方向，就是现代农业，这是最充满朝气与潜力的产业。再就是这个公司刚刚起步有很大的发展机会，在这个平台上，我有进一步发展的可能。

胡春风认为这两个孩子都挺有特点的，他想都留下了。然后问一旁陪着的倪亚娟，你呢？

倪亚娟连连摆手，我不是来应聘的，我是陪她们两个的，我已经有工作了。

胡春风笑着说，是吗？我看，你一直在旁边安静地听着，是不是也对我们公司有一点兴趣了？

两个已经选中了大疆公司的同学也纷纷说，亚娟，签这家公司吧，咱们一起在这里干，你男朋友不也是希望你在阿克苏吗，这又是农业公司，跟咱们的专业对口。

倪亚娟笑，那得让我想一想吧，我想好了再说。

胡春风问，你跟哪家公司有意向了？

倪亚娟说，是乌鲁木齐的一家公司，也是搞农业的，家人希望我去那里，因为，我家在哈密，他们希望我离家近一点，互相有一个照顾。

胡春风理解地说，噢，那你还是慎重点吧，乌鲁木齐怎么着也是省会嘛，条件会比这里好。

倪亚娟却问，我要是来你们公司，你们会让我干什么工作？

胡春风说，如果你也来的话，那就把你们三个都放在办公室里做做行政吧，我想你们三个在一起工作应当会配合得很好，彼此都很熟，有事互相商量，效率也会更高。

倪亚娟笑着说，我要是来你们公司绝不会去办公室，我要干就干最具体的工作，比如在工厂里当个最基层的工人什么的，我可不适合在办公室，我又不会说话，嘴笨……

同学就说，你还不会说呀，你的嘴多厉害。

胡春风结束了对三个人的面试，好哇，虽然你不能来我们公司，但是，大疆公司的大门还是为你敞开着，你什么时候想来，大疆公司都会欢迎你。

三个女孩高兴地从面试场走出来，那两个决定到大疆公司工作的同学去签合同了，倪亚娟一个人在外面等着她们。这时，贺东仁出来，一眼看到了倪亚娟，就问，你是面试的吧？通过了吗？

倪亚娟开了个玩笑，通过了。

贺东仁就说，来，到我这里，我们聊两句。

倪亚娟想反正在外面等着也没事，聊两句也无妨。就跟着贺东仁走进了他的办公室。

贺东仁请倪亚娟坐下，问，你知道我是谁吗？

倪亚娟摇头，不知道。

贺东仁说，我是这里的老板，是董事长。

倪亚娟笑了，你是老板呀，不太像。

贺东仁问，你是大学生吧？你觉得你大学毕业以后能干什么？你在大疆公司会做些什么？

倪亚娟想了想认真地说，如果我能到大疆公司来工作，可能什么都不能干。我觉得自己什么也不会干，我也很茫然，我不知道你们能做什么。但是我觉得，只要你给我个什么事，给我机会，我肯定会给你干好。因为我还很年轻，我有拼劲，许多事情，虽然我不懂，但我还可以学习。

贺东仁说，你要是觉得做不好那就不会做好。你如果自己都没有什么信心去做的话，你怎么才能做好呢？首先自己心里要有一个想把事情干成的想法，才可能干成。

倪亚娟说，我也不知道是不是这样，或许你给我做我就做好了。

贺东仁说，那么，如果我给你和正式职员一样的工资，却让你去干打扫卫生的活，天天当清洁工打扫卫生你干不？

倪亚娟想了想说，如果公司给我们实习的工资是800，而你按照正式员工的工资900元给我，那我就干。你给我的工资跟他们一样，你让我去打扫卫生我还高兴呢。打扫卫生又不用动脑子，也不用跟任何人沟通，只要把我的事情干好就行了，那还不干？

贺东仁肯定地说，我相信你干不了，你一个大学生毕业了，就干这工作，你自己也会想不通的，如果你打扫卫生，三天都不行。

倪亚娟是个个性很强的女孩，见贺东仁这样说，也固执地说，那我可以跟你打个赌，我进来以后你可以给我安排打扫一个星期的卫生，你看我干得好干不好。

贺东仁就笑了，你还挺有个性的啊，好啊，那咱们就打个赌吧。

倪亚娟出来的时候，两个签合同的同学已经签好，倪亚娟说，我也签了，我非签这个公司不可。

两个同学疑惑地站在那里，看着倪亚娟风风火火地走进去。

朱团长笑嘻嘻地问贺东仁，听说你跟地委和市委领导都打了赌，我看你这个赌打得有些冒险。

贺东仁说，是有些冒险，不过，这个赌我是赢定了。

朱团长反问，你就这么自信？

贺东仁转移了话题，朱团长，我找你是求援来了，咱们合作了这么多年，都是老朋友了，这次可是个大事，你得帮我这个忙。

朱团长痛快地说，你说吧，只要我老朱能帮上你的，只管说。

贺东仁说，我在阿克苏争取了20万亩的荒漠化造林项目，这是个大工程，一大片地，种树我懂，可是这么一大片地放在那里，怎么动？怎么去改造？怎么去进行规划？我是一点也没有底儿呀。

朱团长问，咦，不是听说那块地还没有批下来吗？

贺东仁说，已经办下来了，阿克苏、自治区和国家发改委的批文都已经发下来了，要不我着急呢。这片地，我也跟阿克苏的领导们下过保证，一拿到相关证件就动工，在三年之内形成规模。这可不是说说就完了的，这要干出来。所以，我到你这里求助，支援我一个最能干的专家，帮助我把这片地弄明白了。

朱团长听明白了，他想了想，这么大一片地，我看，你也别从我这里找专家了，我们合作搞得了，我这里有的是专业人员、大型机械。我这里组织一个开发班子，全部的科技人员、组织人员、施工队、施工机械轰隆隆地一响，什么就都有了。你就采取土地入股的方式，咱们合作，地交给我，你就等着成果吧。

贺东仁坚定地摇头，那可不行，这片地我只想自己干，我要把这片土地当作自己家的后花园来经营，精耕细作，我要把后半生都放在这块地上了。不怕朱团长你生气，这个项目我是谁都不合作，完全要自己干。

朱团长很理解贺东仁的心思，就摆摆手说，得了，我也就是说说，别当真。

咱们还是回到关于找人的问题上来吧。哎呀，一般的人可是弄不了。这样吧，我有一个最棒的专家，先借给你，帮你把地的规划搞出来。不过，咱们可是得说好了，只是借人帮你搞规划，而不是给你人。这个人是我的左膀右臂，我这里是不能离开他的。看在我们是老朋友的分上，再加上，今天有些忘乎所以了，就把我这个秘密武器说出来了，那就借你用一阵子。不过，还有一条，就是，我可不是把他全职地借给你，他的工作还得以我这里为主，他不忙的时候才能到你那里去。

朱团长把这个人说得这么神，这吊起了贺东仁的胃口。行，就以你这里为主，这个能人我认识吗?

朱团长神秘地笑了，你不认识。

贺东仁急着问，他叫什么？现在能不能见上一面?

朱团长摇着头说，不行!

贺东仁急迫地问，你都把人借给我了，见上一面又怎么了?

朱团长说，不是我不让他见你，他现在正在打一个硬仗，回不来。你知道“绿原镇”吗?

贺东仁点头，知道。

朱团长接着说，那84200亩土地的开发就是他一手搞起来的，现在他正在那里呢。

这让贺东仁有些吃惊，绿原镇是他搞的?！那可搞得非常好呀。他叫什么?

朱团长自豪地说，小于，于建设!

李石峰的收枣队伍出发了，他带着新招来的员工，高峰、倪亚娟、杨恒喜等等。正是丰收的时节，到处都是忙碌的人们，他们走过的田野上，大面积的棉花、大面积的粮食都成熟了，来来往往的人构成了阿克苏美丽的风景。

李石峰他们的车就停在枣园的地头，农民们早就等候在那里。他们到了以后，有人去检查枣的品质，按照品种与品质让农民把不同的红枣分着放。许多维吾尔族果农听不懂汉话，跟来的翻译就在旁边给他们翻译。李石峰过秤，倪亚娟给已经过秤的农民付现金，而高峰等人把已经付过钱的红枣装上车。农民喜气洋洋，像过年一样，一年的劳作在这个时候换成了现金，他们觉得自己的劳动才真正变成了果实。

一上午的时间，差不多把一个村的枣都收光了。这时，一个男人走过来，正在忙碌的李石峰看了一眼笑着说，吴老板，下午就到你那里去收了，你可要准备好了。

吴老板懒洋洋地凑到李石峰旁边，那些枣你收不去了，我已经给别人了。

李石峰边干活边说，别开玩笑了，咱们是有合同的，而且春天跟你签合同的时候，我们也是付了订金的。

吴老板说，合同？合同算什么？那不就是你一说我一说，上面写上个名字就完了吗，那顶什么事？

李石峰抬起头认真地说，吴老板，这可是信用问题，你不能不守信用哪。我们都有法律文件，那可不是什么你说一下我说一下那么简单的事儿，合同一签字就生效了，生效的法律文件就是受法律保护的，谁不遵守谁就会受到制裁。

吴老板急赤白脸地说，你还要打官司呀，打官司谁怕谁呀，打就打呗。

李石峰严肃地对吴老板说，吴老板，咱们得讲道理，咱们是在春天就讲好的，现在你突然又说不给我们了，你说，到底是什么原因？

吴老板想了想说，什么原因？明跟你们说了吧，你们给的价钱太低了，现在有人出更高的价钱，我当然不能卖给你们了。

李石峰说，我们的合同上说得很清楚，一方面有保底价，那是保证你的枣最低的价钱，二是我们根据红枣的实际品质定价，可以适当地浮动，我们还没有看到你的枣是什么样子，你怎么就知道我们给得低？

吴老板说，我在这里都看了半天了，你们收这里的枣，才20块钱一公斤，你们能高到什么程度去？

李石峰说，这是根据枣的质量定的价，你看了20块一公斤的枣，你还没有看到22块、25块的呢，你的枣是多少钱，那也得看了再说呀。

吴老板强横地说，你要是答应我的枣全部按照25块钱收，我就给你了，否则我的枣就卖给价高的人。

李石峰说，我说过了，多少钱，我们得按照合同执行，要是你的确都能达到25块的标准，那就按照25给。要是你里面又有好的又有烂的，那可不行。你得按照我们的要求，标准是什么就是什么，把达不到这个标准的枣，那些烂的、不行的枣你就得挑过了，这都是事前签合同的时候我们约定的。你看，那些枣农都在那里挑呢，你还是快回去组织人挑枣去吧，省得我们去的时候耽误时间。

吴老板说，那不行，要是挑了，剩下的不好的，我卖给谁去？要收都得按一个标准收。

李石峰说，你怎么不讲理呢。哪有这个道理，不管你是什么枣都得按照最高的标准给你钱，你这不是强卖吗。

吴老板一边用脚踢着正在秤上过秤的枣筐一边说，就这些破枣，我那些都比这些强，我能不要高价吗？

李石峰厌烦地对吴老板说，你的事一会再说吧，我们这里正在忙着，你不要打扰我们。

吴老板一脸滋事的神态，你他妈的有什么了不得的，还忙着？老子让你忙不成……

吴老板突然伸出拳头对着李石峰就打过来，李石峰一闪身，不但没有打着，而且他顺势一把抓住了吴老板的胳膊，顺手一使劲把吴老板一下给摔在地上了。吴老板趴在地上，带着耍赖声大叫着，打人啦！大疆公司的老总打人啦！哎哟，打死人了，快来人哪，大疆公司的老总打人了，把人打死了！

呼啦一下，收枣的和卖枣的都围了过来，看地上的吴老板和气哼哼的李石峰。李石峰觉得可笑，他说，你们都看到了，是他一直在挑衅，在打扰我们的工作，他这是在装蒜。

说完，李石峰拿出手机报警。一会儿的工夫警察就来了，警察看吴老板倒在地上哼哼叽叽地叫着，警察就问，谁报的警？

李石峰说，是我报的警，我们是大疆公司的，来这里收枣，他在这里捣乱，还要打人……

吴老板趴在地上说，哎呀，是他打我呀，要是我打他怎么会是我被打得这样惨呢？

警察说，你起来，有话起来说。

吴老板说，我起不来了，他把我打坏了，我已经起不来了。

警察就对旁边的人说，你们帮个忙把他扶起来。过来几个人把吴老板扶起来，他还在那里哼哼呀呀。警察就说，跟我们到派出所去吧。李石峰对自己的员工说，你们继续干，我去一下。

倪亚娟担心地说，李总，我们跟一个人去吧。

李石峰说，没事，这种无赖就是外强中干，没什么事，你们接着干吧，我一会儿就回来。

警察带着两个人走了。本来很喜悦的收枣工作，变得沉闷了，大家都为李石峰担心。不过，一些枣农说，这个吴老板他们认识，也是从内地来的汉人，他在这里名声不好。

过了一个多小时，李石峰回来了，大家都关心地转过来，有人问，李总，他们怎么处理的？

李石峰说，他说他被我打坏了，要看病，警察问我怎么办？我说那就看病去吧，我们就去农一师医院看病，挂了号，一查，啥事也没有。整个一个无赖，就是想制造事端，赖着不想执行合同，不想把枣卖给咱们呗。

高峰问，李总，那要是他的枣不给咱们了，咱们收的枣就不够数了吧？

李石峰很有信心地说，不要紧，咱们再多跑几个乡，达到咱们预期的目标也不成什么问题。

正在说着话的时候，一辆车停在收枣的现场，贺东仁从车上下来了，大家一看董事长来了，都高兴地喊着，董事长！

贺东仁笑着走过来，石峰，打架了？你怎么还跟个孩子似的，跟人家动手动脚的？

能在这个时候看到贺东仁，李石峰心里很高兴。哪是我打架呀，那小子自己伸胳膊伸腿的要动手嘛，就摔了他一下，趴在地上赖着不起来，无赖……董事长，你怎么知道的？

贺东仁说，你一走，派出所的电话就打到我那里去了，他们把情况跟我都说了……不管他了，咱们的枣收得怎么样了？

李石峰说，除了这个吴老板外，其他进展得都很顺利，这些天已经把附近乡村的枣收得差不多了，明天再跑远一点的地方，还能收，没有那个吴老板，我们照样能完成原定计划。

贺东仁对大家说，那大家就接着干吧，我们的任务还很重，咱们得为生产做好一切准备。辛苦大家了。

大家都继续干活去了。李石峰说，董事长，你回去吧，这里有我呢，没事，出不了什么问题。

贺东仁说，我既然来了，就跟大家一起干吧，你还是过你的秤，我帮着装车。

贺东仁没等李石峰说什么，就走到车前，跟着高峰等人把一筐筐的红枣往车上抬，大家见他们的老板也加入进来了，干劲就更足了。

在搬枣筐的间隙，贺东仁就问李石峰，哎，咱们那个大学生倪亚娟呢？她不是跟着你们一起来的吗？

李石峰乐了，指着旁边正在帮着枣农往一旁搬筐的人说，就在你眼前！

贺东仁吃惊地望着倪亚娟，这是倪亚娟呀？！怎么变了样了？

倪亚娟也笑了，我变成什么样了？

贺东仁说，又黑又瘦……

倪亚娟抢过贺东仁的话，还又老又丑？

贺东仁笑着，那倒没有看出来，我还以为这哪来了一个农民帮忙呢，你和真正的农民没什么区别了。愉快的笑声又回到了劳动现场，大家一边说笑着一边干着活。

这个乡的枣差不多都已经收完了，贺东仁问李石峰，这里的枣收完了，下一步到哪去收？

李石峰说，本来想去吴老板那里收的，他不愿意给咱们了。他不愿意给，我们就不要了，今天就干到这里，明天我们再往上多走几里地，到别的乡去收吧。董事长，你放心，生产前我们完成任务没任何问题。

正在说着话的时候，倪亚娟指着前面说，李总，你看，吴老板又来了，还带着几个人，是不是来打群架的？

李石峰与贺东仁都看到了那几个人，不过他们手里并没有拿着什么家伙，贺东仁说，他敢！我们这么多人，他也不想一想，他能打过我们吗？

李石峰笑了，今天，董事长要跟我们一起打架了，好哇，有董事长坐镇我就不用负责了。

说着，吴老板就走过来了，离李石峰还有一段距离的时候，几个人就站住了。没有什么剑拔弩张，吴老板一脸的讨好，李总，今天都是我的不对，都是我的不对，我，我给你赔礼道歉来了，你就原谅我吧。

李石峰拉着脸，赔礼道歉，你还带着一帮子人来，我还以为要接着打呢。我告诉你，我从小就会打架，你还吓不着我。

吴老板赔着笑脸说，哎，李总，我确实错了，你就原谅我吧，我还是把枣卖给你吧，咱们还是执行那个合同吧。

李石峰不耐烦地说，算了吧，你给我我还不要了呢，多少钱都不要了，你认为你想卖给我就卖，你不想卖就不卖吗？不按照规矩来，就得受到惩罚，你回去等着法院的传票吧。

吴老板不认识站在一旁的贺东仁，他就凑近李石峰面前，我跟你们的董事长是老朋友了，就给个面子吧，你就收了吧。

贺东仁就乐了，噢？他们的董事长叫什么呀？

吴老板张口就说，贺东仁呗，我们是多年的老交情了，前两天我们还在一起喝酒呢！

周围的员工们都开心地笑了，李石峰说，吹牛吧！

贺东仁说，石峰，我不干涉你的事，可是，你可以考虑考虑给他一个后悔的机会。

李石峰看了看贺东仁，他听出董事长的口气是要放过这小子，就问，吴老板，你说实话，为什么过了一个下午突然又想卖给我们了？你是不是根本就没有什么出高价的人，而是在这里骗我们呢？

吴老板尴尬地说，我当时找你的时候确实是有一个老板来找我，他说出25块钱，我的枣好坏都收了。

李石峰就问，那你怎么不给他了。

吴老板老实地说，那个老板是个外地收枣的，他怕收不上来，就先用高价把我给预订了。他后来到各个村子里一转，发现今年的红枣不难收。别处的价钱也低，甚至有的地方十四五块就能收到，就不要我的了。下午，我回去找他，他就说，我的枣质量太差了，不要了，我跟他就是口头说好的，没凭没据我又怎么不了他，我就慌了……

李石峰就说，这回你就知道，我这里给的价钱是最高的了吧？但是……

吴老板急着说，是我的错，是我的错，我不该贪便宜……

李石峰说，你要是真想继续履行合同，那就按照我说的，把那些烂的，不合格的挑出去，按照等级分别装好，什么等级给什么价。

吴老板满脸堆着笑，是，是，这是应该的，不过，那些挑出来的不合格的，要是你们不要的话，那不就浪费了吗？

李石峰刚想说什么，贺东仁接过话来说，石峰，我看，那些不合格的、烂的也收了吧，晒一晒，清洗一下，弄干净了提取有用的成分，也能用。

李石峰说，那可是不能给多少钱了。

吴老板赶紧说，你就看着给一点就行，不然，我们不是也得扔了吗？

李石峰满意地点着头，这个态度还差不多，那么，你今天回去就加加班把枣给我挑好了，明天我们一大早就去你那里收。可不能再反悔了啊。

吴老板保证，绝不，绝不……

吴老板看着贺东仁问李石峰，李总，这位老哥挺仗义的，还帮我说话，他是谁呀？

李石峰笑了，他是谁你都不知道？他就是前几天还跟你喝酒来着的贺东仁！

大家一听都笑出了声，吴老板尴尬地看着贺东仁不好意思地笑了。

杨振民是悄悄到大疆公司工地上来的，自从把在阿克苏建立红枣加工企业的事情交给了贺东仁后，他真是有些不放心。虽然贺东仁说的话非常漂亮，在什么时间能完成，什么时间投产，说归说，做归做。他真的能按照他的承诺去做这件事吗？杨振民趁早上到市委上班之前，悄悄来到工地，他想看一看到底做到什么程度了。

杨振民在工地外面就下了车，走进了施工现场。这个时候，工人还没有上工，他们三三两两地正在洗漱。他看到工程的施工进度跟想象的差不多，没有觉得有多快。地基已经干完，到处堆放着建筑材料。这时的天还比较冷。九月份的阿克苏早晚都是这样，太阳一升高就开始晒了。

杨振民站在工地上看了一会，就在寻找熟悉的人，他一眼看到远处蹲在地上正在刷牙的贺东仁，这让他感到很奇怪：贺东仁住在工地上？

杨振民向贺东仁走去，这时，贺东仁也看到了他，一边抹着嘴一边笑着挥手，书记这么早就来视察呀？

杨振民也微笑着走过去，问贺东仁，你刚到吗？

贺东仁说，刚到？我就住在这里……贺东仁指着不远处一个简易的棚子说。

杨振民有些吃惊地问，你住在这里干啥？又不需要你指挥施工，这里晚上多冷呀？

贺东仁说，晚上多盖点儿就行了。我是有些不放心，在这里也好处理一些事情，我们的员工不也都在这里住着吗，晚上也跟他们谈谈话什么的。

杨振民心里暖和和的，嘱咐贺东仁，你要注意自己的身体呀，你也是年过半百的人了，不能跟年轻人一样玩命，事情总得有个过程，慢慢地来。

杨书记的关心也让贺东仁很高兴，他嘿嘿地笑着问，书记，你看看，我们的进度还不错吧？

杨书记淡淡地一笑，我没看出来有什么特别的表现。你也别太追求速度了，质量是前提，一定要保证质量。你这厂房一盖起来就得一直用下去，要是三天两头地出问题，那可是要影响生产的呀。

贺东仁信心十足，放心吧，书记，第一，有我在这里，质量肯定有保证；第二，在质量的前提下，我现在要的就是速度。我找专家到现场看了，我这个工程按期完工一点没有问题。再者说了，我们的员工里面还有原来搞过建设的人，他们也都在现场监督巡视着，一发现问题就会解决了。

杨振民说，你现在开始招人了吧？

贺东仁对这个问题非常感兴趣，是呀，各方面的人才正在往大疆聚集，我也给阿克苏解决一部分就业问题。你看，新疆的农业学校、阿克苏的农业学校，我们都招了人，阿克苏的塔里木大学，还有全国其他地方一些学校的学生都是我们招贤的对象。现在看来，我们招的大部分人员都是很成功的。

杨振民说，你是同时展开，铺天盖地地干呀。

杨振民回到市委以后，心里一直很感动，贺东仁蹲在工地上刷牙的情景让他久久不忘，大疆公司的员工们居住的简易棚屋也在他的大脑里挥之不去。

市委常委会议上午十点半开，他准时坐在会议室里主持开会。他对常委们说，我早上去了大疆公司的工地，看到贺东仁也吃住在工地里很感动，人家确实是到阿克苏干事来了。这是我们阿克苏引进的第一家红枣加工企业，他们的干劲很足，这对促进我们阿克苏的经济发展是有好处的。我们要在各个方面给企业以大力的支持，给他们做好后勤保障服务，再也不能给他们制造任何障碍了。

常委们对贺东仁都很熟悉，对贺东仁在办理土地证时所遇到的种种麻烦也都很清楚。但是，没有谁愿意在这个时候得罪那个不喜欢贺东仁的人，大家都看着这位主管农业的负责人，都想听听他的意见，但是，他装作什么也不清楚，吸着烟不说话。

大疆公司的工地上，热火朝天。在杨书记来过工地之后，贺东仁找到施工队的领头人，协调施工的进度，在不影响工程质量的前提下还是要尽量往前赶。

郭东风与他的两个伙伴和几个工人一起从车上卸水管，他们已是满头大汗。他们把水处理材料堆放在一个空地上。趁别人还在卸车的时候，他蹲在地上量一根管子。施工队的一个中年监理走过来。郭东风抬头看了一眼，冲他点了一下头，算是打招呼。监理说，我看你总是泡在工地上，又不像个工人，你是干什么的？

郭东风边干活边笑着说，我就是大疆公司的员工，就是一个工人。

监理否定他的话，我知道，我问过他们，说你是一个大学生，还是北京一个大学的。

郭东风说，那是从前，现在我就是大疆的一个普通员工，这跟大学生有什么关系？

监理说，别这样说呀，你看我，我才高中毕业，现在当个监理，什么体力活都不干。你一个大学毕业生，却要干我们工人干的活，你这多丢脸呀，你这是给大学生丢脸呀，要是我，我才不干呢。

郭东风站起身来说，那是你的理解，我觉得，大学生干点实际的工作没有什么不好的，这有什么丢人的，劳动光荣嘛。

监理摇着头，真是浪费，浪费呀。

监理边说边走了。郭东风苦笑了一下，继续干自己的活。他跳进已经挖好的土坑里，让同伴们把水管递下来。贺东仁这时走了过来，问底下的郭东风，回来就开始干呀，休息一会儿，上来，休息一会儿，倪亚娟他们刚买回来一些水果，吃一点。

郭东风嘿嘿笑着说，我不太爱吃水果，你们吃吧，我还是干吧。

贺东仁说，上来，休息一会儿嘛！

郭东风见贺东仁很坚决，就放下手里的活，向上爬，贺东仁一伸手把郭东风拉了上来，你真重呀，你得减肥了。

郭东风笑了笑跟着贺东仁向不远处倪亚娟那边走去。贺东仁对那些正在卸枣的员工说，没有几筐了吧？搬完你们就过来休息一下。

员工们席地而坐，围成一个圈，地中间放着一块擦干净的木板，上面放着已经切开的哈密瓜，大家你一块我一块地啃着。贺东仁也跟大家一样吃瓜。边吃他边问高峰，小高，李总那边的枣收得差不多了吧？还得几天？

高峰回答，快了，再有那么两三天就收完了。

贺东仁望着工地说，这里再有几个星期结构就起来了，那个时候，咱们也就该进设备了，那个时候，你们就都得进行技术培训了。

贺东仁突然问坐在一边的倪亚娟，来了这么一段时间，有什么感想？跟你的想象差别大吗？

倪亚娟笑着说，最大的感想是减肥很成功！

贺东仁惊异地问，是吗？

倪亚娟说，来的时候我是65到66公斤，现在是54公斤，减了12公斤呢。

贺东仁也笑了，真是意外的收获啊，12公斤？！那是24斤哪。

稍一停顿，贺东仁实话实说地对倪亚娟说，不过，你干得真不错，这是我没有想到的，不知你还记得你在刚来的时候，我们的谈话吗？那个时候，你说话比较狂，还很有个性，你那时的个性一般的领导是不太喜欢的。我也是想试试看，你既然这么有个性，你到底干起来怎么样？现在看来，不错，我看，你还是保持这样的个性吧。

倪亚娟得到董事长的认可心里很高兴。这时，胡春风从厂区外走进来，他乐呵呵地老远就说，有水果吃啦，咱们赶上了。

贺东仁就招呼说，老胡，快过来吃吧。

胡春风走过来盘退坐在地上，一边拿瓜一边问，你们在谈什么呢，我看你们都挺乐呵的。

贺东仁说，我正在表扬我们的倪亚娟呢，能干，跟男员工一起下乡，都晒得认不出来了。

倪亚娟就笑，董事长站在我身边还问李总“倪亚娟呢”？把我们都给忘了……

贺东仁也乐着说，我不是把你给忘了，忘了你还会喊你的名字吗？我是认不出你了，又黑又瘦，下乡可真是锻炼人哪。

贺东仁指着郭东风说，小郭有点过胖了，下次要安排小郭下乡去，让他也去减肥。

胡春风认真地总结说，是啊，我们没有选错人，倪亚娟能吃苦，很踏实。

贺东仁也说，我们招来的这些大学生都很好，吃苦耐劳的，非常不错。

然后，贺东仁的话题又回到了倪亚娟身上，故意问，那你为什么能吃苦？

倪亚娟说，这算不了什么，我本来就是在农村长大的，吃苦都习惯了。我在家跟小子一样，什么活都干的，所以吃点苦也不怕。

胡春风肯定倪亚娟，可是，你跟着下乡去，我们看着都觉得很过意不去呀，下乡的都是男员工，只有你一个女性，这也太难为你了。

高峰也说，她比我们都能干。

贺东仁说，将来谁要是讨着这么个好媳妇可幸福了……

大家都笑了。倪亚娟却认真地说，干起活儿来，我觉得很充实，没什么事干那才难受呢。

贺东仁到16团的时候，于建设已经等在那里。于建设中等个儿，身体精瘦，看上去很朴实，目光中有一股灵气。朱团长拉着贺东仁的手给他介绍，贺总，这就是我们的秘密武装于建设……

于建设不好意思地说，朱团长这是给我戴高帽。

贺东仁非常热情地握住于建设的手说，大疆那20万亩土地等着你呢！

于建设对朱团长说，团长，咱们可是说只是帮助贺总他们搞规划，可没说我就要把那20万亩都干完了啊。

朱团长肯定地说，当然，你想去，我还不干呢！

贺东仁说，虽然我种过地，但是那么大一片地，我站在那里都晕了，找不着东西南北，最起码你得帮我找着方向才行哪。

朱团长说，这老贺，我说，咱们合作不就完了吗。你把地交给我，我派上一支队伍上去，你连管都不用管，几年以后你再去看，都给你收拾得非常好，管理得井井有条。你还不干，非要自己弄，你说你这是何苦来呢。

贺东仁说，我不是跟你说了嘛，要是图省事，我就没必要费那么大的劲要那么大一片荒地了，我这是把这片地当作我发展的根基来做的。无论是对于我，还是对于大疆公司来说，这都是一个非常重要的根基。

于建设说，咱们就别聊了，去看地吧。

朱团长嘱咐，老贺，我可是把人交给你了，但是，咱们丑话说在前头，小于必须以这边的工作为主，而且，我郑重跟你说，你不能打他的主意，把他从我这里挖走。

贺东仁说，以这里为主，咱们是说好的，那是没问题的。这期间也让于主任给我顺便物色几个人培养培养。至于于主任最后能不能被我挖走，那得看他自己的意思了，要是他离不开那片地了呢，你也只能忍痛割爱了。

朱团长瞪大着眼睛，哎，老贺，这话是什么意思?!

贺东仁哈哈大笑地拉着于建设就往外走。

贺东仁自己开着车，于建设坐在副驾驶座上，他们一路奔荒地而去。路上到处是白色的碱地，偶尔可以看到被分割成一些格子的正在被改造的地。荒滩上到处是石块、荒沙、碱地，无边无际的荒漠在风的鼓动下呈现着它的辽阔与宏大。天山在远处，雄伟的身影似乎在安静地注视着孤独而无望的土地。汽车飞跑在坚硬的路面上，显得极为渺小。

于建设打破沉默，贺总，这20万亩的土地证都办好了吗?

贺东仁说，你放心，一切合法的手续咱们都办好了，从阿克苏市到地区，到自治区，再到国家发改委，该摁的章咱们都摁上了，七十年的使用权，这七十年，就归咱们在上面改良土壤，种树……

于建设说，我最担心的是存在土地纠纷，一旦被这些麻烦事给缠上，可就是大麻烦。特别是等咱们都盖上房子，开始施工了，人家说这地不属于咱了，那才叫麻烦呢。所以，咱们在干之前一定要把一切权属都搞得清清楚楚才成。

贺东仁很自信地说，国家的手续咱们都办了，那还能有什么问题?你就放心地做吧，没事，即使出了问题由我来解决，你就放开手干吧。

说着话的时候，贺东仁把车停靠在荒地的边上，到了，咱们下车吧。

两个人从车上下来，站在路边，贺东仁指着眼前的荒地说，你看，于主任，这就是咱们的20万亩荒地。

于建设望着贺东仁指的那片地愣住了，他做了这么多年的土地开发，面对这么大的一片地，也还是让他很震惊，贺总，从哪儿到哪儿呀?这一片都是吗?

贺东仁说，就是这一片，划地的那天，我们开着车走了几个小时才划完，我都摸不着头脑了，回去我把咱们土地证上的边界说明和大概的图给你看，你就知道了。

贺东仁强调说，我听他们说，要是把咱们这片地走完，开着车也得几个小时呢，很大很大，有多大，我也弄不清楚。

于建设面对这样的一片土地，既兴奋又震撼，有一种临战的激动感，贺总，这要是都开发出来，可是壮观得很哪！

贺东仁说，是啊，这正是我要自己干的原因。这片荒地上，是戈壁荒滩，风一起就是满天的尘土，要是咱们把这片地都给改良好了，在上面全种上红枣，到了秋天你就看吧，一片火一样的海洋，不但刮风的时候起不了尘土，而且还能把这里变成一片美丽如画的风景区，咱们就是在白纸上画金子的人，画一张成一张，沙子里种金子，这是把梦变成现实的艺术工作。

于建设笑了，贺总真会讲话。可是，这么一大片地，得需要相当长的时间呀，就是土地的改良、熟化工作就得需要几年时间。先得把土壤里的碱去掉，然后再种上棉花进行土地的熟化，熟化好的才可以种树。

贺东仁诡秘地一笑说，那就看于主任的了。我是个急性子，要干就马上干了，并且向前推进的速度也得快。

于建设说，这担子很重呀，就是进行土地规划这块，先得进行航拍，把整个土地的空中视觉图搞出来，然后，再落到地面上，砸上界牌，划出咱们土地的具体的边界位置，在这个边界内再进行分期的规划与设计。咱们要请人航拍，还要请设计院来进行设计，这个过程也得半年一年的呀。

贺东仁问，就不能再快一些？

于建设说，这片地的面积过大，设计院的人到地里进行具体的测量、计算也得需要时间。而且，贺总，这片地从航拍开始到设计下来，得需要一大笔资金呀，这个钱恐怕你得筹划在前，否则等搞到半截没钱了，就会停工，那会很耽误时间的。

贺东仁问，整个下来估计得多少钱？

于建设想了想说，大概得要个四五百万吧。

贺东仁吃惊地问，需要那么多呀？！

于建设说，是呀，前期的工作非常重要，要是规划搞不好，就会影响后面的工作，所以这笔钱得花。

贺东仁问，有没有省的办法？

于建设笑了，他想了想说，有倒是有，不过那就得辛苦我们自己了……

贺东仁问，你的意思是咱们自己干？

于建设点了点头，不能全部自己干，有一部分请专业的来干，比如航拍制图、大的规划设计，这些都得请专业的来搞，剩下的我们来做具体的详细规划，测量什么的由我们自己来做，这样可以省不少，不过，不知这样设计院干不干。

贺东仁信心十足地说，做工作嘛，做工作就行了，咱们一起去做他们的工作……那样，能省多少？

于建设说，估计至少能给你省一半的钱。

回来的路上，于建设一边认真地思索一边问贺东仁，你有多少人在这里干？

贺东仁说，除了你之外，一个人也没有呀。

于建设吃惊地问，什么？！一个人也没有？那这怎么干哪！

贺东仁笑着说，我不是说了吗，你就全权给我招兵买马，一切都由你来办就行了，你的经费我去给你筹，需要什么人你去招，需要请什么专业队你就请，一切都由你来定，我给你做后勤保障。

于建设呆呆地望了贺东仁半天，一句话也没有说。他不知道应当跟这个什么都没有准备的人说什么。

沉默了半天，于建设缓缓地说，贺总，你要清楚，朱团长那边是叫我帮助你搞规划的，绿原镇的事情实际上还没有完，再加上开发办的事情也是相当多的。我呢，不可能在你这里花很多的时间和精力，要是你这里一切都是空白，这个事情可是比较棘手。

贺东仁不急不火，于主任，你已经看了，我这么大的一片土地，前景很不错，到我这里来干吧。你在兵团里也是搞土地开发利用，在我这里也是这样干。可是，在我这里你就是总负责，你就是 20 万亩地的当家人了。一切的一切都由你从空白做起，然后看着土地成熟，种上红枣，形成红色的海洋。然后把几十吨的红枣做成各种产品推到市场上去，那是多么大的一个事业呀。来吧，到大疆公司来吧，我们注册大疆林场公司，你当法人兼总经理。

于建设似乎没有被贺东仁打动，贺总，你跟朱团长是老友，我是朱团长多年的朋友和部下，正因这样，我才到这里跟着你看地。我是在帮朱团长，我根本就没有想过离开兵团。咱们最好别谈这个事了，你放心，我会尽自己的全部力量帮助你把这片地的规划搞好的。

贺东仁望一眼于建设，然后一边开车一边说，好吧，那就不说了。

大疆公司的施工现场在铺设完管道以后，建设的速度就快了，厂房和办公楼都在一天天地升高。李石峰到温州去购买生产设备，他给贺东仁来电话说，设备及安装设备的人员很快就会到阿克苏了，问工程的进展怎么样，能不能设备一到就进行安装。贺东仁说，没有问题，只要设备一到，可以立即安装。

贺东仁特意嘱咐李石峰一定要请厂家技术娴熟的人到阿克苏来，顺便对员工进行专业的培训，要保证年底前投产时在技术上不出问题。

还有一个问题，就是员工的住宿问题。在工厂投入生产后，将有一批员工住在工厂里。现在办公楼和厂房的建设已经顺利推进，那么员工的住宿吃饭问题也就应当列入工作计划了。要建设一座员工宿舍和一个员工食堂。贺东仁知道，当工厂投产的时候正是冬天，冬天的阿克苏是寒冷的，一定要解决好员工的吃住问题。

贺东仁在自己的简易办公室里召开了一个干部会议，胡春风、王家兴、李景文及大疆集团办公室的负责干部都参加了这个会议，主要是研究建设宿舍与食堂的问题。王家兴是贺东仁从山西带到阿克苏的，能吃苦，也很踏实。而李景文是通过招聘参加到大疆公司来的，当过兵，也有过经商的经历，目前与胡春风一样担任着公司的副总经理。他很聪明，又肯动脑筋，按照朋友给他的评价，有时还爱耍个小聪明，还以为别人不知道，就显得有些傻。大疆集团办公室还招聘了个主任，是退伍军人。其他两个员工都是与倪亚娟一起进入大疆的大学生，做文书工作。

贺东仁把大家召集到一起，就是想听听大家对大疆集团进一步建设的意见。当然，对于建设员工宿舍、食堂所有的人都感到兴奋，这是解决大家生活的大问题呀。怎样进行建设？有人提出继续使用正在施工的建设队伍，同时进行其他两个项目的施工。胡春风表示反对，这个施工队伍虽然不错，施工的工人素质也不错，进度也能按照咱们的要求推进，但是要是再给他们加上两个项目，他们势必就会分心，甚至会拖延工期。

胡春风提出，宿舍与食堂工程要重新进行施工招标，让新的建设单位承担，这样既不影响现在的工厂与办公楼的进度，也能保证这两个工程的质量。

李景文说，那这两个施工队就会有交叉，会产生矛盾……

王家兴提出，咱们可以用围挡把两个施工队给隔开嘛，各走各的路，谁也不干涉谁。

贺东仁说，我看另外招标一个新的施工队的意见可行，李总和家兴你们两个负责这个事吧，要快，不能拖，工厂咱们在年底就投产，咱们的食堂和宿舍也要在年底前投入使用，有信心吗？

王家兴说，没问题，我们现在就找人搞设计进行施工招标。

进入10月份，天气越来越凉了。大疆集团的房子也即将完工，办公楼外装修已经完成，工人们正在进行室内装修，厂房的建设已经完成。在大疆集团100余亩的土地上的另一侧，高峰、倪亚娟等人正在那里晾晒红枣。

一大片红枣在露天的场地上铺开。一片红色，很是壮观。晾晒红枣的人们一边翻看红枣，一边进一步挑拣着。晒好的红枣正被一些员工装进口袋搬运到库房去。风不大，太阳很晒，正是晾红枣的好时节。

大家进进出出忙碌的时候，从温州托运来的设备到了。贺东仁正好在新建成的办公楼台阶上看到了运设备的汽车往厂区开来，他兴奋地高声喊着，咱们的设备来了！

他这一嗓子，几乎所有的人都听到了。大家停下了手头的工作，都站在原地向那边张望，贺东仁兴奋地叫着，大家都过来帮助卸车呀。

汽车停下的时候，李石峰跳下来，贺东仁笑着说，石峰，辛苦你了。

李石峰也笑着说，拉回来就踏实了，我的任务完成了，下一步就看这东西怎么运转了。

两个人在说话的时候，从车上下来几个工人，跟大疆的员工一起卸设备。贺东仁就问，师傅请来了吗？这东西没人会用，可得把咱们的人教会才行呀。

李石峰说，放心吧，我把他们最好的技术员请来了，他们答应直到把咱们的工人完全教会为止，还保证说给咱们培养一个能维修的人员，如果遇到一些小问题可以自己解决。

贺东仁高兴地说，好哇，好哇。这就有保证了，咱们的机器一旦运转起来可能就不会停下了，一直把这些大枣都生产完了。你先休息一下吧，我们把设备都搬进厂房里。

李石峰说，不累，一起干吧。

说着两个人也加入到了搬设备的人群中。有一个大家伙，个头很大，大家费了好些劲才把它弄进新建的厂房里。

晚上，贺东仁给北京的郝治方打了一个电话，郝教授，我们的厂房建完了，设备也来了。

郝治方不相信，是你想象的吧。

贺东仁认真地说，是真的！我给你打电话，一方面是向你报个喜，另一方面我想请你一定要来一下，看看这里的情况。还有呢，就是要指导一下员工，告诉他们怎么干。

郝治方听贺东仁这么说，有些吃惊，你真的弄好了？！

贺东仁说，不能说完全弄好了，可是，投产应当没有什么问题了，厂房、设备、原料、人员都到位了，我想应该可以生产了吧。

郝治方说，要真是那样，我一定要去一趟，看看这个奇迹是个什么样子。

贺东仁提出，我给你定两张机票……

郝治方说，干吗订两张机票?

贺东仁说，你不能一个人来，一定要把北大中医学院的梁成业教授请来，你不是说了吗，他是做药的专家，还兼过药厂的厂长，有实际的生产经验，我想，最开始的时候，你们两个给我把着关，这样就保险了。

郝治方敬佩地说，老贺，你真是想得周到，我都没有想到。好，我一定把老梁给你请到，你一旦生产，有些问题不是设备厂家可以解决的，有的是产品问题，确实需要一个有生产经验的人在场最保险。再者说了，你们要投产的疆枣素还是从我的试验室里走出来的，我得到现场去呀，看着我的作品是怎么从试验室走到工业化生产线去的呀。

贺东仁高兴地说，我们正式投产的那一天，一定要搞一个隆重的开工仪式，你也一定要来，这对于我和大疆集团公司，以及阿克苏都是大事。

第09章　味 道

冬天来得早吗？

不知道别处如何，反正阿克苏的冬天早就抑制不住心急的个性，11月上旬就匆匆地露面了。

太阳在天空悬着的时候，照明的意味多于增温的效果。人们已经不得不穿上厚厚的大衣，但是，那些在寒风中出出进进的人的心却是热乎乎的。

大疆工地已经变得整洁了。整齐的工厂被铁栅栏圈在里面。装修漂亮的工厂大门外黑色花岗岩上用黄色的维吾尔、汉、英三种文字书写着“新疆大疆绿洲”六个大字，三面旗帜在蓝蓝的天空下飘扬。

三层办公楼内外装修已经完成，家具厂的工人和大疆的员工正在往楼上搬办公家具。红色的“办公楼”几个宋体字已经贴在通透的玻璃上。

厂房也已经盖完，白色的墙壁在耀眼的阳光里醒目而光洁。厂房里的人们正紧张地上课：即将成为疆枣素生线上的员工们都在认真地听设备厂家派来的专家讲解操作要领。他们即将成为大疆绿洲公司生产一线的技术骨干。提取红枣的营养液在全国也是少见的，他们也将是这个领域里的领跑者，这套技术也将在同行业里创造一个先例。

整齐的大疆公司厂门口开来了一辆车。贺东仁亲自开车，车子停在办公楼前，从车上下来的是北京的两位顶级专家郝治方教授和梁成业教授。一下车，贺东仁就给两个人介绍，这就是咱们集团的总部和加工厂了，刚刚完工，正在进行内部调整。

郝治方看着整齐的厂区和办公区感叹道，老贺，你可真行呀，你真的把工厂在一百多天的时间里造出来了，你的赌注也算赢了吧？

贺东仁不知足地说，哪里，这还不能算完，一直到生产出产品来，我的赌才能算赢了。所以把两位大教授请来了。

梁成业是个不太善于言辞的人，语调也平缓，他对贺东仁说，咱们到厂房去看看设备吧。

贺东仁高兴地说，走，咱们先去生产车间看。

他们走进白色的宽大的厂房里，厂房里有部分厂家的工人正在调试着设备，还有几个在给工人们讲解。贺东仁走进去的时候，一个员工对厂家的人说，贺总来了。

贺东仁笑着跟厂家的人打招呼，然后给他们介绍两位专家，我来给大家介绍一下，这是咱们从北京请来的两位专家，他们到这里支援咱们来了。这几天两位教授跟咱们在一起，要是有什么问题，你们可以及时向他们提出来。

郝治方谦虚地说，这个设备我不懂，咱们梁教授是专家，主要还是请他给咱们解决生产中的问题，我是搞产品研究。你们要生产的疆枣素是我搞出来的，我非常想看看你们是怎么把这个试验室中的样品变成工厂里的产品的。

梁成业问，真空设备安装了吗？

厂家的技术人员说，还没有，正要安装。

梁成业就说，你们把真空设备安装上，要是这几天试产的话，真空要提早调试，你们这个真空设备是什么样的？

技术人员指着设备说，这个是喷射式真空设备。

梁成业有些担忧地说，要是喷射式的，那就需要水，咱们供水设备都安装到位了吗？

技术人员有些为难地说，就是因为还没有解决供水问题才没有及时安装。

梁成业对贺东仁说，贺总，得找人先把供水系统解决了，真空才能做下去呀。

贺东仁就喊，小郭，小郭在吗？

郭东风跑过来。贺东仁对他说，你仔细听梁教授的要求，想办法解决供水问题。

梁成业说，你们的下水道在哪里？

郭东风摇头说，这里没有下水道，还没有建。

梁成业又问，那么，真空泵还需要一个大水池、一个循环水的装置，都建好了吗？

厂家的技术人员说，我们来了，也发现了这个问题，这就得在这几天建了。但是，建好了，还不能立即使用，还需要一个干燥的过程，这可能会耽误一些时间的。

梁成业就说，这几个问题都得解决了，都是生产的必要条件，这个解决不了，真空就做不成了。

贺东仁问，小郭，下水道要是建好，得需要几天？

郭东风为难地说，这个……我没有经验，挺复杂的。

郝治方在一边插话说，不然，先把循环水系统和水池子建好，先试产，把废水直接排在地上，等建好了下水道再往里排吧。

梁成业点头说，要是咱们必须赶在年底前投产的话，那就只好先这样了，不过，这么冷的天，水直接排到地上，那还不立即结冰。

贺东仁说，那也是临时性的，在这同时先把下水道建起来，只要建起来就好了。

他们走出车间的时候，贺东仁问两个人，照现在这个情况，试产需要几天？

郝治方说，出发的时候，老梁说就是三五天的事儿，现在……老梁你看，三五天还能干得完吗？

梁成业叹口气说，三五天可不成了。虽然设备已经到了，我原来想的是，设备都安装好了，也调试了，咱们就在这里看着，看哪些地方不规范，有问题给他把把关，纠正一下就成了。现在看来，一些基础性的工作还得边做边建就比较麻烦。还有一个问题就是，咱们工厂里没有技术力量，快生产了才开始培训，这样，一旦在生产中出现一点问题，解决起来可能就是个大问题。可是，生产中，尤其是刚投产的产品，一点问题都没有几乎是不可能的，有了问题咱们自己又解决不了，就得停产等着别人来解决。

贺东仁听出来了，这里的问题还不少，那么，就辛苦两位专家在这里多待几天了，把我们扶上马，送一程再走吧。

梁成业有些犹豫地说，光靠我们两个，力量还是有些弱，这样吧，我再给你调两个人过来。

贺东仁高兴地说，好哇，让他们今天就出发，我去接他们。

梁成业笑了，你这么急呀，他们怎么也得把那边的工作安排好了才能离开呀。

贺东仁急着说，这是救场，救场如救火啊，我们必须在年底按时投产，我是真着急呀。

郝治方也说，这样吧，老梁你先叫一个人马上过来，我再在我那里调一个人过来。如果需要的话，再让后面的人做准备吧。

梁成业认为这个方法还行，那好，你调一个，我调一个，帮助他把这个试产搞起来。

贺东仁高兴得孩子似的笑了。

当天晚上，几个人就开始和厂家的技术人员、大疆员工们一起干起来了。由于生产用的供水与一般的饮用水的系统有一些区别，这里的供水设备对于制造真空来说还不配套。刚刚把水接上，水就开始跑，再接再跑水。终于接好了，制造真空的时候，排出的水直接排在地上，而这时又是冬天，阿克苏冬天的夜很冷，不一会儿，流到地上的水就结成了冰。那些喷出来的水，喷在人的身上也很快就结成了冰，大家在有些空旷的车间感到格外冰冷。

贺东仁也陪着大家一起干，后来，他突然想起什么，就走出去了。过了一会儿，他拿了两瓶白酒走进车间，咱们一个人来上几口酒暖和暖和身子吧。

贺东仁先把酒递给了梁成业，梁成业看了看，就喝了两口，然后递给旁边的人，酒瓶子在人们中间传递着，能喝的就来上两口，不会喝的就递给别人，两瓶酒把气氛调动起来了，大家说说笑笑地加紧干着活。

天亮的时候，供水的问题才基本解决。大家看着太阳慢慢地升起来了，才直起了腰。贺东仁早已经让食堂准备好了早饭。大家洗洗手、洗洗脸，坐在一起吃起了早饭。这一个不眠之夜，很疲惫，最终把问题解决了，多少是个安慰。疲惫的人们都没有什么话好说，只想躺在床上美美地睡上一觉。

贺东仁对大家说，咱们上午先休息一上午，吃过中午饭再接着干吧。

梁成业提醒贺东仁，上午得把那几个缺的螺丝买来，要不下午还是干不了。

贺东仁想了想，哎呀，这附近卖这种配件的地方可难找了，去哪儿呢?

正在吃饭的郭东风说，贺总，据我的经验，这种东西只有乌鲁木齐有，我铺水管的时候，也是缺一个不大的零件，找遍了阿克苏都没有找到，最后还是让一个朋友从乌鲁木齐带来的。

梁成业说，找个工厂，跟人家要，或者借吧，等咱们方便的时候买了再还给人家嘛。

贺东仁摇着头，这方圆几百公里内就没有像样的工厂，也没有跟咱们相近的生产厂，借是不好借的。这样吧，我去想办法，你们先休息吧。

阿克苏地委常委会议上，李慧民书记高兴地向与会者宣布，大疆集团要按照与阿克苏地委与市委的约定，按时投产，大疆集团的贺总亲自给我们地委和市委的常委们送来了请柬，他们将在12月26日举行一个集团工厂的落成典礼与生产开工仪式。国务院扶贫办、全国政协、自治区的相关领导到时都要参加，我们地委常委的所有人员和市委能去的干部也都要参加，这是咱们阿克苏的大事啊，他们用了不到109天的时间真的就建成了一个生产车间，一座办公大楼，这是一种什么速度?这在阿克苏的历史上从没有过。

副专员贾志坐在下面一脸的不屑，他低头跟身边的人交头接耳。

李书记接着说，我们就是要大力支持这样的企业，说干就干，不管遭到什么样的困难克服了就上，这是一种什么精神?贺东仁说，他要创造一种“大疆精神”，他要创造一种“大疆速度”，我看这个提法要是形成一个模式、一个样板就很好，让大家都学习这种精神，学习这种样板，促进阿克苏经济的发展和社会繁荣，这就是一个很好的开端嘛。

李书记热情地征求大家的意见，大家可以谈谈对大疆的看法……

属于贺东仁的，也是大疆集团的倒计时的日子已经所剩无几。而天却越来越冷。在加工厂的锅炉房里，维吾尔族员工吐拉洪在往炉子里添着煤。吐拉洪是个红脸膛的大汉，头上戴着一顶维吾尔族花帽。贺东仁走过来，吐拉洪恭敬地站起身用半生不熟的普通话说，董事长好。

贺东仁笑呵呵地说，吐拉洪好，这里的生活还习惯吗？

吐拉洪红红的脸上露着笑意，习惯，习惯。

贺东仁嘱咐，天冷了，把锅炉烧得旺旺的。

吐拉洪保证，董事长放心吧，一定烧得旺旺的。

跟吐拉洪聊了几句话，便从锅炉房走出来。贺东仁想到厂房去看看。他走到厂房门口的时候，听到里边有异常的声音，赶紧推门进去。厂房里正在往外溢水，有的人趴到设备上去关水闸，有的人想办法堵水。贺东仁一眼看到郭东风在水沟里堵水管子。这时的天非常寒冷。贺东仁在外面走上这一圈都已经感到有些凉意了，看到郭东风在冰水里泡着就心疼地问水中的郭东风，冻吧？

正在堵水管的郭东风抬头一看是贺东仁就憨厚地嘿嘿地笑了两声，水压太大了，水管子承受不了，一下子就断了，得赶紧修好才行，要不然，明天咱们的开幕式就会出问题的。

郭东风站在冰冷的水里，他胖胖的身体已经把水沟给塞满了。他的身上全是水，脚也泡在水里。虽然现在水闸已经关了，但是水沟里的水还是没过了脚面。郭东风站在里面，手有些麻。他费劲地用扳手使劲地拧着螺丝。但是，太冷了，手不好用。直一直身体，又使劲地拧。贺东仁在上面看着郭东风站在水沟里非常感动，小郭啊，要不，你上来歇一会儿，我来拧。

郭东风说，贺总，还是我干吧，我已经跳进来了，你就别再弄湿了，你还有更重要的事要干呢。

郭东风专注地在狭窄的水沟里干了半天，才最终将螺丝拧好。然后，又从上边拿过一个水桶，要把沟里的积水舀上来。贺东仁制止道，剩下的活你就别干了，快上来暖和暖和吧，都快冻僵了，快上来。

贺东仁伸出手去拉郭东风，郭东风这才顺从地让贺东仁拉上来。他的身体有些胖，贺东仁拉着也有点费力，就说，贺总，我自己爬上来吧。

贺东仁说，你的手都冻紫了，别冻伤了啊。

郭东风两只已经冻僵的手拄在沟边，在贺东仁的帮助下吃力地爬了上来。上来以后，贺东仁发现，郭东风的衣服上已经结了冰，袜子和鞋都湿着。他心里很不是滋味，就说，小郭，快跑步去锅炉房，在吐拉洪那里好好地烤一烤，千万别生病啊。

从水沟里爬到上面来的郭东风这才真正感到了冷。他上下牙磕碰着，嘴唇也发紫了，浑身开始发抖。贺东仁见状，立即把郭东风的上衣脱下来，把自己的棉衣脱下来给他穿上。然后，叫来一个员工，小刘，快跑步到小郭的宿舍给他找一身衣服来，送到锅炉房去！

小刘答应一声就跑去了。

郭东风披着贺东仁的外衣，摇摇晃晃地向吐拉洪那里跑。贺东仁跟在后面，一直陪他到了锅炉房。到了那里，贺东仁对吐拉洪说，吐拉洪，把炉子烧旺了，把小郭烤热了，把他的衣服给烤干了，好好地照顾小郭。

吐拉洪见郭东风冻成这个样子也很心疼，嘴上答应着“董事长放心吧”，一边给炉子里加了一些煤。然后，从身边拿起一把茶壶，放上一些茶，泡了一壶热气腾腾的茶水，给郭东风倒了一大杯递过去。郭东风接过茶杯连“谢谢”都说不出来了，只是咧了咧嘴，两手捧着热杯子，身体仍在那里发抖。贺东仁想了想走出去了。他想起了没有喝完的那瓶酒。

吐拉洪盯着郭东风捧着茶杯的手说，小郭，你的手冻伤了。这样，会烂的，你得抹药，要不，手就疼得厉害。

吐拉洪给小郭看自己的手，你看，我小时候，这只手就冻伤了，不注意，每年都疼，很不好受。

这时，小刘已经给郭东风找来了衣服，郭东风就把湿衣服脱下来，在暖和的炉子边换上。吐拉洪把郭东风换下来的衣服拿起来，放到盆子里去接水，郭东风不好意思地去拦吐拉洪。吐拉洪说，你不要动，我给你洗，一会儿就好了。

郭东风有些腼腆地坐下了，他现在暖和过来一些。小刘出去的时候，贺东仁正好过来，贺东仁对小刘说，你去把那个水沟的水处理一下吧。小刘答应着“是”走出去了。

贺东仁倒了一杯酒递到郭东风面前，郭东风摇摇头，贺总，我不喝，一会儿就好了。

贺东仁说，喝吧，一会儿心里会热乎一些的，里边热了，外面也就热了。

郭东风仍然腼腆地摇头。贺东仁就把杯子放在一边对吐拉洪说，小郭就交给你了，好好照顾他。

吐拉洪说，董事长，放心。

贺东仁刚一出门就接到了赵小萌的电话，董事长我们来了，宋大姐也到了，现在已经安排她们住在宾馆了。

贺东仁高兴地说，好哇，你的任务完成得非常好，你就在那里陪着宋大姐她们，我过一会儿就去看她。

贺东仁接着拨通了一个电话，秘书长，我是贺东仁呀。

胡秘书长一开口就是赞扬声，老贺呀！你可真行啊，你跟书记的赌还真赢了啊，今天的常委又开会了，说明天所有在家的领导都要出席你们的典礼呢。

贺东仁笑呵呵地说，秘书长啊，这都是政府支持的结果，其中也有您的功劳。

秘书长说，哪里，哪里，还是你老贺有本事呀。

贺东仁说，秘书长，有这么个事儿，明天不是要典礼吗，今天宋大姐夫妇已经到阿克苏了，宋大姐你知道吧？

秘书长问，是不是全国政协委员宋翠莲？

贺东仁说，对，她对咱们的大疆非常支持，给予过很多帮助，她和她的老伴来参加咱们明天的典礼。我想，请你给安排一下，今天晚上在一个维吾尔族兄弟家吃上一顿地道的特色美食，也让他们感受一下我们少数民族兄弟的热情和纯朴，这也是宣传咱们阿克苏的好机会嘛。

秘书长想了想说，行，这好办，大概有几个人呀？

贺东仁给秘书长数着，宋大姐夫妇两个，我和我的女儿两个，我们的小赵赵小萌一个，你也参加，你一个，咱们大概是六个人吧，不用特别准备，就是吃维吾尔族最普通最家常的东西，主要是感受一下民族兄弟的热情。

秘书长答应说，好，我这就给你安排，安排好了，我给你打电话。

打完电话他走到办公楼前，那里，李石峰正按照事先商定好的分工在布置明天即将举行的典礼会场。贺东仁走过来对李石峰说，石峰，等弄得差不多的时候，给员工们开个会吧，给他们布置一下明天的典礼活动。让大家都打扮得漂亮一点。给他们分分工，接待的、迎宾的、端茶倒水的，都得落实到具体的人身上。这是咱们大疆展现素质的机会，让大家打起精神来，给领导们留下个好印象。

李石峰笑着说，没问题，今天晚上正准备开会呢，大家的兴致都很高。

贺东仁打量了一下李石峰说，石峰，你是咱们的总经理，更要打扮得精神一些呀，你可是咱们的门面。

李石峰说，都随便惯了，再穿正装都可能不习惯了。不过，放心，董事长，明天你就瞧我们的吧。

这时，贺东仁的手机又响了，那边是秘书长，老贺，今晚上吃饭的事给你安排好了，我把任务给了刚刚上任的田副市长，他刚刚从依干其乡出来嘛，那里都是维吾尔族，他说了，没有问题，晚上咱们就听他的安排吧。

贺东仁说，好哇，谢谢你！

秘书长爽朗地笑了，没关系，这都是咱们自己的事儿嘛。

晚上，贺东仁陪着宋大姐夫妇，带着赵小萌和从北京专程赶来的女儿贺菲一起来到维吾尔族兄弟家，他们有说有笑。见到宋大姐夫妇贺东仁很高兴，见到自己的女儿他更是喜不自禁。他们到了约定好的维吾尔族家庭的时候，秘书长已经到了，他正站在门外等着贺东仁一行。见他们来了，就热情地迎上去，贺东仁向秘书长介绍，宋大姐对咱们的大疆支持很大，她可是全国政协委员。

维吾尔族主人也迎上前来跟客人们握手，汉语讲得不太好，但是能交流。维吾尔族主人把大家请进屋里。

主人的火炕上铺着崭新的维吾尔族手工炕单，墙壁上也都围挂着艳丽的维吾尔族饰布，炕的中央堆放着高高的馕，屋子的中央是火炉子，炉子上坐着正在冒着热气的水壶。一走进这个典型的维吾尔族家庭，大家有一种温暖的感觉。主人用不太标准的汉语请大家上炕，到炕上坐吧，炕上暖和。

秘书长也笑着说，坐吧，咱们都到炕上坐。

贺东仁就问，到维吾尔族家庭都是这样吗？

主人接过贺东仁的话笑着说，是的，这是维吾尔族人招待客人的最热情的方式。

大家就脱了鞋纷纷上炕，围着炕中央的馕坐下。贺东仁问，这个座位是不是也有些区别呀？

秘书长就说，咱们就随便吧，维吾尔族兄弟们的许多习惯咱们一天半天的还学不会。

主人这时端过来一摞碗，给每个人面前放上，然后给每个杯子里倒上热腾腾的茶。然后主人又打开放在馕上的纱布，对大家说，请吃吧，吃馕。

贺东仁问，怎么吃呀？

维吾尔族主人笑了，就是用手撕开了馕蘸着茶水吃，也可以边喝茶边吃。

说着，维吾尔族主人就做了一个示范，大家都模仿着主人的样子也开始边吃边聊。这时，女主人又端来酸奶，每人一碗，男主人介绍，这是我们自己做的酸奶，你们尝尝。

贺菲很喜欢他们的酸奶，赞美着，真好喝。

男主人就说，好喝再喝一碗。

赵小萌也应和着，是呀，真好喝。

这时，田副市长到了，一进屋就说，对不起，对不起，来晚了，来晚了。

秘书长就说，你是怎么搞的嘛，把我们扔到这里，就不见你的影子了。

贺东仁是第一次见这位新上任的副市长，就一边介绍自己一边介绍宋大姐夫妇，我是大疆绿洲公司的贺东仁，这个是咱们的宋大姐，全国政协……

田副市长打断贺东仁，这两位小姐呢，她们是谁呀？

秘书长说，这是老贺的女儿，这位是老贺的得力部下，叫……

赵小萌把手伸过去说，赵小萌。

田副市长兴致很高，握了一下赵小萌的手，然后转过头问维吾尔族男主人，羊烤了吗？

主人说，正在烤着呢，一会儿就熟了。

田副市长就说，搞几瓶酒，喝酒，喝酒。

贺东仁说，我们的宋大姐可是不喝酒的……

田副市长说，哪有来到维吾尔族家庭不喝酒的？宋大姐不喝，你就替她喝，还有两位小姐都能喝吗？

赵小萌就说，我不能喝酒。

贺菲也声明，我也不行，我喝不了酒。

田副市长自作主张地对人说，拿酒杯来，要大一点的，喝酒，喝酒。

这时，男主人端着一大盘香喷喷的烤羊上来了，放在炕的中央。酒和酒杯也都拿来，每个人的面前都放上一个，田副市长以主人的身份给每个人面前的杯子里都满上了酒。然后，举起酒杯对大家说，我来晚了，先自我罚上一杯。

说完，他一杯酒就下去了，秘书长就说，老田，别这么急吗，咱们慢慢地来，聊聊天吧。

田副市长一边给自己倒酒一边说，我就是个急性子，咱们北京来了这么多的朋友，难得呀，平时咱们想见个北京人都见不到，现在来了这么多尊贵的客人，咱们得招待好。来，这杯酒我敬各位客人……

说着，田副市长跟每个人都碰杯，贺东仁就说，宋大姐就免了，她年纪大了……

田副市长就指着赵小萌和贺菲说，她们还年轻嘛，来，喝！

贺东仁一边端着酒杯一边说，田副市长，咱们初次见面，你就这么豪爽，我的酒一定喝了，以后还得请多关照呢。

然后就喝光。赵小萌也端起杯来，把杯子里的酒喝了。喝完了，她就说，田副市长我可就这一杯，我是真的不能喝酒。

田副市长摆着手说，那可不行，喝，喝！

赵小萌自己拿起了酒瓶作出给自己的杯子斟酒的动作，但是她没有往杯子里倒酒，然后给贺东仁的酒杯斟上酒。由于座位比较远，田副市长那里是看不到赵小萌这边的杯子的。趁大家不注意赵小萌把茶杯里的水倒进了自己的酒杯。然后，赵小萌举起酒杯说，那我就代表大疆公司的员工感谢两位领导对我们公司的支持。

赵小萌跟田副市长碰杯的时候，田副市长一下看到了赵小萌酒杯里的颜色不对，他的脸就沉了下来，气哼哼地望着赵小萌，赵小萌的脸一下就红了。她知道自己被发现了，就想向田副市长道歉。可是，就在这时，田副市长却怒气冲天地把自己的杯子连同里面的酒突然向地上掼去。只听“啪”的一声，酒杯摔碎了，酒洒了一地。大家都被田副市长的这个动作给弄蒙了，愣在那里不知说什么好。

田副市长怒不可遏地指责道，你喝酒掺水，你这是瞧不起人！北京人，北京人怎么了？就了不起了？这样喝酒，你这是瞧不起人！

秘书长反应过来，一把抓住田副市长说，老田，老田，你这是何苦来哉呢？

秘书长知道这酒也喝不下去了，就拉着他的手臂把他拉到屋外去。愣在一旁的贺东仁非常尴尬地望了望宋大姐夫妇和两个女孩。宋大姐安慰他，没事儿，没事儿，咱们走吧。

大家就下了地。贺东仁、宋大姐几个人向维吾尔族主人道谢，谢谢你们。

男主人和女主人都被这突如其来的变故弄得有些不知所措了，他们站在那里尴尬地笑着，跟每个人握手，送他们走出屋去。

这时，秘书长拉着田副市长好言相劝，贺东仁对秘书长说，秘书长，我们走了！谢谢你！

秘书长快步走过来，扯着贺东仁，也试图留住要走的每一个客人，别走呀，还没吃完饭呢，别走。

贺东仁说，吃完了，谢谢你，我们走。

贺东仁把宋大姐和两个女孩送到车上，关好了门，然后走回来。大家都以为贺东仁要去和维吾尔族主人辞别，但是，贺菲了解父亲，她跳下了车，去追父亲。

贺东仁走到了田副市长面前，伸出手来揪住了他的衣领，怒视着田副市长，大声地说着，田德昌，你是个王八蛋！你以为你是个什么东西，你当着这么尊贵的客人摔杯子，你知道你摔的是什么吗？你摔的是阿克苏干部的素质，你摔的是阿克苏的形象，你这样的人还能当副市长？你知道副市长是怎么当的吗……

贺东仁的怒吼声把刚才还怒气冲冲的田副市长给骂傻了，他没有任何反应。贺东仁敢骂他这个地方官，敢骂他这个副市长，这是他做梦也没有想到的。

这时，贺菲已经跑到了贺东仁身边，她拉着贺东仁的胳膊，爸，咱们走吧，走吧。

她被吓坏了，她一边哭着，一边推着贺东仁走。贺东仁再次转回身来，指着田副市长说，我告诉你，姓田的，我回去之后立即给地委书记打电话，告诉他你今天的这副丑态，你这是在给阿克苏丢脸！

田副市长这时已经反应过来了，但非常狼狈，在这样的情景下，他能做什么？走也不是，不走也不是，只能愣愣地站在那里，看着贺东仁上了车，发动，开走。

汽车上，贺东仁余怒未消，他拿出手机，拨号。贺菲劝他，爸，行了吧，开车吧，阿姨和叔叔都在车上呢。

贺东仁对宋大姐夫妇抱歉地说，真是对不起，出了这样的事。但是，这个电话我得打，我觉得这样的干部素质问题必须向领导反映。

贺东仁拨通了一个号码，是地委李慧民书记的，电话那边传来“你拨打的用户已关机”的声音，贺东仁看看手表，已经是夜里一点多了，书记肯定是睡了。

然后，他想了想又一边开车一边拨通了另一个电话。电话通了，贺东仁说，打扰你了，副专员同志，我打这个电话是想向您反映新上任的田副市长的问题。今天，我们陪着全国政协委员宋大姐到一个维吾尔族群众家里去做客，这个田副市长居然在她面前摔杯子，把阿克苏干部的脸都丢尽了。作为一个党员，我强烈要求，这样的干部不能让他干下去了。

副专员听着贺东仁的电话焦急地劝着他，老贺，是怎么回事呀？生那么大的气，消消气啊。老田那个人哪，就是脾气不好，点火就着，你也别太往心里去。

我不知道情况的经过，但是，我敢说，老田绝不会有恶意，你就原谅他吧。

贺东仁挂上电话，抱歉地对宋大姐说，对不起，我太固执了，太固执了。

赵小萌在一旁都快哭了，董事长，都是我惹的事，我不该往酒杯里倒水。

贺东仁说，你不要自我责备了，这件事不怪你，这个人的素质太差。刚刚当上一个官，就不知道天高地厚了，是自我膨胀。他就是不在这里蛮横霸道，也会在别的场合这样的。我要是不给他一个教训，不让他记住今天，那么他迟早有一天也会跌跤的。权力比酒的麻醉作用大，今天不是酒精让他失去理智，而是权力。

这个夜晚的天空似乎比任何时候都蓝，都神秘。阿克苏的晚上是从10点以后才开始的，大疆的员工们到了11点还在忙碌着。

明天就要举行典礼了，这让所有的大疆人都很兴奋。郭东风对于白天破裂的水管还有些不放心，快12点的时候，大家都准备睡觉了，郭东风对另一个同事说，小刘，咱们去车间看看去，我怕白天接的水管没接好，再跑了水可就麻烦了。

小刘很干脆地答应，走。

两个人拿了一个手电走了出来。走到厂房，打开门，他们同时听到车间里传来了滴水声，郭东风就怕听到这种声音，他立即意识到，坏了，又跑水了。

两个人把厂房的灯全打开，冲到白天出问题的地方去查看，但没有发现那里有问题。小刘循着声音说，是不是水塔出问题了？

郭东风用手电向水塔照去，抬头望，果然，水塔上正在往下流水。郭东风对小刘说，你快去关水闸，我上去看看。

说完，郭东风搬过一个梯子爬上去。爬到塔顶，他看到正是进水管那里往外流水。然后他又下来，去找来一些专用的堵水工具又爬上去。一上一下，他的身上又湿了。好在这次不像白天那样强烈。但是，车间里太空旷了，温度很低，他也感觉到了寒冷的厉害。

小刘回来的时候，两个人就开始堵漏洞。小刘对郭东风说，得跟董事长说说了，咱们自己做的这个冷却塔，很多东西都不合格，这样长期下去就会经常漏水，影响生产，咱们还是得用标准的。

郭东风表示同意，是呀，不过，弄一个标准的水塔，这个地方还没有，要不，咱们也不这么费劲了，咱们先把这个修好了，先用着，再去别的城市去买吧。

堵好了漏洞，小刘又去开水闸，郭东风站在梯子上检查了半天，没有再发现有漏水的地方，就从上面下来。把灯关了，回宿舍。

回到宿舍后，郭东风发现自己的衣服又结冰了，他小心地把衣服从身上脱下来，那件衣服居然硬挺挺的，小刘开玩笑说，小郭，你把衣服放在地上，或许能站住。

郭东风就把衣服放在地上，衣服果然稳稳地站住了。

一大早，贺东仁就起来，他站在公司的院子里，呼吸着阿克苏新鲜而甜蜜的空气，心情好极了。

贺东仁有着特别好的心理素质，他能在最短的时间里，从消极的情绪当中很快地恢复过来，何况这又是一个愉快而充满着喜庆的早晨呢。

的确，昨天因为田副市长摔酒杯的事，他心情很不愉快。把宋大姐夫妇送到酒店后，他在自己的住处还想了半天。后来就想，在这样一个地方，能够从基层一步步走到副市长的位置也说明这个人有一定的能力。正像副专员说的那样，他可能并没有什么恶意，就是刚刚走上新岗位，有点翘尾巴。唉，理解他吧。这样想着，贺东仁也就想通了，也就不再生那位田副市长的气了。

贺东仁正在愉快地看着自己的厂区的时候，一辆汽车停在大门口，车上下来贺东仁昨天夜里通过电话的副专员。副专员下了车，夹着文件包，急急火火地就奔厂区里走。他一眼就看到了背对着他的贺东仁，老远就喊着，老贺，老贺！

贺东仁听到喊声，转过身来，有些疑惑地望着副专员。副专员急匆匆地走到贺东仁面前，喘着气问，老贺，到底是怎么回事儿？老田那个人你还不知道？就是那么个急脾气的人，老贺，你可不该这样生气。你呀，你的个性也太强了。

贺东仁平静地对他说，我当时实在是生气呀，你说，他要只是当着我的面摔一百个杯子都无所谓呀，但是宋大姐是老革命家的后代，是全国政协委员，从那么远的地方跑到咱们这来，你还给人家摔杯子。

副专员理解地说，是呀，这老田，必须好好地批评批评他，他怎么能这样呢，我要让他当面给你道歉，他也太目中无人了吧。

贺东仁摆摆手，算了，道什么歉呀，今后，他当他的官，我做我的生意，井水不犯河水，也不会见什么面了。

副专员就说，得了，阿克苏这么个小地方，就这么多人，哪里有不见面的时候，把关系搞好了，互相之间都谅解一点。

副专员顿了一下问贺东仁，老贺，给我打完电话，你是不是又给地委书记打了电话？

贺东仁说，哪呀，我是先给他打的，他的手机关了，才给你打的。

副专员告诉贺东仁，地委市委的领导都知道了，认为这个事情非常严重。这不，先让我来这里，安抚住你，别在这个关键时候弄出什么事儿来。李书记说了，今天晚上他请客，要请宋大姐夫妇和你去，让老田当场给你们赔礼道歉。

贺东仁说，这又何必呢，他当面给我们道歉，背后再给我们使绊子，那我们可承受不起。

副专员说，不可能，就我所了解的老田，他也就是一个气筒子的脾气，放了气就后悔了。我估计，要不是你给书记们打电话，也有可能就是他自己已经跟书记承认错误去了。

贺东仁笑了，他倒是转变得快！

办公楼前的台阶已经铺上了红红的地毯，那里布置成一个简单却很喜庆的会场。

今天是 12 月 26 日，是大疆的生日，这里将举行一个简单而又隆重的仪式庆祝大疆的生日。

闻讯而动的新疆新闻媒体已经纷纷赶来了。李石峰在热情地接待着各方的来宾，给他们介绍着大疆的建设情况。阿克苏电视台的周明带着自己的拍摄小组选择了一个理想的位置，他要拍一条消息做阿克苏头条新闻用。

贺东仁走过来，跟认识和不认识的新闻界的朋友们握手寒暄。贺东仁对新闻记者们说，地委领导和咱们的嘉宾可能还得一会儿才能到，请大家到里面休息，也品尝品尝我们的第一批“疆枣”，请大家吃疆枣，宣传疆枣。

记者们都乐了，有的就收起自己的拍摄工具跟着引导人员走进办公楼内的会议室休息品尝。周明可没走，他在选择拍摄的背景，想着一会儿的拍摄路线。

贺东仁对李石峰说，石峰，这里交给你了，我去接客人。

李石峰今天穿得非常正式，漂亮的西装，干净整洁的皮鞋，精心梳理过的头发，都让他显得精神干练。今天，大疆的员工们也都穿上了自己最干净漂亮的衣服。他们个个都喜气洋洋，这是他们自己的节日。这一天等的时间虽然不长，却等得很苦。白手起家，从一砖一瓦开始，一点一点地在这片荒芜的土地上建立起一个家园，一个属于所有大疆人的家。他们在这里吃过苦，但是同样他们也得到了快乐，这将是他们终生难忘的日子，或许人生的转折从这一天起便要开始了。

中午，一点半左右，参加开幕典礼的嘉宾们纷纷到了，列队欢迎的员工们带着喜悦夹道迎接来宾们。李石峰热情地同每一位来宾握手，认识的说上两句话，不认识的也热情地招呼，请大家先进入办公楼里休息，品尝疆枣产品，大家有说有笑。

有几个朋友送来了镶嵌在玻璃框里的书画作品，摆在被红绸子装饰得漂亮的花栏前，一个画框上用遒劲的大字写着“马到成功”的字样，另一幅是寓意“一帆风顺”的工艺精品，上面是白色的船帆、白色的竹子。有几位来宾站在几幅作品前专注地欣赏。

李书记到的时候，一边跟李石峰握手一边问，老贺呢，他跑哪去了？

李石峰说，他去接北京来的客人了，马上就到了。李书记您到里面去休息一下吧。

李书记高兴地望着宽敞整洁的厂区说，我在这里转转，看看这个废墟上画出来的艺术品。

李石峰笑了，那我陪着您转转，给您介绍一下情况。

李书记摆摆手，这里我很熟，你还是忙你的吧，我自己转转。

李书记踱着步子，向厂区里走。厂区里边还有一大片空地，微风吹过来，寒冷得很，他拉了拉大衣，转过身，看到了正从车上下来的贺东仁。贺东仁打开车门请宋大姐下车。他一抬头看到了李书记，老远就笑着说，李书记！

李书记知道从车上下来的一定是宋大姐，赶紧走了几步到汽车前，热情地握着宋大姐的手说道，欢迎，欢迎宋大姐。

贺东仁给宋大姐介绍，宋大姐，这就是我们阿克苏地委李慧民书记，我们的事业都是李书记一手扶植起来的，没有他，大疆也不会弄到今天这个样子的。

宋大姐笑着说，老贺在我面前说了您的很多事，今天才认识……

李书记非常诚恳地说，宋大姐，昨天让您受委屈了，我们这个老田年轻不懂事……

宋大姐说，哎，过去了就过去了，没事儿，我知道他是喝了点酒，有点失态，难免的。

李书记严肃地说，今天我请客，您一定赏光，我要让老田当面给您道歉，他这么做非常糟糕。

贺东仁打断两个人的话，书记、大姐，外面很冷，到里面说话去吧？

李书记看了看手表说，我看嘉宾都来得差不多了，咱们是不是按时开始？然后，再参观你们的厂区。

贺东仁说，好啊，按时开始吧。

贺东仁对不远处的李石峰说，石峰，请贵宾们出来，咱们的典礼开始吧。

每位嘉宾胸前都佩戴着大红花，他们整齐地一字排开站在铺着红地毯的台阶上，因为天很冷，大家都穿着厚厚的大衣。参加典礼的除了全国政协委员宋大姐夫妇外，还有国务院扶贫办领导、自治区林业厅领导，阿克苏地委、市委的主要领导，还有阿克苏 8 个县的主要领导也参加了这次隆重的典礼。

在主持人宣布典礼开始后，鞭炮响起，彩带彩纸飞舞，员工们欢呼雀跃。然后，贺东仁请各位嘉宾到生产车间去为第一批疆枣素产品的开工剪彩。

疆枣素生产车间里，穿着消过毒的工作服的员工们已经站在各自的岗位上，他们为这一时刻的到来激动不已。嘉宾们经过消毒之后，换上净化服走进车间内。设备上挂着红红的绸子，等待着激动人心一刻的到来。

贺东仁兴奋地宣布，现在由我们的嘉宾共同为生产开机揭幕！

嘉宾们一起将罩在机器上的红绸拉下，机器顿时响起。这边上原料，那边进水，生产线转动起来。这时，李石峰在轰鸣的机器声中开始给嘉宾们介绍生产的基本流程，我给各位领导佳宾介绍一下疆枣素的生产过程，这个就是添加原料的进口，经过我们员工精心的手工挑选后的疆枣，在清洗车间进行清洗后，通过这个进口进入生产流程。然后，加入提取液，进行营养成分的提取，被封入胶囊内。那边是胶囊封装的地方……

有人指着水塔问，那个设备是做什么用的？

李石峰说，那是真空制作过程中使用的水塔。往那边去就是最后的一个过程，胶囊制成了。

当大家走到胶囊出口的地方时，胶囊成品正向外滚出。旁边的贺东仁、李石峰和员工们激动地跑过去，亲眼看着那些深黄色的胶囊一粒粒滚落下来，激动地欢呼。

贺东仁两眼含着激动的泪水对嘉宾们哽咽着说，这一天，我们好像等了一百年！

李书记也高兴地拍着贺东仁的肩说，老贺，好样的！

从车间出来的时候，李书记对聚集在门外的贵宾们说，今天是大疆的生日，也是我们阿克苏的生日，晚上我请大家吃饭，大家一定要赏光啊。

贺东仁连连说，不不不，今天是我们大疆的典礼，应当由我老贺请大家吃饭才对。

李书记拍着贺东仁的肩膀说，老贺，我还记得你跟杨书记打的那个赌，哎，老杨！

市委杨书记笑嘻嘻地点着头，我输得心服口服！

李书记半开玩笑地说，光服输不行啊，还得兑现你的承诺。

杨书记也豪爽地说，那是自然的，老贺，你给咱们阿克苏露了脸，咱们不仅要兑现那些承诺，还要加倍奖励你！对了，李书记，今天你也别请客，老贺也别请客，我请客！为这个心服口服的输请客！

李书记笑着，好好好，就让老杨他们的市委表示表示吧。

贺东仁听了哈哈大笑。

晚宴隆重而热烈，李慧民书记发表祝酒词，他说，大疆公司是我们阿克苏地区引进的第一个红枣加工企业。发展特色林果业，是我们阿克苏地区确立的今后经济发展的重点，也是今后阿克苏地区农民致富增收的重要手段，更是阿克苏生态修复工程的一个重要组成部分。大疆公司生产线的投入将把我们生产的红枣变成各种商品，给农民给企业带来直接的效益，这是我们政府部门大力支持他的一个重要原因。这个工厂破土动工前，阿克苏市委杨书记跟贺东仁打过赌，杨书记，也包括我，我们都不相信他在109天的时间里能建成一个现代化的工厂，能够投产。但是，说心里话，我们又何尝不希望贺东仁能创造一个奇迹呢。现在看来，这个奇迹真的出现了，杨书记的赌打输了，可是，我们从心里高兴啊，兴奋啊。这是阿克苏的大喜事！贺东仁不仅在109天内完成了建厂投产的承诺，而且还提前了6天，用了103天的时间正式完工。我们输了这个赌，但是，输得非常痛快！输得非常高兴！来，我们大家为老贺的赢和我们的输举杯！

热烈鼓掌。

宴会进行的时候，李书记跟秘书低声说了几句话，秘书走了。一会，秘书拉着田副市长过来了，田副市长满脸通红地走到李书记、杨书记和贺东仁之间。李书记头也不抬地说，说吧，该你说点什么了。

田副市长诚恳地对贺东仁说，贺老板，昨天真是对不起，真是对不起了，我喝多了，你多多原谅吧。

贺东仁见田副市长这样说，也站起身来说，我也向你道歉，我不该骂你，你一个官员，我当着那么多人骂你是不对的。

杨书记打着圆场说，不打不相识嘛，老田，以后要多支持老贺的工作，咱们就是服务人员，要给这些企业家做好服务嘛，这是咱们的本分。

田副市长也豪爽起来，书记，两位书记，放心吧，就看我的行动吧。

田副市长一饮而尽，然后真诚地对贺东仁说，原谅兄弟吧，兄弟无知，兄弟无知！

李书记低垂着眼说，宋大姐那里也得有个说法呀，人家是贵宾，那么大的一个名人……

田副市长保证，我马上就去给宋大姐鞠躬。

说着，田副市长走到宋大姐夫妇面前，叫一声，宋大姐……

宋大姐回过头来，田副市长深深地鞠了一躬，弄得宋大姐很不好意思，哎，这是干什么？你看……

李书记和杨书记这时一起端着酒杯走过来，李书记说，宋大姐，他错了，确实得有个交代，不然，以后您回去一想起我们阿克苏，我们的干部就这个形象那可不行啊。

杨书记也诚恳地举起酒杯对宋大姐说，老田工作能力还是不错的，就是脾气不好，您原谅他的不礼貌，我也代表阿克苏市委，向您表达歉意。

贺东仁也走过来说，今天是大疆的喜庆日子，咱们别提那些旧事了，为我们大疆今后的发展干一杯吧。

李书记高兴地说，好好。

然后一饮而尽。宋大姐也端起水杯来，祝贺贺东仁，老贺，你能在这样一个人生地也生的地方把事业搞起来，确实不容易，以后，有需要大姐的地方，你就找我去。

贺东仁喝了杯中酒，您能这么远到阿克苏来参加我们的典礼，就是对我的最大的帮助与支持，谢谢。

田副市长这时有点醉意了，凑到贺东仁身边说，兄弟，原谅我，兄弟无知啊，以后就看兄弟的行动吧……

李书记笑了，老田，怎么还提这事儿！

大家都笑了起来。

吃晚饭的时候，郭东风和两个同事都拿着自己的饭盒到锅炉房里去吃，那里的炉子正烧得旺。天太冷了，他们就在那里一边吃饭，一边聊天。今天的典礼给他们的印象很深刻，他们一直激动不已。厂区里显得很安静，大家都躲在食堂里吃晚饭。这时，小刘听到“咚咚”几声，小郭，是不是有人跳到咱们的院子里来了？我听到有什么声音。

郭东风听了也说，我也听到了，咱们去看看吧。他们端着饭盒，走出锅炉房，循着声音寻找，郭东风一眼就看到在变电器那里正有两个人在拨那上面的东西，郭东风说，偷东西的！

小刘也说，偷变电器的，要是停了电，咱们的车间可就麻烦了，咱们的产品就毁了。

郭东风把饭盒放到地上，大声叫着，嘿！干什么呢？！

站在变电器下的那两个人，听到叫声吓得浑身抖了一下，撒腿就向大门口跑去。郭东风说，得把他们抓住，这是破坏生产。

小刘就说，别追了，你追不上他们，跑得比兔子还快。

郭东风说，不行，得追上他们。

说着，郭东风朝着两个偷东西的人追去，一边追一边大声地叫着，抓住他！小偷！

两个人飞快地向着大门跑，郭东风胖胖的身体跟在后面拼命地追着。这时，听到喊声，大门口收发室里走出了吐拉洪。他拦在那里。郭东风也很快追到了，那两个人不跑了，他们就站在那里，也不反抗。

郭东风气喘吁吁地跑到两个小偷身边，一把抓住他们，把他们推到了收发室。非常严厉地问，你们干什么？要偷东西吗？我们要把你们送到派出所去！

两个人却不着急，一个说，我们不是偷东西的，我们是供电局的，我们是来执法，给你们停电来了。

郭东风觉得可笑，你们是供电局的？别骗人了，供电局的为什么偷偷摸摸地翻墙进来，而不是正大光明地从大门走进来？

另一个人豪横地说，我们从哪里进来，你管不着，我们就是供电局的，你要是不信，你就打电话问。

郭东风气愤地说，问就问，要不是，就把你们送到派出所去！

郭东风看着收发室里的通讯录，拨通了供电局值班室的电话。供电局吗？我是大疆绿洲公司，你们有没有派人到我们公司断电？

对方非常肯定且傲慢地说，对，是，我们是派了两个人去你们那里断电。

郭东风惊讶地问，为什么？！我们正在生产，是不能停电的。

对方蛮横地说，为什么？不为什么，让你们的老板来吧。

郭东风也生气地说，那你们自己来领人吧，你们这两个人是翻墙跳进来的，没有说干什么，我们按照小偷报警了。

郭东风挂断了电话。两个供电局的人怪模怪样地看着郭东风，怎么样，问清楚了吧？

郭东风说，问清楚了你们也不能走，你们无理断电，不说清楚不能离开！

郭东风立即给贺东仁打电话，贺总，您快回来吧，我们抓住了两个人，他们翻墙进咱们公司把电给咱们断了，车间里停产了。

贺东仁也吃惊地问，他们为什么给咱们断电？

郭东风说，不知道，我们怎么办？放人吗？

贺东仁说，不能放，让他们说清楚了，让他们领导来领人。我马上回去。

这时，大疆公司的许多员工都聚集到了这里，尤其是生产车间里的工人们，听说有人故意给车间停电，气愤极了，有几个男员工就要揍这两个人。郭东风就拦着同事们。那两个供电局的人也不怕。

郭东风心里实在想不通，就以缓和的口气问两个供电局的人，你们能不能告诉我，为什么要断我们的电？

两个人不说话。沉默了一会，其中的一个人对郭东风说，你还是让我们走吧，以后你们只要在这个地方办厂，你们就得归我们管，你们就有求着我们的时候，要是真的让我们的领导来领我们，你们以后的日子可就更不好过了。

郭东风问，为什么？

那个人说，这还用问吗？电老虎，电老虎，谁不求着我们。我们是管电的，要是给你停一次电你们不就得损失一些，要是给你们停一天的电，你们又损失多少？你怎么就不算算这个账呢？

郭东风气愤地说，你们凭什么呀，我们又不欠电费，又没有任何违规，你们凭什么呀?

供电局的人说，凭什么?就凭我们是电老虎!想找理由给你们停电那还不简单吗?

这时，有人说，哎，老板回来了。

大家让开一条缝，就看到贺东仁的汽车停在了门外。他急匆匆地走进来。郭东风站起身来对进来的贺东仁说，贺总，就是这两个人，就是他们把咱们的电给断了，嘴还特别地硬。

员工们也纷纷地说，咱们刚刚开始生产，他们就停电，太缺德了!

还有一个车间员工说，贺总，咱们正在生产线上的原料都卡在里面，这就废了，提取红枣液的东西也都坏在里面了。

贺东仁看了看自己的员工，虽然非常生气，却没有发火。他压着火气问那两个人，我知道你们两个就是个干事的人，你们看到了吗，这么多的人，他们都很气愤，每个人都可能把你们打一顿，告诉我，这个事究竟为什么?

两个人你看我我看你的，还是不说。贺东仁非常严厉地盯着这两个“电老虎”，你们两个很年轻，不过，我告诉你们，你们这样的行为是破坏生产，知道吗?你们这是犯罪，虽然你们是被你们的领导指派到这里来的，但是，你们是亲自把电给断的人，我要是报了案，你们就是刑事罪，知道吗?至少要关你们十天半个月，要是造成了严重的生产事故和重大的生产损失你们就得判刑，你们知道吗?

贺东仁的这几句话，让两个小伙子害怕了，他们低下了头。

贺东仁说，我还没有去车间看，要是产品出现了什么问题，你们是负不起这个责任的，你们知道吗?你们说吧，谁让你们来的，为什么要给我们断电?说了就没有你们的事了。

一个小伙子已经非常害怕了，轻声地说，是我们的领导让我们来的。

贺东仁追问，哪个领导?

小伙子说，是我们的局长。

贺东仁确认，是你们供电局的局长?

小伙子点头。

贺东仁问，为什么？

另一个小伙子说，你们今天的典礼，弄得那么隆重，也没有请我们的局长和局里的其他领导，他们很生气。他们说，谁办工厂都得先拜访一下我们供电局，可是，你们就是不来，他们很恼火，要给你们点颜色看看。就派我们来，让我们悄悄地进来，不让你们知道，等停了电，出了事儿，让你们来求我们，我们领导说，那个时候再教育你们懂懂这里的规矩。

贺东仁的拳头重重地砸在桌子上，吓了两个人一跳，这确实不是我们要干的。

这个时候，门外有五六个人走进来。大疆的员工很气愤地看着他们大摇大摆目不斜视走进来，两手叉在胸前站在门口，坐在里面的两个年轻人一看，赶忙站起来，恭敬地说，局长！

局长傲慢地走进来，谁把你们给抓起来了？无法无天呢！

被扣下的一个小伙子把自己坐着的小折叠凳递过来，局长您坐。

局长并不坐，这时他才抬起头来慢条斯理地问，谁给供电局打电话，叫我们来领人呀？

郭东风说，是我，我打的电话。这两个人是你们的职工吗？他们破坏供电设备，被我们发现了……

局长狠狠地盯着郭东风，你？你是谁？你敢抓人？你胆子不小啊，你们的领导呢？

贺东仁这时已经耐不住性子了，他瞪着这位土匪一样的局长，我就是这里的老板，你们凭什么给我们停电？

局长哈哈笑了，凭什么？凭我是供电局的，凭我管电！

贺东仁愤怒地说，供电局是个服务机构，你有什么权力无故停电？

局长从地上抄起那把折叠凳平缓而无赖地说，你们这么多人，是想打架吧，你们这是要打我吗?!

然后，局长就抡起这把折叠凳，对着自己的头部狠狠地敲了一下。凳子打在供电局局长的头上，血就从头上流了下来，站在周围的人都看呆了。

局长任头部的血往下流也不管，从容地打开自己的手机拨通了一个号码，老吴吗？派出所的老吴吗？我是供电局的王局长。有个什么大疆公司，我们到这里执法，他们暴力抗法，聚集了一大批的人，打群架，就把我给打了，把我打坏了。你们来把他们这个老板给抓了，这个老板叫贺东仁，还有一些闹事的。

面对这样的无赖，贺东仁反而不生气了，他哭笑不得，好吧，既然这样，我也打个电话……

贺东仁拨通了李慧民书记的电话，李书记，我是贺东仁，有一件事情向你汇报一下，我们这里有个供电局的王局长无故派了两个人偷偷地给我们断电，被我们抓住了，已经给我们的生产造成了严重损失，而这个王局长现在到我们这里来，他用板凳砸自己的脑袋，还报警说是我们打了他，这里有许多人，只要不说瞎话都可以作证，李书记你看怎么办吧？

王局长一听贺东仁给地委书记李慧民打电话就慌了，一脸的蛮横顿时不见，紧盯着贺东仁。

电话那头的李书记一听就火了，什么？怎么能这么干？！你让这个什么王局长接电话！

贺东仁对王局长说，你想听听阿克苏地委李书记的声音吗？

王局长顾不得脸面了，一把抢过贺东仁的电话，毕恭毕敬，唯唯诺诺，轻声细语地说，李书记……

李书记厉声地问，你是供电局的王局长？你是怎么回事？！你想破坏生产？你想干什么？还想不想干？你要是聪明的话，现在跑步去把大疆公司的电供上，这次停电造成的一切损失你要全额赔偿！

李书记愤怒地把电话挂了。大冬天的，王局长却已是满头大汗了，他拿着贺东仁的手机站在那里木然地不知所措。

贺东仁从他手里拿过自己的手机，王局长，走吧，我跟你去派出所。

王局长一脸的哭丧气，哪里哪里，都是……都是误会呀。

地委办公会上，李书记敲着会议桌说，这样素质的干部居然在我们的政府部门里！谁给他的权力？这不是一个普通的事件，我们一定要从这个事件中吸取教训，彻底整顿一下我们干部的作风。我们政府是个服务机构，是为老百姓服务的，你只有供电的权力，你没有停电的权力！我们要问一问，这些人怎么变成了“电老虎”！查一查还有哪些“老虎”“霸王”，再也不能让这些坏毛病存在下去了！

电业局的主管诚恳地说，这个事件给我们的震动也很大，在这里，我向领导做深刻的检讨。我们电业系统是该进行必要的整顿了，有些人不是在为经济服务，而是成了经济发展的阻力，在外面的名声很不好。回去以后，我们要在全电业系统展开一场思想整顿运动……

李书记余怒未消地问，你打算怎么处理这个事件？

电业局主管说，我们电业局的党委召开了紧急会议，决定撤销王局长的职务，责成他写出深刻的书面检讨，当面向大疆公司道歉，并赔偿所有的经济损失。另外，要把事件的当事人清除出电业队伍。电业局党委一致决定，以这个事件为契机立即在全系统进行一次行业作风整顿活动……

第 10 章　青春做伴

贺东仁把开业典礼当天所遭遇的破坏性断电事件，定性为“停电事件”。按照上级领导在地委办公会议上所做的承诺，供电局的那位王局长亲自到大疆公司给贺东仁当面道歉。此后王局长也被撤职了，但是，贺东仁仍旧有一种难言的苦闷。

事后，李书记请贺东仁到自己的办公室去，就一些情况跟贺东仁进行交流。贺东仁似乎心有余悸地说，多可怕呀，我几乎有一种错觉，我们这是到了土匪窝了吗？完全是地痞的作风。要不是碰到我老贺，要不是我老贺还认识个李书记，这事儿怕就成了“哑巴吃黄连”了，这还能生存吗？上贡吧，送礼吧，哪还有什么尊严！不把地皮刮三尺，我看他们是不会罢休的。

李书记安慰贺东仁，咱们这个地方在很多方面都需要提高素质，尤其是要提高干部的素质。引进你们这些内地的企业，一方面是要繁荣这里的经济，另一方面也希望你们把一些好的作风也带到这里来。

贺东仁深有感触，是呀，我们在这里带动一方百姓致富只是我们的一部分工作，改变自闭、落后的观念，改变某些野蛮而不合理的习惯可能也很重要啊。

李书记转移话题说，老贺，你就准备给阿克苏做些公益事业吧，做些实实在在的事儿，从观念上、习惯上影响一些人。

贺东仁问，我能做什么呢？

李书记微笑着说，我看了你那个厂区 100 多亩的地还没有完全利用起来，还有一大片的空场，我给你提个建议，你可以思考一下。

贺东仁说，那片地我是有计划的，还有大用处。将来我要把厂区搞得跟花园似的，让这里美丽而且休闲。不但在那里种树种草，还要搞一个假山，搞一个水池子，里面要养上鱼。没事了，职工们还可以在里面休闲、垂钓、散步、谈恋爱、体育锻炼……

李书记笑着打断贺东仁，这么好的想法，我支持你呀，我说的这个公益项目，跟你的设想也不矛盾，你知道我想让你搞个什么吗？

贺东仁摇摇头，李书记认真地说，老贺，你能不能搞个“红枣博物馆”？你在这个红枣博物馆里，用图片、实物、影像等形式，详细地介绍中国的红枣文化，把红枣的历史、现在和未来，把你们搞的最先进的红枣技术展示出来，然后让人家来看，让那些对红枣一无所知的人充分地了解红枣，然后带着他们进行红枣的种植，大力发展红枣产业。

贺东仁一听，好哇！让这里成为红枣产业的展示中心，给他们上课，从历史、文化的角度，再从谁谁因为种红枣致富的实例去启发参观者，不错。

李书记说，这里也可以搞成宣传你们大疆公司和大疆产品的一个重要窗口，对宣传企业也有重要意义。

贺东仁兴奋地说，对，让这里成为中国红枣文化最权威的展示中心，以后，再搞一个红枣研究所，研究所的成果也可以在这里进行展示和推广。

李书记又说，可是，我希望把这个博物馆搞成一个完全公益性质的，不收钱，完全免费，政府可以投入一部分支持你们这个公益项目，你们可以先仔细研究一下这个项目可行不可行。

贺东仁说，好，我们调查一下，国内有没有这样的博物馆，都有些什么内容。不过，那就要设计一个非常有特色的建筑，把这些内容装进去。

当有人冲进位于“北京大疆绿洲有限公司”办公室的时候，只有赵小萌一个主要负责人，贺东仁还在新疆的总部。来人先问赵小萌，这是贺东仁的公司吗？

赵小萌不知道这些来势汹汹的男人要干什么，是呀，你们要找他，得等他回来以后，他现在不在。

领头的说，你们的贺老板欠人家施工队的工钱不付，施工队委托我们来讨债的，要是没有钱，我们就要搬走这里的物品。

赵小萌说，我们老板不在，你要拿任何东西都得跟他说，我做不了主，你们也不能搬任何东西。

领头的人凶巴巴地说，你做不了主，那我们替你做主。

那人挥一挥手对其他的人说，搬，搬吧。

赵小萌拦在他们面前说，你们什么都不能拿，你们要拿我就报警！

领头的说，你报警，我先修理了你，看你怎么报！

赵小萌其实很害怕，她说，你们最起码要跟我们老板说明白了，要是他让你们搬，我什么都不管，要是他说不行，那我就报警，你们打死我，我也不能让你们搬。

领头的盯着赵小萌看了一会儿说，好，那就给你们老板打个电话，我跟他说。

赵小萌赶紧给贺东仁拨电话，董事长，有一帮人到咱们公司就要搬东西，说是咱们欠施工队的工钱没有给，他们要搬东西走，他们还要打我！

贺东仁说，你把电话给他们领头的人。

赵小萌把电话递给了那个领头的，领头的人以挑衅的口气说，你就是贺东仁呀？我们是替人来要钱的，你欠人家的工钱不给，人家委托我们来要钱。你今天要是不给钱，我们就要搬东西了，电脑、家具见什么我们拿什么。

贺东仁严厉地说，你们敢！无法无天了呢！你们知道什么？你们了解事情的经过吗？我告诉你们，你们今天要是把我公司的东西拿走，出不了 10 天我就让你们坐班房你信不信？这是一个法律的社会，不可能任由你们胡作非为。

领头的一听贺东仁很强硬，心里已经怕了，他换了口气对贺东仁说，那你说怎么办呀？我们是替人办事，你得让我们有个交代呀，怎么着也得让我们拿点什么吧？

贺东仁对他说，你们今天是什么也拿不走的。为什么，你们知道吗？我们是一家大公司，给他那点儿钱算不了什么，但是，我们不能给他，一分也不能给！

对方问，为什么？

贺东仁对他说，为什么？我们扣他的钱是因为我们在合同里有约定，最后这笔钱必须是在干好以后才能给。而他们在新疆给我们做的工程，到现在还在漏雨，让他们修了一次又一次，就是弄不好。最后，他们不弄了，跑回北京去了，有这样干事情的吗？我告诉你们，他们把我们公司起诉到法院去了，而法院已经宣判，他们败诉了。这笔钱在这个问题解决之前是不能付的。如果你们不相信我的话，你们可以立即到阿克苏来看，如果这个工程没有问题，你们来的飞机票，我全部出，如果这个工程有问题，一切费用都由你们自己负责，这够公平了吧？

对方嗫嚅地说，真是这样吗？

贺东仁肯定地说，当然是这样的，我还可以把法院的判决书传过去给你看，你们要是了解了这些情况，就不会干这么糊涂的事了，为一帮不讲信用的人打抱不平，你们是糊涂啊。干点什么不好，为这种人干事，要是可能他们也会把你们给卖了的。

对方沉默了一会儿说，这样吧，我们先查查这件事是怎么回事，不过，要是不像你们说的那样，我们还是会回来的。

贺东仁语重心长，就算不是这样，你们也不能搬我们公司的东西呀。这件事你们管不了，你们也没有资格管。你们是律师吗？你们是政府的什么司法部门吗？你们什么都不是！你们这是犯法行为。我还是劝你们做点正经的事，现在机会有的是，干吗专干这些违法的事？我想你也是个聪明人，这条路不是正路，靠暴力、黑社会吃饭是长久不了的……

对方有些恼火地说，这你就管不着了！

放下电话，领头的人泄气地说，走，走吧。

一个人说，咱们还搬不搬？

领头的人说，搬什么搬？！

虽然贺东仁的口气自信而坚定，但内心却非常焦急。他知道北京公司那边人手不多，一些人已经被派到各地开拓市场去了，几个女孩子遇到这样的事，是有些为难她们了。他决定立即回北京处理危机。他对李石峰说了北京那里的情况，李石峰也很担心，这里的生产刚刚起步，一些事情需要你定，要不我去一下吧。

贺东仁摇摇头，你还是留在这边，北京那边的情况比较复杂，我去合适。他们找的就是我，我一露面什么都解决了。

李石峰为他的安全担心，那你可要小心哪，那些黑势力有时挺狠的，什么都干得出来。

贺东仁笑了笑，老哥也是江湖上混过几年的了，这些小毛贼还不能把我怎么样。

李石峰还是嘱咐说，你还是不能大意了，实在不行就报警吧。

当天，从阿克苏飞往乌鲁木齐的飞机还有票，而从乌鲁木齐到北京的机票也能与这趟飞机连上，贺东仁决定立即出发。

贺东仁正要出发的时候，保安突然跑上来报告说，董事长，外面有些人要见你，说是要工钱，不给就不走。

李石峰一听就火了，什么工钱？咱们是按照合同办事，他们的工程不合格就不能付钱，他们应当找他们的工头去！

贺东仁说，走，咱们去看看，给他们解释一下。

李石峰拦着贺东仁，董事长，你不用去，我去就行了，这点事，我来处理。

说着李石峰就往外走。贺东仁也跟着往外走，这件事情尽量不要弄大了，我们还是以解释为主，不要激化矛盾。

他们走出来的时候，外面有十几个人拥挤在大门口正说着什么，看到贺东仁和李石峰走出来，那些人也不说话了，看着他们两个人。

李石峰要说话，但是贺东仁微笑着镇定地抢先说了，师傅们，你们辛苦了，我知道你们拿不到工资很着急。我们也非常同情你们。但是，我得说，你们到这里来聚众要钱，是没有道理的。你们想一想，跟你们签订劳动合同的是我们大疆公司吗？不是吧。跟我们签订承包工程合同的人不是你们中的任何一个人，签订劳动合同与承包合同的都是你们的老板呀，你们到这里要钱是不对题嘛。就是我们想把剩余的工程款付给你们公司，也不可能付给你们几位呀。你们说，是不是这样一个道理？其次，能不能付剩余的工程款，我们也是有合同条款制约的。合同上说，工程验收不合格，不能付款。现在你们做的这个工程质量存在着问题，屋顶试水的时候，严重漏水，这你们也是知道的。你们的老板不应当鼓动你们来这里要钱，而是想办法把不合格的工程弄合格了，问题就解决了。

一个工人说，我们老板说了，他不给我们工资是因为你们不给他钱，他没钱给我们。

李石峰说，我们付的款完全足够他付给你们工资了，他这是让你们来当炮灰，他躲在后面，你们不能这样傻。

工人们犹豫了。贺东仁对工人说，法院也已经宣判了，这你们是知道的。主要的原因就是你们的工程出现了严重的质量问题，这个问题不解决，夏天一来，一下雨，这种屋子怎么住？你们还是让你们的工头好好地把工程修好才是正路子。

李石峰也说，你们都非常清楚为什么你们修了这么多次都修不好，是你们的工头在偷工减料，“三油两毡”他只做一油一毡，少做两油一毡的防水处理，怎么能不漏呢。你们在这里聚众闹事，要是我们报警，说严重一点是闹事，说关你们就关你们。你们没有道理，你们要错了对象。我们还有判决书，已经判了你们的老板败诉了。你们不找自己的老板讨工钱，而到我们公司里闹事是错误的！

贺东仁也耐心地说，工人朋友们，问题一定会得到解决的，但这样不是办法。还是回去吧，实在不行，你们也可以到劳动仲裁机构去向你们的老板讨工钱。

一个工人无奈地对同伴们说，咱们回去吧，看来他们也不可能给我们钱的。

工人们无精打采地走了。贺东仁望着工人们的背影，这些工人也挺可怜的，干了活拿不到钱，还被支到这儿支到那儿的。

李石峰说，这老板也太黑心了，他自己不出面怂恿工人来，还不知道要闹出什么花招来呢。贺东仁看了看表说，我得马上走。

李石峰说，我送你吧，把你送到机场。

贺东仁简单收拾了一下行李就出发了。赶到机场的时候，贺东仁看了下手表，离起飞还剩一个小时的时间。时间完全来得及。正要下车的时候，李石峰一把将贺东仁拉住，董事长，你先不要下车。

贺东仁疑惑地望着李石峰，怎么？

李石峰指着机场前的台阶，你看，他们在那儿呢，肯定是在等你。

贺东仁随着李石峰手指的方向望去，机场入口的两边正站着那十几个要钱的民工。手里还都拿着棍棒，一脸的怒容，在台阶上走来走去，暴躁不安的样子。

李石峰焦急地说，这些民工一定是受了包工头的鼓动，要劫你，咱们怎么办？

贺东仁无所谓地说，那还能怎么办？把刚才的话再说一遍呗。

李石峰坚决反对，不行，你没看他们的手里拿着家伙呢吗？阿克苏的机场就这么大，说不好，咱们连跑的地方都没有，不能硬闯。

贺东仁看了看手表，不行，要是再不走，飞机就要起飞了。我必须今天赶到，北京那边就几个小姑娘，甭说别的，就是她们几个在那里出一点儿小问题都不得了。

李石峰劝贺东仁，她们几个在那里坚守也不是一天两天的了，让她们再坚持一阵子也出不了什么大问题。

贺东仁看了看李石峰说，那可不行，即使公司不要了，也不能让她们受委屈，这是原则问题。

李石峰见阻止不了贺东仁，想了想说，那咱们向市公安局求助吧。

贺东仁点了点头，好，那我给老姚打个电话，看看他能不能解决一下。

贺东仁拨通了“老姚”的电话，姚局长，我是大疆公司的老贺，我现在在机场要上飞机，可是，有十几个民工拿着棍棒堵在那里。

姚局长问，老贺呀，为什么他们要拦你？

贺东仁说，就是那个工程款的事，这事你不是也知道吗？闹过几次了，他们的工程不合格，我们扣了他们的尾款。他们告到了法院，法院也判了他们败诉，他们什么时候修好了，什么时候再付尾款。可是，他们就是不好好地修，修了四次了一检查还是漏水，我们就一直没给他们钱。那个包工头就躲在北京指挥着当地的民工捣乱。去过几次公司了，现在我要去北京，在阿克苏机场他们又拦着我，不让我走。可是，我去北京有急事，还有几十分钟飞机就要起飞了。你看，你得给我解决一下这个问题……

姚局长一听就很生气地说，这不是违法嘛，怎么能这样呢，这样吧，你现在在什么位置，我去送你。

贺东仁说，我就在机场停车场，坐在车里。

姚局长说，你不要动，千万别下车，等我到了再说。

贺东仁挂了电话长出一口气，这老姚还真行……

李石峰问，怎么说的?

贺东仁说，他要亲自过来一下，帮助我脱离困境。

过了一会儿，两辆警车静静地开进了停车场，站在机场入口处的那些民工也注意到了警车，有些慌乱，但是，他们却都站在一起没有一点要离开的意思。

警车停下以后，姚局长从车上下来，走到了贺东仁车的旁边，拉开车门坐了进来。贺东仁高兴地握姚局长的手，笑着说，姚局长救驾来了。

姚局长也笑了，你老贺净给我惹事。石峰，你把车倒到我们车旁边，让老贺上我的车，趁他们还没有认出你们的车子，你赶紧走。这里有我，你放心吧。

李石峰启动汽车，把车子轻轻地靠在警车边。姚局长望了望那些神经紧张的民工说，他们还没有意识到这辆车上坐着谁，要是知道了，你们的车说不定早就被他们砸了，砸了你都没地方找他赔。下车吧。

贺东仁下了车钻进了姚局长的警车，由于一辆高个的中型客车挡着，民工们没有看到贺东仁的影子。他们一上警车，李石峰的车也就开走了。

上了警车，姚局长说，老贺，你就坐在这里，让小黄陪着你，我去给你办理登机手续，把证件给我吧。

贺东仁一边把证件递给姚局长，一边感激地说，谢谢老姚!

姚局长一边下车一边说，别跟我“虚伪”了。

姚局长下了车，直奔机场走去。

过了一会儿，姚局长回来了，他一进警车就把办好的登机证件都给了贺东仁。贺东仁拿到手说了声“谢谢”就要下车，姚局长一把拉住了贺东仁，回来！你干什么去?

贺东仁说，登机去呀。

姚局长说，你这不是往人家的手里送吗？上来，坐好。

贺东仁坐回来。姚局长发动汽车，然后掉一个头，向候机楼的后面开去。贺东仁明白，姚局长要把自己从后面直接送到飞机下面去。他不好意思地笑了，这回我可弄大了，公安局局长亲自把送我到飞机下，我这是多大规格的待遇呀?

姚局长笑着说，不这样，你能走?

姚局长一直把车开到飞机舷梯下。这时，还没有开始登机。姚局长走到站在舷梯底下的乘务员前掏出自己的证件，乘务员非常恭敬地向姚局长行了一个礼。姚局长简单地交代了几句，乘务员高兴地请贺东仁上机。贺东仁非常感动地握着姚局长的手说，谢谢你啦！老姚！

姚局长调侃地说，拿什么谢？回来以后，多给我送点你的疆枣吃就行了。

晚上10点多，贺东仁坐在北京一个咖啡店里对那个黑社会的头目说，刘虎兄弟，我为你能这样想高兴啊，你们想，这是什么社会？法治社会，就算咱们一时得了手，一时把人打了，占了上风，甚至把人家给抢了，抢了银行，可是，有几个能逃过法网的？就算咱们逃过了法律的制裁，可是，咱们心里能踏实吗？要是整天提心吊胆地过日子，那还有什么意思?

赵小萌陪坐在贺东仁身旁，手里把玩着咖啡杯，用搅拌勺轻轻地划动着杯子。

被称作“刘虎”的人就是那个领头到大疆北京公司搬东西、要替人平事的那个人。或许是咖啡店柔缓的轻音乐和有些情调的环境消解了紧张的缘故吧，谈话进行得似乎还比较理智。

刘虎说，干我们这行的，就是拿人家钱，替人家平事，我们也是按规矩办。

贺东仁说，规矩？你们那是江湖义气！那种东西靠得住吗？如果都懂规矩，都按照规矩办事，就没有这么多的事了。他就会按照行业规矩把工程干好，就不会出毛病，出了毛病也会自己处理好，就不会有纠纷了。正是因为没有规矩才有这么个臭事的呀，这些事儿都是怎么来的？你想，他花钱雇你们，你们给他讲规矩了，要是我给你更多的钱，要他的命你们干吗？你们还讲规矩吗?

刘虎被问得说不出话了。沉默了一会才说，你说，我们这类人在江湖上混……

贺东仁阻止刘虎，算了吧，什么江湖不江湖的，咱们是文明的时代，现代社会，靠拳头吃饭，靠蛮横不讲理，能长久下去？老话说得好：“横推车能推多远，横行路能行几步？”你要是真横大了也行啊，要是你真能把你的组织搞成《教父》那样的黑社会大集团也行。可是，在中国那可能吗？不仅在中国，在任何一个国家里都不可能让这样的社会黑暗存在下去的。即使你就是搞成了“教父”式的黑社会组织，那也不可能正大光明地干，他也得有自己的实业，有自己的公司，他犯了法，一样还得被关监狱啊。干点正事吧，那才能既养活自己又养活家人，那才是正道，靠歪门邪道没有出路。

贺东仁指着身旁的赵小萌说，你说，你们当时要是真的失去理智打了这么个女孩，你们心里没有愧疚？连这样一个手无寸铁的弱女子你们要是也下得去手的话，说句不好听的话，你们还算个男人吗？

赵小萌对贺东仁的几句话很感动，她看着贺东仁有些后怕地说，当时可把我吓坏了，现在想起来心都突突跳。

沉默的刘虎抬起头，有些歉意地说，赵小姐，我给你道歉，对不起。

贺东仁趁机说，哎，这就对了嘛，事情过去就过去了。刘虎老兄，我看你本质上还是善良的，不是做恶人的料，就别在那个圈里混下去了，干点别的吧。我看咱们还是挺谈得来的，说不定咱们以后还能成为朋友。

刘虎的江湖气又上来了，贺老板，我看你也挺够朋友的，以后有事，只要招呼一声，我刘虎不带眨一下眼的！

贺东仁有些恨铁不成钢地指着刘虎，你看，你看，又来了不是。

刘虎也意识到了，不好意思地笑了。

北京的时间比阿克苏早两三个小时。北京的晚上 11 点，阿克苏也就是八九点钟的样子。虽然，贺东仁在北京与阿克苏之间已经跑过无数次了，但是仍旧对这样的时差有些不适应。他坐在北京公司的办公室里不想回家。

他拿起电话拨通了于建设的手机，小于呀，睡了吗？

于建设听出是贺东仁，贺总！你可把我害苦了，你把这么大一片地扔给我，连个影子都找不到了，你这地还要不要啊？

贺东仁笑了，怎么是“你、你”的？你应该说是“咱们的地”才对。

于建设苦笑着，贺总，当初你跟朱团长谈的是，我过来帮你，你也答应了朱团长，我的工作要以兵团那边为主，以你这边为辅的……

贺东仁故意说，现在不仍然是这个样子吗？

于建设无奈地说，得了吧！你问问朱团长去，他跟我谈过多少次了，我现在已经顾不上兵团那边了。这边的航拍工作刚完，又进入了设计阶段，马上就得在地上砸桩子了。人都是我请来的，都是看在我的面子上，在给咱们卖命，我要是不在，那成了什么了？！可是，我要是老在这边待着，兵团那边怎么管？我可没有个三头六臂呀。

贺东仁说，那就放弃兵团那边，到我这里来嘛，朱团长那里我去跟他说。

于建设忧心忡忡地说，事情不是这么简单的。贺总，说实话，我也知道你的思路，你把我带到这20万亩的荒地上，然后再也不见了踪影，你这是一个计策。就是让我跟这片地“恋爱”嘛，你肯定了解我对土地的感情。我在兵团干了这么多年，就是跟地打交道，跟土地建立了感情，见着地就激动，这是我的弱点也是我的软肋。何况你这是20万亩，这么大的一片地呢，我肯定会动感情的，会爱上这一望无际的荒地的。这个目的你确实达到了，这些日子我在这片地上奔波，真是对它产生了“热恋”的感觉了。

贺东仁嘿嘿地笑着感叹，什么都瞒不了你，我就喜欢你这种聪明劲。

于建设接着说，我是上了贼船啦，扔下舍不得，不扔，兵团这边怎么办？我现在连家都顾不上了，整天就泡在地里。你知道我现在在什么地方吗？

贺东仁说，不知道，大半夜的，你不会在地里吧？

于建设却肯定地说，你说对了，我现在就站在荒地里跟你通话呢！

贺东仁吃惊地问，这么晚，你在地里干什么？

于建设叹口气，唉，你当初说，这片地的权属搞得很清楚，说这就是一片荒地，是政府规划要搞生态项目的。可是，今天白天，来了一些农民，说是这片荒地有一片是他们的牧场，我们占了他们的牧场，然后就把我们已经砸上的地标给拔了。前几天砸上的地标，快给拔光了，白天砸上，晚上就没了。我们的地标砸到哪里他们就给拔到哪里，林场的工人睡不了觉，就在地里看着呢，我现在正在地里巡视。

贺东仁担心地问，这片地的权属一点问题也没有，他们肯定是想要钱呀。哎，小于，你怎么不早跟我说呢，把这件事交给我去处理就行了。

于建设说，我是不想打扰你，我现在也正在跟当地的乡政府协调，要是我实在没办法了，再找你。

贺东仁听了非常感动，小于，我看出来了，你真是把这片地当自己的事儿了，我现在郑重地恳请你正式加入大疆集团来吧，就算帮我老贺一个忙。

于建设为难地说，贺总呀，不是我不想加入，我也有难处呀。

贺东仁仗义地说，你说，你有什么难处，我来给你解决，一切都不成问题。

于建设叹息着，我知道贺总很有本事，可是，我的难处你是解决不了的。

贺东仁追问，到底有什么难处？

于建设说，你想想，我在兵团从一个基层职工干起，一步步走到现在，多么不容易。我现在各方面的条件都已经相当好，在团场工作起来也非常得心应手，在那里干了这么多年也有感情在里面呀。和朱团长除了上下级的关系之外，我们也是多年的好朋友。他那么看中我，我一下子就放下不管了，于情于理都是说不通的。还有一些实际的问题，比如，孩子上学、老婆工作，在团场条件都是非常好的，因为我在团场的影响力，大家对他们也都非常关照。可是，到你这里，我就得抛弃这一切，孩子能不能适应，老婆能不能同意，这还都是问题哟。

贺东仁理解地说，要是这样的话，那你就再考虑考虑，但是，我非常希望你能过来，咱们一起把这个事业搞起来。20 万亩荒漠化造林要是完成了，我们不但在经济效益上有着惊人的成果，重要的是，我们在荒漠上种树，那是对生态环境的修复，对新疆、对西北，往大一点说，对整个中国、对世界都是重要的贡献，我们是在给子孙后代造林呀。

于建设说，行了，别再诱惑我了。

大疆绿洲公司阿克苏总部已经投产，大量的产品生产出来，需要迅速地推向市场，这就需要加强产品销售的力量。贺东仁决定加强“北京大疆绿洲有限公司”的力量，招聘一批销售能人。

就是在这个时候，唐成龙闯入了大疆队伍。

面试唐成龙的是大疆北京公司的副总经理，由于唐成龙一直在一些公司担任销售经理，面试时非常顺利地通过了。他很自信，因为，他以前当过一些较大果品销售公司的销售经理，经验丰富，简单地聊了一下就通过了。唐成龙在面试之后回去的路上，贺菲就打来电话通知他去参加复试。复试进行得也非常顺利，北京公司的领导都认为，唐成龙的销售经验会给大疆打开一些新的销售渠道。唐成龙头脑中已经有一套非常成熟的销售想法，跟公司的负责人一谈，非常投机。

复试后，贺菲跟贺东仁说，我觉得这个人很不错，干过果品销售，还有在超市做的经验，我觉得您应当跟他谈谈。

贺东仁笑着说，你看着好，就留下来，干干看。

贺东仁想了想又说，你约他来我跟他谈谈吧。

唐成龙来的时候，贺东仁正在跟人民大会堂的相关人员谈特供的事情，唐成龙从贺东仁与对方的对话中已经听出来了，老板正在跟人家谈订货的事。等贺东仁的谈话进行完之后，唐成龙就问，老板还亲自谈项目呀？

贺东仁笑了笑，能谈的为什么不谈呢，如果有机会就要抓住不能放，能谈成一笔是一笔嘛。

唐成龙觉得这老板还挺平和的。贺东仁问，你是哪里人呀？

唐成龙说，我是北京人。

贺东仁有些不太满意地吐了一口气。这让唐成龙觉得很不舒服，老板，你这一声长叹是什么意思呢，是不是对我不信任？

贺东仁轻轻地摇摇头说，我倒不是对你有什么意见，在我的印象中，北京人比较懒，也比较好高骛远，做事不成。

唐成龙一听就不太高兴，老板，你这就不对了，能不能做事，不能看我是哪里人，而是看我能不能去做成事。

贺东仁听出唐成龙语气里的那种不悦来了，就有些歉意地说，我不是针对你个人，我是说，大家对北京人普遍有这样的看法。或许你就不是呢，那就谈谈你的设想吧。

唐成龙说，我以前搞果品时，都是走超市，这个渠道我比较熟，我也可以把以前建立起来的网络利用起来，在超市里铺货，用不了多长时间我就可以把北京比较大的超市给铺完。

贺东仁一边认真听，一边在思考。听唐成龙说完了，他说，我的思路可能跟你不太一样，我想我们的疆枣从一开始定位就是高端市场这一块，就是走高端。而超市是个大众化的路线，咱们的疆枣从定价上就很贵，放到超市里普通人能接受吗？这是考虑我们产品销路时的一个重要条件。

唐成龙提出，我们的产品属于食品，食品还是走超市比较好。而且，到超市购物的人未必就是低收入者，被他们接受也是有可能的。

贺东仁说，现在我们先不统一看法，你可以先试着做做看，用几个月的时间，看看这条路子走得通走不通。

唐成龙觉得这个方法可以，就说，那你给我一段时间我跑一跑商超，如果能站住脚更好，这也是我所熟悉的，干起来会得心应手一些。

回到阿克苏，贺东仁召集了高层会议，总经理李石峰，副经理胡春风、李景文，还有部分中层领导都参加。贺东仁在会议开始就提出，我们要重视对于人才的培养问题，我们的企业要发展，就要大力发现和培养我们自己的人才，现代企业的竞争在很大程度上都是人才的竞争，要重点发现重点培养。一方面就目前我们企业现有人才，大胆地发现与使用；另一方面要在社会上大力发现与挖掘优秀人才到集团。现在北京公司那边正在招聘，我想这个工作可能是咱们公司一直要做的，发现优秀的人才就要想办法把他给挖过来，挖过来就要充分信任和重用，这样我们的企业才可能有更大的发展。

李石峰建议，把现在公司里有潜质的员工充分调动起来，建立一个稳定的队伍非常重要。特别是技术干部，在加工车间里，技术干部的稳定非常重要。我们不能老是培养，培养完了留不住怎么办，需要想一个办法稳住人才。生产车间最怕的就是人员的变动，这会影响生产的速度与产品的质量。

贺东仁说，有些员工是非常敬业的，比如，我们从农大招来的郭东风，他是个江西人，又毕业于北京的重点大学。跑到咱们这里，很能吃苦。你们都看到了，咱们的水管都是他和几个人设计、买材料、施工的，非常吃苦耐劳。特别是，我们开业前的那天，那么冷的天气，水管爆裂，他毫不犹豫地跳进冰冷的水沟里修水管，身上都冻上冰了，那个场景让我很感动，他要不是把这里当作自己的事业，能有这样的行动？这样的员工我们应该给予更多的发展机会与发展空间，给他们创造条件施展才华。

李石峰接上贺东仁的话茬，这样的员工还有几个，都非常好，像高峰、倪亚娟、小刘……

胡春风也说，还有杨恒喜、郑刚……

贺东仁征求大家的意见，这些人我们要怎样调动起来，给他们机会，给他们充分发挥的空间？老胡，你是带过兵的人，就你的观察，谈谈看法。

胡春风清了清嗓子说，这些员工我看都不错，很能吃苦，也很能干。比如倪亚娟，她是个女孩子，李总也很了解她，非常能吃苦。下乡的时候，就她一个女孩从来不抱怨，也不叫累，一个乡跟着一个乡地干，吃不好，休息不好，人都瘦了，也不喊累。可是，据我观察，虽然这些员工都有自己的优秀品质，但是有时在接触的过程中会有一些波动。也就是说，他们不太稳定，有时是情绪的不稳定，有时是想法不成熟，还有时也犯些错误……

贺东仁就说，这就需要锻炼嘛，也需要你们这些高层领导带嘛。大家还有什么看法，畅所欲言。

李石峰提议，我看，咱们加工厂让郭东风当个厂长先干干看，观察一下，如果不行，让高峰干……

胡春风说，倪亚娟也可以考虑……

贺东仁就说，那就让这三个人都上，一个当厂长，一个当副厂长，一个当车间主任。厂长抓全面工作，副厂长协助厂长，车间主任主抓生产。

李石峰赞成，那就让郭东风当厂长，高峰当副厂长，倪亚娟当车间主任，这样安排行不行，大家也可以谈谈意见。

胡春风认为这样安排很合理，这样有梯队的感觉，厂长不行了，还有副厂长，副厂长不行，还有车间主任呢。我们还可以把其他人排一个队，一层一层地上，如果干得好，提上来了，下面的就顶上呗，这样对他们也是个鼓励。当年我在部队的时候，也经常这样鼓励我的兵。行，我看这样挺好的。

贺东仁高兴地说，我看，老胡这个意见很好，建立起一套激励机制，让员工都有奔头，一级一级地努力干。我们有的是舞台，就等着大家展示自己，要充分地展示自己。李副总经理，这么半天也不说话，说说你的意见，你有什么看法？

李景文说，我看这样行，我是个干具体工作的人，我的才能是干。

贺东仁乐着说，那就干吧，大家都努力，我们的企业才会好起来。企业好了，个人也就好了。我们的前景非常广阔，现代农业，尤其是像我们这样的生态农业企业，是目前世界经济领域里最被看好的。我们选择的方向是对的，只要努力地干好我们各自的工作，就大有可为。告诉大家一个好消息，20 万亩的荒漠造林的规划已经接近尾声了。在兵团的大力支持下，这个项目正在积极地推进，那是我们发展的根基。大家想一想，20 万亩的土地如果都开发出来，我们生产的原料自己就可以满足目前的生产线。然后，我们再进一步建立新的加工厂，把更多被我们扶植起来的红枣种植户的红枣集中起来进行加工，我们就会形成良性循环。到那时，我们的企业规模将是全疆，甚至是全中国最大的，最终我们将以我们的业绩成就我们的“中国枣王”梦想。

会议以后，李石峰召集了大疆绿洲公司的全体会议。会上，李石峰总经理宣布了集团公司的决定：任命郭东风为厂长，任命高峰为副厂长，任命倪亚娟为车间主任。希望大家都支持他们的工作，积极把生产搞上去，大疆公司的发展与大家的命运息息相关，公司的发展与每一个员工都有着紧密关系。如果说大疆是一条奔腾不息的大河的话，那么，大疆的每一个员工就是涓涓的溪流，只有当这些涓涓的溪流汇入大河之后，才可能产生奔腾向前的气势。

贺东仁非常激动地在会议的结论中发表讲话。他谈到大疆发展的历程，提到了大疆公司发展过程中的感人事迹。他说，李总的比喻非常好，公司与员工的关系就是小溪与大河的关系，你们都不要想你们都是在为我打工呢。我告诉你们，真正打工的是我，我是在为你们大家打工，而你们是为这个事业打工，是为改变西部的生态环境，为了我们的子孙后代和持续发展而打工，你们是这个企业的主人，而不是过客。记住这一点，你们每个人都是大疆的真正主人。你们还应当记住，大疆因你们而兴旺发达，你们因大疆而富足自豪。

第 11 章　大疆根基

大疆林场出事的时候是下午六点多。

靠近路边那块地上，已经盖好了一排房子，那是林场的管理基地。于建设带着大伙到荒地上补打界桩时，正是从那里出发，看到远处一些人在大疆的地上拉着皮尺测量，然后在本子上记录着什么。于建设对史秋江说，史场长你去看看，他们是什么人，怎么在咱们的地上量？他们要干什么？

史秋江跑步向那些人奔去。史秋江是于建设从兵团带过来的一个连长，是个农业技术能手，当地人，现在在林场做于建设的副场长。

于建设边向人群走去，心里边数着数，有 23 个人。他们顺风走，听不到史秋江跑到那些人面前说了什么。不过，他看到史秋江在认真地说话的时候，那些人就围上了他，推搡他，史秋江没有反抗。然后，有一个很凶的大个子一把把史秋江掀倒了。于建设看见史秋江倒在地上的时候，觉得坏事了，可能要出事，他对身边的一个人说，小傅，快报警，给派出所打电话！

话未完，于建设就带着剩下的人赶紧向那里跑，于建设身边只有六个人。于建设边跑边想，要是打起来，我们根本就不是他们的对手，怎么办？和平解决吧。

于建设跑到跟前，史秋江正从地上爬起来，大喊道，于总，他们要补办草场证，在分咱们的地呢！

于建设皱了下眉头问那些人，怎么回事？你们为什么在我们的地上量？

推倒史秋江的那个凶脸恶意地盯着于建设，你是谁？这块地是我们的。

于建设说，我是大疆公司林场的总经理，是这块地的经营者，这块地早就办好了土地开发证，属于新疆大疆公司林场了，怎么成了你们的地？你们有合法的手续吗？

凶脸说，我们当然有了，我们马上就会办下来草场证，这是我们放牧的地方，你们占了，也得给些钱呀。

于建设说，你们现在才办草场证是不是太晚了？这里根本就没有长过草，怎么成了草场了呢？如果曾经长过草，你们曾经在上面放牧过，现在弄成这个样子，也是因为你们过度放牧把这里的生态环境给破坏了，我们现在是在修复这里的环境，你们也应当支持我们的工作。

凶脸的气上来了，他用手戳着于建设的额头，老子用不着你教训！我说这是我们的草场就是我们的草场！你们能怎么着？我能办下草场证来，你们就得给老子钱，否则，你们以为你们能在这块地上待得安稳吗？

于建设觉得又好气又好笑，你横就能得到你想要的？我告诉你，不管你是谁，我老于在兵团里混了几十年了，你这点痞子气，我见得多了，能吓得了人吗？

凶脸正要动手打人的时候，警车闪着灯开过来了，从车上下来几个警察跑过来。一个警察喘着气问，怎么回事，怎么回事？你们在这里干什么呢？

于建设对警察说，我是大疆林场的于建设，我们已经跟你们打过招呼了，就是我们这 20 万亩地的事，我们早就办好了土地使用证，文件也给派出所报过了，这是你们知道的。

警察点着头，对，这我知道。

于建设指着凶脸说，这个人，现在在我们的土地上要测量分地，说是要办草场证，目的是向我们赖钱，不劳而获。

凶脸这时候还是挺横的，叉着双手怒容满面地说，这地本来就是我们的，我们世世代代就在这里放牧，现在他们买去了，不给我们钱，我们不能要回来吗？

警察挥手劝退这些人，走走走，有事跟你们的乡政府去说，人家大疆公司是跟你们各级政府都签过合同的，还在国家都办了手续的。这地不是你们说是你们就是你们的，你们要说是你们的得拿出证据来，走走走，快回去吧，别在这里聚众闹事。

凶脸不想走，站在那里气哼哼地看着于建设他们。警察不高兴了，让你们走呢！走吧！别在这里闹事。

凶脸对于建设狠狠地说，今天算你们走运，我告诉你们，我们明天还来，你们就准备着吧。说完，凶脸带着自己的23个人走了。于建设说，谢谢你们给我们解了围，要不，他们还不知道会闹出什么事呢。

警察提醒于建设，这些人说得出做得出，非常不好惹，我看你们要多加小心。你们还得想个办法跟他们乡政府的领导们协调协调，把这个事彻底解决一下吧。要不，他们三天两头地来这里闹事，你们就干不成什么事了。走了，有什么事再打电话吧。

于建设说，谢谢！

于建设问史秋江，史厂长你没受伤吧？

史秋江笑一笑说，没事，一帮子流氓，就是横嘛。

于建设说，那你带着人按照咱们图上的标记把那些木桩子再立起来。正在史秋江要带着人走的时候，一个员工指着远处正在向这里来的人惊讶地说，他们又回来了！这次人更多了。

于建设也觉得非常奇怪，刚走怎么会这么快又返回来了，还一下子带了这么多的人。他就站在那里，望着远处正在向这里走来的人群，仔细地辨认着，他没有发现刚才的那个凶脸，反而都是一些陌生的面孔。他对史秋江说，史厂长，看来咱们今天的活儿不好干了，又来了一批新的。

刚才报警的那个员工问，于总，报警吗？

于建设摇了摇头说，不用，看看再说，要是情况不好，你再报警。

员工点着头。大家就在原地等着那些奔这里走来的人，于建设对一个员工说，你数数他们有多少人。

员工数了数说，26个人。

走近了才看清，领头的是个中年的男人，从他们的表情上看不出要打架的样子，反而有一些可怜巴巴的神态。中年男人问，你们哪位是领导？

听着有些求乞的口气，大家的神经放松下来了。于建设问，我在这里负责，你们有什么事吗？

于建设心里想的是，可能这是一群要找活干的人，要是找活，现在这里正缺少人手呢，就留下他们吧。但是对方却从怀里掏出了一捆厚厚的纸，在于建设面前晃了晃说，我们是来要“失地补偿金”的。

于建设纳闷，什么“失地补偿金”？我们为什么要给你们失地补偿金呢？

中年人说，这里……

中年人指着面前一大片荒地说，这一片是我们的草场，我们以前就在这里放羊，现在地被你们占了，按照国家规定你们得给我们补偿金哪。

于建设心想，这又是来讹钱的，就对他们淡淡地说，你们有草场证吗，政府办的。

中年男人咧着嘴笑了，有，有，你看，我们都带着呢。

于建设打开中年男人递到面前的纸卷，是一套复印文件，上面的确清清楚楚地标注着草场的范围。于建设非常清楚，从地理标注的详细情况看，草场证上标明的范围就在大疆林场的荒地上。这让于建设感到非常困惑，贺东仁当时把自己带到这里来的时候，他还问过荒地的属权是不是清楚的，有没有土地纠纷，因为在他的工作经验中，最让人头痛的就是土地的权属不清而造成的扯皮。当时，贺东仁非常明确地告诉过自己，这片荒地已经荒废了几十年，根本不存在权属问题。贺东仁还说，政府明确告诉过他，荒地什么都不生长，从来就如此，所以也不可能是牧场，那么，这些人的草场证又是怎么回事。问题变得很复杂。

于建设觉得没有必要跟这些农民较劲，就对他们说，你们这些草场证都是复印件，原件在哪里呢？

中年男人说，原件都在家里放着呢，怕丢了，就拿复印件来了。

于建设对他们说，你们看这样好不好？我们先去弄清楚草场证是怎么回事，如果你们的草场证没有问题，我们会让乡政府通知你们解决问题，你们先回去好吧。

中年男人说，行行，反正我们有正规的草场证，你们是个大公司还怕你们不给我们钱吗？那，什么时候给我们个信儿？

于建设说，很快，我们很快就会给你们答复的。

中年男人对自己的人说，那咱们就走吧，咱们回家等信儿去吧。

这二十几个人转身离去。于建设突然问那个中年男人，你们认识刚才来的那些人吗？有一个挺高的个儿，长得很凶，老是想打架的样子……

中年男人转回身来，刚才那副朴实、厚道的模样不见了，露出的是油滑而世故的笑容，他们也来了？那不是我们村的，他们是听说我们弄了草场证，他们才要弄的，不过，昨天他们才听说这个事，不可能办得这么快呀？

这话一出口，中年男人便发觉自己的话说露了，他尴尬地看着于建设，哎……我们的草场证是早就有的，早就有的……他们是想像我们一样办证，可是……

于建设听明白了，他很肯定地说，你们回去吧，我们会很快给你们一个答复的。

当于建设和贺东仁、李石峰、胡春风等人坐在大疆集团总部谈林场发生的怪事的时候，他心里很清楚，这件事不能怪贺东仁事先没有跟自己说明，因为，贺东仁自己都不知道会有这样的事情出现。

于建设说，这是当地农民突击办证想占便宜，看见我们在那里又是打桩子，又是丈量土地，知道要开发这里了，就想要钱，突击补办草场证，想抓着这个机会捞一把。

李石峰提出，我们要跟乡政府把这个事情弄清楚，他们不能在这个时候补办证件，再者说，我们是跟阿克苏地委、市政府签的协议，并且他们也说得非常清楚，这片地是没有任何权属问题的，现在问题来了，买单的人也不该是我们呀。

于建设忧虑地说，李总说得对，但是，我就是怕这件事是政府支持的，甚至政府中的某些官员参与其中，他们想揩我们的油。那这事儿，找乡政府就不会说清楚了。我们以前在团场也曾经有过类似的情况，很多时候，都是兵团出钱了事，给他们一点钱，他们占点便宜。但那是团场，他们有强大的经济后盾，现在咱们可不能浪费一分钱啊。

贺东仁说，这是我没有想到的，我看，咱们不找乡政府去了，去找李书记，请他给咱们协调，我们要是直接面对当地群众，一旦引起纠纷，有时还说不清。

于建设赞成，不去直接找乡政府是对的，要找上边的人，要是乡政府的那拨子人跟咱们不讲理，咱们也没有什么招儿了。

贺东仁总结道，这事儿就交给我办，我马上去找李书记。

于建设急着问，那明天怎么办？我看，那个凶脸明天来的可能性很大，因为，他们今天没有测量成，他们要是急着办草场证的话，明天会来的，弄不好还要带着更多的人，带着家伙来，咱们得有所准备。

李石峰说，把周明叫上，让他带着摄像机拍摄现场取证，咱们到政府说理的时候有证据，不然，他们说他们没干，咱们也说不清楚。

贺东仁说，好，这个主意好，咱们得留着证据。石峰，这个事儿，你安排，让周明去，还要找一个体力好的员工保护他。拍了现场，我拿到市委去跟他们说，这些人公然造假，还有人帮助他们一起办证。

胡春风也说，那明天我们也带些人上去吧，不然，于总那边势单力薄。

贺东仁苦笑着说，好吧，可是，咱们说好了，到了那里不是打群架，而是给于总他们壮势，要以理服人。

于建设说，他们从来就不讲理，跟他们讲理简直就是对牛弹琴。

会议散了，贺东仁请于建设到自己的办公室去。他拿起电话拨了李书记的号码，李书记，对不起呀，又打扰你休息了，可是，我们有个急事，不得不打扰你了。

李书记说，没事，你老贺什么时候给我打电话都行，就是半夜也行，何况我现在还没有休息呢，说吧，遇到什么困难了？

贺东仁说，李书记，当初，你把那20万亩地给我们的时候，政府跟我们说那片地是荒地，撂荒已经几十年了没有人动，土地的权属是没有任何问题的，不存在补偿金，也不存在拆迁的问题……

李书记说，对呀，现在也是没有什么权属问题啊。

贺东仁却说，可是，现在出问题了，一批又一批的农民拿着草场证来向我们要补偿金，而且不给还要动粗，这到底是怎么回事呀？

李书记也疑惑了，哎，这是怎么回事呢，政府的规划上这片地一直是无主的荒地，也是阿克苏待开发和生态修复工程的重要区域呀，怎么会突然跳出来这么些个草场证呢？

贺东仁给李书记解释，书记，这些草场证是突击办下来的，目的就是要补偿金，要揩我们油，这件事，需要政府给我们解决啊。

李书记问，你们找过乡政府吗？他们是怎么处理的？

贺东仁说，乡政府？这些草场证可都是乡政府、镇政府办的，他们会怎么处理？很简单，他们会让我们掏钱了事。他们能违规给他们办证，也能护着他们不讲理。

李书记想了想说，老贺，这样，明天我召集一个协调会议，把几个方面的人都叫到一起，当场解决这个问题。这显然是误会嘛。

贺东仁踏实地说，李书记，好吧，那我们就等着你的公正处理啦。

放下电话，贺东仁对于建设说，行了，这事，你不用担心了，书记出面协调，到时候咱们一起去参加他们的协调会，看看他们怎么处理。

然后，贺东仁想了想说，我现在倒是想，这些农民也挺可怜的，他们的日子过得很苦，在这样的荒漠地带，种地不行，放牧也没有草了，真是不容易呀。咱们得想个办法让他们富起来……

于建设说，那就让他们到咱们的林场当职工嘛，只要勤劳就能有钱挣，等咱们的土地熟化完成后，咱们只要培训他们一下，在红枣园里他们就可以靠劳动发财了。

贺东仁笑着说，咱们林场的责任可是越来越大了。

贺东仁看看于建设，谈谈你吧。

于建设笑了，谈我什么？继续策反？

贺东仁说，刘备请诸葛亮不也才三顾茅庐吗，我可是不止“三顾”了，你也该下决心了。现在林场这些员工都是你一手招来的，包括史厂长他们那些技术骨干，你就忍心把他们扔到那片荒地上，自己一走了之？

于建设叹口气，唉，这正是我没有立即走掉的原因，要是那些人不是我弄来的，我就真的一走拉倒，现在，整天还有那么多的破事儿等着，真是烦人哪。

贺东仁真诚地劝于建设，你就留下来吧，咱们兄弟们携起手来干。你看，这是一个非常壮观的事业，现在大疆公司的发展前景也是非常好的，北京我们有公司打市场，阿克苏我们有加工厂，在阿克苏、库车等地还有我们许多示范园。现在我们的种子公司也快上马了，库车那边还有我们的专用肥加工厂，各地也都在设专卖店，我们走的特供路线也打通了，你这边林场20万亩地再一上，我们的集团公司会搞得非常好。来吧，把荒芜的土地变成金子，把这里的生态搞好了，我们的收益也好了，这是多好的事。

于建设再一次被贺东仁的话鼓动起来，他自己也的确感觉到了大疆公司的前景了，从贺东仁的口里说出来，更具有鼓动性。他说，贺总这样看中我于建设，我很感动，只是，朱团长那边不太好交代呀。

贺东仁一听于建设答应了，高兴地拍了一下桌子，太好了！小于，你答应了！

贺东仁望着于建设，你放心，小于，朱团长那边我去说，不行，我请兵团的司令员跟他讲，行了，你放心。

于建设摇着头说，不，这事还是由我自己解决，你不用管，既然我已经决定到你的旗下，那就由我把事情办好吧。不过，这样，我老婆就得调到阿克苏市来了，不能再在兵团，我的孩子上学也得到市里来，这还得办一阵子。

贺东仁说，这事好办，我来给你解决这些问题。

于建设站起来，贺总，这些都由我自己处理吧，你还是抓你的大事，咱们要做的事还很多呀。贺东仁拉着于建设的手非常动情地说，你能下这个决心，我非常感激你，我真的非常需要你！

第二天一大早，当于建设被叫醒的时候，天已经大亮了。林场的司机小宋敲响了于建设的门，于总，于总！不好了，昨天那些来量地的人又来了！

于建设从床上跳起来，打开门问小宋，他们人多吗？史厂长他们呢？

小宋说，史厂长在跟他们交涉呢，比昨天的人多，还是昨天那个大个子带头，非要在咱们的地上量不可，还说，谁说了也不行。

于建设边走边说，走，咱们看看去。

于建设老远就看到林场的员工和那些人对峙着。他走到人群中，对那个凶脸的高个儿说，昨天你们就没有量成，今天怎么还来呀，政府没有通知你们，不让你们这样干？

凶脸还是横横的样子，政府？在这个地方我们就是政府！你们占我们的地，就得给我们补偿。

于建设说，我们昨天已经找到阿克苏地委与市政府了，他们明确地告诉我们这里的荒地从来就没有什么牧场，你们说这里是草场，是你们想出来的，你们就是办了那些草场证也没有用，你们是在我们的土地上办证。

凶脸说，不和你们讲理，我们干我们自己的，来，量地，我看谁敢拦着！

史厂长气愤地要冲上去阻拦，于建设拦住了，史厂长，不用管他们，他们爱怎么量就怎么量，他们就是把这 20 万亩地都分了，也没用，我们有国家的批文，有阿克苏、新疆各级政府的批文，我们怕什么？让他们忙去吧，我们在一旁看着。

就在这时，一辆汽车飞快地开过来停在于建设身旁，从车上下来了周明，一下车就抱歉地对于建设说，于总，来晚了。

于建设热情地说，不晚不晚，正好，那不，他们正在量地呢。

周明迅速打开机器，开始拍摄那些农民在地里测量土地的镜头。于建设对小宋说，小宋，你一直跟着周记者，要保护好他的安全，别让那些人影响他的工作。

小宋说，好的，放心吧！

周明认真地拍着，从远及近，拍各个角度。这时，测量土地的人发现了周明，大喊着，有记者拍咱们呢！

凶脸回过身来一看，大叫着，打他！打他！把他的机器给砸了，不让他拍！

说着，凶脸带着三四个人就向周明冲过来，小宋一看，叫着，周记者，快跑！他们来了。

但是，已经来不及了。一个手拎铁锹的人冲到周明背后，突然一下就向周明的头部拍过来，周明一躲，铁锹落在他的肩膀上，周明倒在了地上，摄像机摔在一边。

小宋急了，他挥起手就跟冲到面前的几个人打了起来。小宋身强体壮、力量很大，很有打架的经验。看上去，他们是五个打一个人，但是小宋并不吃亏，他左躲右闪，凶脸被小宋一拳打在鼻子上流了血，可把凶脸给吓住了。但是，小宋一转身的工夫，就被铁锹给拍在脑袋上，出了血。这下小宋被打急眼了，豁出去了，玩了命地把这几个打得四处乱跑，被追上的都被他揍得鼻青脸肿，趴在地上叫着。

幸亏警车及时赶到，否则，还不知道要出什么事呢。

小宋跟凶脸他们五个人打起来，也就一眨眼的工夫，等站在远处的于建设和史厂长他们跑过来的时候，警察也来了，战斗也就结束了。于建设看小宋的头部流血了，急忙对史厂长说，快回去拿些纱布，给小宋包上。

这时，大家都在找周明。小傅的眼尖，指着一边捂着左肩一边在收拾摄像机的周明喊，记者在那儿！

于建设说，小傅，你们照顾着小宋，我去看周记者。

于建设走到周明那里一边帮着他收拾摄像机一边问，你怎么样？打哪儿了？

周明心疼地说，我倒是没什么事儿，皮肉伤，可是，机器看来给摔坏了，这要是修起来得花不少钱。

于建设说，先别管机器了，先去医院看看去吧，看有没有什么大问题。

周明说，不用不用，皮肉之苦，没事。

这时，警察走过来，还是昨天到现场的那两个警察。一个警察说，于总，这回，我们得带人走了，这是打群架，是治安案件了。

于建设一听就说，是他们先挑起来的事儿，昨天你们也在现场，已经制止了他们一次，今天一大早就来了，还动手打人，要拘得拘他们呀，我们是正当防卫。

警察说，不管是正当防卫还是有意挑衅，到了派出所一说就行了。不过，把人打伤了，那得关几天了。

于建设这下有些着急了，那你们关我吧，我是这里的负责人，小宋是为了保护我们的记者才自卫的。

警察说，你当然也得跟着了，我不多跟你说什么了，走吧。

于建设问，他们打了我们的人就没有事了？

警察说，他们也带走，都到派出所去做笔录，是谁的问题就关谁，这是规矩！

史厂长已经把小宋头部的创伤包扎好了，周明扛着被砸坏的机器跟在小宋的后面，于建设跟在周明的后面，再后面就是大疆林场的几个员工，他们怕自己的人再吃亏，都不放心。然后就是那几个被打得鼻青脸肿的凶脸和他的四个难兄难弟了。其他的农民见警察来了要抓人，早就撒腿跑得无影无踪了。这样，两个警察带着一大群人在荒野上排成一长排的队走着。

于建设对走在后面的员工说，小傅，给公司总部那边打个电话，告诉他们别来了，说没事了。

小傅问，于总，说不说咱们都去派出所的事儿？

于建设说，不用说，没什么大不了的，别让他们担心了，做个笔录就走了。你就说，咱们这里没事了，让他们别往这里跑了。

小傅打完电话的时候，他们已经走到派出所。

一到派出所，警察的口气就变了，他们指着几个主要的受伤者，你们都蹲下，蹲在地上！

于建设问，哎，他们不是来做笔录的吗？

警察铁着脸对于建设说，没问你，不要说话！老实点！

嘿，于建设惊异这个变化，怎么突然就这样了呢？！

警察让那几个打人的和被打的蹲在地上，记者周明当然不能蹲了，周明掏出记者证，我是阿克苏电视台的记者，我是来采访的，被这几个人打了，还把我的机器给摔坏了。

警察仔细地看了看记者证，那好吧，你可以走了。

周明不干了，我可以走了？！问题还没有说清楚呢，我被打了，我的机器给摔坏了得有个说法呀！难道你们不给我一个明确的处理意见吗？如果你们不给我一个意见，那我就去找你们的领导要。

另一个警察有点害怕了，他低声地对处理问题的警察说了两句，那个警察变得客气了，哎，这样吧，这个事情呢，你先跟我们这个老钱同志去说一说事情的经过，让他做一个记录，等我们弄清楚了真相后再跟你说。

这时，上午上班的警察也都到了，派出所的于所长见这里有这么多的人，就问，这是怎么了？

正在做笔录的警察起身报告，于所长，打架斗殴，大疆林场的人跟当地的农民打起来了，打伤了人，我们正在处理。

于建设认识于所长，叫了声，于所长！

于所长吃惊地望着于建设，哎，你不是于主任吗？你不是在团场吗？

于建设掏出一支烟递给于所长，不在那儿了，现在我是大疆林场的总经理了。

于所长把烟拿在手上打量着衣着不整的于建设，真是的，放着舒服的日子不过，怎么跑到个民营公司里干呢。

他嘱咐正在办案的警察小王，把事情搞清楚了，就让于主任带着人走吧。于主任，等哪天有空，到我这来坐，我还有事，得出去一趟。

于建设追问，我们的小宋也给放了吧。

于所长应付着，我跟小王都交代了，他会照着我的意见去办的，你放心吧。

于所长走了。警察给几个当事人都做了笔录，然后，对于建设他们说，你们都可以走了，那个打人的按照治安处罚规定要关起来。

于建设一听就着急了，他走上前对警察说，刚才于所长说了，让你放他走嘛。

警察说，谁说让他走了？于所长说，是让你们走，没说让他也走呀，他打了人，得拘留。

周明走出来的时候也听到了警察的话，就辩解说，他是为了保护我才打架的，而且他的头也被打坏了，难道你们没有看见吗？

警察公事公办地说，谁受了伤都得看，咱们先去医院包扎伤口，然后再拘留。

于建设知道这样下去是不会放人的，就走到小宋身边说，小宋，你先跟着他们去医院，我不会让你进拘留所的，今天一定把你弄出来，你是为公司出的力，你是自卫，咱们不怕。

小宋信任于建设，他点着头说，于总，你们走吧，我没事儿。

走出派出所，于建设让史秋江带着员工们回去吃早饭、上工，一切照旧，然后，他拨通了贺东仁的电话，贺总呀，遇到难题了，你得出马。

贺东仁把水果放在病房里，小宋，你就好好地休息两天。

小宋不安地说，董事长，其实我没事儿，就是一点轻伤。

于建设在一旁说，医生都说了，轻微脑震荡，你得休息呢，咱们林场的条件可休息不好，你就在医院休息吧。

贺东仁也笑着说，小宋，你很能呀，一个打五个，以后可别这么愣了呀，这会出事的。

小宋不好意思地笑了，他们也太欺负人了，不过，我没想到他们那么不经打……

小宋看着于建设，我还会被关起来吗？

于建设笑了，那还用说，你休息好了回去上班就行了。

小宋问，是不是赔了很多钱呀？

于建设说，一共给了他们 100 块钱的医疗费。

林场的工作对于建设确实是一个挑战，他要对贺东仁、对大疆公司负责，更要对被自己带到这片荒地上来的员工们负责。

于建设站在荒野上，想着心事。

维吾尔族小孩从地窝子里跑出来，在刮着风的沙土上玩耍，还有一些在远处的荒地上清理土地的员工。

于建设拿出手机拨了一个电话，老吴，我是小于，于建设呀。

老吴听到于建设的声音很兴奋，小于，怎么，有一阵子没听到你的声音了，还在团场吗？

于建设说，不在了，现在跟从山西来的一个老板搞荒漠化造林，20万亩地。

老吴吃惊地问，20万亩呀，那得什么时候搞出来呀？

于建设回避了这个话题，老吴呀，兄弟有难事了，想求你，你得帮我这个忙……

老吴爽快地说，唉，咱们还用说？在兵团那会儿都是兄弟，没说的，就是现在我到了司令部，咱也是兄弟嘛。说吧，什么事？

于建设说，我当初来这家公司呢，是朱团长叫我来的，要我帮一阵子忙，帮他先搞搞规划，两边兼顾着。可是，现在我已经离不开了，这老板也是一再做我的工作要我留下来。现在我是下了决心了，要留在这里，可是，朱团长……你知道我们那关系，我当着他的面是张不开嘴呀……

老吴猜出了于建设的意思，那我去说吧，我和朱团长也是好兄弟，这事交给我吧。

于建设轻松地说，还是咱们兄弟，不过，我想请你马上就去讲这个事。

老吴有点为难地说，从乌鲁木齐到阿克苏……

于建设说，朱团长现在就在乌鲁木齐开会呢！要不，我为什么这么急呢，我怕他走了，就没有机会了。你帮我把这事办了，先做通了他的工作，我再当面向他谢罪！

老吴说，好，听我的好消息吧。

就在于建设打电话的时候，他听到了大型机械隆隆的声音。开始并没有在意，等打完电话，史秋江慌慌张张地跑来，喘着气说，于总，又来了一批人，开着翻地的机械进咱们林场，也不说话，上去就翻地，把咱们刚平的那块地都给翻开了。

于建设无奈地说，跟这帮流氓没法打交道。

史秋江说，我看不像是当地人，都是内地人的样了，怕不是那拨要钱的人，挺像是来要地的。

于建设觉得很奇怪，来要地？！要地更不可能！

于建设前边走，史秋江后面跟着向那辆车走去。直到近前，于建设边大声地喊停边打手势。开车的人好半天才不情愿地停了下来。他坐在车上并没有下来的意思。

于建设问，你是哪里的？谁让你在这里施工的，这是谁的地你知道吗？

开车人很不高兴地说，我管你这是谁的地呢，我是人家花钱雇来的，我干我的活，拿我的钱。

于建设瞪着眼，那可不行，这是我们大疆公司林场的地，你无权在这里施工，到底是谁让你到这里来施工的？

我让他来的！一个花枝招展的女人从后面走过来，她的后面跟着五六个戴着墨镜的男人。走到于建设跟前说，我介绍一下，我叫杨鸿燕，在阿克苏你不会没听过我的名字吧？乡政府还没有通知你们吗？这20万亩地已经划给我了，我要在这里种一大片棉花，20万亩，那是多么大的一片地哟，那会多过瘾哪！

于建设看着这个自我陶醉、自我表演的女人，有一种本能的厌恶感，这地，在去年国家就批给我们了，乡政府不能批这么大一片地，这地要经过国家审批才合法，等你们办了国家合法的手续再来吧。

于建设根本不愿意理这样的女人。但是，这样的女人却愿意理于建设这样的男人。

她做出一副纯真的样子，呀，你还挺懂的。不过，乡政府批不了20万亩的地，可是20亩总可以批吧？我们就20亩、20亩、20亩、20亩地一点点儿地批呗，一直批到20万亩不就行了？我们不用着急，一下子批20万亩，噢，我的天哪！一下子给了我20万亩，我一个弱女子也干不了啊。

然后，那女人散发出一股酸酸的味道，哎，我看你挺能干的，过来，跟着大姐干吧。我在阿克苏这个地方已经奋斗了十几年了，势力很强的。有人气，有财气，一年给你个几百万的报酬一点不成问题。

站在旁边的粗壮男人不耐烦地说，杨总，别跟他啰唆了，咱们走吧！

女人做出一副扭捏姿态，一边走一边娇嗔地说，哟，你还吃醋了？大老爷们儿真不大方！

于建设站在那里愣了一会儿，然后，用手扇了扇空气，似乎要把这股酸臭之气尽快赶走。他对一旁的史秋江说，这块荒地怎么突然成香饽饽了？我们不动的时候怎么就没人去动呢？等我们把房子盖好了，地平了，水渠也修得差不多的时候，他们也来干了，这可没那么容易！

史秋江指着又发动起来的翻地设备问，于总，这怎么办？

于建设说，要阻止他们，不能让他们干，咱们辛辛苦苦把这片地平整起来不容易，他们来硬的咱们也吓唬他们一下，把咱们的人都集中起来，围上他，不让他们动。不过，咱们不用动手，他们就会跑的，这种人就是欺软怕硬，一吓就跑。

史秋江乐了，他站到了个高坡上，大声地朝正在劳作的员工们喊起来。噢——一边喊他还一边使劲地挥动着手臂，都到这里来，不让他们动咱们的地！快，都到这里来——

于建设走到坐在高高的驾驶室里的司机面前说，你还是把车开走吧，你要是真敢在这片地上动土，你看了吗，他们不会答应的！

司机向前方一看，大疆林场的员工们从四面八方向这里汇聚着，他们手里都拎着劳动工具，有铁锹、锄头，还有一些正在搭地窝子的员工手里拿着木棍。他们原本不知道这里发生了什么事，听到史副厂长在那里叫他们，无意中就顺手拿着这些工具走来了。从远处一看，那架势就像是真要打架。司机的脸都吓白了，开着车就跑。

这时，就在不远处的杨鸿燕和她的那些凶狠狠的同伴也听到了史秋江招呼员工们的声音。她们看到，不一会儿的工夫，从不同的方向有一群人拿着各种工具向他们这里走来。那个粗壮的男人首先反应过来，自己要吃亏了，他扔下杨鸿燕和同伴撒腿就向远处路边的小汽车跑。杨鸿燕一看，也吓得脸色苍白，跟在后面跑，其他几个人也争先恐后，于建设看着他们狼狈的样子笑了。

贺东仁想不到贾志会亲自找到他。在贾志到来之前，秘书长给他打了一个电话，说贾志跟他要了你的电话，可能要找你办什么事，让贺东仁态度要好一些。贺东仁也非常奇怪，贾志怎么会来找他呢？

贾志出现在贺东仁办公室的时候，已然是一个老朋友的样子了。他跟贺东仁热情地握着手说，哎呀，这么几天不来，你这里又发生了这么大的变化，你真是

“一日千里”呀，你的企业在咱们阿克苏可是大大地有名啊。

贺东仁也热情地请贾志坐，然后边给他倒水边说，小买卖，值不得什么，咱们就是农民嘛，就是把自己的院子收拾得干净一点而已。

贾志说，你还小买卖！你要是小买卖，那就没有什么大买卖了。

寒暄过后，贺东仁就直入主题，贾委员，你找我有什么指示吗？

贾志说，东仁哪，是这样的，你那片地呢，就是去年批给你的那片20万亩的荒地，咱们自治区的领导有位亲属——是谁我就不跟你说了，也听说了这个事儿，这不就找到了咱们地委，找到了我，他也想要那片地搞项目……你要知道，咱们自治区的领导亲戚找到咱们了，这事儿咱们还是得办的嘛。我知道，那片地你们已经动了，在那里盖了房，修了渠，也已经平整了一大片。我的意思呢，你能不能把这20万亩让出来，我协调市委再给你们划一块相同大小的地，然后把你们的损失给补偿回来……

贾志说这话的时候，贺东仁一直在平静地看着他，等贾志说完了，贺东仁问，贾委员，这是你个人的意思呢，还是阿克苏地委的意思？

贾志连连说，是我个人的意思，是我个人的意思。这个事呢，领导的亲戚直接找到了我，还没有找主要领导去谈。我想，尽量就不打扰他们了，我们能在下面办的就办了吧，这不就找你来了嘛。

贺东仁问，你能不能直接告诉我是哪位领导的亲戚？

贾志为难地说，这个……这个嘛，不好说呀，东仁，你要相信我，肯定是领导的亲戚，这件事，我是不敢瞎说的，早晚你会知道是谁。

贺东仁也就不多问了，顿了顿，缓慢而清晰地说，贾委员，这块地我们已经费了很大力气办下了使用证，从市到国家都办下来了，许多人为这件事付出了很多。现在于建设在这块荒地上刚刚建立起自己的基地，招来这么一大家子员工，他们付出的比我们能想象的要多得多。那是他们的命呀，那也是我贺东仁的命。你今天以私人的身份跟我谈这件事，是看得起我贺东仁，我觉得得给你说明白一点：这块地，无论是谁用什么方法，我都不可能放弃。

贾志尴尬地望着贺东仁，贺东仁也非常郑重地直视贾志，贾委员，我告诉你，以后像这样的事儿，最好让自治区的领导亲自找我，我跟他说，你还费这么大的劲儿干什么呢？

贾志站起身，既然你这样说，那么我也就不打扰你了……不过，我还是希望你再好好想想，在别人的房檐底下做事，哪有不求人的呢，哈哈哈……

贾志出门的时候差一点跟于建设撞上，于建设不认识贾志，望着他的背影叹道，这老兄火气很大嘛。

这时，贺东仁办公桌上的电话响了，贺东仁摆摆手请于建设坐下，自己去接电话，噢，乡长啊，很久没有请你喝酒了。

乡长有些吞吞吐吐地说，贺老板……这个，你那块地不是在我们乡上吗……前几天上边有人找我，非要那块地不可，我是左右为难呀，你说，我已经把地给了你了，领导又想让我把地给别人……

贺东仁有些生气地说，哎，乡长可别开这个玩笑呀，那块地可不是你给我的呀，那是国家批给我的！你一个小小的乡长，你哪有那么大的权力？借你一百个胆子你也不敢给人啊。

就是嘛，我哪有那个权力！批 20 万亩的地，我是没这个权力呀，那是要犯错误的……可是，领导非得让我把地给别人，你说我怎么办呢？真是左右为难呀。

贺东仁问，那你给他们办了手续了？

乡长无奈地说，办了！那还能不办？就盯着我在那里办，想拖一下都不行，你说，我一个小小的乡长……

贺东仁觉得这事太荒唐了，就对他说，乡长，这不是你的事儿，你能告诉我一声，我谢谢你，那地你批了也是白批，是无效的。谢谢你！改日我请你喝酒。

贺东仁放下电话，于建设看着贺东仁苦笑着，我就知道你的日子不好过了，咱们的地现在成了香饽饽，再这样下去，我看都快出人命了。

贺东仁说，没那么严重，这个事我敢打保票，天塌下来我顶着。我就不信了，咱们手里拿着国家的批文，他们敢明目张胆地抢？

于建设说，他们真就是光天化日之下来抢了！雇了人和车上来就干，把咱们好端端的一块平整的地，给翻得乱七八糟，还很霸道。

贺东仁吃惊地问，真的？！是谁支使的？你见到人了吗？

于建设说，一个叫杨鸿燕的女人，还带着几个打手，要不是咱们人多，就让他们得势了。你知道杨鸿燕这个女人吗？

贺东仁摇摇头，她是什么来历？是哪位领导的千斤？

于建设厌恶地摇摇头说，她？哪位领导的千斤都不是！我以前听说过这个女人，她要真的是哪位领导的千斤就不会跟那些人混在一起了。她在阿克苏确实有些年头了，有股子邪气！我想，她敢这样大摇大摆地来，背后肯定有文章。你说是哪位领导的亲戚要抢咱们的地，说不定背后的真正买家就是这个杨鸿燕。

还挺复杂的。贺东仁一想，不对呀，咱们有国家的批文，咱们要是不想放手，谁也没办法！

于建设却说，贺总，我感觉这里面可能来头不小，我找你，就是想商量一下妥善的处理办法。我们不能被动地等这些家伙去咱们那里捣乱，我们得把事情解决在前头，让林场的员工有安全感。三天两头出问题，员工队伍就会不稳。

贺东仁赞成于建设的意见，我们得弄清楚这个背后要地的人到底是谁，这个杨鸿燕在其中到底是个什么角色。我和石峰两个人明天就把这事儿给解决了。这几天你们可得加小心啊。

于建设担心地说，这个杨鸿燕报复心理很重，我还真的怕这几天弄不好要出点什么事儿呢。

天黑下来之前，史秋江把林场的几个年轻人召集起来，对他们说，这几天老是有人来咱们这里捣乱，咱们要多加小心，值值班。我划了几个点，在这几个点上咱们搭几顶帐篷，每个帐篷里住上两个人，在那里值班，也可以吓吓这些人。一会儿大家跟我去搭帐篷，咱们再分一下工，分几个组，有事的时候，快速电话报警。

史秋江带着自己的员工们在几个不同的地点很快支起了一些帐篷，分了小组，指定了小组的负责人。给每个小组还配备了手电，防身棍棒等物品。等忙完了的时候，天也就黑了下来。大家各就各位，准备休息了。

史秋江回到基地后给于建设打了个电话，于建设告诉他，自己在市里还有些事情要办，跟董事长的事情还没有商量完，回去可能要很晚了。

史秋江说，于总，要是太晚了你就别回来了，这里有我呢，我已经安排了值班，应该不会有问题的。

于建设还是不放心，不管多晚，我都会赶回林场的，你们一定要小心才是，他们晚上来捣乱是最讨厌的。

一直到12点，于建设都没有回来。史秋江想，都这么晚了，那些人也得休息了，自己就躺在沙发上睡着了。

当史秋江被大喊大叫的声音吵醒，同时听到大型机械隆隆的巨响的时候，他习惯地看了一下手表：1点52分。一轱辘爬起来，外面是敲门声和叫嚷声。他打开房门，被刺眼的手电筒直射着，他睁不开眼，有人躲在手电筒后面扯着沙哑的声音说，怎么这么慢？！听着，你们赶紧离开这个地方，现在这个地方归我们了！

史秋江一边躲着手电筒的强光，一边高声地吼了一声，把你那个破手电关了！你照着我干吗！

举着手电的人把光线朝地上照去，你他妈还敢横！看老子收拾你……

沙哑嗓子阻止这个人，先干大事。

然后，沙哑嗓子说，叫你们的人都走，赶快走！不然，连这里的房子也点了，快走！滚蛋！

史秋江这才注意到，远处已经四处都点着了火，几个大疆林场的员工正在惊慌地跑向这里，他知道跟这些人对抗肯定要出问题的。他对沙哑嗓子说，我们走可以，那也得等到天亮了，现在这个时候，我们怎么走啊，天这么黑，找车也找不到……

沙哑嗓子蛮横地打断史秋江，滚蛋！快滚蛋！

另几个人也叫嚷着，快走，不然别怪我们不客气了。

这时，住在帐篷里的那几个小伙子跑过来了，他们惊慌失色地对史秋江说，史厂长，他们把咱们的帐篷都烧了，他们来的人可不少。

史秋江盯着那个沙哑嗓子，认出他来了，就是白天的时候陪在杨鸿燕身边的那个男人，白天他是戴着墨镜来的，摘掉墨镜，开始没有认出来，这下他突然想起来了。

有一个员工问史秋江，史厂长，怎么办呀?

史秋江无奈地说，咱们不能跟他们硬碰硬地来，我们得走。

然后，史秋江大声地说，好吧，我们走，我们走……

史秋江走在前面，后面跟着他的兄弟们。他们一边走一边回头看着被歹人抢占的家园，心里不禁涌出一阵酸楚。小宋气呼呼地说，早晚也得还给咱们!

史秋江安慰大家，不要紧，地是咱们的，他们暂时抢去也没用。

小傅对史秋江说，史厂长，咱们报警吧!

史秋江说，对。

他拿出手机拨通了派出所的电话，接案的警察问清了情况后说马上就到。就在这时，大家看到不远处一辆汽车正在向林场开来。小宋高兴地说，是不是于总?要是于总就好了。

史秋江虽然看不太清汽车，但是，根据时间判断差不多就应该是于建设回来了。他们默默地盯着汽车，站在空旷而漆黑的原野里，似乎有一些温暖的企盼。

汽车开近了，第一个看出是于建设的人是小宋，因为平时这辆车就是他开，他熟悉这辆车，他兴奋地说，是于总！是于总的车!

大家的情绪也高涨起来。于建设开着车来到站在路边的员工面前，从车上跳下来，吃惊地问这些狼狈的员工，你们怎么都出来了?!

一听这话，大家的眼圈都有些红。史秋江情绪也有些激动，于总，咱们的林场被人抢了!

小宋也抢着说，他们来了六七十人，都带着砍刀、木棍，还开着机械……

于建设已经听到了远处大型机械轰隆隆作业的声音，咱们的人有没有受伤的?

史秋江说，还好，没有，他们就把我留在地头值班的这几个弟兄赶出来了，没打人，就是烧了咱们的帐篷，很猖狂。

于建设又问，是不是杨鸿燕那拨人？

史秋江肯定地点着头说，是，那个领头的就是白天跟在杨鸿燕后边的戴墨镜的男人。

于建设问明情况后，拿起电话，贺总，你休息了吗？

贺东仁说，没有没有，还在兴奋着呢，静不下来。

于建设平静中带着几分沉重地对贺东仁说，贺总，又出事了。我刚到林场，杨鸿燕那伙人雇来的六七十个打手就把咱们的员工强行赶到了荒野上，还放火烧了咱们的值班帐篷，现在有十几辆大型机械在作业，正在翻咱们的地呢，员工们被赶出来，都很气愤！

贺东仁焦急地说，你不要着急，小于，把咱们的员工照顾好，真是无法无天了呢！

正在通话的时候，派出所的警车拉着警笛，打着警灯急速向这里驶来。于建设说，这里派出所来人了，但是，我信不过他们，前几天林场的事……

贺东仁打断于建设，小于，你放心，我来解决，我现在就带着市局的警察过去！

放下电话，派出所的两辆警车也停在了他们身边。车上下来五个警察，还是那个前几次来林场处理事情的刘警官带队。一下车刘警官就沉着脸说，怎么又惹事了？

于建设听了这话心里就非常不高兴：什么叫我们惹事儿呀？不过，他还是耐着性子对刘警官说，我们可是受害者，你们看了，我们的林场被占了，我们有家不能归，他们还点了我们的帐篷，现在还在挖着我们的地……

刘警官不耐烦地说，得了得了，不用说了，你们就待在这里别动，我们过去问问情况。

说完，五个人又上了警车向林场的基地开去。那边轰隆隆的机械作业的声音随风传来。站在原野上太冷了，大家挤靠在一起。于建设说，咱们到车上去暖和暖和。

大家跟着于建设挤到汽车上，于建设坐在驾驶座上，史秋江坐在副驾驶座上，其他四个员工挤坐在后排座上。

于建设看了看表，我看，这些警官怕是一时半会的也处理不完，就看咱们的贺总能不能把市局的人请来了。

正说着，远处响起了警车声，远远看去在夜色里非常刺眼。大家高兴地叫着，来了，贺总来了。

他们下了车站在路边等待着警车和贺东仁的到来。警车停在他们面前，下来了焦急的贺东仁和市公安局的姚副局长。一下车贺东仁就急忙走到于建设的面前，拉着他的手问，咱们的人有受伤的吗？

于建设说，这次他们没打人，就是把咱们的人给赶出来了，在这里冻着。

贺东仁匆忙地说，这是姚副局长，你们没有见过面吧？走，咱们再去把他们赶走。

于建设和姚副局长打了招呼，大家就又上车向基地开。几分钟后，车停在基地，大家下来了，那五个派出所的警察正跟沙哑嗓子在吸烟说笑。见市局的车来了，连忙把烟掐了，笑嘻嘻地走过来。呀，局长亲自来了，你看，这么点事，我们处理就得了嘛。

姚副局长铁青着脸从车上下来，其他的警察都下了车把基地内的人都集中在院子里，姚副局长问，谁是你们的负责人？

沙哑嗓子凑过来说，我，我是。

姚副局长严厉地问，你们是干什么的？！半夜把人家给赶到野地里，你知道这是犯法的事儿吗？

沙哑嗓子辩解，这地是我们的……是他们抢了我们的地……

姚副局长问，地是你们的？你们是谁？你们把土地证拿出来看看。你们这是黑社会行为！知道吗？还拿着刀棍。

姚副局长对自己的人说，小钱，先把他们的凶器给收了，然后把所有的人都带走！

沙哑嗓子一听着急了，你们怎么能带我们走呢？你们会后悔的！

姚副局长哈哈一笑，后悔？谁后悔？

警车离开之后，林场又恢复了平静。

于建设、贺东仁、史秋江等几个人打着手电查看被烧毁的帐篷，被捣坏的地窝子。当看到已经被翻得乱七八糟的大片土地时，史秋江的眼里涌出一些热泪。

他有些哽咽地说，这片地开垦出来，多么不容易呀！就光洗这上面的碱我们花了几个月的时间，然后再把上面的石头清理出去，再把地平整了，费了多大的劲呀，可是，就这一会儿的工夫，就……就这个样子了！

于建设安慰着史秋江，小史，地弄坏了咱们还能恢复，只要你们安全就好了。

贺东仁也伤感地望着漆黑的夜空，沉默着。

东方，已经渐渐地出现了一些白色。

天快亮了吗?

第 12 章　运筹帷幄

在贾志的一再坚持下，市政府决定召开一个协调会议，把各方都召集在一起谈大疆林场的土地问题。

先由贾志介绍这块土地纷争的由来与现状。他强调，虽然这块土地已经由阿克苏市政府批给了大疆公司，但是这块地却是属于某乡的土地。所以，现在乡里在不知情的情况下把土地批给了某公司也不能算是错误的。这块土地纠纷应当以合理的方式解决，云云。

贺东仁和李石峰都坐在会场里，贾志一说完，李石峰就坐不住了，他压着内心的怒火发言。刚才贾委员介绍的这些情况，我认为与事实的差距非常大，这证明，这位主管农业的委员连基本的农业土地使用常识都没有。

参加会议的人员都睁大了眼睛听李石峰讲。请问贾委员，国家有明确规定，谁有权批 20 万亩土地的使用权？请问贾委员，乡是独立的国家，还是属于市政府管？请问贾委员，如果你自己已经拥有合法的产权证、交了钱的房子，有人要把你赶出去，你又作何感想？再请问贾委员，所谓的“土地纠纷问题”存在吗？这完全是仗势欺人的人在从我们这些合法拥有者的手里明抢嘛！难道你看不出来吗？

乡政府的人这时站起来反驳李石峰，这块土地就在我们的管辖区内，我们有权管理与使用这块土地，现在我们要收回来，重新进行分配使用……

贺东仁看着会场，他知道这样的会议显然是贾志有意安排的，全是站在他们一方说话，这样的会议要是没有做出对他们有利的结论，那不可能收场。所以，会议前，贺东仁找到了市委杨书记，他告诉杨书记这个会议的情况，他说，如果这个会议一边倒地向着无理的一方，就没有必要开。现在开了，我们又不能不参加。可是，这样的会议参加又有什么意义？

杨书记说，这个会议我是知道的，因为是以地委的名义出面组织，我不好说什么，但是，你不用担心，地是阿克苏市政府批给你的，你也在国家办理了合法手续，不会这样轻易地丢掉。

贺东仁要求杨书记出席会议，杨书记说，看吧。他没有明确说自己来参加这个协调会议。但是，当大会出现了不正常现象的关键时刻，杨书记来了。他坐在贾志的身边，听大家发言。然后，他说，老贺，你有什么想法，说说吧，大家畅所欲言嘛。

贺东仁平静而有力地说，刚才贾委员介绍了这块地的一些情况，可能贾委员对一些事情还是不够清楚，我想补充一些情况。第一就是这块地的权属问题。在我们进入这块地之前，这里是一片无人管的荒地，这里是戈壁荒漠，大家也都是知道的。几十年了，就这样，从来没有动过。这块地是在阿克苏市的管辖范围内。常识告诉我们，乡是阿克苏市管辖的乡。打一个不恰当的比方，阿克苏市如果是父母的话，他管辖的乡就是孩子，听谁的？我想，你们比我还清楚。第二，就是谁有权批准使用这块20万亩土地的问题。我想诸位都是在官场待过多年的，也应当具备一些基本的常识。20万亩的地，即使是荒漠，阿克苏也没有权力批。这是国家的土地，20万亩土地批复权在国家那里，而国家也不会轻易地批。必须有各级政府的批文，必须有市、地、自治区各级政府的批准才能去国家那里报批。这个过程如果不走完，就是非法使用土地，就是违规。第三，目前谁是这块土地的主人。这个结论非常好得出，那就是有了各级政府的批复文件、有国家发改委的批复文件的人就是合法的主人。那么，谁有这些文件，贾委员和在座的诸位领导，我们可以给大家拿出来看……

贺东仁把批复文件的复印件高高地举在手中半天，让每一个角落都看见。然后他说，诸位都看清了，我们大疆公司拥有所有的合法文件，从市、地区、自治区，到国家的所有的文件我们都有。那么，20万亩土地的主人当然是我们。既然这块地是我们大疆公司的，我不知道贾委员组织这个所谓的“协调会议”要协调什么？是要把我们合法的身份协调掉呢，还是另有别的想法？但是，我可以清楚地告诉贾委员和诸位，你们根本就不可能把大疆公司从这块地上赶走。相反，我倒是想劝劝贾委员，在这个试图以权谋私的事件中，聪明的做法是劝劝那家打着自治区某领导亲戚的旗号，试图以大欺小的公司退出角逐。因为，显然，这样是没有前途的。我相信，那位自治区的领导根本就不知道这件事，是有人在打着他的旗号招摇撞骗，而某些领导就吃这些骗子那一套。如果贾委员认为我们自治区的领导真的知道这件事，或者是我们的领导亲自交代了贾委员来办这件见不得人的事的话，那么，请贾委员给我们大疆公司传一句话给自治区的这位领导，我希望他亲口跟我这个小人物说一句：他想要这块地，或者他的亲戚想要这块地，那我会连眼睛都不眨一下，立即放弃并退出。贾委员，请你当着大家的面说一下，是领导亲自让你办的呢，还是他的亲戚找你，你就这样公然违背原则与常识来“协调”？！

贾志的脸色青一阵白一阵，但是，贺东仁却依然咄咄逼人，我想你不敢说！也不能说，“难言之隐”呀！但是，诸位，说句实话吧，你们知道我贺东仁在踏入商场之前也是个当官的，干了十几年的人事工作，还差一点当了县官，甚至是地区的官儿。我知道什么东西是禁区，什么东西是万万不能碰的。如果贾委员真的通过今天的“协调会”把我贺东仁20万亩土地的所有权弄给了别人，那就对不起了。贾委员不仅官位坐不稳了，可能还要面临着牢狱之灾呀。你们想一想，贾委员和今天某些帮腔的人干的事，就是“权力行贿”“权力腐败”。这可是中央一再抓的大事，我要是折腾折腾贾委员，贾委员可就倒霉了。你们也知道，我老贺有这个本事，也有这个精力。如果阿克苏市委解决不了，我就到地委去折腾，如果地委也解决不了，我就到自治区，自治区还是解决不了呢，我就到北京折腾了。况且，我老贺可不是一般的上访者，我在哪级政府也都有一两个朋友，他们就是不帮我，也不可能把我推出来吧？到那个时候，咱们的脸皮撕破了，我就顾不了那么多了。

贺东仁顿了顿，话锋一转“嘿嘿”地笑了两声，不过，我相信，贾委员不会把事情做到那个地步的，那是自绝于人民哪，哈哈哈……我们不应当成为对立面，而应当成为朋友。你说，你是主管农业的官，我是搞农业开发的商人，我把当地的农业搞好了，带动农民增收了，成绩做大了，你脸上也有光呀，是这个理不是？

唐成龙要赌一口气，他最受不了别人对北京人的那种偏见，特别是贺东仁这样的顶头上司。要想在这个公司站住脚，不打消那些成见是不行的。

贺东仁回北京的时候，唐成龙刚从百盛购物中心回来。贺东仁把电话打到他的手机上，说要跟他聊聊情况。唐成龙满怀喜悦地去了贺东仁的办公室，贺东仁的桌子上摆着核桃、杏和疆枣，他指着说，吃吧，尝尝，这是我带回来的，刚生产的疆枣。

唐成龙顺手拿了一粒疆枣放到嘴里。贺东仁问唐成龙，我听说你跑得不错，辛苦你呀。

唐成龙笑着说，还是董事长辛苦，您是整天地天上跑，我们顶多就是在地上转，不辛苦，把活儿干好了，董事长就不会对我们北京人有看法了。

贺东仁笑了，你还记着呢？

唐成龙说，那是，那能忘了吗。

贺东仁问，你的超市路线怎么样？有成效了吧？

唐成龙自信地说，现在我就是先铺开，尽量铺，把大的超市都占了，然后再上量。不过，咱们的货，量太少，有的地方铺不开呀。

贺东仁坚定地说，你的超市路线停下来吧，我们不能再搞这种试验了，要集中精力搞专卖店模式。

唐成龙吃惊地说，专卖店？那可是需要大投入。我觉得还是超市这条路好，不需要养人，也不需要大的投入，就是铺货就行了……

贺东仁打断唐成龙，我考虑了很久了，阿克苏那边也做过一段时间的尝试了，效果不错。咱们得全面展开这个工作，在全国建立咱们自己的专卖店，建立起咱们自己的展示平台与基地，推广专卖店这种形式。虽然前期咱们投入大一些，也需要给员工发工资，但是，咱们的专卖店与走集团采购和特供是连在一起的。咱们要靠口碑的方式进行宣传，要有自己的专营点，来充分展示咱们的产品与咱们的健康观念，让大家了解咱们的疆枣就要走进咱们的专卖店，这些效果超市是不能达到的。把咱们的产品与其他的产品放在一起，突显不出来。咱们的疆枣定价就很贵，很容易被人忽略了，你算过吗？你一年能有多少收益？

唐成龙说，我算过，好的话，一年一个点能做到一万多，咱们要是铺得多的话，也不少呢。

贺东仁说，你看，你一年好的时候才一万多，你知道吗，咱们的专卖店一般的情况下一个月就应当在 10 万元以上，你想这差到哪去了？就是刨除了人工和房租水电也在几万元以上。而且，重要的是，咱们的特供对象想看看咱们的产品，想品尝咱们的产品，他要是到专卖店多方便呀。到超市？那成了什么了？别忘了，咱们走的是高端、团购、特供的路线，这是根本。

唐成龙还是有些不能同意，可是，商超这条路我熟，特供、团购咱们没干过呀。

贺东仁说，特供、团购不像走超市那样去谈，你得打进高层，打进特供的渠道。谈的时候，也不能按照超市的谈判方式去跟他们谈，要跟他们交朋友，要让他们说出自己的需求，让他们把你当作自己的人。拉近关系，靠的是真诚与信誉，说到的就做到。咱们的产品完全是绿色的东西，只要把绿色健康的观念灌输给他们，他们会接受的。

唐成龙为难地说，这种事情我是比较弱。

贺东仁说，现在咱们正在做的这份特供是国务院的，人家请求供货的介绍信都来了，你看，这一下就要定 1000 套……

贺东仁把桌子上的“国务院机关事务管理局”的介绍信拿给唐成龙看，上面真真切切地写着“新疆大疆绿洲农业科技有限公司：我处欲采购贵公司生产的特级枣 1000 桶，枣核仁 1000 盒。（标准以样品为准）。请协助为盼”。国务院机关事务管理局的大红公章盖在上面，这让唐成龙很受鼓舞。

贺东仁又说，咱们就是要走这个高端的路，这个路子打通了，影响就会大了。然后，回过头来再上中低端的市场，一定要先把高端这一块做扎实了，再往下推。这样吧，明天咱们一起去谈一个新的特供订单，你看看我怎么样跟他们谈。

唐成龙说，行。

第二天，天阴得很厉害，贺东仁的车去机场送人了，他给唐成龙打电话，成龙呀，今天咱们分别走吧，我把地址发给你，你按照这个地址去，在那里等我。

唐成龙就问，不是说你开车把我捎上吗？

贺东仁不好意思地说，我的车去机场接人了，去不了，咱们分头过去，你在那里等着我。

唐成龙说，那我就打个车去接您吧，咱们一起走。

贺东仁说，从你那里到公司再去那里绕弯了，我这里近，你自己打车去吧，回头我给你报了。

唐成龙多问了一句，那您怎么过去呀？

贺东仁说，我骑自行车吧，这里很近的。

没想到，唐成龙走到半路上就下雨了，还挺大的。他就想，老板这下骑不成自行车了。路上有点堵，当唐成龙到的时候，他看到贺东仁水淋淋地倚在自行车上打电话呢，见唐成龙来了，贺东仁笑呵呵地说，堵车吧？我估计你得比我晚。

唐成龙看着贺东仁的样子，有些调侃地说，董事长，您怎么真骑自行车过来了？还被淋成这个样子？您怎么着也是个身价过亿的大老板呢。

贺东仁说，咱们靠的不是外表不是架子，是真诚，是守信。

李书记接到贺东仁的电话后，非常兴奋，他几乎忘记了贾志与贺东仁不太和谐的关系，对正在自己办公室里谈事儿的贾志说，这老贺还真行呀，把国务院都拿下来了，他已经开始做国务院的特供了！这下子可以把咱们阿克苏的红枣做出牌子来了。

贾志一脸的不屑，李书记，贺东仁可是挺会忽悠的呀，国务院就那么好打入？他说做特供就去国务院了？他呀，怕是要在你这里得到支持才这样说的吧。据我所知，国务院特供对产品的要求是极其严格的，就是做检验也得一阵子呀。这个事，就止于你我两个人知道就行了，别闹出笑话来。

贾志这一说，也让李书记冷静下来，是啊，这贺东仁一个电话来了，说自己打通了国务院的特供渠道，我这里就信了，是应当有个依据才对。

就在这时，秘书走进来。李书记，刚才银行把电话打到咱们这里，说是核实大疆公司的情况，说是有一张汇票从国务院过来，要购大疆公司的产品，打钱的那边很小心，强调一定要核实这家公司的情况，才能打过来。

李书记乐了，这不就是证明吗？银行找来了，这事可不是假的。

贺东仁给北京公司的员工们宣布国务院特供文件的内容后，唐成龙吃惊地问，您还真把这份订单签下来了？！

贺东仁笑了，咱们大疆公司不是只说漂亮话，还是要办一些漂亮事的嘛。

唐成龙睁大了眼说，这可是几百万元的货呢，一次就搞定了？

贺东仁笑着说，是呀，这就是特供和团购的魅力。虽然难度很大，但是一旦做成，就是一笔高收益，速度快的项目，比你铺一年的超市收益都大。但高风险也高，一旦出了问题，不是简单的退货就可以解决的，可能要赔得你几年白干。同时，我们此前建立起来的声誉也就完了。所以，搞特供团购必须讲诚信，一定要保证产品的品质。

面对这个大单，唐成龙内心里感到的是震惊，这在他此前的销售生涯中是少见的，搞食品的较少遇到特别大的单笔订单，而像枣类产品更难以遇到这样大的买家。

特供国务院的上千套产品都要进行特殊的包装，目前北京公司的人手较少，贺东仁对女儿贺菲说，咱们全体加班，全部人员都参加，一定要按时把货送去。

贺东仁对唐成龙说，这次由你来指挥，包括我在内，咱们北京公司的全体员工都参加，按照订单上的要求，分装、复查箱子。

唐成龙有些不好意思地说，我怎么能指挥您呢？

贺东仁说，哎，你就干吧，怎么干最省力、最合理就怎么干。

唐成龙把北京公司在位的人员分成两个组，男的主要干体力活，女的干较轻一点的。一会儿的工夫办公室的地上桌上都堆满了产品，看着这么壮观的场面，唐成龙从心里服了。

中午的时候，大家简单地吃了盒饭，然后，略做休息接着干，一直到晚上10点多的时候，才最终完成了这1000套产品的分装工作。员工们筋疲力尽，贺东仁高兴地对大家说，我请客，咱们大吃一顿！

员工们望着自己的董事长，已经不愿意说话了，他们不知道他哪来的那么大精力。

大疆绿洲公司在阿克苏工业园区率先进驻并投产，在当地引起了不小的震动，媒体对大疆公司给予了广泛关注。这种关注也扩大到了自治区的其他媒体。各种媒体对大疆绿洲从不同的角度进行报道宣传，自治区、地区、市的相关部门经常到大疆公司进行参观学习，这里成了具有示范意义的企业。总经理李石峰在处理繁重的工作之余，还得接待参观学习者。

特别是大疆公司的快速赢利，使得这家年轻的公司在短时间内获得了足够的再生能力。阿克苏、库车、乌什、新雅、库尔勒等地区也都在较短的时间里建立起了示范园、专卖店和相关的专业工厂、林场，大疆正在快速地扩大。

有人打了一个比喻，说大疆像一种突然降至阿克苏的被晒透的饥渴的天外植物，在阿克苏这块土地上吸足了充分的水分与营养，正在迅速地膨胀、生长，就要变成一个巨人了，而阿克苏广阔的天空与原野是这个巨人最为理想的发展空间。

巨人也同时在吸引着更多的追随者前赴后继地到西北去，成为这个团体的一员。

阿克苏电视台的周明要拍贺东仁的成长经历，就到了运城。在运城的寻旧让贺东仁感慨，有时还有些伤感的意味。这里是他的根，有他的初恋和成长，有他的老屋和亲人们。

吃过晚饭，贺东仁和周明走在运城的街上，他兴奋地给周明介绍着这里的情况。周明不是第一次到运城来，但是，听贺东仁讲运城的许多人和事却是第一次。周明给贺东仁的印象也很好，他是一个踏实而又能干的记者。贺东仁问周明，愿不愿意到我们大疆公司来干？

周明笑了，你又来策反了？我听说你的策反功夫相当了得，把团场的干将于建设都给弄到了你的旗下。不过，你策反我可是不值得，因为，我是搞新闻宣传的，到你那里一点用处也没有。

贺东仁却说，不对，你到我那里肯定有用，我们的企业起来了，对外宣传、包装、企业文化建设等方面都需要你这样的文化人才呀。

周明说，我呢，只适合在电视台干，到企业我会水土不服的，会坏了你的事。

他们说话的时候，已经来到运城的广场上，那里有一些休闲的人，广场一侧的大屏幕正在播放着一则新闻节目。周明指着大屏幕说，我是干这个的，我在电视台不是能够更好地帮助你宣传吗？

贺东仁注视着大屏幕，突然兴奋地对周明说，有了！咱们也在阿克苏的广场上竖一块这样的大屏幕，阿克苏从来没有这种大屏幕，肯定会受大家欢迎的。

周明问，阿克苏能接受这玩意儿吗？要是在那里竖起一块大屏幕，能干什么呢？

贺东仁陷入自己的想象中，在大屏幕上播放我们产品的广告，连续不断地播。也要播放一些其他企业的广告，还要搞一些公益的事情，比如播放一些致富项目给在广场上休闲的人看，引导人们的健康观，还可以像这里一样播放一些新闻节目什么的……你可以再想一想，还会有很多的好主意。你来干，你过来，咱们注册一个公司，你就专门做这个事！

周明反问贺东仁，你不是认真的吧？

贺东仁说，我当然是认真的！我什么时候不认真了？咱们回去就干，用最短的时间在阿克苏广场竖起大屏幕来，这将成为我们大疆公司的一个窗口。

周明说，老贺，我可真是服了你了。

在去运城机场的路上，贺东仁接到一个电话，是贺菲打来的，贺菲告诉他，在网上招到了几个西安外国语院校即将毕业的大学生，他们不能到北京来面试，能不能在西安利用候机的时间请贺东仁给面试一下。

贺东仁很痛快地说，当然，没问题！

一下飞机，贺东仁就给要面试的大学生打去电话，约她们到他的住处去面试。来的是三个同班的女孩，东北姑娘叫陆瑶。

贺东仁拿着传真过来的面试者的材料，分别跟三个学生谈了话。他觉得陆瑶这个女孩不错，就说，我们企业正处于发展的过程中，要向国外拓展，需要你们这样的人才。不过，现在海外的业务还没有展开，目前到公司以后，除了一些必要的翻译工作外，还要担当一些秘书工作。

陆瑶问，那我的面试算通过了吗？

贺东仁说，对，你的面试通过了。我们的公司总部在新疆的阿克苏，那么，你是要马上跟我到新疆去呢，还是等我从新疆回来后从这里路过再跟我回北京呢？

陆瑶毫不犹豫地说，那就立即到新疆去吧。我想尽快地了解公司，熟悉公司。

贺东仁对陆瑶的回答很满意，这就对了，我要是你的话，我也会这么选。你知道，这样你一是可以很快了解公司，认识公司；二是机会问题，我们目前正在招聘选择，有可能你在西安等着我们消息的时候，这个机会就让别人抢去了，因为，很有可能会出现更合适的人选，而这样，你可能就错过了。

这一点陆瑶可没有想到，听了贺东仁的话，她觉得自己更不能错过这个机会了。跟贺东仁分手之后，陆瑶立即回到学校办理离校手续，第二天，她到车站去买到新疆的火车票，但是，已经没有卧铺和坐票了，站票还有，她连想都没有想就买了一张站票上了火车。

上了火车，年轻的陆瑶才意识到，新疆是一个很遥远的地方。因为，站在火车上，她一直就没有停止过向外看，从碧绿碧绿的景色，渐渐地在过渡，出现了植物稀少的山，然后再到荒山秃岭，再到戈壁沙漠。

一路走来，陆瑶感觉自己在从一个时间向另一时间过渡。虽然站了一夜，身体很疲劳，但是，车外的景色却让她兴奋不已。一切对于她这个刚刚走出校园的大学生来说，都是新奇的。她一直都处于一种兴奋的状态，她的人生就要开始一个新的段落了。第一次飞翔就要飞这么远，这在她的设计中是没有的。这种偶然性，让她感到挑战的刺激。是啊，这神秘的西北，宏大的公司产业前景给她以无限的遐想。

一直到第二天清晨的时候，陆瑶才终于等到了一个卧铺，她补了卧铺票，心情仍难以平静。邻座的乘客中恰巧有阿克苏人，那人滔滔不绝地给陆瑶介绍阿克苏的美，介绍阿克苏的风土人情，这让陆瑶又多了一份对阿克苏的了解与企盼。不过，陆瑶的第一站并不是直接去大疆公司的阿克苏总部，而是按照贺东仁的要求先去库尔勒参加一个项目的谈判工作，并顺路去库尔勒的专卖店及示范园去参观。

新疆真是大呀，陆瑶坐了两天多的火车才终于到了库尔勒。拖着疲惫的身体，从火车站走出来的时候，看到外面有人举着“接陆瑶”的牌子，太激动了，像见到亲人似的，她疾步走到接站的人面前。

接陆瑶的也是一个女孩，叫杨欣，杨欣热情地握着陆瑶的手，欢迎你到库尔勒来，欢迎你加入大疆公司。

陆瑶抑制不住自己的心情，激动地说，谢谢！

贺东仁这时已经基本结束了库尔勒的工作，他在专卖店里等着陆瑶的到来，然后热情地招待陆瑶吃饭，他问陆瑶，辛苦吗？西北荒凉吗？

陆瑶好像还坐在火车上的感觉，她说，新疆真是太大了！我都想象不到，新疆也太美了，我没有想到。虽然，这里到处都是戈壁和荒漠，但是，我觉得非常美。

贺东仁说，你这是旁观者的眼光，虽然这个地方有你说的那种异域景色，但是，要想在这样的地方生存下来，没有相当的耐力和智慧是很难的。咱们大疆人，那些在林场的，在加工厂和示范园的员工们，都是可敬的人，他们耐住了这里的寂寞与荒凉，坚持下来了，我希望你也是。

陆瑶自信地说，董事长，你放心，我会好好地坚持下来的，这是我人生的开端，我会走好第一步的。

贺东仁喜欢热情澎湃的年轻人，有活力有激情。给你一个选择，是先休息一下呢，还是跟着我继续走？这个，你不用硬挺着，坐了两天的火车很辛苦，况且还是第一次出这么远的门，我们都很理解，你不要坚持，要根据自己的身体状况定。

陆瑶说，我要跟着董事长走，我的身体没问题。是很累，但是，要我休息，我也肯定静不下来，还不如跟着你工作呢。

午饭以后，贺东仁把陆瑶的行李放在自己的汽车上，让陆瑶坐副驾驶，杨欣和另一名男员工坐在后排，就上路了。

贺东仁告诉陆瑶，我们要去示范园，看看那里的员工们，然后，晚上有一个宴会，我们的项目在你到之前已经成功了。本来还想让你参加一下谈判，熟悉熟悉这里的人，但是，这里的人非常朴实真诚痛快，还没有等你到就定下来了。那么，晚上你就参加庆功宴吧。

道路两旁是异域风景：有陆瑶在内地少见的植物，更多的是面孔迥异的少数民族群众。在这里，他们是主人，他们是多数民族。陆瑶兴奋地问这儿问那儿，几个人轮番给孩子似的陆瑶答疑解惑。

贺东仁边开车边问陆瑶，一定感想很多吧？

陆瑶说，来新疆的路上，我看着那些一圈一圈的盘山道，和那些我没有亲眼见过的景色，有一种特别的感受。我觉得自己以前好像是一只井底之蛙。在学校，就那么大的一个世界，现在到了外面，才觉得世界这么大。我对新疆的印象非常好，印象太深了，一想到“新疆”两个字，我的心就嗵嗵直跳。

陆瑶的话把大家都给逗乐了。贺东仁笑着说，以后，你可能就会经常到新疆来了，要是每次心都这样跳的话，那你就要得心脏病了。

库尔勒的庆功宴到晚上10点多才结束，出了饭店的门，四个人站在道路旁，贺东仁对陆瑶说，你呢，在库尔勒休息一个晚上，明天坐火车去库车。

陆瑶问，那董事长也是明天走吗？

贺东仁说，我现在就要开车去库车，我们三个，杨欣、小高和我，我们要赶到那里去，还有事情要办。

陆瑶立即说，那我也跟着你们走吧，我已经休息好了。

陆瑶有些焦急，贺东仁笑了，你不要怕，这里又不是你一个人，我们这里不是还有一些员工吗，你也可以和他们成为朋友的，我们明天就可以在库车见面了。

陆瑶很坚决，你不是说我还得给你当一阵子秘书吗，你谈事情我得做记录，我想最快地熟悉工作，投入到工作中来。

见陆瑶很坚定，贺东仁就说，那好吧，咱们就一起走。

库车正在建设一个专用肥加工厂，王家兴在这里担任总经理。专用肥加工厂是库车县政府大力支持与扶植的重要项目。一直以来，林果、棉花等农业产品都用的通用肥，但是，农作物因个体的差异性对于营养的需要是有所不同的，这就需要专用肥料。而在阿克苏地区却没有一家这样的专用肥生产厂。库车县政府在考察了大量的肥料厂之后决定在库车建立一个专用肥的加工基地。

让谁干？首推贺东仁的大疆公司了，因为大疆公司有大面积的红枣果园，他们自己就有巨大的需求量。同时，对于枣树的植物特性，大疆公司自己的专家队伍进行科学研究，他们有技术能力，也能找到专业人员来负责这个事情。这次贺东仁来就是要在库车县给他划拨的地上研究规划，为未来的专用肥加工厂描绘一张蓝图。

专用肥厂的厂址也是在一片荒地上，贺东仁对陪在一旁的王家兴说，咱们要搞有机肥，要搞一个循环经济，在这里搞一个大的养猪场，猪的粪便用来制作沼气，沼气进行发电，供咱们工厂和附近的农民使用。沼气还可以用来当燃料，而后用废料进行有机肥的制作。猪还可以卖肉，因为咱们养猪也要用最环保和自然的方式养，咱们的猪就是健康绿色的。

有人说贺东仁是个幻想家，的确，王家兴、杨欣、陆瑶等在场的大疆员工都被他们董事长的畅想给鼓动起来了。王家兴问，这得养多少猪才能供上这个加工厂呀？

贺东仁说，第一批至少要在一万头以上，那是一个很大的猪场，需要很大的投入。

杨欣问，董事长，那咱们什么时候才能建成呀？

贺东仁挥着手说，我们在年底建成投产！要创造大疆的速度和大疆的奇迹。

陆瑶吐了吐舌头，她看到了，那么大一片荒地，上边什么都没有，他就敢说，在年底建成厂房建成车间要生产出肥料来？！

王家兴也说，董事长，咱们猪还没有养呢，要是工厂建起来，原料不就成了问题了？

贺东仁说，咱们先去收购农家肥，大量收购，咱们的红枣加工厂当时不是也还没有自己的果园吗，那也是先到农户家里去收购，然后才逐步过渡来的嘛，专用肥加工厂也运用这样的模式。

贺东仁在库车停留了一整天的时间，陆瑶也见证了一天之间贺东仁的工作内容：他去县政府会见了领导，见了主管农业、林业的几个局长和乡长，请他们中的几个人吃了饭；然后，又与规划部门的技术人员再返回规划中的厂址，在现场向规划设计人员提出自己的基本要求，在那里与工程人员具体测量了每个地块，提出未来要建设的项目，然后，晚上又请规划设计人员吃饭，请他们尽快提出设计方案；之后，和其他几个驻库车的大疆领导一起到库车的示范园，看望在那里实习的新疆农业技术学校的学生们。在那里，贺东仁对学生们发表了热情的讲话，动员这些农业学校的学生们到大疆来发展。从库车的示范园出发的时候已经是深夜了。陆瑶就一直陪在这个不知疲倦的人身边紧张地行走，紧张地工作。

坐上车，贺东仁问，你们累不累？你们要是不累，我们继续走？

继续走？！还到哪去？陆瑶问道。

还没等贺东仁说话，杨欣就一边打着哈欠，一边说，董事长又要继续去阿克苏！

贺东仁笑着说，数杨欣了解我，知道我的脾气。

陆瑶刚刚从紧张的奔波中稍稍放松下来，她真的有些累了。这时一听说贺东仁还要继续赶路，到下一个城市去，就问，董事长，我们不在这里住一晚上吗？你一直都在工作，不累吗？

贺东仁无所谓地说，我都习惯了，我是怕你们坚持不住。这样吧，家兴，你给陆瑶安排一个住的地方，明天你把她送到车站，让她坐火车到阿克苏去。她已经好几天没有休息了，下了火车就跟着我跑，也够她受的了。

然后，贺东仁关切地望着陆瑶。陆瑶被贺东仁这几句话说得又精神起来，不，董事长，我还是跟你走，你走到哪儿我就跟到哪儿，我是你的秘书嘛。再说，我就不信我的体力比不过你，你这样不停地运转都不累，我一个年轻人，比别的比不过，体力我还比不过你吗？

大家都笑了，杨欣说，陆瑶你可别冒这个险，你可能还真比不过董事长的体力，在我的印象中，这几天的运动量，是董事长正常的水平，他要是超常发挥起来，神仙也不行。

那就比比吧，我真的不服气。

到达阿克苏总部时，陆瑶歪在杨欣的肩上睡着了 。杨欣也靠在车门上打盹。贺东仁把车停在车库，杨欣醒了，她推了推陆瑶，到了，到家了！

陆瑶睡眼蒙眬地揉着眼睛看着车外，漂亮整齐的厂区映入她的眼帘，睡意一下就没了。贺东仁说，下车吧，咱们到家了，这是咱们的总部。

李石峰、胡春风等人从楼上下来，跟贺东仁握着手，贺东仁给他们介绍，来来，我给大家介绍一下，新加入咱们大疆公司的外语人才陆瑶，将来咱们打入国际市场，就要靠这些人啊。陆瑶过来，这是咱们的李总，咱们公司的总经理李石峰，这是咱们的常务副总经理胡春风。

陆瑶一一见过，大家为大疆又吸收了一个新人高兴。贺东仁说，石峰，你们安排一下他们休息的地方，陆瑶从西安出发之后，一直就没有休息过，她要跟我比体力，我看就别比了……

陆瑶抢着说，不！董事长，这个比赛还要进行下去。你走到哪里我还是跟到哪里。

李石峰一听也笑了，还挺有个性的嘛。

贺东仁说，好，那你就跟我走，我给你详细地介绍介绍咱们的公司吧。

李石峰却把贺东仁拉到一边低声地对贺东仁说，董事长，我有个重要情况得趁这个机会跟你说说。

贺东仁从李石峰的表情上判断，他要说的事是大事，就对陆瑶说，陆瑶，你跟着胡总去。老胡，你去给陆瑶安排住的地方，我跟石峰商量个事。

陆瑶是个非常聪明的姑娘，她知道他们有重要的事要谈，自己得回避，于是就说，那咱们的比赛就到此结束吧。

贺东仁对陆瑶说，陆瑶，你也别闲着，我给你一个任务，你一边休息一边想一想，要给我们的全体员工上英文课。教他们一些最常用的英文口语，咱们的公司走国际化的路线是肯定的，以后这里肯定还会有许多外国人参观，员工们会一点外语很重要。能完成这个任务吗？

听到这个任务，陆瑶高兴了，能，一定完成。

贺东仁回到自己的办公室，李石峰给贺东仁倒了一杯水。然后，他对贺东仁说，最近公司有员工反映，咱们的李景文副总经理在收人家红枣的时候，没有按照咱们的定价收，而是按照较高的价格收，但是回来结账的时候，却是按照咱们的定价结。这个事影响很不好。

贺东仁对这个事情有些不信，这可是涉及一个人的品质问题了，要慎重听取别人的反映。咱们得看看反映问题的人跟他有什么纠纷没有，是不是有什么目的。

李石峰否认，不是一个人跟我这样说了，虽然我也觉得奇怪，李总不应当这样啊。但是，反映他这样问题的人多了，我也就觉得他是不是真的有问题了。我现在还没有找他谈话，我想征求你的意见。

贺东仁想了想说，行了，这件事就在这里打住吧。李景文是个人才，也为咱们大疆公司确实干过一些事情，我相信他，他还是很能干的，我们的企业现在还是比较缺少这样的人才的，宁可信其无，也不可信其有。

李石峰却不太赞同贺东仁的观点，董事长，我认为，咱们应当认真对待这件事，如果他真有这样的行为，一旦弄大了，对企业来说会造成损失的。我和你的观点相反，是“宁可信其有，不可信其无”，因为这件事涉及企业的利益，企业利益没有小事，我认为，我们至少要调查一下才是。

贺东仁扬起头望着屋顶，沉默了半天才说，也好，先不要声张，你再私下调查一下，问问跟他一起下乡的人，听听他们的意见，如果有机会咱们再到他去过的地方问问老乡们。

李石峰说，这事儿我去办，一定要弄清楚才行。不过，除了这个问题之外，大家还反映他还有一些其他的问题……

贺东仁“噢”了一声，最近，李景文的问题还挺多，我跟他接触的少，有些事情我并不了解，但是，咱们还是要全面地看一个人呀。他还有些什么事?

李石峰说，下面反映，他现在比较爱说大话，动不动就吹牛、许愿，还有员工说，他在外面也在做什么生意，利用咱们的资源在做事。

贺东仁认真地听着，这倒是个问题了，原来招他来是看重他的林木管理技术，他也确实在咱们的示范园的建设中起到过很积极的作用。也挺会写的，还写新闻稿，宣传咱们企业，他可别犯糊涂呀。

李石峰说，就我看，他是有一些自我膨胀了。

贺东仁想了想说，好了，这个事儿，我知道了，先观察他一段时间再说。

贺菲在电话里把问题说得很严重，她说，北京公司的员工已经到劳动仲裁委员会去告状了，还请了律师要跟咱们公司打官司，律师也已经到公司来谈了，您快回来吧。

这是贺东仁怎么也没有想到的，你不要着急，陈总呢，他为什么不出面?

贺菲说，他去福建出差了，他刚走他们就来找我谈，我也不明白是怎么回事。

贺东仁问，我们到底有多长时间没给他们发工资了?总公司每次不都是按时把工资款打过去的吗?

贺菲说，发工资的事儿都是陈总在管着，我也不知道是怎么回事，员工们跟我说，有两个月没发工资了，他们很激动，要求见您，跟您谈，有些人说要离开公司。

这个事情问题很严重，他说，行了，你别着急，我明天就飞回去。

贺东仁立即给北京公司的陈总打电话，这时已经很晚了。我是贺东仁，你现在在哪里？

陈总迷迷糊糊地问，老板，什么事儿啊？

贺东仁有些责备地问，怎么搞的嘛，北京员工的工资到底是怎么回事？现在员工在闹事呢，又找仲裁委员会又要打官司，你前两个月到底发没发工资？

贺东仁一连串的话把睡梦中的陈总给吓醒了，他支支吾吾地说，……是，是没发……

贺东仁听到这样的回答很生气，为什么不发？总公司不是把钱都打过去了吗？怎么能不按时发工资呢？而且是两个月的工资，那这些钱都到什么地方去了？

陈总说，这不是周转不开嘛，我就把工资用上了……

贺东仁觉得这件事非常严重，这么大的事你为什么不跟我商量？你要是周转不开跟总部提出来，我们大家一起想办法嘛。我要是不问，你是不是想一直隐瞒下去？现在我告诉你，不论你在哪里，马上回北京，明天我要跟你谈话！

说完，贺东仁把电话给挂了。

看来北京风波不是空穴来风，真有其事呀。贺东仁把李石峰叫到自己的办公室共同研究这个事件的处理办法。李石峰说，对于员工们，我们必须尽快把工资给人家补发了，这个是毫无疑问的。咱们大疆公司是以诚信而立足的，要是在咱们自己的内部都不能守信用，那咱们还怎么到外面跟人家谈诚信呢？

贺东仁点着头，这是一个非常严重的事件，我们也得对责任人作出处理，否则后面就有人敢效仿，把业务款扣下，这不乱了吗？看来咱们在用人上还得慎重呀。

第 13 章　内圣外王

北京公司的会议室里挤满了员工，贺东仁真诚地向员工们道歉，这件事公司在管理上是有问题的，请大家理解，两天之内你们就会拿到应得的工资，请你们放心。并且，我贺东仁用人格担保，今后，无论公司发生什么困难，你们的工资都会照常发，绝不会再发生拖欠工资的情况。

贺东仁语重心长，我也知道你们有情绪，也很理解大家。你们领到工资后，如果有人不再信任大疆公司，想走，那我也不挽留。但是，我要请你们想好，不要因为这一偶然事件而情绪化地脱离你们已经熟悉起来的工作。大疆公司现在的状况越来越好了，我们 20 万亩的荒漠化改造工程已经进行了一部分，我们的加工厂、肥业、示范园、专卖店都在快速地发展，大疆公司的前景非常好。目前的经营状况你们也非常清楚，根本不存在货物积压问题，我们现在是供不应求，我们搞的事业除了在经济方面的收益外，生态效益也慢慢显现了。所以，我希望你们能留下来，跟我贺东仁一起打天下。要是你们走了，我想，你们也许会后悔的。

贺东仁很动感情地说，我们大疆公司发展到今天不容易，你们也为大疆绿洲农业出了很大的力，流了汗。所以，要是你们走了，有一天还想回大疆，那大疆的大门也是随时向你们敞开的。

事情已经调查清楚，的确如陈总所说的那样，在专卖店的建立过程中，因为建专卖店使用的资金量很大，陈总就把员工两个月的工资用在了正在建设的两个店铺上。账目也清清楚楚。但是，显然，事件的过程中，陈总是负有重大责任的，这个影响员工基本利益的决定，陈总竟然擅自作主不与总部打招呼，并且隐瞒了两个月的时间，如果不是员工抗议，这件事可能就会造成更大的恶果。

陈总按照贺东仁的要求立即返回了北京，向贺东仁作出了深刻检讨。不过，贺东仁认为，从这个事件中可以看出，陈总的观念和做事的方式与大疆的风格有着较大区别，陈总能不能在今后的合作中忠诚对待大疆很难说，这让他陷入了苦恼。

韩国农产品展览会的邀请函发到了阿克苏地委，地委决定派两名搞农业的官员和一个企业到韩国去展示宣传阿克苏。阿克苏的企业就是大疆绿洲农业公司。贺东仁决定自己去，到韩国去做一次海外市场的试探。

韩国首尔仁川机场。贺东仁被裹挟在人群中，推着行李箱向出站口走去。出站口有接站的人举着中文牌子，上书“接中国参展商”，贺东仁对身边的同行者说，接我们的人来了，这下放心了？

走出机场，贺东仁回过头来望着仁川机场候机楼笑着问领队，领队，你看这个机场像个什么？

领队仔细地望着机场的外形，我看有点像我们中国的那个国家大剧院。

贺东仁诡谲地摇摇头，像一只眼睛！像一只盯着我们不放的眼睛！

领队按着贺东仁的提示，再仔细看，然后就笑了，枣哥，还真像！

其他的几个参展商见两个人在说笑，就问，你们说什么呢？

贺东仁指着仁川机场候机楼说，这是一只眼睛，一只紧盯着我们中国人的眼睛。这只眼睛在瞄着我们呢，瞄着我们的心脏，也瞄着我们的产品，专拣我们的毛病盯，谁被盯上了，谁就倒霉了。

贺东仁手里拎着白底绿字的“JIANGZAO”纸袋上了大巴车，他在后排位置上坐下，从纸袋里拿出一袋疆枣，打开，从后面开始送疆枣给同行者。大家尝尝天山纯净的雪水浇灌，新疆热情的阳光哺育出来的疆枣，这是真正绿色的食品，尝尝，你们会忘不了的。

一个女人咬了第一口就瞪着大眼睛尖叫起来，呀！这么好吃呀！

赞扬声让贺东仁高兴，又递了几个过去，女人高兴地叫着，枣哥吔，这么好吃，是不是里边加了什么东西？

还没等贺东仁回答，另一个参展商就说，咱们在北京候机的时候你没吃呀？怎么到了韩国才知道好吃？

女人嗔怪地说，在北京，人家没吃着，你们都分了，没给我，我没吃到嘛。

一个男人开玩笑，就顾着描眉画眼了，哪还有心思顾着我们干什么。

又一个参展商有些妒意地说，你老贺是拳不离手，曲不离口呀，走到哪都忘不了推销你的大枣，我看，韩国人的钱还没赚呢，你先把我们的钱赚了。

贺东仁笑着说，健康是没有国界的，不论是韩国人还是中国人都要吃健康的嘛，你老兄也不愿意吃施了太多化学药剂的食品吧？

贺东仁坐回自己的位置上，大家都赞不绝口地边品尝边谈笑着，汽车开走了。

贺东仁打开手机按了几个号码，对着电话说，春阳，新疆那边马上就要开始种树了，你那里给我准备一批苗子。

接电话的是山西运城大疆公司种苗基地的总经理王春阳，要多少苗子？

贺东仁说，四万株吧。

王春阳有些吃惊，这么多苗？这一下不就把咱们的种苗大部分都用了吗？用不了这么多吧？

贺东仁很有把握地说，不只是我们自己种，还有政府的示范园、维吾尔族兄弟们也要一批，差不多一半要给他们种了。

王春阳就问，哎呀，这么多苗，就是光包装也得一阵子呀，什么时候发过去？

贺东仁说，明天一早就要发过去。

王春阳发出一声惊叹，啊？！

贺东仁说，你再找一些人加个班嘛，你知道农事是有季节性的，要是过了这个季节再种就不好了。

王春阳当然知道农事是耽搁不了的，因为他自己就是农民，他哪里不知道农活的时间很重要呢，很理解地说，要是过了栽种的季节，苗的成活也成问题呢。

贺东仁肯定地说，是啊，汽车走到阿克苏也得一个星期，路上还不知道要遇到什么事呢，明天早上就要走。

王春阳理解自己这个朋友兼合作伙伴的想法。

贺东仁通话的时候，坐在他前面的两个参展商就说，看这枣哥，就是工作狂，到了韩国还这么忙，连异国风景都顾不上看。

另一个人说，枣哥的势力挺大呀，山西还有他的基地，不得了。

同行者的话，勾起了一点对故乡的思念。贺东仁望着窗外，沉默不作声。窗外的景色进入了他的视线却没有进入他的思想，他的脑子一直都在筹划着新疆那摊子事情，他哪里有心情想别的。

贺东仁这一行30几位中国参展商都被主办者安排在一家饭店里，贺东仁和领队住在同一个房间，他们安顿好之后，先休息，然后就筹划着到展示厅布展。

这时，贺东仁的手机突然响起，他低头一看是王春阳打来的，王春阳口气很急切地对贺东仁说，咱们那批苗子可能要推迟了！

贺东仁问，为什么？

刚才农委来人说，今天要有一个什么领导要考察，让我们把苗子留在地里，不能打包运走，等领导走了再运。

贺东仁有些意外，那些苗子不是还在地里吗？

王春阳说，你不是急着往新疆发吗，我就临时找来了些人，把地里的苗子基本都起出来了，正准备打包呢，农委的人来了，这怎么办？

贺东仁说，那些人什么时候来？

王春阳说，说是傍晚，可是，领导的行踪没准头。

贺东仁又问，不就是推迟几个小时吗，等那些人走了，你再加班，我看明天还是能走。

王春阳依旧焦急地说，我说的不是这个问题，我说的是，咱们的苗都起出来了，领导要到地里去看，地里没苗看什么？！

贺东仁很坚决地说，那就让领导们看你们已经起出来的苗嘛，不能因为领导来了，你再把这四万株苗子再种到地里去吧？那还不把这批苗给折腾死呀。

山西运城的种苗基地里，王春阳忙得焦头烂额，本来上面来个领导参观视察不是一件什么了不得的事，但是今天要来的人似乎不一般。通常要是上面来个什么领导视察都是乡里或镇上相关部门打个电话通知一声也就行了，但是，这次与他联系和布置的是省农业部门的相关领导，而且是跑到地头来找他。王春阳感觉这次的来头不小，但他也知道，越是来头大，越是不能问。省农业部门的领导很正式地对王春阳说要认真准备，并且把环境搞得清洁整齐一些。这让王春阳感觉来者更不一般。

王春阳在运城、山西乃至中国也是个名人，他在运城临猗山东庄以种枣树卖枣而发家，同时也带动了那一带农民的致富。他成了那一带农民中首先使用手机、电脑的人，也是率先通过网络推销自己产品的人。王春阳与贺东仁合作在临猗建立的枣树种苗基地也是运城有名的矮密枣的示范园。在王春阳的科学管理之下，这个矮密种苗基地成了许多地方农民与农业科研人员参观学习的最佳地方。

王春阳临时请来一些人帮忙把已经从地里起出的树苗整齐地码放好。他已经想好了，如果要让他展示技术他就展示一下枣树苗的栽前技术。但是这么大的一个果园子，要是彻底收拾干净还真有一定的难度。

这是 3 月 18 日下午 3 点多钟。

忽然间，王春阳的果园一带来了许多警车，而且来了许多人，开始在通往山东庄的一些路口设卡。这让王春阳感到今天要来这里的的确是个大人物。

快到 4 点的时候，王春阳跑到家里换了一身干净的西装又来到地头。这时，在他的果园附近已经布满了警戒，他费了几句口舌才得以进入。

于是，王春阳又拨通了贺东仁的电话。

王春阳问贺东仁，你现在在哪儿呢？你得赶紧回运城！

贺东仁说，我在韩国呢！

王春阳吃惊地问，什么？你在韩国？！这里的天都快塌下来了！

贺东仁问，出什么事儿了，这么着急？

王春阳说，好像有大人物要来！

贺东仁笑着问，什么大人物你没见过？还用得着这么紧张？

王春阳说，这次可不同，都戒严了！要来什么人可说不好，不像以前省里市里的那些参观的人，好像规格挺高的，你是不是也露露脸？

贺东仁关心的是他的树苗，是不是影响了那批新疆的苗子了？

王春阳说，这你放心，咱们是说话算话的，不会把正事给耽搁的。你能不能想办法打听打听谁要来？好让我心里也有个准备呀。

贺东仁安慰王春阳说，你不用着急，不管谁来，该说什么做什么就说什么做什么。

贺东仁接完王春阳的电话立即打了几个电话，很快得到了准确消息，他神色凝重地给王春阳回电话，这回真是个大人物！

就在王春阳接待大人物的时候，贺东仁却在韩国的饭店里跟韩国人打架呢！

为布展的事和新疆春天植树的事儿，贺东仁一直就在不停地打电话，布置工作，讨论问题，打完了电话，他想喝点水。贺东仁没有喝茶的习惯，喜欢喝白水，于是就去接水，一接水，他发现水的颜色不对头，是蓝色的，喝到嘴里还有异味，就问与自己住在一个房间的领队，你喝了他们的水了吗？

领队说，喝了，怎么？

贺东仁说，你没发现味道不对吗？颜色还是蓝的。

领队就说，我喝的是茶水，没感觉有什么味道。

贺东仁肯定地说，不对，这水有问题，不能喝，我得问问别的房间是不是这样的。

贺东仁抄起房间的电话给中国参展商的房间逐个打电话问他们，你们发现他们提供的水是变质的水了吗？

其他的参展商也正为这件事议论着呢，听贺东仁这样一说，就说，是呀，就是有一股很难闻的气味，是脏水吧。

贺东仁很生气地说，做商人得讲诚信，童叟无欺，他们以为我们从中国来的就好打发是吧，这件事情得说道清楚了。

有人就劝他，老贺，算了吧，这是人家的地盘，还是以和为贵。

贺东仁哪能放过这件事，和有和的道理，今天我们要较较真！

说着，贺东仁就告诉大家都到大厅里去，由他出面找这里的老板说理去。贺东仁说，如果今天我们不解决喝水的问题，明天他们就会继续给我们喝这种脏水，而且还不知道他们能使出什么坏来，必须解决。

饭店大厅里一下聚集了十几个中国参展商，贺东仁通过翻译对饭店的服务员说，把你们的老板请出来，我们有问题需要他解决。

很快，饭店的经理小跑着就来了，问出了什么问题，贺东仁就把饮水的事说了。那经理一听是这事，根本没当回事，就对服务员说，给他们换几瓶水。

贺东仁就不高兴了，这不是换水这么简单的问题，我们已经喝了这些脏水，你们连个道歉也没有吗？你们就没有一句解释的话吗？

经理皱皱眉头说，没有那么严重，你们都回去吧。

说完，经理转身就走了，贺东仁大声地喝道，请你给个说法，有这么做事的吗？

就在这时，贺东仁的手机响了，他一看是王春阳的电话。

王春阳还没有从接待大领导的热乎劲里走出来，兴奋地对贺东仁说，刚走！上下都挺高兴的。

贺东仁却说，我可正在不高兴呢，我跟韩国人打架呢。

王春阳忙问，怎么了？

贺东仁说，这韩国商人不讲诚信，欺负中国商人，让我们喝变质的水。回头再跟你细说，先挂了。

贺东仁挂了电话，对服务员说，把你们的老板请出来，我们的问题还没有解决呢。

那些服务员也转过身，装作没听见。参展商们就劝贺东仁，枣哥，算了吧，那个横劲，叫出来也说不出什么道道儿来。

贺东仁火气很重地说，他不出来，我去找他！

领队拉住贺东仁，我们通过主办方解决，我们不跟他扯。

商品展览会开始了，韩国人对中国农产品的兴趣很大。在贺东仁的摊位上不时地聚集一些人品尝疆枣，吃过的人都竖起大拇指。贺东仁认真地给来这里问询的人们讲解着疆枣的特色和他的绿色、健康观念。但大脑一直没有从昨天的“蓝水事件”中走出来，他对参展的商人们说，我们得派代表找那老板解决问题，想等着主办方去，他们就会一直拖下去。

参展商们这会儿正忙于展示自己的产品，谁还有心思去干别的事？就对贺东仁说，枣哥，算了吧，你来的主要任务就是把自己的产品推销出去，别跟他们较劲了。

贺东仁也看出来了，要想解决问题只有自己去。于是他说，那我一个人去，你们给我看着摊位，做泡菜我做不过你，讲理还讲不过你。

贺东仁在办公室把老板堵住了，那老板实在倒霉，看着贺东仁手里拎着一瓶蓝色的水理直气壮地走进来，他无奈地叹了口气。

贺东仁请了一个韩语翻译在身边，他对翻译说，跟他说，今天不解决问题我是不走了。

老板想了想说，这样吧，您的房费给您免了，您就不要再提这件事儿了，行吧？

老板的话一说出口，贺东仁就瞪起了眼，你想收买我？我要的不是你那一两万美元的房费，我要的是这个理儿。我告诉你，如果你不给我们中国商人道歉，我会立即请你们韩国的检疫部门化验这瓶水。

贺东仁边说边晃着手里的水瓶，我要召开新闻发布会，把这些检疫数据公布出去。

饭店老板紧张地盯着贺东仁手里的瓶子，然后他眼珠一转，对贺东仁说，我不觉得这些水是变质的，这种水的颜色就是这个样子。

贺东仁真的生气了，他把水瓶子重重地放到老板面前说，你要是觉得这水没问题，你就尝尝！

老板一把抄过水瓶，迫不及待地打开盖子，咕咚咕咚地一口气把这瓶水喝了下去，然后狡黠地笑了，没任何味道，非常好喝！

贺东仁被老板的无耻神态给逗笑了，他不紧不慢地从背后又抽出了一瓶蓝色的水，你以为你喝了这瓶水就没有证据了？放心吧，我这里还有呢！而且，我还收藏了几瓶，你要是想喝我管你个够！

老板望着贺东仁手里的水瓶，一下就傻了，他同时明白了，想跟这样的精明人斗，绝对不会有什么便宜可占。

这时的贺东仁已经不想跟他谈了，他非常气愤地站起来，一字一句地对老板说，我告诉你，我现在就去打印一个告示，写上这个饭店的老板是个奸商，他们提供的饮用水有问题，为了你们的健康，提醒你们换一家饭店去住。同时，我要召开新闻发布会，要通报我们中国参展商人在韩国的遭遇，和我跟你交谈的情况。

说完，贺东仁就向外走。等翻译把贺东仁的话翻给老板后，老板的脸色一下子就白了，一把抓住了贺东仁，一脸的悔意，我们，我们再谈谈，再谈谈……

贺东仁甩开老板的手就走，翻译也跟着贺东仁走出去，把老板一个人扔在那里不知所措。

贺东仁是说到做到的人，他很固执。后来，蓝水事件解决后，贺东仁的朋友跟贺东仁开玩笑说，你固执得就像一头发怒的壮牛，不把对方挑死了看样子你是不能收手的。

还有一个朋友总结说，贺东仁要是跟谁较上了劲，那人可能就要经历他一生中最黑暗的日子了。

说起来，这韩国老板的运气实在不好。

不过，也算这韩国老板聪明，或许他也意识到了贺东仁是动了真气了，还没等贺东仁下一个动作出来，韩国老板就迅速地做出了积极的反应。他立即找主办方做工作，然后又通过主办方给领队说情。然后，这韩国老板带着自己的员工，又带着慰问品挨个房间道歉。特别是面对贺东仁时，一躬到底，看得出来，韩国老板是真害怕了。随后，这韩国老板还在饭店的大堂里郑重其事地贴出道歉告示，用语极其真诚，同时还为所有中国商人的住宿费打折。

贺东仁给中国商人出了气，大家当然都非常感激他，有一个参展老板说，枣哥给我们中国人长了志气，我们赢了，今晚我请客，大家庆贺一下。

所有中国商人都响应说，好哇！

可是，贺东仁可没那么高兴，他对大家说，别高兴得太早，这事儿，还没有完呢！

大家就劝贺东仁，得了，咱们别得理不饶人了，这是在人家的地界上，人家都这样了，我们不能不依不饶，见好就收吧。

贺东仁瞪起了眼睛，什么我不依不饶呀？我早就放过他了，我要是不放他一马，今天就不会这样子了。

大家大惑不解地问，那这事不就了结了吗？

贺东仁说，根据我跟流氓打交道的经验，这韩国人是不会放过我们的。跟开始的时候比，他能做出这么低的姿态，正常吗？好戏在后头呢！不过，我们也不必怕他。

后来又有朋友总结道，贺东仁是个人精，跟他干事是不会吃亏的。

果然，贺东仁的判断极其准确，就在中国商人参展完去机场回国的时候，麻烦来了。

这一天，大部分中国商人的收获都不小，而且是马上要回国了，大家心情愉悦地上了送他们去机场的大巴车。领队清点完了人数后，就对司机说，开车吧。司机摇着头说，开不了，前面有个人不让走。

这时在大巴车前有一个年龄挺大的韩国老大爷坐在一把椅子上，手里举着一个中文牌子，上面写着，不把活动经费结完不能走！

领队让翻译下车去问是怎么一回事。

翻译一会儿回来了说，咱们是不是没跟人家饭店结清账呀？他说是他们老板让他在这里要钱的。

领队就说，没有啊，咱们这次活动是一次性把钱付给主办方的，不直接跟饭店结账，不存在没有结账的问题。

贺东仁知道这是那韩国老板在找碴呢，就对领队说，我知道这事儿怎么办，这样吧……

贺东仁指着车上几个身材高大，身体强壮的参展商说，你们几个跟我一起下去，吓唬吓唬他。对付流氓就得来硬的。

领队就问，这样行吗？可别再惹出大事来，误了机可就麻烦了。

贺东仁笑着说，枣哥给你们演出戏看看。

领队对贺东仁说，要不要让翻译也下去。

贺东仁挥挥手说，这个时候不需要语言，这个时候需要的是动作与表情！

贺东仁一下车就把脸拉了下来，他铁青的脸色，一副要打架的样子，霸气十足地横着就向大巴车前的那个韩国老大爷走过去了，后面跟着四五个高大的同伴。韩国人一见这阵势气焰就已经减了大半。

贺东仁走到那韩国老大爷面前也不说话，不耐烦地挥着手示意那韩国人让开路，韩国人犹豫着站起身，还没等拿起地上的椅子，贺东仁已经抄起那把椅子一挥手扔到了一边，韩国人一看赶紧向一边退去。贺东仁在下面挥着手臂，示意司机开车，司机马上发动汽车缓缓地开动，等开出去一段距离后，贺东仁和车下的几个同伴才上了车，扬长而去。那试图阻拦的老大爷茫然地站在那里看着汽车走远消失。

事后，贺东仁认真地总结自己这次行动，说道，我们不惹事，但也绝不怕事！

贺东仁在中国参展商的队伍中出了名，以他的固执和聪明。有人说，这贺东仁要是不成事儿，老天爷都会造反。贺东仁具有符合成功的一切条件。

这是一位乌鲁木齐的女记者在阿克苏采访贺东仁后的感叹。当时，贺东仁从韩国刚刚回来，他在阿克苏地委的会议室里，平静地接受这位女记者的采访。

记者问，在外界看来，您在新疆所做的事情非常成功，这是不是得益于您曾经在官场干过，有跟人打交道的经验？

贺东仁微笑着说，我的理解是，中国的企业家应当首先是个社会活动家，要是没有与人打交道的能力，做起企业来就会很难。而与人打交道是需要一定的技巧和经验的，不是一味地妥协退让就成功。而是该硬起来的时候要硬，该展示温情的时候要有温情。对人真诚守信就能得到大多数人的认可。而这一切经验之谈，都是我在政府机关从事人事工作时积累起来的，我觉得这些经验对我来说也是非常宝贵的。

记者说，这我就明白了您的许多做法了。那您的奋斗目标是什么？

贺东仁说，我们的目标或者说梦想是做中国的“枣王”。

记者紧跟着一个问题提出来，您说的中国枣王是什么含义？或者说，在您的心目中，做一个中国枣王的标准是什么？

贺东仁沉思着说，首先是大，有大投入与大回报，有自己的枣园。在新疆做枣子生意的人很多，相当一部分商人是收购枣农的枣子进行加工后推向市场。好一点儿的就是对农户提出标准化的要求，农户按照公司的标准进行加工，就是我们国家曾经推行的所谓“公司加农户”的模式。我们认为这种模式与中国的实际情况相结合起来是有一些弊端的。一方面，虽然公司可以按照自己的标准去要求农户生产，但是，公司不可能时刻盯着农户，而且由于不是自己的东西，怎么生产，生产什么，生产出来给不给你都是问题。虽然可以跟你签合同，但是人家有时就是不按照合同走，你又能把他们怎么办？在一些地区，商人对这个问题已经感到非常头痛了，明明跟农户有合同在先，可是到了收获的季节，如果有人稍稍抬高一点儿价钱，他们就可以不管什么合同不合同的，就能不守信用卖给别人。法律、合同在某些人面前什么都不是，有人为这样的农户编了一句顺口溜：“说了不算，签了不干。”你打官司吗？可是你有那精力吗？甚至就是你有精力打赢官司，你也未必能得到任何补偿，这就是中国农民的现状。一时半会儿能改变得了吗？这个问题更是大问题。

贺东仁深深地叹了口气，中国农民还没有达到自觉遵守规矩的地步，有时让你觉得他们既可怜又可恨，这是中国的国情。哪个企业不希望自己的产品是一流的？可是，公司给予农户的许多标准他们不能按照事先的约定去执行，这是大问题。

谈到这里，贺东仁有点激动，他站起身来，走了几步，停住又说，看看三鹿奶粉的教训你就明白了，他们就是典型的公司加农户。三鹿那是个大公司呀，他们的管理据我所知是非常严格的，问题就出在奶源上，是公司让那些农户添加三聚氰胺的吗？绝对不可能！是农户自己这么办了。公司是按照通常的标准在检测这些奶源奶的，三聚氰胺那东西正常的情况下是不可能加到奶里的，可是他们就是硬加了，怎么办？这是在根源上出了问题。而且，在三聚氰胺问题刚一露出来的时候，三鹿为什么不及时制止？是没有能力。一旦按照合同不再要这些不合格的奶，那么三鹿奶生产线就得整个停下来，生产就不能继续，因为没有自己的鲜奶生产基地。那么大的一个公司，一旦停下来那损失有多巨大！所以，只好接受那些不符合标准的奶继续生产，这样问题就越来越大。

如果有自己的基地，哪怕只占公司总原料的一部分，也就不会完全被不守信用的农户牵着鼻子走了。所以要想使自己的产业走一条稳定、可持续的发展道路，必须有属于自己的原料基地，自己能控制的基地，对于我们的枣业来说，就得有自己的枣园，有自己的土地，自己的大片的、严格按照自己制定的标准生产的原料。这是从源头上保证企业稳定与持续发展的根本。

记者点头，表示赞许这个观点，又问，那您现在有多少自己的基地？

记者的这个问题让贺东仁来了激情，他坐在办公桌前，两只手的食指习惯地敲击着桌面。这是他在兴奋或者得意时的习惯动作。他脸上现出可爱的神色，你知道吗，我们仅仅示范园就建了不少了，你看啊……

贺东仁掰着手指头给记者计算，山西有一个基地，这你们都知道了，中央领导去运城考察的时候就是去的那个地方。还有，阿克苏两个，库车的库那斯有一个，库车的这个基地已经成了新疆农业技术学校的学生们实习的基地了，还有在喀什、乌什等地方都建有我们的示范园……

记者问，示范园是个什么性质的地方？

贺东仁答，示范园就是我们给农户做示范的基地，是我们做得最好的。我们红枣的矮密早丰技术就是在我们的示范园里种出来的。让那些农户来参观，他们一看就知道，如果他们按照我们的生产方式进行种植，那么他们未来的样子就是这个。

在看的过程中，有的农户不相信我们种出的枣有这么好。那是在秋天的时候，许多农民看了我们示范园一片红，除了几片绿叶以外，整个果园都挂满了一般大小，整整齐齐的红枣，就嘲笑说，他们那些枣不可能是真的，我种了一辈子的地，从来没见过这么整齐漂亮的枣，那肯定是假的，把假的红枣拴在树上来骗我们！

贺东仁自豪地说，我们也不急，拉着说风凉话的人的手，让他到地里去，让他们自己去把枣摘下来看看是不是真的，他们用手一捏就惊叫起来，是真的！这是真的！枣怎么可能真的这么大，这么整齐，这么漂亮呢？神了！

贺东仁总结说，这是我们示范园最根本的任务，就是做出来给你们看，把科技、高科技的手段运用到红枣的培育上来，就是这样的结果。如果你们按照我们的标准来做，你们也能种出这种枣树来。我们就是带动当地的农民也致富，他们种的枣树越多，这里的风沙就越少，他们的收入也就会越多。

记者说，你们这不是也要搞公司加农户的模式吗？

贺东仁摇摇头说，我们的目的不是实现公司加农户，我们的目标就是带动当地农民按照科学的种植观念去发展林果业，这也是我们要承担的社会责任。当然，这些农户如果按照我们的标准种植出了合格的产品，我们是全部都收购的。但前提条件就是必须符合我们的生产标准与程序，这一点我们是能够做到的。阿克苏这个地方的传统农业是棉花，这里是中国最大、最优质的产棉区，虽然过去也种枣，但不是主要的，而且是传统的那种高大的枣树，产量很低。而我们推广的是矮密早丰技术，就是我们的树高度很低，只有一米多高，密度也大，我们一亩地可以种到三百多株树。我们的枣树早产，就是当年种树当年获利。再就是我们采取的是丰产技术，这一切都是当地农民所不知道的。必须由我们手把手地教他们，他们依赖我们的技术培训，也就是我们可以从种植习惯和田间的实际操作上统一农民的种植技术与种植习惯。这些习惯一旦养成也是不好改变的。或者说，我们是从零开始教农民按照新的方法种植枣树，这样出问题的可能性非常小。这不像养奶牛，谁都会养，谁都不愿意改变自己的习惯，而科学的种枣习惯是由我们给培养起来的，他们想出问题都难。

说到这里，贺东仁哈哈大笑。

记者问，你们成功了吗？

贺东仁得意地说，当然了，应当说，在我们的带动下不少过去排斥种枣树的农户，现在已经彻底改变了观念，开始种起了我们的疆枣，也得到了非常好的回报。他们种上的枣，我们全部都收，因为绝大多数都达到了我们的标准，农民们也高兴了，他们一年能增加上万元的收入，他们种枣的积极性高多了。

贺东仁从阿克苏市区回到公司总部的时候，天已经黑透了，点点星光散布夜空。他把车停在车库，心情不错，就在工厂的院子里慢慢地溜达。一百多亩的厂区装进这么多建筑物之后依然显得很空旷，没有喧嚣，没有浮躁，没有干扰，没有世俗之气，他感觉这里似乎不是工厂，真像个世外桃源，安然、惬意、舒适。

在厂区走了一大圈，看到不远处的锅炉房里亮着灯，就走过去。烧锅炉的王师傅坐在里面。见贺东仁走进来，王师傅站起身恭敬地叫了一声，董事长，还没睡呀?

贺东仁微笑着问，你值班呀? 吐拉洪是白班?

王师傅点头。贺东仁叮嘱，晚上灵醒着点，咱们工厂现在的生产可不能有半点问题。

王师傅憨厚地笑着答应，是，不会有事的。

从锅炉房走出来，向自己的办公室走，走到办公楼下面的时候，他看到员工宿舍那里还有灯光在亮着，就向那里走去。

走到员工宿舍区，来到楼道。大部分宿舍的灯都已经熄了，他就朝着亮着灯的房间走，门是虚掩着的，贺东仁轻轻地推开门，探进头去，看到山西小伙子小刘还没睡。小刘正在看电视，看到了贺东仁，赶紧关掉电视站起来叫了一声，董事长!

贺东仁微笑着走进去，怎么还没睡呀?

小刘名叫刘洋，是贺东仁从山西带过来的，小伙子很机灵，也非常敬业、能干，现在是工厂里的主力之一。贺东仁问，不睡觉在干什么?

小刘不好意思地说，睡不着，看电视呢。

贺东仁问，来了多长时间了?

小刘说，有两年多了吧。

贺东仁问，想家吗，出来以后还没有回去过吧?

小刘腼腆地摇着头，不，不想家。

贺东仁有点责怪地说，不说真话，真不想家？出来的时候，你父母把你交给我的时候，还舍不得离开呢，都两年多了，还不想家？我不信。等有机会我给你一个星期的假回去看看，给两位老人带点咱们大疆的产品，也让他们品尝品尝你的劳动成果。

小刘笑了。

贺东仁说，早点睡吧，明天还要工作呢。

贺东仁走出来。他虽然劝小刘“早点睡”，自己却没有丝毫睡意，径直向办公室走去。

送走贺东仁，小刘也睡不着，他是个义务保安员，想去巡视一下厂区再睡。沿着工厂的关键区域转了一圈以后，除了发现厂区外正在启动的一辆黑色轿车外，没有发现任何问题。夜深人静的时候，在郊外的工业园区出现一辆汽车是件不太寻常的事。小刘就多看了一眼，他发现那辆车没有挂车牌。心想，不定是什么路子的车呢。想着这个有点奇怪的现象，他就走到锅炉房前。

锅炉房的门开着，王师傅看见了小刘，就问，小刘，你是不是来替董事长拿邮件的？

王师傅的话让小刘纳闷，深更半夜的，拿什么邮件？他问，什么邮件？

王师傅答道，刚送来的，是个箱子，是给董事长和于总的，就是刚开走的那辆车送来的。

小刘走进锅炉房，看着地上放着的“邮件”。是个装牛奶的纸箱子，上面写着“于建设、贺东仁收”，小刘琢磨有点不对头，一般给两个人寄东西，应当是把官大的写在前面呀。还有，要是寄东西得通过邮局呀，要是他们亲自送来的，为什么不亲自交给董事长呢？为什么把车停得那么远，还没有车牌子？

小刘的这些疑问让他觉得这个箱子有问题。当他把箱子送到贺东仁办公室的时候，贺东仁并没有想那么多，他正看一个材料，顺口说，你帮我打开吧，看看里面是什么东西。

小刘小心地打开箱子。里面装着两个包，一个上面写着“贺东仁”，一个上面写着“于建设”。包面浸出红红的一片血。一股动物的味道涌出来。小刘觉得这肯定是危险之物了，就惊叫着对贺东仁说，董事长，这个邮件有问题！

贺东仁抬起头。嗯？怎么了？

小刘的脸色都有些白了，董事长恐怕这是个……是个……

贺东仁走过来，打开嘛，管他是什么呢，看看再说！

贺东仁蹲下身，自己把写着“贺东仁”名字的那一个包打开了，里面是一只死猫！这只猫已经被残忍地割掉了头，脖子那里被切得齐刷刷，连接头颅的颈腔正在向外渗血！

小刘本能地产生了恶心感，他向后躲去。贺东仁也被这个场景给惊呆了，他蹲在那里愣了半天，又小心地在两个包裹的内外翻找，他想找个字条什么的。没有，什么也没有找到。无奈站起身，坐到办公桌前，沉默着。

小刘见贺东仁不说话，就小声地问，董事长，于总的那个还打开吗？

贺东仁摇了摇头，突然说，走！你把这个箱子重新封好，给我搬到车上去。

小刘听话地把装死猫的箱子重新封好，还找来一根绳子打了十字结。贺东仁从地上拎起这个箱子说，好了，你休息去吧，别对其他人说这个事。

小刘不放心，董事长，我跟你去吧，你一个人万一……

贺东仁问，你知道我去哪儿，你就跟着我去？

迟疑了一下，贺东仁又说，也好，你给我当个证人，咱们一起去。

小刘从贺东仁手里接过箱子，跟着贺东仁走下楼来。上了汽车，贺东仁拿出手机拨了一个号码，电话响了半天才有人接。贺东仁说，李书记，又把你从睡梦中惊醒了吧，对不起了，必须现在跟你说，必须现在就见你。

李书记被贺东仁从梦里叫醒却一点怨言也没有，没事儿，老贺，听你的口气事情还挺严重，电话里说不行吗？必须见面？

贺东仁的口气有些悲壮，必须见面。

李书记说，那就来我家吧，我在家里等着你。

贺东仁不同意。书记，你后半夜就睡不成了，到你的办公室去吧，我在那里等着你。

这么严重？你先跟我说一说嘛，我好有个思想准备。李书记道。

贺东仁一边发动汽车一边说，见了面再说。

汽车开到地委办公楼下的时候，贺东仁看到李书记的办公室已经亮起了灯光。下了车打开后备厢，从里面拎出“邮件”。小刘去接，贺东仁说，不用你了，这个东西得我自己给领导看。

门卫没有拦他们也没有问，贺东仁知道李书记已经交代了。他径直走向二楼李书记办公室。这时，秘书神色严肃地从办公室里迎出来，他没有说什么，只是给贺东仁打开了门。

贺东仁朝秘书点点头，一直走进李书记办公室。李书记站在办公室里，见贺东仁进来，就急不可待地问，老贺，到底出什么事了？

贺东仁把手里的箱子举了举，有人大半夜给我和我们的小于送来了一箱特殊礼物，我们不敢独受，想请书记跟我一起共享。小刘，你给书记打开吧。

小刘蹲在地上，书记和秘书两个人紧紧盯着这个神秘的箱子。箱子慢慢打开，先是看到了渗出来的血迹，随后，当一只无头的死猫呈现在眼前的时候，书记和秘书都不由自主地向后躲了一下。他们惊诧地盯着死猫看了半天，明白了。

看完了这个特殊的“礼物”，李书记走到办公桌前，抄起电话拨了一个号码，响了三声，就有人接。书记以不容置疑的口气说，老姚，带上刑警队的人，立刻到地委，一分钟都不得耽搁！

第 14 章　谁主沉浮

李石峰急匆匆走进贺东仁的办公室，眼圈红红地对贺东仁说，董事长，这回，我必须得回去了。

贺东仁感到很突然，怎么？要回老家呀，出事了？

李石峰眼泪都快掉下来了，哽咽着说，老妻打来电话，说我父亲快不行了，要见我最后一面呀，不见到我，他说，他死不瞑目……

贺东仁关切地问，怎么突然就不行了呢？

李石峰不看贺东仁，董事长，不是突然呀，我父亲早就病得很厉害了，老妻跟我说过许多次了，她说，我顾不上家，她也就不指望我了。但是，自己的父亲总要顾一顾的，要我回去，陪陪他。我是父亲的长子，他可能有放不下的事向我交代，可是，咱们这里的事儿这么多，一桩接一桩，都是大事，我怎么走得开呀。因为这个，老妻跟我吵过不知多少回了……

贺东仁心疼地责备，那你怎么不跟我说呢，再忙，也得让你走呀。

贺东仁果断地说，石峰呀，石峰，我怎么说你呢，这么大的事儿……你，一辈子可就只有一个父亲呀……行了，你先走，我让财务给你卡上打过去 10 万块钱，好好地陪陪父亲，把家里的事情处理一下。这里，天塌下来，你也不要管。

李石峰感激地望着贺东仁，叹了口气，摇着头，走出去了。

李石峰是个大孝子，这在运城朋友圈里是出了名的。李石峰从来没有跟贺东仁说过任何家里的事。贺东仁还以为李石峰已经把家里的一切都处理好了，可是，他却不知道，李石峰还隐瞒着父亲重病这么大的事情，这让他非常不安。

贺东仁把副总经理胡春风叫到办公室，老胡，李总的父亲病危，他要离开一段时间了……

胡春风惊异地问，是吗？！怎么没听他说呢？

贺东仁说，这石峰呀，有什么困难就是不肯说出来，自己扛着，多大的压力呀！他走的这段时间你把全面工作抓起来吧。

胡春风信心十足，董事长，放心吧。

贺东仁说，目前咱们最紧迫的工作是到自治区参加红枣评选的事，这事本来是石峰在抓的，你现在接着他的干吧，要把材料和样品都搞扎实了，一定要和自治区那边保持畅通的联系。

胡春风说，没问题。

贺东仁问胡春风，你有没有像石峰那样的事儿瞒着我？

胡春风摇着头说，没有，现在我比过去好多了，老婆调到了阿克苏，每天都可以见个面，过去我在边防团的时候，几个月也见不了一面，现在我们好多了，孩子也不错了，上大学……

贺东仁说，别净拣好听的说，我是问有没有困难。

杨鸿燕一脚把只穿着三角裤的“黑熊”踹到了地上，大骂着，你这个大黑熊！你熊到家了，让你教训教训他们，结果就送了两只破死猫就完事了？老娘出不了这口气！要不是他们给我通个气，又让你给蒙过去了。

大黑熊被踹急了，瞪着眼睛辩解，那是他们的地盘，不能明着来呀。

谁让你明着来的，这还用我教你吗？

杨鸿燕近乎全裸地坐在床上，用手机指着从地上站起来的“大黑熊”，快滚吧，都成立专案组了，要抓你呢，连累老娘也跟着受气！

大黑熊问，真的吗，他们知道是我干的？

杨鸿燕怒气未消，这能瞒得过谁呀。老贾的电话，告诉我让我们躲躲风头，我有什么好躲的，要躲你小子给我躲，你今天就消失，什么时候回来我给你打电话。

大黑熊支吾着，我，我手上没钱了，躲到哪去呀？

杨鸿燕从床头柜里掏出一张卡扔给黑熊，拿去，躲得越远越好！

自治区要举办农业技术进步评奖活动，阿克苏要推荐项目去参评，大疆公司的矮密早丰红枣种植技术被列为重点推荐对象。李石峰从运城回来以后就一头扎进这个工作中去了，准备了详细的文字资料，按照要求接受了自治区评委会成员的现场考察。

评委会的专家们来到阿克苏的时候，贺东仁已经去北京办理到瑞士日内瓦参加世界契约大会的相关手续。受中国光彩事业委员会的邀请，贺东仁将作为中国企业家代表团的成员之一参加在那里举行的契约大会。

还没有从丧父的悲痛中走出来的李石峰又千斤重担一人挑起。

在自治区评选技术进步奖的同时，阿克苏地区也在筹划着评奖活动，阿克苏也要把本地区的技术进步的项目评选出来，让农民们有一个参考与学习的对象。大疆公司的矮密早丰红枣技术也成为评选对象之一。

自治区的评奖专家站在大疆公司的阿克苏示范园内，看着果实累累的红枣树，惊叹不已。一个专家向李石峰提出问题，你们的红枣培植技术是引进的吗？

李石峰回答，基本上是靠我们公司的技术专家在实践中探索出来的。

有人说，山西运城是最早搞矮密技术的，是不是引进了他们的技术？

李石峰说，我们的矮密技术的确跟山西的红枣种植有着很大关系，最早也是从山西运城引进的。但是，我们把这个技术引进以后，根据阿克苏地区的土壤、气候等自然条件进行了改进，形成了一套我们自有的技术标准与操作规范。我们这套技术还获得了国家专利。实践中，我们也在不断摸索不断改进。

有人问，你这里一亩地能种植多少株枣苗？

李石峰答，在我们申报的评奖材料里，我们报的是一亩地 440 株，实际上这是一个比较保守的数字，我们能做到 600 多株的程度，但是，现在还没有大面积推广，还缺乏一定的实验数据。

有人吃惊地说，按照传统的红枣种植技术最多的一亩地也就种 100 多株，你们能做到 440 株，这可能吗？

李石峰指着大片整齐的枣树说，咱们可以数一数嘛，咱们以数出来的实际数字为准。

专家们就钻进地里，用最笨却最准确的办法一棵一棵地数了起来，李石峰站在地头点起一支烟耐心地等待着专家们。

一亩地有 660 多平方米，专家们就一平方米一平方米地数，数了半天，终于出来了，第一个惊喜地喊着“440 株”的人正是最怀疑这个数字的人。他难以相信，激动地跑到李石峰面前跟他握着手说，真了不起呀！我做了这么多年的红枣研究，还是第一次看到这么密的种植。还有这个高度，每一棵树上结的果实，都是令人惊奇的呀。

李石峰谦虚地笑了，其实我们的技术也还在不断探索之中，还没有完全定型。

专家肯定地说，我看，这个技术完全可以推广，这个单产肯定会很大的，一亩也有个一吨左右了吧？

李石峰摇摇头。专家失望地问，这么密还到不了一吨？

李石峰说，不是达不到，你说的数字太保守了，现在我们的一亩地能达到两吨以上！

专家惊讶地重复，两吨以上？！有两吨以上？！

李石峰非常肯定地说，去年我们就超过了 2.5 吨，因为今年的管理更成熟，我想，可能还会更高吧。

专家惊呼着，两吨半？这可以申请吉尼斯世界纪录了。据我所知，这在世界上也是空前的呀，国内能做到两吨半的，从来没有听说过，你们有这么大的亩产量，为什么不去申请一个世界纪录呢？

李石峰觉得专家可能是不相信他说的数据，如果你不相信，咱们到红枣采摘的时候可以再请你们这些专家来这里检验一下。就以一亩地为限，把这一亩地的红枣交由你们亲自采摘，然后再辛苦你们这些专家用秤称一称，为了避嫌，这个过程我们的人一个都不参加，只为你们公正地得出结论。

专家说，我不是不相信能产这么大的量，我是真心地觉得你们应该去申请一个世界纪录呀。能做到，为什么不去申请呢？这也是宣传咱们新疆、宣传咱们阿克苏红枣产业的一个好机会呀。

李石峰觉得专家的建议不错。你提醒了我，我们是可以考虑申请，这得跟我们的董事长贺东仁商量一下。

自治区的评奖非常顺利，李石峰的评奖说明简洁明了。由于专家们已经看过并检验过了每一个申报项目，结论在他们心里早已经得出，所以，大疆公司的矮密早丰红枣种植技术凭借着雄厚的实力获得了金奖。

虽然这个获奖结果完全是在意料之中的，却仍然在整个大疆公司引起了极大的轰动，大家为自己的企业在评奖中拔得头筹而自豪。

评奖还在继续。阿克苏的科技进步奖是由地委组织的，由阿克苏市相关部门具体操办。好在已经有自治区评奖时的材料和准备，李石峰觉得阿克苏地区的评奖也就轻松多了，如果不出意外，阿克苏的金奖也必然属于大疆公司。

李石峰给贺东仁打了一个电话，董事长，给你报告一个好消息，我们获得了自治区的金奖。

正在备战日内瓦契约大会的贺东仁一听高兴得孩子似的叫着，太好了！这个奖拿得不容易啊，这是对咱们几年辛苦的一个承认，应当给员工发个红包了。

李石峰也非常兴奋，我还要给你预报一个金奖，阿克苏地区的评奖正在进行着，要是不出意外，这个金奖也是咱们的了。

贺东仁说，别得意忘形了，我们还要继续努力啊。

李石峰对贺东仁说，这次评奖有一个意外的收获。有一个专家看了咱们的示范园，并且亲自数了株数，听我说一亩地能产两吨半以上，他就建议咱们去申请吉尼斯世界纪录。我听了很受启发，咱们就申请个纪录怎么样呢？

贺东仁非常赞成，这个建议好，太好了。我们就去申请，咱们就这么定了。现在申请，得什么时候能评定呢？

李石峰说，专家提出建议后，我就跟上海的吉尼斯世界纪录委员会咨询过了，他们说，先报材料，材料通过审查后，再请相关的权威专家进行鉴定。所有的鉴定专家在鉴定书上签字后，就通过认定了。这个时间大约是秋天的时候。到那个时候，我们的红枣正是成熟采摘的季节，他们过来鉴定的时候也不会影响我们的工作。

贺东仁说，好，咱们把这个事当作目前最重要的事情来做，一定要把这个证书拿下来。

杨鸿燕被带到公安局后，大吵大闹，你们怎么把我抓来的，就得怎么把我放出去！我犯什么法了？你们抓我？我让你们知道知道我的厉害！我让你们当不成警察，你们敢抓我？你们知道我是谁吗？我上边有人，知道吗？！

张警官听她没完没了地吵闹，就把门关上出去了。开始杨鸿燕劲头还挺足，后来就嚷得没劲了，声音小了，然后，就坐在那里不作声了。

等了半天，没人理。她又嚷，有人吗？你们把我抓来了，也得告诉我为什么。你们耽误我做生意了，你们得赔我损失。

又过了半天，两个警察才一起回来，坐在那里，等杨鸿燕的发作。杨鸿燕已经泄气了，她不声不响地坐在那里。

张警官不紧不慢地问，还有话说吗？要是你没有话说了，那就听我们说两句。我们带你来这里，没有说是抓你，是请你帮助我们调查一些情况，因为，这些人都与你有关系，所以，请你协助调查。你不反对吧？

杨鸿燕坐在那里不说话。

大疆公司的红枣种植技术在自治区获奖以后名声大了，来大疆各个示范园参观的人越来越多，参观者看到密密的红枣树和挂满枝头的果实，都惊讶不已，能把普通的红枣种到这种程度，让人们不敢相信。

在新疆流传着这样一个顺口溜：“吐鲁番的葡萄，鄯善的瓜，库尔勒的香梨没有渣，库车的白杏一枝花，叶城的石榴人人夸，阿图什的无花果甜掉牙，和田的核桃营养大，伊宁的苹果顶呱呱，哈密的红枣大把抓。”

在新疆，红枣产量最大的是哈密。哈密的红枣味道也非常出色。但是，当哈密的专家们来到大疆示范园的时候，却被眼前壮观的红枣海洋给惊呆了。一个专家激动地说，在红枣的天堂哈密也没有见到过这样的枣园呀，你们是怎么种出来的？

另一个专家着迷地看着红枣树上挂着的饱满的果实说，那句“哈密的红枣大把抓”得改一改了，改成“大疆的红枣惊天下”。

阿克苏地区评奖活动直接的领导者是贾志。全地区的项目报了不少，经过初评以后，剩下的项目集中进行评选。

大疆公司的项目在层层评选中过关，是在人们的意料之中的。最后出现在终场评比的已经没有几个项目。李石峰作为大疆公司技术项目的申报人，在现场对申报的技术项目进行介绍与说明。之后是专家委员会和评委会成员对技术提出各种问题。

一个参与了自治区评选委员会的专家说，大家都知道，大疆的这个项目已经在自治区获得了金奖，我是这个评选委员会的成员，我参加了这个评选的全过程，我为阿克苏地区有这样优秀的技术成果而感到自豪。该提的问题，在那次评选会上我都提过了，在这里我要问一个问题，在那次评选以后，你们还有什么改进或者提高的地方没有？

李石峰回答，暂时没有，但是我们正试图在田间管理的简化方面做一些尝试，我们希望好的技术管理起来也不要太复杂，这样，在农民中间推广起来就会更方便，农民也就更容易接受。

这时，一位林科所的领导站了起来，他说，我认为，大疆的这个项目有问题。第一，不是说在自治区评上了金奖，在我们阿克苏地区就能评上金奖的。第二，我搞了一辈子的红枣研究，没听说过枣树种得越密越好，亩产越多越好的。要说种得多，我看我还能种出一亩地一千株的呢，但是密就好吗，嗯？

贾志很欣赏这个同盟者，我早就想对大疆公司的领导们说，不要一味地追求株数、产量，要有科学精神。一亩地就那六百多平方米的地方，植物生长在里面需要阳光、空气、营养、水分，而一亩地里提供的这些东西是有限的嘛。本来一亩地里只能提供100棵植物的营养物质，你种了上千棵的树，那能好得了吗？植物像人一样，密密麻麻地挤在一起，他们喘得过气来吗？我们搞农业技术是要讲科学的，不能像过去“大跃进”时那会儿，“人有多大胆，地有多大产”呀，我们评的是科技进步奖嘛。专家可以再谈谈意见，畅所欲言，畅所欲言。

贾志是这个会场的最高官员，显然，他自己也知道，他一张嘴就有导向性。他的话讲完了，要想不得罪这位官员，就要顺着他说，要想实事求是地说，就不能顺着他说，那么，多数专家只能保持沉默。

会场的风向让李石峰有些惊异，顺理成章的事情变得不可捉摸。他正要作出反应，在自治区当评委的那位专家说话了，我不能同意贾委员和这位所长的意见，你们说一亩地营养呀、物质呀、水分呀、光照呀，这在自治区评选的时候经过全区最权威的红枣专家进行了测试，这一切对大疆示范园里的红枣树来说是不成问题的。这个问题，我想大疆公司的专家们肯定也进行过科学的推测与实验，没有人说一亩地里种植的红枣越多越好，而是种得越合理越好。许多专家经过实验和测试已经验证了，大疆的一亩地种 440 株的枣树是适当的。并且照理论推测，种到 660 株一亩地也有宽裕。但是，再多种就得慎重。所以，我认为，大疆公司并非是靠胆子种这么多株的，而是靠科学，如果这样先进的种植技术在阿克苏得不到认可，我倒觉得这就有些不可思议了。

专家的话，让贾志很不舒服。他望了望评委们，大家还可以谈谈，敞开了谈嘛。

但是，没有人再敢谈意见了。贾志说，如果没有人对这个项目谈意见了，那么我们……

李石峰这时站起来了，我有话要说，农科所所长，在你讲话的时候，我就想起来，昨天，在大疆示范园里作业的技术员王建国就跟我讲，你前两天还到我们的示范园里去参观学习呢。你当时不是在地里也很真诚地惊呼，你们这里一下就亩产 2.5 吨呀。你向我们的王技术员提出：“我们的产量怎么就搞不上去呢？”所长同志，请告诉大家我说的这个话是不是真的？

“所长同志”尴尬地低下头，不回答。李石峰继续说道，你既然觉得我们的亩产两万五一点都不科学，也没有任何科学价值，请问，你作为专业技术研究所的所长，为什么还要跑到我们的地里大呼小叫？你为什么还跟我们的技术员说要向他取经、学习呢？你这是科学精神吗？你今天的这番话没有道理！你是在讨好一些反对我们的人，你是戴着有色眼镜来看待我们的成果。

李石峰看也不看贾志，继续发言。我给你分析一下，你为什么会说这么没有道理的话吧。第一，你觉得我们的成果要是超过你们的了，你们的脸上就没光，你们是搞农业研究的，却搞不过我们，面子不好看。第二，你是受人指使才这么不顾事实讲这番话的，你受什么人的指使你心里最清楚。获不获奖，我认为并不重要，重要的是，人做事要有一颗公正的心，要拍着良心说话，要讲科学，你一个搞科研的人却闭着眼睛说瞎话，你不觉得脸红吗？

李石峰最后重申，如果你们觉得我们大疆的种植技术不科学，你们依然可以随时请专家去现场鉴定。但是必须是崇尚科学的，否则，这样的鉴定毫无意义。这个奖我们可以不要，但是这口气必须争。

第二天，评奖结果出来了，大疆的项目只得了三等奖。

仍在北京的贺东仁觉得这个事儿明显地对大疆不公正，他越是阻挠我们，我们就越要做出一点事情来给他们看。石峰，咱们申请吉尼斯纪录的事抓紧去办，我们要把这个事情办下来，让他们看看。

李石峰说，申请吉尼斯纪录得需要时间，我想，咱们可以请那些在自治区评奖的时候聘请的专家们开一个成果鉴定会，给我们搞一个鉴定书。因为，这些专家都亲自到咱们的果园去过，不是一味听咱们报，所以，他们有发言权。

贺东仁赞同这个意见，那就一边申请吉尼斯纪录一边做成果鉴定，这对咱们后边的产品推广也有好处。

在讨论大疆公司上报自治区进行成果鉴定问题的时候，阿克苏地委和市委都非常支持，他们认为，大疆公司矮密早丰模式的鉴定对宣传阿克苏的特色林果业是有好处的。

贾志却不冷不热地说，大疆公司的矮密早丰模式虽然不错，但是在阿克苏地区的评奖中仅仅得了三等奖，要推也得推一、二等奖的成果，而不是三等奖。

地委书记李慧民感到很疑惑，哎，他们的技术不是已经在自治区获得了一等奖吗，怎么在阿克苏地区却只得了个三等奖呢？

贾志解释，现在大家都在大搞科技进步，人家比他们搞得好，超过了他们呗。这个评奖活动都是由专家们不记名投票选出来的，我们也只能尊重专家们的意见。

李书记并不知道这个事情的背景，就非常遗憾地说，真是可惜，他们确实搞得不错，他们的矮密早丰这个模式，现在在外面很有名气啊。就连运城那边的人都觉得很吃惊，本来是从他们那里引进的，但是拿到咱们这个地方效果却比他们那儿还好。我看，大疆公司要申报成果鉴定是件好事，我们得支持他们呀，这个事情既然他们自己请专家，自己组织，也不需要咱们出经费，给他们开绿灯吧。

地委书记的话还不好反驳了，贾志不作声。这就意味着这件事已经获得了通过。

在向自治区申报成果鉴定的时候之所以需要地方政府的支持，源于鉴定程序上的需要，就是需要地方政府同意并支持才可能到自治区去评。

原来参与评奖活动的专家们都愿意给大疆公司进行这个成果鉴定，所以，专家们很快也就到了大疆的示范园来重新进行现场鉴定。

专家握着李石峰的手说，又来你们这里了，这里的成果在新疆也是先进的，这个成果应当得到及时的承认。

正在说话的时候，一个员工走到李石峰面前跟他低声地说，有人在咱们示范园那里拍电视。

李石峰问，什么人，怎么没有跟咱们打招呼呢？

员工说，是农科所的人在跟电视台的记者拍。

李石峰一听心里就有些生气，评成果的时候你们想尽一切理由否定我们，现在拍电视了你们却来我们的示范园拍。你去对他们说，不要在我们的示范园拍，这是我们大疆公司的果园，不是他们农科所的。

我们李总说了，叫你们到你们自己的试验田里去拍，这是大疆公司的财产不能在这里拍。

电视台的记者说，我们就是拍一条新闻，让农科所的所长谈谈他们研究新型种植模式的话题，拍完就走。

员工说，这不是农科所的地，这是大疆公司的果园。

记者有些吃惊地问所长，所长，这不是你们的研究基地呀？

所长有些恼羞成怒地对大疆员工说，什么你们我们的，在阿克苏的范围内种的地都是属于阿克苏的。

这时，李石峰也走过来了，他正好听到了所长的这句话，所以，就接着他的话说，所长，这话说得就不对了，你既然是搞农业科技的，也得讲点科学精神吧？你不是极力反对也不承认我们的成果吗，那你就到你们自己的示范园里拍呀，为什么非要到我们果园里拍呢？这说明你还是认为我们的成果货真价实，而你们自己搞这个专业的却竞争不过我们，这样做光彩吗？

所长干咳了两声，嘟嘟囔囔向后退。记者听明白了，就问李石峰，噢，这不是农科所搞的示范园呀，你们这里种得可真不错，一开始，我们还都不相信这是真的枣，以为用什么东西系上的，用手一摸才知道这是真的。这片红枣园属于谁？

记者似乎已经忘了来这里采访所长的“科研成果”一事，电视镜头和话筒都转向了李石峰。李石峰觉得这也是一个澄清事实的机会，就接着记者的提问开始了他的谈话。这片红枣园是新疆大疆绿洲农业公司的，是政府支持我们搞的富农项目之一。我们在阿克苏地区像这样的示范园还有一些，而且我们还有一项20万亩的荒漠化造林工程，而那20万亩未来也要种成像这里一样的矮密红枣。我们想以这样的形式，做给农民看，手把手地教给他们种植与管理的技术，然后，让他们致富……

当天，新闻播出的时候，原来宣传农科所科技成果的主题，突然变成了一个宣扬以科技兴农为己任，带动一方农民致富的先进典型的节目。

成果鉴定搞好了，李石峰高高兴兴地拿着所有的手续到自治区林业局走最后一道程序，到那里盖章之后，事情就彻底完成了。办理这个手续的人却说，你把文件放到这里吧，我们得研究研究。

李石峰觉得奇怪，我们的报告都做好了，专家的鉴定和签名都有了，还有相关的公章也都盖好了，没有什么好研究的嘛。

负责人说，我说了要研究就要研究，你回去等着吧，我们会通知你们的！

李石峰问，得多长时间？

负责人说，那可不好说，这得看研究的结果。

负责人这样不太友好的态度的确让李石峰有些意外，他诚恳地说，你看，我们都走到这个地步了，你就帮帮忙，我们办个企业也不容易啊。

负责人说，谁都不容易啊，咱们都得按照规定办事不是？回去等着吧，有了结果我会叫人通知你的。

从林业局出来，李石峰闷闷不乐，就给贺东仁打了一个电话，把这里办手续的情况说了一下。贺东仁一听就乐了，石峰，亏你还是从机关出来的呢，这些人的心理你还不明白吗，这是想向你要点“意思”。你这样，把咱们的产品拿上一套，别太小气了，拿好的，拿上东西马上再去找他，章就盖了。

李石峰一听也突然醒悟，唉，我怎么没往这方面想呢，行，我马上去取。

李石峰到公司专卖店取了一套最好的大疆产品，尤其把那种 1280 元一袋的疆枣拿了几袋，大包小包地拎着又去找负责人。负责人一看李石峰拿着这么多东西又来找，态度来了一个 180 度的大转变。

李石峰解释，我们呢，就是为了推广产品，没有别的意思，你们也挺辛苦的，给你送一点，补一补身体，你的身体健康了也好为我们企业服务嘛。

负责人热情地说，哎呀，你看看，你们这产品那么贵，还给我拿了这么多，真是不好意思呀。平常我们可买不起，这太奢侈了，太奢侈了……

李石峰说，哪里哪里，以后，只要你老兄需要，就说一声，我让员工给你送来嘛，你们都是国家的栋梁，你们的身体好了，才能更好地为社会服务嘛。

李石峰的话说得非常及时切题，让负责人也很舒服。不过一说到盖章问题上，他却为难了。李总呀，你知道，这个事情很不好办，虽然只是盖一个公章，可是，有人交代了，不让给你们盖呢。

负责人低声地说，我这是私下里跟你说呀，人家交代了，凡是你们大疆公司的事，不能办。

这话让李石峰很吃惊，我还以为我们离开阿克苏到了自治区就好办了呢，原来，自治区里也有反对我们的人哪。

负责人就摇头，哪里哪里，乌鲁木齐离阿克苏那么远，而且，说实话，你们的东西真是好东西，不给你们这个荣誉我们心里都觉得对不起你们。你们在自治区里的名气响当当，现在自治区送礼能拿出手的就是你们这个高档的疆枣素呀疆枣呀……

李石峰打断他的话，那是谁打招呼不让你给办这个事儿？

负责人犹豫了一下，这个……跟你说实话吧，你知道就行了，可别说是我说的，是你们阿克苏的贾志呀。我们跟他有业务上的关系，他又是在仕途上走着上坡路，我们也不好不给他面子。他前几天特意打了一个电话过来，嘱咐我，大疆公司报什么材料都要和他打个招呼。我说呀，我也不知道你们怎么得罪了他，听口气还挺较劲的。你呢，最好还是找找贾志，跟他好好说说，我这里，盖个章的事，没什么难的，只要他同意我马上给你盖！

李石峰说，得了，我很感谢你说了实话。要不然，我们还蒙在鼓里，不知道问题出在什么地方了呢。贾志那里，我们去找他。

贺东仁在电话里一听李石峰说的这个情况，他的火气就又上来了，他为什么揪着我们不放？我们到底做了什么，让他这样处处为难我们呢？

李石峰也说，是啊，我想不出来，咱们公司从到阿克苏发展的那天起，就找不出一件对不住他的事，他为什么这样做。

贺东仁说，石峰，这事儿，越是这样，咱们越是要办成了。不但办成这件事，还一定要把申请吉尼斯世界纪录的事办成。咱们就让这些人看看，到底我们大疆行不行，你们再怎么阻拦我们也能干成。

李石峰说，我们真要去求他吗？

贺东仁胸有成竹地说，求他？求他不如求己。石峰，你放心，明天早上一上班你就去林业局找他，我保证你一去他就给你盖这个章。

放下电话，贺东仁的电话就打到了阿克苏地委李书记那里去了，贺东仁说，李书记呀，我是大疆公司的董事长贺东仁，作为一个有着几十年党龄的老党员，我想向你汇报地委一位领导的情况。

李书记一听贺东仁这语气就乐了，老贺呀，你是不是喝醉了？

贺东仁以非常严肃的口气说，不，李书记，我是认真的。我们申报自治区成果鉴定的事情，你也是知道的，同时也得到了阿克苏地委和市委的大力支持。但是，就是有一些人在做手脚，不遗余力地破坏我们的事情。我们一步步地走到今天有多么艰苦，李书记你也是知道的。但是，为什么有人总是这样为难我们？我们到自治区去办事，还要受着他的影响，这样的党员，我认为是不适合当地方领导的，如果都像他这样，我们怎么发展……

李慧民一直认真地听着贺东仁的话，听到这里他听出贺东仁的怨气的出处了，老贺，你说，到底是什么事受阻了，看看，我能不能帮你解决？

贺东仁叹息着，唉，不是什么大不了的事，我们申报的成果鉴定走到最后一步，就差自治区林业局的一个章子，可就是不给盖，最后一问，才知道是某人打了招呼不让给我们盖，这不是岂有此理吗？

李书记也觉得这事有些可笑，唉，这老贾！怎么这么干事……好啦，老贺，你也别生气了，不就是一个章吗？不管你们之间有什么问题，我看，就这件事来看，他是错了，不该这么办！

贺东仁说，我跟他什么问题也没有！我们也不知道是在哪里得罪了他，为什么他总是这样。我还非常想请领导给我一个答案呢。

与鉴定证书同时到来的，还有一个阿克苏地委将举办“第二届中国红枣论坛”的会议邀请函。事先，阿克苏市委已经与贺东仁通过电话，请贺东仁务必回阿克苏参加这届论坛。同时，请贺东仁为会议安排参观大疆示范园、红枣加工厂等项目。贺东仁这时在北京一边进行公司的调整与人员培训，一边等待着参加日内瓦契约大会的签证，还有一些空隙时间，他便决定回阿克苏一趟参加这次会议。

回到阿克苏的时候已经很晚了。来到大疆集团公司，李石峰正在等待着贺东仁，虽然两个人经常聚聚散散，但是，当两双手握在一起的时候，还是有一些激动。两个人有着兄弟般的感情，尤其是经历了一场场风风雨雨，这种亲情般的友谊更加珍贵。

贺东仁一屁股坐到沙发上感叹，这些日子真是一件事跟着一件事啊，说不定这次红枣论坛又要打一场仗了。

李石峰也有些灰心地说，咱们要不就不参加了，不跟他们玩了。

贺东仁不同意，那可不行，这是全国会议，一次非常好的宣传机会，让同行们认识咱们很重要。我们不仅要参加，而且要在会议期间出色地表现自己，让反对我们的人看看我们的能量，让不熟悉我们的人认识我们，让支持我们的人感到脸上有光，这是我们必须做的。

李石峰提醒，这次可又是“那个人”主持的，他不喜欢我们呀。

贺东仁不屑地说，他喜欢不喜欢没用，我们用事实说话，用成果战胜他，让他抓不到把柄。哎……石峰呀，你想过没有，咱们到底是什么地方得罪他了呢？他为什么老这样抓住我们不放？

李石峰猜测，后来我请自治区林业局的那个负责人吃饭的时候，他透露了这样一个意思。他说，他也问过“那个人”，咱们哪里做得不对，让他生气。那个人说，我是主管农业的，大疆公司又是个农业项目的公司，很多事情他们绕开我，直接去找上级领导。许多事情地委领导、市委领导全知道，具体办的时候，他才知道有那么回事，说是他很被动……

贺东仁瞪大了眼睛恍然大悟地说，哟，那就对了！我说的呢，咱们也不可能有什么把柄让他抓住的，就是这个原因……可是，你老贾也太小心眼儿了吧。上级领导是管着你的，我们跟他们汇报、请示也是正常的嘛，值得你处处设障吗？

李石峰也说，这些人哪，在地方上都是老爷，都被人家抬惯了，咱们没有去拍他，找他，他肯定不舒服。

参加中国红枣论坛的大都是中国红枣界的专家和从事红枣加工与销售的企业。

会议开得很成功，大会发言，小会讨论，互相切磋研究。从各地赶来参加论坛的单位和个人普遍认为在阿克苏召开的这次会议收获很大。会议期间，与会者参观了阿克苏的红枣产业四个有代表性的点，其中有两个安排在大疆绿洲公司。在参观大疆绿洲公司的时候，与会者大开眼界，特别是到了矮密早丰示范园的时候，大家都看不过来了。

这时，正是红枣成熟的季节，密密麻麻的红色果实挂满了枝头，有人老远就说："这是假的吧？""这是红枣？是葡萄吧？"但是，到了枣园，他们亲手一摸都惊呆了，真是枣。而且，个个都饱满壮硕。他们站在矮矮的枣树下，一伸手就能摸到树顶。这样的模式，有些人是第一次见到。特别是在这个红枣颜色正浓的季节里，这里充满了喜庆，看上去就让人愉悦。

贺东仁指着结满了果实的红枣对参观者说，我们这些果树要创造一项世界纪录的，你们等着瞧吧，很快就会在这里举行世界纪录的认证。

参观者兴奋地说，这样的枣树是得创造纪录，要是你们不创造这个纪录，我们大家都不干。众人笑了。

会议最后一天，按照大会的安排，给与会者发合影照片、会议文件、与会者的通讯录、参会企业名单。通讯录和企业名单是参加会议的人们互相联系与互相了解的重要方式，也是参加会议的人们宣传企业的方式。

当大疆公司的董事长贺东仁和总经理李石峰拿到企业名录和通讯录的时候，他们仔细地看着上面的名字，却没有发现"新疆大疆绿洲农业公司"的字样。贺东仁问李石峰，石峰，我怎么没看到咱们的公司？

李石峰也说，我也没看到啊，我还以为我的眼睛不行了呢。

贺东仁说，没有，这上面没有，是不是漏掉了？

贺东仁就问身边正在走过去的一个工作人员，哎，这个名单怎么没有我们大疆公司的名字？

工作人员说，不可能吧？你们再找找……

贺东仁说，我们找了，绝对没有，你们是不是漏掉了，要是漏了，得赶紧补上，趁着还有下午半天的时间，给大家补上吧。

工作人员说，好的，我马上跟领导说去。

贺东仁说，肯定是漏了，这么严重的错误！

上午的发言结束以后，工作人员才回到会场，跟正走出来的贺东仁和李石峰说，这个名单没错，打字员说是领导交给他的，让他照着打。

贺东仁一听，不对呀，这上面明明没有我们公司的名字嘛，怎么会没错呢？

李石峰似有所悟地说，董事长，会不会又是一个什么“事件”呀？

贺东仁想了想说，走，咱们找他们的头儿去问。

会议是由林业局具体承办，所以两个人就到了林业局领导那里，敲一敲门，里面应了声，两个人就走进去了。

“领导”正坐在房间里，一见贺东仁进来，连忙站起身，贺老板，李总，参观完你们那里，大家都很兴奋啊……坐，坐……

贺东仁拿着名录直接问，这上面为什么没有我们大疆公司的名字？你们是不是给漏了？要是漏掉了，得添上，还有一下午的会议，还来得及换回来。

领导看上去知道这件事，呃，这个呀，唉，这次可能来不及了，这没什么，下次有机会再补吧……

贺东仁不高兴了，一下午的时间，没几个字，一改，一打印就出来了，很简单嘛。

领导说，这个嘛，老贺，你看，都已经发下去了，收回来再换了，再发回去，人家怎么想嘛？

贺东仁已经没有耐性了，怎么想？你想过我是怎么想的吗？我认为，你们这是有意“漏掉”！谁都没有漏，为什么偏偏把阿克苏当地一家最大的企业漏掉？说得过去吗？要是你们觉得我们的企业不行，为什么在阿克苏参观四个点，我们大疆公司就参观了两个点？你们这是有意！

贺东仁从领导吞吞吐吐的语气里听出了，跟他讲也没有结果，生气地对李石峰说，走！石峰，咱们找贾志那个王八蛋说理去！

领导尴尬地站在那里说不出话来。

气呼呼的贺东仁拉着李石峰就向外面走，快到走廊尽头时，他们碰到了贾志。

贾志看到气哼哼的贺东仁就问，哎，贺老板，你这是找谁呢，气哼哼地？

贺东仁见是贾志，声音就高了八度，找你！我是找你来讲理的！

贾志一听赶紧说，小点声，小点声，咱们到屋子里说去，走走。

贾志打开房间的门，贺东仁和李石峰一前一后地进来。一进房间，贺东仁就举着名录质问贾志，你说，为什么这个名单上不写我们的名字？

见贺东仁的声音还是这么高，贾志赶紧把房门关好，对贺东仁说，小点声好不好？有话好好说嘛。

贺东仁仍然举着名单气愤不已，好好说？怎么好好说？你给我解释解释，这到底是怎么回事？你要是堂堂正正的你怕什么？从党员的角度说，我的党龄比你时间长，称你一声“同志”，从工作上称你“老贾”。我现在找你谈，说明我还是信任你的，要不然我根本就不跟你谈。请你告诉我，这到底是怎么回事？

贾志见实在躲不过去了，就咬了咬牙，发着狠对贺东仁说，这是我让他们干的，是我不让他们把你们的名字印上去的。

说完，贾志似乎踏实了许多。他坐到沙发上，歪着头看着贺东仁，一副“我看你能把我怎么办”的神态。贺东仁一听贾志这句话便怒火中烧，手中的名单狠狠地摔到了贾志的脸上，高声地骂道，狗！你是一条狗！

这一声“狗”的怒骂，把贾志一下子骂呆了，他半天反应不过来。

贺东仁怒气难消，你凭什么？你有什么权力这样做？我告诉你，贾志，你别以为你有多么了不得，你敢说你这个官儿当得干净吗？你处处为难我们大疆公司，你为什么？石峰，走，咱们到地委领导那里反映情况去！

这时，贾志已经顾不得面子了，他站起身，一只手拉住一个，把贺东仁和李石峰给拉住了，贺老板，贺老板，有话好商量嘛……

贺东仁说，有什么好商量的？你都如此欺侮人了，还有什么好商量的？

贾志厚着脸皮说，这……都怪我，好不好？咱们不要把事情弄大了。你看我的吧，今天下午，我在大会上亲口纠正这个错误，同时让他们把这个名单更正过来，这行了吧？

贺东仁是个直筒子的脾气，他是火发出去，也就没有什么了。见贾志的姿态还放得这么低，就放低了声音说，我也不对，向你道歉，不该骂人……

贾志连连说，是我不对，是我对不起你。

从贾志的房间出来，李石峰忧心忡忡地说，我看，今后他更会给我们好看的了。

贺东仁边走边说，他敢！

第15章　契约行动

冲击吉尼斯纪录的过程比较顺利，不需要政府的这个章那个章，只要通过了“上海大世界吉尼斯总部”的申报程序，就可以进行具体的实地测试了。对于大疆公司申报的“红枣产量之最”项目的测试，就是请国内红枣方面的顶级专家就一亩地的具体产量进行测试，专家在鉴定书上签字就可以生效。

测产量的那天，大疆公司位于阿克苏依干其乡的示范园喜气洋洋。这里聚集着吉尼斯总部派来的认证人员，还有公证人员，当地政府也派出了一些相关的人员参加。被邀请来参加认证的红枣专家也都聚集在这里。当他们看到这里的枣园模式时，都不由自主地赞不绝口。一位90多岁的山西红枣专家看了这个示范园后非常激动，他说，我搞了一辈子的红枣，今天才看到结这么多果实的树，间距这么小，又是这么矮的枣园。

已经完全成熟的红枣挂在树上，员工们就在专家和公证人员的监督下，把树上的红枣摘下来，小心地堆放在筐子里，一筐一筐的红枣透着吉祥与和平。

摘下红枣之后，由专家们用标准的量具进行称量。当称量红枣的专家们宣布“共计2610.89公斤”的时候，全场沸腾了，尤其是大疆的员工们，他们欢呼着，激动地互相祝贺着。这意味着大疆员工们在自己的示范园里创造了一项世界纪录。专家继续数出每亩地的株数，这个数字与大疆公司上报的数据是一样的，同样是440株。这也是大面积种植的红枣园里，单位株数最多的。随后，专家们进一步数出了每一棵树上结的果实，平均是350.44个，这也是目前为止红枣生产的极限。然后，专家们又称量了每一个果实的实际重量，取出平均值，即每一粒红枣的平均重量为 16.78 克，又是一项世界纪录！

李石峰和员工们一起挥着手，高兴地为这一纪录出现在自己的示范园里而自豪。

不久，上海吉尼斯大世界总部为大疆绿洲公司颁发了证书，在这个权威的证书上书写着“大世界吉尼斯之最”，“亩产量：2610.89 公斤”，“新疆大疆绿洲农业科技有限公司和阿克苏依干其乡合作共建的枣树丰产示范园现有枣树（树龄 4 年）面积 4.5 亩，亩栽 440 株，平均每株枣果 350.44 个，平均单果重 16.78 克”。这项载入世界纪录的成绩是大疆绿洲公司的全体人员创造的，是他们的自豪与骄傲。

在北京正要去日内瓦参加契约大会的贺东仁听到这个消息后也非常激动。他立即通过视频会议的形式对全体员工说，荣耀是属于每一个大疆人的！无论别人怎么说我们，怎么看我们，只要我们自己踏踏实实去做，拿出成绩来，谁也无话可说。我贺东仁到大西北来，就是要在这里竖起一面旗帜来，让这面旗帜给当地人民与当地的环境带来福音。我们大疆绿洲公司的企业精神就是“诚信敬业、创新奉献”。

贺东仁对员工们说，我要告诉大家，我们大疆要做的事，是大事，健康、绿色、生态、可持续是我们追求的目标。这个目标光靠说不行，也要踏实地去做才行。

贺东仁说，我现在告诉大家一个消息。明天我就要去日内瓦参加契约大会，我会再给大家带回一个惊喜来的！

李石峰在阿克苏那边的会场问贺东仁，董事长，能不能告诉我们，你将给我们带回什么惊喜吗？

贺东仁说，保密，到时候你们就知道了。相信我，我不仅会说，更会做。

视频会议结束以后，北京公司就忙碌起来了，许多员工开始按照贺东仁的要求准备即将带走的疆枣系列产品，一箱一箱地堆在那里。

这时，贺东仁接到妹妹的电话，妹妹在电话一头非常沉痛地告诉贺东仁，父亲不行了！能回来吗？要是回不来，可能就见不到最后一面了。

这个消息让贺东仁从高热的状态中一下子跌落到了现实。前不久就收到了家里人打来的电话说，父亲病重，他还特意跑回去看望了病中的父亲。嘱咐了又嘱咐，要尽量让父亲活得好一些，还留下了一些费用。这才过了没有多久，父亲就不行了。但是，在这个关键的时候，他又怎能突然放弃这里的事情走呢？

贺东仁劝慰妹妹，你不要过于悲伤，生老病死，谁都躲不过，我现在要出国，明天早上就出发，我恐怕不能回去了……你就替我多孝敬他老人家吧。唉，自古有言“忠孝不能两全”呀，我也是不得已，我希望你能理解我……

妹妹哭得更厉害了，哥呀，我理解你，你从小也挺苦的，现在干到这个程度很不容易，其实你回来也起不到什么作用了，也就是看他老人家一眼吧……你要是回不来，你就去吧，没人会怪你的……

听了妹妹的话，贺东仁的泪水不由得涌出来了。贺东仁听到的责备声音太多了，现在有亲人能站在他的角度理解他，他很感动。

第二天清晨。天色灰蒙蒙。几乎一夜未眠的贺东仁西装革履，提着印有“疆枣”字样的纸袋站在路边，不停地看表，身边整齐地码放着员工们为他准备的产品。女儿贺菲来了。走到父亲身边，看着地上堆放的纸箱，埋怨着，您带这么多产品，要是不让带上飞机，看您怎么办！

贺东仁还没有从父亲的病危消息中走出来，他苦笑着，没事，顶多就是免费给机场候机的乘客，要是不让我带上去，我就双手捧着送到乘客面前，请他们品尝。那该是多好的广告！他们哪里吃到过这么好吃的大枣，这可是“疆枣”，是刚刚获得吉尼斯世界纪录的疆枣啊。等他们吃完了就会问，这枣在哪能买到？我就让他们找我女儿！

贺菲知道父亲的固执，想改变他那是很难的。叹了口气，您就盲目乐观吧，您就算准了能让您带着这么多产品上飞机？就算是您能从首都机场上了飞机，到了欧洲那边的机场人家能让您进去吗？人家可不听您那一套！他们那里对农产品的检验可严了，这个，代表团没有跟您说吗？

贺东仁清了清嗓子沉默了，但是，他一点也没有放弃的意思。这时，公司的汽车停在他们面前，贺东仁看了看时间，非常准时。司机看了看堆在地上的纸箱问，都搬上去？会不会超重？

贺东仁没再说什么，把手里的纸袋往地上一放，就开始往后备厢里搬。司机一看老板的动作立即抢上前去，您不用管，我来就行，一会儿就好。

贺东仁还是没有说话，继续搬箱子。女儿一看也帮忙往车上搬，后备厢放不下了，又在后排座位上摆满。装完车贺东仁有些歉意地对女儿说，你看，你去不了了，你也就不用送我了。

女儿嗔怪地说，那我就打车去呗。

贺东仁摆摆手坐到副驾驶座上，你就别去了，这点小事儿我能应付。

女儿无奈地说，就您逞能！

贺东仁又探出头来征求女儿意见，你要是能抽空回运城去一下就好了，帮我去看看你爷爷。回来以后把主要的精力放在公司上，北京公司这边的人员流动较大，你要把北京公司的事儿管好，别在我不在的时候出事。

女儿眼泪汪汪地点着头，又依依不舍地走到贺东仁面前跟他挥着手。贺东仁说，回去吧，一切都会好起来的。

“全球契约”是由原联合国秘书长安南于 1999 年 1 月在世界经济论坛上提出来的，这个契约组织于 2000 年正式成立。契约旨在鼓励企业与联合国机构、劳工组织和民间团体一起，共同寻找克服全球化负面影响的有效途径，同时促使企业承担社会责任，重视人权和环保。目前全世界已有 116 个国家的 3000 多家企业加入了“全球契约”。

贺东仁前往参加的这次会议，是自“全球契约”成立以来的第二届。这届会议确定的主题是“面对现实，开始行动”。

到达日内瓦的时候已经是晚上 12 点多了。入住酒店以后，贺东仁做的第一件事就是把自己冒着风险带来的疆枣产品认真地检查一番，让他高兴的是，经过这次长途跋涉没有任何损伤。

第二天一大早，贺东仁就早早地起床。洗漱完毕后，拎着疆枣纸袋去散步，他在酒店的周围转了一圈，看到也有中国代表团的成员出来，一边散步一边等待着吃早饭，贺东仁就笑呵呵地走上去跟大家打招呼，早啊，日内瓦的天气跟咱们北京就是不太一样。

代表说，是啊，你起得很早嘛，睡不着吧？

贺东仁说，你们想不想家？

他指着自己的手提袋，我带来一些治思乡病的东西，来尝尝吧。

说着，他从纸袋里拿出一袋疆枣，打开，其他几个人也颇有兴致地凑过来。贺东仁一边给大家分疆枣，一边说，到了异国他乡，吃吃我们的疆枣，就不想家了，这是灵丹妙药。

品尝的人把大个的疆枣放在嘴里一边吃一边赞不绝口。一个老板说，哎，你这个枣的味道可不一样啊，我吃了这么多年的枣，还是第一次尝到这么好吃的枣呢？

另一个人开玩笑说，是因为在国外吃吧？

赞扬的人一边咂摸滋味一边说，不，确实不一样，贺老板，你这个枣是怎么种的呀，是不是有什么特殊的秘方？

贺东仁笑了，我们的疆枣是用天山的雪水浇灌，享受天山自然阳光，吸纳天山纯净的空气生长起来的。我们的枣是没有虫害的，因为，阿克苏这个地方昼夜温差大，虫子都冻死了，我们这个枣是绝对纯绿色的。我告诉你们，为什么你们以前吃的枣跟我们的枣味道有区别，那是因为几乎所有内地的枣，为了不让它生虫子就得定期不定期地喷农药，一遍一遍地喷，否则就保证不了红枣的质量。但是，打了农药就不健康了，就要用其他的一些方法补救，也就不纯了。还有，阿克苏在北纬30度—40度这个区间，这个纬度是联合国确定的最适合农作物生长的地区，加上阿克苏是个干旱地区，日照时间长，温差大，有利于瓜果糖分的积累。可以说，阿克苏这个地方是世界上独一无二、不可复制的红枣产地。

一个代表团成员说，贺老板把广告都做到自己的队伍里来了，你可真是三句话不离你的产品……不过，你的疆枣确实好吃。

这时，凑上来其他的人，因为还不知道贺东仁的名字，就说，哎，枣哥，给几个尝尝吧。

贺东仁就递过去几个枣，还说，吃了咱们的枣，就吃到了健康和绿色了。

吃过早饭以后，大家都早早地收拾好东西去参加大会的开幕式。许多中国代表团的成员都准备好了照相机，有的还拿着小摄像机，准备与会议上的国际重要领导人合影。在贺东仁手上多了一个装得满满疆枣的白底绿字的袋子。大家都笑问，枣哥，是不是想给参加会议的人每人都发一袋呀？

贺东仁说，那可发不了，没那么多，你们要是想吃，随时都可以拿，但是1000多人，可发不过来。

上午八点钟，全球契约领导人峰会在日内瓦万国宫如期开幕。会议开始前，许多参加会议的人都站在会场的入口处等待着潘基文，想跟潘基文合影。但是，在严密的安保下想接近潘基文根本就不可能。贺东仁本来也想靠近潘基文跟他合影，还跟同来参加这次会议的一位中国企业家商定互相拍照，但看到这么多的人都围在他的周围，也就放弃了，他想肯定会有机会的。

会议开始之后，潘基文发表了致辞。

潘基文在开幕式上说，在当今全球化的世界格局中，许多挑战是非常复杂和相互关联的，没有一个部门能够单独应对。企业、政府、民间、劳工和联合国机构需要结成伙伴关系，寻找共同解决方案。联合国全球契约领导人峰会就是这种伙伴关系的一个杰出范例。

潘基文说，在当今相互依存的世界中，权利与责任是不可分的。企业要想维持其地位，就必须在解决环境和社会问题方面发挥作用，以增强其合法性和在公众中的信任度；市场要想持续扩大，也必须向那些仍被经济增长排除在外的人提供更多和更好的机遇，以提高他们的生活水平。

潘基文的讲话进行了30多分钟，因为，还有其他的会议与活动，潘基文讲完话之后就离开了。一些人继续尾随着他，想寻找机会拍照。但是，潘基文的脚步非常匆忙，根本就没有一点空隙。而后是各个代表团的发言，中国代表团也在大会上阐述了自己对于“全球契约”的理解以及已经或正在进行着的行动，受到大会的关注。

按照事前安排，会议开幕的当天，潘基文要设晚宴招待参加会议的代表们。这个安排贺东仁等中国企业家都是知道的，因此，他觉得自己很有把握能有机会与潘基文接触。

晚宴开始前，贺东仁找到中国代表团的领队说，我想给潘基文尝尝我们的疆枣，你能不能跟团长说一说，临时安排这么个活动？

领队想了想说，这个事不能跟团长说，你可以带着你的疆枣，看机会吧。

贺东仁明白了领队的意思，就看自己能不能抓住机会了。于是回到酒店精心准备好了要给潘基文品尝的产品，然后早早地来到宴会厅。

贺东仁来到宴会厅的时候，还没有什么人，就寻找自己的那张桌子。找了一圈，才发现在一个离主席台很远，离主宾席也很远的角落里。这时，已经有一些中国企业家纷纷进入宴会厅了。贺东仁想，这么远的地方怎么靠近潘基文呀。他就拎着自己的疆枣纸袋在宴会厅里走，宴会厅里每个桌面上都写着代表团的名字，当他走到最前排时，发现那里的几张桌子没有写什么。观察了一会，觉得这差不多就应当是主宾席的位置了。

贺东仁就选择了一个位置很好、特别巨大的餐桌泰然自若地坐下了。贺东仁一坐下，坐在远处的几个中国代表团的成员就凑过来问，这能坐吗？咱们的位置在那边呢。

贺东仁拍着座位说，坐吧，人家又没有不准许坐。

一个代表说，要是人家赶咱们走怎么办？

贺东仁眨了眨眼自信地说，我们又听不懂他们说的话，知道他们说的是什么意思呀？

另一个人一边坐一边说，要是人家让一个中国人来说呢？

贺东仁说，那我就是日本人。他要是来个日本人让我走，我就是中国人，反正我是听不懂他们说的话。

大家都笑了。枣哥可真狡猾，我们跟着他坐吧，中国代表团的一部分今天就坐主宾席，我们只听得懂那些对我们有好处的语言。

这时，一个脖子上挂着专业相机的中国人走到贺东仁这桌前问，哎，我可以坐这里吗?

贺东仁看着这个人问，你是哪个公司的?

那人回答，我是中石化的，也想找个好位置坐坐。

贺东仁心想，这么大一个公司的领导呀。看着他胸前的照相机笑着说，可以坐，中石化的可以坐。

“中石化”非常高兴地说，那我就坐了啊。

贺东仁却说，不过，我可是有条件的。

“中石化”就问，什么条件?

贺东仁指着他的相机说，一会儿，我跟潘基文有个互动，你得给我拍照。

“中石化”高兴地说，好哇，这个我行，给你拍照一点问题没有。

这时，坐满了人的宴会厅里突然响起了掌声，潘基文微笑着走了进来。在引导员的引导下，潘基文直奔贺东仁邻近的一个座位走去。那里坐着重要的官员和他们的太太。潘基文先跟这张桌子的人逐一握手致意，然后，他坐在中国代表团团长太太的右手，团长太太英文非常棒，她跟潘基文用英文寒暄着。这时，贺东仁突然拿着一袋疆枣走到了团长太太与潘基文中间，然后用中文对团长太太说，大姐，我要让潘基文尝一尝他从来没有吃过的一种咱们中国新疆产的疆枣，麻烦您给我翻译一下，您就跟潘基文说我来自中国新疆，我这个叫疆枣，非常绿色的，是中国国务院的特供品，请他一定品尝一下。

团长太太先是一愣，然后就笑了，行!

团长太太立即给潘基文翻译，并指着贺东仁用英文说，他是我们中国新疆的一个企业家，他带来了一种专供中国国家领导人吃的绿色无污染的疆枣，他请您一定要品尝一下。

潘基文一听就笑了。贺东仁立即把一粒大红枣递到了潘基文面前，这时“中石化”抓住机会啪啪啪连续拍了许多照片。潘基文开始只是看着贺东仁和他递过来的枣笑，却没有接，更不敢贸然地品尝。贺东仁就递给团长太太一粒，请她先吃一颗，团长太太高兴地咬了一口，她睁大了眼睛，用英文赞扬道，非常好！

潘基文也接过了贺东仁的疆枣，小心地咬了一口，然后眉开眼笑地点着头。潘基文高兴地握着贺东仁的手说，谢谢！

贺东仁见好就收，立即把一袋完整的疆枣放在潘基文面前，然后，在团长太太的面前也放了一袋，笑着离开了他们的桌子。

在潘基文品尝贺东仁的疆枣时，中国代表团的成员们都趁机站在潘基文的身后抓拍了许多照片，他们高兴地给贺东仁鼓掌。其他代表的成员们因为坐得太远，没法接近潘基文，他们甚至还不知道这里发生了什么事。

贺东仁回到自己的座位时，中国企业家们都赞扬，枣哥，你真行，给咱们中国企业家露脸了。我们也跟着沾光了。

另一个企业家说，枣哥，这次，你是最成功的，我们很羡慕你呀，你真会抓机会。

贺东仁谦虚地说，哎，哪里哪里，这是因为我的产品合适呀。你看，咱们中石化总不能给人家潘基文前面放一桶油吧？你们造飞机的不能给他送上一架飞机吧？我这是一个能带的食品，我是沾了疆枣的光，咱们的产品恰恰又不错。

一个老板举着酒杯说，枣哥，行！晚上，我请大家喝酒去，咱们庆祝一下。我高兴，我们中国露脸了，你看，他们美国的通用公司都不能这样靠近潘基文，我们中国成了。该不该庆祝一下呀？

大家都赞成，碰杯，一饮而尽。

就在大家高兴畅饮的时候，贺东仁接了一个电话，是妹妹打来的，她悲痛地告诉贺东仁，父亲去世了。

贺东仁愣了许久，才悲伤地对妹妹说，我不孝呀，他去世我都不在，我也不能给他披麻戴孝，送他一程……

妹妹安慰他，你现在是干大事，反正爸爸也已经不在了，你就不用着急了，后事我们都能办。就是咱们的妈妈太可怜了，她哭得厉害，以后有机会你好好照顾照顾她吧。

贺东仁抹着伤心的眼泪，等办完了丧事，我把咱妈接到我家里，让你嫂子照顾她吧。

妹妹说，那就好了，她现在瘦得一把骨头似的，精神也不太好。

贺东仁很揪心地说，她就没有享过一天福，一辈子操心受累，让她到我那里去住吧。

李书记端详着贺东仁与潘基文在联合国领导人峰会上的照片，高兴地称赞，我们扶植大疆这样的企业是对的，看看，他们打入联合国了，连潘基文都吃了他的产品。

此时，还没有发生后来潘基文与他太太多次到中国要疆枣的事。秘书也高兴地说，咱们阿克苏有企业能闯进联合国真是前所未有呀，应当宣传他们。

兴奋之余，李书记给贾志打电话，你看到了大疆公司的贺东仁跟联合国秘书长潘基文的合影了吗？这回你们农业口的企业给咱们阿克苏露脸了！他们出名了。

贾志本能地回道，照片我看了，这有什么？现在电脑技术这么发达，合成一张照片不是很容易吗？我要是合成一张跟布什的合影也不难啊，别听贺东仁吹牛了。开国际玩笑呢，他花点子钱，挤进代表团就是件很不容易的事了，还妄想跟潘基文合影，只能用电脑技术了。

李书记本来是想通过这件事调和两个人的关系，一听贾志这样说话，就有些不高兴了，老贾啊，我说你是怎么回事呀，老贺是你农业口上的企业，他在外面成名露脸，你应当高兴才是呀。你说人家是电脑合成的照片，我告诉你，你看到了他弄来的光盘吗，还有录像呢，那能假吗？再说，他要是弄假的，早晚不都会被人给捅出来？贺东仁那么精明的人，他敢冒这个险？那不值得嘛！

贾志没有想到还有个光盘，噢，他还有个光盘呀，我不知道，没看……

研究出疆枣素的中国专家接到了奥地利哥拉斯大学的邀请。因为中国专家发表的关于红枣有抗衰老成分的研究报告，引起了他们的注意。他们想进一步与中国专家及相关企业进行抗衰老的课题研究与产品开发。

贺东仁是生产疆枣素的企业，又有一定的科研能力，于是，在专家们的建议下，贺东仁也被邀请到奥地利进行这次抗衰老的研究及可能的合作谈判。

中国专家代表团的团长是郝治方，他是红枣素研究项目的主持人，也是贺东仁的朋友，因此，这一次去欧洲也就显得放松多了。

贺东仁出发的时候，同样带了一些疆枣产品，量不大，是想送给奥地利的教授们品尝的。他给这次出行定的目标是，让以严谨而著称的欧洲人也接受疆枣产品。贺东仁在出发前简单地了解了一下欧洲人对农产品的要求，他吃惊地发现，那里对农产品上市的要求近乎苛刻，比如，对黄瓜的要求，多长的才能准入，少一点都不行。甚至，长得不好看的水果都不能上市，中国津津乐道的歪瓜裂枣在欧洲市场是绝对不能上市的。他们对农产品的种植与施肥要求就更严格。这样严的标准，对还没有完全融入世界的中国农产品的生产者来说，无疑是可望而不可即的。正因如此，反而激发了贺东仁打入欧洲市场的斗志。

重登欧陆，贺东仁不由自主地想起参加契约领导人峰会的经历来，那也是一次给他留下深刻印象的活动。在那里他交了许多朋友，在那里，他成功地进行了一次让中国企业家们印象深刻的外交宣传活动。一路上说说笑笑，郝治方对贺东仁的认识也深入了一步。

有人说贺东仁是个有争议的人物，这一点都不假，他走到哪儿都会有人喜欢有人不喜欢。这一次，也一样。

在这个出访团里，有一个女翻译，对贺东仁满口的山西口音，和他的“商人”身份就很不以为然。贺东仁也感觉到了女翻译的冷漠态度，就想，一起出远门，也算是缘分了，想尽量把关系搞得好一些。就给她讲一些有趣的事情，逗她开心一点。但是，女翻译不买账。不仅不买账，还特别看不起贺东仁，话里话外总是嘲讽的语气，这让贺东仁感到有些刺痛。

团长郝治方劝贺东仁，别往心里去，这很正常嘛，你不可能让所有人都站到你一边成为你的朋友。

郝治方又小声地对贺东仁说，这个翻译是个非常正派而且革命的人，你别看她年龄不大。

贺东仁一听就乐了，他像发现新大陆似的说，原来是这样啊，那……咱们可得给这位翻译同志找个事儿干！

郝治方望着贺东仁，你是不是又想出坏主意了，人家可是个正派人，别动歪脑子啊。

贺东仁狡猾地说，你想哪儿去了，我是突然想到，咱们这个代表团六七个人，除了你一个人外都是党员，我建议咱们成立一个党支部。

郝治方就说，那好哇，对其他几个人说，你们几个过来一下，老贺有个建议要跟大家说，你们都过来听听。

大家都过来了，女翻译也不情愿地过来，她对农民企业家很有成见，这样的人不就是一个土财主吗，有什么呀。

贺东仁见大家都被召集过来了，就非常严肃而庄重地说，我是这样想的啊，咱们这个代表团呢，都是党员，我们的人数也够组成一个党支部的了，所以，按照党组织的规定，我建议咱们成立一个旅欧临时党支部，大家同意不同意?

大家听着觉得很新鲜，也知道贺东仁可能要开个玩笑，就纷纷说，行啊，这个建议好，成立，成立。

只有女翻译不屑地看着贺东仁在那滔滔不绝。

贺东仁见大家对他的第一个建议没有什么异议，就提出了下一个建议，如果大家同意建立一个支部，那么我提出第二个建议，我建议我们选举一位支部书记，我提议这个支部书记由我们的翻译同志来担任。

郝治方一听就笑了，心想，贺东仁是坏透了，他要给翻译戴高帽子。可是，女翻译却感到太意外了，而且有些激动，她羞答答地推辞，我不够格，我做得不够，我可不能当，还有团长呢。

贺东仁就否定说，团长?他连党员都不是，他怎么能当我们的支部书记呢。这是留给你这个支部书记的艰巨任务啊，就是把我们这个非党员的团长也发展成党员，那你的功劳可就大了。

翻译同志一股子酸劲地说，哪里，他可是国内外著名的大科学家呢，我怎么能发展他呢？

贺东仁热情地说，哎，你要是真把郝教授发展成了党员，那不证明你的组织工作能力强吗？你看，他中学、大学、讲师、副教授、教授的每一个阶段都没有被发展成，你这么一培养就成了，那党组织该感谢你，把这么个大科学家动员到组织内部来了，这是多大的事儿呀。

从神色中，贺东仁看出了大家都明白他的用意，所以他就大胆地说，你除了肩负着把郝教授发展成党员的任务之外，你还有更重要的任务呢。你是我们这里最够格的一个人，而且是唯一人选。我们平时对自己的要求都不够严，在国内也就罢了，这到了国外，一定要组织管着才好。我们要经常向您汇报思想，您也要多多教育我们这些普通党员，要不，会出问题的，你们说是不是？

大家都应和，对呀，拥护，拥护。

贺东仁很认真地对大家说，要是没人反对，那么，我们就选举翻译同志担任我们旅欧临时党支部的书记。大家鼓掌通过吧。

在掌声里，女翻译也认可了自己的新身份。贺东仁说，那就欢迎我们的党支部书记讲话。

翻译同志的“马列”劲上来了，她一本正经地说，我觉得贺东仁同志的这个建议非常好，我们的确需要建立一个党支部，以便及时发现一些不良的行为，防止在国外受到一些不健康事情的影响……

大家就偷偷地笑。贺东仁这时非常恭敬地对翻译同志说，书记，我是一个商人，平时对自己要求就不严格，我希望你能经常跟我谈谈心，好好教育教育我，以便提高思想觉悟。

书记已经完全没有了那种对商人的成见与鄙视，她很爱惜地看着贺东仁，是呀，你们这些农民企业家的确应当经常过过组织生活才好，不能成天钻到钱眼儿里。人要有理想才行呀，没有理想，那生活还有什么意思呢……

郝治方在一旁已经忍不住了，他大笑起来，算了算了，你们谈心别当着我的面谈，找个没人的地方，爱怎么谈怎么谈，你们这样说话，让我浑身都痒痒。

贺东仁一本正经地转过身来对郝治方说，我们这是过组织生活，要走也得你走呀，真是的！

郝治方边笑边说，好好好，我走，我走，你们爱过什么生活过什么生活。

奥地利哥拉斯大学的科学家们品尝着疆枣赞不绝口，觉得口味真是不错。欧洲不产红枣，对于这些来自中国的特殊产品，他们既感到好奇又觉得新鲜，这些东西真的能有抗衰老的成分吗？

郝治方说，我们进行了化学成分的分析，正如我们在研究报告里所阐述的那样，疆枣里含有丰富的多糖物质，经过动物试验，充分证明疆枣里的多糖物质是抗衰老的重要成分。

翻译同志把郝治方的话翻译过去，因为是德语，郝教授不知道准确不准确。出发之前，翻译虽然做过专业翻译准备，但郝治方仍然担心一些专业词汇被误译会带来不必要的麻烦，就对翻译同志说，你问问他们能用英语交谈吗？

翻译一说，教授们就改用流利的英语与郝治方直接对话了。郝治方很高兴，我们中国有一句谚语，叫一天三个枣，一生不显老，这说的也是红枣具有抗衰老的功用。在我们中国中医里面，有非常多的药方都是用红枣当“君药”来配伍的。特别是在一些治疗老年病的药物里面，红枣更是经常被使用。虽然红枣里的有些物质还需要进一步研究与分析，但是，可以肯定的是，中国红枣中抗衰老成分的确存在。

教授们提出，你们做没做过抗衰老成分的提取尝试呢？

郝治方高兴地指着贺东仁说，我们不但提取出了这种物质，而且还进行了工业化生产，这位企业家就是专门生产这种产品的。

教授们兴奋地握着贺东仁的手，贺东仁从自己的包里拿出了一瓶疆枣素递给教授们，这是我们生产的产品，就是从疆枣中提取有效成分制成的，有非常好的防衰老作用。

教授们打开疆枣素瓶子，从里面取出蛋黄色的胶囊，又提出了一些问题。郝治方说，这些产品包括其他一些疆枣产品都送给你们了，你们可以做一些研究，以便进一步认识中国红枣中的有效成分。

教授们问，生产这种胶囊有没有足够的原料？

郝治方说，在中国到处都有红枣园，但是，品质最好的红枣在新疆……

郝治方指着贺东仁说，他们的企业自己就拥有20万亩的枣园，生产疆枣素在原料上一点问题也没有，这是一个具有广阔前景的产业。

贺东仁趁机说，我们欢迎专家到我们的大疆枣园去参观。

郝治方替贺东仁翻译过去之后，教授们高兴地说，好，我们一定要去参观你们那里的枣园。

在奥地利的交流取得了圆满成果。哥拉斯大学决定跟中国专家们合作，进一步对疆枣进行研究，并提出要与贺东仁的公司进行合作。

奥地利的科学家们提出了一个问题，农产品要想进入欧盟成员国必须符合成员国的相关标准，但是像中国红枣这样的产品，在欧盟从来就没有上市过，也就没有什么标准。没有标准怎么办？科学家们建议由中国专家们搞一个枣类的标准提供给他们，他们再申请把这个标准作为今后红枣在欧盟上市的标准使用。

郝治方愉快地接受了这个建议，他对贺东仁说，老贺，这回你的疆枣又要出名了。

贺东仁问，为什么？

郝治方解释说，奥地利科学家请我们搞红枣进入欧盟的标准，那我们得以中国最好的红枣作为标准呀。到目前为止，我们见到的红枣中，你们的疆枣品质是最好的，所以，我们要以你们的疆枣为样本，制定红枣进入欧盟的标准。

贺东仁高兴起来，好呀，这就对了。

郝治方却说，不过，这个标准恐怕就有点太高了，能够达到疆枣这个水平的，还不多。不是人家的技术不如你们，也不是品种不如你们，而是自然条件。新疆的自然条件得天独厚，要想生产出这样的红枣，就得到西北去，只有那里的土壤和光照才能生产出疆枣这样品质的红枣。

在快要结束奥地利之行的时候，贺东仁意外地获得了一份与哥拉斯大学合作的协议。

当然，奥地利之行，比较失落的人是翻译同志，她本来是作为全队的翻译来随访，后来在与奥地利专家的交谈中由于改用英语，她的作用也就没了。

在回国的飞机上，翻译同志还没有忘记自己的“书记”身份，还要对贺东仁进行教育。这个时候，郝治方终于忍不住了，他非常严厉地对翻译同志说，你怎么到现在还没明白？老贺让你当这个书记是在给你戴高帽子！你还当真了？他为什么要给你戴这个高帽子？是因为你对他轻视的态度，他这是表达对你的不满！不过，我告诉你，在我们这帮人里面，包括我在内，老贺是最重要的！他绝不是一个简单的商人。

一句话点醒梦中人，翻译同志恍然大悟，羞愧地低下了头。

那边，贺东仁却与同机的一个女乘客搭上了话。那个乘客见贺东仁有一个疆枣的纸袋放在脚边，就问，你也吃疆枣啊？

贺东仁就笑了，我不但吃，我还卖呢。

女乘客高兴地问，你是不是开疆枣专卖店的？太巧了！

贺东仁说，更巧的是，我就是生产这个疆枣产品的老板贺东仁。

女乘客差点叫出声来，呀！这么巧？！你真的是疆枣的老板？

贺东仁笑着点头，没错！

女乘客伸出手自我介绍，我是东北松辽油田的，我的朋友从北京给我带回去一些疆枣素、女宝，还有那个大枣……

贺东仁纠正说，那叫“枣源枣”……

女乘客仍旧兴致勃勃地说，我吃了一瓶效果好极了，我还准备做你们的加盟商呢。这下可好了，一下就认识了你，回北京后，我可要找你哟，当你的加盟商，卖你的产品，吃你的产品！

贺东仁说，你选择我们疆枣产品是选对了，你选择的是健康，选择的是绿色。你知道吗，美国有个专家讲，健康是吃出来的，不是锻炼出来的。他还举运动员的例子，说许多运动员并不长寿，他们运动得挺好，就是活不长。那个美国专家还讲，病不是在医院里住好的，而是吃好的。只要注意吃对了食物就能把病治好。他们对于饮食方面的评价恰好与我们对枣的理解一致。你看，我们提供的就是健康的、绿色的，在天底下最干净的空气里生长出来的大枣，你只要吃这种东西就是在吃健康。我们提出一个口号就是“疆枣健康中国人”。

女乘客很投入地听着贺东仁的话，不住地点头赞许。贺东仁接着说，现在欧美都流行吃植物的提取液，把植物中有用的成分提取出来，制成产品吃，那样更能迅速地被人体吸收。我们的疆枣素、女宝、双抗就是这样的产品，我们正在改变人们吃红枣的习惯，改变吸收的方法。也就是说，吃我们的产品也是在吃一种时尚。你看……

贺东仁指着坐在后边座位上的几个同行者，我和这些科学家刚刚从奥地利参加一个“抗衰老”研讨会回来，我们的疆枣正在被以对农产品准入严格而著称的欧盟这样的地方逐步接受着呢，我们还签订了合作协议呢。

女乘客很兴奋，真的？太了不起了，回去一定跟你谈合作的事。

贺东仁的滔滔不绝，被后边坐着的郝治方听到了，他插话说，我们这位贺老板也不是一个简单的商人，他可是个有社会责任感，有知识的人，他能喊出“送健康”这样的口号，可不是一句简单的广告语，他是真的做到了。

贺东仁不好意思地笑了。

第 16 章　解密大疆

他居然敢骂我“狗”，还把东西扔到我的脸上，你说，你说……我大小还是个官呢，当年我在下面当县长的时候，谁不拍着我啊？他，他到这个地方来做生意不讨好我也就算了，还敢骂我！

贾志气愤地跟老同学牛宏抱怨他与贺东仁那次冲突后的感受。在阿克苏他找不到诉说的对象，跟谁说都不合适，牛宏是他的同学，又是在乌鲁木齐，跟他发发牢骚可能是最合适的。

这是新疆农业部门在乌鲁木齐开全疆农业会议，贾志见到了老同学牛宏说的话。牛宏在自治区种子站当站长，也是位有名的红枣专家。不久前新疆大疆绿洲公司申请成果鉴定的时候，牛宏就是受聘的红枣专家之一。

牛宏安慰贾志，你也是，你知道他那么不容易还给他设障碍，他要不是被逼急了，也不会这样的。

贾志仍不能释怀，我也是被他逼急了啊。

牛宏沉默起来。过了好一会，贾志想转移一下话题，就酸溜溜地说，你现在不得了，又是肥料专家，又是红枣专家，很有名望的嘛。

牛宏了解贾志的脾气，上学的时候就这样说话，他也不在意，就说，唉，不得了什么呀，就是混口饭吃呗，对得起自己的那点工资就满足了。

贾志不自然地又把话题扯回到了贺东仁身上，你们为什么要给贺东仁他们搞个什么成果鉴定？那些商人都是吹牛说大话的人，他们有那么大的能耐吗，还什么吉尼斯世界纪录，都是花钱买的！不就是有几个臭钱吗。

牛宏就说，得了，人家老贺他们也不容易，有几个能像他们这样干的？再说他们不是光会说说而已，他们做的也不错嘛。

贾志阴阳怪气地说，我还不了解他！就是大忽悠，把领导忽悠得迷迷糊糊，什么原则也不讲了，不就是这样吗？

牛宏就说，可不能这样讲，贺东仁能说不假，可是他不光会说，他也会做呀。你想想，有几个人能像他那样，真在戈壁上扎根呀，古话不是说了嘛——“漂亮话好说，漂亮事难做”呀。

贾志好像知道一切似的问，不光会说？你们这次给他搞这个鉴定，得了不少钱吧？

这句话把牛宏惹恼了，他生气地反问，贾志，我是你吗？给人家办事还拿人家的钱？！

就在贾志和牛宏因为贺东仁翻脸的时候，贺东仁却站在阿克苏的广场上钉大屏幕的完工。记者周明陪在贺东仁身边。他们仰头看着阿克苏的第一块大屏幕，周明赞叹地说，贺总，你们大疆公司又创造了一项纪录，我给你们算着呢，从联系购买到在这里竖起来，一共才用了 18 天的时间。

贺东仁得意地笑，什么“你们你们”的？是“咱们”，而且这个屏幕就要交给你管了，你还“你们你们”的？

周明不乐了，他瞪大了眼睛望着贺东仁，你说什么？我没说要到你这里来呀。这话从何说起？

贺东仁真诚地望着周明，你过来吧，你对大疆公司也了解这么多了，也陪大疆经历了许多风雨苦乐，非常适合这里的发展。咱们在运城的时候，我动员你到大疆公司来，你说，大疆没有适合你发展的工作岗位。你看，现在有了，咱们成立了一个传媒公司。这个大屏幕是一个窗口，我们除了主要把我们自己的产业宣传好之外，还要做其他企业的广告与宣传，还要搞一些社会公益性的活动。这个，你是最专业的，我把这个舞台交给你，你可以任意发挥，来吧。

周明被贺东仁的真诚打动了，这对于他来说的确有着很大的吸引力，但是他仍旧有些犹豫。贺东仁像是猜出了周明的心思，要不这样吧，你先到我这里“挂职”一段时间，先在这里干干看，如果你感觉可以继续做，就辞职，加入大疆团队。

周明被贺东仁的周到而感动，他真诚地说，贺总，你的话都说到这份儿上了，我要是再不过来，那就太不识抬举了。你放心吧，我今天就向台里提出挂职的申请，明天准时向你报到。

回到大疆集团办公室的时候，李石峰正在等着贺东仁。贺东仁一进来，李石峰就说，董事长，有几个事儿，咱们得研究研究，等着你呢。

两个人坐在沙发上，李石峰就说，董事长，上次跟你谈过的李景文的事，是该解决他的问题的时候了，影响很不好啊。

贺东仁说，前一阵子下乡我也了解了一些情况，下面的反映基本都是真实的。有个依干其乡的维吾尔族兄弟见到我说，咱们大疆收的红枣价格很公平，让他家致富了。我就问他是多少钱，他说多少多少钱，我问他是谁收的，维吾尔族兄弟说是你们的那个李总啊，就是看上去挺年轻的那个。维吾尔族兄弟不会说假话，他得着了实惠，是感谢咱们呢。可是，我也让会计给我查了账，他不是按照咱们公司的统一定价收的，他报账的价钱要高得多，他吃中间的差价，不是一次两次。

李石峰就说，必须严肃处理，要不这样的人多了，咱们公司就会被搞垮的。

贺东仁很惋惜地说，可是，即使这样，我还是想留他干一阵子，他虽然有这些贪便宜的毛病，但也有长处啊。他不懒，笔头子也好，脑子也挺灵的，是个人才，可惜就是有些歪。我们帮助他改正吧。用人嘛，还是用人家的长处，看人也看他的长处，以后，我们加强防范，不给他贪的机会。

李石峰不太同意贺东仁的看法，你要知道，本性很难改变，“一个人背叛你一次，就会有第二次”，这是千真万确的真理，要是留着他，我想，他还会寻找机会做出类似的事情来的，我希望董事长能认真地想一想。

贺东仁的心里非常矛盾，现在大疆快速发展，正是用人的时候，培养一个人不容易，他何尝不想让自己的队伍干净纯洁，没有私心杂念呢。但是，他走了，再招来的人会不会也一样，难说。好在李景文的问题已经暴露出来了，都知道了他的问题，也是可以进行防范的。但是，新来的人，认识他了解他是需要时间的，哪有那么多的时间去研究这些人呢？

想到这里，贺东仁说，石峰，咱们还是再给他一次机会，如果他想背叛，就干脆让他来个二次背叛吧。

这个时候，有人敲门，贺东仁答了一声，请进！

走进来的正是李景文。李景文走进来，见到李石峰在这里，就说，董事长，我找你有事。

贺东仁就说，坐坐坐，李总咱们一起谈吧。

李景文迟疑了一下说，董事长，我想单独跟你谈。

李石峰一听就站起身来，好吧，我回避一下……不过，董事长，我还是请你考虑我的建议。

楼下突然传来争吵声，开始声音不大，接着声音越来越大，贺东仁皱皱眉头问隔壁房间的秘书，外面是怎么回事？

这时，贺东仁的电话响了，电话的那一头是阿克苏地委李慧民书记，李书记在电话里跟贺东仁开玩笑说，老贺，你的名气很大呀，庄跃然委员到阿克苏指名道姓要到你的大疆来看，你准备准备吧。

贺东仁笑了，他说，庄跃然委员他是农业专家，他是知道我们农民的，所以才要到我们大疆公司来看。

李书记说，你已经不是农民了，要是，你也是成功的农民企业家了。

放下电话，秘书走进来说，董事长，是吐拉洪跟人吵起来了。

贺东仁问，他跟谁吵？

秘书说，有几个人说是公安局的，要进来，吐拉洪不让进，就争执起来了。

贺东仁笑了，这吐拉洪真是负责，你去跟他说，今天凡是公安系统的都让他们进来，因为领导要来咱们大疆视察了。

贺东仁转身问坐在面前的李景文，你有什么事？说吧，庄跃然要来咱们公司视察，一会儿还得开个会议布置一下。

李景文吞吞吐吐地说，董事长……我想辞职……

这一点也不意外。贺东仁平静地问，为什么？是不是有了更好的发展地方？

李景文说，那倒没有，只是……

说吧，不要有什么顾虑，有什么问题你直接说就可以了，我们都可以商量解决。

贺东仁猜想，可能李景文知道自己吃差价的事被公司掌握了，做出主动辞职认错的姿态。但是，贺东仁没想到自己猜错了。

李景文说，那我就直说了吧，我觉得公司给我的报酬太低了，与我的职务和我的能力不相称，在别的公司，做副总的，年薪都在十几万、几十万，可是我才……

贺东仁打断李景文，我和李总刚才还在谈论你，我认为你还是有许多值得肯定的方面，我们用人也是用人的长处。我听出来了，你是不太想走，就是觉得工资少了，要提高工资——我说得对吧？

李景文不好意思地低下头。贺东仁爽快地问，我决定为你的才能和职务埋单了，你说吧，你要多少？

李景文看来想好了，我要一个月最低一万块钱的工资。

贺东仁问，还有吗，还有别的什么要求吗？

可能李景文觉得这个结果来得出奇地顺利，还有……我以智力入股的方式，占有公司一定比例的股份……

贺东仁问，多少股？

这个问题李景文实在没有想好，那……由公司定吧，但是，得尽快有一个答复，而且以签订法律文件的方式确认。

贺东仁痛快地说，就是签协议嘛，行，你说的我认为都不过分，都答应你。但我也提一个要求，那就是你必须对公司忠诚，把公司当自己的事业来干，我们付你这样的工资就不允许你做对不起公司的事。

李景文警觉地辩解，没有啊，我没有做什么事啊。

贺东仁看着李景文的眼睛，我是提醒你。

庄跃然是中央领导，他的安保是按照高级别布置的。根据贺东仁的提议，将主要安排庄跃然到大疆示范园去视察那里的矮密早丰模式，并在那里种上几棵枣树，然后再到公司总部视察疆枣素生产线，在那里请他做现场指示。

贺东仁给中层以上的干部开了会，布置公司区域内的卫生及安全工作，并配合公安部门对重要地点进行严格的清查。同时，对示范园及周边地区进行清理，尽快把目前正在园内的无关人员清走。

当贺东仁和李石峰来到示范园的时候，已经有大量的记者早早守在那里了。“长枪短炮”按照安保人员的要求架在规定的区域内。

庄跃然一行坐着大巴车到达示范园的时候，等候在那里的贺东仁和他的团队老总们都迎上前去。陪同庄跃然视察的主要是阿克苏地委和市委的领导。一下车，地委书记李慧民就给庄跃然介绍，他就是贺东仁，是这个示范园的经营者，在阿克苏发展得很快，他正在建设着20万亩的荒漠化造林项目……

庄跃然一听有些吃惊地问，有这么大的工程？这可是好事啊，咱们新疆就是要大量种树，改造荒漠，把荒漠变成咱们的摇钱树。好，走，进去看看你们的地。

贺东仁被拉在庄跃然身边，庄跃然微笑着经过记者面前，跟他们打招呼。

走进枣园，庄跃然吃惊地问，这都是枣啊？这么多！是真的吗？

他快步走到枣树下，一伸手从树上摘下一个来，在手里捏了几下，高兴地问贺东仁，这都是你们搞的吗？是就有这样的品种，还是用了特别的技术？

贺东仁介绍，品种是从山西运城引进的，咱们看到的这种效果，不是因为品种，而主要是靠科学的管理技术。从种上那一天起就一直有技术人员在管理着，才长成这样的。

庄跃然掰开手里的红枣，放在嘴里尝了尝，认真地品味着，然后高兴地点着头，不错，味道不错。

看着矮矮的枣树，庄跃然兴奋地说，这跟我在传统的农村里看到的枣树完全不一样了，这么矮一伸手就能摘到。过去，我们小时候都是用一根长长的竹竿子打枣，这多方便，一伸手就行了。还有，这样你们管理起来是不是也就方便了？

贺东仁说，是，这就是现代农业的特点，用高科技的方法来解决传统农业解决不了的问题。不仅提高单位面积土地上的种植数量，而且还提高了每株品种的品质。

庄跃然问，这种枣树是不是成熟起来比传统的枣树就慢呢？

贺东仁答，不，书记，这种枣树成熟更快了，过去讲“桃三杏四梨五年，枣子当年就卖钱”。而咱们这个模式，当年成熟后，把全部成本还上还有一些盈余呢，到了第二年就纯赚了。

庄跃然边看边赞扬，好，好哇……哎，密密麻麻结了这么多的红枣，你这一亩地都有一千斤了吧？

贺东仁就乐了，书记，可不止一千斤哪，是接近三吨了！

听了贺东仁这一句话庄跃然愣住了，不相信地问，三吨？

一边陪同的李书记说，是啊，老贺他们都申请了世界纪录，还发了一个证书呢。

庄跃然的兴致更高了，他拉住贺东仁的手，好哇，老贺，你给咱们农民露脸了。我给你提个要求，你不能只顾自己种，你要把新疆的农民都带动起来，尤其是把阿克苏这个地方那些还在贫困中的维吾尔族兄弟们带到富裕的路上去。多种树，这是个好主意。不要保守，把你们的技术都教给农民，让他们跟着你们种，一同走上致富的路。

庄跃然在地里走了很长时间，仔细观察着，还不时地问一些种植技术和植物特性的问题。贺东仁耐心而详细地给庄跃然解释着，庄跃然突然问，哎，老贺，我看你怎么不像个老板的样子，倒像个庄稼把式，你也种过地吗？

贺东仁谦虚地说，书记，咱们哪是老板啊，咱们本来就是个农民，不过后来进城工作了，但还是忘不了土地，所以，一出来自然是搞农业产业，驾轻就熟嘛。

庄跃然说，搞农业苦啊，你搞这样的现代农业更需要知识、技术和耐力。不容易，老贺，你干得好，我支持你。今后要是有什么困难，就直接找我去。你要是有机会到乌鲁木齐，就到我家去，咱们多聊聊。

贺东仁觉得庄跃然一点架子也没有，把自己当朋友看，很感动。书记，我是经常去乌鲁木齐的，就是怕打扰你。

庄跃然说，哎，什么打扰不打扰的，去，一定去我那里，到我家去，我请你在家里吃饭。

在示范园的一块空地上，庄跃然高兴地与陪同他的当地干部们一起种下了红枣树苗，大疆的员工在刚刚种上的树苗上贴上每位种树人的名字，然后系上一根喜气洋洋的红丝带。

贺东仁说，王书记，你种的这几棵红枣树，到了秋天就挂果了，要是那个时候你能再到这里来，就会看到你种的树也跟这园子的其他树一样产生效益了。

庄跃然说，好哇，我一定来，来看看我今天种的树能结多少果，再来看看你们的事业能发展到多大，更要看看你老贺到底带动了多少农民致富了。

记者们的相机不断地捕捉着庄跃然讲话的镜头。

看完了示范园，大家又一同坐着大巴车去大疆公司的加工车间去看。

在净化室，参观的干部们都换上了净化服，然后走进车间。在隆隆的机器声中，贺东仁大声地给庄跃然讲解着疆枣素的生产过程，庄跃然又问了一些问题，他兴致依旧很高。

走出车间，庄跃然站在记者和大疆员工们面前讲了话。他深有感触地说，我也种过地，我知道种地的辛苦，现在老贺他们把地种成这个样子是少见的。不仅会种还会经营，种地必须会用脑子，老贺他们就是动了脑筋。西北地区还很落后，经济不发达，应当大力推广这些经验。他们不仅种了地，还想到把种的成果加工卖出去，这都是非常好的。我希望你们继续保持下去，主要的是要带动更多的农民富起来。让农民富起来，他们的生活过好了，改变了生存状态，咱们的社会也就稳定了。所以，我给老贺提了要求，就是要胸怀“富天下”的观念，大家富，共同富。

热烈鼓掌。

本来庄跃然一路考察四个点，在大疆考察安排的时间是不超过 30 分钟，没想到他在这里转了一个多小时，负责安排的干部一直都在焦急地看手表，但是，庄跃然一直到离开大疆公司都兴致不减。

几天之后的深夜，已经到大疆公司挂职的周明在睡梦中被电话铃声惊醒，他迷迷糊糊问，谁呀，这么晚了……

电话那头是兴奋的贺东仁，周明，你知道我现在在哪儿吗？我在乌鲁木齐！

周明一听是贺东仁，就坐了起来，贺东仁在乌鲁木齐并不奇怪，在新疆做生意的人，要经常跑那里。但是，周明从贺东仁的口气里听出了一些不同寻常的东西，怎么，你在乌鲁木齐是不是遇到什么高兴的事了？

贺东仁说，我刚从庄跃然书记家里出来，我在他家里吃了饺子，我们两个还喝了酒。高兴啊，谈了很多高兴的话，睡不着，想跟你说说。

周明一听就说，老贺……董事长，我该叫你董事长了，你可真行啊，你还真到书记家去了？要知道我跟你去就好了，给你拍个专题“老板与书记”……

贺东仁就乐了，书记真是平易近人，我给他打了个电话，他就非要我到他家不可。我去了，他就说喝几盅吧，边喝边聊。聊了很多。高兴，我们西部是走对了。在这里干大事，这里的领导都是懂农业的，都是理想主义者。他说，把西部弄好了，就会把中国弄好了。他还说，你们到新疆来不仅仅是在改变这里的经济状况，也是在改变这里的生态状况。说我们在这里种活一棵树就会固定住一平方米的沙子，要是这里都变成了绿洲，中国的环境和世界的环境就会大变样。他说咱们是在给西部的大地输血呢，说得真是精辟呀。庄书记说了，他说还要去咱们公司，他说 100 天以后，一定去看看大疆发生的变化。

周明建议，咱们做个节目吧，在咱们的大屏幕那里播出，也是宣传的好内容嘛。

贺东仁晚上 12 点多才到北京。他没有回家，先到北京公司的办公室里去，因为第二天他要亲自面试北京公司的总经理，他要先看看应聘者的资料。北京公司一定要有一个市场经验丰富，有才能的总经理来保证北京的销售。所以，当北京方面说在网上发现了一个非常合适的人选时，贺东仁决定要亲自面试。

应聘北京大疆绿洲有限公司的人叫周海涛，原来当过兵，转业以后一直在国营单位工作，后来下海，到一家贸易公司任职，对市场销售模式非常熟悉。后来到了金六福任主管南方市场的副总经理，再后来就到了蓝带啤酒，是蓝带啤酒的市场主管，还在一家大公司里做过，做得都非常好。这个人在销售市场干了近 20 年的时间，市场管理与市场销售经验丰富。

周海涛在网上回了应聘的信息之后，五分钟不到就得到了大疆公司人事部的响应，立即给他发来了面试回复。这让周海涛很吃惊，这样的反应迅速，说明大疆公司做事是很务实的，于是他就到公司与贺菲见了一面，贺菲定不下来，就给贺东仁打了电话，贺东仁一听，这个事情是得自己亲自定，于是就回北京亲自面试周海涛。

贺东仁面试周海涛的时候，谈了一些有关市场方面的具体问题，他很认同大疆公司的销售观念，就是高端路线、走专卖店。他认为这是推动疆枣产品占领市场的有利模式。两个人谈了一个多小时后，贺东仁决定把周海涛留下来，做这个团队的带头人。他问周海涛，你明天就来上班吧。

周海涛听了就说，明天可来不了，这么快，我得把原来单位的事情移交一下，过一些日子才能到岗呢。

贺东仁就说，那就尽快吧，大疆公司的办事风格就是说干就干，一分钟也不等，我希望你能习惯我们这个团队的工作精神。

唐成龙虽然已经被贺东仁的特供与专卖店模式说服，现在也正在积极地推动专卖店的建设，但也没有放弃超市的营销模式，他觉得有选择地进入一些超市，至少对宣传疆枣产品是有好处的。这一点，贺东仁也赞同。因此，疆枣顺利地进入北京百盛购物中心，这大大鼓舞了唐成龙，他决定继续把疆枣产品推到旺市百利的几家连锁店。

与旺市百利的供货谈判进行得也很顺利，正要签订合同的时候，贺东仁回到了北京。对于超市的销售来说，同时进入北京旺市百利的四家连锁店是一件大事，所以，唐成龙在向贺东仁汇报工作的时候提出，能不能请公司的领导亲自去签订合同书，一方面以示公司的重视，另一方面，自己不是公司的法人，这么一笔合同，最好由法人来签。

不巧的是，贺东仁这时恰恰要接待奥地利哥拉斯大学的科学家，去不了。而贺菲也因回运城也参加不了，新的总经理还没有到位。所以，贺东仁鼓励唐成龙，你代表大疆公司去签，没问题。只是，一定要谈好货款的结算方式，其他的就按你工作汇报中的意图去做就行了。

贺东仁虽然给了唐成龙很大的鼓励，心里却还是有些不安。

到了签订合同的时候，旺市百利的负责人突然提出，原来谈好的“B 扣”方式，即从货款里扣的方式不行了，必须改成“A 扣”方式，即从现金里扣的方式。这是旺市百利临时变动的一个条款，这个情况是事先无法跟贺东仁等公司领导层说明的一个问题。

旺市百利的负责人就问唐成龙，如果 A 扣的话，你还签不签这个合同，要是不签也可以改日再谈。

唐成龙想，改日再谈说不定会出现什么新的问题呢，最好还是今天签订下来。但是，改变的情况怎么办呢？他犹豫再三，最终狠下心来说，那就签吧，我做主了。

合同顺利签字，这样疆枣产品也就被顺利地摆到了旺市百利的漂亮广场店、五棵松店、世纪城店、朝阳门店四家店面，这是唐成龙努力的结果，他内心是高兴的。但是，还有一种不安，就是没有完全按照跟领导汇报过的，也被领导认同的方案签字。

贺东仁一回到公司就把唐成龙叫来，他也很关心这单生意，旺市百利的合同签字了吧？

唐成龙说，签字了，就是……合同内容有一些变化，签的时候，他们提出要把原来的“B 扣”方式改成“A 扣”方式……

你答应了？贺东仁问。

我想，要是拖下去，可能会生变，就签了。唐成龙从贺东仁的口气里感到了他的不满。

贺东仁有些责备地说，那怎么能跟他签呢，这个事前没有说好就改变，那也得咱们研究了才能定啊。这个“扣”的办法对咱们来说是不利的，你想过没有，要是他们坚持签，咱们还不能同意呢。

唐成龙有些委屈地说，我说请领导去定，你们又不去……

贺东仁批评唐成龙，这是个重要的改变，你是不能定的，原则问题咱们不能让步，一切以此前谈好的为准，不能随便变动，这是诚信问题。

唐成龙觉得贺东仁说得过于严重了，不情愿地说，那我就承担责任吧。

贺东仁果断地说，你是得承担责任，这样吧，在你这个月的工资里扣一千块钱罚款，向全公司通报批评。

唐成龙觉得自己太冤枉了，辛苦了这么多天，落得这个结果，公司是你的，你说罚就罚吧。

贺东仁不高兴地说，这不是谁的公司的问题，这是纪律！况且，这个公司也不是我个人的，是大家的，集体的。

立即开会，贺东仁把全体人员都集中起来，单刀直入地对大家说，今天咱们公司签了旺市百利超市的供货合同，虽然是个好事，但这个事情，在签字的过程中出现了纰漏，让唐成龙给大家说说事情的经过。

唐成龙不情愿地把跟旺市百利谈合作的过程进行了介绍。正在发言的时候，手机响了，他习惯地接听电话。在这样的场合下，贺东仁有些不高兴，厉声问道，谁的电话？

唐成龙不解地望着贺东仁，答道是业务电话，谈项目的。

贺东仁虎着脸说，那就打开免提，我们大家也听听。

唐成龙觉得这太不可理喻了，你怎么能听我的电话呢，这是对我的不尊重呀。唐成龙赌气地说，好，那就听吧。

他把电话的免提功能打开，那边的确是在谈项目的事，听了几句之后，可能贺东仁也觉出自己今天有些过火了，就说，行了，不听了，你到外面去听吧，我们等着你。

唐成龙却不干了，董事长，我觉得您这样做，过分了。

贺东仁说，这有什么过分的？

唐成龙愤愤地说，你为什么让我打开免提，你这是对我的不信任。我希望我干工作你不要干涉我。如果您不信任我可以开除我，但是，你这样做是不尊重我……

会议不欢而散。

女儿抽泣着给贺东仁打来电话，她说在运城飞机场不小心摔伤了，摔得很重，右腿膝盖骨折，动不了，现在躺在医院里。

贺东仁关切地说，你不要怕，我会找最好的骨科医生给你看，你不用着急啊。

贺菲问，爸爸，你回来吗？要是我残废了可怎么办哪？

这个时候，贺东仁才突然觉得自己的女儿仍是个孩子，尽管她刚刚有了自己的孩子，可是，贺菲在他的心里，仍然是那个缠着爸爸的乖女儿。他安慰着贺菲，你不要着急，我先联系北京最好的医生，不管怎么样，你都会没事的，你躺着别动……

贺东仁在打电话的时候就想到自己在301医院的好朋友就是一个外科专家。他放下电话，立即给他打。朋友很关心贺东仁的女儿，告诉贺东仁，你让运城那边把她送到飞机上，我们派急救车去首都机场直接把她从飞机上接下来，我保证，一定让她恢复正常。

贺东仁很感动，在关键的时候，还是朋友呀。

就在贺东仁为女儿的事忙得焦头烂额的时候，他接到了李石峰的电话。

李石峰从贺东仁的口气里似乎听出了一些焦灼的声音，但是，没有多想。他跟贺东仁说，有两件事现在比较讨厌，一件事是，被咱们公司开除的一个员工现在到处散布谣言，主要是说董事长与女员工的关系怎么怎么样，还到处说咱们的疆枣素是用收上来的烂红枣和长虫子的红枣加工的，说吃了这些产品会生病。影响很坏，还说了一些更恶劣的谣言。有几家零售商就专门打电话过来，表示担忧呢。

真是祸不单行。贺东仁拧着眉头问，还有一件什么事？

李石峰说，这件事更糟糕。我刚刚接到法院的传票，有人要跟咱们打官司。

打官司，打什么官司？

李石峰说，就是咱们在阿克苏广场刚刚立起来的那块大屏幕，周围的居民告咱们，说是声音太大了。早晨他们还在睡觉呢，咱们的大屏幕就开始播出，严重影响他们休息。这不，前几天阿克苏市政府的人就给我说过了，咱们也改进了，都推迟了一个小时的播出时间了，而且声音也降下来了，很小了，要是再小的话，就失去了播出效果。这还不行，还是把咱们告到了法院，法院要求你去谈……

贺东仁说，周明前一阵子不是在广场那里搞过一次调查，那里的群众反映很好吗？

李石峰说，广场上休闲的人很欢迎，可是，周围都是高档小区，住着一些有钱人，他们觉得这个大屏幕对他们有影响。

说到这里，李石峰顿了一下说，我接到法院的传票以后，也摸了摸情况，实际上，这个事情，背后也有文章，有人在利用这件事，也是想毁咱们呀。

贺东仁对李石峰说，石峰，只要咱们处理得当，谁也毁不了咱们，这么大的一摊子，不是谁想毁就毁得了的。你放心吧，我处理完家里事，马上就过去。

李石峰关心地问，家里出什么事了？

贺东仁心疼地说，贺菲，她在机场把腿摔坏了，很重，这不，我刚给她在北京找好医生，要把她接到北京来治。我安排好了就回阿克苏，你先处理着。

李石峰说，那你就别回来了，法院的事我来应付他们，贺菲的事可是大事，不能给她耽误了，一定给她治好了。

贺东仁又顺便问了一句，公司还稳定吧，没出其他什么事吧？

李石峰忍不住地叹了一口气，唉，那个李景文又闹着要走呢，还有……算了，你回来以后再跟你讲吧。

贺东仁就是不愿意听半截子话，有话说出来嘛，干吗说半句留半句的，还有什么坏事情一起告诉我，我又不是个经不起打击的初上道的。

干脆跟你都说了吧，除了这个李景文在闹事外，咱们的王家兴那么个踏实的人也要离开了……弄不好，他呀，已经回运城了！

这是贺东仁没想到的，他听了这个消息很吃惊，王家兴也要走?！为什么?他不是在库车吗?

李石峰无奈地说，据说是有人说你对他的工作不满，所以放出风来，不干了。

贺东仁气愤地说，要是他真提出来，就让他走，一点都不用挽留他，走了就不要再回来!

放下电话，贺东仁的脑子像炸开了锅，公司的种种事情在烦乱地滋扰着他，他在办公室里坐立不安。突然，他停下了，对自己说，不行，我必须立即回阿克苏去处理这些危机，要是不尽快处理掉，它就会像传染病一样，很快席卷公司，人心不稳，队伍就会不攻自破。这么多年苦苦经营的事业不能在一夜之间垮了。千里之堤毁于蚁穴，这是有前车之鉴的。

但是，回到现实中，女儿怎么办呢?他犹豫着，寂静的办公室里，只有他一个人，他该怎么办?贺东仁缓缓地拿起电话，拨了贺菲的手机，贺菲的声音传过来。

贺东仁说，我都给你联系好了，要301最好的医生给你做手术，他说了，保证没有问题，你现在情况怎么样?

贺菲已经没有了最初的那种害怕，爸，我不回北京了，他们说运城的这个医生也非常好，她看了我的伤说，她有把握给我治好，没事了，现在上了药就等着手术呢，放心吧。

贺东仁听贺菲这样说，一颗心放下了，这种外伤要是能不动最好不要动，我也挺担心的，要是把你接到北京，在路上免不了磕了碰了，那可能更麻烦呢。要是那里的医生能解决就在那里解决吧。

贺东仁想了想又说，贺菲，公司呢，今天出了一些事情，北京这边问题不大，阿克苏总部那边的事情比较复杂，我本来想去陪着你，可是……爸爸就想，要是那里的事情处理不好……

贺菲坚定地说，爸，你去吧，你回阿克苏吧，你来也帮不了我什么忙，就是在那里干着急，有什么事我给你打电话呗。

女儿能这样理解他，他心里非常感动。贺菲啊，我能有你这样一个女儿，真是我的福气。

贺菲开心地笑了，我也为有你这样的爸爸而自豪。

放下电话，贺东仁还是忐忑不安，走吧……儿女摔得那么重……他犹豫，徘徊。

贺东仁再次拿起电话，拨通了于建设的手机，小于，你在哪里呢？

听到贺东仁的声音于建设很高兴，现在林场正常运转，矛盾解决之后，一切都顺利起来，所以他的心情不坏。

我在地里呢。于建设说。

贺东仁的语速不像平时那么快，小于，我有个事，想听听你的意见。

于建设说，是私事还是公事？

是私事和公事发生了矛盾，我犹豫不决。

于建设说，那就说说看。

贺东仁说，阿克苏总部那边出事了，这你知道吧？

于建设无所谓地说，不就是那些谣言吗？不用理它，谣言不攻自破，这不是什么问题。

可是，他们的目的是想毁咱们呀，还有，不光这个事，现在有人起诉咱们，你知道吗？

噢？起诉咱们什么？

贺东仁说，看来，李总还没有来得及跟你通报情况。有人告咱们在阿克苏广场的那个大屏幕扰民，本来已经处理过了，李总说，事情背后有人在捣鬼。还有，咱们公司的两个副总都要闹着离职，你说这些事，是不是都得我回去亲自处理一下？

有些情况于建设已经知道，但是有些情况他还真是第一次听说。他想了想说，把这些事情放在一块，的确不是小事情，你得管。

贺东仁又说，可是我女儿也出事了。她在运城机场要回北京的时候，不小心把腿摔坏了，很严重，必须做手术。本来我是想把她接到北京来治，又怕路上再加重她的伤势。在运城也能治，我也跟女儿说了现在公司的情况，她劝我不要回运城了。放下电话，又犯嘀咕了，两头都放不下呀，你说我该怎么办？

于建设毫不犹豫地说，董事长，你有什么可犹豫的，我要是你，马上买机票飞运城，到女儿身边去。你想想，你这么卖命地干，是为什么呀？再说了，公司这些事，不是今天才发生的，咱们这么大一摊子的事业，也不是一两天就能被人彻底击垮的，你早几天晚几天过来，事情都在那儿，什么时候不能处理。可是，女儿你可就只有一个，她需要你的时候，你得在她身边！没有什么比这更重要的了。董事长，现在我知道阿克苏总部的事情了，我会立即跟李总商量处理这些事的。林场这边现在很顺利，就让他们先干着，我也会动用一些社会关系去化解这些矛盾。你放心回运城去，一定去！

于建设的几句话，让贺东仁感动不已。还是自己的兄弟理解自己，他下了决心，小于，谢谢你！我立即飞运城。

李石峰感觉，李景文的心思早就不在大疆公司了，由于此前对他的了解，在管理上加强了防卫，没有再给他留下任何机会。虽然贺东仁给李景文开出了万元月薪的高工资，但是，却仍旧没有把他留住。在贺东仁与李景文谈话后仅仅一个月的时间，他再次提出辞职，这让李石峰很恼火。公司如此宽容你，你却不领情，还要这样干。这就让李石峰觉得这人有些不厚道。

贺东仁到达运城后，给李石峰去了电话，石峰，我冷静地想了想，最初你的话是对的，你说“一个人背叛你一次，就会有第二次”，我当初也是可惜咱们费了那么大的力量培养了一个人才，不愿意就这样放掉了，现在看来，你是对的，放弃他吧。你跟他谈，让他走吧。

在李景文的事情上，李石峰也觉得贺东仁有些不果断，现在听到他有了这样的决定也就踏实了。

自从“合同事件”“手机事件”之后，唐成龙就开始动摇了。北京公司新的总经理周海涛喜欢强势做派，即以实力向谈判方施加影响，而唐成龙却喜欢跟合作者以朋友的方式交流，再进行合作，这是他习惯的。他的观念与做法有时会自然地与周海涛发生冲突，这更使唐成龙觉得在这个公司里做下去的可能性不大了。

但是有一点是他始终放不下的，那就是他不想做事情半途而废，他一定要把一件事情做好了才放得下。直到周海涛在调整公司机构的时候把唐成龙调到团购部，他彻底想离开大疆公司了。因为，他原来负责超市方面的业务多一些，他所说的放不下的事情正是在超市里建立起来的业务关系。现在，突然不让他管这一摊子事了，他就觉得完全没有必要再干下去了。于是，他郑重其事地向周海涛递交了辞职报告。然后，回家睡大觉去了。

听到唐成龙辞职的消息，正在阿克苏处理危机的贺东仁很意外。自从与唐成龙发生了一些冲突之后，贺东仁早就想跟他深谈一次。但是，许多事情都赶到了一起，他实在抽不出时间来谈。现在，唐成龙提出辞职，他感到事情很棘手了。

在北京公司的楼下，有一家上岛咖啡，回到北京后，贺东仁把唐成龙约到了那里跟他谈。他们没有直接谈辞职的事，而是谈了公司里的许多问题，在这个过程中，唐成龙一直保持着沉默，只是在听。

然后，贺东仁才把话题转到正题，成龙，你知道，你刚来的时候，我的确对你有一些怀疑，但是我们合作这么一段时间之后，我觉得你是一个不可多得的人才，咱们公司正处于快速发展的时期，对你个人，对于公司都是个好机会，我真诚地希望你留下。

唐成龙看着咖啡杯还是一言不发。贺东仁又说，前一阵子，我批评你的事，你也别往心里去了，我其实没有什么恶意。当时，我的脾气也不好，我这个人就是直筒子，说完了就完了，你要是对我有什么意见也可以提出来嘛。

见唐成龙还是不说话。贺东仁就有些着急了，你倒是说句话呀，我都费了这么半天的口舌了。

唐成龙还是沉着脸，慢吞吞地说，董事长，您让我说什么呢，我本来是不想走的，因为我不想半途而废。但是，现在不能不走了，我想通了。

贺东仁想这样谈下去不成，就站起身来，对唐成龙说，走，到我家去，今天我给你做点好吃的，给你露一手。

唐成龙懒洋洋地说，不了，我得回去了，都坐了这么长时间了，你还有工作。

贺东仁笑了，得了吧，我就不信拿不下你！走，反正也这么长时间了，我家里没人。

唐成龙不情愿地跟着贺东仁走了。

一到家，贺东仁把鞋脱掉，盘腿坐在沙发上说，你也脱了，放松放松。幸亏你是个男的，你知道现在阿克苏那边有人造我的谣呢，说我跟咱们公司的女孩怎么怎么样，你要是女孩我就完了，我又让人家给抓住了个证据。

说完，贺东仁哈哈笑起来。贺东仁朗朗的笑声让唐成龙真的放松下来了，他坐在沙发上问，还有人敢造您的谣，都什么人呀，这么大的胆子？

贺东仁说，别提了，肯定不是咱们的人了。以前在咱们公司干过，浑身的毛病，自己却觉得不错。离开公司后，找不到工作，想回来，咱们又不接受，就到处造谣，想拆咱们的台。

贺东仁从冰箱里拿了两听饮料，递给唐成龙一听，又重新盘腿坐回沙发。贺东仁几个小小的动作在无意中感动了唐成龙。就在贺东仁进进出出的时候，他的心里发生了巨大的变化：贺东仁没有把自己当外人！像自己家人一样，根本没有任何隔阂和芥蒂。

贺东仁说，我呢，原本是在政府机关里坐办公室的，也养成了许多机关毛病，所以，我也需要在不断的学习中进步。我做政府机关的人事官员，经常与人打交道，处理人事关系，有一些先天的优势，但是，做企业就不能完全按照那套东西去办，企业家首先就是一个社会活动家，如果不是一个社会活动家那怎么可能做好企业家呢？但是，我知道，有时候却是越想做好就越做不好，这一点，在处理你的问题上，我确实是有偏差的。

贺东仁用自己的啤酒杯子碰了一下唐成龙的杯子，真诚地说，咱们能在茫茫人海中走到一起，说明咱们还是有个机缘在里面，要珍惜，不能轻易放弃啊。做人做事，我觉得都是这个理。我观察了你很久，你的性格非常适合在大疆，也不能轻易地说走就走啊。我在去新疆之前，干了许多事，做到现在这个样子不容易，这不是我一个人的功劳，相当大的成绩是咱们的同道们一起努力的结果。现在，我们经常冒风险，也在规避风险。我的战略想法是“脑袋放在北京，屁股坐在新疆，手伸向沿海乃至国际的市场”。这个想法得靠兄弟们共同干才行呀。你说，你要是这么轻易就放弃了，值吗？

贺东仁盯着唐成龙问，你说，你怎么就放弃大疆公司了呢，是因为那天我当着大家的面，让你打开免提的事吗？你得让我明白到底问题出在哪儿了。

唐成龙没有任何拒绝的理由了，他说，董事长，您都说到这个份上了，我要是再坚持离开公司的话，那我就是混蛋了，您是真心地对我，不管怎么说我不走了！

贺东仁乐了，这就对了嘛。我弄几个菜，咱们喝点。

后来，喝得迷迷糊糊的唐成龙要打车回家。贺东仁说，打什么车呀，我送你！

唐成龙就说，得了吧，您也喝了不少，要是出了事儿我的责任可就大了。您不怕出事，我还怕呢。

贺东仁说，那不行，找个代驾我也得去送你……

送完了唐成龙，贺东仁听车载广播，里面正在播放小柯的那首著名的歌《你说我容易么》，顿时泪流满面。

你说我容易吗
上辈子欠你的
我都快累死了
还要硬挺着
念书的时光已一去不回
长大的日子简直太可悲
总有那么多事情谁来顶罪
门里门外我一个人背
…………
你说我容易吗
还这么气我呀
你说我容易吗
还不依不饶啊
还嫌不够吗

真够可以的

就这样算了

要不就别来，来了就不能回

谁让我一不小心到了现在

一遍遍念着阿弥陀佛

千万别再出意外

你说我容易吗

还这么气我啊

谁不知道啊

在背后骂我啊

你说我容易吗

我和你一样啊

难兄难弟呀

我们喝酒吧

…………

一觉我醒来今天还要出差

反正好也不好坏也不能坏

一段段往事反复重来

心不诚门不开

第17章 反 哺

温暖的阳光照在宽大的办公室。贺东仁陷入沉思之中。

李景文的笑脸出现在门口，他毕恭毕敬地叫了一声，董事长。

贺东仁见是李景文，有些意外，忙站起来热情地招待，哎，李景文，李老板，怎么有空来我这里转转？

李景文尴尬地说，哪里哪里，董事长是在挖苦我呢，在您面前，我怎么能是“老板”呢，你还是叫我“小李”听着顺耳。

贺东仁请他坐在沙发上，给他倒了杯水，关心地说，李老板，现在哪里发财呢？

李景文诉苦，别提了，到现在还没有找到工作，还发财呢。

贺东仁惊异地问，是吗？怎么会呢，说笑呢吧，我们这么有才华又能干的副总经理到外面居然没有人要？他们是不识货！

李景文哭笑不得地说，董事长，您就别再挖苦我了，出去之后才知道，大疆对我实在不薄，我有些地方做得不对，还请董事长原谅。

贺东仁说，这是说哪里的话，是我们大疆的天地太小了，你的才华在这里纯粹是浪费。李总当时跟我说你要走的时候，我还觉得太可惜了。可是一想，你那么有本事，我们大疆这么小的地方，真把你留下来，那可是毁人才呢。

李景文苦笑着，都是我年幼无知……主要是，我，我不是跟胡总合不来嘛……

贺东仁完全赞同，是呀，胡总怎么能跟你这个能人比呀，他一个带兵的出身，大老粗，没有什么水平，也就是在大疆公司干干吧，你呢，应该有更好的发展，人往高处走嘛。

李景文有些承受不了，董事长，原谅我吧。现在外面的世界很不好闯，哪儿哪儿都没有位置给我干……

怎么？你没有跟他们说，在大疆你当过副总经理？

唉，说了，我还拿出了在大疆工作的证明给他们看，还把你的电话、李总的电话都给了他们，请他们打电话问你们，我知道你们会替我说好话的……

贺东仁问，他们不信你的话吗？

信，他们非常信，有的人还认识我，知道我就是大疆公司的副总。

贺东仁奇怪了，那他们怎么还那么不识才呢？

他们也不是不想让我干，他们就问我有什么要求，我说，我在大疆公司是副总，月薪是一万元，你们怎么着也得按照这个标准给我待遇。

贺东仁问，他们是怎么说呢？

他们一听就说自己的公司太小了，没有大疆那么大方，他们跟我说，我们自己都拿不到这么高的月薪，就把我给推出来了。

贺东仁就笑了，那句话怎么说来着，这世上就是缺少伯乐，你是不可多得的千里马，可阿克苏这个地方太小了，太闭塞了，居然不识你这匹千里马，太不公正了，太不可思议了。

李景文就差给贺东仁作揖了，董事长，您看……我能不能还是回来，回大疆来呢？

贺东仁一脸严肃的表情，你，不能开这个玩笑！我们大疆公司可不能再犯错误了，你这么能干的一个人才，到大疆？那是毁人呢！我们不能干这种无良的事！我很清楚，大疆的空间太低矮了，哪有你施展的可能……再者说了，就是我答应了，大疆公司的人也不能干呀，那样我就是摧残人才……对你来说，大疆公司太小了，阿克苏也太小了……

贺东仁、李石峰两个人后面跟着郭东风等人，他们走到公司后面一大片空地上，贺东仁指着面前的空地说，就在这里划出一块地来，建咱们的中国枣文化博物馆。那片地，留着将来要建一所学校。

李石峰说，要建就建个有咱们大疆特色的东西，从设计的时候就该考虑周全一些。

贺东仁看了一眼郭东风，这个事，就交给小郭负责。你负责去请专业的设计师来设计，能自己搞的自己搞，本着节约的原则。文化馆的正中间搞上一颗大大的枣的造型，作为一个标志性的设计，把关于枣的历史、知识、文化、科技都融进来，搞得生动一些，建筑设计的时候就要考虑将来展示的东西，根据咱们要布展的要求来设计，你知道吗?

郭东风点着头憨厚地笑着，知道，我可没干过这么大的事儿?我行吗?

贺东仁说，没有什么不行的，你想一想，咱们大疆刚开工的时候，你不是也没独立干过水管工程，让你干你不就干成了吗?记住，在咱们大疆，就没有什么“不行”，把“不”字去掉就是“行”，不要说什么不可能，世上的事就没有什么不可能的，只要你想干。

受到鼓励的郭东风说，那我就干吧。

贺东仁又对李石峰说，石峰，你给他把关。小郭，有事要多请示李总，咱们也制订一个时间表，从现在算起，秋天到来的时候一定要开馆。

郭东风瞪大了眼睛，秋天?！来得及吗……好！那就秋天！

远处的空地上，有几只乌鸦落在那里。贺东仁不错眼珠地看着地上蹦蹦跳跳的乌鸦，深有感触地问，你们知道我喜欢什么动物吗?

没有人回答。他自问自答地说，我喜欢乌鸦。在中国，许多人都说乌鸦是不吉祥的动物，可是，你们知道吗，乌鸦是一种非常聪明的鸟，它还有一种非常优秀的品质是任何动物都缺少的，即使我们人类也不如它……

贺东仁转回身来对站在身边的人说，所有的动物在出生以后，都是由父母喂养，乌鸦也不例外。当孩子都长大了，翅膀硬了，就都离开家离开父母飞走了。绝大多数的动物从离开父母那天起，几乎就再也不会回来看父母一眼。然后父母就开始衰老，孩子们又成立了自己的家，过自己的小日子。他们的父母因衰老而无力劳动，慢慢老去，这差不多是这个世界的自然法则。

但是乌鸦不是这样！乌鸦的优秀品质是，小的时候，父母哺养它们，当它们长大以后，会反哺它们的父母：小的时候，父母们到处觅食，叼回食物来喂到孩子嘴里；孩子们长大以后，以同样的方式，四处觅食，同样叼回来送到父母的口里，不让它们再为生存而操劳。好一个乌鸦反哺！

你的生命与幸福是由谁给的？是你的父母亲，是这个世界。可是，许多人都忘了这个根本。还有，在咱们新疆随处可见的羊也有一种习惯，小羊羔出生以后，它们是怎么吃奶的？你们观察过没有？羊羔吃奶的时候是跪着的。为什么它要跪着吃？从生理上来讲，那是本能，动物的本能。要是从人类的角度理解，那就是“跪乳”“感恩”，那是表达对母亲养育之恩的谢意。

我们大疆之所以有今天，是谁给我们的？是这个社会，是这个国家，是大地母亲。有人反对我们搞这个红枣科技文化馆，他们的理由是，这个文化馆完全是由我们自己拿出钱来搞，搞完之后，完全免费向农民开放，这里所有的展品都由我们自己出钱，这得至少花几百万。许多人都觉得咱们傻，咱们亏了，花这个钱太不值得了。咱们的企业刚刚立起来，不容易，挣得不容易，不能这样花这个钱。我却不这样看，如果这个社会，这个国家给了我们机会，把我们养大了，我们长起来了，长肥了，翅膀硬了，就不管其他了，这是连动物都不如的呀！

大疆，就是要提倡反哺精神，就是要讲跪乳之心，讲感恩情怀。

人不能太自私，要常怀助人之心，常怀感恩之情。我们不是搞慈善事业的，但是在我们能力所及的范围内，在可以伸出手的时候，为什么不伸出这只手呢？当我们大疆在逐渐长大的时候，我希望大疆人都不要忘记我们的今天和未来都是这个社会与国家给予我们的，我们在可能的情况下要去反哺啊！

在英国留学的儿子给贺东仁打来电话，贺东仁非常高兴。儿子说，我们这里要放假了，我想回去看看你，你现在在什么地方呢？

贺东仁说，你老爸在阿克苏呢，来吧，你直接来这里就行了，来感受一下阿克苏热情的阳光吧。

儿子想起了上次去巴楚的经历，爸，咱们还去巴楚吃那里的烤羊吗？上次吃过以后现在一想起来都流口水。

贺东仁说，别净想着吃呀，享受呀的。你到这里来看看，给我出出主意，你学了这么长时间的农业经济了，拿欧洲的农业经济看我们大疆企业，有什么需要改进的，这是让你来的意义。当然，要是有机会吃吃羊肉也是可以的。

贺东仁突然想起女儿来，贺雄，你姐姐摔伤了，你知道吗？

这个消息对贺雄来说很意外，不知道，她怎么摔伤的？严重吗？

贺东仁对儿子说，挺重的，她是在机场不小心摔坏的。要不这样吧，你先回运城去看看你姐姐，也替我照顾她几天，然后你再到这里来，让你姐姐好好地养病。上次我回去，看到她的手术做得很成功，只要好好地养着就没事了。

儿子和女儿的关系非常好，两个人从小就互相照应，感情深厚。儿子说，那我一定得去看看姐姐。

阿克苏召开三级干部会议，许多媒体采访活动。周明也来了，他跟同事扛着摄像机在会场进行采访。阿克苏广场的大屏幕事件以后，正赶上阿克苏广场道路维修，经过大疆公司高层的研究决定趁机停播，以便缓和冲突。在大疆传媒公司挂职的周明也就回电视台继续当他的记者，但是他与大疆公司的缘分似乎并没有完结。

三级干部会议一开始，地委李书记就提到了大疆公司对宣传阿克苏的作用，以及对于促进农民增收的作用，他说，咱们引进的大疆公司是成功的，如今正是在大疆公司的推动下，阿克苏的红枣产业走出去了，不仅走出了新疆，走向了全国，还走到了国外，这是阿克苏的骄傲。我们各级干部要在各方面给予这样企业以大力支持，把阿克苏的经济搞上去，让农民富起来，这才是我们今天为官一任的责任。

一听“大疆”，同行们都向周明伸出拇指赞扬，周明，你们大疆公司又被表扬了。

周明虽然已经不在大疆公司，但心里仍然感到暖洋洋的。他自豪地说，大疆就是行，这样的企业在阿克苏就是太少了。

同行还进一步总结说，你看，咱们年年都采访“三干会议”，想一想，哪一年也没有在开场就把一个企业提到前面来说的，这是第一次。大疆公司是真厉害呀。

周明作为在新闻界干过多年的老记，的确不记得有过这样的情况。他让同事独自拍着会场，自己走到会场外面，给贺东仁打电话。拨通了电话周明问，董事长，我是周明，我告诉你一个消息，我正在参加阿克苏的“三干会议”，会议一开始，咱们大疆公司就被书记表扬了。

贺东仁高兴地问，还提到了哪些企业？

周明说，就是大疆一家，要不，为什么我要向你通报呢？还有刚才很多记者向我祝贺呢，说我的大疆公司受表扬，我很荣幸呀，能被人认为是大疆的人……

贺东仁就说，你当然是大疆的人了，现在你不还是我们大疆传媒公司的总经理吗，早晚有一天我会把你给拉成全职的总经理，而不是挂职的。

周明高兴地哈哈笑，他告诉贺东仁，当了这么多年的记者，自从有“三干会议”就采访，刚才大家也提出来，还没有哪一届，在三干会议一开场就表扬一家企业的，咱们大疆又开了次先例。

贺东仁问，这个消息新闻里播吗？

周明说，播，要播，至少阿克苏电视台要当作重要新闻播出的。每年都是这样，咱们阿克苏地区的主要领导都出席了，地委的领导也都在场，这么重要的新闻一定要在当天播出的。

贺东仁说，那我就组织员工们集体收看，让大疆的员工们感受集体荣誉，进行一次教育。

周明说，好，我觉得搞这样一次活动非常好，这确实是一次好机会，让员工们了解咱们的企业在外面的名声有多响。你想啊，“三干”都是地方官员，都是具体做工作的干部，他们在受训的时候，用大疆做正面的例子，大疆的名气很快就会在这些人头脑中扎根了。

贺东仁笑着对周明说，谢谢你把这么重要的消息通报给我！

周明也笑着说，你刚才不是说了，我还是大疆的人，那这就是我的工作了，从记者职业的角度讲，这也是我们应该做的。不说别的，就拿当初大疆公司在这么短的时间里就在阿克苏的工业园区盖起这么一片整齐的厂房和办公楼来说，这也是阿克苏的骄傲。这在阿克苏的历史上是没有的，我们新闻工作者就是要主动报道这样的企业，宣传这样的企业嘛。

贺东仁放下电话，给办公室打电话，告诉办公室主任，今天六点半阿克苏电视新闻播出的时候，全体员工都集中在会议室收看。今天的新闻将播出咱们大疆公司的消息，如果会议室坐不下，部分员工也可以在宿舍里看。

尹主任建议，董事长，要不，咱们把电视干脆搬到院子里，让全体人员都在院子里看得了。

贺东仁很赞同，好哇，就这么办，你现在就组织人把现场收拾好，多准备一些凳子。到时我也去跟大家一起看。

傍晚的时候，大家三三两两地来到已经布置好的观看现场。贺东仁、李石峰、胡春风等人也在时间快到的时候来了，他们都坐在前排。由尹主任简单地把今天要看的新闻和周明跟贺东仁说过的那些话说了一下。

新闻播出的时候，画面上是三级干部会议现场，然后是李书记的讲话，当他一说大疆的名字时，大家都鼓掌，新闻播出的时长也就一分钟左右。在有关大疆的新闻一播完之后，尹主任就想请贺东仁或者李石峰趁机讲两句话。但是，这时电视里又播出了一条“高考状元无钱上学”的消息，贺东仁专注地盯着屏幕，挥挥手让大家安静，大家也就跟着一起看这条新闻。新闻说，阿克苏地区高考状元考上了清华大学，但是，因为出身贫困家庭无法交上学费，不得不眼睁睁地放弃上大学的机会。

新闻不长，但是却让贺东仁愣了半天。尹主任见董事长没有讲话的意思，也就宣布散会，然后收拾会场。贺东仁对李石峰和胡春风说，咱们能不能考虑供这个状元上学？

李石峰比较赞同，在咱们这样一个落后的地方能考上大学就不容易，更何况他考上的是清华大学呢？如果就是因为没有钱放弃上清华，那就太可惜了。

胡春风也说，赞助她这样一个大学生上学也不会用多少钱的。

贺东仁征求他们的意见，我的意思是不仅要供她上学的学费，而且包她大学四年的所有费用，看看她的表现，如果需要的话，她想念研究生咱们说不定也要供。

胡春风就笑了，最后读完了书，咱们就把她招到大疆来，这不等于咱们自己培育的人才吗。

李石峰考虑得比较谨慎，这完全得看这个学生怎么样，一是看她有没有志向还回到西部家乡来，二是看她选择什么样的专业，是不是咱们需要的，还有，就是这个人怎么样，适合不适合在咱们这里发展。

贺东仁说，别想得那么远了，咱们先见见这个学生娃再说。

胡春风就问，咱们怎么找到她呀？

李石峰说，那还不容易，电视台不是有周明呢吗？

第二天，周明就把高考状元的家庭地址搞清楚了。周明对贺东仁说，你们什么时候去她家，我们也跟着一起去，跟着你们去拍一条新闻专题吧，也可以到实地看看这个受助大学生的家庭情况。

贺东仁说，这是个好主意，一方面我们企业赞助她上学，另一方面也可以宣传大疆公司的形象。

当天下午，贺东仁、李石峰、胡春风等公司的几个高层领导分坐两辆车，后面是电视台的车，一起就出发了。高考状元的家住在一个非常偏僻的农村，很多地方都是土路，还有一些石子路。一路上，车辆过后烟尘四起，颠簸坎坷。快到村子的时候，贺东仁就说，咱们下来走吧，让车慢慢地开，咱们走进去，也可以看看这里的环境。于是，大家踏上了土路。

一进村子，映入眼帘的是破败的房屋，衣着不整的孩子。村路上，不时有人赶着毛驴走过。还有些三三两两的人坐在村子的街头上，东倒西歪地晒太阳。恍若时光在倒退。李石峰感慨，能在这样的环境下考出来，实在是不容易呀。

胡春风说，比我想象的还要差，咱们身边还有这样的地方，真是想不到呀。

周明和他的同事们一直在拍这里的环境，时而把镜头对准大疆的高层。一直沉默着的贺东仁问李石峰，石峰，咱们得想个办法为这个村子也做点事吧？

李石峰有点犯难，这个村子还不知道有多大呢，咱们能做什么呢？

胡春风就说，我看这村子里，除了偶尔能见个毛驴之外，好像也没有什么动物似的。咱们支援他们一些鸡苗吧，养鸡也能致富呀。

贺东仁觉得这个主意可行，石峰，我看，老胡的主意不错，咱们回头征求他们村里的意见，给他们无偿提供一些鸡苗吧。

女孩的父母都在家，村里的一个干部早在她家里等着呢。事先周明已经跟村里打了招呼，让他们协助一下。贺东仁等人进入低矮的房间后，村干部就说，感谢你们，我们村里没有力量支持这个孩子，要是她不去上学就太可惜了。

女孩的父母都是朴实的农民，恭恭敬敬地给大家端水让座。周明的摄像机支在房间里，外面早早地围了一群看热闹的村民，都伸长了脖子往屋里探看。

贺东仁看高考状元的身体有些胖，就问，你的身体还不错吧，平时就在这个环境里学习？

女孩说，我一般都住在学校，很少回家。

贺东仁对她的父母说，我们从电视新闻里看到了你们的女娃成了高考状元，不容易呀。你们给国家培养了一个人才，这也是咱们阿克苏的骄傲。看到她上不起学我们心里也不好受，不能让这样好的孩子辍学。我们今天给她送学费来了……

贺东仁掏出一个信封，递到女孩的父母面前，这是我们大疆公司的一点意思，让她上学去，以后，我们还会不断地资助她完成学业。

女孩的母亲接过信封激动得热泪盈眶，她捧着信封要给贺东仁跪下，李石峰一把把她拉了起来。女孩的父亲说，你们是救命恩人哪。可愁死我们了，她考上了，是大好事，我们家几代人没有出过一个大学生，这回孩子考上了，却供不起呀。

母亲一边抹着泪一边拉着女孩给贺东仁连连鞠了几个躬。女孩也非常激动地说，谢谢叔叔们！我一定继续好好学习，学好本领回来建设自己的家乡，改变家乡的落后面貌。

贺东仁高兴地握着女孩的手说，有这样的想法就对了，好好地学，我们会一直关注你的。我们在北京也有公司，到时候，我们会经常了解你的进步情况。

女孩一家一直把贺东仁他们送到村口。贺东仁问一直陪在他们身边的村干部，刚才我们在来的路上商量，想给村子里无偿提供一些鸡苗，让村民每家都养养鸡，改善一下生活，你看行吗？

村干部一听就说，算了吧，连人都没有吃的，还养鸡？你们把鸡给他们弄来，也用不了几天就饿死了，我看，你们就别操心了，你们能供这个孩子上学，这就够了，是干了大善事了。

村干部的这个回答让大家感到非常惊诧。

李石峰说，那也不能就这样一直穷下去呀，你们都不想改变一下生存条件吗？

村干部无奈地说，不是不想改变，想改变也改变不了呀。政府也不是不管我们，管哪，可是不求上进也没办法。我跟你们说啊，过去政府给他们免费发放化肥，让村里的人去种地。说好了，种出的庄稼国家收，到了秋天一收获不就有钱了吗。唉，政府把化肥刚一放下，有的村民就把化肥弄到外面给卖了。卖了以后就换成酒喝了。我们村里有一个人，他老婆攒了好几年的钱就想买个电视看看，攒够了钱让丈夫买电视机去，这个丈夫拿着钱在路上遇到了朋友，一遇到朋友就高兴，一高兴就说："走，吃烤肉去！"就去吃烤肉，就去喝酒。吃完了喝完了，一看买电视的钱不够了，就回家，然后接着攒钱，攒够了再去买电视，半路上又忍不住去喝酒。这个电视买了一年哪都没买回来。后来就说算了不买电视机了。

贺东仁指着路边倒在那里晒太阳的青壮年问，他们平时就没有什么事儿干吗？

村干部说，有也不干，就这样混着，懒。

坐在颠簸不定的车里，大家都沉默不语。过了好大一会儿贺东仁才问李石峰，石峰，有什么感受？

李石峰无奈地说，看来，扶贫不是简单地给点钱给点物就能解决问题的。

贺东仁做出了一个决定，那就选一个点，咱们手把手地教他们技术，给他们提供树苗，帮助他们栽，帮助他们管理，在跟他们一起劳动的过程中，改变他们的习惯。石峰，老胡，回去以后，咱们就着手选择一个合适的村子，建立咱们的扶贫点，我就不信，改变他们的状况就这么难！

中国枣文化博物馆的工程进展得非常顺利，郭东风全天候地工作，从设计到施工，房子很快封顶，装修。贺东仁看着即将建成的馆舍，突发奇想，对李石峰说，咱们在大门这里建一个巨型的红枣模型怎么样？咱们把它建成天下第一枣模型，既是咱们新疆大疆绿洲农业技术有限公司的标志，也将是世界上最大的红枣模型，在大家参观咱们红枣科技馆的时候，也可以欣赏到这个巨型的模型。

李石峰想了想，这又得花一笔不少的钱吧？

贺东仁满不在乎地说，这点钱值得，要是真能创造个纪录的话，值！你想，在红枣界，一提红枣，大家就会想，最大的红枣模型在哪里，大疆公司的厂区啊，咱们看看去吧，就来了。这也是一种宣传的方式呀。让大家一想到红枣业就想到咱们的公司，想到立在咱们公司的这个巨型的大红枣模型。

阿克苏扶贫办的电话打到贺东仁的手机上，贺总，给你们找了一个扶贫对象，你们可以先考察考察去，觉得合适就确定下来吧。

贺东仁问，是哪里？

对方说，就是阿依库勒镇的皇宫村，那里的条件可是很不好呀，你们先看看再定。

贺东仁说，我们就是想找块硬骨头啃一啃，就是这吧。

后来，李石峰在看了那里的情况后，觉得这确实是值得扶贫的地方，要是这样的地方都能被改造过来，那其他的地方也就容易多了。很快，大疆公司把阿依库勒镇皇宫村定为自己的扶贫点。这是一个国家级的穷困村。大疆公司与当地政府讨论的结果是，大疆公司在皇宫村建立人均三亩地的红枣园，由大疆公司免费提供树苗，免费提供技术支持，由大疆公司的技术人员进行辅导管理，秋天收果的时候，全部由大疆公司收购。

贺雄到达阿克苏的时候，正是中国枣文化博物馆即将开馆的时候，这里已经完成了布展工作。贺东仁带着儿子兴致勃勃地在展览馆里视察已经布置好的展品。

展板以红枣的红色为底色，展览内容既有生动形象介绍历史故事的图片和文字，也有琳琅满目各类品种的实物，还有红枣的食用和药用的特性介绍。展览馆里专门辟出一个区域展出阿克苏的红枣，尤其是集中展示大疆绿洲集团研发的疆枣系列产品的新工艺和新成果。干净整洁的展览馆里充满了喜庆之气。

贺雄问贺东仁，这个馆有多大呀?

贺东仁说，咱们这个馆占地有1120平方米，投了400万元建起来的。这可是咱们开展红枣知识技术普及的重要场所，不收一分钱，完全免费参观，而且还是24小时什么时候有人参观什么时候就开门，让这里成为一个普及红枣文化知识和普及红枣种植技术的殿堂。

中国枣文化博物馆正是按照贺东仁的要求在秋天完工的。9月17日，举行了隆重而又简短的开馆仪式。

在贺东仁的邀请下，开馆仪式由阿克苏市政府副市长赵剑辉主持。中共阿克苏地委领导、新疆生产建设兵团农一师师长、阿拉尔市市长，中共阿克苏市委领导，以及阿克苏市委、政府科级以上干部，阿克苏地区各县级领导以及区内外媒体记者、大疆公司的员工们参加了开馆典礼活动。

阿克苏地委书记李慧民、市委书记杨振民都在开馆仪式上讲了话。市委书记杨振民在讲话中高度赞扬了大疆公司在几年内所取得的成就，对展览馆的建成表达祝贺。杨振民特别强调了这个展览馆的公益性，他说，大疆公司靠自己的力量建立起这样一个给当地农民普及科学知识，普及红枣种植技术的殿堂是了不起的，自己致富不忘农民，这是大疆的一种社会责任感。

讲话之后，领导们为中国枣文化博物馆开馆剪彩。

秋天的阿克苏阳光尤其强烈。

一大早，贺东仁就带着儿子贺雄和十几个年轻体壮的员工出发了，他们坐着一辆面包车，后面跟着一辆卡车。

出发前，贺雄问贺东仁，咱们这是干什么去?

贺东仁神秘地说，咱们去秋游啊。

贺东仁让司机向天山脚下开去。远远地望去，天山上白白的积雪映入眼帘，风景很好。贺雄问，你真有闲心陪着我们秋游吗？

贺东仁笑了，我们是带着任务来秋游的，可能还是个体力活。

汽车停在山脚下的路上，贺东仁让员工们下了车，从地上拾起一块石头对大家说，看到了吗，大家都选择这样的石头，至少有一面比较平整，能刻上字的石头才行。咱们要给那些在咱们的示范园和林场植过树的人刻上一块碑，立在他们种的树前，以示纪念。大家明白了吗？

员工们这才明白今天来这里的目的，贺东仁总是给他们布置一些意想不到工作。大家分散开，眼睛盯着地面，开始寻找。

天山是天然的奇石产地，正如这里的自然景观一样。地面上总能发现一些长得奇形怪状的石头，这些平常并不被生活在这里的人们看中的东西，被今天来这里寻找石块的人们唤醒了。

一会儿就有人喊，快来看，这里有块石头太棒了，有点像玉。于是大家就哗啦一下围上去。一会又有人喊，你们快看哪，这块石头像是一个字，你们看这个字念什么？大家又哗啦一下子围上去，然后兴奋地议论。

专心致志的贺东仁也看到一块很大的黑石，他认真地观察着这块石头。看了半天，把儿子叫过来，贺雄，你来看看，这是不是个字？

贺雄跑过来，看着，然后猜测着，是个“午”字……

贺东仁突然眼前一亮说，不是，是个“牛”字，你看这一竖一直冲上去了，一个书法字！

贺东仁把石头上面的尘土擦掉，石头上清晰地印出一个大大的“牛”字。贺东仁孩子似的大叫着，哎，你们来看哪，看看我捡到了一块什么……

员工们都跑了过来，看着这块宝物，有人兴奋地喊着，是“牛”字！太棒了，咱们今天捡到宝贝了。

贺东仁爱不释手地摸着这块宝贝石头，念叨着，今年是牛年，我们企业今年要“牛气冲天”，这是个多好的寓意呀！我要把它放在展览馆里，当咱们的镇馆之宝。

天山可真是一座神奇的山，这里充满了惊喜，连这里的石头都具有某种魔力，它把大疆的员工们带入一种近乎痴迷的状态中。

贺东仁来这里的目的本来只是选择一些能够刻上名字的石块，但实际却成了一次发现宝贝的行动。一块块精美的天山石被他们发现，然后又被他们兴奋地抬到卡车上，卡车来来去去地运送着被他们精心挑选出来的石头。这些平常对石头从不太在意的人们，突然成了石迷。

有人大声地说着，说不定我们选的这些石头里面就有一块无价之宝呢。

下午三点多的时候，大家都累了。贺东仁说，大家休息一会儿吧。

就随便找个地方坐下。卡车拉来了一些西瓜，大家就从车上搬下来，在不远处的小溪边洗洗手，要吃瓜解渴。把瓜拿到面前的时候，才发现没有刀子。贺东仁指着远处两个正在玩的小孩说，贺雄，那个地方可能有人住，你去跟他们借把刀去。

贺雄就快步向孩子走过去，走近了才看清是两个维吾尔族小女孩，贺雄就友好地问她们，你们的家是不是住在这附近？

维吾尔族小女孩不太懂汉语，其中一个女孩稍好一些。贺雄边说边用手比画着刀的样子，小女孩似乎明白了，就跑了。过了一会儿，拿着一把刀跑回来，交到贺雄的手上，贺雄就拉着两个孩子到大家的面前，先切了一个瓜给两个孩子每人一块。

两个女孩一直看着大家吃瓜，手里拿着瓜却不吃。开始谁也没在意。等都吃完了，贺东仁突然问那个懂一点汉语的女孩，小朋友，你怎么不吃呀？是不是不爱吃？

女孩听得懂，摇着头，用生疏的汉语说，这个给妈妈吃。

一句话把大家都说愣了，贺东仁听了心里一震，非常感动地说，孩子，你吃吧，吃完了叔叔再给你。

这时，女孩从地上拾起刀来，拿着自己的西瓜叫上另一个女孩就走了。

望着远去的女孩，贺东仁的心情久久不能平静。他转过头来对贺雄说，多懂事的孩子！

受到资助的高考状元终于如愿以偿地进入了大学校园。贺东仁一回到北京公司，秘书就交给他一封信，是状元女孩的感谢信。信中她表达了对贺东仁的感谢之意，同时，她提出要多跟大疆公司联系，要尽自己的可能给大疆公司做一些事情，回报大疆。

贺东仁看了信之后，有一些担心，就对秘书说，你给她回一封信，告诉她，你现在的任务就是好好地学习，不要分心。刚来到大学，环境还没太熟悉，先不要想着怎么报答之类的事情。你现在唯一可做的就是把学习搞好。要报答，等毕业以后报效社会，报效国家，这才是根本。如果生活中遇到什么问题可以及时跟我们联系，我们乐意帮助你的。

贺东仁嘱咐秘书把他的电话留给女孩，让她有事情可以直接跟他联系。

这次，贺东仁回北京的主要目的是跟代理商谈合作的事。中午，他把代理商约到楼下的咖啡馆里，自己下楼去跟他们见面。他一下楼就被一个姑娘拦住了，姑娘非常不好意思地说，叔叔，我想请你帮个忙，我是外地的，刚到北京钱包就丢了，没钱了，你能不能给我一点钱吃个午饭？

贺东仁看了看姑娘说，你真的把钱丢了？

姑娘说，我都两天没吃饭了，非常饿，向人讨要也不会……

贺东仁想了想说，“开口求人难”哪，走，我带你吃饭去。

姑娘感激地跟在贺东仁的后面就走。贺东仁带着她走进了一家中式快餐店，然后对姑娘说，你看那上面的东西，想吃什么就点什么，你点完了，我给你付钱。

姑娘也不客气，就点了好几样东西。看来，她真是饿了。贺东仁乐呵呵地看着她点吃的，然后，让姑娘把点好的东西端到一个空位上去吃，自己掏钱付账。这一掏才发现，自己居然没带钱！

贺东仁尴尬地看了看正在狼吞虎咽的姑娘，然后拿起电话打给正在等着自己的代理商，哎，伙计，我是贺东仁，你们得过来一个人给我付账，我忘带钱了。

他不好意思地跟代理商们解释，代理商就笑了，你这么大的老板，居然付不起一顿饭钱？！

在北京公司的办公室里见到“高考状元”的时候，贺东仁都不敢相信自己的眼睛了，才一个学期不到，这女孩已经完全不一样了。那个羞涩、胆怯而又贫穷的孩子哪去了？站在他面前的这个女子，如果不是她自己介绍，贺东仁哪还能认得出呢。

“状元”穿着一身时尚的衣服，头发看样子一定是焗过的，干干净净，脸上施着不太浓的妆，手上戴着镯子，手里还拿着显然不错的手机，完全是“见过大世面”的女子。

贺东仁试探着问，你真是我们资助的高考状元吗？

她轻轻一笑说，是不是我变化太大了？您不喜欢我进步吗？

贺东仁摇摇头说，哪里哪里，看到你能进步我们当然是高兴的了。不过，我们更关心的是你的学业怎么样了，你还能适应这里的环境吧？

“状元”打量着贺东仁的办公室，没有回答他的问话，您的公司挺大的嘛，我看您公司的职员都挺有教养的，他们都是大学毕业吗？

贺东仁勉强地答，啊，是啊，他们也都受过高等教育。

贺东仁想了想又说，你将来要是学业有成，也可以考虑到这里来。

状元一听贺东仁这句话也来了精神，我就是为这个事来找您的。我想利用课余时间到您的公司打打工，您看行吗？这样我也可以进一步了解您公司的情况，以便以后我毕业的时候做出选择。

一听这样的话，贺东仁失望极了，他知道，状元女孩真的变了，她已经不再是那个需要救助的可怜学生了，这让他很伤心。

贺东仁沉默着，女孩望着他，等待着他的回答。半天，贺东仁站起身来对女孩说，我们跟你说过，你现在的任务就是学习，不要考虑其他的，我想我不能答应你的要求，我还是劝你回去以学业为主。

女孩疑惑地望着贺东仁问，贺总，您难道觉得我不合格吗？

状元走后，贺东仁派一个员工专门去学校了解情况。员工回来后向贺东仁汇报，现在咱们资助的女孩生活非常舒服。因为大疆公司不是唯一资助她的人，还有好几家公司在资助她。她还接受了几家电视节目的邀请做过节目。同时还在学校的帮助下，兼职做着家教，过得甚至比某些北京本地的孩子都好。现在很讲究穿用，同学说，她刚来的时候非常节俭，现在也变得很大方了，周围的人都觉得她变化太快了。她来咱们公司的那天，那还是她选的最普通的一件衣服呢，不然，您会更认不出她来。至于学习，情况很一般。同学对她有一些反映，她们系里对她后来的表现也不太满意。

有些被愚弄的感觉让贺东仁很不舒服。他沉默了良久没有说话。

第18章　点亮灵魂

听你的口音，山西人吧？

听到乡音感到亲切，姑娘站在服务台的里面看着这名个子不太高，却很精神的男人。男人抬起头望了望姑娘，我是山西运城的。

姑娘惊喜地叫了一声。呀，真正的老乡啊。我也是运城来的！

另一个男人看着两个老乡进入情景，就拍着前一个男人的肩说，“老乡”，看来你们要聊上一会儿了，我到外面抽支烟，你们先聊吧。

郝教授，你坐一会儿，我说两句话就来。

郝教授笑一笑，好呀，老贺，把这姑娘发展成你的员工吧，我看，不错。

老贺坐在高凳上，用浓重的运城口音问姑娘，一个人在北京闯世界吗？

姑娘也用运城口音回道，是呀，出来闯世界，你也是吧？

贺东仁问，在北京还习惯吗？来几年了？在商务中心搞接待工作，人很杂呀……

姑娘说，我在北京待了几年了，还挺习惯的，就是不太稳定，你在北京做什么呀？

我呀，贺东仁从衣兜里摸出一张名片递给姑娘，我是做红枣的，我把咱们运城的红枣引种到新疆去了，然后再到北京卖，从北京推到全国。

姑娘看着贺东仁的名片，你还是董事长呢……

贺东仁站起身说，姑娘，你是运城老乡，要是想换个地方工作就找我，我喜欢跟老乡打交道。

郝治方开贺东仁的玩笑，老贺，你的老乡遍天下，走哪儿认到哪儿，真有你的。

贺东仁说，你的建议我觉得很好，这姑娘看上去很不错，挺踏实的感觉。要是她愿意我还真想把她招到公司里。你不知道，现在我不愁产品研发，也不愁产品的生产和销售，就是愁可靠踏实而又能干的人。刚刚接到石峰的电话，新疆那边又出现了一些动荡苗头。

郝治方理解贺东仁的苦恼，是呀，要是没有跟你同心同德的合作者，即使事情做成了，心里也不痛快，得找些同道才行。

周海涛上任后，大刀阔斧在北京公司干开了，他先是调整了北京公司的部门设置，任命了新的部门负责人。对财务、后勤等各个部门建章立制，按照现代企业的营销原则规范销售行为。在大疆集团公司的全体视频会议上，周海涛公布了雄心勃勃的发展计划，提出一年一个台阶，一年一个大进步，一年一个大变化，让公司在销售上短时间内成为国内同行业的老大。他的计划令人振奋，也鼓舞人心。

周海涛跟贺东仁告别的时候无意中对他说，董事长，我上午刚刚面试了一个山西女孩，我看不错。

贺东仁问，是不是在商务中心的那个姑娘?

周海涛颇感意外地说，商务中心还有一个山西姑娘呀?这我可不知道。我面试的这个姑娘是个护士，为什么特别跟你提呢，因为她在部队的医院当护士，放着护士不当了，要加入咱们大疆，还挺执着，有股子劲头。

贺东仁很感兴趣地问，面试过了?你打算录用吗?

周海涛说，我觉得不错，要不……

他看了看手表，时间还来得及，要不你也看看，谈一谈，我看可以用起来。

贺东仁干脆地说，好，你现在就通知她过来，我面试完了再走。

护士来之前，贺东仁看了她的简历，姑娘叫丁丽芳，是山西忻州人，年龄不大，护士学校毕业，在一家部队医院工作，经历简单。

不一会儿，丁丽芳就气喘吁吁地跑来了，穿着朴素，有些紧张地站在面前。贺东仁让她坐，她还是有些紧张，贺东仁就笑了，是不是来得太急了，喝水吧。

他想尽量让她放松下来，咱们是老乡呢，你听出我的口音了吧？

丁丽芳这才注意到，呀，我有点紧张……我听出来了，您也是山西人？

贺东仁说，是啊，老乡见到老乡就不紧张了。你看，你想来老乡这里工作，我这个老乡也想用你……我看你在薪酬要求一栏里没有提具体的想法，而是写了不太在意报酬，你是不是家庭条件不错呢？

丁丽芳腼腆地笑了笑，我就是想尽快进入大疆公司，报酬不是个问题，你们肯定有个规定，我要是干好了，公司也会鼓励我的吧？

贺东仁笑了，为什么想加入大疆呢？

随着谈话进入状态，丁丽芳逐渐放松下来，我喜欢干有些挑战的事，护士每天就是那些事，一天重复一天。没有冒险，没有挑战。虽然平静没有风险，但是，我不想就这样过下去，想换个生活方式。我还年轻，就是想多些新鲜的经历。

贺东仁问，你要是到大疆工作可能要吃很多苦的，甚至，你就根本不可能在北京这样的大城市里工作，很有可能把你调到新疆去，你干吗？

丁丽芳兴奋地说，好呀，我就是想要去那些地方。你要是安排我去新疆就更好了，我愿意去那里。

贺东仁看着有些天真的丁丽芳微笑着说，那个地方可没有你想象的那么好玩，那么浪漫呀。那可是真的吃苦，甚至是把你一个人扔在一个地方工作。周围都是像外国人面孔一样的维吾尔族同胞们，你语言不通，饮食不习惯，没有朋友，但还得去打开局面，那样，你敢干吗？

这个情况可能是丁丽芳所没有想到的，她认真地想了想贺东仁说的情况，那……我可以先适应适应嘛。

纯朴的丁丽芳让贺东仁觉得很真实，没有伪饰，一张白纸。

贺东仁突然说，给你半天的时间，你要是想好了，明天早上就出发，到新疆阿克苏，我派人接你。

小郭是不能走的，他跟李景文可不是一个问题，小郭这个孩子不错！贺东仁听到郭东风已经离开大疆的消息时，实在是太吃惊了，甚至有些生气。

李石峰不能认同贺东仁的看法，我认为，他还是有很多问题的，他公私不分，把买材料的钱和自己的钱混在一起，公家私家大把抓，批评一下他，你看他就赌气走了！我看他是被惯坏了。

贺东仁可惜地说，他没有恶意，这我了解。他就是大大咧咧，粗心惯了，这可以让他慢慢地改嘛。他在大疆立过功。想一想，当初那么冷的天，水管子破裂了，他二话没说，就跳到水坑里堵漏，手都冻坏了。现在他手上还留着后遗症呢，忠心耿耿啊。他是真正的大疆人。有些毛病咱们可以跟他谈让他改了，不能轻易让他走。

听到贺东仁的话，李石峰也记起了那些感人的事，唉，没人让他走，是找他谈话，他自己就赌气，说不干了，第二天就走，说什么也不行，拉都拉不住。

贺东仁安慰李石峰，不过，走就走吧，走了也好，让他冷静冷静，反思一下自己。他要真是大疆的人，还得回来，咱们耐心地等待着吧。

贺东仁换了话题，王家兴有没有消息？

李石峰说，他是真的走了，库车那边空了有一阵子了，我现在是两边跑，阿克苏、库车，有些吃力，得把王家兴叫回来……

贺东仁果断地说，他走就走吧，把老胡调过去，让他到那里力量就会强了。

李石峰说，老胡有难处啊。我原来也是考虑过他，但是你想，人家在边防团干了 30 多年，30 多年跟老婆两地分居，现在加入咱们大疆公司了，跟老婆终于团聚了。没过上几年全家团圆的日子呀，要是现在把他派到库车去，不又得两地分居吗？这对老胡不公。

这些情况贺东仁当然了如指掌，他陷入沉思之中。但是，沉默了片刻之后，贺东仁说，我跟老胡谈谈。

库车专用肥厂必须尽快建起来，还有示范园、专卖店以及刚刚签了合同的煤矸石矿的开采，得有人去挑大梁，没人管、没人去推动就会荒废了。

胡春风听着贺东仁的话，一点都不吃惊，只是沉默地吸着烟。想了好一会儿才掐灭烟头，下了决心似的说，董事长，不用说了。我这些日子就在想这个问题，王家兴一走，我就想到自己应当去担这摊子事儿，我的情况你也知道……唉！我曾经是个军人……我坚决服从命令！

虽然在贺东仁面前胡春风表现得很坚强，但是，跟妻子怎么开口呢？

胡春风在菜市场买了许多东西，早早地回到家。在部队的时候，他练就了一手做饭的好手艺，他用心地做了满满一大桌子的菜。妻子能喝酒，他特意买了瓶好酒，给她斟上，点上一支烟，静静地坐在那里等妻子回家。

妻子是个性格开朗的人，她进了家门边脱外衣边惊喜地叫着，从楼下就闻到香味了，太阳从西边出来了？

胡春风笑嘻嘻地走到妻子身边，今天正好有点时间，就顺路买了点吃的……

妻子走进卫生间边洗手边说，得了吧，我知道你小子肯定又有什么坏事了，说吧。

胡春风嘿嘿地笑着，我还能有什么坏事？坏事都干完了，没什么可坏的了……不过，要是有事的话，也得把你灌醉了才说。

妻子嗔怪地盯着胡春风，我说嘛，你要是献殷勤肯定有事，快说！

胡春风哄着妻子，人家说了，下班之后的这段时间夫妻两个最好不要商量事，这段时间最容易吵架，要是有事也得过了这段时间。

妻子无所谓地说，随你的便，反正我已经饿了，吃饭。

两个人坐在餐桌前，胡春风说，你看，酒都给你倒好了，周到吧？有一段时间没有进厨房了，手有点生，你就凑合吃吧。

妻子头也不抬地边吃边说，先垫一垫，再品味道。

然后，两个人碰了一下酒杯，什么话也没有说，干了。胡春风又把杯子斟上酒，支吾着说，我确实有点为难的事……

妻子打断他的话，你刚说的，晚上下班回家不宜谈事的嘛，来，喝了！

两个人又一饮而尽。

胡春风点上烟，望着妻子，心里很不是滋味。透过烟雾，他缓缓地说，咱们结婚快30年了吧？时间过得真快呀……

嫌我老了？嫌弃也没用了……

妻子在胡春风的酒杯上碰了一下，又干了一杯，然后抹抹嘴，说吧，我看老憋着你，能把你憋死的。

胡春风不好意思地笑了，你看，现在咱们的孩子在外地读书，就剩咱们老两口子了……

妻子不高兴地说，我就烦你吞吞吐吐的，有话快说，你急死我了。

胡春风掐了烟，干脆地说，我要到库车去工作了。

妻子听了，没有说话，愣了半天问，是临时的？

胡春风说，可能要干一阵子，也许是几年的时间……我斗争了几天了，你说我当兵的时候，咱们分居，本来想在阿克苏安个家找份安稳的工作，过咱们的小日子了，可是现在，又得走了……

妻子沉默了一会，又端起杯子来跟胡春风碰，算了，走就走吧，反正又不是第一次了，到时候我去看你就行了……

妻子一饮而尽。胡春风流下泪水。

妻子喝完了酒，推了他一把，真没劲，还哭了……你走之前好好陪陪我。今天晚上要搓麻，搓个通宵，再约几个人来。

妻子拿过手机在里面翻了几下，翻出一个号码来拨过去，她奇怪地嘟囔，欠费，她怎么欠费？再拨一个。又拨了一个新号码，妻子奇怪地说，哎，怪了，怎么又是欠费！我就不信了，再拨一个……再拨一个，妻子望着胡春风诧异地问，哎，老胡，你说见鬼了吧，我拨一个欠费，拨一个欠费，他们好像约好了跟我过不去似的，一起欠费！

胡春风也奇怪地接过妻子的手机，我帮你拨一个试试。

他按重拨键，把耳朵凑到听筒一听，禁不住大笑起来，是你的电话欠费！

贾志负责安排庄跃然在阿克苏的视察，前一天晚上，大疆公司附近就被安全人员检查了一遍又一遍。通知贺东仁的是李书记，李书记告诉他，庄书记特意嘱咐要到大疆公司走一走，要看看老贺又有进步了没有。你的中国枣文化博物馆是个重点，要不要从职业学校找一个口齿清楚的学生来解说？

贺东仁说，李书记放心吧，不会让书记失望的。

庄跃然来的时候，贺东仁带着大疆公司的高层领导等在大疆院子里。庄跃然还是坐着大巴车，地委和市委的领导陪着他一同视察。一下车，贺东仁就迎上前跟庄跃然握手，庄跃然也笑着同他握手，老贺，刚才围着你的公司一转，我就看出来了，你有很大的变化，多了一栋房子，还有那个大家伙……

庄跃然指着高大的巨型红枣模型。贺东仁说，这可是世界上最大的红枣模型，这就是疆枣的模型。

庄跃然仰着头问，有多高呀？

贺东仁说，这个底座高就有 9.13 米，疆枣模型高是 8.26 米，加到一起高达 17.39 米呢。

两个人一边谈着，一边走进中国枣文化博物馆。大红地毯已经铺在台阶上，庄跃然迈上台阶，走进宽大敞亮的展览馆里。解说员已经等在那里，陪同的干部们也都跟在后面纷纷走进展览大厅。清亮的解说声传来，大家一边听着解说员清楚准确的解说，一边看着展览馆里陈列的展品、文字。

整个大厅转下来有 30 多分钟的时间，最后来到疆枣展览专厅。贺东仁走到疆枣前，请庄跃然品尝疆枣新品种，庄跃然咬了一口，不由自主地伸出了大拇指，好，味道不错！

贺东仁顺便拿起一个小瓶，这也是我们的新产品，叫“双抗”，是抗疲劳和抗辐射的产品，不过这个当场尝不了味道，您得拿回去慢慢地体会才知道它的效果。是北京的专家们搞出的新成果。

快看完的时候，贺东仁提出，书记给我们题个字吧。

庄跃然犹豫了一下，哎呀，规定是不能随便写字的……呀，你这里搞得这样好，得支持你一下，好吧，就写吧。

庄跃然挥毫泼墨题写了几个字，大家热烈鼓掌。庄跃然意犹未尽地问，你们看我今天写字手没颤抖，吃了疆枣手不发颤！

大家都笑了。接着，在贺东仁和当地政府官员的陪同下，庄跃然又来到示范园栽下了一棵红枣树，然后对大家说，要是我们每年都栽下一棵树，十年就是十棵，你们的柯柯牙不就是这么来的吗，多种树利国利民。

胡春风走马上任大疆库车公司总经理，负责库车、库尔勒等大疆公司的工作。同时，库车公司招聘了两位有着丰富生产经验的肥料厂正副厂长，负责专用肥料的生产。专业肥料生产线正式启动，边建设边生产，已经推出完全符合设计要求的专用肥料。只要春天一到，这些专用肥料就会立即被运用到林场的枣园和各个示范园里去，在那里将发挥它们最大的作用。

贺东仁召集库车全体员工开会说，大疆公司的前景越来越好，阿克苏是咱们的总部，那里有最大的林场，20万亩，有咱们的加工厂、示范园，而我们的库车也将建立起大疆的中心，就是肥料、种苗、示范园、示范基地的中心，还有专卖店。在阿克苏的东部地区形成大疆的影响区域。未来咱们还要在阿克苏的西部地区柯平、乌什等地逐步扩大企业范围，建立起红枣种植、加工、销售基地。而库车公司的专业肥料加工厂将是大疆产业发展的重要环节，我们要形成我们的产业链，从专业肥料、到林场、到加工、到销售，形成一个产销一体的产业链。

贺东仁的话，鼓舞了大家的信心，大疆的蓝图正在他们面前一幅幅地展开，他们就是要把蓝图变成现实的人。

库车危机解决了，贺东仁的心情也格外好。开完了会，贺东仁开着车，带着从北京直接来到库车加盟大疆的杨欣在库车的城区里转，他的目的是在库车选择一个适合建立专卖店的地方。离库车不远的巴音郭楞蒙古族自治州的州府所在地库尔勒，这个位置比较偏不太理想，贺东仁就想，在库车的专卖店一定要选一个理想的地方。

边开车，贺东仁一边给杨欣介绍库车的历史，这里曾经是中国古代丝绸之路上的重要城市龟兹，也是新疆重要的绿洲农业区之一，我相信你会逐渐熟悉这里的情况，也会慢慢地爱上这个地方的。

说着话，他们到了库车宾馆。贺东仁停下车，他看到宾馆有一座空着的房子临街，就说，咱们看看这里，贺东仁站在街上先看了看环境，这里是一个人流比较集中的地方，街上人来人往，他很满意。然后，他给库车的一个朋友打电话，我是贺东仁啊，向你咨询一下呵，库车宾馆这个地方怎么样呵，在库车有没有名气？都住些什么人呢？

对方说，是不是要在那里开店啊？那可是个不错的地方，那是库车县经常接待会议的点，在库车很有影响，谁都知道，到库车旅游都介绍到那里住啊。

贺东仁乐了，那就这里吧，哎，你给牵个线吧，我们在这里开专卖店，还要把库车公司的总部设在这里你看怎么样呵。

对方说，好啊，这不难，我告诉你，你的老朋友组织部的王部长现在就在那里开会呢，找他一下就安排好了。

贺东仁高兴地谢过了朋友，对杨欣说，得了，咱们找到家了，就在这里安营扎寨。

春节到了，鞭炮响个不停。因为春节的原因许多事情都停止了，但是，贺东仁的大脑却停不下。他在北京的家里正谋划着把公司推向资本市场的事情。年前，已经接触了一些合作者，都有着比较好的谈判空间。春节一结束，这些谈判都要开始，他必须做好一切准备。正好，利用这段时间好好地清理一下自己的思路。春节一过，林场、加工厂、肥料厂等项目都在大规模地开始投入运营，人员、资金也都需要准备在前面。

正在沉思的时候，手机响了。一看号码，是王家兴，他已经走了有半年的时间了，没有跟他打过招呼，也没有任何交代就突然回老家了，贺东仁就等着他的电话呢。

接通了电话，王家兴有点结巴，贺总……过年好啊，我给你拜年了……

贺东仁冷淡地说，你是王家兴？连个招呼也不打，就跑了，把一大摊子事就扔到那里？你可真行啊，现在才露脸？

王家兴后悔地说，贺总，我不对啊……我给你道歉！我错了。在家里待了这半年，心里真是不好受啊，我当时太冲动了，说走就走……

贺东仁说，不负责嘛！我把这么一大摊子事儿交给你，信任你，你可好，一拍屁股就走了，这是你这个岁数的人干的事吗……好了，现在是过年，我也不批评你了。再说，你现在也不是大疆的人了……现在混得不错吧，运城那边我还有几个熟人，要是有需要我也可以给你打打招呼。

王家兴痛苦地说，贺总，你就骂我吧，我心里实在难受得很哪，这半年，我什么都没干，后悔死了……我还能回大疆吗，给我一次改过的机会吧。

贺东仁没有再责备他，你还想过来？那就别再耳根子软，要有主见。

王家兴听出了贺东仁话语里的希望，就非常诚恳地说，贺总，看我的行动吧，绝对不会再犯同样的错误了。

贺东仁严厉地说，要回来也行，但你不再可能做副总了，这里已经没有你的位置，你要从最基层做起，工资也不会给你那么多了，你干吗？

王家兴毫不犹豫地答道，干，干，你就是不给工资我也干，我愿意为自己的冲动付出代价。我会踏踏实实地做好每一件事情。

手机短信提示的声音响了两下，贺东仁打开短信，一个不太熟悉的号码，短信留言是：董事长，过年好！离开你以后，我才懂得，要不是我年少无知，也许现在还会在您身边为您服务。小李。

贺东仁想了半天，也没有想出来这个“小李”是谁，于是按照短信上的电话拨了过去，喂，你是小李吗？你刚给我发了一个短信。

小李有些激动地答，是，我是小李，董事长，您好吗？

贺东仁问，你……是哪个小李呀？

小李说，我就是您以前的那个司机，因为跟您说谎……我后悔死了。

贺东仁的头脑中突然出现了那个身体健壮，虎虎有生气的小李，噢，你呀！谢谢你还记得我！过年好，过年好！

小李不好意思地说，董事长，那个时候我真是不懂事，您对我那么好，公司又对我那么信任，可是，我还是没把握好机会，我真是太无知了。

放下电话，贺东仁就想起了小李的事。这个小李是公司最早招聘的司机之一，小伙子很机灵，也很能干，讲义气。可是，后来谈恋爱了，就变了一个人，总是想办法早走，不再愿意出车。从北京到新疆的飞机基本都是晚上十一二点钟落地，如果这个时候没人去机场接机，打车都不好打，而小李是最不高兴这个时候出车的。所以，有时候他就闹情绪，一闹情绪车就不好好开。有时，猛然加速突然刹车。贺东仁狠狠地批评过他，但是好了一阵，然后又是这样。最后，贺东仁下决心开除他大概就是女儿生孩子的时候，贺东仁白天跟他说好，晚上要用车，到医院看刚刚出生的外孙。但是到了出发的时候，贺东仁在楼下等了很长时间都不见车，贺东仁就给他打电话，你干什么去了？不是说好了，咱们要去医院吗？小李就支支吾吾说我在加油呢。贺东仁就问，你什么时候回来，他说，10 分钟吧。过了 30 分钟了，才回来。贺东仁问，加油了吗？他说，没加。贺东仁说，你不是说去加油了吗？他说，我怕你晚了，没加成。贺东仁就非常不高兴地说，那就走吧。但这时，这个小李却迟疑地不想走。贺东仁就说，这样吧，你把车给我，我自己开着去。小李立即说，那好吧。贺东仁一看就知道了，小李是在撒谎，肯定不是什么加油，而是有别的事。后来，贺东仁开除他的时候，小李还很理直气壮，说我也得有个上下班，我不能没日没夜地干呀。贺东仁就说，你就是专职司机，平时大家都上班的时候根本就用不着司机，用你的时候就是在一些要外出或者谈判的时候，甚至是黑天、休息的时间，这是司机的职业决定的，要是别人上班的时候你也来坐那看报纸喝茶，人家下班的时候你也走，那要你干吗？

想着小李，贺东仁不禁摇了摇头，现在的年轻人，糊涂的时候真糊涂，明白的时候是真清醒，看来，他还是想回来呀。

又一个短信，贺东仁打开，是丁丽芳：在我人生不如意的时候，首先想的是你。董事长，祝您春节快乐。

这个短信让贺东仁一下子坐直了身体，在春节之前就应当跟她通个电话，她一个人在库尔勒开专卖店，也不知道老胡安排没安排她回老家去过春节。

贺东仁立即拨通了她的电话，小丁，过年好啊！你现在在家呢，还是在库尔勒呢？

丁丽芳一听是贺东仁的声音就有些感动地说，董事长，我没回家，还在库尔勒……

贺东仁问，怎么？老胡没有安排你回家？

丁丽芳赶紧说，安排了，胡总安排了，是我不想走，我想春节的时候这里的人都放假，他们维吾尔族的也不过春节，可能人会更多，产品也就好卖。

贺东仁关切地说，小丁，你很辛苦，他们选的那个专卖店地址选得不好，那么个偏僻的地方，可把你给害苦了，连个休息的时候都没有。

丁丽芳说，没事，只要坚持下来就好了，现在情况也好多了，春节这些日子，比平时更好一些，都是买了送礼的，对咱们产品的包装评价都不错呢。

贺东仁安慰她，过完春节就给你派人过去，你得有个帮手。

放下电话，手机响了，贺东仁一看号码是郭东风的，有很长时间没有他的消息了，他打开手机，那边“喂”了一声。

贺东仁问，你现在在哪里呢？

郭东风不好意思地说，在家里呢，这不是过年了吗，想给您拜个年。很想念您，离开公司的时候，也没有跟您说一声就走了，挺对不起您的……

郭东风有点心酸，贺东仁听出来了，过完年有什么打算吗？

郭东风说，想先在家里待一阵子，没什么心情干事。

贺东仁说，一个大男人在家里待着干什么？过来吧！还是回咱们大疆来，这里才是你应当待的地方。

郭东风有些意外，真的？！您还要我，我就是怕您不要我了，不敢跟您说，我还是想回去呀。

贺东仁听到郭东风这么动感情很开心，当然要！你从建厂的时候就从北京到了阿克苏，你是这里的元老呀，来吧，回家吧。

郭东风问，那我回去后干什么呀？

贺东仁反问，你想干什么？

郭东风说，我不适合当领导、当厂长，我就是喜欢干一些具体的事。

贺东仁想了想，这样吧，你搞项目吧，你就来负责和项目有关的事情。过了年你就过来。

郭东风心急地说，不，我明天就出发，我恨不得马上就到阿克苏，我真是想那里啊，一天也不想等了。

贺东仁劝他，你不用着急，现在还是正月，票也不好买，干脆过个痛快的年再来吧。

郭东风说，不了，我还是走吧，一天都不想等下去了，就是站也要站到阿克苏去！

库车专卖店开业的时候，贺东仁邀请了一些库车的领导和朋友，搞了一个简短的仪式。库车的领导对贺东仁把库车公司的总部和专卖店都设在库车宾馆比较满意。因为这里经常是县里接待各地政府人员的场所，大疆已经成了新疆的明星企业，他们在这里开店、设点对库车有宣传作用。库车是一个旅游城市，各地到库车旅游的人很多，疆枣又是最佳的赠送礼品，这会给旅游者带来深刻的印象。

大疆公司在库车除了专业肥料加工厂、专卖店之外，在库车的库那斯地区还有一大片红枣示范园，已经有三年多的时间了。贺东仁在库车的开幕式之后，就开着车带着胡春风等人去示范园里看望在那里实习的新疆农业技术学校的学生们。贺东仁说，那些学生能够在咱们的示范园踏实工作就是不错，这些学生将来也会成为我们大疆公司未来选择的对象。

库那斯离库车市区很远，他们开了一个多小时的车才到了那里。在车上他们就看到了在果园里忙活着的学生。胡春风看了一会有些奇怪地问，董事长，好像咱们的学生不是在咱们的果园里吧？你看，我记得咱们的枣园是在房子的那头，他们干的是这头。

贺东仁仔细地看了一会儿就笑了，是啊，那真不是咱们的枣园，因为咱们的枣园最大的特点就是整齐，你看看，他们现在修剪的那些，可不太规范啊。

车开到地边停下来，大家下了车。贺东仁站在地头，远处有人惊喜地叫着，董事长！同学们，董事长来看咱们来了！

说话的是大疆公司的技术员邢师傅，他也是由运城红枣专家李贵堂给贺东仁推荐来的徒弟，他从小就跟着李贵堂搞红枣种植与研究。别看年龄不大，却已经是一把好手。邢师傅走到贺东仁身边高兴地说，没想到你们能来，我们没接到电话，要不就准备一下了。

贺东仁笑着说，准备什么，我是来看大家的，就是要看大家的劳动。看看你们怎么干活……哎，你们现在修剪的这片地，是咱们大疆的示范园吗？

邢师傅不好意思地笑了，不是，这是维吾尔族兄弟的地，原来不是种棉花吗，他们的村长去年看咱们种了红枣就偷偷搞了一片地，学着咱们的样子种上了枣。去年年底的时候卖了一万多块钱，在村子里就轰动了。这不，一开春，挨着咱们这片地的主人就把地里的棉花全清理出去了，要学着咱们种红枣，也要发财呢。他们不会种，就问我们，我们就给他们讲，给他们讲了他们又不会汉话，听不懂，还得找翻译，勉强把树苗给种了，歪歪斜斜，又不会剪树苗，你看，咱们实习的学生就一边给他们讲，一边帮助他们把这地剪了。

贺东仁手搭凉棚看着远处正向这里走来的学生，他们稚嫩的脸都被晒黑了。贺东仁说，好哇，别让他们过来了，让他们接着干吧，一会咱们到他们的住地去见面就行了。

邢师傅就大声地喊，哎——同学们，董事长说了，你们别过来了，接着干吧。

走到半截的实习生就停在地里，向这边挥着手，贺东仁也高兴地向他们挥着手。然后走到地里，小邢，你这样就对了，要跟当地的维吾尔族兄弟们搞好关系，咱们来这里，一方面是种示范园，另一方面，咱们种示范园的目的不就是向农民推广，带动着他们一起富裕起来吗。

邢师傅说，是呀，这里的农民非常可爱。去年还有一家，看着咱们种地，自己不会种，就到咱们这里来看。我们看他挺想学的，就给他讲，他不懂汉话，听不懂。他的地离这里还挺远的，他就起早，天天蹲在咱们的地里看，看咱们浇水了，他就跑回去浇水，看咱们施肥了，他也跑回去施肥，看咱们剪枝了，他也剪枝。去年年底的时候，他也卖了一万多块钱，把他乐得都合不拢嘴了，种棉花哪有这么好的效益？今年干脆把所有的地都改种红枣了，还拉着自己在县城上学的孩子当翻译，让我们给他讲技术。

贺东仁突然提议，小邢，你看这样行不行，咱们从这些实习的学生中抽出一些技术比较好的，到农民的地里给他们辅导去。

邢师傅说，行啊，咱们这些实习生学习了这几个月已经完全没有问题了。每个人的技术都行。虽然有点生疏，但辅导他们一点问题没有。就是他们基本上不会讲维吾尔族的语言，交流起来成问题。

贺东仁说，那就跟他们村里联系，看能不能想办法找一些会说汉语的人来配合一下。

邢师傅说，那样，我们就可以把周围所有的地都走一遍，咱们有将近 30 个学生呢。

贺东仁高兴地说，好好，这就好，这是干一件大好事。以后这种方式就要在咱们示范园推广，每个来这里实习的学生都必须有辅导农民这一关，否则实习就不能算过关。咱们要带富这一带的农民，让他们成为致富的示范园村。

说着话，他们就走到了学生中间。看到贺东仁走过来，学生们不好意思地停住了手里的活叫着，董事长。

贺东仁说，你们干吧，我看看。

学生们就继续剪枝嫁接。贺东仁看了一会手痒了，他从学生手里接过嫁接的刀，栽了一根嫁接苗，熟练地削枝、插入、包扎，看得一边的学生都呆了。邢师傅看了整个过程，一下就明白了，贺东仁的这一套动作做得都非常流畅而专业，行家看门道，他就知道了他们的董事长是个高手。学生们惊喜地问，董事长您也会呀？

邢师傅非常内行地说，董事长这个技术还不是一般的呢，我都远远不如！

贺东仁把刀子交到学生手里说，我从小就种枣树，有很多年不动了，手生了，也没有受过现代农业技术的培训，就是跟着同样是种枣树的农民学的，跟你们比差远了。

邢师傅可不这样认为，董事长的这些技术没个几十年是练不出来的。

从地里出来已经到吃晚饭的时候了，胡春风问贺东仁，董事长，咱们是不是该找个地方吃晚饭了。贺东仁想了想说，还没有跟同学们交谈呢……这样吧，小邢，你知道这附近哪里有菜市场吗？去买点羊肉，我给你们做个地道的羊肉泡馍吧。

邢师傅一听高兴了，好哇，不过，菜市场离这里可是挺远的，不知道能不能把羊肉泡馍的料买全了。菜市场的菜不多，就是肉多。

贺东仁说，不要紧，咱们开着车去。

从菜市场回来的时候已经是 9 点多了，大包小包堆了一地。贺东仁挽起袖子，就跟大家一起洗菜、切肉。那边一口大锅已经支起来了，锅里放满了水，底下点上火。天渐渐地黑了，温暖的火光映照着人们忙碌的面庞。按照贺东仁的要求，大家按顺序向锅里投放着各种肉与蔬菜。趁着肉在锅里炖着的时候，贺东仁把大家召集在一起聊了起来。

有一个大学生好奇地问贺东仁，董事长，我们刚才看到您那么熟练地嫁接，您是不是一直就搞红枣？

贺东仁笑了，我的这些技术都是有赖于年轻时候在地里的积累，后来不干了，上学了，毕业了就当了政府的办事员，再后来，就在山西搞“性诱剂”，一步步这么走过来的，都没有离开过农业。

另一个学生问，什么是“性诱剂”？

贺东仁说，是一种在当时非常先进的杀虫技术。是中科院的科学家们研制出来的产品。有一个朋友介绍的，当时他把那位中科院动物研究所科学家的名片给我了，我就去找他，他就把技术给了我，和我合作。他也没想到他课题组的另两个专家与我的关系搞得也很好，就把全部配方都给了我，在原来的配方基础上加上了一些其他的东西，结果搞得比原来的配方效果还要好。性诱剂在新疆好推广，生产环境好，后来又在兵团做事，农三师 52 团，当时也挺难的，一步步打开局面，坚持下来了。

另一个学生问，董事长，我们非常想了解大疆公司的情况，您给我们介绍一下吧。

贺东仁说，好啊。你们快毕业了，是不是也想加入我们的团队呀？

提问题的学生不好意思地笑了。其他同学对这个问题也非常感兴趣，他们静静地等待着贺东仁的介绍。

贺东仁说，我们的这个团队是非常棒的，至少我自己是这么看的。我们的总经理李石峰，他是个协调能力非常强的人，吃苦耐劳，很有正义感。那年我跟他联系，当时他育苗卖又卖不了，不挣钱，很苦，我就说你过来吧，到新疆来，他说行啊，我说，你明天就出发，马上到新疆来上班，就来了，一干就是这么长时间。

我们那 20 万亩林场的当家人，也就是林场的总经理于建设，也是为大疆立下了汗马功劳的。他原来在兵团里干，非常出色，个性也很强，非常聪明。我们这个集团用对了这一个人以后，他就把我几万亩的土地搞出来了，如果按照兵团的搞法这得好长时间，我们这个却很快。林场的那些职工，更是吃苦耐劳，创业的初期，他们在沙土中挖一个坑就在那里边住。我们的于总，热爱这片土地，有人高薪挖他他也不走。于建设有许多困难都不说，自己就解决，是非常能干的，愿意给集团卖命。

谈到于建设，贺东仁有太多的话要说，于总的牺牲精神和敬业精神就是大疆的精神。有一次，我跟于总说，小于你写个报告，林场用水的问题拿出个 10 万，路的问题也要解决的。他们男女用一个厕所，很艰苦。于总说，公司刚起步不容易，我不能向你要钱，到现在也没给我写报告要钱。他想自己解决，他尽量不给我添麻烦，不跟我谈困难，非常好。是个很聪明很能干的人。林场开发于总做得非常好，你们将来要是加入大疆集团，相当一部分人会到林场去，现在的条件可好多喽，那都是于总带着那些可敬的员工干出来的。对于林场我非常放心，一般不管。

说到这里，贺东仁又指着正在大锅前添柴的胡春风说，我们的胡总是由一个边防团的团长下到我这里来的，也很好，尤其是把他调到库车去以后，干得非常好。原来的总经理王家兴听信谣言，不辞而别，撂挑子了。胡总临危受命，二话不说就来了，你们看到了，在他上任以后，库车这里搞得相当不错。

我们其他的员工，像郭东风那些大学毕业后就加入我们这个集团的人，都是很好的人。我们有一批比较棒的队员。我总是讲，一个团队必须要有一批非常强的队员才行，同时这些队员必须有团队精神，团队团队，团结就对了！不能搞内耗，要干事。

有学生问贺东仁，咱们的集团是怎样一步步走过来的？

贺东仁笑着说，我喜欢你说“咱们的集团”，把公司当作自己的家就对了。

然后，贺东仁深有感触地说，我们走到今天是很不容易的。我们有一个思路，就是起步靠政府，发展靠银行。我们今天的状况，没有当地政府的支持也是不行的。

学生问，您是一个外地企业家，是怎么与政府建立联系的呢？

贺东仁说，唉，这个事情是我们经历了种种坎坷之后才逐步做对的。我们刚到新疆的时候，是有争议的，说什么的都有。他们说我们的模式不行，我们搞成果鉴定，有人就说这20年前就有人搞了，就是不同意，有地方保护和排外的情绪。幸亏有豁达的地委书记李慧民，有能干的市委书记杨振民，还有一批被他们带出来的思想解放的干部。我们遇到那些排外的干部的时候，李书记就出面对他们说，这个问题不是你同意不同意的问题，人家都干出来了，你还不承认哪。

学生又问，除了政府的支持外，大疆的技术又是从哪里获得的呢？

这个问题让贺东仁非常自豪，当然是从科学家那里获得的。我们现在搞现代农业就是要把最先进、最权威的科技运用到我们的产业中来。在发展科技上，我们首先要选单位。搞性诱剂的时候找中国科学院、林科院，搞红枣就与这方面的专家们合作。

我们搞红枣的时候，山西最棒的红枣专家之一李贵堂就帮了我们很大的忙。李贵堂在县里受欢迎的程度超过了县长，农民非常欢迎他，他整天与农民在一起，搞出了矮密早丰模式。找这些有专长的专家，他们的水平非常高。所以，专家是我们的秘密武器。

我们与科学家联系很密切，有的成了朋友，我们生活中是朋友，事业上是合作伙伴，他们感觉我们是在做事，是当作正当的事情在做，他们就是希望自己的成果尽快应用到实践上。

贺东仁顿了顿，继续对学生们说，总之，大疆的前景非常好，这不是因为我是这个集团的董事长才这样说，这是因为我们现在做的是朝阳产业，是全世界都在推崇的。

一个学生问，董事长，咱们集团的员工都那么热爱自己的公司，是什么吸引了他们？

贺东仁说，是一种企业精神。我认为，企业精神由两部分构成，一是企业领导者的个人魅力，二是企业发展的前景，在起步阶段可能个人的影响力是最重要的，到了企业逐步成长起来之后，光有个人的魅力就不行了，这个企业必须让人觉得是有前途的，有非常远大的前景，才可能吸引他们。

你看，我们的小于，于总，一个河南的企业家要挖小于，给年薪 40 万，还有一个企业给他 100 万，他都不去。我只给他 10 万，小于却愿意待在我这里。这件事过了很长时间他才跟我说，他们都是通过小于的老领导找他的，他都拒绝了。小于很负责任，他说老板把 20 万亩地都交给我，连管都不管，越不管我越要给人家干好，这不是钱的事儿。

总经理李石峰也有人挖他去，李石峰说你找错了人，你给多少钱我都不可能给你干。

为什么这样？因为，我们的事业与每个员工都有关系，所以大家都把这里当作自己的事儿。这是一个阳光的事，大家都觉得有希望的事。

小于在兵团的时候根本不用管那么多的事儿，到这里却什么都得管，很累，但乐此不疲。小于是个非常精明的人，当时，20 万亩地的设计费用就需要 40 万，他让设计院设计效果，施工图自己来做，节约了很多。我就喜欢聪明人，办事非常精明。

那您在用人上肯定有一种原则吧？

贺东仁说，对，我用人不用那些四平八稳的人。有人形容，去买面，拿着口袋去了，没买回来，也没有把口袋给弄丢了，这种人不能用。选优点突出，缺点也明显的人，这种人才能用。

北京公司有一个人，能力不行，我说让他试试吧，让周海涛把他用起来。发货总是弄错，上班不来，打电话也不接，把别人对你的信任当作做不好事情的理由，这是不行的。他总是说谁谁谁怎么样怎么样，后来就给他炒了，他出去之后找不到工作，没办法，还是想回来干。要反思自己，要是不能知错改错却把错都归到别人身上那是不对的。

说到这里，贺东仁感叹，搞好一个企业，一是定位，二是用人，人尽其才，物尽其用，说起来容易，做起来难呀。现在我们正在筹办大疆学院，这将会成为我们培养人才的基地。你们新疆农学院的学生在我们这里实习，我们是非常欢迎的。我认为你们这些学生的心态很好，没别的想法，很专一，踏实得很。把自己的位置摆得很对。企业需要一大批忠诚的员工和一批明星员工。

我最头痛的是人，不头痛事做不好，包括融资啊什么的，都不怕，就是怕人。最近有一个从英国留学回来的人加入我们的队伍，他说他在英国就发现英国人老是想占便宜，偷懒。许多人都这样。这怎么能干成事呢？

不过，人是需要培养的。我给你们举一个例子，咱们集团的总经理李石峰，说句实话，他本是一个很难合作的人，原来在单位都让人头痛，但现在我们却合作得非常好，他的能力也非常强，原来认识他的人都不相信。这大概就是因为我们有许多可能合作的因素在起作用吧？或者说，我们在磨合中，培养了他。甚至，于建设也是这样，我都给他充分的信任与自由。于总太精明了，是个人才。我们见面最少，问得最少，对他最放心，干得最好，他要找我谈的时候肯定是大事，我们这企业要是没有于总也不会有今天的发展。

你看我们加工厂的女厂长，她到北京办事时想的是什么？她跟我说："你让我过来办事得快点，我很着急呢。"她想到的就是工作，一心想把事情办好。

我们很多员工都挺好，离开以后还想着这个地方。当然，也有被炒以后挺有意见的，自己错了却在别人身上找原因的人最可怜。别人不理解我，别人对我不好，都是别人的原因。

这时，胡春风在一边叫着，好了！羊肉泡馍做好了，开吃吧。

贺东仁一看手表，呀，都 11 点了！

第19章　布局

到达乌鲁木齐机场的时间早了，贺东仁正准备过安检的时候，手机响了。是李石峰。董事长，新疆农业职业技术学院的负责人姚和平想跟你见一面，商量合作办学校的事。他们要到阿克苏来，我说你要到北京，他们还很急，说要尽早见你，你看你还有时间吗？

贺东仁看看时间，他们现在在哪儿？

李石峰说，就在乌鲁木齐。他们说，离机场不太远。

贺东仁说，行啊，你让他们跟我联系吧。

姚和平一下就认出了贺东仁，两个人热情握手。他们就在机场的咖啡厅谈了起来。

贺东仁问，我们以前见过面吗？你怎么眼神这么毒，一下子就认出了我？

姚和平说，在电视上常看到你。我们的学生就在你们的示范园里当实习生，我们不是外人，我们的学生反映，他们在你们的企业里学到了许多实用知识和本领，所以，我们首先得感谢贺总对我们教学工作的支持。

贺东仁突然想起来，噢，对了，还真有一批不错的学生在我们那里，非常踏实，说明你们的教学搞得好啊。

姚和平说，这大概是我们合作的有利的基础吧。不过，我们真正想跟大疆公司合作办学的想法始于庄跃然书记到我们学院的视察。他在今年到我们学院视察以后，提出了一些问题和建议，我们认为他讲得很好，这次想选择一家企业联合办学也是要落实他的这些讲话精神。

姚和平说，大疆在新疆很有知名度，我也曾经到大疆考察过，觉得大疆的技术是一流的。重要的是，大疆正好在环塔里木一带，而且是目前搞特色林果产业化的唯一的一个大企业，你们是种植、生产、销售形成了一条产业链了。

贺东仁说，我谈谈我的意见。大疆公司走到今天也是经历了许多沟沟坎坎。在多年的摸索中我们已经感觉到了人才的重要性。我们不怕吃苦，不怕困难，也不怕市场。但是我们就是怕没有人。没有人才，这个事业就没有后劲，也就没有前途。所以，在我们的发展设计中，我们也有建设自己的人才培训学校的规划，而且我们在成立集团公司的时候，还留了一块地，准备建立一个大疆学院的。

这个消息让姚和平高兴。大疆学院，好哇，咱们合作的这个学校就叫大疆学院。咱们想到一块去了。

贺东仁说，是，我一听到李总跟我说这个事，我就觉得这真是无巧不成书，我们可以强强联合嘛。把你们最强的师资力量、办学经验及办学方针与我们企业的实际结合起来，把课堂办到果园，办到田间地头，让学生在地里学知识，把理论直接应用到实际的操作中去，这样的学生会有很强的本领，到哪儿都是能干的人才。既懂得专业理论又熟悉现代农业的产业化特点，他们就是新疆未来农业产业化的火种，走到哪里都将是实干型人才。

谈话快结束的时候，姚和平说，除了这件事，我们还想请你参加一个活动。在北京著名的798艺术区将举行全国职业教育的“双百”论坛，“双百”就是“百所名高职、百家名企业”，这是一个由教育部职业教育机构与企业组织的大型联动活动，主题是面对全球金融危机，企业和高等职业教育如何发展，我想请你在这个会议上代表我们新疆的企业发言。

贺东仁非常高兴地接受了邀请，好哇，我们大疆公司也可以为这次会议提供一期产品进行品尝和展示嘛。

回到北京，贺东仁面试了两位海归，一男一女。

女孩较瘦一些，贺东仁问，你在英国学这么长时间回来以后为什么不找一家条件更好的公司？大疆公司可是搞农业产业的，农业的特点就是苦呀。虽然用不着脸朝黄土背朝天，但也是要经常到地里跑，跟农民打交道的，特别是新疆这个地区少数民族很多。

女孩说，我就是想多吃一些苦才选择农业公司的。我很想做些实际工作，中国有十多亿农民，认识中国的农民才能真正地了解中国。我在国外待了许多年，对中国国情缺乏了解和认识，这正是我想尽快知道的。

贺东仁问，那么，你对工资待遇和其他有什么要求吗？

女孩说，工资给多少我不在乎，我并不缺钱，我的要求就是把我派到最基层的地方，最苦的地方去。我要到真正的基层，一步步做。

贺东仁对女孩的回答很满意，你的想法与大疆公司所提倡的精神是相符的，既然你要求到基层去，那我看你就到新疆公司的基层先做做吧，看看能不能适应。如果你愿意，明天就背起行李走吧，我们喜欢雷厉风行、说干就干的人。

男孩看上去很年轻，贺东仁就问，你不大吧？

男孩腼腆地说，我就长得这样儿，其实我也不小了，在英国都待了几年了。

贺东仁问道，我还没有看你的应聘简历，你在英国学什么？

男孩说，我在英国是学农业经济的，还在英国的农场实习过。

贺东仁说，中国的农业与西方的农业不太一样，我真希望你能把西方现代农业的观念带到中国来，我们需要把传统的中国农业与现代的农业产业结合起来，引进西方的管理技术，这是大疆公司大力发展的方向。你对中国的农村了解吗？

男孩摇头说，不了解，我在国内的时候就一直在学校里，很少接触农村。我是城里长大的，对中国的农村了解得就更少，就是想回国多接触一下，把自己的专业特长发挥出来。

贺东仁又问，你对工资和其他的待遇有什么要求呢？

男孩显得很实际，他想了想说，工资有个一两千块钱就够了，要是你觉得高了还可以再低一些。

贺东仁就笑了，你的要求不高，一两千块你不觉得有些少吗？

男孩说，不少了，现在全球都在发生危机，有工作干已经很不错了，咱们一起渡难关吧，危机总会过去的。

贺东仁发现这个男孩很会理解人，就想到以前应聘的人一般提出的工资要求都很高，当然这也没有什么不对的，但是，往往有些善于跟老板讨价还价的人，进入公司以后干得并不踏实，只要一有机会就立即离开，去工资更高的地方了，这就影响稳定。现在，这两个英国留学生是把这里的事当作事业来干的，这就有了最基本的稳定基础。

阿克苏总部，李石峰对贺东仁说，你要让我说真话的话，我不赞成上市。

贺东仁奇怪，为什么呢？现在所有的公司，包括中小企业都在酝酿着上市，而凭我们公司的实力上市完全没有问题嘛。

李石峰解释，我并不是认为我们公司没有实力上市，而是说，我们，至少我自己对这个领域一无所知，我们不知道这个领域里的东西。就我一个搞农业经营的人来说，我觉得，在没有把握的时候最好不要进入自己不熟悉的领域。我们不知道这里面有什么，风险有多大，陷阱有没有。我最担心的是，我们辛苦挣下的这点儿家业，一上市弄不好就会赔进去……

贺东仁说，不懂的东西我们可以学习嘛。虽然我也不懂这个领域，但是，我们边学边干，也可以请专业人员来做。你想啊，要是一上市，我们就可以募集资金，实现许多我们已经有设想却因为没有足够的资金而未展开的工作嘛。大疆林场现在虽然一期工程已经完成了五万亩的开发，但是，要是我们的资金充裕，我们的 20 万亩差不多早就开发完了，我们就是让资金拖了后腿啊。

李石峰还持一种保守的态度，我总觉得，最好不要欠别人的债，这样踏实，我们这之前从来没有欠过银行的任何钱，完全是靠咱们自己的力量在做，非常踏实，现在突然要借。我这样想不知对不对，借这么多的钱进来，要是出了问题该怎么办呢？

贺东仁乐观地说，这可不完全是借钱的意思，是集中社会闲散资金，大家一起把事业做大。持有咱们股票的人就是咱们的合作者，是咱们的股东，也变成咱们公司的成员了。我们是通过这种方式把力量壮大起来。你的思想还是不够解放，以前没有向银行借贷是因为我们有政府有我们自己的底子在那里，现在真要想把事业做大做强，让公司上市是一个好办法。我们起步靠政府，发展就必须靠银行了。如果还是靠着我们以前的办法去干，就不会太快。我们的产业链现在正在形成的时候，如果我们的资金跟不上，那将会拖企业发展的后腿。石峰呀，你还是再想想，这个问题我觉得对我们是非常重要的。这样吧，我们请一些专家给我们上上课，既然我们都是门外汉，那我们就通过学习变成门内汉吧。

李石峰表示赞同。贺东仁说，我们把所有的高层干部都集中起来组织学习，就是学习上市的相关知识，给大家先扫扫盲。目前阿克苏还没有一家上市公司，阿克苏地委、市委、市政府也都非常支持我们上市，这将给阿克苏的其他企业树立一个榜样，让他们看到阿克苏发展的潜力是无穷的。现代农业是目前股市上正在崛起的热点与焦点，我们要做第一个尝试的人，就像当初我们闯入阿克苏的农业产业市场时一样，我们要做的是示范与带头作用。

当晚，贺东仁在阿克苏召开了一个高层干部的视频会议，北京、库车等地同时参加这个会议。贺东仁对全体干部阐述自己的想法。当前全球的确正遭受金融危机，情况比我们所知道的可能更糟糕。许多企业和个人可能在这种压力下变成了逃兵，开始放弃，或者在等待观望。但是，我认为，这个危机恰恰给我们提供了一次机会，我们必须利用这个机会做出更大的事来。风险当然有，任何时候都会有风险。但是，我们得学会在风险中寻求发展的机会。我想现在正是我们布阵的时候，商场如战场我们得讲战法，得未雨绸缪，所以，我想有这样几件事情需要做：

第一，从现在开始就要积极筹划上市工作。我们要组织全体高层干部学习上市知识。石峰说得对，我们不能当门外汉。除请专业人员来做之外，我们自己也要变成专业的。这样就不会出现石峰所担心的别人骗我们的情况了。所以，当前，在做好工作的同时，都要学习上市知识。这由公司统一安排学习。

第二，为集团上市，针对公司的产品，我们要做一些宣传，力度要大一些。我想，我们的宣传工作也不做别人做的那种广告，对于直截了当的广告宣传大家都已经产生了逆反心理，宣传效果未必就好。我想我们走另一条道路，就是用写书、拍电视剧、舞台剧的方式，以我们公司的人和事为内容，请作家艺术家们编成故事进行演绎。只要编得有趣，就能让我们的企业和我们的疆枣在观众心里留下深刻的印象，一想起健康就是疆枣和疆枣系列产品。

第三，要在人才上做储备。现在几乎所有的企业都在裁员，一些优秀的人才正在面临着失业，而我们现在就要“抄底”。现在企业的竞争就是人才的竞争，这句话许多人都挂在嘴上，可是做到却很难。我们要实际去做，把优秀人才引进我们大疆公司来，他们不仅会给我们带来财富，也将会给我们带来先进的科学管理经验。

第四，在产品的开发上，要遵照“推一个，抱一个，想一个”的原则，就是，目前大力推动一个新产品出来，同时我们还要开发新的东西，不断有新的产品新的成果出来，这是我们要遵守的原则，让我们的企业不断充实、壮大。

会议中，大家积极发言，提出自己对大疆公司种种建议，还有对现实工作的一些想法。

按照与投资公司商定的时间，几家金融企业很快都到阿克苏来考察、评估大疆公司的价值。当考察者站到广袤无际的大疆林场的时候，他们都被这片土地震撼了，你们有这么大一片地为什么不早上市呢，就是这片地也非常值钱。

贺东仁问，你看，我们这块地值多少？

考察者毫不犹豫地说，就算最低的地价，至少也值三个亿呀！

这句话让贺东仁也吃惊了，他从来没有想过这片地的价值，现在评估的人一说，才意识到这片地还真是开发对了。站在一旁的李石峰更是感到震惊，三个亿？！

贺东仁乐了，石峰，咱们成了财主了。

看完林场，考察者非常兴奋，就问贺东仁，贺董事长，你说吧，你要多少钱吧，要多少我们都投了，这么有前途的企业也是很少见的，我们投定了。

贺东仁乐呵呵地说，我们还有呢，咱们到库车那边看看我们的肥业公司，你们也会觉得好的。你看，看了我们的种业公司之后，你们就已经确定我们的公司上市已经不成问题，看了我们的地，你们都这样了，那么，我们有一个问题想问，就是我们的三家公司是一起上市好呢，还是一个个地上好？

考察者说，这个倒是不用急着说，我觉得你们的公司上市只是时间问题，不是实力的问题。同时，主动权完全在你们的手里，你们可以多谈一谈，选择一家适合你们的公司。

考察结束以后，贺东仁信心大增。他兴奋地对李石峰说，石峰，我真是没有想到，咱们公司原来有这么大的实力，我们看到的只是表面上能看到的那点东西，还有这么大的潜在价值未被我们发现。前几天在北京我对郝治方教授说，我很快就要融到三个亿的资金，我问他信不信，他说，过去我不信，现在我就信了，因为过去对你和你的公司了解得还不够。那个时候，你只有一片荒地，那值什么钱？现在可不得了，你的产业链有了，产品在市场上站住脚了，你再融资就有资本了。我当时跟他开玩笑说，其实我们的地是更值钱的东西，当时就随口一说，现在看来，还真是，这一系列的发展都是依靠土地呀，现在我们真的要在荒地上种出金子来了。这是我们的根基，这一点都不错。

李石峰在这个过程中也深深被大疆厚实的基础所感动，以前我们只是说到这里闯个天下，最多是抱着改变这里环境的想法。现在看来，在改变生态的同时，大自然也正在回馈我们。上市这条路走对了，我现在完全被说服了，我觉得这必须要推进了，越快越好。

于建设也满足地说，董事长，我跟你说过，咱们只要保住了土地就保住了发展的根本，如果资金顺利注入，我敢这么说，用不了多长时间，咱们剩下的土地就会很快被开发出来，都种上树，挂满果，这将给我们带来广阔的发展空间。

贺东仁说，对对对，一定要让我们的公司上市，通过融资把事业做大做强！

为什么只让带这么多的产品？贺东仁不太理解，展销嘛，能销多少就看本事嘛。

朱宏有些为难地说，这是咱们阿克苏地委的组织者提出来的，说不能带太多的产品，到上海的展销会以展示咱们的商品为主，销售不是主要的，所以只允许带这么多。

贺东仁就嘱咐，咱们要做充分准备，据我估算，咱们的产品肯定会有好的销路，这也是推销产品的好机会。

朱宏有了信心，那咱们带多少过去？

贺东仁说，至少要带一吨半。听我的，一吨半可能还不够，把货发过去，看看咱们的场地有多大。如果有足够的地方，时间也来得及的话，还可以让阿克苏这边再发货过去。

这次由新疆在上海组织的产品展销会，是由自治区组织的大型特色林果展销活动，自治区的农业林业部门通过各地市的农业林业部门向新疆各企业都发出了邀请函，号召新疆的相关企业都到上海去展示与推销自己的特色产品。同时，这也是自治区对各地区的农业企业进行评级的活动之一。大疆公司接到通知之后，就积极准备参加这个活动。贺东仁认为虽然大疆公司在上海有自己的专卖店，但是，影响力还有限，这次自治区组织的展销活动也是一次扩大宣传的机会，所以，派公司新招聘的朱宏负责这件事情。

不过，上海展销会上给大疆公司的展销场地非常有限，根本摆不下很多产品。朱宏想了许多办法才把一吨半的疆枣挤在那里。来展销会场的人还真不少，人们在各个展台前纷纷驻足，品尝产品。来自新疆这个天然果园的产品得到了上海人的认可。

大疆公司的展台前更是聚集了一大群人，他们品尝在那里摆放着的疆枣，都赞不绝口。朱宏向大家介绍产品的特性，疆枣与其他枣类的不同点。听完介绍，刚刚还觉得“好吃，就是太贵”的人们才理解，这才是真正的绿色无污染的好枣，于是纷纷掏钱购买疆枣。正如贺东仁所估计的那样，大疆公司带来的一吨半疆枣没有多长时间就卖完了。就连做样品的最后一包疆枣也被人买去了，此后，还有一些听到消息赶来的人还要求买，可惜没有了。朱宏只好介绍他们到大疆公司在上海的专卖店里去买。

不巧的是，朱宏刚走，阿克苏地委负责农业工作的贾志就陪着地委书记李慧民来视察了。李慧民是到上海参加会议顺便来看一看阿克苏到上海参展的企业。

转了一大圈，李书记一个摊位一个摊位地看着参展商，与来自阿克苏的商家交谈着。突然，李书记问贾志，怎么没有看见大疆公司的展台啊?

贾志撇撇嘴，人家现在是大企业，根本就瞧不起咱们自治区的这个展销会，人家根本就没来!

李书记疑惑地问，不会吧?这样宣传企业与产品的机会，贺东仁一般是不会错过的呀，你们是不是又没有通知人家呀?

贾志佯装生气地说，自从那次企业名录事件之后，谁还敢不通知他呀，我们可没那个胆子。忘了通知谁也忘不了通知他。这次我还特意嘱咐工作人员，要他们一定通知到贺东仁本人，叮嘱大疆公司的贺东仁董事长，一定要参加，这是自治区组织的，跟企业的评优有关的一次展示活动，他们是咱们阿克苏的明星企业嘛，是咱们阿克苏的脸面，可要参加啊。

说到这里，贾志两手一摊，你看看，他就连这个面子也不给!只是不给我贾志的面子也就罢了，可这是咱们自治区组织的呀，他就能把自治区农业局、林业局不放在眼里，更没有把你李书记放在眼里。他的底气可是真足呀，我看我们阿克苏是把这个贺东仁给宠坏喽，我们阿克苏恐怕是放不下他了。

李书记已经习惯了贾志阴阳怪气的口气，并没有在意他话里话外的那些用意，只是很遗憾地说，贺东仁他们没来，这可真是不该啊，或许，跟他们上市的工作发生冲突了吧，他们不该不来呀。

贺东仁跟投资公司的朋友们坐在大疆公司总部人工湖边的树荫下谈公司上市的事儿。湖边摆着一张长方形的桌子，上面罩着一块白布，桌子上摆着茶水和疆枣等食物。双方人员都很轻松地围坐在那里。

微风吹来，掀动着岸边的垂柳，偶尔有小鸟落在周围的地上觅食。

贺东仁兴致勃勃，他指着远处正在施工的公寓房的建设工地对投资公司的总裁说，你看，这些公寓房很快就要完工，等你下次再来，就请你住我们专门给专家学者们准备的客房了。

总裁笑着问，不是公寓房吗?怎么又出来了客房?

贺东仁很自豪地说，咱们企业靠的是专家学者的支持，是许多大学与研究机构的实践基地，经常会有专家来这里进行实验与技术指导，甚至是产品研发。我们就在这幢大楼设计的时候，专门为这些专家学者们预留了一层的房间，都是按照五星级的标准装修。这样，他们来了有一个舒适的环境，就会更好地工作，就会把这里当作自己的家了。

总裁感叹，贺总，您想得可真周到啊，您有这样一批朋友式的科学家给你们做后盾，我们对企业的信心就更足了。

贺东仁看到远处郭东风走过，就高声地喊，小郭，你过来一下。

郭东风听到喊声，跑步过来，贺东仁给总裁介绍，这是我们招的第一批大学生员工，非常朴实，最喜欢钓鱼，你看，这个湖里养了许多鱼，品种也很多，咱们今天就让厨师给咱们做这个吃吧。

然后，贺东仁对郭东风说，小郭，你去准备一下钓鱼的工具，钓几条鱼，咱们今天请卢总吃咱们自己湖里养的鱼，钓个三条五条就行。

郭东风高兴地去准备钓具了。卢总也来了兴趣，贺董事长，我也是个钓鱼爱好者，我来钓好了。

贺东仁就乐了，好啊，小郭，那就准备三套鱼竿，我也参加，咱们吃不完的给食堂，今天咱们食堂就开鱼餐了。

卢总哈哈大笑，没想到，到了新疆还真钓上了大疆这条大鱼啊。

第 20 章　阴晴圆缺

这里的自然环境很差，与塔克拉玛干沙漠做邻居，就得学会适应它。这里的百姓几辈子人就这样生活繁衍，都苦惯了。

贺东仁和投资公司的卢总他们坐在幽静的湖边，边吃午饭边聊着。贺东仁说，我给你们讲个让人心酸的事，这里有个老汉，攒了些钱，不多，就想给家里添个物件吧，就走了很远的路，走到城里的商店去，跟服务员说，你说我买个什么好呢？服务员看他手里攥着的钱不多，就说，要不你就买台电扇吧，现在是夏天，有时候挺晒、挺热的，吹吹电扇就很舒服。服务员就帮他挑了个电扇，插上电源一吹，老汉站在电扇下面，觉得很舒服，就高兴地买了。费了半天劲儿，把电扇扛回了家，一回家就把全家人都叫来了，说我买了个宝贝，它一转咱们就舒服了。老汉就让全家人围着电扇站了一圈儿，准备好了，他就去按电扇上的按键，可是，把所有的按键都按了一遍也不转。老汉就生气了，扛着电扇又走了三十多里地找到了那个卖给他电扇的服务员问，你们咋把个坏电扇卖给我了？服务员就很纳闷，问，你是怎么开的电扇，听完了老汉的话，服务员就乐了，说，你没有插电源呀，你插上电源不就转了吗。你猜老汉怎么说，老汉说，啥叫电源呀？服务员不耐烦了，你们家不看电视呀？电视不插电呀？老汉就更疑惑了，啥是电呀？这老汉连电都不知道是何物！祖祖辈辈就是在黑暗里生活着。后来，大家才知道，从来没听说过电是什么东西的，不止老汉这一家，很多家庭都是这样的。

听了贺东仁的故事，卢总很感动，你们到这里，改变自然，通过改变自然改变这里人们的生活，意义不小。

贺东仁叹气，唉，物质生活的改变是一个方面，还有就是观念上的。就拿生孩子这件事来说吧，这里的人像中国许多地方的农村一样，越穷越生，越生越穷。我就认识乡里的一个干部，他老婆第一胎生了个女孩，他就给孩子起个名字叫“招弟”，盼望着第二胎能生个男孩。可是，第二胎又生了个女孩，他就给这第二个孩子起个名字叫“二招”，希望第三胎能招个男孩来，到了第三胎又生下个女孩，这干部倒也有耐性，又给这三女儿起个名字叫“三招”，不幸的是，第三个女孩也没有给他招来个男孩，第四胎又生了个女孩，他这才有些泄气了，妻子就问他，那也得给咱们这个四丫头起个名字啊，丈夫一拍腿说，就叫她“绝招”吧，不能再生了，再生，咱们可真受不了。后来，大家就开他的玩笑，都叫“招”办主任，他一听就说，我们光招女生，我们家顶多就是个“女招办”，我老婆是女招办主任，我就是个副主任吧。

大家哈哈大笑。贺东仁却笑不起来，多让人心酸哪。光有物质的改变不行，必须有观念上的改变，那才能彻底改变生存状态。

卢总转移了话题，他望着贺东仁说，咱们是大口吃肉，大碗喝酒，豪情壮志。卢总一边赞叹，一边兴致不减地说，你这个企业不仅有想法，还挺有生活情调，你的小环境搞得相当不错，员工们在这样有山、有湖、有树、有草、有小桥有流水的环境下生活，真是像极了度假。

绿草地上的洁白桌子上，大不锈钢盆盛着做好的鱼，还有同样一大盆土鸡，一盆烤肉，还有一些山野菜，酒杯斟满酒。

贺东仁笑着说，到了大城市也未必能品尝得到这些东西，这土鸡就是咱们自己随便放养的，这是咱们新疆最有特色的羊肉。其实新疆有着得天独厚、不可复制的东西，我们正是看中了这些有前景的东西才扎根在这里的。过去，我们是游击队，现在我们要当正规军了，只要上市工作一完成，我们的企业的现代化工作也就会完成。

卢总笑着，真是三句话离不开你的事业啊。

贺东仁不好意思地笑了。电话响起，看了一下号码，他抱歉地对总裁说，是李书记，我得接一下。

什么？黄牌警告？！贺东仁不相信自己的耳朵，李书记你的消息准确吗？

李慧民在电话的那头皱着眉头，咱们是把你们的大疆公司当作重点评优对象报上去的，谁也想不到，不但没有评上优，反而拿回一个黄牌警告的牌子。怎么会是这样呢？

贺东仁肯定地说，不对，李书记，这个事情不对头。我们企业年年都参加自治区的企业评优活动，我们多少也知道一些情况，这种评优活动，参加的企业要么被评上优，要么就评不上，达不到优就回去努力，从来没有给过任何企业所谓的黄牌红牌的。黄牌红牌对于“评优”是文不对题嘛！

李书记也纳闷，我也觉得有问题嘛。可是，自治区评选的结果已经发到地委来了，秘书把文件拿给我看，我这才找你呀。看来这个事情已经定下来了。

贺东仁问，他们说过什么理由吗？

李书记说，我让秘书问了自治区，他们说，你们不配合自治区农业局、林业局部门的工作，他们说，上海展销会你们就没去。

说到这里，李书记就问贺东仁，哎，对了，展销会我可是到了现场啊，你们确实没有人参加嘛，是不是真的像贾志说的那样，你们骄傲了？

贺东仁明白了，又是贾志在捣鬼！

李书记就说贺东仁，哎，我是亲眼看见的，你们就是没有人在现场嘛。

贺东仁委屈地对李书记说，李书记，我们发去一吨半的疆枣在一个上午都卖完了，怎么可能没去呢？！

李书记有些吃惊地问，是吗？那为什么不多发些货去呢？

贺东仁说，地委通知我们的时候，告诉我们最多带一吨过去，这我们还是违规多带了半吨呢。你去的时候，肯定是我让朱宏他们走了之后的事。

清晨。天空晴朗，一丝云都没有，太阳依然很亮。

贺东仁起得很早，他站在公司公寓房的建设工地上，心情很好。旁边是工程施工队的负责人老王。贺东仁微笑着对老王说，我相信你们的能力，从盖厂房的时候咱们就合作，如果没有你们的积极与诚意，我那 109 天的神话是不可能实现的。

说完贺东仁满意地哈哈大笑，其实当时我也没有十分把握，就是觉得你们办事的作风和我很相似，所以就相信了你们。你们果然非常棒，在我设想的预期内完成了厂房的建设，使我们得以按时进机器、装设备，按时培训员工。不然，你看，我不就是在李书记那里吹牛了嘛？

老王也笑着说，不过，我们那个时候真是玩命了，24 小时车轮战哪！就连做饭的师傅都有一点撑不住了，为了让工人们能吃饱吃好，有力气干活，他们可是 24 小时做 6 顿饭，我还要求他们不能完全重样，要不然，工人可不干了。

贺东仁非常感激地望着老王，我们的事业就是靠了你们这样一批好朋友的大力支持才得以发展起来的。

老王有些不好意思地说，哪里哪里，你这也是给饭吃嘛，不然，我们不是也得到处揽活……

贺东仁望着老王沉下脸，认真地叮嘱，老王，我这个公寓楼的时间也很紧哪，咱们可也是说好的啊，9 月底，这五层楼一定要交工的，一天都不能拖。

老王有点为难，老贺，你可真是给我出难题，现在都是 7 月了，满打满算也就是 3 个月的时间，五层楼，有难度啊。

贺东仁望着已经挖出的地基，一语道破天机，你的困难不就是资金嘛，我不拖你的钱，我会按照咱们的约定一笔一笔地给你，这个你不用担心！

老王有些不好意思。哎，咱是被人家给拖怕了！

贺东仁转移话题，现在大疆发展很快，一进入 9 月底，就是收枣的季节了，我们就要招一大批员工进公司，他们都得有住的地方，你要是完不了工，我的人住哪儿？

贺东仁转身指着后面的一大片空地说，就在这个地方，我们要建起一座现代化的晾晒场，今年我们收的枣要比去年多得多，我们自己的枣树不算，还要大量收购我们技术扶植起来的那些维吾尔族农民的枣子。要大量进人，首先就要解决他们的吃住问题，所以，你要像攻建厂时的那个战役一样，攻下来，我在资金上不拖你的后腿，你也要在工程进度上不能扯我的后腿呀。

老王是个朴实憨厚的人，他很仗义地说，贺总，你放心，今天你话都说到这地步了，我老王要是不按时交工，就不够朋友。

贺东仁高兴地拍着老王的肩膀，有你这句话我就放心了。

大疆公司的大院里，只有新公寓楼的建设工地热火朝天。工程的进度很快，两个大塔吊不停地在运送着建筑材料，正在紧张地施工。

杨迁拿着公文走进贺东仁的办公室，董事长，根据您的意思，意见书已经拟好了，您看还有哪些地方需要修改。

贺东仁没有接文件，却问道，杨迁，有李总的消息吗？

杨迁迟疑了一下，小心地说，李总……好像就在阿克苏。

贺东仁一听坐直了身体，他在阿克苏？！那怎么不回公司？现在多需要他！立即找到他，让他回公司。

杨迁说，有人在阿克苏看到他了，他……好像自己弄了一个公司呢。

贺东仁摆着手，不可能！别瞎说。石峰要是单干了，他也会跟我明说的，不可能悄没声……我还不了解他。

杨迁立即转移话题，把文件递到贺东仁面前，您看看，要是没有问题，就贴出去了。

贺东仁接过文件，仔细地看着，在文件的几个地方画了几笔，递给杨迁说，这个告示可以激励一下我们员工，午饭前就贴出来，让大家也议一议，各方都征求一下意见。

中午开饭前，食堂门口贴出了告示。大疆员工们三三两两去吃饭的时候，就看到了关于公寓楼分配方案的征求意见书——

新建员工公寓楼分配方案征询意见书

各位员工：

为改善员工生活居住条件，体现公司对广大员工的关爱之情，公司新建

了员工公寓，内设酒店式标间、美发室、图书馆、娱乐室和普通房间，将在9月底竣工，现将宿舍分配方案进行公示并征询大家的意见和建议。

1. 公司高管：标准间

原则上一人一间，以保障工作需求，方便对外联系

2. 中层管理人员：标准间，2—3人一间

3. 主管：4人一间

4. 普工：6人一间

5. 家庭公寓：

在公司工作2年以上的员工结婚后可分配一套，其他工作2年以上的员工，为解决夫妻分居问题，也分配一套

6. 预留接待房数套

以上房间，均免费居住，公司将参照酒店标准进行装修，公寓建成和投入使用后，将为大疆绿洲员工提供引以为豪的生活环境。

特此公示。请大家中午饭后统一到工地参观，并对分配预案提出合理化意见和建议。

大疆绿洲公司办公室

8月26日

正如贺东仁所预料的那样，这个告示让员工们兴奋了好一阵子，他们的生活状态又要上一个台阶了。年轻的员工一边看，一边议论着，有的还开着玩笑。大家心里的梦开始萌芽了。

大疆公司又开始热闹起来。

公寓楼已经高高地竖立起来了，即将封顶。离公寓楼不远处卸了许多钢管，贺东仁跟杨迁说，咱们就自己做床，咱们有自己的电焊工，有自己的工人，利用这一段活不太多的时间按照咱们自己的想法做多好，又省钱又结实。

杨迁跟贺东仁开玩笑说，还是董事长会算计。

贺东仁笑着说，那是，办企业就是要精打细算，这也是过日子嘛。

贺东仁又说，收枣的季节马上就要到了，咱们就要招大批人员，参加咱们的收枣大会战，在这之前，给大家把休息的地方准备好……对了，这次招员工，要尽量多招维吾尔族兄弟来。咱们就是要做个榜样看看。我们要给维吾尔族兄弟们提供机会，跟他们搞好关系。

杨迁却没有那么乐观，董事长，我们是很想多招一些维吾尔族的，可是有难度呀。他们都不肯来。

贺东仁就说，想办法嘛，跟村干部联系，让他们组织，尤其是咱们的扶植对象。现在不是有很多干部都在各村各乡做工作吗，跟他们联系，他们肯定会大力支持的。那咱们就更应当打破这个僵局。

贺东仁站在那里，很执拗地说，咱们也组织一支队伍，跟着工作组的干部们一起下去，他们做思想工作，咱们就做经济工作呗，一定要打开这个局面。

杨迁受到了鼓励，对呀，咱们也组织一批人下乡去，一边招工，一边跟他们签订红枣收购合同，到了 10 月份，就可以直接收枣了，这是个好办法。

贺东仁笑了，你看，只要想，还是有好办法的嘛。

李书记召开关于形势的报告会，要求各级政府主要干部、在疆的企业领导人都必须到会，贺东仁也参加了这个会议。

李书记是名儒将，讲话不紧不慢。他对于阿克苏了如指掌。这个报告三个多小时，没用稿子，非常动情与精准地讲了阿克苏这几年取得的成绩，同时，还对一些现象进行了理性分析。他非常熟练地列举了大量数据，以扎实的科学调查结果说明问题。在谈到成绩的时候，李书记提到了阿克苏重点发展的林果业，提到了许多在阿克苏发展的企业，提到了如大疆公司这样的高科技红枣企业在当地的带动作用，对当地少数民族致富的推动作用，对于维护民族稳定的积极作用。

他的讲话实在、朴实，态度亲切、坚决。他非常明确地说，在维护国家统一、民族团结的问题上，一点也不讲价钱。

李书记的讲话铿锵有力，与会者受到了鼓舞。

会议结束后，贺东仁兴奋地走出会场。车停稳，贺东仁正准备坐进车里的时候，突然停下了，望着迎面走过的一个人愣在那里：李石峰！

石峰！贺东仁兴奋地高声地叫着，石峰！你回来了！

贺东仁的叫声把正在边走边沉思的李石峰吓了一跳，他望着贺东仁，却没有那么兴奋，反而冷冷地看着贺东仁。

贺东仁走上前亲热地当胸就给了李石峰一拳，你小子去哪儿了？这么长时间，连个消息也没有，电话换了也不说一声，急死我们了！还以为你在乌鲁木齐出事了呢，派人找你呀，就差报案了！

李石峰不由自主地向后退了几步，啊，董事长……是你啊。

贺东仁一点都没有感觉到李石峰有什么不对头，他还是热情地说，走，走，咱们回公司去，我今天不安排事了，咱们聊聊。

李石峰本能地拒绝，这……我今天还有事情，不方便。

贺东仁说，再大的事，放在明天说，我很想知道这么长时间你到底干什么去了，消失得这样干脆。

李石峰沉默着，然后一字一字地说，董事长……我……现在自己干了。

贺东仁愣了一下，自己干？什么自己干？

李石峰把话说出来后反而平静下来了，自己干就是不跟你干了，我自己注册了一家公司，已经开始运转了。这就是我消失的原因。

这话一说出来，贺东仁才明白，但是他却不能适应这个变化。

贺东仁望着李石峰，李石峰却没有直视他。他依然挎着他那个挎包，像最初刚刚来到阿克苏的时候一样，只是显得有些疲倦。

沉默了一会儿，贺东仁才真正清楚他面前的李石峰已经不是几个月前的李石峰了，现在他离开了自己。

一直有人跟我说，你已经单干了，我一点都不信。我想听到你亲口对我说，你为什么突然不辞而别。你知道我们有多担心你吗？我们能想到的你在阿克苏的朋友都找遍了，我都派人到山西的老家找你了，哪儿都没有人，你的手机是不是换了啊，也打不通。

李石峰平静地说，你也别再追问了……兄弟一场，合作一回，我走的时候都考虑清楚了，经济上我没有做对不起你的事情……天下没有不散的筵席，我离开是早晚的事。我没有在你最困难的时候离开，现在你已经做大了，我走也是踏实的。

贺东仁哽咽着有些说不出话来，两眼红红的。

一阵风吹过，落叶在地上跑着。街上的人很少，阳光依然很亮。偶尔有汽车驶过。

沉默了良久，李石峰对贺东仁说，有一件事我可能会对不起你了，离开你我还得做这行，还得在阿克苏做，但你放心，我不会做损害你的事。

迟疑了片刻，李石峰缓缓地走到自己的车旁，最后回头看了一眼贺东仁，进了车里。汽车启动了，贺东仁还站在那里愣着，木然地望着李石峰的汽车走远了。

司机走到贺东仁面前，董事长，上车吧。

贺东仁又站了几秒钟，你把车开回去吧，我想自己走走。

司机迟疑地问，路很远，还是上车吧。

贺东仁无力地挥了挥手没有说什么。他沿着人行道慢慢地走着。听到李石峰亲口跟自己说了，悬念已经没了，真实的失落感却占据着身体。

回到公司的时候，接近黄昏了。公司的大门大开着，贺东仁走到收发室前，值班员走出来，急切地对贺东仁说，董事长，工地上一个工人从楼上掉下来，死了！他们正在闹事呢。

这时，从办公楼上跑下许多人，大家看到贺东仁什么都没有说，所有的人都匆匆地向工地跑。工地上，围着一群人，有工人在大声地咆哮着，要有一个说法，一定要有一个说法，人都死了，不能白死呀！

老王蹲在地上抱着头，痛苦地唉声叹气。贺东仁、杨迁等人赶到现场，老王像看到救星一样站起身。大家不做声了，看着贺东仁，贺东仁走到工人面前，关切地安慰他，现在已经这样了，大家一起商量个办法，再着急也没用。

然后，贺东仁又问老王，还有受伤的人吗？

老王说，没有了，就他一个，是不小心从上面掉下来的……我对不起弟兄们哪，这让我怎么交代呀。

贺东仁拍拍老王的肩膀，这是个意外事故……通知家属了吗？

老王点着头。贺东仁转向大家说，弟兄们，请你们放心，你们是在为我们建设的时候出了这种惨剧，我们会负责任的，一定会有一个让大家满意的处理方法的。你们不要再为难老王了，这件事我也是有责任的，我太心急了，让你们兄弟们赶工，才有这样的事件出来。弟兄们，你们先休息吧，我跟老王去处理……

一个民工瞪着眼睛说，那不行！得有我们的人在场，你们商量什么得有我们的人在场，我们不能吃亏。

贺东仁说，好哇，那就请弟兄们推举出代表，我们一起来商量处理意见。

民工们商量了一会儿，推举了两个人。贺东仁说，那咱们先到办公楼去说说。这时，一个员工匆匆跑来，对贺东仁说，董事长，李书记来电话找你，他说一定要找到你！

贺东仁一听对老王和两个工人说，你们都到会议室去，我先去打个电话，杨迁，你先陪着他们。

匆匆赶到办公室，拿起电话，李书记问，老贺，怎么，问题很严重？

贺东仁叹了口气，你的消息真灵通。

李书记说，死人，这么大的事，我能不知道吗……

工人是不小心……

李书记打断他的话，口气极为罕见的严厉，你要把这件事处理好，绝不能在这个时候出乱子，这是我对你唯一的要求。其他有什么困难直接找我。

贺东仁保证说，相信我吧，李书记，绝不会出任何问题，我知道，你现在最担心出事情，我会处理好的，放心吧。

挂了电话，贺东仁径直到了会议室。老王他们已经坐在那里了。

公寓楼封顶的那天，贺东仁病倒了。

他病得很重，浑身无力。卧在公司的宿舍里，咽喉肿痛，头痛，发着烧，咳嗽，做噩梦，出虚汗。他本想不让自己的部下看到自己这个样子，硬撑了许多天，但还是倒下了。

贺东仁病倒了。阳光却依然亮亮的。

阳光是阿克苏最丰富的财富。

躺在公司的宿舍里，贺东仁接到了几个电话。

人民日报的冯贤林主任说，老贺，该去的就让他去吧，强扭的瓜不甜。他说的也有一定道理，天下没有不散的筵席。

三北防护林老局长黄宗民说，困难是暂时的，问题也是暂时的，我相信你会在那里站直的！

贺菲说，爸爸，北京这边的甲流闹得很厉害，您发热吗？您别是甲流吧？您要好好照顾自己！

老朋友郝治方说，老贺，我给你开个方子。你呀，身体上的病是小问题，你是心病，心病还得要心理上调理。你老贺那么大大咧咧的一个人，也会有心病？看来，你受的“伤”不轻。能把咱们老贺干倒的，不是轻武器！

有人说，贺东仁是个自愈能力极强的物体。这话不假，春节一过，他的元气就恢复了。

李石峰走了，可是来了个杜刚，是从国有大企业中粮集团挖来的副总裁。盼望已久的公寓大楼早已分配完毕，员工们喜气洋洋地搬入新居。现代化的晾晒场建成的同时，贺东仁以3000万元的价格把阿克苏农民手中的红枣收购了大部分，使这里的部分农民致富了，尝到了种树改变环境与改变生存状况的好处。

另一个收获是，20万亩荒地在熟化的过程中，利用天山充足的雪水，意外地种出了品质极优的水稻。贺东仁及时注册了“疆米”商标，并提供给特供渠道试用，得到了极佳的口碑，与疆枣系列产品一道成为特供产品。

还有什么？

噢，对了，还有一件喜事：郭东风结婚！

郭东风是大疆元老级的员工，从北京农大毕业后，一头扎在大西北这片荒地上，对大疆有着深厚的感情。大疆对他也有着同样的感情。

婚礼举行前，贺东仁亲自给李石峰打电话，他说，我是以郭东风家长的身份热情邀请你参加这个婚礼，在西北荒漠上，咱们并肩打下了天下，有感情啊，回家来看看兄弟吧！

这话让李石峰没有任何拒绝的理由。他说，就是天塌下来，我也要一定回家！

结婚的那天，贺东仁是证婚人，也是主婚人，代表大疆集团，也代表郭东风的家长。婚事由贺东仁一手操办，郭东风的父母没有到遥远的新疆来。贺东仁对郭东风说，你在这里办第一次仪式，我是你们的家长，你回家再让你们的父母办第二次。

郭东风与新婚妻子热泪盈眶。这就是咱的家呀。

婚礼那天，郭东风喝了许多酒，李石峰喝了许多酒，贺东仁更是喝了许多酒。

酒，有时真他妈的是个好东西。兄弟们抱头痛哭了，哭得昏天暗地，兄弟们骂娘了，兄弟们在西北、在荒漠上干起来了，站起来了！兄弟们在死亡之海活下来了……

兄弟！有什么比这更好的词语吗？

都说全球在变暖，可是，今年的春天却来得特别晚。本该在3月底就开始萌动的大地却依然悄无声息。

噢，不过，贺东仁的春天却来得特别早。他有另一件更大的喜事，大疆公司上市准备工作完成，即将在这个春天之末上市。

春天虽然来得迟了，但是贺东仁的春天却早早地回归了。这个春天之后的所有的日子必将属于他的。

他有这个信心。